1815

艾瑪

EMMA

Jane Austen

珍・奧斯汀

陳佩筠——譯

專文推薦

成長是任何處境的女性，都應該獲得的自由

鄭宜農（歌手、作家）

不知道大家的成長背景是怎麼樣，就我個人而言，算是從小就被積極保護的類型。我是獨生女，家住在山上，沒有電視網路。教育雖然開明，家管方面仍然有許多拘束。國中以前我沒有自己的房間，跟同學出去玩，天黑以前一定得回家，當然更不可能夜宿。高中第一次住同學家，電話那頭的母親語帶哽咽地問我「為什麼有這個必要？」那時候我答不出來，只知道自己內心有所渴望。大學搬出去掀起一場家庭革命，當然明白兒女的獨立對父母來說是充滿恐懼的，害怕自己不再被需要、不再能認為自己是唯一的庇蔭，但所謂的成長總是得經歷幾次執意去做，對主動方和被動方來說都是。

事實上，在外面闖蕩的日子確實傷痕累累，一直到現在三十幾歲了，即使觀察力再怎麼出色，也不敢說自己對每一種人際關係游刃有餘。經歷過無數個第一次的衝擊，在友誼、工作關係，乃至於感情上有了得失，才發現最困難的是認輸，是面對自己個性上的矛盾與缺失。傷害過人、也被人傷害，慢慢再把碎了一地的自我重新拼湊成一個完整的人，回頭與父母對坐閒聊，方能笑談自己兒時的莽撞。帶著這樣的經歷閱讀這本書，我所看到的便不再只是一個時

代、一種生活、一場戀愛那樣大塊的東西了。

與我們所處的世界完全不同，生活在十八世紀末的英國漢普郡的喬頓莊園，三十九歲未婚的珍．奧斯汀，在與母親以及姊姊卡珊卓共居的喬頓小屋裡，或許是一張倚靠著大窗的書桌前，手持鵝毛筆，在沐著陽光散發著草舖味的薄紙上振筆疾書。窗外的景緻一如往常，從她懂事以來，無論經歷過怎樣的人情冷暖、內心有過多少次激烈衝撞；小屋亙古不變，至今內部擺設仍維持當年的模樣，彷彿時間不曾流逝。她的頭髮開始白了，臉上的紋路多了，外貌早已失去往日無瑕，內心祕密卻始終沒有沉寂，那是關於傲慢與自省、拘禁與自由、世界與自己，以及一顆始終期待著理解的心。於是，她完成了《艾瑪》，賦予艾瑪一個想法特多、聰明絕頂但有些過於自滿的性格，並讓她承受她所能觸及到的最大的失敗，也就此去獲得最深的理解，無論那份理解是來自於一個人、或者她自己。

珍．奧斯汀的作品描繪著十八世紀鄉紳階級的女性，她們在身份、貧富、家庭與社會之間抉擇自己的人生去路。那時候，婚姻就是她們的歸屬，什麼樣的人適合什麼樣的婚姻，早已是深植人心的法則，而當時所謂的「社會」範圍，對現今的我們而言卻是那麼地狹小。

文學的美好來自於，即使在不同的時代背景，有些共通的東西還是得以跨越時空。當奧斯汀鉅細彌遺描述一場聚會裡每個人極端日常的對話，這些對話裡最引大家興致的話題又全都是左右鄰舍的八卦時，寫實主義對我而言反而更顯赤裸地，把艾瑪長久以來孤獨、渴求同伴的心給暴露了出來。我似乎可以理解奧斯汀為什麼能用瑣碎堆疊起一份冀盼，雖然現在的女性能做的事情變多了，我們對於愛情、事業、人生的追求，都不再那麼侷限於二元化的想像，但即便如此，除非工作需求或者特地安排的旅行，每天的活動範圍也就是一個城市最多一小時路程的範圍，相處的人一天也不會超過一隻手數得完的數量。只有心的世界是無限的，它可以將每一個細小的片刻放到最大，也可以將每一個最大的衝擊拋到最遠。而即使再單純的人，也會有自己的嚮往跟期待。當我們付出行動去追求，才會發現心的幻想與現實的差距。最終，我們其實都成為了深知孤獨的人。

艾瑪便是這樣盡其所能地在她所身處的小世界裡，進行她所能做到的最大的冒險。《艾瑪》與其說是描繪愛情的小說，我認為不如歸稱　十八世紀的少女成長日記。從小到大沒有離開過家鄉海布里，獨自和喜歡杞人憂天的父親相依為命。即便如此，艾瑪把整個海布里變成了她的人際關係實驗室，徜徉在實踐想像的喜悅裡。當然實驗有時成功、有時失敗。成功的時候，她年輕的心洋洋得意，而失敗的經歷，則讓她被迫正視自己的能力限制、以及內心真正渴望的歸屬。

我不確定珍．奧斯汀對愛情究竟抱著什麼樣的期待，她在世上唯一明確關於情感關係的印記，只有一次答應隔天就後悔而沒結成的婚，至此之後，她一輩子與婚姻無緣。我不禁想像，奧斯汀讓她的角色們得以在內心恣意奔馳疑惑、定論與譏嘲，一次次人際上的失敗則代表了衝撞孤獨的代價，那麼，若對當時的人們來說婚姻便是歸屬，或許對奧斯汀而言，最終得來伴隨著理解的愛情，便是一個真正的出口吧。

二〇〇七年有一部電影叫做〈珍愛來臨〉，安・海瑟薇主演奧斯汀本人。劇中奧斯汀遇到她自己的達西先生，那個角色叫做湯瑪士・勒弗羅伊，由詹姆斯・麥艾維主演。電影結局是，當勒弗羅伊因為兩人的愛情受到身分限制，開口要奧斯汀與他私奔的時候，奧斯汀最終選擇繼續留在家人身邊。現實生活中，兩人是否愛得差點私奔不得而知，整部電影是憑據奧斯汀遺留下來極少數的信件、以及她作品裡的角色杜撰而成，那大概是大家能為一輩子單身、只與文學為伍的她所能想到最浪漫的解釋了。實際上，能夠為奧斯汀發聲的只有她親筆創造的角色們，她們在時代界線裡用自己的方式，盡最大的努力去衝撞出了自己，就像奧斯汀在社會所期待的婚姻關係與自己的內心之間做出選擇一樣。「選擇失敗與其後的選擇同等重要」，我私自猜想，珍・奧斯汀以寫實嘲諷的基底想傳達的，除了對階級定義、人際政治的不滿，可能就是類似這樣的心境吧。要說《艾瑪》還有什麼遠比「身為世紀經典」更值得閱讀的理由，我覺得應該是它很努力在地說：成長是任何處境的女性，都應該獲得的自由。

這份自由，我由衷希望奧斯汀自己也已經獲得了。

目錄

系列導讀一

社會與人性的觀察家：談珍．奧斯汀的長篇小說

高瑟濡（臺灣大學外國語文學系副教授）

《傲慢與偏見》：所謂「全世界最幸運的家庭」

當我跟伊莉莎白・班奈特（Elizabeth Bennett）差不多年紀時，《傲慢與偏見》（*Pride and Prejudice*, 1813）的愛情故事吸引了我所有的注意力與想像力。她並非大姐珍（Jane）那種楚楚動人的第一眼美女，卻是五位姊妹中最有想法、最聰穎、自尊心也最強的一位。而正如同二十世紀末的全英國女性，都曾為BBC電視影集版（一九九五年）裡，柯林・佛斯（Colin Firth）所飾演的達西先生（Mr. Darcy）那帶點傻氣與微慍的愛慕眼神著迷一般，遠在東方的現代少女也同樣曾嚮往身邊有個屬於自己的達西先生。即便自己無論是在社交、職場或愛情上，笨拙與平凡的等級，明明比較接近每天不忘記錄卡路里與體重的那位圓潤迷糊傻大姐布莉琪・瓊斯[1]，卻也仍然幻想相愛的兩人能在互相碰撞、彼此傷害，甚至在對方面前出糗而自慚形穢時，能從對方眼中體悟到自己的傲慢與偏見，並一同羞愧反省。

在珍・奧斯汀（Jane Austen）所創造出來的世界中，達西先生跟伊莉莎白可謂是理想典型的「白富美」配「高富帥」。雖然一般讀者都會同意，嚴格來說奧斯汀的角色中並沒有徹頭徹尾的大壞蛋，但若一定要推派渣男代表，那應該就是那些擅長利用自己的費洛蒙，誘惑純潔少女逾矩、私訂終身或甚至大膽私奔，最後卻能輕易屈服於財勢而背叛承諾、始亂終棄的危險男人。少數惡女們也不遑多讓，玩弄各種小手段賣力釣金龜婿，一旦遇到更可口的獵物，瞬間就能轉彎。但是奧斯汀筆下的「白富美」，儘管各自也有小缺點及小盲點，在求偶的競爭市場中被標示高低不等的價值，卻毫無例外都對感情直率而沒有心機。她們所能提供的珍寶，往往不是能贈予夫家的社會地位與嫁妝，或甚至也不是足以誇耀的過人聰慧、才藝與美貌，而是一顆清楚而富有常識（common sense）的腦袋。她們的美，則展現在其如何努力平衡自身情慾和社會要求，如何在群體中定義與扮演自身角色，如何在謹慎斟酌（discretion）的自我節制下追求自我。

至於所謂的「高富帥」，達西先生因為社會地位高而備受尊敬，即令是平常詼諧幽默、談笑風生的班奈特先生（Mr. Bennett），在他的智慧沉著與成熟自信面前，也不禁要收斂幾分。與同樣富有的賓利先生（Mr. Bingley）不同的是，達西先生與《理性與感性》（*Sense and Sensibility*, 1811）中的布蘭登上校（Colonel Brandon）及《艾瑪》（*Emma*, 1815）中的奈特利先生（Mr. Knightley）一樣，皆為大地主，他所擁有的大莊園彭伯里（Pemberley），是他之所以有資格被讚譽為「超絕高富帥」的源頭，也是讓伊莉莎白愛上他的觸媒。相較於以錢咬錢的資本家，這三位大地主的共同魅力，以及種種英雄救美帥氣作為背後的支持力量，並非房地資

1 Bridget Jones，英國女作家Helen Fielding筆下《BJ單身日記》（*Bridget Jones's Diary*, 1996）的女主角。該部小說的靈感即來自於《傲慢與偏見》，電影改編版（二〇〇一年）也邀請到當時人氣爆表的柯林・佛斯出演現代版的達西先生——馬克・達西（Mark Darcy）。

產（estate）所創造的財富及賦予的社會地位，而是他們勇於承擔大家長責任後散發的領袖風範與魄力，是親力親為管理莊園大小事務後培養出來的判斷力、決斷力與行動力，是用心關照上下所有家族成員時所展現的仁慈與善良，也是能善用智慧和權勢導正偏差、讓波瀾四起的社會回歸平衡的手腕。

最重要的是，相較於那些經濟還無法獨立，所以需要阿諛奉承、委屈順服的窩囊繼承人們（heirs），例如《理性與感性》中的愛德華．費勒斯（Edward Ferrars）與約翰．韋勒比（John Willoughby），以及《艾瑪》中的法蘭克．邱吉爾（Frank Churchill），抑或是從事牧師或海軍職業的非繼承人們，達西先生的彭伯里、布蘭登上校的戴拉弗（Delaford），以及奈特利先生的丹威爾（Donwell Abbey）等莊園的富裕繁榮，象徵著這三位「高富帥」在當時英國社會複雜網絡中所享有的珍貴自由。或許在奧斯汀小說的社會背景中，也只有這樣的達西先生，才能將班奈特一家從原本可預期的悲慘命運中解救出來，甚至使之一躍成為小說敘事者戲稱之「全世界最幸運的家庭」。

《理性與感性》：非關理性或感性抉擇的宿命

在《理性與感性》中，與珍和伊莉莎白一樣姊妹情深的艾蓮娜．達希伍德（Elinor Dashwood）和瑪莉安．達希伍德（Marianne Dashwood），最終可說也是仰仗大地主布蘭登上校而得以雙雙掙脫悲劇宿命。兩對姊妹同樣生活在長子繼承制（primogeniture）的陰影下，但正如執導這部小說一九九五年電影改編版本的李安導演所深刻體會到的，失去了父親與兄長保護的達希伍德姊妹們，其所面臨的禮教束縛、經濟困窘以及社會地位帶來的限制，比起還有父親守護、仍可維持仕紳家庭生活水準的班奈特姊妹們要殘酷許多。無論是乾柴烈火型的瑪莉安，或是悶騷型的艾蓮娜，她們從小在優渥順遂的環境下培育出上等品味、教養與美德，卻在失怙後，由於繼承了大筆遺產的同父異母兄長，自私冷血地吝於提供經濟資助，因而得承受在婚姻市場中大幅貶值的命運，令人不禁為之惋惜而欷噓。

雖然乍看之下，達西先生很明顯因為自身的各種優勢而言行舉止傲慢，伊莉莎白則太過相信自己的第一眼直覺而總是太快對人下評斷，然而這兩人不止在衝突中揭露彼此的缺點，也在自省中看到自己有著跟對方一樣的缺點，因而才更能彼此寬容、理解。同樣的，雖然艾蓮娜顯然代表理性而瑪莉安代表感性，然而其實兩人都兼具理性與感性，差別在於艾蓮娜以理性節制與壓抑她豐沛的情感，務求不因一己之私情而為他人、尤其是家人帶來痛苦折磨，瑪莉安則忠實於自己的情感，不受外界目光左右，轟轟烈烈去愛，最後也用全身心靈去承受被背叛的屈辱與傷痛。

在這部直接以「理性與感性」命名的小說中，奧斯汀傳達了她對於這兩項特質的複雜矛盾態度。她小心翼翼讓極可能會被批評為任性自私的瑪莉安擁有許多美好特質，而雖然不少讀者對於瑪莉安最後的結局不太滿意，甚至質疑只有單方愛慕的婚姻，對於感情豐富的瑪莉安不知到底要算獎賞還是處罰。但就當時的社會而言，布蘭登上校所能提供給達希伍德一家的物質生活與社會地位，遠遠超出她們原本所能夢想的。此外，布蘭登上校的年紀（三十五歲）雖然是瑪莉安（十六歲）的兩倍，但身為「高富帥」的他，絕不單僅能引導瑪莉安學習控制收斂感性，而是反而能寵愛甚至溺愛她，給予她更多個人空間與自由。至於瑪莉安，這樣的結局也允許她繼續沉陷於心碎與幻滅中，直到她能打從心底真正超脫，一方面佐證那段感情的真摯與深刻，一方面也能為她從瑪莉安派讀者那裡贏得更多憐惜。

兩相比較之下，艾蓮娜在感情路上所受的磨難其實並不亞於瑪莉安，但她的愛情與婚姻伴侶卻平淡普通許多。雖說她與愛德華彼此吸引，但愛德華因為與璐西（Lucy Steele）私訂終身而被母親斷絕關係，在經濟上還是得仰賴布蘭登上校給予的教區牧師職位。若單以結果論來看，可見奧斯汀對於以理性壓抑感性、重視群體勝過個人主體的行為，也並非毫無保留地支持。關於這點，可從另外兩位與艾蓮娜有類似個性與命運的女主角中得到更多佐證：《傲慢與偏見》中的珍·班奈特就是因為過於矜持內斂，達西先生才會懷疑她對賓利先生的感情，甚至試圖拆散兩人，避免已用情至深的好友賓利先生受到傷害；《勸服》（*Persuasion*, 1817）中的安・艾略特（Anne Elliot）則接受了教母羅素夫人（Lady Russell）的勸服，在種種現實考量下拒絕了溫斯沃斯上校（Captain Wentworth）的求婚，但懊悔卻隨著時間與青春的流逝越來越深。

從現代觀點來看，或許問題的癥結從來都不是在理性與感性之間作抉擇。誤會解開後，賓利先生仍然熱情地回到珍・班奈特身邊，而溫斯沃斯上校在見識過活潑外向的路易莎・穆斯格羅夫（Louisa Musgrove）那絲毫不考慮後果的莽撞行為後，也願意放下七年多以前被拒絕的屈辱，重新愛上冷靜沉著、善良可靠的安。跟韋勒比一樣都是私訂終身的愛德華，可以信守一個已被證實是錯誤的承諾，直到女方主動背叛、轉移目標到費勒斯家的新繼承人——愛德華的弟弟身上。《艾瑪》中的法蘭克・邱吉爾在珍・菲爾費克斯（Jane Fairfax）的堅持下，努力配合守住兩人私訂終身的祕密，甚至與艾瑪公開調情做為煙霧彈，直到可能反對珍・菲爾費克斯的舅媽過世後，才得以在舅舅的許可與祝福下結婚。無論是上述哪個例子，無論是選擇公開放閃或默默甜蜜，備受折磨的永遠都是投入真愛與謹守道德份際的那方。因此，問題的癥結說到底，還是抵擋不住財富壓力與誘惑的那方，而讓渣男惡女成為渣男惡女的根源，則是那允許財富操控人類情感、引誘人背叛的社會經濟制度。

《艾瑪》與《勸服》：婚姻關係與領導階級的重新想像

在六部小說中，另一個同樣讓不少讀者感到不滿意的結局，當數《艾瑪》裡，艾瑪・伍德豪斯（Emma Woodhouse）與奈特利先生幾乎毫無任何情慾元素鋪陳的結合了。由於這部小說的敘事觀點幾乎完全站在艾瑪的視角，而既然艾瑪堅信自己不需要、也不想要進入給女性太多束縛的婚姻中，又把大半時間與精力投注在教育自己自願照顧的海莉葉（Harriet Smith）並幫她找到好歸宿，以及幻想法蘭克・邱吉爾對自己理所當然的著迷中，再加上艾瑪受限與偏頗的視角，正是故事情節中造成各種誤解的源頭，因此無論是奈特利先生坦承自己對艾瑪多年的愛慕，或是艾瑪在海莉葉的告白威脅下體認到奈特利先生對自己的重要性，對於讀者來說，都是結局前突如其來的大爆點。

此外，艾瑪具備不少類似現代拉子的特質，而這也讓因此欣賞她的讀者們（特別是現代女性讀者們），難以接受她最後仍不能免俗地進入婚姻中。艾瑪是一隻驕傲的孔雀，她充分瞭解、也能充分利用自己所擁有的各種優勢，包括聰明才智、權威自信、心智力量以及財富地位等。在所有奧斯汀的女主角中，她是唯一有資格排拒婚姻，且能在各方面都與男主角相抗衡的角色，即便她有不少小缺點，尤其是以自我為中心的優越感，對於周遭的人事物又似乎一直做出錯誤判斷，但她在與奈特利先生的爭論中，卻總是能提出讓讀者也不得不贊同的觀點。她的目光完全聚焦在海莉葉與珍這兩個女性角色上，她似乎對男性缺乏情慾想像，因此感受不到艾爾頓先生（Mr. Elton）對她的追求，而法蘭克的猛獻殷勤也對她起不了致命誘惑，不可能造成實質傷害。她懂得欣賞海莉葉的女性美，並站在如同雕刻家畢馬龍[2]的男性主宰地位上，夢想將海莉葉型塑成她心中的理想女性，並為之找到足以匹配的對象。她對於珍的敵意，除了是因為嫉妒她足以與自己匹敵的教養與聰慧之外，或許更多是來自於無法進入對方的心靈世界、對她的人生無法有任何參與及影響。

像這樣一位女子的婚姻，在歷史與社會的脈絡下自有特別意義。奧斯汀創作的年代，也是浪漫詩人們創作的年代，他們同樣都經歷了工業革命、貴族沒落、社會階級鬆動、法國大革命、拿破崙戰爭等經濟、社會與政治各方面的遽變。這些現實社會中的難題與挑戰，雖然常被奧斯汀的讀者忽略，但也從未在作品中缺席。《艾瑪》與《勸服》即可被視為是奧斯汀在動亂時代中，對於婚姻關係與領導階級的重新想像。前者描繪具有自我反省意識與能力的統馭者，在不斷辯證與互相警惕中自我精進，而後者則主張以美德與能力作為衡量菁英領導階級的新標竿，取代完全由血統決定、已日趨墮落的世襲制。

2 Pygmalion，古羅馬詩人奧維德（Ovid）作品《變形記》（*Metamorphoses*）中的賽普勒斯雕刻家。他用雕刻在象牙上體現出自己心中的理想女人形象，卻不由自主愛上這個自己一手創造出來的成品，甚至渴望能在現實生活中找到一模一樣的女人。

若從這樣的角度來審視艾瑪這個角色，那麼她的缺點正是掌握權勢者在毫無節制下的自我膨脹，也正是她在成長為理想統治者的過程中，必須要有所自覺且加以克服的。因為她在財勢、地位與智慧各方面都凌駕於海莉葉之上，所以她自詡為監護人，就像艾爾頓太太自詡為珍的監護人一樣。她不經意地濫用海莉葉對自己的仰慕與情感，毫不質疑自己握有操控海莉葉人生的權利與義務，對海莉葉的身世之謎肆意灌注自己的豐富想像，進而武斷判定與她素未謀面的馬汀先生（Robert Martin）配不上自己想像中的海莉葉。她不僅熟悉社會階級的分層架構，也能獨立於外在社經條件去判斷個人的德行、品味與能力，她打從心底對艾爾頓太太的膚淺與勢利眼感到不恥，自己卻在情緒受法蘭克的鼓動高漲時，公開嘲笑貝茲小姐（Miss Bates）的愚鈍，侮辱了一個與達希伍德姊妹有類似悲劇遭遇的善良熟齡單身女子。艾瑪的缺點不僅源自於軟弱的父親與家庭教師的寵溺，也是當時社會制度對統治階級的縱容，更是當時女性生活經驗受限制的產物。

對於這樣的艾瑪來說，在她缺乏領導者典範的世界裡，她與奈特利先生之間的友伴式婚姻（companionate marriage）是彌足珍貴的。他們在許多方面很相似，但在許多觀點上是互補的，而艾瑪年紀輕輕就已經有足夠的能力與膽識，能抵抗奈特利先生對自己的操控，保有獨立思考判斷的可能。這樣的兩人能從多元角度檢視彼此的盲點，在履行大家長義務時，能時刻提醒彼此收斂權力。更重要的是，奈特利先生的大莊園與事業，不僅能讓艾瑪的聰慧與精力能有實質上的用武之地，更能帶艾瑪脫離海布里（Highbury）這個封閉世界的桎梏，開拓她的眼界，成為真正理想的統治者。

《勸服》中的安．艾略特與艾瑪一樣出身好家庭，兩人的命運卻有如天壤之別。母親同樣早逝的安，雖然有值得信賴與尊敬的教母在身邊，也曾有過青春美貌與摯愛戀人，但教母羅素夫人正是七年多前勸說她拒絕年輕海軍軍官溫斯沃斯上校求婚的關鍵人物。而這位如今身價暴漲歸來的前男友不但仍對此耿耿於懷，甚至多次在安的面前與穆斯格羅夫姊妹們調情，讓她心中充滿懊悔與愧疚。她也有姊妹，卻過著最孤獨的生活。已出嫁的小妹瑪莉．穆斯格羅夫（Mary Musgrave），跟伊莉莎白的母親班奈特太太一樣，老愛裝病博取他人關注。而仍小姑獨處、待價而沽的大姊伊莉莎白．艾略特（Elizabeth Elliot），則是被父親寵壞、奢華膚淺的嬌縱大小姐，年近三十仍夢想能憑藉美貌擄獲金龜婿。

青春活潑的艾瑪集大家的寵愛及尊敬於一身，她確信自己能掌握自己、甚至他人的人生，她的故事只有喜劇中常見、無傷大雅的誤解元素，有如班奈特先生風格般戲謔嘲諷的敘事聲音（narrative voice），藏不住奧斯汀本人對艾瑪的特別偏愛。《勸服》全篇則如秋天般瀰漫著淡淡憂傷，在令人窒息的環境下早已褪色、甚至眼看即將要枯萎的安，終於在能接受她、並懂得欣賞她的人群中，一次又一次證明自己能在急難中處變不驚，能默默為病痛、哀傷與驚慌失措者提供實質協助與感情撫慰，在過程中慢慢恢復原有的美貌、光澤與活力，也慢慢贏回溫斯沃斯上校的愛慕。

安的父親艾略特爵士（Sir Walter Elliot）雖然貴為從男爵（baronet），是六部小說中少數有貴族頭銜的父親，卻是最糟糕的父親，也是桎梏安的源頭。《傲慢與偏見》中，腦袋清楚的仕紳班奈特先生，雖然一直懈怠自己教育妻女的責任，樂於以超然的旁觀者視角，笑看所有人、尤其是他妻子的荒謬言行，直到事態嚴重到幾乎要無法收拾。但在莉迪亞（Lydia）私奔事件中得到教訓的他，最後還算終能體會到自己身為父親的責任。《艾瑪》中體弱多病的伍德豪斯先生只懂得關心自己與他人的健康，把教育女兒的責任，全都推到在家中原本理應沒有權威地位的家庭女教師身上，也難怪會養成艾瑪天不怕地不怕的個性。然而，最起碼這兩位父親與女主角之間的關係是親密的，他們很清楚也很懂得欣賞女兒的優點，並至少能讓女兒的個性自由發展。艾略特爵士卻是個揮霍無度、只注重外表虛榮的父親。即便已快散盡家財，被迫得移居物價水準較低的巴斯（Bath）、並將凱林奇府（Kellynch Hall）出租，他也還念念不忘妝點門面與排場，以維持與自己身分相匹配的外在形象。在母親艾略特女士（Lady Elliot）於十三年前過世後，安一直得生活在這樣價值觀錯亂的家庭裡，多年來被忽略甚至貶抑得一文不值，比外人還不如。

溫斯沃斯上校的姊夫克勞夫特上將（Admiral Croft）取代艾略特爵士入住凱林奇府，象徵在拿破崙戰爭中，以實力證明自己、並獲得相對應獎賞的海軍英雄們，將英勇的海軍魂帶回國內，成為新時代的領袖典範。他們在船上遵守嚴明的團隊紀律，擁有統御下屬的能力，敢冒險能吃苦，並能與袍澤共患難。這些都正是戰後動亂中的英國、尤其是道德逐漸崩壞的上流社會所迫切需要的特質。當平常喜歡擦脂抹粉、細心保養肌膚、在家中擺滿鏡子以便隨時能顧影自盼的艾略特爵士，自以為是地批評長年歷經風吹雨打的海軍臉上常見的粗糙肌膚時，他自我暴露的淺薄更加強而有力地凸顯出兩者之間的鮮明差距。

這樣一群足以為人表率的新時代菁英，最能與之匹配的佳偶自然也非一般上流社會所吹捧的、像穆斯格羅夫姊妹般有才藝有教養的時尚高雅女子。如果說伊莉莎白在彭伯里看到達西先生的魅力，那麼安便是從溫斯沃斯上校的姊姊克勞夫特夫人身上，看到自己可以嚮往的未來。也就是說，克勞夫特夫人與克勞夫特上將兩人形影不離、鶼鰈情深的婚姻，為安開啟了重新定義求偶條件與婚姻生活的想像空間。在十五年的婚姻中曾多次伴隨夫婿橫渡海洋的克勞夫特夫人，有著健康的心智與體魄，能長期忍受海上的各種氣候變化，從未抱怨船上的簡單設備，與夫婿同甘共苦而甘之如飴，全心全意支持夫婿的職業。而在多次近乎「美德測試」的事件中，安證明了自己也能像克勞夫特夫人一樣，成為海軍軍官的最佳伴侶。她與溫斯沃斯上校的未來，雖然仍可能有戰爭的威脅，卻必然會充滿新奇與冒險，等著相愛的兩人一起去體驗。

《曼斯菲爾德莊園》：自由轉換視角的全知敘事者

《曼斯菲爾德莊園》（*Mansfield Park*, 1814）中的芬妮．普萊斯（Fanny Price），有著比安更強烈的疏離感，她雖然從小在二姨丈湯瑪斯．伯特倫爵士（Sir Thomas Bertram）家的富裕環境中長大，卻始終只是離鄉背井、寄人籬下的外人。從十歲開始，她除了因為缺乏歸屬感而充滿不安與焦慮，更得承受勢利眼的大姨媽諾里斯太太（Mrs. Norris）的差別待遇。這樣一位邊緣角色的視角，甚至也不是這部小說的唯一敘事核心。在六部小說中，這是唯一採用全知敘事者、並讓其大量自由穿梭於其他角色內心的作品。這樣的敘事手法，一方面更加凸顯芬妮的弱勢地位，一方面讓其他角色也有獲得讀者理解甚至同情的可能，挑戰讀者習慣將男女主角簡化為道德模範的傾向。其中芬妮與瑪莉．克勞佛（Mary Crawford）這對朋友與情敵，便與艾瑪及艾爾頓太太之間形成有趣的對比。

當艾爾頓先生追求艾瑪未果後，為了療情傷而前往社交勝地巴斯的他，很快就結識並迎娶艾爾頓太太回家。雖然艾瑪對艾爾頓先生自始自終毫無半點興趣，但看到艾爾頓先生將這樣一位在各方面都讓她難以忍受的女人當作自己的替代品，內心也難免因為嚴重質疑艾爾頓先生求偶的品味而感到受辱。然而，雖然艾爾頓先生的確只看中艾爾頓太太略遜於艾瑪、但也算得上是優渥的身家背景，在艾爾頓太太這個角色身上也確實有不少艾瑪的影子。在艾瑪的眼中，艾爾頓太太舉止傲慢、高高在上、喜歡炫富、頤指氣使、以上流人士自居，卻頂多只是東施效顰的新興資產階級，缺乏悠遠的家族歷史以及真正的高雅教養。她之所以對與自己有類似缺點的艾爾頓太太懷有敵意，或許是因為自己為海莉葉設想的計畫因她而落空，或許是因為艾爾頓先生竟然為了這樣的女人就可以這麼迅速從自己造成的傷害復原，或許是因為她真心嫌惡這些缺點卻未察覺自己也有類似表現，但也或許是因為所謂「微小差異式的自戀」（narcissism of minor difference），也就是說，無論有無自覺，她或許都認為自己才真正有資格，艾爾頓太太只是山寨版的拙劣冒牌貨，而且深信兩者的表現有程度與本質上的差異。

由於艾瑪的視角是小說唯一的主要敘事核心，所以讀者看到的艾爾頓太太，幾乎就是艾瑪眼中的艾爾頓太太，而這個可笑角色的主要作用之一，乃在於做為反射與嘲諷艾瑪的鏡子。在《曼斯菲爾德莊園》的前兩卷中，芬妮跟瑪莉兩人的視角在敘事上卻有同等份量，如果說芬妮是最弱、存在感最低的女主角，那麼瑪莉便是搶盡女主風采的最強女二。這兩人都因從小寄人籬下而有受創的不愉快過去，也都與自己的哥哥有深厚感情。低下的家庭地位形成芬妮膽怯、羞澀、內斂的個性，對於被其他家人忽略的芬妮來說，艾德蒙在其人格養成與道德教育上扮演極為重要的角色，也難怪他最後會發現芬妮比瑪莉更適合自己。至於克勞佛兄妹倆，他們在雙親過世後，雖然有叔父克勞佛上將（Admiral Crawford）與叔母克勞佛太太的照顧與寵愛，但這兩位長者的驚世婚姻，以及克勞佛上將在喪妻後放縱的男女關係，對於兩兄妹的婚姻觀與道德觀難免有深遠的負面影響。

由於自由轉換的敘事觀點，讀者可窺知瑪莉與艾德蒙的確兩情相悅，然而兩人的關係卻似乎複製了克勞佛上將的婚姻。瑪莉不喜歡宗教，自然排斥艾德蒙接受任命為牧師，更加嫌棄這個職業的收入水平。艾德蒙的妹妹瑪莉亞（Maria），在結婚後仍與亨利・克勞佛（Henry Crawford）藕斷絲連、糾纏不清，遭致被夫家離緣的命運，瑪莉卻仍執意袒護哥哥，縱容其玩弄女人、只享受征服過程的癖好，拒絕跟艾德蒙一起嚴厲譴責兩人的不倫戀，甚至怪罪芬妮拒絕亨利的求婚。這對情侶在這場家庭醜聞風波中的立場與態度迥異，使艾德蒙終於認清兩人之間的鴻溝而下定決心分手。比起《理性與感性》中、為了財富而遺棄瑪莉安的韋勒比，艾德蒙的確似乎有充足理由結束這段戀情，但非因自己行為不檢而被拋棄的瑪莉，所受的傷害絕對不下於瑪莉安。敘事聲音對於瑪莉內心世界的描寫，使得瑪莉的存在不僅只是做為凸顯芬妮美德的陪襯，而是藉由兩個角色的對比，鼓勵讀者進一步深入省思家庭教育與生活環境對人格形成的影響，以及人與人之間的情感如何介入個人的道德選擇。

伯特倫（Bertram）與克勞佛兩家年輕人籌劃演出伊莉莎白・英奇巴爾德（Elizabeth Inchbald）劇作《海誓山盟》（*Lover's Vow*, 1798）的情節，即是很好的一個觀察切入點。在過程中，所有參與者似乎都各懷鬼胎，連起先反對這個提議、看似道德感較高的艾德蒙與芬妮，也並非完全無懈可擊。艾德蒙原本因劇作內容涉及禁忌議題而反對此計畫，但終究無法忍受瑪莉與其他男人在演出時可能有親密接觸，最後還是選擇妥協加入。除了道德方面的疑慮，芬妮的反對也難免摻雜私人情緒，包括她自己的膽怯個性以及對瑪莉的羨慕與嫉妒。兩人最後都參與其中，與所有人一起目睹亨利與瑪莉亞以演出為藉口公然調情，也與所有人一起縱容兩人的行為，即便是當芬妮拒絕亨利的求婚時，也因為顧慮到瑪莉亞的形象，而選擇不向伯特倫爵士揭露兩人的不當舉止。這樣因為私情而無法擇善固執到底的兩人，似乎也沒有立場譴責瑪莉在亨利與瑪莉亞事件後所採取的態度，亦或是責怪她在情感上無法感激於己有恩、卻行為放縱的克勞佛上將。

在此脈絡下，也應能從不同角度來思考潛藏在遙遠的安地卡島（Antigua）、踩著奴隸的血汗、支撐伯特倫一家富裕生活的殖民地農莊（plantation of slavery），以及這部作品中引發爭議的緘默態度。個人明顯反對奴隸制度的奧斯汀，在這部作品中給了讀者一個道德兩難的課題：得益於奴隸制度的帝國統治者，對待自家人不見得是冷酷無情的暴君，而得其羽翼庇護者如芬妮，在周圍所有人都保持緘默的氛圍下，又要如何才能有足夠的道德勇氣去質疑、更遑論去譴責一個做壞事的好人。

《諾桑格寺》：向哥德小說女王致敬

奧斯汀生長與創作的年代，不只是工業、政治、經濟與社會大革命的年代，也是堪稱為文學大革命的年代，她並未像威廉・華茲渥斯（William Wordsworth）一樣正式發表所謂「文學實驗」的宣言（Preface to *Lyrical Ballads*, 1800, 1802），但她叫好又叫座的小說創造了前所未有的獨特風格，提升了小說此一文類的文學地位。正如同她對當代社會重大議題的回應，她也同樣在多部作品中回應當代流行的文類與文學風格，探討文學對個人與社會的影響，《曼斯菲爾德莊園》裡的業餘戲劇演出，只是其中一個例子。

最早完成、但在奧斯汀身後才與《勸服》一起出版的《諾桑格寺》（*Northanger Abbey*, 1817），即是透過諧擬（parody）手法向自己喜愛的哥德小說女王安・拉德克利夫（Ann Radcliffe）致上敬意。於是乎女主角凱瑟琳・莫蘭（Catherine Morland）的角色設定，無論是家世背景、外貌個性、才能興趣等，都被刻意拿來與典型的哥德小說女主角相比，卻壓根沾不上半點邊，甚至與之完全相反。這樣一位在各方面都平凡無奇，被男主角亨利・提爾尼（Henry Tilney）譽為「天然呆」（natural），甚至帶著些許小男孩淘氣與活力的健康寶寶，在哥德小說裡絕對是有如鳳毛鱗爪的異類，卻正是哥德小說眾多女讀者的寫照。她們都是有教養、有閒情逸致的識字姑娘，在受限的生活圈中，過著平靜無波的日子，於是藉由閱讀哥德小說，她們跟著女主角一起在具有異國風情的遙遠國度（例如義大利或法國）、或遙遠的浪漫年代（例如十五、十六世紀）中長途跋涉，靠著豐富想像力去體驗現實生活中不可能遭遇到的新奇與恐怖經歷。

像《諾桑格寺》這樣的大莊園，曾經是隸屬於羅馬教廷的天主教修道院，在亨利八世與教廷決裂，使英國國教脫離教廷管轄，並解散全英格蘭的天主教修道院後（十六世紀中葉），這些房地產就成了富貴家族世代傳承的私有宅第。如此具有悠久歷史的特殊建築，本就是哥德小說創作靈感的來源，更是眾多哥德小說的空間背景，也難怪已受哥德小說制約的凱瑟琳（Catherine），一進入到《諾桑格寺》，就不由自主地被那些哥德小說家從現實生活中挪用到虛構世界裡的元素所吸引，一步一步踏入她自己所建構的哥德化現實中。

然而，奧斯汀並非意圖如華茲渥斯般譴責哥德小說對廣大讀者帶來的負面影響。事實上，在小說的文學地位仍然低下的年代，奧斯汀在這部作品中大力捍衛這個年輕文類，她甚至認為甘願自貶身價的小說家，以及不敢大方承認自己喜愛閱讀小說的讀者，都是虛偽矯情的。她讓亨利．提爾尼譴責凱瑟琳無法區分現實與虛構，卻也讓他讚揚能帶來愉悅感的好小說，他甚至主張有問題的不是小說，而是讀者自身的判斷能力，正如《曼斯菲爾德莊園》裡面的戲劇演出，也只是被濫用為公開調情的藉口。

《勸服》中的安．艾略特與班威克上校（Captain Benwick），以及《理性與感性》中的瑪莉安．達希伍德則同為自然詩與浪漫敘事詩的愛好者，前者如湯姆生（James Thomson）與古柏（William Cowper），後者如史考特爵士（Sir Walter Scott）與拜倫（Lord Byron）。這三人的個性顯然與亨利．提爾尼、凱瑟琳．莫蘭、克勞佛兄妹與伯特倫兄妹有天壤之別。他們都多愁善感，具有容易感到孤獨的特質，特別渴望能找到與自己產生靈魂共鳴的伴侶。在遇到同好與知己時，他們能感受到特殊的親密感，迫不及待會有想要掏心掏肺一吐滿腔熱情的衝動，也期待對方能有與自己相同頻率及熱度的回應。無論韋勒比是否真心喜愛詩，在他的刻意殷勤鼓勵下，瑪莉安自然一股腦兒投入兩人一起讀詩的浪漫。還無法從未婚妻過世的哀痛中走出的班威克上校，光是與安暢談詩，就有抒發悲傷的療癒功效。

無論是戲劇、哥德小說、自然詩與浪漫敘事詩，都是奧斯汀所鍾愛的文學，然而她也同時提醒讀者假戲真作的致命誘惑，辨別現實與虛構的重要性，以及縱放情感、沉溺於感傷中自悲自憐的危險。安雖然也喜愛詩，卻鼓勵班威克上校不要偏食，也應嘗試涉獵傳達積極光明能量的散文作品。做為小說家的奧斯汀，與詩人之間或許存在著本質上的差異，她是社會與人性的觀察家，她沒有激進的言論思想，卻也非故步自封的保守主義者，她不做高高在上的道德說教，而是以超然的角度、包容體諒的心、機智風趣的幽默感，去笑看芸芸眾生的弱點與荒謬，也讓讀者在笑中看盡人間百態。

系列導讀二

我們的珍・奧斯汀

馮品佳（交通大學外文系講座教授，中研院歐美所合聘研究員）

珍・奧斯汀曾經說過，自己的作品只是「在一小塊（兩吋寬的）象牙上精雕細琢，結果差強人意」的小品。對於珍迷（Janeites）而言，奧斯汀的小說當然絕對不只如此。即使她已經過世兩百年，奧斯汀的小說仍然廣受世界各地讀者喜愛，歷久不衰。然而，這位出生於十八世紀末的作家對於二十一世紀的讀者到底有什麼相關性？特別是華文世界的讀者，接觸到的是翻譯後的文字，與奧斯汀所書寫的十八、十九世紀英國社會更是距離遙遠，為何我們仍然深深受到這位隱士型作家筆下所建構的世界所吸引呢？奧斯汀的小說到底為何能夠具有這種穿越語言時空隔閡的魅力呢？

英國國家廣播電台曾經分析美國的珍迷現象，除了讀者對於十九世紀初英國文化的嚮往之外，就是小說中男女主角的羅曼史最具吸引力。不論是《傲慢與偏見》及《諾桑格寺》中舞會結下的情緣，《艾瑪》與《曼斯菲爾德莊園》中青梅竹馬兄妹式的感情昇華，《理性與感性》中的薄情郎與癡心男女，或是《勸服》中的第二次戀情，打動了不同世代的讀者，也是後世言情小說所不斷模仿的對象，並且透過層出不窮的改編電影，持續召喚新生代的珍迷進入奧斯汀的愛情魔法世界。在欲望流竄的當代社會，奧斯汀筆下各種發乎情而又止乎禮的感情篇章或許更能引人入勝。

愛情當然是奧斯汀小說的主軸，而婚姻則是她每一位女主角的最終歸依。這樣鮮明的「婚姻情節」（marriage plot）使得讀者對於奧斯汀本人的感情世界感到好奇。終身雲英未嫁的奧斯汀是如何編織出如此多此多姿的愛情故事？她理想中的婚姻究竟是何樣貌？眾所周知奧斯汀以書寫英國社會的風態（manners）見長，她筆下各種愛情故事的樣貌，應該也源自於她對於當時英國中產階級求偶故事敏銳的觀察，特別針對女性如何能在以父權為主、財富至上的社會氛圍中覓得良人抒發己見。

至於她自己的婚姻經驗，身為閨秀作家，後世對於奧斯汀的生平知之有限，再加上她過世之後，奧斯汀的姊姊焚毀了她大量的書信，使得女作家的真實人生始終是諱莫如深。除了她曾經訂婚、卻又在第二天解除婚約之外，就只有書信中提到的幾位可能戀人供後人臆測。由奧斯汀戲劇化的悔婚故事可以推測她對於婚姻的重視，就像《傲慢與偏見》中女主角伊莉莎白・班奈特即使面臨母親與經濟的壓迫，也不願意接受表哥或是達西的求婚。現實世界的奧斯汀也面臨到父親逝世之後的經濟窘境，與母親姊姊相依為命，但是對於自己選擇不婚仍然無怨無悔。從班奈特先生的口中我們也可以了解婚姻幸福的定義不是金錢，而是男女才智相當，所以能夠互相尊重。

而奧斯汀筆下的女主角到底誰才是珍／真的化身，讀者的首選可能是活潑直率的伊莉莎白，因為她聰慧明理，雖然生長於鄉村卻雍容大度，面對貴族姨媽的咄咄逼人仍然可以不卑不亢。另一位可能的人選則是《勸服》中二十六歲卻因失去初戀而容顏憔悴的安・艾略特。安最貼近奧斯汀的年齡與心態，代表的是成熟的女性智慧，這也是她能夠逆轉勝、從年輕貌美的情敵手中奪回戀人的致勝關鍵。《理性與感性》年方雙十、忍辱負重的的大姊艾蓮娜可能是十九世紀理想的女性代表，但是敢愛敢恨的小妹瑪莉安或許更能獲得現代女性的青睞。

美國作家法樂（Karen Joy Fowler）在小說《珍・奧斯汀讀書會》（*The Jane Austen Book Club*）中，敘述六位性格迥異的男女，如何在閱讀奧斯汀的六本小說之後走向不一樣的人生道路，以讀書會的方式介紹了奧斯汀的作品在當代社會的意義。不論是年近七旬的老太太、或是三十上下的年輕女性、甚至是四十餘歲的男性工程師，每個角色都透過閱讀奧斯汀的小說找到生命追尋的目標。法樂的詮釋絕對不是對於奧斯汀過度的讚美，而是領悟到這些經典文學對於人類所具有的重要啟發。奧斯汀筆下栩栩如生的人物以及對於人心及社會風態深刻的描述，超越了時空地理的限制，為不同世代的讀者創造出與個人生命息息相關的意義，這也是她的小說可以持續廣受世界各地讀者喜愛最主要的原因吧！

1

艾瑪·伍德豪斯是一名才貌兼備的富家千金，擁有溫暖的家庭，個性開朗大方，似乎享盡人生的一切優勢。芳齡二十一歲的她，人生過得一帆風順，幾乎不曾出現任何一絲煩惱。

她那性格敦厚的父親非常疼愛女兒，艾瑪身為家中的么女，在唯一的姊姊伊莎貝拉出嫁之後，年紀輕輕就繼承了家業。艾瑪的母親很早過世，雖然對母親的記憶相當模糊，不過她由一名相當優秀的女家庭教師照料長大，依然享有滿滿的母愛。

泰勒小姐在伍德豪斯家待了十六年，不僅是能幹的家庭教師，更是一家人的摯友。她非常疼愛姊妹倆，對艾瑪更是關懷備至，兩人感情之親密更勝於姊妹。即使在泰勒小姐擔任家庭教師的期間，性情溫和的她原本就甚少對艾瑪嚴厲管教；如今卸下權威的職責，兩人相處起來成了親近的朋友，艾瑪更可以隨心所欲；艾瑪相當尊重泰勒小姐的意見，但主要仍按照自己的想法行事。

若要說艾瑪的生活有何缺失，莫過於她向來我行我素，也顯得自視甚高；這些缺點成了絆腳石，讓她無法真正盡情享樂。然而，她目前對此渾然未覺，不可能將其視為不幸。

如今發生了一件令人有些難過，卻又稱不上悲慘的消息：泰勒小姐結婚了。失去泰勒小姐的陪伴，令艾瑪生平第一次嘗到悲傷的滋味。摯友出嫁的當天，艾瑪悵然若失，沉浸於哀傷的思緒。婚禮結束後，新人隨即離去，獨留艾瑪與父親共餐，找不到第三人陪伴父女倆度過漫漫長夜。父親用完餐後，一如往常上床休息；艾瑪獨自坐著，為自己的孤單唏噓不已。

泰勒小姐婚後過得非常幸福。韋斯頓先生的性格完美無缺，身家富裕；他與泰勒小姐年齡相仿，待人亦相當親切。艾瑪十分看好這門婚事，不遺餘力地為泰勒小姐穿針引線；想起自己付出如此無私的慷慨友情，亦讓她感到欣慰不已。儘管如此，這對艾瑪來說依然是件不得已的苦差事[1]。因為接下來的每一天都將感受到泰勒小姐不在身旁的寂寞滋味。她懷念泰勒小姐過往的親切陪伴，整整十六年來，泰勒小姐始終給她無微不至的關愛：打從五歲起，泰勒小姐就是艾瑪的良師益友，盡心盡力地照料她健康成長；每當艾瑪生病時，泰勒小姐總是寸步不離地守在她身旁。艾瑪相當感謝泰勒小姐將自己拉拔長大；不過，自從姊姊伊莎貝拉結婚之後，泰勒小姐這七年來依然毫無保留地支持陪伴，對艾瑪而言更具意義，回憶起來滿是深情。泰勒小姐是相當難能可貴的知心朋友，她聰慧能幹、性情溫柔，不僅對家中大小事知之甚詳，也總是全心全意為一家人付出，尤其對艾瑪關愛有加，對她的一切瞭若指掌；艾瑪大可放心將所有想法向泰勒小姐和盤托出，更清楚她對自己的關愛無微不至。

艾瑪該如何承受如此劇變呢？泰勒小姐的新居確實只與她相距半英里[2]遠；不過，艾瑪十分清楚，距離不過半英里之遙的韋斯頓太太，與昔日同住家裡的泰勒小姐，感受早已不可同日而語。對艾瑪而言，無論如何，她現在勢必躲不過孤零零一人的宿命。雖然她深愛父親，可是父親終究無法扮演陪伴她的角色，既無法與她談論正經事，也無法和她輕鬆地嬉鬧說笑。

伍德豪斯先生結婚得晚，與艾瑪的年齡差距懸殊，其性格和生活習慣更加深了父女之間的隔閡。他對自己的健康狀況向來神經兮兮，由於平日甚少勞動，亦不常用心思考，因此近年來衰老的速度特別快。儘管他待人和氣、性格溫和，處處受人歡迎，卻少有令人稱道的才華。

艾瑪的姊姊儘管結了婚，由於定居倫敦，距離家裡僅有十六英里之遙。然而，這樣的距離又稱不上近在咫尺，艾瑪依然無法天天登門拜訪。每到十月和十一月，艾瑪總得在哈特菲爾德[3]獨自熬過漫漫長夜，引頸企盼著聖誕節到來；屆時，伊莎貝拉將會偕夫婿帶著小孩返家，屋裡也才能再次充滿歡笑聲。

海布里[4]是個人口眾多的偌大村落，幾乎稱得上是一座小鎮；儘管哈特菲爾德在此擁有整齊的草坪和樹叢，名聲響亮，艾瑪卻遍尋不著志同道合的朋友。伍德豪斯家族地位崇高，備受尊重。由於艾瑪的父親人緣甚佳，她也因此認識了不少人，但是卻沒有半個能夠取代泰勒小姐的對象，甚至連陪伴短短半天也沒辦法。如此轉變令人感傷，艾瑪總是不由自主地長吁短嘆，

---

1 不得已的苦差事：原文為「it was a black morning's work for her」，可解讀為「很痛苦，卻又不得不做的工作」。

2 一英里約一點六公里。

3 哈特菲爾德（Hartfield），伍德豪斯家族的宅邸。

4 海布里（Highbury）：虛構村名，在小說裡位於鄰近倫敦西南方的薩里郡（Surrey）。

開始做起遙不可及的白日夢，希望出現值得父親高興的事。艾瑪的父親總是相當緊繃，容易感到情緒低落，需要精神支柱；他深愛身邊所有熟悉的人，無法忍受與他們分離，也厭惡一切改變。婚姻是改變的根源，他對此大不贊同；女兒一旦結婚就要離家，自然令他相當排斥。大女兒遠嫁他鄉，他說什麼也無法釋懷；儘管小兩口情投意合，每每提及女兒，他的語氣卻是滿懷遺憾。如今被迫與泰勒小姐分離，對他而言仍是相同的折磨。他習慣為自己著想，認定其他人的感受都與自己別無二致，自然認為泰勒小姐結婚一事，無論對她自己或他們父女而言，都是令人感傷的結果；倘若泰勒小姐能繼續待在哈特菲爾德度過餘生，想必會快樂許多。艾瑪盡可能堆出滿臉笑容，以愉快的語氣和父親聊天，希望將這些念頭逐出他的腦海。但是，當僕人端進晚茶時，他還是不由自主提起了晚餐時的話題。

「可憐的泰勒小姐！真希望她能回家來。一想到韋斯頓先生，就替她感到難過！」

「爸爸，我不同意您這番話，打從心底無法認同。韋斯頓先生如此平易近人，既討人喜歡，又擁有優秀的能力，絕對值得娶一位好太太。您總不能要求她一輩子和我們住在一起，忍受我的古怪個性吧，那她什麼時候才能擁有自己的家庭呢？」

「自己的房子[5]！她的房子有什麼好的？我們家可是足足大了三倍！更何況，親愛的，妳哪有什麼古怪個性？」

「我們得經常去拜訪他們，他們也該常來探望我們，這樣才能常常碰面！我們要先跨出第一步，盡快在他們新婚後登門拜訪。」

「親愛的，我哪有辦法跑那麼遠？蘭德斯[6]實在太遠了，我連一半的距離都走不到。」

「爸爸，沒有人要您走路過去呀！我們當然會搭馬車。」

「馬車！詹姆士[7]才不願意為了這麼短的距離出動馬匹呢[8]！我們待在屋裡的時候，可憐的馬兒又該待在哪裡呢？」

「爸爸，牠們會待在韋斯頓先生的馬廄裡。你很清楚，我們已經把一切都安排好了，昨晚早和韋斯頓先生商量過啦！至於詹姆士，他絕對很樂意前往蘭德斯，他的女兒就在那裡幫傭。我還擔心除了這裡，他哪兒也不願意載我們去呢！就看您願不願意動身了，爸爸。多虧您把漢娜送到那個好地方去，要不是您開口，誰也記不得她。詹姆士對您簡直感激不盡！」

「我很慶幸自己想起她來，這可真幸運，我絕不希望可憐的詹姆士以為自己受到冷落啦！我相信她會是非常優秀的女傭，待人周到，說起話來又討人喜歡，我對她的印象好極了。她一見到我，總是那麼彬彬有禮地屈膝向我問好；上回妳要她來做針線活，我注意到她關起門來總是輕手輕腳，從來不會發出聲響。我敢保證她絕對是個出色的女傭，相信對可憐的泰勒小姐而

5「house」同時有「家庭」與「房子」之意，艾瑪的父親刻意理解為「房子」，一吐鬱悶之情。

6 蘭德斯（Randalls）：韋斯頓夫婦居住的宅邸。

7 伍德豪斯家的僕人。

8 準備馬車出門是件費事的工作。伍德豪斯先生拿詹姆士作為不想出門的擋箭牌。

言，能見到熟悉的面孔必是一大安慰。詹姆士去探望女兒時，就能將我們的近況捎去了。」

艾瑪無須多說，他就自顧自地沉浸在一連串快樂的想法裡。艾瑪暗自希望，雙陸棋[9]能讓父親愉快地消磨完這一晚，只要她獨自面對內心的沮喪就夠了。沒想到才剛排好棋桌，就有一名客人登門拜訪，這場棋也不用下了。

奈特利先生是位體面的紳士，年約三十七、八，不僅是一家人相識多年的摯友，亦是伊莎貝拉夫婿約翰·奈特利先生的兄長。他的宅邸距離海布里約一英里，因此經常上門拜訪，總是受到父女倆的熱烈歡迎。此時他的來訪更合兩人的心意，因為他剛從倫敦拜訪過伊莎貝拉一家。數天不見的他剛吃過一頓晚餐盛宴[10]，隨即步行前來哈特菲爾德，告訴他們伊莎貝拉一家在布朗史威克廣場[11]過得很好。這則好消息令伍德豪斯先生精神為之一振，高興了好一段時間。奈特利先生待人和氣，開朗快活，總能讓伍德豪斯先生開心起來。伍德豪斯先生不停追問「可憐的伊莎貝拉」與孩子的近況，全都獲得令人滿意的答覆，因此他問完後，十分感激地說道：

「奈特利先生，你真是太好心了，這麼晚還願意來探望我們。你想必走了不少路，累壞了吧？」

「沒這回事，先生。今晚天氣很好，月光清朗。我現在還覺得有些太過暖和，得離您舒適的壁爐遠一點呢！」

「不過，外頭想必又濕又髒。希望你沒有著涼。」

「先生，您怎麼會覺得髒呢？看看我的鞋子，上頭一點髒汙都沒有。」

「喔！這可真令人驚訝，最近老是在下雨呢！今天早餐時下了一場傾盆大雨，足足下了半小時。我當時真希望他們將婚禮延遲一些日子。」

「說到這裡，我還沒恭喜兩位呢！我很能體會兩位的喜悅之情，自然不急著道賀了。希望婚禮一切順利。你們當時做何反應？誰哭得最厲害呀？」

「噢，當然是可憐的泰勒小姐了！這婚事多叫人傷心。」

「要是兩位願意的話，我大可稱呼你們為可憐的伍德豪斯先生和小姐。但是我可不會說『可憐的泰勒小姐』。我非常關心您和艾瑪，不過，談到百般依賴或獨立自主，那又是另外一回事了。與一個人相互廝守，總比要取悅兩個人來得好。」

「更何況這兩人的**其中一位**，滿腦子異想天開，整天惹麻煩！」艾瑪開玩笑地說：「我知道你心裡就是這麼想的——要是我父親不在這裡，你肯定會這麼說出口。」

「親愛的，我相信妳說得沒錯。」伍德豪斯先生嘆了口氣，說道：「我明白自己有時候真

---

9 雙陸棋（Backgammon）：起源於中東與亞洲，至少擁有五千年的悠長歷史，十七世紀盛行於英格蘭。

10 晚餐盛宴（late dinner）：當時所謂晚餐（dinner）指早餐（breakfast）之後的第一頓正餐，用餐時間約介於下午四點至傍晚六點半。

11 Brunswick Square，位於倫敦的布魯姆斯伯里區（Bloomsbury）。當時不僅是倫敦的時尚地帶，也擁有開闊的居住環境。

的非常異想天開，淨惹一堆麻煩。」

「親愛的爸爸，您明明知道我說的不可能是您，更不該認為奈特利先生如此暗示。這想法真是太可怕了！噢，不是那樣，我指的是我自己。您也知道，奈特利先生總愛挑我的毛病。不過他只是開開玩笑，一切都是鬧著玩的。我們對彼此向來有話直說。」

事實上，很少人能指出艾瑪．伍德豪斯的毛病，奈特利先生是這少數人之一，更是唯一願意將這些缺點告訴艾瑪的人。對艾瑪而言，雖然心裡不怎麼好受，但是她知道這會讓父親更加難過，因此說什麼也不願讓父親疑心，自己的女兒並非人見人愛。

「艾瑪很清楚，我從來不會刻意討好她。」奈特利先生說道，「但是我並未影射任何人。泰勒小姐過去得照顧兩名家人，如今她只要照顧好自己的夫婿。這對她而言絕對大有益處。」

「話說，」艾瑪急著要結束這番話題，「你既然想知道婚禮的細節，我很樂意與你分享。我們的表現可圈可點。所有人準時赴約，打扮得非常體面，沒有人掉一滴眼淚，也沒有人臭著一張臉。噢！沒錯，我們都很清楚，彼此不過相距半英里，肯定還是能天天見面。」

「親愛的艾瑪表現得不動聲色。」她的父親說道，「不過，奈特利先生，失去可憐的泰勒小姐讓她傷心極了，我敢說她對泰勒小姐的思念將遠超乎她的預期。」

艾瑪別過頭去，臉上仍掛著笑容，淚水卻在眼眶裡打轉。

「失去這麼多年的好同伴，艾瑪自然思念得很。」奈特利先生說道，「假如我們早知道有這麼一天，當初就不該那麼喜歡泰勒小姐了。不過，艾瑪很清楚這門婚事對泰勒小姐大有好處；泰勒小姐能在這個年紀安定下來，擁有自己的家庭，確保下半輩子過得衣食無虞，對她而言再好不過，而且至關重要。艾瑪對此瞭然於心，比起痛苦的心情，她更該為泰勒小姐感到高興。泰勒小姐身旁的每個朋友，都該為她覓得好歸宿而感到開心不已。」

「你忘了，還有一件事也令我欣慰不已。」艾瑪說道，「非常重要的一件事——這樁婚事可是我牽線的呢！我四年前介紹他倆認識。能一手促成這樁姻緣，並證實他倆是對佳偶，畢竟所有人都說韋斯頓先生不可能再婚——對我而言，沒有什麼比這更令人欣慰了。」

奈特利先生對她搖了搖頭。她的父親溫柔地說：「哎呀！親愛的，希望妳不要再為別人點鴛鴦譜，預言他們終成眷屬，因為妳所說的每句話總會成真。行行好，可別再當媒人了。」

「爸爸，我向您保證絕不會為自己牽線，但是我一定要促成別人的姻緣。這簡直是世界上最大的樂事！更何況我還成功了呢！大家總說韋斯頓先生不可能再婚。不可能，親愛的，韋斯頓先生已經鰥居多年，看起來也十分適應沒有妻子的生活，每天不是在城裡為工作忙得團團轉，就是與朋友為伍，過得相當充實。他所到之處都受人歡迎，看起來總是神采飛揚。如果韋斯頓先生不想獨身過活，他絕對不乏陪伴。喔，不可能，韋斯頓先生絕對不可能再婚。有些人甚至說，他在太太臨終前承諾過不會再娶，也有人認為他礙於兒子和舅子不可能再婚的。人們信誓旦旦地淨說些毫無意義的話，我一個字也不相信。直到四年前的某一天，我和泰勒小姐在百老匯街上遇見他，天空正巧飄起細雨，他立刻自告奮勇地四處奔走，從米歇爾農莊為我們借來兩把傘，當時我就打定主意要撮合他們。既然已有如此成功的前例可循，親愛的爸爸，您怎能指望我放棄為他人牽線呢？」

「我不明白，妳所謂的『成功』是什麼意思。」奈特利先生說道，「成功意味著要先付出努力，倘若妳過去四年來都竭盡所能促成這樁婚事，那麼妳付出的時間心力確實恰如其分。這樣一樁美滿的婚事，值得年紀輕輕的妳努力促成！但是假如事情如我所想，妳所謂的牽線，只不過是妳某天閒來無事，心血來潮突發奇想：『要是韋斯頓先生能娶泰勒小姐，對她而言再好不過了。』之後就只是反覆跟自己這樣說，妳怎麼能吹捧成功？妳有何功勞自居，又有什麼值得自傲呢？妳只是運氣好，猜中他倆終究會結婚，不過就是這麼一回事。」

「你難道不知道，幸運猜中事實多麼令人高興，足以為此洋洋得意嗎？你若不明白箇中樂趣，我可真同情你。真要說起來，猜中事實可不光是單憑運氣，還需要一些天賦。我用了『成功』這個字眼，你對此爭論不休，我實在不懂為什麼自己無權這麼說。你煞有其事地勾勒出兩種場景，不過我認為還有第三種可能性——一種是袖手旁觀，一種是全力以赴。要不是我邀請韋斯頓先生來此拜訪，在一旁加油添醋，暗中將各種小事處理妥當，很有可能無法得到今天這樣的結果。憑你對我們一家的瞭解，相信你一定很清楚這樣的道理。」

「韋斯頓先生行事光明磊落，胸懷坦蕩，泰勒小姐同樣思緒理智、個性純真，像他們這樣的人，大可放心讓他們自己想辦法。妳如此出手干預，不僅對他們幫不上忙，反而更可能給自己帶來傷害。」

「倘若艾瑪能幫助別人，她從來不會想到自己。」伍德豪斯先生再次參與對話，不過他對這個話題一知半解。「不過，親愛的，拜託別再為他人作媒了。這麼做實在愚蠢不過，嚴重破壞別人的家庭生活。」

「爸爸，再一次就好，讓我替艾爾頓先生牽線吧！可憐的艾爾頓先生！爸爸，您也很喜歡他，我一定得幫他找個好太太！海布里沒有女孩配得上他。他在這裡待上整整一年了，家裡打點得那麼舒適，倘若他接下來還繼續孤家寡人，就實在太可惜了。今天他牽起新人的手時，那副神情看起來，他多希望自己也能同樣抱得美人歸！我十分為艾爾頓先生著想，這是我唯一能幫得上的忙了。」

「艾爾頓先生確實一表人才，也是個相當優秀的年輕人，我非常關心他。但是，親愛的，假如妳想對他表示關心，就邀請他找一天過來吃飯吧！這才是更合適的做法。我相信，親切的奈特利先生同樣願意和他碰面。」

「榮幸至極，先生，隨時聽候您的差遣。」奈特利先生大笑著說：「我完全同意您所言，這才是更合適的做法。艾瑪，邀他來吃頓晚餐，招待他上好的鮮魚和雞肉，但是，太太就留給他自己尋找吧！不管怎樣，二十六、七歲的男人，也該懂得照顧自己了。」

2

韋斯頓先生從小在海布里成長，擁有優秀的家世背景；韋斯頓家族備受尊崇，過去兩三代以來，已在當地建立起顯赫名聲與雄厚財力。韋斯頓先生受過良好教育，由於年紀輕輕就繼承了一筆財富，因此並未像他的兄弟一樣安分守己。他的個性積極活潑，喜歡結交朋友，因此他欣然選擇加入薩里郡的部隊，從此投身軍旅生活。

韋斯頓上尉深受愛戴，在從軍時期，因緣際會認識了出身約克郡望族的邱吉爾小姐，兩人就此相戀。這本是眾所預料之事，邱吉爾小姐的兄嫂卻對這段戀情大為反對。夫婦倆與韋斯頓上尉未曾謀面，不過，由於他們個性傲慢、自視甚高，因此認定這樁婚事會使家族蒙羞。

然而，邱吉爾小姐已屆成年，能夠全權掌握自己的財產。雖然與家族的雄厚財力相比，她的財產顯得微不足道，卻還是足以讓她步入婚姻。這樁婚事讓邱吉爾夫婦感到顏面無光，以正當理由將她逐出家門。兩人既不門當戶對，婚後生活也不快樂。照理韋斯頓太太應該感到幸福，因為她的夫婿心地良善、性格溫和；十分珍惜與妻子相戀，凡事都盡力為她著想。可是儘管韋斯頓太太的性格不失迷人之處，卻絕非完美。她雖然有不顧哥哥反對，追求自己幸福的勇氣，但卻不足以招架哥哥不可理喻的怒氣，也無法忘懷過往的優渥生活。即便兩人過著超出收入的生活，仍遠遠比不上在安斯康姆[12]衣食無缺的日子。她依然深愛著丈夫，卻希望自己既是韋斯頓上尉的太太，同時也是在安斯康姆養尊處優的邱吉爾小姐。

韋斯頓上尉高攀上邱吉爾小姐，在這場婚姻裡顯然全盤皆輸，看在邱吉爾夫婦眼裡尤其如此。婚後短短三年，他的太太便撒手人寰，韋斯頓上尉變得比婚前更加窮困潦倒，還得撫養獨生子。但是過沒多久，他便卸下了照顧兒子的重擔。由於韋斯頓太太長年臥病在床，疏於照料兒子，這名小男孩反而格外惹人憐愛，成了讓兩家人化解心結的關鍵。邱吉爾夫婦膝下無子，親戚之中也沒有其他小孩得以照料，因此在韋斯頓太太過世沒多久，夫婦倆便主動開口，願意全權擔負起照顧小法蘭克的責任。韋斯頓先生剛失去妻子，心裡自然還有些顧忌和不情願，但是基於其他考量，他終究放下心中的不安，交由家境富裕的邱吉爾夫婦照料兒子。如今他恢復自由之身，只須顧慮自己的溫飽，盡可能改善自己的生活條件。

韋斯頓先生決定讓生活煥然一新。他離開軍隊，毅然做起生意來；他的手足已在倫敦事業有成，為他奠定了良好的基礎，得以全心全意投入工作。他在海布里還有一棟小房子，閒暇時光大都在此消磨；工作忙碌之餘身旁也不乏朋友的陪伴，就這麼稱心如意地度過了近二十年歲月。直到此時，他才意識到自己已累積起足夠的財力。他始終渴望在海布里鄰區添購一幢小屋，如今已能輕易如願以償；即使泰勒小姐一無所有，他還是能放心地娶她為妻。天性友善、

12 安斯康姆（Enscombe）：邱吉爾家族的宅邸。

愛好結交朋友的韋斯頓先生，就這麼繼續隨心所欲地過日子。

與泰勒小姐的交往多少更改了他的人生規劃，但畢竟不是強烈影響另一半、年少輕狂式的戀情，因此韋斯頓先生沒有動搖買下蘭德斯後再定下來的決心，引頸企盼著屋子出售的日子。他懷抱著目標，沒有停下腳步，按部就班地完成計畫：他累積起大筆財富，買下他的房子，也將妻子迎娶進門；他即將展開嶄新的人生階段，接下來的日子顯然會過得比以往更加快樂。由於天性使然，他從來不曾垂頭喪氣，第一段婚姻也未曾讓他感到悶悶不樂。但是，第二任妻子聰明伶俐、個性純真善良，他才真正嘗到喜悅的滋味，因而打從心底明瞭，擁有選擇權遠比被人選擇更為重要；與其感謝他人，不如讓自己獲得別人的感激。

他只須根據自己的喜好做出選擇——因為他的財產是屬於自己的。至於法蘭克，他不僅僅是舅舅的財產繼承人，而且眾人也認定假以時日他將繼承邱吉爾這個姓氏，因此不大可能需要他父親的資助，韋斯頓先生對此無需掛心。他的舅媽是個陰晴不定的女人，將丈夫完全操弄於股掌之間。不過，韋斯頓先生理所當然地認定，無論個性再怎麼反覆無常，也不可能影響到自己的親人；尤其在他看來，父子之情更是難以割捨。他每年都上倫敦探望兒子，對兒子感到滿心驕傲，逢人便誇獎兒子是個非常優秀的年輕人，海布里的居民也因此感到與有榮焉。法蘭克既然出身海布里，他的美德和前途自然成了眾人關心的話題。

海布里居民對法蘭克．邱吉爾先生讚譽有加，總是密切關注他的消息；但是，這些熱情稱讚少有機會獲得本人的回應，因為法蘭克這輩子很少踏進村裡。眾人總是嚷嚷著，他遲早會回來探望自己的父親，目前卻始終未曾成真。

如今，既然他的父親結了婚，所有人自然認定，照理而言他總該返家探望父親一趟。派瑞太太與貝茨太太母女到彼此家裡作客喝茶時，對這件事的看法都相當一致。法蘭克．邱吉爾先生現在該回到他們的身邊來了，當所有人得知法蘭克寫了一封信給他的新媽媽時，心裡不禁浮現更大的希望。接下來幾天，每天早上，總有人要提起韋斯頓太太收到的那封信，還推崇備至：「你想必已經聽說，法蘭克．邱吉爾先生寫了一封文情並茂的信給韋斯頓太太吧？那封信寫得可真動人，伍德豪斯先生告訴我的。伍德豪斯先生看過那封信，他說這輩子還沒見過寫得這麼感人的信。」

那封信確實大受好評。韋斯頓太太自然對這名年輕人留下相當深刻的好印象，捎來如此討人喜歡的關切，他的聰明伶俐早已不證自明；韋斯頓太太收過許多新婚祝賀，這封信更是錦上添花，最令她歡迎至極。她覺得自己真是最為幸運的女人，很慶幸自己到了這樣的年紀，能夠享受到如此幸福的生活。唯一的遺憾是她不得不與朋友分離；這群朋友對她的情誼未曾稍減，要與她道別，簡直令他們難以承受！

韋斯頓太太很清楚眾人必會十分想念她；一想到艾瑪失去自己陪伴的樂趣，必須忍受百無聊賴的時刻，不禁更感心痛。然而，艾瑪的個性並不柔弱，比起大多數女孩，她思緒分明、充滿活力，想必能順利撐過這小小的挫折，很快就能打起精神來。令韋斯頓太太備感欣慰的是，蘭德斯和哈特菲爾德近在咫尺，即使女性獨自步行，也不會對這段路程感到吃力；而依照韋斯頓先生的個性和狀況看來，他勢必不會阻止她倆見面；接下來的大多數日子，她們晚上想必還是能愉快地共度大半時光。

艾瑪提起韋斯頓太太總是滿心感激，偶爾才會浮現一絲懊惱。韋斯頓太太對現在的生活感到心滿意足，甚至遠超出滿意的程度；她完全沉浸於快樂之中，幸福之情表露無遺。艾瑪對此瞭然於心，因此直到現在，每當他們結束在蘭德斯的愉快聚會後告辭返家，或是看著韋斯頓太太晚上來訪哈特菲爾德後，偕同體面的夫婿走向馬車，父親竟然還是同情起「可憐的泰勒小姐」，有時不禁令她大感詫異。目送韋斯頓太太離去時，伍德豪斯先生總會輕嘆一口氣說：「唉，可憐的泰勒小姐！她一定很希望能留下來。」

泰勒小姐再也不會回來了，伍德豪斯先生對她的憐憫似乎不可能有停止的一天。不過，接下來的幾個星期，伍德豪斯先生的心情總算平復了一些。左鄰右舍不再對這件婚事大肆稱讚；為這樁喜事感到傷心欲絕的他，也不再為此受到奚落；婚宴上的蛋糕曾讓他沮喪萬分，如今早已吃得一乾二淨。他吃不慣豪華的山珍海味，深信其他人的情況和自己並無二致；在他眼裡毫無營養價值的食物，想必其他人也是避之唯恐不及。因此他曾經力勸眾人不要收下婚禮蛋糕，卻沒有人聽勸，他只好轉而阻止他們將蛋糕吃下肚。他認真地向藥劑師[13]派瑞先生諮詢過此事。派瑞先生是個學識淵博、風度翩翩的紳士，經常登門拜訪伍德豪斯先生，對他而言向來是莫大安慰。經伍德豪斯先生這麼一問，派瑞先生不得不承認（即使他的意願似乎背道而馳），許多人確實不適合吃婚禮蛋糕；除非適量食用，否則大多數人都會感到腸胃不適。這個想法與伍德豪斯先生的觀念不謀而合，他自然希望讓前來參加婚禮的每一位賓客都抱持相同認知。儘管如此，所有人還是將蛋糕吃得一點不剩。一片好心的他始終為此感到坐立難安，直到看不見蛋糕的半點蹤影。

之後，海布里流傳起一則奇怪的謠言。大家都說，派瑞家的孩子人手一片韋斯頓太太的婚禮蛋糕；可是，伍德豪斯先生說什麼也不願相信。

13 藥劑師（Apothecary）：在當時大都扮演萬能的家庭醫師角色。

3

伍德豪斯先生向來喜歡依照自己的意思安排聚會。他非常歡迎朋友登門探望。由於他在哈特菲爾德定居已久，個性和善，再加上他財力雄厚，擁有寬敞的大房子，又有美麗的女兒作陪，讓他得以隨心所欲地對身旁為數不多的朋友發號施令。伍德豪斯先生鮮少和交友圈以外的居民往來；他向來不喜歡太晚用餐[14]，也無法忍受呼朋引伴的大型晚宴，因此難以結交新朋友。不過登門拜訪的舊識，總還願意順著他的意思。幸運的是他在海布里還有幾個不錯的朋友，像是同一教區的韋斯頓夫婦，以及鄰近教區丹威爾莊園的奈特利先生。在艾瑪的勸說下，伍德豪斯先生不時會特別邀請幾個最親近的朋友前來用餐。他每晚都喜歡有朋友陪伴在側，除非他偶爾想單獨靜一靜，否則艾瑪幾乎每天晚上都要為他備好牌桌。

韋斯頓夫婦與奈特利先生是相識多年、感情深厚的老友，名單上自然少不了他們。另外還有一名獨居的年輕人艾爾頓先生，與其獨自打發漫漫長夜，他更樂意到伍德豪斯先生的客廳作客，不僅有一群體面的朋友相陪，還能見到他那美麗女兒的笑容。

此外還有另一組賓客，其中最常受邀的是貝茨太太、貝茨小姐和戈達德太太，她們幾乎不曾錯過來自哈特菲爾德的邀請，由於詹姆士經常駕著馬車送她們回家，伍德豪斯先生相信他和馬匹早已熟門熟路了。倘若幾位女士一年才上門一次，搞不好反而令詹姆士大發牢騷呢！

貝茨太太是前任海布里教區牧師的遺孀，垂垂老矣，幾乎對所有事情都意興闌珊，唯獨對喝茶和打四十張牌[15]情有獨鍾。她與尚未出嫁的女兒相依為命，生活相當儉樸。這名和善的老太太在如此艱困環境下，倒還能博取不少關心和尊重。她的女兒年紀一大把尚未出嫁，其貌不揚，又並非出身富裕的家庭，卻意外地受人歡迎。貝茨小姐沒有任何足以博取好感的優勢。她不是天資聰穎的女子，無法彌補自身的缺點，也無法給人下馬威，讓他們表現出尊重。她既不漂亮，又不聰明，亦逃不掉年華老去的命運；如今她已屆中年，全副心力都用在照顧孱弱的母親，還得想方設法開源節流。儘管如此，貝茨小姐依然開開心心地過日子，所有人一提起她，個個都眉開眼笑。她與人為善，性情溫和，因此深受歡迎。她喜歡身旁每一個人，真心關懷他們，總是很快就能看出每個人的優點。她自認是最為得天獨厚的幸運兒，擁有一位好母親，身旁圍繞著許多親切的鄰居朋友，家裡的生活也無所匱乏。貝茨小姐天性單純樂觀，容易知足，總是滿懷感激之情，不僅贏得所有人的好感，也讓她倍覺幸福。她談起芝麻小事總是滔滔不

---

14 十八世紀末，英國人的晚餐時間持續延後。奧斯汀在書信中曾透露，他們家在一七九八年時，三點半即用餐完畢；一八〇八年時她寫道：「我們從不在五點前吃晚餐。」伍德豪斯先生應是屬於三、四點即用畢晚餐的世代。

15 四十張牌（Quadrille）：由四名玩家以四十張紙牌進行的遊戲，起源於十八世紀，至十九世紀便乏人問津。伍德豪斯先生與貝茨太太仍樂於這種牌戲，顯示他們老派的一面。

絕，正合伍德豪斯先生的心意，平日總愛拿日常瑣事與大家嚼嚼舌根，聊些無傷大雅的閒話。

戈達德太太創辦了一所女校。一般的女子學院或教會學校，總是用冠冕堂皇的長篇大論灌輸毫無意義的觀念；依據全新的準則或體系，將基礎課程包裝成道德勸說，曉之以理，諄諄教誨。付了大筆學費在此就讀的女孩，很可能因此累垮身體，或是變得愛慕虛榮。戈達德太太的學校並非如此，而是一所貨真價實、堅持傳統的寄宿學校，開設許多收費合理的課程；父母將年紀輕輕的女兒送離家門接受教育，在此多少能學會一技之長，絲毫不必擔心她們畢業回家後變得特立獨行。戈達德太太的女子學校名聲響亮，而且不負盛名。眾所皆知，海布里特別注重學生的健康：戈達德太太擁有寬敞的房子和花園，供應學生營養均衡的餐點。每逢夏季，學生有大量戶外活動的機會；到了冬天，戈達德太太也會親自照料染上凍瘡的孩子。四十名女學生兩兩成對，跟隨她魚貫走進教堂，這幅光景自然令人毫不意外[16]。她如同母親般慈愛溫柔，從年輕時就努力不懈，因此認為自己有資格偶爾放放假，到朋友家裡喝杯茶[17]。伍德豪斯先生向來對戈達德太太照顧有加，特別邀請她一有空就離開掛滿精美刺繡的自家客廳，到他那舒適的壁爐旁打打牌，輸贏幾個小錢。

艾瑪非常頻繁邀約這三位女伴，發現她們幾乎從不缺席，不禁為父親感到高興。只是對她而言，這幾位友人依然完全無法取代韋斯頓太太。見父親眉開眼笑，艾瑪不僅欣慰，也很驕傲自己將一切安排得如此妥當。然而即使有她們作陪，每晚的氣氛還是平淡乏味；對艾瑪而言，依然是百無聊賴的漫漫長夜。

這天早上，艾瑪一如往常等待著晚上的聚會，此時戈達德太太捎來了一封短箋。她以相當彬彬有禮的口氣詢問，是否能帶史密斯小姐同行拜訪。艾瑪自然對此歡迎不過，史密斯小姐年僅十七，長得相當漂亮，艾瑪見過她許多次，向來十分希望認識她。艾瑪立刻熱情地回信邀請對方一同前來作客，夜晚的到來也不再令這位漂亮的女主人恐懼不安了。

海莉葉·史密斯是某戶人家的私生女，幾年前送來戈達德太太的寄宿學校就讀，近來更搬離學生宿舍，直接住進戈達德太太的家裡[18]。眾人對海莉葉的瞭解僅止於此。她身旁不曾出現親近的朋友，不過海布里的居民都認得她。她前陣子到鄉下拜訪幾個一起在寄宿學校讀書的朋友，待了好一段時間，如今剛返回海布里。

海莉葉出落得亭亭玉立，正巧是艾瑪特別欣賞的那種美人胚子。她的身材嬌小豐滿，肌膚白裡透紅，擁有一雙湛藍色的眼睛[19]，一頭淡金色頭髮，五官精緻，臉蛋十分甜美。聚會尚未結束，艾瑪早已對海莉葉大為欣賞，覺得她的個性一如外表討人喜歡，並決定繼續邀請她前來作客。

16 意指戈達德太太的辦學績效已聲名卓著，學員眾多。
17 當時英國還未流行午茶，人們通常於晚餐後喝茶。
18 有錢人家的孩子才能負擔較高額的費用，寄宿在校長的家裡，並享有部分特權。
19 讀者不妨留意小說裡對各女性要角的眼睛顏色描寫，有助於接下來理解情節中的伏筆。

史密斯小姐的談吐雖然沒有特別聰明伶俐，卻散發出非常迷人的魅力：她不是那種害羞內向、沉默寡言的人，舉止得宜、乖巧溫順。受邀至哈特菲爾德似乎令史密斯小姐受寵若驚、滿懷感激，並打從心底對一切讚嘆不已，認為眼前所見皆展露出不凡的高尚風格，與她過往熟悉的環境大相逕庭。這足見史密斯小姐品味出眾，艾瑪理應對此表示讚賞。艾瑪確實應該大肆稱讚史密斯小姐。看看她那雙溫柔的碧藍雙眸，以及與生俱來的優雅氣質，埋沒於海布里的低下階層簡直太浪費。史密斯小姐所結交的朋友並不值得來往，她剛探望過的那群友人雖然都是好女孩，卻會對她造成傷害。她們是馬汀家的女兒，艾瑪對這家人瞭若指掌。他們向奈特利先生租了一個大農場，定居於丹威爾教區。她相信馬汀一家值得尊敬，奈特利先生對他們的評價甚高。但是這家人的女兒想必作風粗俗，舉止不夠得體；像史密斯小姐如此才貌兼具的年輕女孩，僅差一步就能更臻完美，實在不適合與這樣的人密切來往。艾瑪得對她多加留心，幫助她更上一層樓；她必須協助史密斯小姐遠離不合適的同伴，結交上流社會的新朋友，還要改變史密斯小姐的見解，讓她的行為舉止更加合宜。這想必是一份非常有趣的工作，更足以展現艾瑪的一片好意。這不僅成了艾瑪目前的生活動力和樂趣，也能將她的才華發揮得淋漓盡致。

由於艾瑪不停讚賞海莉葉那雙溫柔的湛藍眼睛，專注沉浸於兩人的對話，還不時構想著未來幫助史密斯小姐的計畫，因此有別於往常，今晚的時光流逝得特別快；到了派對尾聲的晚餐[20]時刻，平常總是坐在一旁觀望等待的她，今晚卻渾然未覺，不知僕人什麼時候已備好餐點，安置在舒適的爐火旁。艾瑪向來喜歡將一切打點得無微不至，滿足於自己盡心盡力的態度；因此用餐期間她十分周到地扮演好東道主的角色，頻頻勸客人多吃些雞肉餡和焗烤牡蠣，並親自為她們服務。她相信客人們顧及禮儀，加上深夜的飢腸轆轆，自然會恭敬不如從命。

每到這個時刻，可憐的伍德豪斯先生總是感到憂喜參半。年輕時他也喜歡鋪設桌布的光景；但如今他認為晚餐有礙健康，看到食物上桌反而感到遺憾[21]。他為人好客，自然對客人有求必應，不過亦關心大家健康的他，只能苦惱地在一旁觀看眾人用餐。

對伍德豪斯先生而言，此時唯一能發自內心推薦的菜色，就是一小碗燕麥粥。但是看著幾位女伴正津津有味地享用更豐盛的佳餚，他只得克制自己，改口說道：

「貝茨太太，容我建議妳嘗嘗一顆水煮蛋。將雞蛋煮得太軟對健康不好，不過瑟蕾[22]最擅長烹調雞蛋了，換作別人掌廚，我可不會開口推薦。妳大可放心，妳瞧，這些水煮蛋小得很，吃一顆雞蛋對妳沒有壞處。貝茨小姐，讓艾瑪幫妳切一點水果餡餅吧！嘗一小口就好。我們只用蘋果製作餡餅，妳不必擔心這裡會端出任何不利於健康的菜色。至於卡士達蛋糕，就別碰了吧！戈達德太太，妳怎麼不喝半杯紅酒呢？小小半杯就好，再兌一杯水？我相信妳會樂意喝這

---

20 此處的晚餐原文為supper，是指常規的晚餐（dinner）後，在社交或打牌結束，再次供應的第二頓餐點，亦可理解為現代人的宵夜。

21 伍德豪斯先生年輕時晚餐（dinner）吃得早，第二頓晚餐（supper）自然也較早。如今越吃越晚，老先生不禁為時下年輕人的健康擔憂起來。

22 哈特菲爾德的廚娘。

麼一點酒。」

艾瑪任由父親滔滔不絕，不過還是盡量端出迎合客人喜好的菜色。今晚送走這群酒足飯飽的客人，讓艾瑪感到格外欣慰。一如艾瑪所願，史密斯小姐顯得心滿意足。伍德豪斯小姐在海布里名聲顯赫，要與這樣的大人物見面，戰戰兢兢的感受恐怕不亞於喜悅的心情。但是，這位態度謙虛、個頭嬌小的女孩離開時滿懷感激，內心十分滿足。整晚伍德豪斯小姐都待她十分和藹，令她高興得飄飄然，最後她倆甚至還握了手呢！

過沒多久，海莉葉．史密斯便成了哈特菲爾德的常客。艾瑪行動果決，積極鼓勵她經常登門作客。兩人認識越久，對彼此的好感也日漸深厚。艾瑪很快就發現海莉葉會是陪伴她散步的絕佳人選。自從韋斯頓太太嫁人後，她就少了這樣的同伴。到灌木叢之前有兩條長短不一的步道，她的父親會隨著季節選擇路徑，不過從來不願踏出更遠的地方；因此打從韋斯頓太太結婚以後，艾瑪散步的範圍就變得十分有限。有一回，她試著獨自走去蘭德斯，卻不怎麼樂在其中。如今艾瑪外出散步時，隨時可以找海莉葉．史密斯作陪，這位新同伴對她的重要性自然不在話下。艾瑪更瞭解海莉葉後，對她愈加認同，也更想熱心地助她一臂之力。

海莉葉確實不是個聰穎的女孩，不過性格討喜溫順，懂得感激，也絕不可能撒謊，願意對自己景仰的人言聽計從。海莉葉很快就喜歡上艾瑪，讓艾瑪十分高興。海莉葉是再適合不過的同伴人選，又懂得讚賞艾瑪的優雅聰慧，足以證明她具備一定的品味，只是理解力有些差強人意。總而言之，艾瑪深信海莉葉正是她所欠缺的年輕朋友，也是家裡最需要的類型。像韋斯頓太太這樣的朋友重要性自然不在話下，但不需要兩個同類型的，她不想要兩個一樣的朋友。這是截然不同的事，艾瑪對兩人的感情涇渭分明，互不干擾。艾瑪對韋斯頓太太的感情出自於關心，奠基於她對韋斯頓太太的感激和尊敬；她喜歡海莉葉，則是因為覺得自己能替這女孩幫上許多忙。她對韋斯頓太太的生活再也無從置喙，卻能親自為海莉葉打點每一件事。

艾瑪想為海莉葉出力的第一件事，便是找出她的父母親，然而海莉葉對這件事卻三緘其口。她樂於傾吐任何話題，唯獨這件事情卻問不出個所以然。艾瑪向來喜歡大肆想像——她實在很難相信，要是自己處於相同處境，會不去查明真相。但海莉葉對細節一無所知。她滿足於戈達德太太願意透露的訊息，並不打算深究。

與海莉葉聊天，她的話題通常只圍繞著戈達德太太、其他師生和在校生活的大小事打轉，有時提及住在艾比米爾農場的馬汀一家，就再也沒什麼可說的了。不過，她滿心惦記著馬汀一家，她在那裡開心地住了兩個月，如今非常喜歡回憶當時的快樂時光，對當地的舒適環境和優雅景致如數家珍。艾瑪總是鼓勵她滔滔不絕地說下去。從另一個人口中描繪的光景，聽得她津津有味；年紀輕輕的海莉葉十分單純，她對馬汀太太的描述逗得艾瑪樂不可支。她沾沾自喜地形容著，馬汀太太擁有：「**兩間**客廳，真的非常漂亮。其中一間幾乎和戈達德太太家的客廳一樣寬敞，還有一位同住了二十五年的資深女管家。他們養了八頭乳牛，兩頭奧爾德尼乳牛，還有一頭威爾許小牛，長得漂亮極了。聽馬汀太太說她很喜歡那頭小牛，真該取名為她的牛。他們的花園裡有一間非常迷人的避暑小屋，他們明年會找一天到那兒喝茶。真的是非常好看的避暑小屋，大到足以容納十二個人。」

艾瑪就這麼興致盎然地聽了好些時間，當下未曾多想；然而當她越瞭解馬汀一家，心裡開始浮現其他想法。她始終以為馬汀太太與一雙兒女、兒媳同住，可是海莉葉不時提到馬汀先生，總是對他的良善個性讚譽有加，說他攬下了許多事情，艾瑪這才意識到馬汀先生依然單身；年輕的馬汀太太並不存在，家裡根本沒有兒媳這個成員。這番可疑的殷勤與盛情，不禁令艾瑪開始擔心起這位可憐的年輕朋友——要是她不插手干預，海莉葉恐怕一輩子都無法從底層翻身了。

這個想法令艾瑪頓時更加專注，開始有意不停提問，刻意引導海莉葉多談談馬汀先生——海莉葉顯然毫不排斥這個話題，興高采烈地談起，她經常與馬汀先生在月光下散步，每晚的牌局也玩得相當盡興，更是不停強調馬汀先生非常親切友善，樂於助人。「我說過非常喜歡核桃，有一天他足足走了大約三英里路，只為了幫我帶一些核桃回來。還有各種大小事，他也十分樂意幫忙！有天晚上，他特地將牧羊人的兒子找來家裡，讓他唱歌給我聽。我非常喜歡唱歌，他自己也會一點歌藝。我覺得他真的非常聰明，無所不知。他有一群非常漂亮的綿羊，我當時在場，他的羊毛總能拍賣出鎮上最好的價格。大家都對他讚不絕口，他的母親和姊姊也非常疼愛他。有一天馬汀太太告訴我（她的雙頰泛起了紅暈），她打著燈籠也找不到比這更優秀的兒子，因此相信他婚後絕對是個好丈夫。這不表示馬汀太太希望他娶媳婦，這件事還不急。」

艾瑪心想：「馬汀太太，做得好啊！妳很清楚自己該做些什麼。」

「我離開以後，好心的馬汀太太寄了一隻漂亮的鵝給戈達德太太；她從未見過這麼上等的鵝。星期天她煮了那隻鵝，找來所有教師一起享用，奈許小姐、普琳絲小姐和理查森小姐都來了。」

「我想，馬汀先生對於工作以外的事情似乎一無所知。他平常不看書嗎？」

「噢，他會！我是指，不對——我不清楚。不過，我相信他一定讀過很多書，只是或許並非您所想的類型。他會看《農業報告》和其他書，就擱在窗戶邊的座位上。他自己閱讀**那些書**時，都不忘朗誦出來。有時候，在我們晚上打牌之前，他會大聲朗讀一些《文粹精選》[23]的內容，真的非常有趣。我知道他已經讀完《維克菲德的牧師》[24]。他還沒有讀過《森林羅曼史》[25]或《修道院的孩子》[26]。我向他提起之前，他從未聽過這兩本書，不過他決定盡快找來看。」

艾瑪又問：「馬汀先生長得怎麼樣？」

「噢！不怎麼好看——他的外表並不出色。一開始我覺得他其貌不揚，可是我現在不覺得他長得很普通了。看上一陣子，就覺得順眼多了。但是您從來沒見過他嗎？他現在常來海布里，每個星期肯定都會駕車前往金斯頓[27]。他很常經過您家門口呢！」

「可能吧！或許我已經見過他五十次了，只是根本不曉得他是誰。他只是個年輕農夫，無論騎馬或步行而來，都不會勾起我一絲好奇心。我和自由民[28]這樣的階級向來一點關係也沒有。要是位階再低一些，有張俊俏的臉蛋，或許還會引起我的興趣，希望對他們一家盡些心力。但是農夫可就不需要我的幫助了；倘若他的生活再辛苦一些，或許才會引起我的注意。」

「確實如此。噢！沒錯，您確實不可能留心過他——不過，他對您可就清楚得很。我是說，他曾經見過您。」

「我相信他一定是個值得敬重的年輕人。我對此毫不懷疑，也希望他將來過得一切安好。他現在幾歲了？」

「他六月八日時滿二十四歲。我的生日則是二十三日，我們的年紀才差了十五天！簡直太神奇了！」

「才二十四歲，要定下來還早呢！他的母親認為婚事還不急，確實很有道理。母子倆看來似乎相處得很融洽，要是她打算費盡苦心讓他結婚，恐怕會懊悔莫及。再等六年，要是他能遇上門當戶對又年輕的好女孩，還有一點錢，步入婚姻再合適不過了。」

「再等六年！親愛的伍德豪斯小姐，到時候他就三十歲啦！」

---

23 文粹精選（*Elegant Extracts*），英國評論家 Vicesimus Knox 將知名作家的散文集結成冊，於一七八三年出版。

24《維克菲德的牧師》（*The Vicar of Wakefield*）：作者為愛爾蘭作家奧立佛．戈德史密斯（Oliver Goldsmith），是當時最流行的小說之一。本書經常引用該作品。

25《森林羅曼史》（*The Romance of the Forest*）：英國作家 Ann Radcliffe 於一七九一年出版的哥德小說。

26《修道院的孩子》（*The Children of the Abbey*）：英國作家 Regina Maria Roche 於一七九八年出版的哥德小說。

27 金斯頓（Kingston）：，位於薩里郡的大型市集。

28 自由民（yeomanry）：低於鄉紳（gentleman）的社會階級，成員多為小地主或佃農。

「喔，假如男人並非含著金湯匙出生，要具備結婚的條件，三十歲已經是最早的年紀了。我猜想，馬汀先生若要累積財富，全得憑藉一己之力，可沒辦法比其他人早贏一步。無論他在父親過世後繼承多少錢，也不管他能獲得多少家產，我敢說早已全數投資在他的牲畜身上。雖然靠著勤奮工作和運氣，他遲早能建立起自己的財力，不過在那之前，他還是一無所有。」

「確實如此，一切如您所言。可是他們現在的生活非常愜意。家裡雖然沒有聘請傭人，不過除此之外，他們什麼也不缺。馬汀太太說，明年要請個小男僕。」

「海莉葉，無論他什麼時候結婚，希望妳不會因此而陷入困境。我的意思是，妳不需要認識他的妻子。雖然他的姊姊受過良好教育，我不反對妳與他們來往，但這並不表示，他娶進門的太太就值得妳花心思結識。妳的出身不幸，因此得格外小心，慎選往來的朋友。妳的父親絕對是位值得敬重的紳士，這點毋庸置疑，妳必須竭盡所能證明這件事，否則會有許多人等著貶低妳。」

「是啊，您說得沒錯——我想一定有很多人等著這麼做。可是，伍德豪斯小姐，既然我能上哈特菲爾德拜訪，您待我又如此親切，任憑其他人要怎麼對我，我一點也不感到害怕。」

「海莉葉，妳很清楚這會造成多大的影響；可是我一定會讓妳在上流階層建立起良好的人脈，即使少了哈特菲爾德和伍德豪斯小姐，妳也能獨當一面。我希望妳這輩子身旁都是值得來往的朋友——為了達成這樣的目標，妳最好少認識特立獨行的人。因此當馬汀先生結婚時，倘若妳還是待在鄉下，希望妳不要因為與他姊姊的交情就牽扯進去，非得認識他的妻子不可。他很可能只會娶個農夫的女兒，這輩子根本沒讀過半點書。」

「沒錯，確實如此。只不過，我認為馬汀先生還是能娶到出身良好、受過教育的太太。但是，這不表示我有意與您唱反調──我相信自己絕不想認識他的妻子。我非常關心兩位馬汀小姐，尤其是伊莉莎白，要是放棄與她們的友情，我一定感到非常可惜，因為她們和我一樣，都接受過良好的教育。不過，要是他真的娶了個無知粗俗的女人，假如我克制得住的話，我自然還是別去拜訪她才好。」

艾瑪留意觀察海莉葉說這番話時的語氣變化，發現沒有任何危險跡象顯示她鍾情於馬汀先生。這名年輕人確實是第一個仰慕海莉葉的人，不過艾瑪相信這持續不了多久，海莉葉也想必不會反對她的好心安排。

隔天她們在丹威爾路上遇見了馬汀先生。他步行而來，先是以非常尊敬的眼光向艾瑪致意，接著視線便轉向她身旁的同伴，眼神流露出最為真摯的欣喜之情。艾瑪很高興有這個密切觀察的機會，她往前走了幾碼距離，看著兩人聊天，很快就以敏銳的目光看透了羅伯特．馬汀先生。他的外表打點得乾乾淨淨，看起來像個明理的年輕人，不過除此之外看不出其他優點；若是跟紳士一較長短，艾瑪相信他毫無指望能擄獲海莉葉的芳心。海莉葉並非對禮儀一無所知，她見過艾瑪父親彬彬有禮的紳士風範，語氣滿是讚賞和驚嘆。從馬汀先生的舉止看來，他似乎不知道禮儀為何物。

他們又聊了幾分鐘就不得不打住，不敢再讓伍德豪斯小姐等下去。接著海莉葉跑向艾瑪，臉上滿是笑意，看起來興高采烈，伍德豪斯小姐不禁希望她很快就能冷靜下來。

「沒想到我們竟然會遇見他！多奇妙呀！他說他已經好一陣子沒有繞到蘭德斯附近來，實在太湊巧了。他壓根兒沒想過我們會經過這條路，以為我們大多數時候都直接走去蘭德斯。他還沒有機會拿到《森林羅曼史》。他上回到金斯頓時太忙了，將這件事忘得一乾二淨。不過他明天還會上那兒一趟。我們如此巧遇，感覺真是太奇怪啦！喔，伍德豪斯小姐，他是否符合您的預期？您覺得他人怎麼樣？您認為他很普通嗎？」

「他確實非常單純，這點毫無疑問——平凡得像張白紙。不過，這沒什麼大不了的，因為他的舉止簡直毫無教養可言。我沒有資格對他抱持太高的期望，因此心裡沒有什麼期待。但是，我實在沒想到他竟然如此粗鄙，一點氣質都沒有。我得承認，我以為他至少還有一絲優雅可言。」

「這倒是。」海莉葉困窘地說道：「他不像真正的紳士般那麼彬彬有禮。」

「海莉葉，自從妳認識我們以來，經常見到真正的紳士，想必已很清楚，馬汀先生與他們是如此大相逕庭。在哈特菲爾德，妳已經見識過何謂真正受過良好教育、極具教養的男士。見到這樣的典範之後，倘若妳還是不認為馬汀先生遠遠比不上他們，繼續和他往來，可就讓我驚訝不過了。妳也該對自己感到詫異，過去怎能對他留下這麼好的印象！妳現在還沒浮現這樣的念頭嗎？妳並不為此感到納悶嗎？我相信妳肯定對他笨拙的外表與唐突的舉止感到困擾——他說話時毫無抑揚頓挫的粗鄙語調，連我站在這裡都聽得一清二楚。」

「他確實不像奈特利先生。他不像奈特利先生擁有高雅的氣質，走起路來如此挺拔。他倆之間的差異我的確看得清清楚楚。但是，奈特利先生是這麼優秀的人呀！」

「奈特利先生的氣質格外出眾，拿他和馬汀先生相提並論，對他實在太不公平了。像奈特利先生如此名符其實、渾身上下都散發翩翩風度的紳士，打著燈籠也找不到幾個！不過，妳最近見過的紳士可不只他一人。妳覺得韋斯頓先生和艾爾頓先生如何呢？將馬汀先生和他們其中一人比較看看吧！比較他們展現出來的風度、走路姿勢和談吐，以及不說話時的模樣。妳想必看得出來，他們之間截然不同。」

「噢，沒錯！他們確實差得多了。可是韋斯頓先生看來年紀一大把，想必有四、五十歲了吧。」

「這讓他的優雅舉止相得益彰。海莉葉，人的年紀越大，維持良好的行為舉止越發重要。要是一把年紀講起話來還大呼小叫、用語粗俗，態度也魯莽不堪，那就更顯得引人注目，讓人退避三舍了。年少無知時可以容忍的缺點，隨著年紀增長，就成了惹人討厭的毛病。馬汀先生現在顯得如此粗魯無禮，一旦到了韋斯頓先生的年紀，又會變成什麼模樣呢？」

「這誰能說得準！」海莉葉非常嚴肅地回道。

「但是那並不難想像。他將會變成一個惹人厭的粗鄙農夫，外表不修邊幅，滿腦子只知道獲利及虧損。」

「他要是真變成那樣，那就太糟糕了。」

「他把妳推薦的書忘得一乾二淨，足以證明他現在早已汲汲營營於自己的生意。他滿腦子只想著賺錢，其他事情根本顧不著。一心發展事業的男人就是這副模樣。讀書與他何干？我相信他的農場生意會經營得有聲有色，有朝一日他將建立起雄厚的財力——我們一點也不需要介意，他是個胸無點墨又粗魯無禮的人。」

「我想，他可能記不得那本書。」海莉葉僅僅這麼回答，語氣滿是不高興，艾瑪心想，此時最好還是保持沉默，因此好一段時間都不再開口。接著，她又說道：

「或許，就某方面而言，艾爾頓先生略勝奈特利先生或韋斯頓先生一籌，比他倆更具紳士風範，也更值得效法。韋斯頓先生心直口快，甚至稱得上直言不諱，博得所有人的歡心，大家都喜歡他為人如此坦率；但是，這一點是學不來的。奈特利先生的作風同樣直截了當，果決又強勢，卻也一樣難以仿效；這樣的風格非常適合他，他長得一表人才，生活富裕，大可如此行事直率。然而，如果其他年輕人也想效法他，可就畫虎不成反類犬了。相反地，我認為年輕人可以放心將艾爾頓先生視為楷模。艾爾頓先生待人和氣，性格開朗，總是樂於助人，舉止溫文有禮。在我看來，他最近似乎顯得更加文質彬彬。海莉葉，我不確定他是否刻意要討我倆的歡心，因此變得更加溫柔，不過他比以往更加溫和有禮，確實令我大感意外。倘若他果真別有居心，想必也是為了逗妳高興。我有沒有告訴過妳，他前幾天提起妳時說了什麼？」

她娓娓道出艾爾頓先生對海莉葉的讚美之辭，這番苦心隨即獲得回報。海莉葉羞得滿臉通紅，不禁微笑著表示，她也認為艾爾頓先生非常討人喜歡。

為了將那位年輕農夫趕出海莉葉的腦海，艾瑪認為艾爾頓先生正是取而代之的不二人選。她認為兩人十分相配，簡直是天作之合，毋需她刻意牽線，他倆自然就能情投意合。她擔心旁人也與自己抱持相同的想法，早已看出兩人天生一對。然而，不可能有人比她更早察覺出此事；早在海莉葉第一晚來到哈特菲爾德時，艾瑪就已經突發奇想要撮合他倆。她越想越覺得大有可為。艾爾頓先生的條件再好不過：他是個風度翩翩的紳士，來往淨是上流人士；他無親無故，因此不會有人出言反對海莉葉的出身。他擁有一間舒適的房子，能和海莉葉安穩地生活，艾瑪猜想他的收入亦頗為可觀。雖然海布里的牧師公館稱不上寬敞，但是他還坐擁其他地產。艾瑪對艾爾頓先生的評價甚高，認為他性情和善、古道熱腸，是個值得敬重的年輕人，對人情世故知之甚詳。

令艾瑪大感欣慰的是，艾爾頓先生認為海莉葉長得甜美可人，她相信兩人既然經常在哈特菲爾德碰面，他理所當然會愛上海莉葉；而海莉葉知道艾爾頓先生對自己情有獨鍾，想必也會令她怦然心動。艾爾頓先生是個相當討喜的年輕人，任何年紀輕輕的女孩若非百般挑剔，一定會對他大有好感。他擁有出色的外貌，個性深受歡迎，唯獨艾瑪對他頗有微詞，認為他少了不可或缺的優雅氣質。不過，既然羅伯特．馬汀從鄉下為海莉葉帶來核桃，就能令她大受感動，這樣的女孩想必很容易被艾爾頓先生的仰慕所征服。

5

奈特利先生說：「韋斯頓太太，艾瑪與海莉葉．史密斯的感情如此融洽，不知道妳對此做何感想。先說，我認為這不是件好事。」

「不是件好事！你真這麼想？為什麼？」

「這對她們彼此都沒有好處。」

「你這麼說真叫我意外！艾瑪一定會為海莉葉百般著想，海莉葉能轉移艾瑪的注意力，對艾瑪而言也不啻大有好處。看到她們感情這麼好，我真的非常高興。我倆的看法可真不同！竟然認為對她們彼此都沒有好處！看來我們肯定會為艾瑪的事爭執不下，奈特利先生。」

「妳或許以為我是刻意來找妳吵架，因為我知道韋斯頓出門去了，妳現在可得孤軍奮戰。」

「韋斯頓先生要是在這裡一定會支持我，他對這件事情的想法與我一致。我們昨天正好談及此事，不約而同認為艾瑪非常幸運，在海布里還能有個這樣的女孩陪在身邊。奈特利先生，你對這件事情的看法並不公道。你早已習慣獨自生活，所以不瞭解有人作伴是件多麼可貴的事。或許男人實在無法理解，女人一輩子都習慣同性好友的陪伴，此時有個女性朋友為伴，是多麼令她寬慰。我可以猜想你反對海莉葉．史密斯的原因，她不是出身優越的年輕女孩，不屬於艾瑪應該來往的社交圈。不過就另一方面而言，既然艾瑪希望海莉葉能增廣見聞，她自己接下來想必也會更加努力讀書。她們會一同享受閱讀時光。艾瑪是認真的，我很清楚。」

「自從艾瑪十二歲以來，她對讀書永遠充滿渴望。我已經見過好幾次，她洋洋灑灑寫下許多書單，打算定期閱讀——那些書單確實非常不錯，她精挑細選了許多作品，整理得有條不紊，有時依照字母排序，有時則以其他規則制定。她年僅十四歲時曾列過一份書單，我記得當時對她的選書能力大為驚豔，還收藏了那份書單好一段時間。我敢說她現在一定已經擬出非常優秀的書單，只是我已不再認為她會認真地按表操課。她總是做不來需要毅力與耐心的事；要是完成目標需要理解力而非想像力，她也很難辦到。泰勒小姐辦不到的事，我不認為海莉葉·史密斯可以代妳達成。妳甚至無法說服她讀完一半你所期望的閱讀量。妳自己也很清楚。」

「我敢說，」韋斯頓太太笑著答道：「我**當時**確實也這麼想。不過，自從我們分別以來，艾瑪從不曾辜負我的期望。」

奈特利先生由衷地說：「妳自然不願回想起那種事。」他停頓了片刻，隨後接著說：「雖然我並非感受敏銳的人，不過親眼所見、親耳所聞之事，我依然記得清清楚楚。艾瑪是家裡最聰明的孩子，集三千寵愛於一身。她姊姊十七歲時答不出來的問題，年僅十歲的她卻能迎刃而解。艾瑪的反應靈敏，總是胸有成竹，伊莎貝拉卻是個遲鈍又羞怯的孩子。艾瑪十二歲時，儼然成了這個家裡的女主人，對所有人頤指氣使。她的母親過世後，就失去唯一管得動她的人。她遺傳了母親的天分，想必只對母親言聽計從。」

「奈特利先生，要是我離開伍德豪斯先生後，得仰賴你的推薦找下一份工作，結果肯定會令我失望。想必你不會在任何人面前替我說好話，因為你認為我根本不適合擔任家庭教師。」

他笑著說：「是啊！妳最好還是待在**這裡**。妳很適合成為妻子，卻不適合當家庭教師。不過妳待在哈特菲爾德的經歷，倒是讓妳具備扮演一名好妻子的條件。妳或許無法提供艾瑪你原本想給予的完整教育，但妳從她身上倒是學了不少，懂得依照別人的臉色放下身段，這正是邁入婚姻所需要的相處之道。假如韋斯頓先生當時問我，誰才是娶進門的好人選，我毫不考慮就會推薦泰勒小姐。」

「謝謝你。像韋斯頓先生這樣的人，要當他的好太太一點都不難。」

「老實說我還擔心妳從艾瑪身上經歷各種磨練，懂得百般容忍，在好脾氣的韋斯頓身上毫無用武之地。不過我們還不用感到可惜，韋斯頓或許會因為沉溺於玩樂，脾氣變得越來越暴躁，或者為了兒子感到心煩意亂。」

「我可不希望變成那樣。不可能，絕對不會的。奈特利先生，不要憑空想像這麼糟糕的事情。」

「我可沒這麼做，只是講講幾種可能性罷了。我不打算和艾瑪一樣有預言的天分，精準猜測往後的事情。我由衷希望這名年輕人既具備韋斯頓的美德，又像邱吉爾一樣家財萬貫。不過，關於海莉葉．史密斯，我對她還一知半解。艾瑪說什麼都不該與她成天廝混在一起。她自己胸無點墨，將艾瑪視為萬事通，極盡奉承之能事；更糟的是，她並非刻意為之。她如此無知，成天只懂得討好艾瑪。海莉葉心甘情願在身旁當陪襯的綠葉，艾瑪還能指望自己學到什麼？至於海莉葉，我敢說她也無法從中獲益。她習慣了哈特菲爾德的生活，只會更加嫌棄自己的出身；她的教養增長到一定程度，反而開始對原生家庭的境況感到不自在。我可不認為在艾瑪的調教下，海莉葉會變成心靈堅定的女孩，或能理性面對人生際遇中的各式變化。她的信念對海莉葉的幫助微乎其微。」

「我要不是比你更信任艾瑪的聰慧，就是更希望她現在能過得開心自在。我實在無法挑剔這段友情。看看她昨晚的氣色多好！」

「噢！妳情願談論她的外表，而非她的內涵？很好，我確實無法否認艾瑪長得很漂亮。」

「漂亮！你應該說她美若天仙才對。你還能想像有誰像艾瑪一樣出落得如此完美無瑕嗎？無論臉蛋或身材都顯得無懈可擊。」

「我無法想像，不過我得承認，確實很少見到哪個女孩的臉蛋或身材比艾瑪更加迷人。只是我和妳們認識多年了，想法自然有所偏頗。」

「看看她那雙眼睛！名符其實的淡褐色，多麼漂亮呀！她的五官端正，臉蛋秀氣，還有迷人的表情！噢，她看起來如此活潑可愛，身高適中，身材穠纖合度，背脊總是打得挺直。她不僅正逢青春洋溢的花樣年華，完美的氣質、智慧和優雅同樣流露無遺。我們總說健康漂亮的孩子含苞待放，如今在我眼裡，艾瑪早已出落成亭亭玉立的成熟女人了。她總是如此惹人憐愛。奈特利先生，你說是不是？」

他答道：「她的外表確實無可挑剔，一如妳的描述那般完美。我喜歡欣賞她的外貌，還要由衷讚賞她看不出一絲虛榮的傲氣。她的外表如此亮麗，卻沒有因此沾沾自喜。不過，她的自負展現在其他地方。韋斯頓太太，我之所以這麼說，純粹是因為我討厭看到她與海莉葉．史密斯如此親近，擔心她倆都會因此而受傷。」

「奈特利先生，我也有同樣的自信認定她倆不會受到任何傷害。儘管艾瑪有許多小缺點，她還是非常聰明伶俐的女孩。我們上哪找到這麼孝順的好女兒、親切的好妹妹，或是真心付出的摯友？我們肯定一無所獲。她值得我們全心信任，絕不會帶人誤入歧途，不可能鑄下無可彌補的大錯。即使艾瑪犯了一次小錯，更多時候都能做出正確無誤的決定。」

「非常好，我不會再為此叨擾妳了。艾瑪簡直是一位可愛的小天使，直到約翰與伊莎貝拉在聖誕節來訪之前，我都會克制自己的怒氣。約翰非常理智，所以即使他深愛艾瑪，卻不會顯得盲目。伊莎貝拉和他的想法向來一致，只有一點不同：約翰不像她一天到晚擔心著孩子。我相信，他倆的看法一定與我並無二致。」

「我知道你們都深愛艾瑪，因此想法不會有失公允，也不可能心懷惡意。不過恕我直言，奈特利先生，容我自認還有立場代替艾瑪的母親開口說幾句話。我認為即使你們大肆討論艾瑪與海莉葉．史密斯親近的關係，對她們也沒有任何好處。請原諒我這麼說；但是，即使這段緊密的友情可能帶來任何一絲不便，艾瑪向來只聽從父親的話，而她的父親又對海莉葉相當滿意，艾瑪自己也樂在其中，她怎麼可能讓這段友情畫下句點呢？奈特利先生，這麼多年來，我始終扮演給予建議的角色；即使我現在給你一個小小的忠告，也希望你不會因此感到驚訝。」

他高聲說道：「沒這回事。我非常感謝妳的忠告。這是個好建議，我會比過往更慎重看待妳的意見，好好聽進心裡。」

「約翰．奈特利太太向來容易緊張，說不定會替妹妹感到憂心忡忡。」

他說：「放心，我不會讓她為此擔憂，會將這份顧慮藏在心底。我由衷關心艾瑪。伊莎貝拉是我的弟媳，我對艾瑪的關懷或許更甚於她。我對艾瑪感到憂心，好奇她未來的命運如何。不知道她將來會變成什麼模樣！」

韋斯頓太太溫柔地說：「我也一樣十分關心。」

「她總是聲稱一輩子都不會結婚，這當然只是無稽之談。不過，我不知道她是否遇過令她感興趣的男人。假如她能找到情投意合的好對象，絕對不是一件壞事。我希望艾瑪談戀愛，雖然不曉得有沒有好結果，對她總是有好處。但是這附近似乎沒有人讓她看得上眼，她又幾乎足不出戶，老是待在家裡。」

韋斯頓太太說：「目前看來，確實還沒有出現讓她下定決心談戀愛的好對象。既然她在哈特菲爾德過得這麼快樂，我自然也不希望她談戀愛，否則可憐的伍德豪斯先生就要難過了。我不建議艾瑪現在步入婚姻，不過我向你保證，這絕不代表我對此漠不關心。」

聽起來，她似乎想盡可能隱瞞自己和韋斯頓先生對艾瑪的樂觀想法。住在蘭德斯的夫妻倆看好艾瑪的未來，不希望有人唱反調。奈特利先生隨即不動聲色地將話鋒一轉，說道：「韋斯頓覺得天氣如何？接下來會下雨嗎？」韋斯頓太太因此認定，奈特利先生對哈特菲爾德沒有其他看法，也沒什麼疑慮。

6

艾瑪相當確信自己給了海莉葉明確的指引，讓這位年輕姑娘的信心高漲，更懂得把握眼前的好對象。她發現海莉葉比以往更加明顯地留意到艾爾頓先生英俊的外表及翩翩的舉止。從各種令人欣喜的跡象看來，艾爾頓先生肯定鍾情於海莉葉，海莉葉也同樣動了心。艾瑪相當確定艾爾頓先生即使還沒愛上海莉葉，也正在墜入愛河了。她認為艾爾頓先生的心意毋庸置疑。他不時提起海莉葉，深情地對她讚賞不已，讓艾瑪相信，再過不久就能聽到這兩人的好消息。他注意到海莉葉比起初次造訪哈特菲爾德時，言行舉止大有長進，由此亦可見他對她的好感日益深厚。

他說：「妳給了史密斯小姐一切所需，讓她出落得優雅大方，平易近人。她初次認識妳時就是個討人喜歡的漂亮女孩。不過在我看來，經過妳的調教，她已比原本的模樣更加出色。」

「你認為我對她有幫助，真令我欣慰。不過，海莉葉過去只是沒有將光芒展露出來，需要那麼一些提點罷了。她天生就是優雅可人、溫柔純真的好女孩，我沒有為她多做什麼。」

艾爾頓先生百般殷勤地說：「我自然不能反駁女士的意見。」

「我或許幫助了她讓性格更加鮮明一些，教導她思考過往不曾聽聞的觀點。」

「確實如此，我也為此驚訝不已。她的個性增添了多少色彩！這可需要老到的經驗。」

「我從中獲得不少樂趣。我從未見過如此討人喜歡的性格。」

「這點毋庸置疑。」艾瑪十分高興，艾爾頓先生的語氣高昂，愛慕之意彷彿顯露無遺。過了幾天，他忽然開口要求，希望擁有一幅海莉葉的畫像，同樣令艾瑪相當欣喜。

艾瑪問道：「海莉葉，有人曾替妳畫過肖像嗎？妳曾經坐著讓畫家為妳描摹畫像嗎？」

海莉葉正準備走出房間，只是稍微停下腳步，以故作天真的語氣回答：

「噢！親愛的小姐，從來沒有。」

她一離開，艾瑪隨即驚呼：「要是能拿到她的畫像，會是多麼珍貴的收藏啊！要我花再多錢也願意。我甚至想親自為她描摹畫像！或許你不知道，兩、三年前，我非常熱中為人描摹肖像，畫了好幾位朋友，大家都說我的畫功還不錯呢！但由於某些原因，我變得不感興趣，最後放棄作畫了。不過說真的，要是海莉葉願意坐在我面前當模特兒，我會再次嘗試拿起畫筆。若能珍藏她的畫像，多麼令人高興啊！」

艾爾頓先生高聲說道：「讓我懇求妳重拾畫筆吧！一定讓人快樂不已！伍德豪斯小姐，為了妳的朋友，我懇請妳發揮優秀的繪畫天分吧！我見過妳的畫作，妳怎能認為我對此一無所知？這房間擺滿出自妳筆下的風景和花卉，就連韋斯頓太太位於蘭德斯的宅邸，客廳裡也掛了不少無與倫比的全身肖像畫，不是嗎？」

艾瑪心想：說得對！不過，這和描摹畫像又有什麼關聯呢？你對繪畫一竅不通，不要在我面前裝出興高采烈的模樣；將你的迷戀留給海莉葉吧！

「好吧，艾爾頓先生，既然你這麼親切地鼓勵我，我自然得盡力嘗試。海莉葉的五官非常細緻，要為她描摹畫像並不容易；尤其她的眼睛輪廓十分特別，唇線分明，更是不好掌握。」

「確實如此。她的眼睛輪廓和唇型——我相信妳一定辦得到。拜託，請妳一定要試著為她描摹肖像畫。倘若妳能為她畫出一幅畫像，誠如妳所言，那將成為十分珍貴的收藏。」

「不過，艾爾頓先生，我擔心海莉葉坐不住。她根本不清楚自己擁有什麼樣的美貌。你見到她剛才回答我的態度了嗎？擺明了是在回問：『我為什麼要讓人幫我描摹畫像啊？』」

「喔，沒錯，我看到了。我向妳保證，我看得一清二楚。儘管如此，我相信一定能說服她。」

海莉葉不久便回到屋裡來，艾瑪隨即提議為她描摹肖像畫；禁不起兩人苦苦哀求，海莉葉過沒多久便點頭答應。艾瑪希望立刻開始作畫，於是拿出自己的作品集，裡頭有許多尚未完成的人像素描。他們一同翻閱，藉此決定最適合海莉葉的畫像尺寸。她初學時嘗試過各種畫作，包括迷你肖像、半身畫和全身畫，也練習過鉛筆、炭筆和水彩等各式素材。艾瑪向來對所有事情躍躍欲試，即使對繪畫和音樂沒有投入太多心思，進步的幅度依然能比他人更加顯著。她既會彈琴歌唱，亦嘗試過各種畫風，卻總是缺乏毅力堅持到最後；即使她也希望自己學有所成，不該半途而廢，卻沒有任何技能達到專精的境界。艾瑪自認不是出色的畫家或音樂家，卻不排斥讓眾人誤以為自己才華洋溢；即使她所獲得的讚美往往言過其實，她依然樂在其中。

每幅成品都有值得讚賞之處——完成度最低的畫像，說不定優點最多；艾瑪的畫風顯得生氣蓬勃；無論她畫得是好是壞，兩名友人皆表現出相同的欣喜與讚嘆之情。他倆看得興高采烈，栩栩如生的肖像畫向來讓人津津有味，伍德豪斯小姐的繪畫技巧肯定不在話下。

艾瑪說道：「我的肖像畫並不多，只有家人可供練習。這是我父親的畫像，還有另外一幅。如果要他坐下來讓我描摹，他就會緊張得不得了，我只好瞞著他偷偷畫，所以這兩幅畫得不夠像。又是韋斯頓太太，這張也是，還有這張。親愛的韋斯頓太太！無論何時何地，她都是我最親切的朋友。只要我一開口，她就願意坐下來讓我練習。這是我姊姊，瞧她那個頭嬌小的優雅模樣！這張不失她的神韻。如果她坐得住的話，我一定能畫得更像。但是她急著要我為她那四個小孩作畫，不肯乖乖坐著。我試著畫了其中三個孩子——從畫紙那端數來，依序是亨利、約翰和貝拉。不過他們長得很像，畫起來沒什麼分別。她一心要我替孩子們畫肖像，我自然無法拒絕。不過你們也知道，實在無法要求三、四歲的孩子乖乖站著不動，如果抓不到他們的神韻或表情，就沒辦法畫得很像，除非他們的長相特色鮮明。這是第四個孩子的素描，還只是個嬰兒。他當時躺在沙發上熟睡，我將他的睡相畫了下來，連他帽子上的裝飾都畫得惟妙惟肖。他的頭在沙發上枕得十分安穩，畫得可真是像極了。小喬治的畫像特別令我自豪，沙發一角畫得很不錯。接著是最後一張——」

她打開一張小型全身素描，畫中人物是一名紳士。「最後一幅作品，也是我的最愛——我的姊夫約翰．奈特利先生。這幅畫像當時還沒完成，我就生氣地將它擱到一旁，發誓再也不會替人描摹肖像畫了。我實在忍不住勃然大怒。我竭盡所能，終於將他畫得惟妙惟肖——韋斯頓太太和我都認為，真的畫得**非常**神似——只是畫得太俊俏，太討喜了。不過，這也算是歪打正著。之後，親愛的伊莎貝拉竟然只是冷言冷語地說：『沒錯，是有幾分像。但這顯然不是他真正的模樣。』我們費了九牛二虎之力，才終於讓他乖乖坐著。我非常樂意為他描摹畫像，可是最後我實在受不了了。我根本無法完成這幅畫像；我可不希望往後每天早上有客人登門拜訪布朗史威克廣場時，他們還得為這幅畫得不夠神似的肖像畫致歉。如我所說，從此之後，我再也不為任何人描摹畫像。但是看在海莉葉的分上，或者該說為了我自己著想，既然這不是什麼夫妻之間的神聖約定，現在我倒是可以將自己的決定拋諸腦後了。」

艾爾頓先生的反應恰如其分，似乎對這番話感到又驚又喜，重複說著：「如妳所言，**目前**確實不是什麼夫妻之間的神聖約定。的確如此，還不是夫妻——」他的言下之意如此明顯，讓艾瑪一度考慮，是否應該立刻留下兩人獨處。不過既然她想要著手作畫，艾爾頓先生也只能晚些時候再表白了。

她很快就決定好畫像的尺寸和素材。一如約翰．奈特利先生的畫像，她決定為海莉葉以水彩畫一幅全身肖像。要是她高興的話，還要將這幅畫像供在壁爐架上最顯眼的位置。

海莉葉坐了下來。她羞怯地微笑著，擔心自己無法維持相同的姿勢和表情。艾瑪專注地看著海莉葉，這位年輕姑娘展現出青春洋溢的氣息，非常甜美可人。但是艾瑪無法專心作畫，艾爾頓先生在她身後坐立難安，緊盯著每一道筆觸。她原本讚賞艾爾頓先生挑了個方便觀看的好位置，既能盡情欣賞海莉葉又不顯失禮，現在卻亟欲希望他站到別的地方去。這時，艾瑪靈機一動，希望艾爾頓先生為她們朗讀文章。

「要是你能好心為我們朗讀，那就再親切不過了！我可以更自在地作畫，史密斯小姐也比較不會坐得發慌。」

艾爾頓先生欣然從命。海莉葉認真地聽著他朗讀，艾瑪也得以平心靜氣地作畫。她還是得讓艾爾頓先生常有機會過來瞧瞧；在情人眼裡，任何一絲變化都顯得驚天動地。每當艾瑪稍微擱下畫筆，他便迫不及待跳起身來察看進度，驚嘆連連。艾瑪欣然接受他的讚美，明明畫像尚未完成，他卻彷彿已經勾勒出清晰的輪廓。艾瑪不敢恭維他的眼光，卻對他那滿腔愛意和百般殷勤的態度讚賞有加。

這次作畫過程十分順遂，第一天的進度令艾瑪相當滿意，期待繼續完成這幅肖像。她成功抓住神韻，將海莉葉的坐姿畫得惟妙惟肖。艾瑪打算稍微修飾海莉葉的身材，讓她看起來修長一些，更添優雅氣質，相信最後一定能成為出色的肖像。這幅畫像對兩人而言，想必會成為別具意義的紀念：既能永久展示海莉葉的美貌，也證明了艾瑪的精湛畫技，還代表兩人之間的深厚友誼。艾爾頓先生的滿腔傾慕之情，同樣會成為這幅肖像畫的美好含義之一。

海莉葉隔天會繼續上門當模特兒，艾爾頓先生自然也不想缺席，希望能獲准再次為她們朗讀文章。

「歡迎至極，我們當然很高興你能一同參與。」

翌日，艾爾頓先生仍是彬彬有禮地出席朗讀，畫像的進展亦相當順利，讓人感到心滿意足。艾瑪很快就完成整幅肖像，感到雀躍萬分。所有人看了這幅畫像都讚賞不已，不過艾爾頓先生更是欣喜若狂，並且義正詞嚴地反駁任何一句批評。

「伍德豪斯小姐為她的朋友增添了更為出色的美貌。」韋斯頓太太對艾爾頓先生說道，絲毫沒有意識到他鍾情於海莉葉。「眼神確實唯妙唯肖，不過史密斯小姐的眉毛和睫毛可沒有這麼漂亮。她的臉蛋並非如此完美。」

他答道：「妳這麼認為嗎？恕我無法認同。在我看來，她將每個細節都畫得唯妙唯肖。我這輩子還不曾看過如此神似的畫像。妳也知道，陰影所造成的落差在所難免。」

奈特利先生說：「艾瑪，妳把她畫得太高了。」

艾瑪知道事實的確如此，卻不願意承認。艾爾頓先生激動地接著說：

「噢，才沒有呢！絕對沒有這回事，一點也不會太高。你想想，她當時坐著，身高看起來本來就有些不同，這樣正好補足了視覺上的落差。你也知道，維持同等比例非常重要，這是運用前縮透視法[29]。沒錯！史密斯小姐的實際身高就是如此，絲毫不差！」

伍德豪斯先生說道：「畫得真好。簡直畫得太出色了！親愛的，妳的畫作向來如此優秀，

29 前縮透視法（Foreshortening）：將物體畫得比實際尺寸更小，藉此顯示出較遠的距離感。此處暗指艾爾頓先生對繪畫技巧一竅不通；若艾瑪運用前縮透視法，畫中的海莉葉看起來應該比實際身高還矮。

我實在找不出畫得比妳更好的人。只有一點讓我不太滿意：她看起來像是坐在戶外，肩上卻只披了一小條圍巾，讓人覺得她一定會感冒！」

「可是，親愛的爸爸，這時節應該是炎炎夏日，天氣十分暖和。看看那棵樹。」

「親愛的，坐在戶外總是很難說得準。」

艾爾頓先生高聲說道：「先生，您要怎麼說都行。不過我得坦承，讓史密斯小姐坐在戶外的安排真是恰如其分！那棵樹看起來多麼綠意盎然！如果放在其他背景，氣氛想必就沒有那麼出色了。史密斯小姐如此天真純潔，與清新的自然景致相互映襯——噢，多麼賞心悅目啊！我的視線簡直離不開這幅畫。我從來沒見過這麼完美的肖像畫。」

下一步就是為肖像畫裱框，卻碰上了幾個難題。這幅畫像必須盡快送到倫敦裱框，還得交給品味值得信任的聰明人。以往這份差事向來交由伊莎貝拉打點，現在她卻幫不上忙，因為時值十二月，伍德豪斯先生絕對無法忍受寶貝女兒冒著冬日濃霧離家奔波。不過艾爾頓先生一得知艾瑪的為難之處，這道難題隨即迎刃而解。他向來隨時準備好大獻殷勤。「要是艾瑪信得過我，願意將這份任務交付給我，我絕對義不容辭，欣然接受！我隨時可以前往倫敦一趟。若能接下這份差事，我真說不出有多麼高興！」

「你真是太好心了！我連想都不敢想。我怎能麻煩你做這種事？」聽艾瑪這麼說，艾爾頓先生連忙不斷懇求她，一再向她保證大可放心。不出幾分鐘，此事就這麼敲定了。

艾爾頓先生要將這幅肖像畫帶到倫敦去，挑選合適的畫框，親自指導工匠。艾瑪思索著該如何妥善包裝畫像，以免造成他太多不便，艾爾頓先生卻似乎巴不得艾瑪替他多添一些麻煩。

「這份請託多麼貴重呀！」他輕嘆了一口氣，一面收下畫像。

艾瑪心想：「這男人未免太過熱心，簡直不像熱戀中的模樣。話雖如此，不過我猜世界上有千百種表達愛意的方式。他確實是非常優秀的年輕人，一定和海莉葉非常相配。就像他自己說的，『恰如其分』。不過他這麼大獻殷勤，實在令我有些招架不住，我應該是配角才對。他待我如此熱心，想必是出於海莉葉的緣故吧！」

7

艾爾頓先生啟程前往倫敦當天，又給了艾瑪一個大好機會為好友盡分心力。用過早餐沒多久，海莉葉一如往常來到哈特菲爾德待上一段時間，之後返家，等到晚餐時間再度回來。當她回來時，臉上掛著急切焦慮的表情，似乎迫不及待要分享某件不尋常的事。她只花了半分鐘就道盡來龍去脈。她回到戈達德太太家時，聽聞馬汀先生一個鐘頭前剛來過一趟，發現海莉葉不在家，便依姊姊所託留了一個小包裹給她，隨即告辭離去。海莉葉打開包裹，裡面除了兩首她之前借給伊莉莎白抄寫的歌譜之外，還有一封馬汀先生寫給她的信，信裡明確表達了求婚之意。「我實在沒想過這件事，驚訝得手足無措！沒錯，他真的向我求婚，這封信寫得文情並茂——至少我是這麼想的。從字裡行間看來，他似乎真的非常愛我——可是我之前對此渾然不覺。所以我立刻趕來這裡，希望伍德豪斯小姐告訴我該怎麼辦才好。」艾瑪見海莉葉一副興高采烈又無所適從的模樣，不禁替她感到有些難為情。

艾瑪高聲說道：「說真的，這位年輕人生怕錯失機會，所以打定主意開了口。他當然想盡力給自己打點一樁好姻緣。」

海莉葉大聲說道：「您可以讀讀這封信嗎？拜託，求求您讀一下吧！」

艾瑪自然恭敬不如從命。她讀了那封信，感到十分詫異。這封信的文采遠超出她的預期。字裡行間挑不出文法錯誤，文筆絲毫不輸給受過良好教育的紳士。他的文字淺白，卻包含強烈的感情，心意堅決，充分流露出執筆者的情感。這封信言簡意賅，不僅傳達條理分明的思緒、熾熱的情意，亦展現出落落大方、恰如其分的氣度，甚至傳達出十分細膩的感受。她靜靜地讀著信，海莉葉在一旁焦慮地等著她發表想法。「如何？」海莉葉一面說著，最後不得不直截了當地問：「這封信寫得好嗎？是不是寫得太短了？」

艾瑪緩緩說道：「這封信確實寫得非常好。寫得太好了，海莉葉，什麼事都考量到了。我想，他其中一位姊姊想必幫了點忙。倘若這確實單憑他一己之力，我實在很難想像，那天與妳攀談的年輕人，竟具備如此優秀的表達能力……但這封信又不像出自女性之手。沒錯，不可能由女性代筆，這封信的措辭過於強烈精確，並未散發出女性的氣質。他的思緒相當明智，這點毋庸置疑，我想他天生善於思考，思路強勁清晰，一旦提筆，就能自然而然以精準的文字表達想法。看來他確實頗具內涵。沒錯，我大致瞭解他的個性了。他充滿活力，意志堅定，還具備一定程度的感性，並非庸俗之人。海莉葉（她交還那封信），這封信寫得比我預期的還要好。」

海莉葉依然等待著艾瑪的看法，說道：「那麼，這麼說來——我該怎麼辦？」

「該怎麼辦？哪一方面？妳是指該拿這封信怎麼辦嗎？」

「沒錯。」

「可是，妳還有什麼好遲疑的呢？妳當然得回信——而且要盡快回覆。」

「確實如此。可是我該寫些什麼？親愛的伍德豪斯小姐，請您給些建議吧！」

「噢，不，這可不行。妳最好靠自己回信。我敢肯定，妳會恰如其分地表達自己的想法。即使妳不夠聰慧，也不會給妳帶來任何危險。妳的意思必須十分明確，不能有半點動搖或疑慮。我相信，倘若妳基於禮貌，為妳即將造成的痛苦表達感激與關切之意，他們一定能明白妳的心意。即使妳會令他大失所望，也不需要試著對此表現出難過的模樣。」

「所以，您認為我應該拒絕他的心意。」海莉葉說道，將頭低了下來。

「應該拒絕他的心意！親愛的海莉葉，妳這是什麼意思？妳還感到懷疑嗎？我以為——希望妳見諒，或許我犯了錯。倘若妳對答覆內容有所遲疑，那我顯然誤會妳了。我以為妳只是想和我商量回信的措辭。」

海莉葉不發一語。艾瑪態度有些和緩，繼續說道：

「我明白，妳是認為，應該給他一個滿意的答覆。」

「不，不是那樣。我是說，我並非此意——我該如何是好？親愛的伍德豪斯小姐，求求您告訴我該怎麼辦吧！」

「海莉葉，我不能給妳任何建議。我和此事毫無關係。在這節骨眼上，妳必須釐清自己的感受。」

「我根本不知道他這麼喜歡我。」海莉葉凝視著那封信，一面說道。艾瑪沉默了一會兒，不過，她擔心那封動之以情的信令人無法招架，想想還是開口為妙：

「海莉葉，一般說來，倘若女人**不確定**自己該不該接受某位男士的心意，那就表示她必須拒絕對方。假如她無法毫不猶豫地答應，就該直截了當地拒絕。抱著半信半疑的心情走入婚姻並不恰當。我身為妳的朋友，又比妳年長，因此自認有責任告訴妳。不過妳可別認為我打算左右妳的想法。」

「噢！不會的，我相信您是出於一片好意。不過要是您能建議我該怎麼做——不對，我不是那個意思——如您所說，我最好下定決心，不該猶豫不決。這問題茲事體大，或許我最好拒絕為妙。您認為我拒絕比較好嗎？」

艾瑪親切地笑著說：「我絕對不會為此提出建議。只有妳才能為自己的幸福作主。如果妳最喜歡的人是馬汀先生，認為他是相處起來最為自在的人，妳為什麼要遲疑不決呢？海莉葉，妳臉紅了。提到這樣的條件，妳腦海中可曾浮現其他人選？海莉葉呀，海莉葉，別再欺騙自己了。不要讓感激與惻隱之心牽著鼻子走。此時此刻，妳心裡想著的人是誰？」

她的反應令人滿意。海莉葉並未答腔，而是茫然地轉過身去，若有所思地站在壁爐前。她的手中仍抓著那封信，如今不自覺地扭成了一團。艾瑪迫不及待地等著她的回覆，心裡抱持著強烈的希望。最後，海莉葉有些吞吞吐吐地說道：

「伍德豪斯小姐，既然您不會告訴我，我必須靠自己盡力做好。現在我已經浮現想法，幾乎算是下定決心——我要拒絕馬汀先生的求婚。您覺得我這麼做對嗎？」

「親愛的海莉葉，真是再好不過的決定了。這正是妳該做的決定。妳方才拿不定主意的時候，我只能把自己的感受放在心裡，既然現在妳已經下定決心，我就毋需掩飾自己的認同。親愛的海莉葉，我很高興妳這麼做。倘若妳嫁給馬汀先生，我們的友誼勢必無法持續下去，我一定會非常難過。在妳舉棋不定的時候，我不能照實說出自己的想法，因為我不想影響妳的決定。但要是妳真和他結婚，我就要失去妳這位朋友了。我可不會到艾比米爾農莊探望羅伯特・馬汀太太。現在，我們能當一輩子的朋友了。」

海莉葉方才並未意識到這樣的危險，如今不禁捏一把冷汗。

她看起來驚恐不已，高聲說道：「妳不會來探望我！沒錯，妳不可能過來。但是，我之前完全沒想過這點。這實在太可怕了！我多麼慶幸自己逃過一劫！親愛的伍德豪斯小姐，我說什麼也不能放棄有幸與您當朋友的快樂時光！」

「沒錯，海莉葉，失去妳絕對會令我痛苦萬分。不過這差點就成真了，妳會讓自己從此無緣躋身於上流階級。我勢必得放棄妳。」

「老天！我怎麼能忍受得了！要是再也不能來訪哈特菲爾德，我肯定會生不如死！」

「親愛的好孩子，妳會被放逐到艾比米爾農莊，一輩子困在胸無點墨、粗俗不堪的人群之中！我真不懂，那年輕人怎麼有把握向妳求婚？他想必相當自傲。」

海莉葉的良心對這番譴責感到過意不去，開口說道：「整體而言，我並不認為他驕傲自滿。至少他天性良善，我對他總是充滿感激，也十分關心他。但是，這是完全不一樣的感情——您也知道，雖然他可能對我有好感，可是並不表示我也必須喜歡他。我得承認，自從來這裡之後，我認識了許多人。要是拿他的外表和行為舉止與這些人相比，確實是天壤之別，畢竟有人如此一表人才、討人喜歡。不過，我還是認為馬汀先生是個非常親切友善的年輕人，對他的印象非常好；而且他如此鍾情於我，還寫了這麼一封信——但是，倘若得為此與您別離，我根本不會有半點考慮。」

「我可愛的好朋友，謝謝妳，真的非常感謝妳。我們說什麼也不會分離。女人可不能只是因為男人開口求婚，或是因為男人愛上自己，寫了封還過得去的信，就點頭答應嫁給對方。」

「噢！當然不會。更何況這只不過是一封短信。」

艾瑪不禁為好友糟糕的鑑賞力[30]皺眉，不過淡淡回道：「千真萬確。假如她以後日復一日都得忍受丈夫的魯莽舉止，就算知道丈夫的文筆極佳，也不過是微不足道的安慰。」

「噢！沒錯，確實如此。誰在乎區區一封信呢？最重要的是，永遠都能和討人喜歡的朋友共度快樂時光。我已經下定決心拒絕他了。但是我該怎麼做？我要說什麼才好？」

艾瑪向她保證回信一點都不難，建議她直接提筆寫明。海莉葉答應立刻動筆，並希望艾瑪從旁協助。儘管艾瑪繼續推辭請求，實際上卻為她設想好每一個句子。她倆回信時，又讀了一遍馬汀先生的信，海莉葉的心裡頓時有些動搖，因此必須加上幾句明確回絕的內容，才能讓她

30 海莉葉無法鑑別出馬汀先生文筆的過人之處，竟然認為只是「一封短信」。

下定決心。海莉葉一想到會讓馬汀先生情緒低落，不禁十分憂慮，不斷猜測她的母親和姊姊會做何感想，非常擔心她們認定自己不知感恩。艾瑪相信倘若此時馬汀先生直接來到跟前，海莉葉想必會直接答應他的求婚。

無論如何，海莉葉還是寫好回信，密封後寄了出去。一切大功告成，海莉葉也安全了。一整個晚上海莉葉的情緒都相當低落；不過艾瑪能接受她一時的懊悔，時而基於關心出言安慰，時而提起艾爾頓先生逗她開心。

海莉葉十分悲傷地說：「他們再也不會邀我去艾比米爾農莊了。」

「即使妳能去艾比米爾農莊，我也不能忍受與妳分離，親愛的海莉葉。妳對哈特菲爾德而言不可或缺，輪不到艾比米爾農莊。」

「那我也很確定我再也不想去那裡了。除了哈特菲爾德，我到哪都不會快樂。」

海莉葉停了一會兒，又說：「要是戈達德太太知道發生了什麼事，想必會非常驚訝。我敢肯定奈許小姐會大吃一驚——她認為自己的妹妹嫁了個好人家，對方卻只不過是個賣亞麻布的商人。」

「身為學校教師，要是如此自視甚高或目光短淺，可就太令人遺憾了。我敢說，奈許小姐一定很羨慕妳有結婚的大好機會。光是能征服對方的心，在她眼裡就十分不得了。她對於條件更好的追求者渾然不知，對妳而言是個好消息。海布里這一帶還未傳出艾爾頓先生有了心上人；因此，我想除了妳我之外，沒有人知道他的這番心意。」

海莉葉滿臉通紅，露出微笑，說她很訝異有人這麼喜歡自己。想到艾爾頓先生顯然令她十分高興。然而過了一會兒，她還是為了回絕馬汀先生一事再次感到過意不去。

她柔聲說道：「他現在一定收到我的回信了。不曉得他們現在正在做什麼。他的姊姊是否知道這件事了？要是他心情不好，她們一定也高興不起來。我希望他心裡不會過於介意。」

艾瑪高聲說道：「來聊聊其他不在身邊的朋友吧！他們正為我們四處奔波呢！這個時候，或許艾爾頓先生正向他的母親和姊妹展示妳的畫像，告訴她們本人比肖像更加美麗動人，還非得等她們追問了五、六次之後，才願意透露妳的芳名。」

「我的畫像！但是他把我的肖像畫留在龐德街[31]了。」

「真的嗎？那我可就搞不懂艾爾頓先生了。不可能，我親愛的海莉葉，直到他明天上馬之前，那幅畫像都不可能留在龐德街。他會整晚捧著那幅畫，那是他的慰藉，他的欣喜。他透過那幅肖像畫向家人介紹妳，所有人都看得高高興興，迫不及待想認識妳，還沒見過妳，就已經喜歡得不得了。她們個個興高采烈，忙著在心裡想像妳的模樣，勾勒得栩栩如生！」

海莉葉再次露出微笑，笑容綻得更加燦爛。

31 Bond Street，位於倫敦西區，自十八世紀起便是繁華的購物商圈。

8

當晚，海莉葉留宿在哈特菲爾德。過去幾個星期以來，她大半時間都待在這裡，最後甚至擁有專屬的房間。艾瑪全權考量後，認為盡可能將海莉葉留在家裡最為安全，也是親切至極之舉。隔天早上，海莉葉必須花一、兩個小時回戈達德太太家一趟，不過之後就會再次返回哈特菲爾德，一如往常住上幾天。

海莉葉前腳剛走，奈特利先生便登門拜訪，陪伍德豪斯先生與艾瑪坐了一段時間。伍德豪斯先生方才正打算外出走走，女兒催促他別再拖延，奈特利先生也勸他出門一趟，因此，儘管伍德豪斯先生覺得有些失禮，卻也只能將奈特利先生留在家裡。奈特利先生不拘禮節，回答相當乾脆，十分豪爽地答應；對比伍德豪斯先生不停彬彬有禮地道歉、顧慮再三的模樣，顯得格外有趣。

「喔，奈特利先生，請你見諒，倘若你不認為我過於失禮，我就要聽從艾瑪的建議，出門散步十五分鐘。既然太陽已經露臉了，我想我最好盡快走完三趟回來。請恕我失陪，奈特利先生。體弱多病的人總是有勞他人包涵。」

「親愛的先生，快別這麼見外了。」

「小女會代替我好好扮演主人的角色。艾瑪會樂於陪您聊天。那麼請恕我失陪，到外頭走個三圈再回來——這是冬天的例行散步。」

「真是太好了，先生。」

「我樂於有你作伴，奈特利先生，不過我走得很慢，我的步伐恐怕會拖累你。更何況，你等會還要走上一大段路回丹威爾莊園呢！」

「謝謝您，先生，非常感謝。我也差不多該告辭了，**您**最好盡快出發。我為您拿來那件上好的大衣，也幫您打開花園的門吧！」

最後，伍德豪斯先生總算出發了。不過奈特利先生並未隨即告辭，而是再次坐下，似乎打算繼續和艾瑪聊天。他開始談起海莉葉，艾瑪從未聽過他如此主動地稱讚起她來。

他說：「我不像妳認定她美若天仙。不過她確實是個漂亮的小姑娘，我也認為她的個性相當討喜。周遭的人會影響她的性格，若有貴人相助，她終究會出落成高貴的女性。」

「真高興你這麼想。我希望她並不缺貴人的幫助。」

他說：「看來，妳已經等不及要聽到我稱讚她。妳確實證明了她的資質。她不再像個癡癡傻笑的女學生，的確沒有辜負妳所付出的努力。」

「謝謝。要是我沒派上用場，我可會打從心底感到汗顏。不過你這番稱讚實在大出我意料之外，**你**很少開口讚美我。」

「妳這個早上也在等她回來？」

「幾乎每分每秒都在盼著她回來。她原本沒打算離開這麼久。」

「有些事絆住了她，或許遇見了幾個訪客。」

「海布里的人就愛嚼舌根！真是令人厭煩至極！」

「海莉葉或許不像妳，對每個人都感到厭煩至極。」

艾瑪知道這句話無從反駁，因此並未接腔。他露出微笑，接著說道：

「我說不上明確的時間地點，不過我能肯定，妳那位可愛的朋友很快就能聽到好消息。」

「真的嗎？這是怎麼回事？什麼好消息？」

「我能保證，是天大的好消息。」他的笑意未減。

「天大的好消息！我只能想到一件事——誰愛上了她？為什麼對方願意告訴你？」

艾瑪心底有些希望，艾爾頓先生已經透露出自己的心意。許多人都將奈特利先生視為朋友，經常找他徵詢意見，她知道艾爾頓先生也相當倚重他。

「我有理由相信，」他答道，「我有理由相信，很快就會有人向海莉葉．史密斯求婚，而且是條件優秀的好對象——那就是羅伯特．馬汀。她今年夏天去了一趟艾比米爾農莊，顯然讓對方下定了決心。他深深愛上海莉葉，決定要娶她進門。」

艾瑪說道：「他非常熱心助人。可是他當真確定海莉葉打算嫁給他？」

「這個嘛，他確實打算求婚。他能成功嗎？他兩天前到丹威爾莊園找我商量此事。我倆交情匪淺，我和他一家人都相當熟識，因此他想必將我視為最要好的朋友之一。他想知道我是否認為他現在結婚言之過早，海莉葉的年紀也還太輕；簡而言之，我是否認同這樁婚事。他有些擔心，旁人或許會認為海莉葉的社會階層高他一等——尤其妳又在她身上花了這麼多心力——他的這番話令我備感欣慰。我從未見過比羅伯特．馬汀思路更加清晰的人。他總是開門見山，從不拐彎抹角；他行事向來坦率，又具有精準的判斷力。

「他將一切對我和盤托出：當前的處境與計畫，一家人又決定如何打點他的婚禮。他是個相當優秀的年輕人，不僅是稱職的兒子，也是一名好弟弟。我不假思索，建議他盡快成家。他向我保證有能力養家餬口，我自然認定他結婚再好不過。我同樣對他心儀的對象讚美有加，之後他便高高興興地離開了。即使他之前不曾把我的意見放在心上，現在想必也對我擁有極高的評價。我敢說，他一定把我當成最要好的朋友，我的意見比其他人來得寶貴。這是前晚的事。現在，我們可以合理推斷，他肯定會盡快向那位小姐開口；既然他昨天似乎還沒談起這件事，那麼他現在很可能就待在戈達德太太那兒。她或許被這位訪客絆住了時間，但是不可能認定他令人厭煩至極。」

奈特利先生說話時，艾瑪多數時候都暗自發噱，「奈特利先生，請告訴我，你怎麼知道馬汀先生昨天沒有談起這件事？」

他一臉驚訝地答道：「這是當然的。我自然無法百分之百肯定，但是猜測得到。她不是一整天都和妳在一起嗎？」

她說：「好吧，既然你告訴我這些事，我也回報你一個消息。他昨天確實談起了這件事——

換句話說，他寫信過來，海莉葉拒絕了他的心意。」

奈特利先生簡直難以置信，她只得重複說了幾遍。奈特利先生的臉漲得通紅，看起來又驚又怒。他怒不可遏地站起身來，說道：

「那她顯然比我想的還要愚蠢。這個傻女孩究竟在想些什麼？」

艾瑪高聲說道：「噢！當然了，男人永遠無法理解，女人怎麼會拒絕自己的求婚。他們總是認定，女人隨時準備好要嫁人了。」

「胡說！男人才不會這麼想。但是這是什麼意思？海莉葉．史密斯拒絕了羅伯特．馬汀？倘若確有此事，她簡直瘋了。我希望是妳搞錯了。」

「我親眼看到她的回信，絕對錯不了。」

「妳親眼看到她的回信！那肯定也是妳寫的吧！艾瑪，這就是妳做的好事。妳說服她拒絕馬汀的心意。」

「倘若我真這麼做——不過，我絕對是清白的——也不覺得自己做錯了什麼。馬汀先生確實是相當值得敬重的年輕人，但是我不認為他配得上海莉葉。他竟敢寫信向她求婚，實在令我驚訝。如你所言，他確實有些疑慮。沒想到他最後還是拋下一切擔憂，真是令人遺憾。」

奈特利先生激動地大叫：「配不上海莉葉！」過了幾分鐘後，他的情緒稍微平復下來，接著說道：「他確實和海莉葉不相配，因為無論想法和條件，他都比海莉葉優秀太多了。艾瑪，妳太喜歡那個孩子，所以什麼都看不清。無論出身、個性或教育程度，海莉葉．史密斯有哪一點比得上羅伯特·馬汀？她是個父不詳的私生女，身上可能沒有半點嫁妝，也沒有家世顯赫的親戚。她只是一所普通學校的寄宿學生，腦筋既不靈光，又沒有半點知識。她不曾學過實用的技能，年紀太輕，個性太單純，根本無法為自己做任何打算。她在這樣的年紀涉世未深，又不夠聰明，顯然不可能為自己撈到什麼好處。她長得很漂亮，脾氣溫和，卻也僅此而已。

「我建議馬汀娶海莉葉，唯一的疑慮也是為他著想，擔心這樁婚姻只是拖累他。在我看來，他的財力將來肯定會更加優渥，娶她也多不了一分半毫；若想挑個聰明得力的另一半，沒有比海莉葉更糟的人選。但是面對被愛情沖昏了頭的男人，我無法給出實事求是的建議，只能選擇相信她不會帶來任何傷害；如果是馬汀這樣可靠的另一半，她那個性或許還是有機會改正，這段婚姻終究會十分圓滿。這樁婚事的受益者是海莉葉，所有人想必都會驚訝於她擁有如此好運，這點毋庸置疑——我現在也如此深信著——我甚至相信，即使是**妳**，也會認為這門婚事再適合不過。我立刻心想，倘若妳的朋友能嫁進這麼好的一戶人家，即使她得離開海布里，想必也不會讓妳感到難過。『即使艾瑪如此偏袒海莉葉，肯定也會認為這是一樁門當戶對的婚事。』」

「我簡直不敢相信，你對我如此一無所知，竟說得出這種話。什麼！我怎麼可能覺得區區一個農夫——馬汀先生的思緒明理，也有許多優點，不過依然只是個農夫——配得上我的好朋友！她要嫁給我一輩子都不可能與之為伍的男人，我怎麼可能高高興興地送她離開海布里！我真不懂你怎麼會認為我有這種想法。我敢保證，我的想法與你大相逕庭。你的評論完全有失公允。你並不瞭解海莉葉，想必其他人都和我一樣，對她的觀感與你截然不同。馬汀先生或許是比海莉葉有錢，但是他的社會階層絕對沒有高她一等。她現在來往的淨是地位遠比他崇高的上流人士，嫁給他反而是自貶身價！」

「父母不詳、胸無點墨的女孩，要嫁給受人敬重、頭腦聰明、極具紳士風範的農家子弟，竟然是自貶身價！」

「至於她的出身，雖然就法律層面而言，她確實沒有合法身分，不過在一般人眼裡卻非如此。她不應該因為自己出身的背景，就被認定地位低人一等。她的父親顯然是位值得敬重的紳士，而且很可能家財萬貫。她擁有可觀的零用錢，生活優渥，衣食無虞，我相當肯定她的父親出身高貴，她與其他大家閨秀為伍，我相信也沒有人對此抱持異議。她的身分地位絕對優於羅伯特．馬汀先生。」

奈特利先生說：「無論她的雙親是誰，不管是誰負責撫養她，他們顯然都不打算讓她進入妳所謂的上流社會。他們對她的教育漠不關心，放任她由戈達德太太帶大——簡而言之，她與戈達德太太的階級並無二致，只能待在相同的社交圈。她的朋友顯然認為這樣的生活對她而言已經值得滿足，這也確實夠好了。她自己原本同樣沒有奢求什麼。在妳選擇將她視為朋友之前，她自己未曾思考過這些問題，也沒有任何企圖心。她今年夏天與馬汀一家共度，過得非常快樂，心中並未抱持任何優越感。倘若她現在開始感到高人一等，這也是妳灌輸的念頭。艾瑪，妳並不是海莉葉．史密斯的朋友。馬汀要不是相信海莉葉不打算拒絕他，他不可能會進展到這種程度。我太瞭解他了。他忠於自己的感覺，不會亂槍打鳥，隨便向女人表白自己的心意。他是我見過最謙遜的男人，和自負完全沾不上邊。他想必感受到對方的心意，才願意有所行動。」

針對這番言論，艾瑪認為還是不要回應為妙。因此她決定再次提起自己的話題。

「你確實是一心為馬汀先生著想的摯友。可是，如我之前所言，你對海莉葉的看法並不公平。海莉葉有權利嫁進好人家，這絕不像你所描述般那樣卑劣。她不是個機伶的女孩，但是她比你所想更來得有主見，你不該如此低估她的理解能力。先撇開這一點不談，假設如你所言，她的優點只不過在於有張漂亮的臉蛋，個性溫和；然而我大可告訴你，這在一般人眼裡，也絕非微不足道的優勢。她的外貌確實如花似玉，百分之九十九的人都會如此認定。除非男人不像大多數人所認定那樣，對美貌沒有如此看重；他們並非只看外表，而是願意注重女人的內涵，進而與之相戀。否則像海莉葉外表如此姣好的女孩，想必能擁有眾多追求者，也有權利從中挑選最適合自己的好人家。她的好脾氣同樣並非無足掛齒的優點，她確實是個甜美可人的女孩，虛懷若谷，與任何人相處都十分隨和。要是男人不會將如此美若天仙、溫婉如玉的條件視為女人最難能可貴的特質，那我可真是大大誤解你們了。」

「老實說，艾瑪，聽妳如此大放厥詞，幾乎連我也要被妳說服了。若要像妳這樣濫用自己的聰明才智，那還不如不要這麼精明呢！」

她戲謔地高聲說道：「確實如此！我知道你們男人就是**這麼**想。像海莉葉這樣的女孩，絕對是每個男人夢寐以求的伴侶——他們的每一分理智和判斷都會給出這樣的答案。噢！海莉葉大可從追求者中挑三揀四。倘若你自己也想結婚，她當你的妻子最適合不過。她芳齡不過十七，正要展開多采多姿的人生，開始學習人情世故；難道只因為她拒絕生平第一次求婚，就必須讓人有所顧慮嗎？根本不該如此——請給她一些時間，讓她有所成長。」

奈特利先生說：「我一直認為妳們倆如此親近是件十分愚蠢的事，我只是沒說出口；不過我現在真的覺得，這段友情對海莉葉而言是天大的不幸。妳不停吹捧她的美貌，讓她變得盛氣凌人，過不了多久，她就會認定身邊的人都不足以匹配自己。意志力薄弱的人往往很快被虛榮心吞噬，埋下許多禍根；年輕女孩一旦抱持過高的期待，通常不會進展順利。海莉葉．史密斯小姐雖然是個漂亮女孩，可是她恐怕不會很快遇到下一個求婚者。不管妳怎麼說，理智的男人不會想要愚笨的妻子。有頭有臉的男人通常不喜歡身分不明的女孩，個性謹慎的男人更是害怕她的身世曝光後會捲入麻煩，不希望因此蒙羞。若讓她嫁給羅伯特．馬汀，她一輩子都能高枕無憂，受人敬重，過著幸福快樂的日子。但是假如妳鼓勵她一心高攀，灌輸她非富不嫁的觀念，那麼她可能一輩子都只能在戈達德太太家當寄宿學生。或者，因為海莉葉．史密斯肯定還是想結婚，一旦她等得心急了，就算是某個老作家的兒子，也會欣然下嫁。」

「奈特利先生，關於這點，我倆的想法分歧，再爭論下去也沒有什麼意義，只是惹得彼此更加生氣罷了。不過我絕對不可能讓她嫁給羅伯特．馬汀，她已經斬釘截鐵地回絕了他的心意，我想他不可能再次提出求婚。無論後果為何，她必須承受拒絕他的下場。她之所以下此決定，我不會假裝自己未曾稍微左右她的想法；但是我能向你保證，我和其他人對她的影響力相當微不足道。他的外表並不出色，言行又粗魯，即使她曾經對他有那麼一絲動心，如今也已蕩然無存。我可以想像，在海莉葉遇到條件更好的男人之前，或許還能對他百般容忍。他是她朋友的弟弟，又想方設法博取她的歡心；她之前並未遇過更優秀的男人——這對他而言是最大的優勢——當她待在艾比米爾農莊時，自然不會覺得他不夠討喜。但是現在的情況不一樣了。她知道什麼樣的男人才稱得上真正的紳士，除了知識淵博、溫文有禮的紳士之外，海莉葉都不會看得上眼。」

「胡說，我從沒聽過如此荒謬的胡言亂語！」奈特利先生大叫，「羅伯特．馬汀理性、真誠，言行舉止如此討人喜歡。海莉葉．史密斯絕對無法理解他的感情多麼真摯。」

艾瑪不再答腔，試著表現出滿不在乎的愉快模樣，可是心裡卻相當不高興，巴不得他馬上離開。她對自己的所作所為並不後悔，關於女權與教養議題，她依然自認比奈特利先生更加瞭若指掌。不過她向來相當倚重奈特利先生的判斷，因此無法接受他高聲與自己唱反調，也難以忍受看著他怒不可遏地坐在對面。令人難受的沉默持續了幾分鐘，艾瑪試著聊起天氣，但是他依然不發一語，一心沉浸於自己的思緒。他思索良久，最後終於開口：

「羅伯特．馬汀並非損失慘重——但願他能這麼想；即使他現在辦不到，也希望他過沒多久就能釋懷。只有妳最清楚自己對海莉葉的想法，不過妳喜歡為人作嫁一事，卻是眾所皆知，因此我大可推斷妳的觀點、計畫和目標。身為妳的朋友，我應該給妳一點提醒。假如妳鎖定的對象是艾爾頓，我得說一切終將徒勞無功。」

艾瑪笑了出來，表示並無此事。他接著說道：

「說真的，為艾爾頓牽線絕不會成功。艾爾頓非常出色，是海布里備受尊崇的教區牧師，不可能輕率結婚。他比任何人都清楚優渥收入的重要性。艾爾頓說起話來或許熱情洋溢，但是他的行動相當理智。他大有條件好好選擇自己的結婚對象，一如妳認為海莉葉也有此權利。他知道自己一表人才、年紀又輕，所到之處都大受歡迎。當他與男性友人齊聚時，從他私下的言行舉止看來，我相信他不會選擇對自己不利的對象。我曾經聽他興高采烈地提起，他的姊妹熟識一大群年輕女孩，個個身家豐厚。」

艾瑪又笑了起來：「非常感謝你。假如我確實有意撮合艾爾頓先生娶海莉葉，你也給了我當頭棒喝。不過目前我只打算將海莉葉留在身邊。我為他人牽線的任務已經告一段落。我不敢奢望還能撮合出下一對媲美韋斯頓夫婦的天作之合，得懂得見好就收。」

「祝你有個美好的一天，」奈特利先生突然起身告辭。他看起來相當心煩意亂。他知道馬汀必定非常失望，尤其自己曾鼓勵馬汀求婚，可說是這件事的推手，令他困窘不已；加上他知道了艾瑪也插手干預這場婚事，更是憤慨。

艾瑪同樣感到苦惱。不過比起奈特利先生，她對自己煩惱的原因有些摸不著頭緒。她不像奈特利先生總是對自己感到胸有成竹，打從心底相信自己的想法正確無誤、對方的看法肯定是錯的。奈特利先生離開時依然堅持己見，艾瑪對自己卻不是那麼有把握。但是艾瑪也沒有因此意志消沉，她只需要一點時間平復心情，等海莉葉回來，她的精神就能重振。海莉葉離開太久，讓她感到有些不安。馬汀很有可能一早就到戈達德太太家裡，當面懇求海莉葉，令艾瑪警覺起來。她擔心海莉葉動搖，進而前功盡棄，不禁十分焦慮。總算，海莉葉回來時看起來心情十分愉悅，似乎不是因為馬汀而有所耽誤，艾瑪這才鬆了一口氣。她堅定地想著，就讓奈特利先生堅持己見，隨他去吧！女孩之間的友誼與身為女性的感受，終究會證明她的決定正確無誤。

奈特利先生所說的話，確實令她有些擔心起艾爾頓先生來。不過，她轉念一想，奈特利先生並不像自己如此密切觀察艾爾頓先生，他既沒有興趣留心蛛絲馬跡，也不如艾瑪如此觀察入微（即使奈特利先生自視甚高，艾瑪還是這麼認為）；因此她大可推斷，他在盛怒之下說出這番話，很可能只是他一時氣憤、一廂情願認定的結果，並不是他確實掌握的消息。比起艾瑪，奈特利先生確實更有機會見到艾爾頓先生拋開拘謹談話的模樣；他對金錢向來精打細算，不太可能因一時衝動而魯莽行事，或許他天性確實錙銖必較。不過，奈特利先生低估了愛情沖昏頭的影響力，確實可能凌駕於現實考量。奈特利先生並未將這種熱情放在眼裡，自然對其影響力渾然不知。但是艾瑪見的可多了，她深信熾烈情感絕對能讓人拋開平時的理智，不再裹足不前。她能肯定艾爾頓先生不是那種由理性主宰、謹慎行事的人。

海莉葉看起來興高采烈，讓艾瑪也跟著高興起來。她回來時並未想著馬汀先生，而是談起了艾爾頓先生。奈許小姐為海莉葉帶來一些消息，她立刻欣喜若狂地轉述給艾瑪聽。派瑞先生到戈達德太太家裡照料一名生病的孩子，奈許小姐恰巧見到他；派瑞先生提起，昨天從克萊頓莊園回來的路上遇見了艾爾頓先生，十分驚訝地發現他正趕往倫敦，要到隔天早上才會回來。如此一來，艾爾頓先生勢必會錯過當晚打惠斯特牌[32]的聚會，他以往從來不曾缺席過。派瑞先生向艾爾頓先生提出抗議，表示艾爾頓先生牌技最為高超，一旦少了他，牌局就顯得十分乏味，力勸他延後一天再出發。但是，艾爾頓先生吃了秤砣鐵了心，堅持繼續趕路，還以**相當不尋常**的語氣表示，他有重責大任在身，說什麼也不能耽擱一分一秒。他提到這是一項人人稱羨的任務，身上正帶著一件無價之寶。派瑞先生有些摸不著頭緒，不過他相當肯定和某位**女士**有關，便開口向艾爾頓先生詢問。艾爾頓先生只是一臉羞怯的笑容，隨即神采奕奕地騎著馬揚長而去。奈許小姐將此事一五一十地告訴海莉葉，也聊了不少關於艾爾頓先生的事。她意味深長地看著海莉葉，說道：「我不打算知道他究竟有何任務在身，我只知道，獲得他青睞的女孩，簡直是全世界最幸運的女人。毫無疑問，目前為止，還沒有哪個女孩的美貌或條件配得上艾爾頓先生呢！」

9

儘管和奈特利先生吵了一架，艾瑪可不會繼續鑽牛角尖。奈特利先生大為不悅，不再像以往頻繁拜訪哈特菲爾德；即使他們終於碰了面，他看起來仍是餘怒未消。艾瑪心裡雖感歉疚，卻不為此懊悔；相反地，她認為自己的計畫和進展相當合情合理，接下來幾天的狀況，令她更覺順遂。

畫像漂漂亮亮地裱了框，艾爾頓先生回來沒多久，隨即將畫像安全送上門。肖像畫掛在客廳的壁爐上方，艾爾頓先生站起身來，目不轉睛地盯著看，對其連聲驚嘆，滿心仰慕之情似乎更顯熾熱；至於海莉葉，她那正處花樣年華的青澀心智，此時感受十分鮮明，正逐漸萌生堅定的強烈情愫。艾瑪發現海莉葉已將馬汀先生拋諸腦後，不禁感到非常滿意；畢竟艾爾頓先生與馬汀先生高下立判，形勢對艾爾頓先生非常有利。

艾瑪希望透過大量閱讀以及多方交談，充實海莉葉的內涵。不過她倆往往只讀了幾個章節，就留待明天再繼續。聊天遠比閱讀容易，也有趣得多。艾瑪喜歡讓想像力自由馳騁，勾勒

---

32 惠斯特牌（Whist）：玩法類似橋牌。當時相當流行的牌戲。

目前海莉葉未來的藍圖；要拓展海莉葉的理解力或是解釋嚴肅的事實，反而成了吃力的工作。目前艾瑪幫助海莉葉充實文學素養的唯一方式，就是讓她每天晚上抄寫四處收集來的各式謎語；艾瑪請朋友將謎語集裝訂成一本薄薄的四開筆記，扉頁上裝飾著許多密碼與符號。

在這文學當道的年代，大量蒐集謎語的做法十分普遍。戈達德太太旗下最資深的教師奈許小姐，抄寫了至少三百則謎題；海莉葉啟蒙於此，希望借助伍德豪斯小姐之力，讓蒐集的謎語數量一舉超越奈許小姐。艾瑪不僅自己憑空發明，也憑藉著記憶和獨到品味貢獻不少謎語。由於海莉葉寫得一手好字，這本字謎集不僅內容豐富，版面也相當優雅。

伍德豪斯先生的興致不亞於兩名女孩，經常設法回想起值得收錄的謎題。「我年輕時高明的字謎可多著呢！真不懂我怎麼一個也記不得！不過，過一段時間我就會想起來了。」他老是只記得這一句：「凱蒂，美若天仙又冷若冰霜。」

他向好友派瑞提及此事，可是派瑞先生現在也想不起任何字謎。伍德豪斯先生要求派瑞多加留意，既然多方打聽，想必終究會勾起一些記憶。

他的女兒自然不希望海布里的居民都被迫一同集思廣益，艾瑪只向艾爾頓先生求助，歡迎他提出任何想得起來的絕妙謎語、猜字遊戲或機智問答。她很高興見到艾爾頓先生相當努力絞盡腦汁的模樣，同時也清楚觀察到，艾爾頓先生十分謹慎，既表現出一派熱心，對她們也極盡讚美。他貢獻了兩、三則措辭最為文雅的謎語；當他終於想起一道廣為人知的字謎時，不禁感到欣喜若狂，十分雀躍地朗誦出來——

第一個音節是苦惱時所發出的囈語，
第二個音節則能感受得到這份痛苦。
兩者相加，即是撫慰煩惱的最佳靈藥。[33]

艾瑪很遺憾地告知，她們早已收錄這道字謎。

她說：「艾爾頓先生，你何不親自替我們編寫一則謎語呢？如此一來，絕對不可能重複。更何況，你對此再拿手不過了。」

「噢，這可不行！我這輩子從來沒出過謎語。恐怕連伍德豪斯小姐——」他停頓了一會兒，「或是史密斯小姐，都無法帶給我任何靈感。」

然而，到了隔天，艾爾頓先生顯然還是找到靈感。他來訪了幾分鐘，只為了在桌上留張紙條；他說上頭寫了一道謎語，是一名友人為心儀的年輕女孩所寫。不過從他的舉止看來，艾瑪隨即肯定，那絕對是他自己所寫的謎語。

艾爾頓先生說：「我並非為了史密斯小姐的謎語集才提供這道字謎。這是我朋友的作品，

33 第一個音節為表示悲痛的woe，第二個音節則是感受到痛苦的man（男人），兩者相加，謎底即為woman（女人）。

我沒有權利將此公諸於世。不過，或許妳們不會排斥看一眼。」

比起海莉葉，艾瑪很快就理解這番話的弦外之音。艾爾頓先生的眼神意味深長，與艾瑪四目相接，似乎比注視著海莉葉更令他感到自在。他隨即告辭離去。過了一會兒——

「拿去。」艾瑪將紙條遞給海莉葉，笑著說，「這是給妳的。妳自己留著吧！」但是海莉葉渾身發抖，無法接過紙條。艾瑪向來喜歡先睹為快，索性自己讀了起來。

致　某位小姐

字謎

第一個音節展現君主金碧輝煌的財富

大地之王！多麼奢華愜意

第二個音節呈現了截然不同的樣貌

只見海洋之王昂然挺立！

然而，一旦兩者合而為一，一切就全變了樣！

男人最為自豪的權力與自由煙消雲散

主宰大地與海洋的君王跪倒膝下

獨留美麗的女人高高在上

這個字眼將呈現出妳與生俱來的聰慧
期許溫柔的雙眸
終將閃耀認同的光芒！

艾瑪的目光掃過整道謎語，仔細沉思箇中含義，又重新讀了一遍，確認自己並未誤解，早已掌握字裡行間的意義，接著就將字條遞給海莉葉，露出快樂的笑容，兀自坐了下來。海莉葉看著紙條，滿臉困惑，看起來既期待又茫然。艾瑪心想：做得好，艾爾頓先生，真的非常高明。我見過很糟糕的謎語。Courtship（求愛），相當巧妙的暗示，我由衷佩服。這很像你的作風，直截了當——「史密斯小姐，請給我告白的機會吧！請妳解開我的字謎，以同樣的眼神認同箇中含義。」

期許溫柔的雙眸　終將閃耀認同的光芒

海莉葉確實如此可人。以溫柔形容她的眼神再合適不過了。再也找不到比這更為恰如其分的形容詞。

這個字眼將呈現出妳與生俱來的聰慧

嗯哼，海莉葉與生俱來的聰慧！說得好。這男人若非用情至深，絕不會如此形容她。噢，奈特利先生，真希望讓你瞧瞧這個，想必足以讓你心服口服。你生平第一次不得不承認自己錯了。真是高超的字謎呀！相當切合目的。如此一來，事情想必很快就能塵埃落定了。

由於海莉葉急著解開字謎，艾瑪不得不暫時抽離這些令人欣喜不已的想法，否則她想必還能花上好一段時間，沉浸其中呢！

「伍德豪斯小姐，答案是什麼呢？究竟是什麼？我一點頭緒也沒有，什麼都猜不出來。這道謎語猜的是什麼呢？伍德豪斯小姐，請您找出答案吧！拜託幫幫我。我從沒見過這麼難的字謎。這指的是某個國家嗎？我真好奇是哪位朋友出的題目——這位年輕小姐又是誰呢？您覺得這道謎題出得好嗎？答案會是女人嗎？

獨留美麗的女人高高在上

會是指海神嗎？

只見海洋之王昂然挺立

還是指三叉戟？美人魚？鯊魚？噢，不對，鯊魚只有一個音節。謎底想必非常高明，否則他不會特地編出這道謎題。噢！伍德豪斯小姐，您覺得我們解得出答案嗎？」

「美人魚和鯊魚！妳在胡說什麼！親愛的海莉葉，妳在想什麼呀？他怎麼可能特地給我們送來一道朋友出的字謎，答案卻只是美人魚或鯊魚？把那張紙給我，聽好了。『致　某位小姐』，這指的是史密斯小姐。

第一個音節展現君王金碧輝煌的財富
大地之王！多麼奢華愜意

這指的是『court』（宮廷）。

第二個音節呈現了截然不同的樣貌
只見海洋之王昂然挺立

這指的是『ship』（船隻）——答案再明顯不過了。接下來就是重頭戲啦！

然而，一旦兩者合而為一——妳知道，也就是courtship，求愛之意——一切就全變了樣！

男人最為自豪的權力與自由煙消雲散
主宰大地與海洋的君王跪倒膝下
獨留美麗的女人高高在上

真是恰如其分的讚美！接下來的含義，親愛的海莉葉，我想妳很容易就能理解了。自己好好讀一遍吧！毫無疑問，這則謎語是為妳而寫，也是指名給妳的。」

海莉葉完全被這麼討人歡心的說法給說服了。她讀了最後一段，頓時羞得滿臉通紅，高興得手足無措，一句話也說不出來。不過，此時她無須多言，只須深切感受，艾瑪自然會代替她說出口。

艾瑪說：「這番讚美一語中的，別有用意，因此我對艾爾頓先生的言下之意再清楚不過。妳就是他心儀的對象——妳很快就能清楚證實，我對此深信不疑。我本來就覺得自己不會被蒙蔽，現在一切真相大白；他的目標明確、心意已決，自從我認識妳以來，就期待著這樣的結果，如今一切如我所願順利進展。沒錯，海莉葉，這麼長時間以來，我始終希望如此進展，現在確實成真了。我真不知該形容妳和艾爾頓先生是最令人稱羨的一對，或是天造地設的絕配。你們相互傾心是自然不過的事，也是名符其實的天作之合！我真的好高興，打從心底恭喜妳，親愛的海莉葉。所有女人都會為這樁婚事感到無比自豪，這門婚姻有百利而無一害，妳會擁有想要的一切——丈夫體貼、經濟自主，還有個舒適的家。妳能和真正的朋友長相廝守，距離哈特菲爾德和我僅有咫尺之遙，我們一輩子都會是親密的好朋友。海莉葉，無論妳我，都對這門婚事樂見其成。」

「親愛的伍德豪斯小姐——」海莉葉溫柔地擁抱艾瑪許久，這是她唯一說得出口的話。不過，當她終於恢復說話能力時，艾瑪清楚地看出，海莉葉的想法、感受、期待和記憶都一如她所願。海莉葉打從心底明白，艾爾頓先生具備的條件相當優秀。

海莉葉高聲說道：「您說的話永遠是對的。因此我想、我相信，也希望一切如您所言。但是，我真的從未想過事實會是如此。這遠遠超出我所應得的一切。艾爾頓先生有條件和任何人結婚！所有人對他的想法如此一致。他多麼優秀，簡直無與倫比。光想到這些優美的文句——『致 某位小姐』，老天，多麼巧妙呀！這真的是指我嗎？」

「對我來說，這根本就是無庸置疑。千真萬確。儘管相信我的判斷吧！這好比劇本的序幕，篇章的前言，緊接著就是明擺在眼前的本文了。」

「有誰想像得到呢？我敢保證，不過一個月以前，我對此還一無所知！這簡直是世界上最不尋常的事，卻真的發生了！」

「史密斯小姐與艾爾頓先生相識——他們能與彼此相遇的確很不尋常。你們並未依循常規，讓人一眼就感到天造地設；但是經過他人撮合，卻又能立即順理成章地發展下去。妳和艾爾頓先生相遇，可說天時地利人和，各自的家庭背景更是證明你倆門當戶對。你們的婚姻可媲美蘭德斯那對佳偶。哈特菲爾德彷彿冥冥之中真有牽線的力量，總能讓天生一對的有情人終成眷屬。真愛之途向來崎嶇難行[34]——若由哈特菲爾德評點莎士比亞的詩句，可得寫上長篇大論的反駁啦！」

「艾爾頓先生竟然真的鍾情於我——不是別人，而是與他素昧平生的我，在米迦勒節[35]之前甚至不曾和他說過一句話！他長得如此一表人才，備受所有人尊崇，和奈特利先生並無二致！他的身邊總是圍繞著朋友，大家都說，如果不是他刻意想單獨用餐，他吃飯時永遠不乏陪伴；邀約如雪片般飛來，每天都令他分身乏術。他還是如此德高望重的牧師！打從他來到海布里，奈許小姐就將他的布道內容一字不漏地記下來。老天，回想與他初識的那一刻！我當時多麼無知啊！我和艾伯特家的姊妹聽見他經過，便跑到前堂，從百葉窗偷看他。奈許小姐過來斥責我們，將我們趕走，自己卻留在原處偷看。不過她把我叫了回去，也讓我一起旁觀，真是非常好心。我們都覺得他長得真是好看極了！他當時和寇爾先生在一起，兩人勾肩搭背。」

「無論妳的親朋好友是誰，倘若他們有些常識，肯定都會滿意你倆這段婚姻。我們自然無須向愚蠢的人解釋自己的行為。要是他們迫不及待看到妳開開心心地嫁人，這個條件優秀的男人正是不二人選；如果他們希望妳待在同樣的生活圈裡成家立業，繼續和他們期望的朋友保持往來，那麼萬事早已俱備；用最常見的字眼來說，如果他們只是期許妳嫁個好人家，艾爾頓先生家財萬貫，聲望遠播，絕對令他們心滿意足，無可挑剔。」

「沒錯，確實如此。您說得太好了，我真喜歡聽您說話。您無所不知，和艾爾頓先生一樣聰明絕頂。看看這道字謎！我即使花上整整一年認真讀書，恐怕也寫不出個所以然來。」

「從他昨天婉拒出題的樣子看來，我想他當時還是有意小試身手。」

「這真是我所見過最好的一則字謎。」

「我確實沒見過如此別出心裁的謎語。」

「這大概是我們見過最長的一則謎語了。」

「我不認為它的篇幅冗長。這類字謎向來不宜過於簡短。」

海莉葉正專注讀著字謎，並未聽進這番話。她的心裡高高興興地想著最令人滿意的對比。

海莉葉一臉容光煥發，開口說道：「我想到兩種人。一種和其他人並無兩樣，有話想說，就坐下來好好寫封信，言簡意賅；還有人選擇另一種方式，寫詩或創作類似於此的字謎，藉此表達心意。」

海莉葉顯然認為馬汀先生的那封信遠遜於艾爾頓先生的字謎，不禁令艾瑪十分欣慰。

海莉葉繼續說道：「這些文句寫得真好！尤其是最後兩句！可是我該怎麼交還這張字條，

---

34 The course of true love never did run smooth，出自莎士比亞名劇《仲夏夜之夢》（*A Midsummer Night's Dream*）。

35 米迦勒節（Michaelmas）：九月二十九日，紀念天使長聖米迦勒的節慶。

或是說我已經揭開謎底了呢？噢！伍德豪斯小姐，我們該怎麼辦才好？」

「一切交給我吧！妳什麼都不用做。我敢說他今晚會來這裡一趟，我會將這張紙條交還給他，和他閒聊幾句，妳不必參與其中。一旦時機成熟，妳那雙溫柔的眼睛自然會閃閃發亮。相信我吧！」

「噢！伍德豪斯小姐，我不能將這麼優美的謎語記錄下來，多麼可惜哪！我敢確定，還沒有哪道字謎比得上它一半的程度呢！」

「刪掉最後兩句，妳就可以將這則謎語寫進記錄本了。」

「噢！但是，最後兩句——」

「是寫得最好的兩句，沒錯。妳能盡情玩賞，私下珍藏。妳很清楚這則字謎的內容並未短少，只是將它們分別收藏。這兩句依然存在，其意涵也不會改變。不過別抄錄那兩句，如此一來就不會有人看出**特定的示愛對象**，它只是一則寫得相當巧妙的字謎，適合收錄於任何精選集裡。妳也知道，他絕不希望這道謎語受到忽視，尤其是他的一片心意。對陷入熱戀的詩人而言，無論其作品或真心，都希望獲得肯定，否則不如兩者皆拒。將謎語集給我吧！我來抄寫這則字謎，不會有任何人看出是為妳而寫的。」

海莉葉乖乖照做。雖然心裡很難割捨，但是，她認定艾瑪絕不會讓人看出這是一番真情告白。這份心意如此寶貴，絕對禁不起公諸於世。

她說：「我絕不會將那本謎語集交給自己以外的人。」

艾瑪回答：「很好。妳理所當然會這麼想。妳這做法維持得越久，越令我高興。不過，我的父親走來了，妳應該不會反對我念這道字謎給他聽吧？他一定會感到樂不可支！他最喜歡這一類謎語了，尤其是讚美女性的作品。他對我們的心意，遠比任何人還要溫柔熱情！妳一定要讓我分享這道謎語。」

海莉葉一臉凝重。

「親愛的海莉葉，妳千萬不能過度解讀這道謎語。假如妳太快陷入自己的心思，試著聯想更多含義，或者推敲所有可能的弦外之音，很容易在不恰當的時機洩漏自己的感受。收到這麼一點仰慕之意，可別這麼快就被征服了。如果他希望保密，不會在我經過時留下這張紙條；他甚至是將這道謎語交給我，而不是給妳本人。我們可不能太過正經八百。即使我們沒有對這則字謎百般讚美，他也已經大受鼓舞了。」

「噢！不是這樣——希望我沒表現得那麼可笑。就照您所說的去做吧！」

伍德豪斯先生走了進來，一如往常，很快就提起了這個話題：「喔，親愛的，妳們的謎語集進度如何啦？有沒有增加新的字謎？」

「有的，爸爸，我們有一則剛出爐的謎語可以念給你聽。我們今天早上在桌上發現了一張紙條——我們猜想是小仙子留下的——上頭寫了一道非常優美的字謎，我們才剛收錄進謎語集裡。」

艾瑪依照父親的喜好，緩緩朗讀起那則字謎，發音相當清晰。她來回念了兩、三遍，一面解釋自己推敲出的所有細節。他聽得心花怒放，一如艾瑪的預期，結尾的讚美令他印象格外深刻。

「沒錯，真是名副其實，恰到好處的稱讚。千真萬確。『獨留美麗的女人』[36]。親愛的，這道字謎實在寫得太好了，我可以輕易猜出是哪位仙子留下來的。艾瑪，除了妳之外，沒有人可以寫出如此優美的句子。」

艾瑪只是點點頭，露出微笑。

他想了一會兒，輕嘆一口氣，接著說道：

「噢！不難看出妳是遺傳到誰的天賦！妳親愛的母親最擅長出謎語了！真希望我的記憶力像她一樣好！可惜我一個都想不起來。即使是我以前曾向妳提過的那道謎語，我現在也記不住了。我只記得第一段，不過後面還有好多段呢！

凱蒂，美若天仙，卻又冷若冰霜
不顧我的反對，點燃我心的熾熱愛火
我求助於盲目的小男孩
然而他一接近
我過往的深情追求，恐怕毀於一旦

我只想得起這些。不過，整首字謎都寫得非常巧妙。親愛的，我想妳說過，妳已經收錄了這道謎語。」

「沒錯，爸爸，我們第二頁就是抄這道謎語，從《文粹精選》裡找到的。如您所知，這是蓋瑞克[37]的作品。」

「喔，沒錯。真希望我能多記起一些內容。『凱蒂，美若天仙，卻又冷若冰霜』，這名字讓我想起可憐的伊莎貝拉。我差點要幫她取和祖母一樣的教名凱瑟琳[38]。真希望她下星期會回家一趟。親愛的，妳有沒有想好該讓她住哪裡？孩子們要睡哪間房間呢？」

「噢！我想好了，她當然有自己的房間，就是她原有的那間。孩子們可以住育嬰室，就和往常一樣。為什麼需要調整呢？」

「我不知道，親愛的。可是她已經好一陣子沒回來了！上次回家遠在去年復活節，也只待了幾天。約翰・奈特利先生身為律師可真不方便。可憐的伊莎貝拉！她就這麼硬生生和我們分開了！當她回來沒見到泰勒小姐，該有多遺憾啊！」

「爸爸，至少她一點也不會感到訝異。」

---

36 源自小說《維克菲德的牧師》裡的詩歌〈愚昧的可愛女人〉（When Lovely Woman Stoops to Folly）。

37 蓋瑞克（David Garrick, 1717-1779），英格蘭知名演員與劇作家，於一七五七年發表這則知名的字謎，謎底為chimney sweep（煙囪清潔工）。

38 凱瑟琳（Catherine）的暱稱為凱蒂（Kitty）。

「我不曉得，親愛的。我倒是記得，我第一次聽到她要結婚的消息時，可真嚇了一大跳！」

「趁伊莎貝拉回來，我們一定要邀請韋斯頓先生和他的夫人與我們一同用餐。」

「沒錯，親愛的，如果有時間的話。但是——（他的語氣十分沮喪）她只回來短短一個星期。根本沒什麼時間做其他事。」

「他們不能多待幾天，真的很可惜。不過這也無可奈何。約翰·奈特利先生二十八日那天一定要回到城裡。他們待在鄉下的時間都給了我們，甚至不會花兩、三天到丹威爾莊園一趟，我們應該對此由衷感激，爸爸。奈特利先生保證今年聖誕節不會找他們回家——您也知道，比起我們，他已經更久沒見到弟弟一家人了。」

「親愛的，要是可憐的伊莎貝拉不待在哈特菲爾德，確實會讓我傷透了心。」

除了自己之外，伍德豪斯先生絕不允許奈特利先生占用他弟弟的時間，也不讓伊莎貝拉陪伴其他人。他坐著沉思了一會兒，開口說道：

「可是，即使他得盡快趕回城裡，我不懂為什麼可憐的伊莎貝拉也得這麼早回去。艾瑪，我想我應該勸她陪我們多待幾天。她和孩子大可在這裡多待一陣子。」

「噢！爸爸，您以前向來無法成功說服她，往後想必也辦不到。伊莎貝拉根本不可能忍受拋下丈夫的日子。」

伍德豪斯先生無從反駁，只能心不甘情不願地嘆口氣表示認同。艾瑪見父親想到女兒如此深愛丈夫，情緒低落，連忙話鋒一轉，聊起令他高興的話題。

「伊莎貝拉一家回來時，海莉葉一定會盡量抽空陪伴我們。我相信她一定很喜歡那群孩子。爸爸，這幾個孩子讓我們可驕傲了，不是嗎？不知道她覺得哪個孩子長得最俊俏，是亨利還是約翰呢？」

「是啊，不曉得她喜歡哪一個。可憐的小東西，一知道要回來他們肯定樂壞了。他們可真喜歡待在哈特菲爾德，海莉葉。」

「我相信他們一定喜歡得很，先生。我還不曉得有誰不喜歡這裡呢！」

「亨利長得很俊俏，不過約翰和他母親簡直像同個模子刻出來的。亨利年紀最大，以我的名字命名，而不是依他父親取名[39]；約翰是次子，就與他父親同名。我相信有些人一定很訝異長子沒有依照父親的名字命名，不過伊莎貝拉決定將他取名為亨利，我認為她做得對極了。亨利真是個聰明的孩子。每個孩子腦筋都很靈光，事情樣樣做得好。他們會來到椅子旁對我說：『外公，可以給我一小段繩子嗎？』有次亨利想向我討一把小刀，但是我告訴他，只有當了爺爺的人才能使用刀子。我想，他們的父親平常對孩子太過粗暴了。」

艾瑪回答：「您覺得他粗暴，是因為您自己太過溫文儒雅。但是如果拿他和其他當爸爸的相比，您就不會這麼認為了。他希望兒子都能活潑健壯，要是他們調皮搗蛋，偶爾會厲聲斥責幾句，不過，他是個溫柔深情的父親——約翰．奈特利先生絕對是個親切的好爸爸，孩子們都

39 依照慣例，長子通常與父親同名。

很喜歡他。」

「他們的伯父一進門，老是用那種嚇人的方式，將他們高高拋向天花板！」

「但是，爸爸，他們喜歡啊！簡直愛得不得了。他們玩得很開心，要不是他們的伯父規定得輪流，每個孩子都不想將機會讓給別人呢！」

「好吧！我實在無法理解。」

「我們都會碰上這種狀況，爸爸。世界上一半的人，向來無法理解另一半人的樂趣所在。」

那天下午，女孩們正要各自準備四點鐘的晚餐時，那道獨特字謎的作者再次走進門來。海莉葉連忙轉身離開，艾瑪倒能一如往常笑著歡迎他，銳利的目光很快察覺到，艾爾頓先生明白自己已跨出關鍵的一步——他已經擲出了命運的骰子。她猜想，艾爾頓先生是特地來察看擲出的結果。然而他表面上的理由，卻是為了推辭伍德豪斯先生晚上的聚會，確認自己無須留在哈特菲爾德幫忙。倘若缺他不可，他就得推開其他計畫；不過假如他方便離開，他的朋友寇爾已經提過很多次要一起吃飯——這表示他已經答應對方，若是不必參加晚宴，就會前往赴約。

艾瑪感謝他的心意，卻不希望他為了參加晚宴而讓朋友失望。伍德豪斯先生肯定想打牌，艾爾頓先生再次表示願意留下，艾瑪則一再婉拒。眼看他似乎打算鞠躬告辭，艾瑪連忙從桌上拿起紙條還給他。

「噢！這是你好心留下的字謎，感謝你讓我們一睹為快。我們非常喜歡這道謎題，因此我還將它抄進史密斯小姐的謎語集裡。希望你的朋友不會介意。我自然只抄了前八句而已。」

艾爾頓先生顯然不曉得該怎麼答覆。他看起來有些遲疑，似乎非常困惑。他囁嚅地說了一句「很榮幸」之類的話，目光瞥過艾瑪和海莉葉，接著看到攤在桌上的謎語集，便拿起來專心閱讀。看著這樣的畫面，氣氛頓時變得有些不自在，艾瑪堆起笑容，說道：

「請你一定要代我向你的朋友致歉。不過，這道謎語寫得這麼好，若只讓一、兩個人欣賞，實在太可惜了。他寫下如此風度翩翩的詩句，想必任何女人都會傾心不已。」

「我會毫不遲疑地欣然轉達。」艾爾頓先生回答，雖然他遲疑了好一陣子才開口。「我會毫不遲疑地欣然轉達——假如朋友的想法與我一致，我能確信，倘若他像我一樣，親眼見證這小小的作品受到如此肯定（他又看了謎語集一眼，放回桌上），他想必會認為這是他一輩子最值得驕傲的一刻。」

語畢，他隨即以最快的速度離去。艾瑪還來不及多做他想。儘管艾爾頓先生向來平易近人，方才那番話卻顯得一本正經，令她忍俊不住。她連忙跑開，讓自己開懷大笑，留下海莉葉抱著滿心喜悅，繼續對艾爾頓先生崇拜不已。

10

雖然已屆十二月中旬，兩位年輕女孩依然無畏寒冷的天氣，一如往常出門。翌日，艾瑪前往一座距離海布里有些遙遠的村落，探視一戶又窮又病的家庭。

要前往那棟偏遠的小屋，必須經過牧師公館旁的一條小路。牧師公館的主要街道相當寬敞，左迴右轉，小路即是從這條大街延伸出來，自然也會經過艾爾頓先生的住所。一開始先經過幾戶破舊的屋舍，再沿著這條小路走約四分之一英里的距離，就能見到昂然聳立的牧師公館。這棟公館外觀老舊，稱不上是個好房子，相當貼近路邊[40]，地理位置毫無優勢可言。然而由於現任牧師的魅力，這棟屋子如今看來也顯得非常吸引人。正因如此，兩名女孩經過牧師公館時，自然情不自禁放慢腳步，仔細端詳。艾瑪開口說道：

「就是這裡了。妳遲早會帶著那本謎語集搬來這兒。」

海莉葉則說：「噢！多可愛的房子！好漂亮啊！奈許小姐總是對鵝黃色的窗簾讚不絕口呢！」

兩人繼續往前走，艾瑪一面說道：「我**現在**還不常走這條路。不過既然**以後**有很多機會來訪，海布里的這一帶想必不再陌生，我很快就會熟悉這裡的一屋一瓦、一花一草。」

艾瑪發現，海莉葉這輩子還未曾接近過牧師公館，因此對它相當感興趣。從她充滿好奇的模樣和各種可能性看來，艾瑪只能認定這是愛意的表現，畢竟艾爾頓先生也已經從海莉葉身上看到聰慧的一面。

她說：「真希望我們有機會進去瞧瞧。可是我現在想不到上門拜訪的合理藉口。家裡沒有聘請僕人，無從探問起他的管家表現如何；又沒有父親的口信。」

她苦苦沉思，依然無解。兩人沉默了幾分鐘，海莉葉開口說：

「伍德豪斯小姐，我真不懂您為什麼還沒結婚，甚至不打算結婚！您這麼有魅力！」

艾瑪笑了起來，回答：

「海莉葉，我的魅力還不足以讓我打算步入婚姻。我必須找到同樣充滿魅力的另一半——至少得找到一個。我不只現在不打算結婚，還有可能一輩子都保持單身呢！」

「喔！雖然您這麼說，不過我實在無法相信。」

「對方必須比我目前見過的人更為優秀，才會讓我萌生結婚的念頭。妳也知道（她想了一下），艾爾頓先生自然已經不可能了；我也不想找到這樣的人。我不想勾起結婚的打算。即使有所改變，我也不會過得比現在更好。要是我結了婚，肯定會懊悔莫及。」

「老天！聽到女人說出這種話，真是太奇怪了！」

40 一如現代的標準，當時人們認為住家擁有前院十分重要，既能保有隱私，又能遠離熙來攘往的街道。

「我不像一般女人如此嚮往婚姻。如果真的墜入情網，那又另當別論了！可是我這輩子不曾談過戀愛，這不像我的作風，也不符合我的個性。我不認為這輩子有談戀愛的機會。既然沒有愛情，要是我想改變當前的處境，就真的太傻了。我既不缺財富，也無須工作，過著衣食無虞的生活。我敢說結了婚的女人，很少有人像我掌管哈特菲爾德一樣，也能在夫家當家作主。一旦結婚，我一定不像現在集寵愛於一身，感覺自己舉足輕重。在父親眼裡我永遠是他最重要的掌上明珠，我說的話也永遠是對的；換成其他男人，肯定不會如此將我捧在手心。」

「但是您最後只會成了個老女人，就像貝茨小姐一樣！」

「海莉葉，這簡直是妳想像過最可怕的事！假如我自認會像貝茨小姐一樣，成天傻呼呼地笑著，這麼容易就感到心滿意足；說起話來乏善可陳，顯得如此平凡無趣，對談論身邊的人樂此不疲——那麼我明天立刻結婚！但是除了沒有結婚這一點之外，**我們**之間絕對沒有半點相似之處！」

「可是您還是會成為老女人——多麼可怕呀！」

「別擔心，海莉葉，我可不會成為一貧如洗的老女人。唯有窮困潦倒，才會讓一般人對單身生活避之唯恐不及！單身女人若是收入微薄，就成了可笑又可憐的老女人，受盡年輕人的奚落！但是家財萬貫的單身女人，依然備受尊崇，或許就和其他身分一樣合情合理、討人喜歡。如此歧視，並不如一開始所見那麼有失公允，違背常理。微薄收入確實可能讓心胸變得狹隘，性格也益發刻薄；總是在貧苦邊緣掙扎求生、往來的人寥寥無幾、地位低下，確實很可能讓人變得眼界狹隘、個性乖戾。然而這樣的狀況並未發生在貝茨小姐身上。她只是因為天性太過善良、愚昧無知，因此我認為不適合與她來往。不過整體而言，儘管她獨守空閨又一貧如洗，卻幾乎能迎合所有人的心意。貧窮顯然沒有束縛她的心智，我敢說，假如她身上只有一先令，她想必還是會不假思索地捐出六便士[41]。沒有人對她感到畏懼，這確實是極大的魅力。」

「老天！可是您往後該怎麼辦呢？年紀一大把的時候，您還能做什麼呢？」

「海莉葉，倘若我確實瞭解自己，我想我仍會過著相當忙碌充實的生活，享受非常多樂趣。我可不懂，為什麼到了四、五十歲，就會過得比二十一歲還清閒。女人平常喜歡花時間做的事，到時候都會比現在更吸引我，或者根本和現在相去無幾。倘若我比較少花時間畫畫，就會多花些時間閱讀；假如我不再彈琴，就會把時間花在織地毯上。至於身邊缺乏讓自己關愛的對象，這確實是不結婚最吃虧的地方，也是最為人詬病之處，可是我毋需煩惱這個問題，因為我非常疼愛姊姊的孩子。有這群孩子陪在身旁，即使年紀一大把，我依然可以將所有感情寄託在他們身上，對他們寄予厚望，為他們擔憂害怕。即使沒有另一半，我的感情付出並不亞於為人父母者；比起轟轟烈烈的盲目愛情，這樣的生活對我而言更加自在。想想我可愛的外甥和外甥女，我一定隨時都能找個外甥女作伴。」

「您知道貝茨小姐的外甥女嗎？我猜您想必見過她許多次了——不過，您認識她嗎？」

---

41 以舊制換算，一英鎊等同二十先令（shilling），一先令則等同十二便士（pence）。

「噢！當然。每當她回到海布里時，我們總是不得不打個照面。順道一提，這幾乎讓人恨不得沒有外甥女的存在。但願我不會做出這種事！至少我不會成天把奈特利家的孩子掛在嘴上，就像貝茨小姐逢人便提珍．菲爾費克斯。光聽到珍．菲爾費克斯這個名字，就令人厭煩至極。她的每封信起碼會被絮絮叨叨重複四十次，對每個朋友的讚許也四處流傳個不停。假如她給阿姨寄了胸衣的花樣過來，或是為她外婆織了一雙吊帶襪，貝茨小姐就能重複這個話題整整一個月。我希望珍．菲爾費克斯一切安好，但是她實在讓我感到筋疲力盡。」

小屋已近在眼前，閒聊也就此打住。艾瑪極富同情心，對於窮苦人家，她不僅親切地全心關照、耐心地給予安慰，也從不忘慷慨資助。她能設身處地為窮人著想，包容他們無知魯莽的一面，不會天真地對他們抱持過高的期待，因為她很清楚窮人少有受教育的機會。她總是抱著憐憫之心瞭解其艱困之處，運用智慧與熱心竭盡所能地提供協助。眼前她所探視的這戶人家貧病交加，她停留了好一段時間，盡力安慰他們、給予建議。離開小屋之後，由於方才的畫面仍深深烙印在艾瑪的腦海中，因此她忍不住對海莉葉說道：

「海莉葉，親眼目睹這樣的場景有個好處。見到他們的模樣，還有什麼事情值得我們煩惱？接下來一整天，我的腦海中除了這些可憐人，大概再也無心思考其他事情了。又有誰說得準，我得花多久時間才能將他們從心中抹去呢？」

海莉葉說：「是啊！可憐的人們！任誰見了，都會在心裡揮之不去。」

艾瑪說：「說真的，短時間內我想必忘也忘不了。」她跨過矮籬，步履蹣跚地走下台階，穿過小屋院子裡那條濕滑的狹窄小徑，重新回到原路上。「看來，一時是很難忘掉了。」她停下腳步，再次看了一眼這個悲慘的地方，回想起屋裡更加不忍卒睹的景象。

她的同伴說道：「噢！親愛的，別這樣。」

她倆繼續往前走。前方小路有些彎曲，她們轉過彎後，艾爾頓先生赫然出現在眼前，由於距離實在過於接近，艾瑪只來得及說道：

「哎呀！海莉葉，眼前突然出現一大考驗，測試我們能否繼續保持這些正面的想法。好吧！（露出微笑）我希望憐憫能為受苦的人帶來力量與安慰，這樣一來，我們確實已完成了重要的工作。假如我們對其不幸感同身受，竭盡所能為他們付出，剩下的就只是空洞的同情，令我們徒增煩惱罷了。」

海莉葉只來得及回答：「噢！親愛的，沒錯。」艾爾頓先生便加入了她倆的行列。然而他一開口就提起那戶貧窮人家目前匱乏的物資與承受的苦難。他原本打算前往探視，現在雖然稍有耽擱，不過他們很熱烈地討論還能如何為那戶人家略盡綿薄之力。接著，艾爾頓先生轉過身來，陪她倆繼續往前走。

艾瑪心想：「在這樣的工作上碰頭，一同投身慈善，想必能大為助長對彼此的愛意。真令人好奇，艾爾頓先生會不會因此打開天窗說亮話？假如我不在場，他一定會直接告白。真希望我不在這裡。」

她急著留下兩人獨處，隨即走上小路另一側地勢較高的窄徑，讓他倆繼續走在主要道路上。但是，艾瑪才離開不到兩分鐘，就發現海莉葉由於習慣依賴她，也跟著走上這條小徑了，這表示兩人很快就會追上她。這可不行。艾瑪立刻停下腳步，假裝要調整半筒靴的鞋帶，直接蹲在路上，要求他倆先繼續往前走，她半分鐘後就會跟上。他倆依言往前，艾瑪確定自己花了夠長的時間調整好靴子，很高興又多了個拖延的理由：小屋裡的一個小女孩趕上了艾瑪，依照吩咐帶來大水罐，要與她一同到哈特菲爾德帶些燉湯回家。和小女孩並肩而行、談天問話，是再自然不過的事；倘若艾瑪能裝作一切並非事先安排好的計畫，確實顯得天衣無縫。如此一來，他倆還是能兀自往前走，用不著費心等她。可惜，出於不得已，眼看她還是即將追上他們了。小女孩的腳程很快，兩人卻走得很慢。艾瑪發現他倆似乎正聊得起勁，不禁更加擔憂。艾爾頓先生講得口沫橫飛，海莉葉也相當專注地傾聽著。艾瑪讓孩子快步離去，正思考著該如何往後多退幾步，沒想到他們正好轉頭往後看，她只好勉為其難地湊上去。

艾爾頓先生依然滔滔不絕，針對某些有趣的細節說個不停。艾瑪發現有如此可人兒作伴，艾爾頓先生卻只是自顧自談論昨晚和朋友寇爾的聚會，不禁有些失望。她聽到艾爾頓先生正談到他準備了斯蒂爾頓乳酪、北威爾特郡起司、奶油、芹菜、甜菜根和所有甜點。

艾瑪在心裡安慰自己：「接下來很快就會漸入佳境。戀人對什麼都感興趣，任何話題都能讓他們更加情投意合。真希望我可以離他們遠一些！」

如今他們不發一語地並肩走著，直到牧師公館的矮籬映入眼簾，艾瑪頓時下定決心，至少要讓海莉葉進屋瞧瞧。她找藉口表示靴子走起來有些不順，再次慢下腳步調整。她將鞋帶扯斷，敏捷地丟到一旁的溝渠，接著開口要求兩人停下腳步，說她無法調整好靴子，因此不能順利走回家。

「有一段鞋帶不翼而飛。」她說：「我不曉得該怎麼辦。我真是淨給你們惹麻煩，希望我平常沒這麼常穿壞鞋子。艾爾頓先生，能否允許我在你的寓所稍作歇息，請管家給我一條緞帶或繩子，任何東西都行，讓我能牢牢繫好靴子。」

這項提議似乎令艾爾頓先生樂不可支，他立刻百般殷勤地招呼她倆進屋，想方設法要讓她們留下好印象。他帶著兩人走進正對屋前、平常主要的起居室，後方緊鄰著另一個房間。連接兩個房間的門敞開著，艾瑪隨著管家穿過門口，管家必恭必敬地招待她。艾瑪不得不讓房門半開，打從心底希望艾爾頓先生會將門關上。不過艾爾頓先生並未將門關上，那扇門依然半掩著。艾瑪盡可能繼續和管家談話，暗自希望待在鄰房的艾爾頓先生能好好把握機會開口。過了十分鐘，她只聽得到自己的說話聲，隔壁依然鴉雀無聲。她無法再拖延下去了，只好結束談話，走進隔壁的房間去。

小兩口正並肩站在一扇窗前，畫面賞心悅目。過了整整半分鐘，艾瑪忍不住自豪起一切都按照計畫順利進展。然而終究事與願違，艾爾頓先生並未把握機會告白。他的態度相當和藹可親，看起來神采奕奕。他告訴海莉葉，他方才看見她倆經過，因此刻意跟在兩人身後。他不時獻殷勤，透露蛛絲馬跡，卻始終沒有直截了當地說出重點。

艾瑪心想：「真是小心翼翼，他實在太謹慎了。他亦步亦趨，除非有百分之百的把握，否則不會輕易出手。」

儘管艾瑪精心安排的小伎倆並未達到預期效果，她依然沾沾自喜地認定，這次小兩口相處得十分愉快，想必能讓未來的進展更加順利。

11

如今，艾爾頓先生一切都得靠自己了。艾瑪無法再主導他的幸福，也無法敦促他趕緊開口表白。姊姊一家返家之日在即，從原本的引頸企盼，如今成了她當前首要的工作。伊莎貝拉一家五口住在哈特菲爾德的十天期間，艾瑪顯然無暇繼續為這對戀人敲邊鼓，她自己也沒有這麼打算。不過只要郎有情妹有意，就有機會迅速升溫；無論他們做了什麼或不做什麼，都能有所進展。她已功成身退。有時旁人做得越多，反而讓他們不知所措。

約翰．奈特利夫婦已經很久沒有回來薩里郡[42]了，因此這次大家格外興奮。他們結婚以來，每年長假幾乎都是在哈特菲爾德與丹威爾莊園度過；不過今年秋天，他們大多數時間都帶孩子到海水浴場去[43]，因此已經好幾個月沒有定期回薩里郡。伍德豪斯先生即使想念可憐的伊莎貝拉，仍不願大老遠跑去倫敦一趟，自然也很久沒見到他們。儘管夫婦倆這趟回家的時間不長，伍德豪斯先生依然欣喜若狂，迫不及待地等著一家人回來。

42 Surrey，位於英格蘭東南部。

43 十八世紀中以後，英國相當盛行海水浴具有療效的觀念，海水浴場也因此蓬勃發展。

他生怕舟車勞頓會累壞女兒，倒是不怕自己的馬匹和車伕過於疲累，特別派馬車從半路接一部分人回來。不過他顯然是多慮了，十六英里的旅程相當順利，約翰．奈特利夫婦一家七口與同行的保母，皆平安無事地抵達了哈特菲爾德。一行人浩浩蕩蕩、熱熱鬧鬧地抵達，忙著相互寒暄、分配房間，說話聲此起彼落，嘈雜不休，頓時令伍德豪斯先生神經緊繃，幾乎承受不住。約翰．奈特利太太相當重視哈特菲爾德的日常規矩和父親的感受，即使身為疼愛孩子的母親，她讓孩子們自由嬉鬧、盡情吃喝玩樂，或是好好睡上一覺，卻不許他們太常打擾到父親，自己也小心翼翼地照料著孩子，片刻不得歇息。

約翰．奈特利太太身材嬌小，面容姣好，氣質出眾，儀態端莊嫻淑，個性更是相當親切友善，討人喜歡。她不僅是稱職的好妻子，也是疼愛小孩的好母親，對父親和妹妹的關愛同樣無微不至，無人可與之比擬。在她眼裡，所有家人都十分完美，找不出一絲缺點。她的理解力不夠敏銳，也不是思緒敏捷的人，從父親那兒遺傳了許多相似的特質：她體弱多病，對孩子過度牽掛，整天提心吊膽；她相當信任住在城裡的藥劑師溫菲爾德先生，一如伍德豪斯先生對派瑞先生百般依賴。父女倆都有一副樂於關懷他人的好心腸，總是相當關心身旁的所有老友。

約翰．奈特利先生則是身材高大、溫文儒雅又博學多聞的紳士。不僅是專業的律師，又相當重視家庭，個性也備受尊崇。不過，他為人拘謹，並非始終保持親切友善的姿態，有時甚至會動怒。他的性情並不暴躁，不會沒來由地大發雷霆，發怒時倒也情有可原。儘管如此，他依然稱不上毫無脾氣的好好先生，更何況深受妻子敬重，性格上天生的缺陷自然不可能有所改正。擁有如此好脾氣的太太，反而對他不利。約翰．奈特利先生的思路清晰、反應靈敏，正是妻子所缺乏的優點，因此他有時不禁對太太頤指氣使，甚至出言不遜。他漂亮的小姨子並不是那麼欣賞自己的姊夫。艾瑪將約翰．奈特利先生的所作所為看在眼裡，總是很快就注意到他對伊莎貝拉態度不佳，只是伊莎貝拉本人往往渾然不覺。

倘若約翰．奈特利先生多討好小姨子一些，艾瑪或許還能睜一隻眼閉一隻眼。然而，他對待艾瑪只像個相敬如賓的姊夫和朋友，既不開口讚美她，也不會盲目地偏袒她。儘管如此，即使他滿口甜言蜜語，艾瑪也無法對她眼裡最難以容忍的錯誤視而不見：約翰．奈特利先生不夠尊重自己的岳父，偶爾會對伍德豪斯先生失去耐性。伍德豪斯先生特立獨行、喜歡操心的個性，有時會讓他理直氣壯地反脣相譏，顯得有失禮節。這種情況並不多見，因為約翰．奈特利先生非常關心岳父，大多數時候也相當清楚自己的職責所在。不過對深愛父親的艾瑪而言，這樣的頻率依然難以忍受，即使最後往往相安無事，她還是得隨時提防姊夫失控，不免頗有微詞。儘管如此，每次奈特利夫婦來訪，一開始的表現都還是恰如其分，並希望一家人和樂融融地度過為期不長的團圓。夫婦倆坐定沒多久，伍德豪斯先生就鬱鬱寡歡地搖著頭，嘆了一口氣，提醒大女兒自她上回離家之後，哈特菲爾德發生了令人難過的改變。

伍德豪斯先生說：「唉！親愛的，可憐的泰勒小姐——真是太令人難過了！」

「噢！爸爸，是呀！」伊莎貝拉滿心同情地高聲說道：「您該有多想念她啊！親愛的艾瑪想必也是！你們失去了多麼重要的陪伴！我真是為你們感到難過。少了她在身旁，真不知道你們該如何是好。如此轉變確實令人相當感傷。不過我希望她過得非常幸福，爸爸。」

「親愛的，她過得非常好——我希望她過得非常幸福。雖然我不是很清楚，可是那個地方相當適合她。」

約翰．奈特利先生悄悄詢問艾瑪，蘭德斯的氣氛是否有些不尋常。

「喔，沒這回事，一點異狀也沒有。我這輩子還沒見過韋斯頓太太這麼開心過——她看起來未曾如此神采飛揚。爸爸只是在表達他心裡的不捨罷了。」

「雙方的心情我都能體會。」他巧妙地答道。

伊莎貝拉問道：「您經常見到她嗎？」她那悲傷的語氣正合父親的心意。

伍德豪斯先生有些遲疑。「沒這麼常見到她，親愛的，不如我預期得多。」

「喔，爸爸，自從他們結婚以來，我們只有一天沒見著他們。除了那天之外，平日無論早或晚，我們都會見到他倆其中一人，更常看到兩人一同出現的身影，不是在蘭德斯就是在這裡碰面。伊莎貝拉，妳想必也想像得到，他們比較常來這裡拜訪。他們來訪時總是無比親切，韋斯頓先生就和泰勒小姐一樣友善。爸爸，假如您用那種憂鬱的口氣回答伊莎貝拉，可就讓她誤會大了。我們都知道大家多思念泰勒小姐，但是我們也該清楚，韋斯頓夫婦已經竭盡所能滿足我們的期待，不讓我們掛念。這才是真正的情況。」

約翰．奈特利先生說：「正是如此。妳在信裡也是這麼說的，一如我的期望。泰勒小姐自然樂意表達對你們的關心，她的丈夫又如此通情達理，事情當然好辦。我早告訴妳了吧，親愛的，哈特菲爾德的改變不像妳所想的那麼嚴重。現在親耳聽到艾瑪這麼說，希望妳可以放下心來了。」

伍德豪斯先生說：「沒錯。確實如此。我無可否認，韋斯頓太太——可憐的韋斯頓太太確實常來探望我們。但是她總是不得不再次離開我們。」

「要是她不離開，韋斯頓先生就會非常難過啦，爸爸。您可不能忘了可憐的韋斯頓先生。」

「我想，」約翰．奈特利先生愉快地說道，「韋斯頓先生確實該有那麼一點權利。艾瑪，我倆倒能試著體諒那位可憐的丈夫。我已為人夫，妳雖然尚未嫁人，不過或許同樣能對他的心情感同身受。至於伊莎貝拉，她已經結婚多年，早就懂得將韋斯頓先生拋諸腦後。」

他的妻子只聽到部分對話，對內容一知半解，高聲說道：「親愛的，你在談論我的事嗎？我敢說沒有人比我更支持婚姻生活了。要不是泰勒小姐婚後得離開哈特菲爾德，確實令人難過，我一定認為她是世界上最幸運的女人。至於韋斯頓先生——我們這位優秀的韋斯頓先生，先將他擱到一旁也稱不上對他不公平。我相信他是世界上個性最溫和的人，除了你和你哥哥之外，我不曉得還有誰像他擁有同等的好脾氣。我始終記得，去年復活節颳著大風，他卻非常好心地陪著亨利放風箏；去年九月，他半夜十二點還非常親切地為我捎來訊息，只為了通知我柯比漢[44]一帶並未出現猩紅熱的病例。從那時起我就確信，世界上再也沒有人比他更善解人意。

44 柯比漢（Cobham）：位於薩里郡的小鎮。

要說哪個女人配得上當他的妻子，自然非泰勒小姐莫屬。」

約翰．奈特利說：「韋斯頓先生的兒子到哪裡去啦？他回來了嗎？或是還沒回家？」

艾瑪回答：「他還沒回來。我們都希望韋斯頓夫婦結婚後，他會盡快回家一趟，卻始終杳無音訊。最近一陣子都沒聽到他的消息。」

她的父親說：「不過，妳應該告訴他們那封信的事，親愛的。他寫信給可憐的韋斯頓太太，恭賀她新婚，那封信的措辭恰到好處，寫得好極了。她給我看了那封信。我認為那孩子確實表現得很不錯。我們無從得知這是否出於己願。他的年紀還很輕，或許他的舅舅——」

「親愛的爸爸，他已經二十三歲了。您忘了時間總是過得非常快。」

「二十三歲！他已經這麼大了？好吧！我可真沒想到。他可憐的母親過世時，他才不過兩歲大呢！喔，時間確實一眨眼就過了。我的記性實在太差了。話說回來，那封信寫得真好，文情並茂，韋斯頓先生和他的夫人都非常高興。我記得那封信是九月二十八日從韋茅斯[45]寄來的，開頭寫著『親愛的夫人』，不過我忘了接下來的內容。最後署名是『F．C．韋斯頓．邱吉爾』，這我記得可清楚啦！」

「這孩子多討人喜歡、多麼懂事！」好心的約翰．奈特利太太高聲說道，「這年輕人肯定最受歡迎。不過，他無法與父親同住，多令人難過呀！小小年紀就被迫與父母分離，實在太讓人震驚了。我真不懂，韋斯頓先生怎麼忍心與他分隔兩地？竟得拋棄自己的孩子！我實在無法理解，怎麼會有人提出這種要求？」

約翰・奈特利先生冷冷地說道：「我想所有人都對邱吉爾夫婦毫無好感。不過妳用不著將自己放棄亨利或約翰的心情加諸在韋斯頓先生身上。韋斯頓先生為人和善，性情開朗，沒有強烈的情緒起伏。他對任何事情都能坦然接受，自得其樂。我想他主要藉由所謂的**交際**來尋求慰藉，與朋友吃喝玩樂、天天和鄰居打牌，而不是透過天倫之樂或是居家生活。」

艾瑪不喜歡韋斯頓先生受到如此誤解，幾乎要開口反駁；然而她猶豫了一會兒，決定還是不要繼續這個話題，希望盡量維持家裡的和氣。她的姊夫相當重視家庭，有家人的陪伴便已足矣；這觀念雖然值得尊重，有其可貴之處，卻也讓他對日常的交際應酬嗤之以鼻，連帶輕視活躍於社交的人。艾瑪費了一番工夫，好不容易才克制住自己。

---

45 Weymouth，位於英格蘭西南部的多塞特郡（Dorset），是鄰近海邊的度假勝地。

12

奈特利先生前來與伍德豪斯一家共進晚餐。伍德豪斯先生對此頗為不滿，不希望與伊莎貝拉共處的第一天就有外人打擾。不過，艾瑪詳加考慮之後才做此決定，除了考量到讓兄弟倆團聚，有鑑於她最近與奈特利先生意見不合，自然想趁機釋出善意。

艾瑪希望能與奈特利先生重修舊好，認為該是彌補關係的時候了。說彌補並不恰當，**她**肯定自己沒有錯，奈特利先生自然也不認定**他**何錯之有。兩人勢必互不相讓，不過似乎該是忘記這場爭執的時候了。艾瑪暗自希望孩子在場可以幫助他倆修補裂痕。當奈特利先生進屋裡時，艾瑪正抱著年紀最小的外甥女；她還只是八個月大的嬰兒，長得十分漂亮。這孩子第一次來到哈特菲爾德，此時正在阿姨懷裡非常快樂地手舞足蹈。這招確實奏效，雖然奈特利先生一開始表情嚴峻，提問十分簡短，不過他很快就一如往常地聊起了孩子，並從艾瑪懷中接過小女嬰，態度相當親切，氣氛顯得和樂融融。艾瑪自認與奈特利先生又恢復了友好關係，一開始感到相當欣慰。接著艾瑪膽子又大了些，奈特利先生正愉快地看著小嬰兒，她忍不住開口說道：

「我倆對這群孩子的看法一致，真是令人欣慰。我們的性別不同，有時想法難免大相逕庭。不過提到這群孩子，我倆的意見可不曾相左。」

「假如妳判別男女各自的想法時，能依照與生俱來的直覺，而非基於妳日常生活中天外飛來的胡思亂想，一如妳看待這些孩子那般單純，那麼整體而言，我們的想法並無二致。」

「沒錯——我倆的想法之所以不一致，往往都是我的錯。」

他笑著說道：「確實如此。這相當合理。我十六歲時，妳才剛出生呢！」

她回答：「年齡的落差確實很大。當時你的判斷力自然遠比我成熟許多。不過難道這二十一年來，依然無法稍微拉近我們想法上的差距嗎？」

「確實可以——拉近了不少距離。」

「可惜依然不夠，不足以在我們想法分歧時，證明我的看法是對的。」

「我比妳足足多了十六年的人生歷練，也不是年輕貌美、個性驕縱的女孩，這就是我的優勢。好了，親愛的艾瑪，我們繼續當朋友，這件事就別再提了。小艾瑪，告訴妳阿姨她應該以身作則，當妳的好榜樣，不要只是一味發牢騷。即使她認為自己之前並沒有錯，現在也是大錯特錯了。」

艾瑪大聲說道：「沒錯。完全正確。小艾瑪長大後一定要成為比阿姨更出色的女人。妳的頭腦可得十分精明，別像我一樣輕易受騙。奈特利先生，讓我再說幾句話，這件事就畫下句點了。既然我們都是基於善意的出發點，那麼兩人的想法都沒有錯，我得說，沒有證據證明我的論點並不正確。我只想知道，馬汀先生還不至於難受得失魂落魄。」

「恐怕沒有什麼比這更令他難受的了。」奈特利先生簡潔扼要地回答。

「唉！我真替他感到難過。我們握手言和吧！」

兩人誠心誠意地言歸於好，約翰．奈特利先生正巧走了進來。兄弟倆一如道地的英國紳士，只是簡單地相互寒暄：「喬治，近來可好？」「約翰，過得如何？」如此平靜的態度看似冷漠，然而兄弟倆的關係其實相當緊密，倘若需要的話，一定毫不猶豫為對方兩肋插刀。

這晚的氣氛相當寧靜，聊天卻不減熱絡。伍德豪斯先生推掉所有牌局，只為了好好和親愛的伊莎貝拉閒話家常，因此幾個人自然而然地分成了兩派：一對是伍德豪斯父女，另一對則是奈特利兄弟。兩邊的話題大相逕庭，很少相互穿插，艾瑪只是偶爾加入其中一方的談話。

奈特利兄弟倆各自聊著自己感興趣的事業，不過多數時間都是身為哥哥的奈特利先生滔滔不絕地主導對話；奈特利先生向來十分健談，話匣子一開就停不了。他身為當地的行政官，經常向約翰諮詢法律問題，或是談起令人好奇的趣聞。他平日亦勤於農務，在丹威爾莊園親自照料自己的農場，因此也會談論隔年要種植的作物，或是相關的種種見聞。約翰大半輩子以家庭為重，與家人的感情十分緊密，哥哥的一切話題自然都讓他深感興趣。奈特利先生不停聊著農地的排水系統、修整籬笆和砍伐林木的計畫，收成後的麥子、蕪菁或玉米又要運往哪裡，約翰聽得津津有味，冷漠的態度也逐漸軟化。倘若說得口沫橫飛的哥哥好心給約翰提問的機會，他總是迫不及待地打破砂鍋問到底。

兄弟倆就這麼融洽地聊天，伍德豪斯先生也沉浸於與女兒相處的快樂時光，流露出身為父親的疼惜之情。

「我可憐的伊莎貝拉，」伊莎貝拉正忙著照顧五個孩子，伍德豪斯先生溫柔地握著女兒的手，不時打斷她。「妳已經多久沒回家來了！歷經這番舟車勞頓，妳想必已經累壞了吧！妳得早點上床休息，親愛的——我建議妳睡前喝點粥，我們可以一起吃碗美味的燕麥粥。親愛的艾瑪，我們所有人都來喝點粥吧！」

艾瑪很清楚，奈特利兄弟想必和她一樣，對此提議敬謝不敏，因此只吩咐廚房準備兩碗粥。伍德豪斯先生又花了點時間讚揚吃粥的好處，他實在不懂為什麼並非所有人都聽話地每晚吃碗粥。他接著以嚴肅的語氣說道：

「親愛的，妳秋天時沒有回家來，而是去了南岸海濱[46]，可真是不妥。我對海邊的空氣向來沒什麼好感。」

「爸爸，要不是溫菲爾德先生極力推薦，我們也不會前往海邊。他說去一趟海邊對所有孩子都好，尤其小貝拉的喉嚨虛弱，特別有幫助——無論吹海風或泡海水浴都大有益處。」

「哎呀！親愛的，可是派瑞認為去海邊對她一點好處都沒有。我長久以來對此深信不疑。雖然我之前未曾向妳提起，不過海邊幾乎對所有人都毫無益處。有一次還差點要了我的命！」

艾瑪認為這並非適合談論的話題，連忙大喊：「夠了，爸爸。拜託您別再提起海邊了。真

46 南岸海濱（South End）：現名 Southend-on-Sea（濱海紹森德），位於英格蘭東部的埃塞克斯郡（Essex），自十八世紀末即為著名的濱海度假勝地。

是叫人嫉妒，我覺得自己好悲哀，這輩子還沒有親眼見過大海呢！如果您願意的話，別再提起南岸的海濱啦！親愛的伊莎貝拉，我還沒聽妳問起派瑞先生呢！他可從未忘記關心過妳！」

「噢，好心的派瑞先生！爸爸，他過得好嗎？」

「過得不錯，卻也不是那麼稱心如意。可憐的派瑞腸胃有些不舒服，卻沒有時間好好照顧自己。他說自己忙得分身乏術，真是太令人難過了。他總是得在村裡到處奔波。我相信打著燈籠也找不著這麼熱心的醫師。這倒是合理，畢竟其他地方沒人像他這麼優秀。」

「派瑞太太和孩子過得好嗎？孩子都大了吧？我很惦記派瑞先生，希望他很快就會上門拜訪一趟。他見到我的孩子想必會非常高興。」

「我希望他明天就會過來一趟，因為我得請教他一、兩個問題，瞭解我的健康狀況。親愛的，無論他什麼時候來，妳最好都讓他看一下小貝拉的喉嚨。」

「噢！親愛的爸爸，小貝拉的喉嚨已經改善很多，我幾乎不怎麼擔心了。不知道是海水浴大為奏效，或是因為溫菲爾德先生從八月以來就不時為她敷藥，如今真的發揮了療效。」

「親愛的，海水浴不可能對她有益——假如我早知道妳想幫她敷藥，就會告訴——」

艾瑪說：「妳似乎將貝茨太太和貝茨小姐忘得一乾二淨。至今對她們隻字未提呢！」

「噢！好心的貝茨母女。這可真難為情，妳的來信總是會提起她們！但願她們過得很好。好心的貝茨太太！我明天要帶孩子們去拜訪一趟，她們總是很高興見到我的小孩。還有優秀的貝茨小姐！真是兩位難得的好友。爸爸，她們過得好嗎？」

「非常好，親愛的，大致而言都過得很好。不過，大約一個月前，可憐的貝茨太太得了重感冒。」

「真令人難過！今年秋天感冒特別流行。溫菲爾德先生告訴我，一旦得了流行感冒就會一發不可收拾，症狀也相當嚴重。」

「親愛的，確實有這種狀況，不過不像妳說得那麼嚴重。派瑞說感冒很常見，但是十一月才是高峰期，平常沒有這麼可怕。派瑞並不認為現在是流行感冒的季節。」

「沒錯，溫菲爾德先生也是這麼認為，只是——」

「唉！我可憐的孩子，事實上，倫敦一年四季都在流行感冒。在倫敦，人人都病懨懨的，沒人擁有健康的身體。妳不得已定居在這種地方，真是太可怕了！距離如此遙遠，空氣又糟得一場糊塗！」

「真的沒這回事——我們那裡的空氣品質並不差。我們在倫敦住的可是高級住宅區！親愛的爸爸，您可不能和其他地區混為一談！布朗史威克廣場一帶和倫敦其他區域截然不同。那裡的空氣非常清新！我得承認，我絕對不願意搬到城裡其他地區，沒有其他的地方能讓我安心給孩子居住；但是我們現在住的地段確實空氣清新。溫菲爾德先生認為，布朗史威克廣場那一帶擁有最好的空氣品質。」

「噢！親愛的，那也絕對比不上哈特菲爾德。妳將那裡形容得天花亂墜，可是只要你們在哈特菲爾德待上一星期，所有人都會容光煥發，看起來就像變了個人似的。我得說，你們每個人的氣色現在看起來都不怎麼好。」

「爸爸，聽您這麼說真叫我難過。我向您保證，雖然我還有頭痛和心悸的小毛病，但是除此之外，我的身體健康得很。假如孩子們上床前臉色看起來有些發白，那只是因為他們歷經旅途跋涉，回到這裡又太過興奮，所以比平常累了點。希望到了明天，您就會覺得他們更有精神。溫菲爾德先生送我們出發時，可認為所有人都健康得不得了呢！我相信，至少您不會認為奈特利先生看起來一臉病容。」她轉過頭去，一臉深情又焦急地看著丈夫。

「普普通通，親愛的。我沒辦法說出什麼讚美的話。我認為約翰．奈特利先生的氣色看起來一點都不好。」

「爸爸，怎麼了？您在對我說話嗎？」約翰．奈特利先生聽到自己的名字，隨即高聲說道。

「親愛的，爸爸認為你看起來氣色不好，真令人難過。我希望這只是因為你有點累了。不過我確實很希望，你出門前有給溫菲爾德先生瞧一眼。」

他急切地大喊：「親愛的伊莎貝拉，別擔心我的氣色。妳只管讓醫生悉心照料妳和孩子們，我的健康留給自己打點。」

艾瑪高聲說道：「你方才告訴你哥哥的那件事，我有些不明白。葛蘭姆先生打算從蘇格蘭找個管家打點他的新房子。有人回覆了嗎？他還是擺脫不掉長久以來的偏見嗎？」

艾瑪成功地轉移了話題好一陣子，當她的注意力不得不回到父親和姊姊身上時，赫然聽見伊莎貝拉竟問起了珍．菲爾費克斯。雖然艾瑪對珍．菲爾費克斯沒什麼好感，當下卻十分樂於異口同聲地說起她的好話。

「甜美可人的珍．菲爾費克斯！」約翰．奈特利太太說，「我好久沒見到她了，只是偶爾在城裡與她巧遇！她回老家時，慈祥親切的外婆和阿姨想必都高興得不得了！親愛的艾瑪說珍不常待在海布里，真叫人難過。可是既然坎貝爾上校的女兒嫁出去了，他們現在勢必離不開她。有她與艾瑪作伴，真是再合適不過。」

伍德豪斯先生點頭稱是，卻接著說道：

「但是，我們還有個可愛的年輕朋友，海莉葉．史密斯。妳一定會喜歡海莉葉。艾瑪和她的感情好得不得了。」

「聽您這麼說，真令我高興！不過，珍．菲爾費克斯是個家教良好的優秀女孩，年紀也與艾瑪相仿。」

這個話題令眾人聊得興高采烈，又盡興地聊了其他話題，之後才愉快地結束談話。只是就寢前，氣氛仍免不了出現一絲變調。僕人送上燕麥粥，伍德豪斯先生又滔滔不絕地評論起來，大肆稱讚喝粥的好處；他深信喝粥對所有人的健康都大有益處，嚴正批評起許多家庭不懂得該如何煮粥。不幸的是，伊莎貝拉向來哪壺不開提哪壺，偏偏說起她近來印象最為深刻的例子：她在南岸海濱臨時雇用的年輕廚娘，始終不知該如何煮出理想的燕麥粥，既能符合她順口的標準，又不至於煮得太稀。每當她吩咐廚子準備燕麥粥，成果向來無法令她滿意。這個話題頓時令艾瑪心裡警鈴大作。

「唉！」伍德豪斯先生搖了搖頭，滿心憂慮地看著大女兒。這聲感嘆聽在艾瑪耳裡，彷彿是在說：「唉！妳一旦去了南岸海濱，不順心的事就會沒完沒了，令人不忍心再提起。」有那麼一會兒，艾瑪希望父親別再繞著這個話題打轉，認為一番安靜的沉思，足以讓他就此陶醉於美味順口的燕麥粥裡。然而過了幾分鐘，伍德豪斯先生又開口說道：

「妳今年秋天沒有回家來，而是去了海邊，真的讓我感到非常遺憾。」

「可是爸爸，為什麼您要覺得遺憾呢？我向您保證，這對孩子們大有好處。」

「即使妳非去海邊不可，也最好別去南岸。南岸的海濱不是什麼對健康有益的好地方。派瑞聽到你們去了南岸一趟，可真嚇了一大跳。」

「我知道很多人都這麼說，但這確實大錯特錯，爸爸。我們在那兒都健健康康，海邊的泥濘並未給我們帶來任何困擾。溫菲爾德先生說，認定那裡對健康無益的想法並不正確。我認為他的說法值得信任，因為他對海邊的空氣瞭若指掌，他自己的弟弟和家人都很常上那兒去。」

「親愛的，妳即使要去海邊，也該選擇去克羅默[47]。派瑞曾在克羅默待上一星期，認為那裡最適合海水浴。他說海面遼闊清澈，空氣相當清新。更何況據我所知，在克羅默可以找到離海邊較遠的旅館過夜，距離大約四分之一英里，相當舒適。妳真應該問過派瑞的意見。」

「但是親愛的爸爸，距離實在落差太大了。您想想，克羅默離我們多麼遙遠呀！或許足足有一百英里，而南岸僅有四十英里遠。」

「喔，親愛的，一如派瑞所說，只要對健康有好處，其他都無須考慮。既然都要出遠門，四十英里和一百英里也沒什麼差了。否則妳還不如不要出門，一直待在倫敦，而不是跋涉了四十英里遠，去了一處空氣汙濁的地方。這是派瑞說的。他認為你們做了非常不智的決定。」

艾瑪試著制止父親說下去，卻徒勞無功。聽到他說出這種話，她自然不意外姊夫突然開口反駁。

約翰·奈特利非常不悅地說道：「如果我們沒有開口詢問派瑞先生的想法，他最好乖乖閉上嘴。為什麼他要針對我的決定表示這麼多意見？我帶家人到哪裡的海岸，究竟與他何干？您既然看重派瑞先生的意見，我希望自己的判斷力也能獲得同樣的尊重。我既不需要他的藥方，更不需要他的意見。」他停了下來，態度冷靜了一些，接著以有些挖苦的語氣說道：「要是派瑞先生願意告訴我，如何帶著妻子和五名小孩前往一百三十英里遠的海邊，卻不會比四十英里的旅途增加更多花費與不便，那麼我自然與他一樣偏好克羅默，而不是選擇去南岸。」

奈特利先生迫不及待地打岔，大聲嚷道：「沒錯，沒錯。所言極是。這確實是需要考量。不過，約翰，我剛才告訴你，我有意將路線往右移，改為取道至朗廷，避免穿過家裡的牧地，我想這麼做應該沒有什麼困難。要是會造成海布里居民任何不便，我就不打算嘗試了。可是，假如你能具體回想起目前的路徑，就會明白我的意思——要證明我的想法無誤，唯一的方法就是查看地圖。明天早上我會在丹威爾莊園等你，希望你能過來一趟，我們一同確認路線，你再

47 克羅默（Cromer）：位於英格蘭東部的諾福克郡（Norfolk），自十八世紀末起即是知名的海濱度假勝地。

告訴我一些想法。」

朋友派瑞受到如此嚴厲的抨擊，令伍德豪斯先生相當懊惱。儘管他並未察覺到這一點，不過事實上，他的許多感受和想法都來自派瑞的啟發。但是兩名女兒都溫柔地安撫父親，令伍德豪斯先生逐漸忘卻當前的苦惱；約翰・奈特利先生立刻意識到自己的語氣過於嚴厲，他的哥哥也連忙打圓場，才讓這場風波就此平息。

13

能夠短暫回來哈特菲爾德小住，恐怕沒有人比約翰．奈特利太太更快樂的了。她幾乎每天早上都帶著五個孩子四處拜訪朋友，晚上則盡興地與父親和妹妹聊起當天的行程。她對一切心滿意足，只希望日子能過得慢一些。這趟返家十分愉快——完美得無可挑剔，只可惜停留的時間實在太短了。

大致說來，夫婦倆大都於白天拜訪友人，晚上則是享受天倫之樂。不過即使正逢聖誕假期，仍免不了要到朋友家吃頓飯。韋斯頓先生根本不接受推辭，他們勢必得找一天到蘭德斯用餐。甚至連伍德豪斯先生也在女兒的勸說下，決定和他們一起參加派對。

該如何將浩浩蕩蕩的一群人全數送達蘭德斯，原本會是件傷透腦筋的事，不過，既然大女兒和女婿的馬車與馬匹都留在哈特菲爾德，問題也就迎刃而解。空間顯然綽綽有餘，艾瑪不費吹灰之力就讓父親放心，一定能替海莉葉騰出座位來。

海莉葉、艾爾頓先生和奈特利先生是唯一受邀的座上賓。晚餐的時間訂得很早，用餐人數也不多，一切細節皆遵照伍德豪斯先生的習慣與喜好。

迎接這樁大事（伍德豪斯先生願意在聖誕夜到別人家裡用餐，確實是不得了的大事）的前一晚，海莉葉依照慣例前往哈特菲爾德一趟。她不幸染上風寒，身體相當不舒服，要不是她誠心希望回家接受戈達德太太的照料，艾瑪絕不會讓她離開哈特菲爾德。隔天，艾瑪前去探視海莉葉，發現她病得相當嚴重，看來當晚是無望前往蘭德斯赴約了。她發起高燒，喉嚨痛得不得了，戈達德太太正無微不至地看護著她。派瑞先生看過她的病情，叮囑她不得出席那場令人期待的晚宴，由於海莉葉實在過於虛弱，不得不聽從吩咐，失望得淚如雨下。

艾瑪盡量多花些時間陪伴海莉葉，戈達德太太忙得無法抽身時，就由她接手照料，並一再告訴海莉葉，要是艾爾頓先生看見她現在的模樣，想必會非常難過，藉此讓海莉葉打起精神來。艾瑪離開時海莉葉的心情已好轉許多，欣喜地認定艾爾頓先生當晚用餐時會感到索然無味，所有人也會非常想念她。艾瑪才剛走出戈達德太太家沒幾步，就遇見艾爾頓先生，顯然也是往戈達德太太家的方向而來。兩人並肩緩步而行，一面聊起生病的海莉葉。艾爾頓先生聽聞海莉葉的感冒相當嚴重，原本打算前往慰問一番，讓哈特菲爾德關切的人們得以瞭解她的病情。他們在半路上又碰見了約翰．奈特利先生，他一如往常剛從丹威爾莊園拜訪回來。他與兩名年紀最大的兒子同行，兩個小男孩活蹦亂跳，由於在空氣清新的鄉下到處玩耍，氣色看起來非常好，正急著趕回家吃烤羊肉和米布丁。父子三人順道與他倆同行。艾瑪談起海莉葉的病情：「喉嚨腫脹得厲害，全身發高燒，脈搏急促又虛弱。聽戈達德太太說，海莉葉很容易喉嚨痛，真是讓人難過。她總是提醒海莉葉要多加留心。」艾爾頓先生看起來十分擔憂，大聲說道：

「喉嚨痛！希望她可別感染才好，但願不是那種會傳染的病症。派瑞給她診斷過了嗎？除了擔心朋友，妳實在也該好好照顧自己。拜託妳別過於冒險。派瑞為什麼不去看她？」

艾瑪自己並不怎麼擔心，她強調經驗豐富的戈達德太太相當悉心照料，安慰艾爾頓先生不必過於緊張。但是他仍對海莉葉的病情有些放心不下，艾瑪寧願他繼續掛心，因此不再開導，順勢轉移話題：

「好冷，天氣真冷，看起來好像要下雪了。要不是得來探病，或是沒有你們作伴，我今天壓根兒不想出門，也會勸父親不要外出。可是他心意已決，似乎一點都不覺得外面很冷。我不想干預太多，要是他決定不出門，韋斯頓先生和他的夫人想必會失望極了。不過說真的，艾爾頓先生，你可就不一樣了。恕我直言，你今天的聲音聽起來有些沙啞。明天你得說上許多話[48]，一定會累壞的。我想你今晚最好待在家裡好好休息。」

艾爾頓先生似乎無言以對，他確實不知道該如何回答是好。如此大家閨秀好心地給予建議，自然令他不勝感激，恭敬不如從命；然而他說什麼也不希望錯過當天的晚宴。可惜艾瑪一心認定艾爾頓先生鍾情於海莉葉，根本無法以客觀清晰的角度解讀他的言行，見他支支吾吾地附和：「是啊，天氣確實非常冷，」已令她相當滿意。艾瑪繼續往前走，很高興能說服他放棄蘭德斯的晚宴，如此一來，就能確保他當晚隨時有機會前往探視海莉葉。

48 翌日艾爾頓先生必須主持聖誕節禮拜。

艾瑪說：「你的選擇相當正確。我們會代你向韋斯頓先生和他的夫人致歉。」

沒想到，話語方落，她的姊夫竟冷不防開口，彬彬有禮地表示，倘若寒冷的天氣是艾爾頓先生唯一的考量，他很樂意與艾爾頓先生共乘馬車前往，艾爾頓先生隨即喜不自勝地接受這項提議。如今結局已定，艾爾頓先生依然會赴約，那張英俊的臉龐頓時洋溢喜悅之情；他從未笑得如此燦爛，接下來注視艾瑪的眼神，更是難掩興奮之情。

艾瑪心想：喔！這真是太詭異了！我費盡唇舌對他循循善誘，最後他卻決定參加聚會，將病懨懨的海莉葉拋諸腦後！簡直太匪夷所思了！不過，我相信許多男人，尤其是單身男人，向來喜歡外出聚餐。受邀參加晚宴是最重要的生活樂趣，令他們樂此不疲，不僅展示了面子，甚至也稱得上責無旁貸，因此他們願意為了聚餐推辭一切行程。艾爾頓先生想必也是這樣的人。他無疑是條件最優秀、最討人喜歡的年輕人，也深愛著海莉葉；但是即使像他這樣的人，也無法推辭任何邀約，一旦受邀必義不容辭赴約。愛情多麼令人摸不清頭緒啊！他能在海莉葉身上看出聰慧的一面，卻不願意為了她單獨用餐。

艾爾頓先生隨即打算告辭，艾瑪只能自我安慰地認定，他在離開前提起海莉葉時，依然顯得深情款款；他向艾瑪保證，晚餐前一定會先到戈達德太太家探視海莉葉，語調聽起來十分真摯。他期望在聚會見到艾瑪時，能告訴她海莉葉病情好轉的消息。接著艾爾頓先生輕嘆了一口氣，滿臉笑意地離開，十分高興接下來的安排正合自己的心意。

接下來的一行人沉默了幾分鐘，約翰·奈特利先生開口說道：

「我這輩子還未曾見過像艾爾頓先生那麼努力表現周到的人。他對女士總是如此殷勤。他在男士面前向來理性自持；不過當他想討女士歡心，可真是使出渾身解數。」

艾瑪答道：「艾爾頓先生的舉止確實不是無可挑惕，但即使他刻意想取悅人，我們也該包容他的缺點，許多時候都該如此。一個資質中等的人全力以赴，也總比條件優秀卻自視甚高的人來得好。艾爾頓先生的好脾氣和善意確實值得尊重。」

「沒錯。」約翰．奈特利先生有些狡猾地說，「看起來，他對妳可是相當友善呢！」

「我！」艾瑪驚訝地笑出來，回答：「你認為艾爾頓先生對我有意思？」

「我承認心裡確實浮現這個念頭，艾瑪。假如妳之前未曾注意到，那麼現在開始妳可要多加留心了。」

「艾爾頓先生喜歡我！這怎麼可能！」

「我沒有說一定是，不過妳可以好好思考這件事的可能性，並調整妳的態度。我想，妳現在無疑給了他許多希望，我是站在朋友的立場才開口，艾瑪。妳應該多加留心自己的舉止，無論是妳現在做的事，或是打算做的事，都應該深思熟慮。」

「謝謝你。不過我敢肯定你誤會了。艾爾頓先生和我是非常要好的朋友，僅止於此。」艾瑪繼續往前走，想到人們經常因為對事情一知半解而陷入迷思，容易先入為主的人總是因此犯了錯，不禁暗自感到好笑。不過姊夫竟然認為自己當局者迷，對此事一無所知，需要旁人的提點，令她略微感到不快。約翰．奈特利先生不再接腔。

伍德豪斯先生打定主意要參加晚宴，即使天氣益趨寒冷，他依然不願打退堂鼓，最後準時與伊莎貝拉一同搭車赴宴。相較於其他人，伍德豪斯先生絲毫未將寒冷的天氣放在心上，對此行雀躍不已的他一心期待蘭德斯的晚宴，加上全身包裹得十分暖和，因此對酷寒渾然不覺。然而，這晚的天氣確實相當寒冷，當第二輛馬車準備出發時，幾片雪花已悄然從天而降，天空烏雲密布，彷彿再過幾分鐘就會成為白雪紛飛的銀色世界。

艾瑪很快就注意到，約翰．奈特利先生不怎麼高興。在這種酷寒的天氣下整裝出發，還得犧牲晚餐後跟孩子相處的時間，簡直令他難以接受，心裡十分不悅。他毫不期待這場晚宴，認為不值得如此大費周章。前往牧師公館的路上，約翰．奈特利先生絮絮叨叨地發起牢騷。

他說：「想必是自視甚高的人，才會在這種天氣要求別人離開溫暖的爐火，只為了大老遠前去探望他。他想必認為自己不可一世，我就辦不到這一點。這簡直荒謬至極——現在正在下大雪！他如此愚昧，不讓我們舒舒服服地待在家裡；而我們明明可以舒服地待在家裡，卻偏要出這趟門，同樣愚蠢得可笑！假如我們為了職責或工作，不得已要在這種天氣出門，都已經是折騰人的苦差事了；結果我們現在還是出了門，身上的衣服說不定還穿得比平常少[49]，卻得義不容辭地前去赴約，無視於身體的抗議，告訴我們應該好好待在家裡，想盡辦法取暖——我們要到別人家裡花上整整五個鐘頭吃一頓乏味的晚餐，談話了無新意，傳進耳裡的淨是舊聞，說不定明天聊的還是一模一樣的話題。現在出發的天氣已經這麼糟糕了，回家時的天候說不定更差——動員四名馬伕駕著四匹馬，只為了載五個凍得無法思考、瑟瑟發抖的可憐蟲到更寒冷的屋裡，還不如原本就待在家裡。」

艾瑪自知無法給約翰．奈特利先生那套習以為常的滿意答覆，平常他與伊莎貝拉外出時，想必總會聽到太太溫柔地附和「說得沒錯，親愛的」，不過艾瑪打定主意要默不作聲。她雖不願迎合他人，卻也不喜歡與人爭辯，最後決定沉默以對。她任由對方滔滔不絕地說下去，關上車窗，將自己裹得更緊，沒有回應隻字片語。

他們抵達牧師公館，馬車掉頭轉向，放下踏板。艾爾頓先生將自己打點得整整齊齊，一身黑色裝束，笑容滿面，迫不及待地上了馬車。艾瑪暗自慶幸，總算能轉移話題了。艾爾頓先生顯得興高采烈，看他那副喜上眉梢的模樣，艾瑪不禁認為，關於海莉葉的病情，他或許已經得知自己尚未收到的好消息。她在著裝時派人過去打聽，得到的回覆只是「情況差不多，並無好轉的跡象」。

「我從戈達德太太那兒聽到的消息不如預期。」艾瑪開口說道，「我收到的回覆是『並無好轉的跡象』。」

艾爾頓先生的臉立刻垮了下來，回答的語氣相當感傷：

「噢！沒錯，真令人難過。我正要告訴妳，我回家梳洗前，先去了戈達德太太家一趟，聽聞史密斯小姐尚未好轉，病情甚至更加嚴重。這真是令人傷心，也讓人憂心忡忡——我原本安

49 晚禮服的衣料較為單薄。

慰自己，經過妳今早的慰問，想必她已經好上許多。」

艾瑪露出微笑，答道：「我希望早上探望她這一趟，能幫助她平復生病所造成的緊張。但我對她的喉嚨痛一樣束手無策，她的感冒症狀確實相當嚴重。派瑞先生有去探望過她，或許你已經聽說了。」

「是啊，我想也是。我的意思是——我並非——」

「他已經為海莉葉對症下藥，希望到了明天早上我倆都能聽到好消息。不過，我們自然還是感到非常遺憾。今晚少了她作伴多麼可惜啊！」

「真是太可怕了！妳說得沒錯。我們無時無刻都會想念她。」

這番回覆十分合宜，他還特別嘆了一口氣呢！然而好景不長，艾瑪相當沮喪地發現，過了半分鐘，艾爾頓先生開始聊起其他話題，語氣還顯得非常雀躍。

他說：「以羊毛裝潢馬車內部真是太聰明的做法了！坐起來真是舒適！讓人感受不到半點寒意。現代的種種發明確實讓馬車更臻完備。馬車的防護如此完善，沒有一絲冷風能趁隙而入。天氣對我們的影響不再如此強烈。今天下午非常寒冷——可是我們坐在馬車裡一點感覺也沒有。哈！我看見外頭下起一點雪了。」

約翰．奈特利先生說：「沒錯。我想很快就會下起大雪來了。」

艾爾頓先生說：「聖誕節的天氣就該如此，非常應景。我們應該非常慶幸不是昨天就開始下雪，否則今晚的聚餐就辦不成了。這非常可能發生，畢竟伍德豪斯先生一旦見到地上有些積雪，就不願意冒險出門。但是幸好並非如此。這個季節就該和樂融融地相聚在一起。每逢聖誕節，大家總是喜歡呼朋引伴，一心沉浸在聚會的歡樂裡，根本顧不得天氣多麼寒冷。我曾經因為遇到大雪，困在朋友的家裡整整一個禮拜。那回真是快樂極了。我原本只打算待一晚，卻過了足足一週才離開。」

從約翰．奈特利先生的表情看起來，他似乎完全無法理解箇中樂趣為何，只是冷冷地說了一句：

「我可不希望被大雪困在蘭德斯整整一星期。」

若是在其他時候，艾瑪說不定會被逗得哈哈大笑；然而，此時艾爾頓先生竟能如此興高采烈，實在令她震驚不已。他一心期待著歡樂的晚宴，似乎早已將海莉葉忘得一乾二淨。

艾爾頓先生繼續說道：「一定有非常溫暖的爐火等著我們。一切都打點得舒舒服服的。迷人的韋斯頓先生和他的夫人——韋斯頓夫人完美得難以用言語形容，韋斯頓先生也非常值得尊敬，如此熱情好客，樂於交際。與會的人數不多，不過都是精挑細選的貴客，小型聚會的氣氛反而更加美好。韋斯頓先生的客廳只容得下十人，就我看來，在這樣的條件下我寧可只邀請八人，也不希望硬塞進十二人。我相信你們一定與我抱持同感。（溫和地轉頭看向艾瑪）妳想必願意支持我的想法，不過奈特利先生在倫敦見慣了大場面，或許會有不同見解。」

「先生，我在倫敦可未曾見過什麼大型宴會——我從來不參加聚餐。」

「真的嗎？（語氣充滿驚訝與同情）我不曉得法律界如此忙碌，真是太辛苦了。喔，先生，我相信你終將苦盡甘來，工作不再如此繁重，屆時就能盡情享樂。」

「我最大的快樂，就是平安無事地回到哈特菲爾德。」他們穿過柵門時，約翰・奈特利先生回答。

14

一行人走進韋斯頓太太的客廳時，兩位紳士免不了要調整自己的表情：艾爾頓先生稍微收斂了喜形於色的模樣，約翰．奈特利先生也得抹去一臉不高興的表情；艾爾頓先生得少笑一點，約翰．奈特利先生則必須多笑一些，才能讓氣氛更加和諧。艾瑪倒不必費心，很自然就流露出十分高興的模樣。她打從心底樂於和韋斯頓夫婦待在一起。艾瑪非常喜歡韋斯頓先生，而韋斯頓太太大概是世界上讓她相處起來最為自在的人；從未有人像韋斯頓太太如此耐心傾聽、善解人意，總是相當關切伍德豪斯父女生活中的大小事、心情起伏，永遠為他們設身處地著想。只要是有關哈特菲爾德的話題，韋斯頓太太一定都表現出興致盎然的模樣。每次一見面，艾瑪就要花上整整半小時滔滔不絕地聊著日常發生的愉快點滴，韋斯頓夫婦往往毫不打岔，相當專心地聽著。

或許在外頭待上一整天，也比不上這半小時更令艾瑪樂在其中。能夠親眼見到韋斯頓太太的笑容，握著她的手，聽見她的聲音回響在耳邊，都令艾瑪打從心底高興不已。她打定主意不再多想艾爾頓先生那不尋常的表現，不再讓其他事情破壞自己的心情，而是全心全意享受眼前的快樂時光。

早在艾瑪抵達之前，海莉葉不幸感冒的消息就已傳遍所有人的耳裡。伍德豪斯先生早就舒舒服服地坐在那兒，將一切娓娓道來，絮絮叨叨地說著自己和伊莎貝拉一路搭車過來的狀況，而艾瑪隨後就到。他正談到很高興能讓詹姆士順道探望女兒時，其他人總算抵達；韋斯頓太太的注意力原本幾乎全花在伍德豪斯先生身上，如今終於可以轉過身去，高高興興地迎接她最親愛的艾瑪。

艾瑪雖打定主意不再理睬艾爾頓先生，眾人坐定位後，她卻失望地發現，艾爾頓先生就坐在自己身邊。他如此近在眼前，艾瑪躲不過他那興高采烈的快活表情，他又不時熱情地找艾瑪攀談；如此一來，他對海莉葉如此漠不關心的態度，自然令艾瑪更加揮之不去，耿耿於懷。她不僅無法忽視艾爾頓先生，反而開始在心裡胡思亂想：「難不成姊夫真的說對了？他真的可能不再鍾情於海莉葉，轉而對我有意思嗎？荒謬至極，簡直讓人無法接受！」艾爾頓先生相當關切艾瑪穿得夠不夠暖，對她的父親噓寒問暖，與韋斯頓太太也聊得十分融洽。之後，他非常熱切地稱讚起艾瑪的繪畫技巧，絲毫沒有意識到自己或許過於明顯流露愛慕之意，艾瑪必須花一番工夫，才能讓自己繼續保持和善的態度。

為了維護自己的形象，艾瑪自然不得無禮；為了海莉葉著想，她希望一切如既有的計畫進行，因此態度甚至更加彬彬有禮。但是，她必須費盡心力才能維持禮貌，尤其她明明想專心聽其他人聊天，艾爾頓先生卻不停在她耳邊嘮叨著毫無意義的廢話，更是令她無法忍受。艾瑪知道韋斯頓先生正聊起他的兒子，幾個關鍵字傳進她的耳裡：「我兒子」和「法蘭克」，他提到好幾次「我兒子」。艾瑪還隱約聽到幾個不完整的詞彙，猜想他的兒子會提早回家一趟。不過她還來不及讓艾爾頓先生閉上嘴巴，這個話題早已結束，她也不方便再次問起，否則會顯得十分突兀。

儘管艾瑪打定主意一輩子不結婚，然而不知道為什麼，她對法蘭克．邱吉爾這名字似乎特別在意，總是對他非常感興趣。艾瑪經常想著——自從他的父親與泰勒小姐再婚後，這樣的念頭更常出現了——假如她真要結婚，法蘭克無論年紀、個性和家境都與她相仿，正是最為門當戶對的人選。打從兩家結為姻親之後，法蘭克似乎與她更加相配，她不禁認為身邊所有人想必也期待兩人終成眷屬。艾瑪深信韋斯頓夫婦一定抱持同樣的想法。儘管她認定單身是最美好不過的狀態，不打算為了法蘭克或其他人放棄；但是她依然迫不及待想一睹法蘭克的廬山真面目，相信他非常討人喜歡，自己也能給他一定程度的好感。想到周遭的朋友期待他倆結為連理，不禁令艾瑪感到有些飄飄然。

既然艾瑪浮現這些怦然心動的想法，艾爾頓先生顯然選錯時機對她獻殷勤。儘管她心裡非常生氣，表面上仍然以禮相待。她知道接下來一定還有機會從直率的韋斯頓先生那裡聽到相同話題。她的想法果然無誤。吃晚餐時，她總算從艾爾頓先生的糾纏中解脫，坐在韋斯頓先生身邊。韋斯頓先生趁著一開始招呼客人用餐、眾人津津有味享用起羊腰肉的空檔，對艾瑪說道：

「我們要是再多兩名客人，人數就剛剛好了。真希望能見到這兩位客人在場——妳那位漂亮的朋友史密斯小姐以及小犬——如此一來，所有人就真的齊聚一堂了。我想，剛剛在客廳聊天時或許妳沒有聽見，我們正等著法蘭克回家來探望我們。今天早上我收到他寄來的一封信，他再過兩個禮拜就會回來了。」

艾瑪以恰如其分的愉悅語氣回答，她十分認同韋斯頓先生的想法，若是法蘭克．邱吉爾先生和史密斯小姐一同在場，這場聚會就更完美了。

韋斯頓先生繼續說道：「他一直迫不及待想回來看看我們。打從九月以來，他在信裡就不停提起這件事。不過他的時間由不得自己作主。他得顧慮許多人的心情，有時甚至要付出不少犧牲才能取悅某些人（這件事我只告訴妳）。但是我現在相當肯定，約莫明年一月的第二週，我們就能見到他了。」

「你一定會高興得不得了！韋斯頓太太迫不及待想認識他，想必也和你一樣開心。」

「沒錯，她一定很開心，不過她認為屆時想必又會有所耽擱。她不像我一樣深信見得到法蘭克，但是她也不像我一樣那麼瞭解這群人。妳瞧——這只是我倆之間才說的，我方才在客廳對其他人隻字不提。妳也知道，家家有本難念的經——情況是這樣的，有一群朋友應邀於明年一月前往安斯康姆，法蘭克能否來訪，取決於他們是否有所延後。倘若他們不打算延期，他自然無法抽身。不過，我相信他們一定會延期，因為安斯康姆有一位重要的女士相當不喜歡這戶家庭。儘管每隔兩、三年就必須邀請他們，但是每到了最後關頭他們總會延期。我對此相當肯定，我敢保證明年一月中旬以前，我們一定能見到法蘭克。可是妳那位好朋友「朝桌子另一端點了點頭」很少碰到無法預期的事，她在哈特菲爾德時也少有這種經驗，因此無法像我一樣預料結果，我長久以來都是這麼做的。」

艾瑪回答：「很遺憾這件事還有變數。不過我支持你的想法，韋斯頓先生。倘若你確定法蘭克會回來，我也會如此深信著。畢竟你對安斯康姆確實更清楚。」

「是的，我猜得準沒錯。雖然我這輩子根本不曾去過安斯康姆呢！她可真是個奇怪的女人！不過看在法蘭克的分上，我從來不會在背後說她的壞話。我相信她非常喜歡法蘭克。我曾經以為她除了自己，不會喜歡任何人，沒想到她對法蘭克始終親切以待——以她特有的作風；她無法容忍光怪陸離的想法和反覆無常的個性，總希望一切都順著自己的意思——就我看來，法蘭克確實很有魅力，才足以讓她產生好感，畢竟——我不曾告訴過別人，不過她待人向來鐵石心腸，脾氣更是壞得很。」

這個話題令艾瑪大感興趣，隨後回到客廳時，她立刻向韋斯頓太太道賀，不過隨即猜想，他們的初次見面氣氛肯定會有些緊張。韋斯頓太太認同她的看法，不過接著說道，倘若她真能順利如期見到法蘭克，即使焦慮也甘之如飴。「我實在很難相信他能順利回來。我沒辦法像韋斯頓先生那麼樂觀，我很擔心最後期待落空。我敢說，韋斯頓先生已經把事情的來龍去脈告訴妳了？」

「沒錯——現在唯一能指望的，似乎只有邱吉爾太太的壞脾氣了，我猜這是世界上最確定的一件事。」

韋斯頓太太笑著回答：「親愛的艾瑪！這是什麼奇怪的信心？」她轉向方才並未參與對話

的伊莎貝拉：「親愛的奈特利太太，妳想必很清楚，在我看來，我們可不像孩子的父親所想那樣，一定見得到法蘭克．邱吉爾先生。這端看他舅媽的個性和心情而定，簡而言之，完全取決於她的脾氣。我將妳倆視如己出，因此能吐露真心話。邱吉爾太太掌管安斯康姆，個性非常古怪。如果法蘭克想回來，就得看她願不願意放外甥一馬了。」

伊莎貝拉答道：「噢，有誰不認識鼎鼎大名的邱吉爾太太呀！一想到那可憐的年輕人，我就滿心同情。和脾氣暴躁的人同住一個屋簷下是多麼可怕的夢魘啊！我們很幸運沒有這種煩惱，不過這樣的人生想必十分悲慘。真慶幸她沒有養兒育女，否則一定會將可憐的孩子折磨得鬱鬱寡歡！」

艾瑪不禁希望與韋斯頓太太單獨談話，想必能聽到更多消息。韋斯頓太太在伊莎貝拉面前還有些放不開，在艾瑪面前倒能全然放心。艾瑪也相信，除了對法蘭克的看法之外，韋斯頓太太不會對她隱瞞任何有關邱吉爾的消息；不過艾瑪光靠直覺，也能猜到韋斯頓太太對法蘭克的想法。只是目前看來，韋斯頓太太並不打算再多說什麼。伍德豪斯先生很快就隨著他們走進了客廳。在餐桌上坐太久憋得他難以忍受。他對喝酒和閒話家常不感興趣，非常慶幸能與最熟悉的家人待在一塊。

趁父親與伊莎貝拉聊天時，艾瑪連忙對韋斯頓太太說：

「我很遺憾妳還不一定能見到妳的繼子。無論你們什麼時候初次碰面，氣氛想必都不怎麼愉快，能盡快見上一面自然更好。」

「是啊！更何況耽擱過一次，就難保不會有下一次。即使布萊斯維茲一家真的延後了行程，我還是擔心會出現其他事情，讓我們的期望落空。我相信他不可能不願回家，卻更肯定邱吉爾夫婦想必很希望將他留在身邊。他們非常容易嫉妒，即使他關心自己的父親，他們也會吃味。簡而言之，我沒有把握他一定來得成，希望韋斯頓先生不要這麼樂觀。」

艾瑪說道：「他會來的。他要是只待個幾天，一定來得成。如果年輕人連這點小事都辦不到，實在令人難以置信。年紀輕輕的**女人**，倘若不幸落入不懷好意的人手裡，或許無能為力，只得離開自己珍惜的人。但是身為年輕力壯的**男人**，假如有心的話，和父親共處一星期這點小事，對他來說絕對輕而易舉。」

「妳要是去一趟安斯康姆，知道這一家人的作風，就不會認定他辦得到了。」韋斯頓太太回答，「或許得用同樣謹慎的方式，才能評斷其他家庭的成員。不過我相信安斯康姆那一家子無法以常理推斷。**她**是非常不可理喻的女人，一切都必須屈從於她的意思。」

「但是，她很喜歡自己的外甥啊！他確實備受寵愛。依據我對邱吉爾太太的瞭解，儘管她的一切仰賴丈夫，卻不會犧牲自己迎合丈夫的意思，還對**他**百般任性；這麼說來，她既然並未虧欠外甥，肯定願意對他言聽計從才是。」

「親愛的艾瑪，妳個性溫和，可別以此試著理解壞脾氣的人，或者想從中找出規矩來：妳得讓她按自己的意思走。我自然相信他有很大的影響力，可是他絕對無法預測**何時**能成行。」

艾瑪靜靜聽著，接著淡淡地說道：「除非他真的回來一趟，否則我一定高興不起來。」

韋斯頓太太繼續說道：「有些事情他確實能作主；但也有很多事情是他束手無策的。要他離開那一家人前來探望我們，或許正好就是他無能為力的情況。」

15

伍德豪斯先生的茶很快備妥，他一喝完茶就打算立刻回家，因此三位女士連忙逗他開心，分散他的注意力，讓他不再介意時間已晚，一面等著其他男士回到客廳。韋斯頓先生聊得十分盡興，喝得酒酣耳熱，不讓客人早早離開餐桌。不過所有人終究陸陸續續回到客廳。艾爾頓先生最先走進客廳，心情非常愉快，見到韋斯頓太太和艾瑪並肩坐在沙發上，不等她們開口招呼，立即不假思索地在她倆之間坐下。

艾瑪一心期待著見到法蘭克．邱吉爾先生，心情正好，因此絲毫不介意艾爾頓先生的無禮舉動，和他之間的氣氛依然十分融洽；尤其他一開口就提起了海莉葉，艾瑪隨即掛著最親切的微笑欣然傾聽。

艾爾頓先生相當惦記她那位漂亮的朋友——甜美可人又親切溫柔的史密斯小姐。「從我們抵達蘭德斯之後，妳可曾再接獲她的消息？我感到十分不安——她的病情著實讓我擔心得不得了。」他就這麼憂心忡忡地說了好一陣子，並非認真想要獲得回應，只是提醒眾人留心喉嚨痛的症狀。艾瑪十分溫柔地安慰著他。

不過情況似乎出現轉折，艾瑪頓時意識到，艾爾頓先生與其說是惦記著海莉葉，反而更擔心她自己出現喉嚨痛的症狀；比起煩惱海莉葉的病情是否會傳染，他更關心艾瑪是否受到感染。他開始誠懇地勸告艾瑪別再去探病，在他親自見過派瑞先生、確認過診斷結果之前，他要艾瑪保證，不會再讓自己陷入可能受到傳染的風險。雖然艾瑪試著一笑置之，想讓話題言歸正傳，艾爾頓先生卻依然對她憂心忡忡。艾瑪感到十分不悅。他似乎毫不掩飾地流露出對艾瑪的愛慕之意，而不是鍾情於海莉葉。倘若他的心意屬實，如此不專情之舉簡直可恥至極，令人反感！艾瑪幾乎克制不住想發怒的衝動。他轉向韋斯頓太太，希望她幫忙勸說艾瑪。「妳能不能幫我說句話？請妳勸勸伍德豪斯小姐，除非確認史密斯小姐的病情不會感染，否則別再去戈達德太太家探病了。沒聽到她親口答應，我實在放心不下——妳能不能幫幫我，讓她保證不會再去探病呢？」

艾爾頓先生接著說道：「她對其他人無微不至，卻對自己的健康如此輕率！我得了點風寒她就要我今天待在家裡休養，卻不顧自己可能染上喉嚨痛的風險，說什麼也不肯答應不再前往探病！韋斯頓太太，這麼做對她自己公平嗎？妳來替我評評理吧！我難道沒有資格提出指正嗎？我相信妳一定願意伸出援手。」

艾瑪看著韋斯頓太太面露驚訝，知道她的詫異想必非同小可，因為艾爾頓先生的言行舉止，在在表現出他一心為艾瑪著想。對艾瑪而言，這番話令她怒不可遏，甚至氣得一時說不出話來。她只是瞪了艾爾頓先生一眼，認定自己的眼神足以讓他恢復理智，隨即從沙發上起身挨著姊姊身邊坐下，全神貫注地聽她說話。

艾瑪還來不及明白艾爾頓先生是否察覺到她的責備之意，眾人很快就換了話題。約翰．奈特利先生此時走進客廳，告知所有人外頭天氣的狀況：地上已積滿白雪，降雪並未減緩，還颳起劇烈的寒風。最後他對伍德豪斯先生說道：

「先生，您的冬季活動將有一個振奮人心的開端。您的車伕與馬匹可得在大風雪中辛苦跋涉啦！」

可憐的伍德豪斯先生震驚得說不出話來，其他人的意見倒是此起彼落。有人驚訝不已，有人則依然鎮定自若；一行人七嘴八舌地問起細節，相互安慰。韋斯頓太太和艾瑪努力讓伍德豪斯先生高興起來，試著轉移他的注意力，因為他的女婿正洋洋得意，繼續無情地冷嘲熱諷。

約翰．奈特利先生說：「先生，我由衷佩服您的決心。明知很快就要下起暴風雪，還是堅持在這種天氣出門。大家想必已經看到空中飄起雪來了。我真佩服您不屈不撓的精神，相信我們都能平安無事地返家。即使大雪再多下一、兩個小時，我們也還是有路可走；更何況我們有兩輛馬車，假如其中一輛在荒涼的地方被暴風雪吹垮，我們也還有另外一輛可搭。我肯定在半夜以前，我們都能平平安安地回到哈特菲爾德。」

韋斯頓先生有些沾沾自喜地坦承，他早已知道很快就會下起大風雪，不過他對此隻字未提，免得讓伍德豪斯先生感到不高興，以此為藉口急著回家。至於大風雪可能讓他們回不了家，只不過是句玩笑話，他相信所有人都能順利返家。不過他反倒希望道路無法通行，才能讓所有人留在蘭德斯過夜，並熱心地表示，家裡一定有足夠的空間讓眾人留宿。他連忙要妻子附和自己，韋斯頓太太顯得有些勉為其難，畢竟家裡只有區區兩間空房，她實在不曉得該怎麼順利安排所有人的床位。

「親愛的艾瑪，我們該怎麼辦？怎麼做才好？」過了好一會兒，伍德豪斯先生才開口驚聲嚷道。他希望從女兒身上獲得安慰，艾瑪向他保證一定能平安返家，馬匹的狀況良好，詹姆士又相當聰明，身邊還有許多朋友作伴，這才讓他稍微好過一點。

伊莎貝拉的憂慮不亞於他。她憂心忡忡，因為孩子們全待在哈特菲爾德，自己卻可能困在蘭德斯。她猜想現在道路或許還勉強堪行，她可以冒險返家。事不宜遲，她迫切希望艾瑪和父親留在蘭德斯，她與丈夫當下隨即出發，免得風雪越來越大，可能真的讓他們回不了家。

伊莎貝拉說：「你最好直接叫馬車過來，親愛的。我們如果立刻出發，一定還來得及回去。倘若風雪真的堵住去路，我可以下車用走的。我一點也不害怕，並不介意可能得半路走回家。我一到家就可以換下鞋子，不會著涼的。」

約翰．奈特利先生答道：「沒錯！親愛的伊莎貝拉，若真如此，這恐怕是世界上最不可思議的奇蹟，因為妳平常動不動就感冒！走路回家！妳可得穿上非常好的鞋子才辦得到。這種大風雪就連馬匹也會飽受折騰。」

伊莎貝拉轉向韋斯頓太太尋求支持，她只能勉為其難地同意。接著伊莎貝拉轉向艾瑪，然而艾瑪依然不放棄讓所有人一起回家的希望，姊妹倆繼續討論不休。奈特利先生方才聽弟弟提起風雪的狀況後，隨即離開客廳；此時他回到客廳，向眾人表示，他已經親自到屋外看過，相信路況依然會保持暢通，無論立即出發或是延後一小時再離開，都能順利返家。他沿著海布里路走了一段距離，一路上都不須掃除積雪；四周的積雪大都不到半吋深，很多區域甚至少有白雪覆蓋。現在屋外飄著零零星星的雪花，不過烏雲正逐漸散去，看來風雪很快就會停止。奈特利先生見過兩名馬伕，他們也認同他的看法，表示無須擔憂路況。

伊莎貝拉頓時放下心中的大石，艾瑪同樣如釋重負，因為父親鬆了一口氣，不再神經緊繃。不過即使回不了家的危機解除，也無法讓伍德豪斯先生繼續安心地待在蘭德斯。他很慶幸當下返家的路途不會發生任何危險，卻不保證稍後依然能平安返家。眾人正七嘴八舌地提出建議時，奈特利先生與艾瑪簡短地交談了幾句，就將一切安排妥當：

「妳的父親沒有待下去的心情了，你們為什麼不回家？」

「我已經準備好了，只等其他人就緒。」

「要我搖鈴嗎？」

「麻煩你了。」

奈特利先生搖了鈴，吩咐僕人準備馬車。艾瑪不禁希望，再過幾分鐘惱人的艾爾頓先生就能回家冷靜一下；而這趟多舛的旅程結束後，約翰．奈特利先生也能恢復好心情，不再繼續發脾氣。

馬車備妥後，伍德豪斯先生向來是第一個上車的人，奈特利先生和韋斯頓先生小心翼翼地攙扶他坐進馬車。不過兩個人都無法安撫伍德豪斯先生的心情，因為他看到天空又開始下起雪來，天色也遠比預期還要昏暗。「我擔心這趟路途不會順利，可憐的伊莎貝拉大概要不高興了。可憐的艾瑪坐在後頭那輛車上。我不曉得該怎麼辦才好，他們可得盡量跟緊我們。」他吩咐詹姆士放慢速度，以便讓另一輛馬車跟上。

伊莎貝拉跟在父親身後坐進馬車，約翰．奈特利先生忘了自己並不是搭這輛車，很自然就隨著妻子上車。艾爾頓先生攙扶艾瑪坐上第二輛馬車，並一同坐進車裡，車門隨即關上，艾瑪這才發現，這趟路上她得獨自面對艾爾頓先生了。假如在以往，這不會是個尷尬、而會是個氣氛愉快的時光，不過那是在他令人起疑之前；她可以盡情聊起海莉葉，四分之三英里的路途轉眼就過了。然而，此時她寧可希望眼前的情景不是真的。她深知艾爾頓先生在韋斯頓先生家裡喝了太多美酒，想必又要滿口胡言亂語。

艾瑪希望盡量阻止他打開話匣子，隨即打算擺出氣定神閒的冷靜姿態，鄭重其事地開口聊起天氣和晚宴。但是馬車才剛過柵門，跟上第一輛車時，她一開口說話，就冷不防被打斷——艾爾頓先生緊緊抓住她的手，要她專心聽自己說話，接著就滔滔不絕傾吐他強烈的愛意：他趁著這難得的大好機會告白，相信艾瑪早已察覺到自己的心意，心裡既期待又怕受傷害——倘若艾瑪拒絕他，一定會難過得自我了斷。不過，他自認那忠貞不渝、經得起考驗的熾熱愛情必定能打動人心，因此相當肯定艾瑪會立刻接受自己的心意。他確實表現出相當濃烈的仰慕之情。心儀海莉葉的艾爾頓先生，就這麼不假思索，既毫無愧疚之意，也沒有表現出一絲羞怯，直截了當地向艾瑪告白。艾瑪試圖阻止他繼續說下去，卻徒勞無功，他下定決心將一切和盤托出。

儘管她氣憤難耐，不過她開口說話時，依然努力克制自己的怒氣。她猜想這愚蠢的行徑多半出於酒後失態，希望一小時後就會結束這場鬧劇。於是為了配合艾爾頓先生半醉半清醒的狀態，艾瑪半是認真、半開玩笑地回答：

「真是嚇壞我了，艾爾頓先生。竟然對我說這種話！你想必喝醉了，將我認成了我的朋友——倘若要我替你向史密斯小姐傳達這些話，我一定非常樂意代勞。不過如果你願意的話，請別再對我說這些話了。」

「史密斯小姐！向史密斯小姐傳話！妳這是什麼意思？」艾爾頓先生清清楚楚地重複艾瑪說的話，一臉震驚的表情看起來相當逼真，她連忙回道：

「艾爾頓先生，你這番舉動太不尋常了！對此我只能找出一個合理的解釋：你喝醉了，不知道自己在做什麼，否則你不會用這種態度對我或海莉葉說出這些話。請你收斂一下，別再說下去了。我會當作什麼事都沒發生。」

然而，艾爾頓先生喝下的酒量只足以讓他鼓起勇氣，並未多到令他失去理智。他相當清楚自己的意思，立刻激動地表示艾瑪這番臆測太過傷人；他尊重史密斯小姐是她的朋友，不過他實在無法理解，為什麼要在此刻提起史密斯小姐——他再次明確表達心裡的愛慕，熱切希望艾瑪給他滿意的答覆。

倘若這並非酒醉失態，那麼用情不專的放肆之舉，更令艾瑪難以忍受。她不再努力維持禮貌，回答道：

「我不會再有所疑惑，你的意思已經表達得非常清楚。艾爾頓先生，我無法形容自己此刻的震驚。過去一個月來我親眼看著你以同樣的態度對待海莉葉，每天都留心觀察你的一言一行——如今你卻對我做出這番舉動。真不敢相信你竟然是如此用情不專的人！相信我，先生，成了你心儀的對象，我一點也不感到高興！」

艾爾頓先生大叫：「老天！妳這是什麼意思？史密斯小姐！我根本不曾將她放在心上——我只知道她是妳的朋友，僅此而已；若非她是妳的朋友，我一點都不在乎她是生是死。如果她對此有所誤會，順著自己的心意曲解了我，那麼我真的很抱歉——非常抱歉。但是，怎麼可能是史密斯小姐！噢！伍德豪斯小姐！妳就近在眼前，誰還容得下史密斯小姐？不是這樣，我以榮譽擔保，絕對沒有不忠於感情。我的心裡只有妳，根本不曾分心注意過其他人。過去幾個星期以來，我的一言一行都是為了表達對妳的傾慕。請妳不要有半點質疑，務必相信我！（轉為討好的語氣）我相信妳早已將一切看在眼裡，明白我的心意。」

這番話聽在艾瑪耳裡，憤怒的浪潮排山倒海地湧上心頭，簡直令她忍無可忍，頓時氣到說不出話來。她默不作聲了幾分鐘，艾爾頓先生心裡再次浮現希望，又試著牽起她的手，興高采烈地高聲說道：

「迷人的伍德豪斯小姐！請容我如此解讀妳的沉默：妳長久以來始終明白我的心意。」

「不是的，先生！」艾瑪大聲說道，「我之所以不發一語，並非出於這樣的原因。我不僅完全沒有察覺到你的心意，甚至認定你喜歡的對象是別人，直到此刻才真相大白。對我而言，我真難過你不是把心力投注在其他女孩身上。我始終深信你鍾情於我的朋友海莉葉，十分努力地追求她——看起來像是追求之舉——我對此深感雀躍，也由衷希望你能成功贏得她的芳心。但是假如我早知道她不是你拜訪哈特菲爾德的原因，那麼我認為你根本不該這麼頻繁來訪。我真的該相信你從未試著博取史密斯小姐的好感嗎？你真的不曾對她動心？」

艾爾頓先生一臉受辱地高聲喊道：「從來沒有，小姐。我向妳保證，從來沒有。我對她不曾有過非分之想！史密斯小姐是個好女孩，若能嫁給好人家，我一定打從心底為她高興。我希望她過得一切安好。當然，一定有喜歡她的男人——每個人都有自己的標準。可是就我而言，我不認為自己需要如此犧牲。我還不至於找不到合適的對象，非得追求史密斯小姐不可！不是這樣的，小姐。我到哈特菲爾德一心只是為了妳。而且妳始終鼓勵我——」

「鼓勵！我鼓勵你追求我！先生，你若真這麼想，可就大錯特錯了。我只不過以為你心儀我的朋友。你對我而言只是普通朋友，僅此而已。我真的非常抱歉，但是我倆之間的誤會就到此結束吧！如果你繼續來訪哈特菲爾德，史密斯小姐或許會繼續誤解你的想法。即使你心知肚明，可是她或許和我一樣，對此誤會都渾然不覺。事實就是如此，恐怕只讓你一人失望了，我相信你不會難過太久。目前我沒有任何結婚的打算。」

艾爾頓先生感到怒不可遏，氣得說不出話來。艾瑪的態度十分堅決，對任何懇求都無動於衷。兩人各自氣憤不已，也感到羞辱難耐，卻不得不繼續並肩同坐好幾分鐘，因為伍德豪斯先生吩咐車速不得超過步行的速度。倘若他們並非處於氣頭上，氣氛恐怕會變得異常尷尬；然而，他們對彼此直來直往，也省得彆扭地拐彎抹角。他們不知道馬車何時轉進牧師公館旁的巷子，當他們意會過來時，馬車已停在牧師公館的門口。艾爾頓先生一聲不吭地下了馬車。艾瑪依然禮貌地向他道了聲晚安，他回應的語氣既冷淡又高傲。艾瑪心裡煩擾得難以言喻，就這麼心事重重地回到哈特菲爾德。

伍德豪斯先生非常高興地迎接女兒。艾瑪得獨自乘著馬車從牧師公館旁的巷子返家，那條路彎來拐去，又是由陌生的馬伕負責駕車，而不是熟悉的詹姆士，令伍德豪斯先生相當提心吊膽。艾瑪一回到家，似乎所有煩心事都告一段落了。約翰·奈特利先生先前發了一頓脾氣，為此感到很不好意思，如今態度親切有加，對所有人噓寒問暖，對伍德豪斯先生更是特別周到；即使不打算和他一起吃燕麥粥，也誠摯地表示這確實對身體大有益處。這一天就在和樂融融的氣氛中畫下圓滿句點，唯獨艾瑪依然心煩意亂。她從未如此煩惱不安，費了很大的力氣才表現出愉快親切的模樣，直到所有人終於各自上床休息，她才得以安安靜靜地陷入沉思。

16

女傭一為艾瑪盤好頭髮，她就將女傭打發走，坐下來認真思考，一面感到心煩意亂。真是太糟糕了！她所期盼的一切竟全亂了套，成了最不樂見的結果！海莉葉受到的打擊該有多大啊！簡直是最難以接受的夢魘。一切令艾瑪感到痛苦萬分，屈辱不已；但是一想到海莉葉所遭受的苦難，她的感受根本微不足道。艾瑪鑄下如此大錯，若能只由她一人承擔後果，即使得因為自己判斷錯誤，承受更深的誤會與羞愧，她也甘之如飴。

「要是我沒有鼓吹海莉葉喜歡上他，一切就不會發生了。即使他可能對我更加無禮——可憐的海莉葉！」

她怎麼會如此盲目呢？他義正詞嚴地表示自己不曾對海莉葉動心——從來沒有！她努力回想過去，卻一片茫然。她想，自己一定是先有了錯覺，才將所有情況對號入座。然而，他的態度想必也是曖昧不明、搖擺不定，讓人不免會錯意，否則她絕不會誤解得如此徹底。

那幅肖像畫！他當時對那幅畫表現得多麼熱心！還有那道字謎！例子不勝枚舉——跡象在在指出他對海莉葉有意。沒錯，那道字謎提到「聰慧」與「溫柔的雙眸」，兩者形容皆不適合海莉葉。這只是胡亂組成的文句，既未展現出文學造詣，也不符合實情。誰看得透這種愚蠢的廢話？

艾瑪確實經常覺得艾爾頓先生對她的態度過於殷勤，近來更是明顯。不過艾瑪並未將此放在心上，認為這就是艾爾頓先生的作風，他的判斷能力、知識水準和品味仍有不足之處，這只是證明他並未身處社會頂端的證據之一；即使他的談吐溫文有禮，有時依然缺乏真正的優雅身段。儘管如此，直到今天以前，艾瑪始終認定，艾爾頓先生之所以待她如此尊重，只不過因為她是海莉葉的朋友，從未閃過其他念頭。

約翰．奈特利先生的一席話，才讓艾瑪初次起了疑心，開始猜想艾爾頓先生有可能心儀自己。她不可否認奈特利兄弟確實觀察入微。艾瑪回想起奈特利先生曾對她提醒過艾爾頓先生，要她多加留心；艾爾頓先生絕對不會輕率步入婚姻。這番對其性格的見解遠比艾瑪的推測來得精確許多，不禁讓她感到一陣羞赧。這確實令人慚愧，不過艾爾頓先生在許多方面呈現出來的模樣，也的確與艾瑪相信的面貌大相逕庭：他個性自負、桀驁不馴，對自己的想法一意孤行，鮮少考慮旁人的感受。

一反常理，艾爾頓先生亟欲向艾瑪表白，反而讓自己在她心目中的形象一落千丈。艾爾頓先生的表現和求婚之舉絲毫沒有打動艾瑪，她對其心意無動於衷，其希冀反而令她備感屈辱。他一心想娶名門閨秀為妻，竟如此傲慢地將腦筋動到艾瑪身上，佯裝自己迷戀上她。不過，艾瑪深知他並非真的大失所望，因此自己不必對此耿耿於懷。他的言行舉止皆未流露出真正的感情，雖然他滿口甜言蜜語，艾瑪卻無法從其表情或語氣中，感受到貨真價實的愛意。她無須在心裡感到過意不去。艾爾頓先生只不過想提高自己的身價罷了。哈特菲爾德的伍德豪斯小姐將來會繼承三萬英鎊，假若不如他所想那麼容易得手，他很快就會將目標轉為某位年收入一、兩萬英鎊的女孩了。

但是，艾爾頓先生竟提到鼓勵，認為艾瑪不僅察覺到他的想法，還接受了他的心意，簡而言之，就是有意嫁給他！他膽敢自認與艾瑪門當戶對！他瞧不起海莉葉，對低於自己的階層瞭若指掌，卻不曉得自己同樣沒有資格高攀，還大言不慚地向她告白！簡直太令人憤怒了。

若要艾爾頓先生認清自己，明白艾瑪無論才華或心智都令他望塵莫及，或許這樣的期望並不公平；正因為他和艾瑪的位階天差地遠，自己根本無法意識到如此明顯的差距。不過他應該很清楚，艾瑪的身價與家境絕對遠勝於自己；伍德豪斯一家世代定居於哈特菲爾德已久，他們承襲的家族歷史源遠流長——艾爾頓家族根本高攀不起。海布里的大半土地皆為丹威爾莊園所有，哈特菲爾德坐擁的地產確實稱不上多；然而來自其他管道的收入之豐，讓哈特菲爾德的財富幾乎不亞於丹威爾莊園。伍德豪斯一家在地方上享有崇高的地位，艾爾頓先生兩年前才初來乍到，沒有任何顯赫的人脈，在人生地不熟的狀況下努力打進這個圈子；大家之所以注意到他，只是因為他身為牧師，態度又彬彬有禮罷了。可是他卻認定艾瑪與自己相互傾心，顯然將此視為自己的籌碼。在艾爾頓先生溫文儒雅的舉止背後，竟藏著如此狂妄的念頭，艾瑪激動地批評了一陣子後，卻也不得不收斂起謾罵，承認自己對待他的態度確實親切有禮、無微不至；在不清楚艾瑪真正動機的情況下，對艾爾頓先生這種不懂得觀察的平凡人，的確很可能因而認定自己深受青睞。就連艾瑪也徹底誤會了艾爾頓先生的感受，又怎能奢望利益薰心的艾爾頓先生不會誤解她的想法呢？

如今，眼前就這麼赤裸裸地攤著她所鑄下的第一個大錯。如此積極地為他人牽線，竟是如此愚昧、全盤盡輸之舉。她貿然干預太多，任由先入為主的觀念引導自己，輕忽了應該嚴肅以對的課題，因此看不清明擺在眼前的伎倆。她深刻感受到自己所犯下的錯誤，羞愧難耐，打定主意再也不要重蹈覆轍。

她心想：「我就是在這裡說服可憐的海莉葉愛上那個男人。要不是因為我，她可能從來不曾注意過他。若非我信誓旦旦地肯定他的心意，海莉葉絕對不會對他滿懷希望；因為她是如此謙遜的好女孩，一如我曾認為艾爾頓先生是個虛懷若谷的好人。噢！我成功說服她不要接受馬汀那孩子的求婚，當時還為此沾沾自喜！我認為自己的想法無誤，做了再正確不過的決定。但是我當時就應該收手，讓一切交由時間和機運決定。我幫助她認識優秀的朋友，讓她有機會吸引到值得交往的對象，這樣就夠了，我不該再繼續干涉。如今，可憐的孩子，心裡想必會有好一陣子不得安寧了。我對她而言實在稱不上朋友，倘若她**不至於**因此感到心灰意冷，我敢說還能幫她物色其他適合的對象——威廉．寇克斯。噢！不行，我受不了這個傢伙。年紀輕輕就目中無人的律師！」

艾瑪停了下來，慚愧地意識到自己故態復萌，不禁啞然失笑。接著她以更為沮喪的心情，以更加嚴肅的態度重新檢視過往，試著想出可能解決的方式，以及往後非處理不可的情況。她想到得向海莉葉解釋這殘酷的事實，勢必讓可憐的海莉葉痛苦萬分；往後他們三人碰面，氣氛將變得尷尬不已，難以決定是否該繼續保持往來，還得努力克制自己的感受、壓抑怒氣，並且避免醜事外揚。有好一陣子，艾瑪的腦海就這麼充斥著許多想法，叨念起最不堪回首的過往。最後她總算筋疲力盡地上床休息，卻依然沒釐清頭緒，只能肯定自己確實鑄下了最為可怕的錯誤。

年紀尚輕的艾瑪天性快活，雖然歷經鬱鬱寡歡的一晚，不過一覺醒來，總能立刻打起精神迎接新的一天。早晨往往能讓人充滿活力、笑容滿面，在艾瑪身上立見成效。假如她還不至於心煩意亂到整夜無法闔眼，那麼經過一夜好眠，心裡的痛苦往往能沖淡許多，浮現更多美好的希望。

艾瑪隔天早上起床時，心情比前晚就寢時好過許多，相信眼前一切將漸入佳境，煩惱很快就能煙消雲散。

艾爾頓先生並非真正深愛著她，個性也不是特別友善，讓他失望似乎不是什麼驚天動地的大事；海莉葉同樣不是感受細膩、記性絕佳的女孩；而除了他們三名當事人以外，這件事絕無必要讓他人知曉，尤其要讓父親蒙在鼓裡，哪怕一秒也不能使他擔心。想到這些，艾瑪的心裡不禁寬慰不少。

這些念頭讓艾瑪心情大好，見到地上厚厚的積雪更令她樂不可支。無論什麼方式，只要能讓他們三人盡量避不見面，艾瑪都歡迎至極。

這樣的大風雪令艾瑪再高興不過了；即使這天是聖誕節，她也無法出門做禮拜。倘若艾瑪執意上教堂，肯定讓伍德豪斯先生憂心不已，所以她安安穩穩待在家裡，什麼都不聽不想，摒除一切令人不悅或毫不合宜的念頭。遍地覆蓋著積雪，水氣時而結霜、時而融解，正是最不適合出門的天氣。每天早上不是下雨就是下雪，每到傍晚則天寒地凍，艾瑪也樂得好幾天足不出戶。她只能藉由短箋與海莉葉保持聯繫；不僅聖誕節上不了教堂，她連星期天也無法出門做禮拜。艾爾頓先生即使遲遲沒有上門拜訪，也無須為此找任何理由解釋。

這種天氣或許是大家關在家裡的好理由。雖然艾瑪希望多些人陪陪父親，相信他會因此而更加快樂；不過她非常高興地發現，父親相當安於獨自待在家裡的時光，認為不要貿然外出方為上策。這種天氣依然無阻奈特利先生上門拜訪，艾瑪聽見父親對他說道：

「哎呀！奈特利先生，你怎麼不像可憐的艾爾頓先生一樣，乖乖待在家裡？」

若非艾瑪心裡仍暗自煩惱，這幾天待在家裡的日子可說是過得相當愜意。約翰・奈特利先生的感受向來對旁人影響甚鉅，而這種與世隔絕的生活正合他的心意。不僅如此，他一改在蘭德斯的暴躁脾氣，接下來的時間格外和藹可親，總是笑臉迎人、態度親切，對所有人都好聲好氣。儘管家裡的氣氛和樂融融，當前無法出門的情況也給了艾瑪不少安慰；然而一想到遲早得向海莉葉解釋一切，就不禁忐忑不安，心裡始終無法真正輕鬆自在。

17

約翰．奈特利夫婦並未在哈特菲爾德久待多少日子。天氣很快放晴，人們紛紛踏出家門。伍德豪斯先生一如往常，試著慰留女兒帶著孩子待下來，卻還是只能目送他們一家人離開，獨自感嘆著可憐的伊莎貝拉命運多舛。可憐的伊莎貝拉，這輩子的心力全投注在丈夫與小孩身上，眼裡只有他們的優點，缺點一律視而不見，重心始終圍繞著他們打轉，或許堪稱最典型的幸福賢妻良母。

約翰．奈特利夫婦一家離開的當晚，艾爾頓先生捎來一封彬彬有禮的長信給伍德豪斯先生，信中極盡讚美之能事，寫道：「我明天一早就要離開海布里，啟程前往巴斯[50]。一些朋友迫不及待想見我一面，我會和他們待上幾個星期。由於天氣及私事的緣故，很抱歉沒能親自前往府上與伍德豪斯先生道別；您熱情親切的款待，總是令我不勝感激。若您有任何需要，懇請不吝告知我。」

50 巴斯（Bath）：位於英格蘭西南部的索美塞特郡（Somerset），最早為羅馬人的溫泉勝地，十九世紀初發展為觀光及文化重鎮，為當時英國最大的城市之一。

艾瑪感到十分詫異，卻也欣喜不已。艾爾頓先生選在此時離開，正令她求之不得。她很感謝艾爾頓先生做此決定，卻不是很滿意他告知此事的方式。即使他寫信給父親的措辭彬彬有禮，卻仍明顯流露出對她的怒氣，因為信裡對艾瑪隻字未提，甚至連開頭的寒暄也將她排除在外。整封信不見艾瑪名字的蹤影——如此改變過於顯而易見，刻意不對艾瑪表達感謝之意也顯得唐突，因此艾瑪一開始認定，父親或許會起疑。

沒想到，伍德豪斯先生渾然未覺。艾爾頓先生突如其來的遠行，著實讓他大吃一驚，擔心艾爾頓先生旅途不順，因此並未注意到其字裡行間有何異狀。這封來信發揮極大功效，閒來無事的漫漫長夜，父女倆正好能將此事作為茶餘飯後的話題。伍德豪斯先生談起對此行的種種擔憂，艾瑪則一如往常，果斷地一一打消他無謂的牽掛。

如今艾瑪下定決心，該是向海莉葉和盤托出的時候了。她深信海莉葉的感冒已幾近痊癒，她得趕在艾爾頓先生回來之前，讓海莉葉也盡快從失戀傷痛中康復。翌日艾瑪便前往戈達德太太家，一五一十地道出難以啟齒的來龍去脈。這道任務十分艱難：她得摧毀自己親手灌溉的希望種子。原本她倆都很欣賞艾爾頓先生，如今卻要揭露他那不堪的性格；她還得親口承認自己犯下滔天大錯，完全誤判了艾爾頓先生心儀的對象，過去六個星期以來，她所觀察到的結果、深信不疑的想法和信誓旦旦的預言，淨是誤會一場。

這番告白再次令艾瑪感到羞愧難耐，看著海莉葉淚流滿面，她不禁認為，這輩子大概無法原諒自己了。

海莉葉非常坦然接受現實，並未責怪任何人。海莉葉的個性向來十分率真，對自己的看法相當謙遜，此時在艾瑪看來，反而成了幫助海莉葉盡快振作起來的優勢。

艾瑪最為欣賞單純謙虛的性格，認為海莉葉似乎才是最討人喜歡、容易吸引異性的女孩，而非她自己。海莉葉自認沒有抱怨的資格，像艾爾頓先生這樣的人對自己有好感，簡直令她受寵若驚，難以置信。她永遠無法配得上艾爾頓先生，唯有像伍德豪斯小姐如此偏愛自己又親切的朋友，才會相信這種事情可能發生。

海莉葉淚如雨下，毫不掩飾自己真心難過的模樣，看在艾瑪眼裡，成了令她肅然起敬的情操。她陪在一旁耐心傾聽著，竭盡所能真誠地安慰海莉葉。此時此刻，艾瑪由衷認定，海莉葉遠比自己更為優秀；即使她擁有一切聰慧與內涵，也得向海莉葉看齊，才能獲得真正的幸福與快樂。

想將自己塑造成想法單純的天真個性，如今為時已晚，不過艾瑪並未忘記，海莉葉讓她下定決心要成為謙遜正直的人，往後不再讓想像力恣肆猖狂。從今以後，艾瑪人生的第二順位就是海莉葉，僅次於她的父親；她要盡力讓海莉葉過上更好的日子，努力以物色結婚對象以外的方式，證明她對海莉葉的關愛。艾瑪將海莉葉接到哈特菲爾德，以一貫的親切態度陪她讀書聊天，想方設法逗她開心，讓她不再想起艾爾頓先生。

艾瑪很清楚，得花上一段時間才能讓海莉葉真正走出傷痛。如今她自認能冷靜旁觀其他人的感情，尤其不該對眷戀艾爾頓先生的海莉葉深表同情。不過她認為海莉葉年紀尚輕，又對這段感情徹底死心，當艾爾頓先生回來時，海莉葉的心情想必早已平復。屆時或許他們三人還能一如往常平心靜氣地碰面，彼此心裡毫無芥蒂。

在海莉葉眼裡，艾爾頓先生確實完美得無可挑剔，因而認定再也找不到足以媲美他的理想對象。事實上，她對艾爾頓先生用情之深，甚至遠超乎艾瑪的預期。然而艾瑪很清楚，這終究只會成為一場毫無結果的**單戀**，因此這份感情不可能延續太久。

艾瑪深知，艾爾頓先生想必亟欲明顯表現出冷淡的模樣，倘若他回來後果真如此冷漠，她相信海莉葉不會再因為見到他而感到雀躍，與他相關的回憶也不再令人樂在其中。遺憾的是，他們始終得待在同一個地方，哪兒也去不了。三人都沒有能力搬家，也無法改變身旁的朋友圈。他們勢必還會碰頭，得盡力和平共處。

海莉葉住在戈達德太太家，對她而言更是一大折磨：所有老師和全校女學生都非常喜歡艾爾頓先生。唯有待在哈特菲爾德，海莉葉才有機會聽到關於艾爾頓先生的客觀評論或殘酷真相。即使受了傷，也總能找到療傷的藥方。艾瑪認為，除非海莉葉心裡的傷口確實癒合，否則她這輩子都不可能真正感到安心。

18

法蘭克．邱吉爾先生沒有回來。當他返家的日子接近時，一封道歉函證實了韋斯頓太太的擔憂成真。他目前無法抽空回家，並對此「感到非常丟人，十分懊惱。不過我依然期盼很快就有機會回蘭德斯一趟」。

韋斯頓太太覺得非常失望。事實上，即使她一開始就認為法蘭克回家的希望渺茫，卻比丈夫還更感失望。不過，天性樂觀的人即使期待經常落空，沮喪也從未澆熄內心的期盼；他們很快就會忘記當前的挫折，再次滿懷希望。韋斯頓先生原本既震驚又難過，然而過了半小時，他又認為法蘭克晚兩、三個月再回家更妥當；屆時冬天已遠去，天氣更加暖和，法蘭克想必可以在家裡住上更長一段時間，遠比現在回來還待得久。

這些想法很快又令韋斯頓先生打起精神來，不過韋斯頓太太天生容易憂慮，認定法蘭克依然會為其他因素而延後回家的行程。丈夫原本的擔憂仍在她心裡揮之不去，甚至變本加厲。

艾瑪目前沒有心思介意法蘭克．邱吉爾先生失約，只是無法對韋斯頓夫婦的失望視而不見。她現在並不期待與法蘭克見面，只希望獨自靜一靜，不受外界誘惑影響。不過她必須讓自己盡量看起來與平日無異，因此她努力表現出關心的模樣，誠心安慰大失所望的韋斯頓夫婦，扮演好老朋友該盡的義務。

艾瑪第一個將此事告知奈特利先生，還不忘適度（以做做樣子的程度而言，似乎有些過了頭）高聲批評邱吉爾夫婦讓法蘭克回不了家的所作所為。接著她又滔滔不絕說了比想像中還多的話：倘若法蘭克回來，薩里郡會更加熱鬧；大家很高興見到新面孔，全海布里的居民一見到他都將歡欣鼓舞。之後她又回頭數落起邱吉爾夫婦，卻發現奈特利先生並不認同她的想法。令艾瑪倍覺有趣的是，她提出的問題其實與內心所想正好相反，她正利用韋斯頓太太的觀點反駁自己。

奈特利先生冷冷說道：「這很可能是邱吉爾夫婦的錯。但是倘若他願意，我敢說他還是回得了家。」

「我不知道你為何這麼說。他非常渴望回家，可是他的舅舅和舅媽讓他抽不了身。」

「我才不相信即使他開口直說，依然連回家這點小事都辦不到。倘若沒有證據，我說什麼也不會相信。」

「你可真怪！法蘭克·邱吉爾先生究竟做了什麼，讓你認定他如此不通情理？」

「我並非認為他不通情理，只是近墨者黑，他確實很可能忘了原生家庭，只顧自己享樂，甚少花心思在其他事情上。這年輕人從小跟著一群驕傲自大、揮霍無度又自私自利的人長大，認為他與這些人並無二致，自然是合情合理的想法。倘若法蘭克·邱吉爾真想見父親一面，去年九月到今年一月之間早就該回來一趟了。他都這麼大的年紀了——他幾歲？二十三、四歲？

這點小事總該辦得成。他不可能做不到。」

「說起來倒容易，你認為這是輕而易舉的小事，因為你向來能一手掌控自己的生活。奈特利先生，全世界大概只有你最難想像無法獨立生活的人是什麼感受。你根本不能理解看人臉色過日子是什麼滋味。」

「二十三、四歲的年輕人沒辦法獨立思考、自由行動，實在令人難以置信。他既不缺錢，生活的樂子也少不了。我們都很清楚，他就是太有錢，忙著吃喝玩樂，才樂意四處遊盪，想擺脫他們。每次聽到他的消息，要不是在海邊，就是在某個觀光勝地。不久前他才去了韋茅斯一趟。這表示他確實可以從邱吉爾夫婦那裡脫身。」

「沒錯，他有時確實辦得到。」

「只要他認為值得一試，他就辦得到。他想玩樂的時候，一切都不成問題。」

「你不清楚他的狀況就對他的行為妄加論斷，實在對他很不公平。你既然不是那個家族的一分子，就不可能瞭解身為其中一員所遭遇的難處。我們應該先對安斯康姆有所認識，摸清了邱吉爾太太的脾氣，才能評論她的外甥到底能做些什麼。他或許偶爾才有機會主宰自己的生活。」

「艾瑪，有件事只要肯做，就永遠辦得到——那就是義務。不靠伎倆、不耍花招，而是要憑藉力量與決心。法蘭克．邱吉爾有責任關心自己的父親。他深諳此理，因此他承諾會回來，也會寫信回家。倘若他真的希望回家一趟，他早就該回來了。他要是知道自己非回家不可，就應該用堅決的態度，簡潔有力地告訴邱吉爾太太：『為了您著想，我願意隨時放棄享樂的機會。不過，我現在必須馬上回家探望父親。倘若我這次又無法遵守回家的承諾，想必會傷透他的心。因此我明天就會立刻出發。』要是他像個堂堂正正的男人，立即堅定地向她說出這番話，她想必不會阻止他回家。」

「確實。」艾瑪笑了起來，「但是他也可能從此回不去那裡了。竟然要寄人籬下的年輕人說出這種話！奈特利先生，除了你以外沒有人認為他辦得到。不過，他的處境與你完全相反，你根本不瞭解他的難處。他怎麼可能對撫養自己長大的舅舅和舅媽說出這種話！他的生活完全仰賴他們呢！竟然要他理直氣壯地站在屋裡高聲說出這些話！你怎麼會認為他做得到？」

「說真的，艾瑪，這對明理的人而言一點都不困難。他認定自己是對的，一如思考理智的人，以合理的態度說出這番話對他肯定有百利而無一害，不僅能提高他的地位，還能讓撫養他的家人更重視他的需求，遠比其他方式更具成效。除了感情，他們會對他多一分尊重，認定他值得信賴；既然他懂得孝敬自己的父親，自然也會對他們同等重視，因為所有人都心知肚明，他回家探望父親是天經地義的事。他們如此惡劣地對外甥施壓，一再讓他延後返家的行程，見外甥不斷屈服，心裡對他的觀感也好不到哪裡去。眾所皆知，人們必須對正確的行徑給予尊重。倘若他能將此奉為圭臬，始終堅定不移，他們狹隘的心靈終究會屈服。」

「這我可無法認同。你有辦法讓心胸狹隘的人屈服於你；不過，若是小心眼的人既有錢又有權，他們總能想方設法自我膨脹，直到不被他人輕易左右。我能想像，奈特利先生，假如讓你身處法蘭克・邱吉爾先生的情況，你絕對能依照剛才的建議理直氣壯地說出那番話，也想必能發揮相當良好的影響。邱吉爾夫婦大概連一個字也不敢回。可是你年紀輕輕時不必寄人籬下、長時間看人臉色。對經歷這種狀況的邱吉爾先生而言，他無法如此輕易就立刻展現出獨立自主的一面，更不可能忘記自己理應對他們滿懷感激、關懷備至。他想必也像你一樣，相當清楚何謂對錯；只是他和你的際遇不同，讓他無法在這樣的情況下毅然行動。」

「那麼，這表示他不夠理智。倘若他無法反抗對方施壓，就意味著他的信念不夠堅定。」

「噢！你倆的狀況和習慣不能相提並論！我真希望你能試著想像，這個討人喜歡的年輕人從小就由他們撫養長大，要直接頂撞他們，他心裡做何感想？」

「如果這是他第一次必須下定決心，向其他人捍衛自己的正確選擇，那麼妳口中這位討人喜歡的年輕人，意志可真薄弱。到他這年紀，早就該對自己應盡的義務習以為常，而不是一再將就其他人。我可以體諒孩子感到膽怯，不過他已經是成年人了。如果他夠理智，就應該捍衛自己的權益，將無謂的權威拋諸腦後。當他們試圖讓他棄父親於不顧，他就應該起身反抗。倘若他付諸行動，如今一切早已迎刃而解。」

艾瑪大聲說：「我倆對他的看法恐怕永遠不會有共識，不過這也不是頭一遭了。我相信他絕不是個意志薄弱的年輕人，這點我十分肯定。即使是自己的兒子，韋斯頓先生也不會因而對其愚昧視而不見。他只是較願意讓步、性格較為溫和，因此不符合你心裡完美的標準。我敢說他的個性就是如此，或許他會在某些方面吃虧，卻也能從其他地方獲益。」

「沒錯。他的優點就是在應該有所行動時毫無反應，整天過著遊手好閒的生活，任何事都找得到理由搪塞。他可以寫一封妙筆生花的信，編造冠冕堂皇的謊言，自詡是在盡力維持家裡的和平氣氛，讓父親連抱怨的權利也沒有。他的來信真令我作嘔。」

「只有你這麼想。其他人收到他的信都感到非常高興。」

「我猜想韋斯頓太太並不滿意。像她這種理智敏銳的女性，很難就此信服：她雖然身為母親，卻不會因寵溺孩子而盲目。如今蘭德斯多了她這位女主人，法蘭克也多了一個更該回家的理由；他這次缺席自然讓韋斯頓太太的感受倍加深刻。倘若韋斯頓太太也出身有權有勢的望族，我敢說法蘭克早就回來了，我們也不必對他是否回來這件事大做文章。妳能在背後揣測韋斯頓太太的這些想法嗎？妳難道不認為她經常暗自這麼想嗎？妳錯了，艾瑪。妳口中這位討人喜歡的年輕人，或許符合法國人的定義，在英國卻行不通。他或許真的aimable[51]，彬彬有禮，人見人愛；但是他並不具備英國人的美德，不懂得考慮旁人的感受。他實在稱不上討人喜歡。」

「你似乎打定主意要討厭他。」

「我！沒這回事。」奈特利先生十分不悅地回道，「我不想討厭他。我與其他人一樣，十分樂於欣賞他的優點。可是我還沒聽到關於他的任何好話，只耳聞他的外表：他家教良好，長得一表人才，態度圓滑，舌燦蓮花。」

「好吧！即使他沒有其他值得讚揚的地方，對海布里而言依然有好處。我們很少見到長相俊俏、教養良好又親切友善的年輕人。我們總不能苛刻地希望他擁有一切美德。奈特利先生，你能想像一旦他回到這裡，將會造成多大的轟動嗎？屆時丹威爾和海布里一帶的人們都只會談論同一個話題——他們會充滿好奇地談論起法蘭克．邱吉爾先生，他將占據所有人的心思，成為他們整天掛在嘴上的名字。」

「抱歉，我可不會隨之起舞。倘若他是個健談的人，我自然樂意認識他。不過假如他只是個巧言令色的花花公子，我絕對不會浪費時間在他身上。」

「我想，他能迎合每個人喜歡的話題，所有見過他的人都會留下好印象。他和你談農事，與我則會聊起繪畫或音樂，對其他人亦然。他對一切範疇皆有所涉獵，任何主題都能恰如其分地接話或起頭，盡興地無所不談。這是我心中所想像的邱吉爾先生。」

奈特利先生激動地說道：「就我看來，假如他真的如妳所想，那麼他就是最令人難以忍受的討厭傢伙！什麼！年僅二十三、四歲，就足以收服身邊所有人的心——如此不可一世，深諳人性，讓任何人都對他佩服得五體投地。憑著舌粲蓮花的本事，每個人與他相比，都成了不折不扣的傻瓜！親愛的艾瑪，倘若事實真是如此，明理如妳也難接受這種傢伙。」

「我不想再談論他了。」艾瑪大喊，「你淨把一切數落得如此不堪。我們各自抱有先入為主的偏見，你對他百般挑剔，我則無條件地支持他。除非他本人真的出現在這裡，否則我們不

---

51 此處為法語，英語則為amiable，「討人喜歡」之意。

可能達成共識。」

「偏見！我才沒有什麼偏見！」

「不過，我先入為主的想法倒是根深柢固，也一點都不為此感到丟臉。我非常喜歡韋斯頓夫婦，所以愛屋及烏，對他始終抱持著好感。」

「我從來沒把他放在心上。」奈特利先生有些惱怒地說道，因此艾瑪立刻轉移話題，只是無法理解他為何要大發雷霆。

只因為對方的個性與自己大相逕庭，就如此討厭這個年輕人，實在不像奈特利先生的作風；畢竟艾瑪向來十分欣賞奈特利先生思想開明，也很看重他的想法，從未想過他對其他人的看法竟會如此有失公允。

19

這天早上，艾瑪與海莉葉一塊外出散步。艾瑪認為艾爾頓先生的事已經聊得夠多了；她相信海莉葉已獲得不少安慰，她也費盡心力贖罪。因此回程時她竭盡所能想擺脫這個話題。然而當她以為成功轉移話題時，卻又再次被提起：她們隨口聊到窮苦人家在冬天想必非常難熬，海莉葉隨即十分悲傷地回答：「艾爾頓先生多麼照顧窮人啊！」艾瑪不禁心想，她非得另找出路不可。

她們正巧走到貝茨母女的家門口，艾瑪決定登門拜訪，藉著人多轉移話題。她有充分的理由當不速之客：貝茨母女向來對她十分殷勤恭敬。艾瑪也很清楚，在少數會挑剔她缺點的人眼裡，她不但輕忽母女倆的敬意，也不曾對生計困頓的她們聊表關切。

在奈特利先生不斷點撥以及自己的體悟下，艾瑪對自己的缺點其實也心知肚明。不過她依然不喜歡拜訪貝茨母女，認為和無趣的女人相處只是浪費時間，也生怕因而被貼上次等或三等階級的標籤，因此總是與她們保持距離。不過這次她突然打定主意，不再過門不入。她一面向海莉葉提議登門拜訪，一面在心裡暗忖貝茨母女最近應該沒有接到珍．菲爾費克斯的來信，大可放心[52]。

這幢房子的屋主是一群生意人。貝茨母女住在二樓，公寓的空間大小適中，她們的一切都在這個房間裡了。兩位訪客受到相當熱情甚至滿懷感激的款待。貝茨太太是個安靜、整潔的老婦人，原本坐在最溫暖的角落織毛線，連忙起身要將座位讓給伍德豪斯小姐。她那活潑健談的女兒，相當熱情地對她倆噓寒問暖，一面感謝她們前來拜訪，一面殷勤地拿取室內鞋；她接著急切地關心起伍德豪斯先生的健康，興高采烈地談起母親的身體狀況，並從櫥櫃裡端出美味的蛋糕：「寇爾太太十分鐘前才剛離開呢！她很好心地來探望我們，足足聊了一個鐘頭。她嘗了塊蛋糕，親切地表示非常喜歡。希望伍德豪斯小姐和史密斯小姐也不要嫌棄，嘗一口吧！」

既然提到了寇爾太太，免不了就要談起艾爾頓先生。他們交情匪淺，艾爾頓先生離開後依然與寇爾先生保持聯絡。艾瑪完全猜得到接下來的對話，她們的話題勢必又要繞著那封信打轉：艾爾頓先生已經離開了多少日子，四處忙著和朋友見面，所到之處總是大受歡迎，在巴斯舉行的司儀舞會[53]更是人聲鼎沸。艾瑪應付得很好，努力表現出興致盎然的模樣連聲稱是，並總是搶先一步接話，阻止海莉葉開口。

早在進門前艾瑪就已經預料到這樣的狀況，不過她認為，既然在路上聊了不少關於艾爾頓先生的事情，就不需要繼續在這個討厭的話題上糾纏不休，因此大都聊著海布里的左鄰右舍和牌局。然而艾瑪怎麼也沒想到，一聊完艾爾頓先生，緊接著竟是關於珍．菲爾費克斯的話題。貝茨小姐很快就將艾爾頓先生拋諸腦後，突然談起了寇爾一家，藉此提到外甥女的來信。

「噢！沒錯——艾爾頓先生，我敢肯定他一定會去參加舞會。寇爾太太告訴我巴斯舉辦的那場舞會——好心的寇爾太太陪我們坐了一會兒，聊起了珍。她一走進門來就向我們問起珍的近況，他們可真喜歡這孩子；只要珍回來，寇爾太太對她總是親切得不得了。我得說珍確實是值得如此疼愛的好孩子。寇爾太太就這麼開門見山地問道：『我知道妳們最近都沒有收到珍的消息，她通常都不會在這個時候寫信過來。』我連忙回答：『事實上，我們今早才剛收到她的信呢！』我從沒見過寇爾太太如此驚訝的模樣。『真的嗎？』她說：『這可真令人訝異。讓我聽聽她寫些什麼吧！』」

艾瑪隨即堆起笑容，表現出興味濃厚的模樣，禮貌地說道：

「您們才剛收到菲爾費克斯小姐的來信？真令人高興。希望她過得一切安好。」

「謝謝。您真是親切！」菲爾費克斯小姐的阿姨十分開心地說道，迫不及待地翻找那封信。「噢，找到了。我就記得沒擱得太遠，只是我不小心將針線包壓在上頭，就這麼蓋住了。不過我不久前還拿著它，幾乎肯定信擱在桌上。我把內容念給寇爾太太聽，她離開後，我又讀了一遍給母親聽，她感到非常欣慰；只要是珍寫來的信，她可是怎麼聽也聽不膩呢！所以我敢說這封信肯定就在手邊，只是不小心壓在我的針線包底下。謝謝您這麼關心她的來信內容——

---

52 貝茨母女只要接到珍．菲爾費克斯的來信，就會叨叨絮絮個沒完。

53 司儀舞會（Master of the Ceremonie's ball）：每年在巴斯舉行的盛大舞會，為當地的社交盛事，許多男女在此場合相互認識，尋找結婚對象。艾爾頓先生自然不會錯過如此的大好機會。

不過，我得先代她致歉，她只寫了寥寥數語，您瞧，連兩頁都搆不上。她平常會寫滿一整張信紙，再於上頭重複多寫半頁[54]。我的母親始終無法理解，我怎能如此輕易讀懂她的來信。『海蒂，這麼眼花撩亂的內容，妳還是有辦法理出頭緒來。』我告訴她：『媽媽，您也辦得到啊！假如沒有人為您讀信，您想必也還是能靠自己辨識每一個字。』我敢說她一定會非常專心，努力辨讀信裡的每一個字。事實上，雖然我母親的視力不若以往，一戴上眼鏡還是能看得相當清晰，感謝上帝！母親還保有良好的視力真是太好了。珍待在這裡的時候老是說：『外婆，我敢說您以前的視力一定好得不得了，才能完成這麼精細的針線活！真希望我上了年紀後，也還是能像您一樣看得清楚。』」

貝茨小姐飛快說完這麼一大串，不得不停下來喘口氣。艾瑪禮貌地回了幾句，稱讚菲爾費克斯小姐寫得一手好字。

貝茨小姐興高采烈地回答：「您真是太好心了。您本身的字跡就十分優雅，自然最有資格評斷。沒有什麼比伍德豪斯小姐的讚美更令我們高興了。我的母親沒聽到這番稱讚，您也知道她的聽力有些不好。媽媽，」她對母親說道：「您聽見伍德豪斯小姐稱讚珍的字跡了嗎？」

艾瑪聽著貝茨小姐足足重複了兩次自己所說的愚蠢恭維，親切的老太太才總算恍然大悟。她一面在心裡暗自盤算該怎麼做才能擺脫珍．菲爾費克斯的那封信，又不至於顯得太過失禮。她正決定要隨便找個藉口盡快告辭的時候，貝茨小姐又轉過頭來對她說：

「雖然母親聽力有點差，但是沒什麼大不了的。我只要稍微提高音量，重複個兩、三次，她就一定聽得見。她對我的聲音習以為常，不過珍說的話她聽得可清楚了。她的咬字非常清晰！她倒是不曉得，和兩年前相比，外婆的聽力又退化不少；到了我母親這把年紀，兩年的時間可說非同小可。自從珍離開家裡已經過了整整兩年。她以前從不曾離開我們這麼長一段時間。一如我對寇爾太太所言，無論她待多久，我們還是會嫌時間太短。」

「菲爾費克斯小姐很快就要回來了嗎？」

「喔，沒錯，下個星期。」

「真的嗎？兩位想必開心極了。」

「謝謝，您真是太好心了。沒錯，就在下星期。所有人都驚訝極了，說了和您一樣的話。我相信她一定很高興見到海布里的老朋友，大家都會過來探望她。是的，她會在星期五或星期六回來，她還說不準是其中哪個日子，不知道坎貝爾上校哪一天需要用到馬車。他們願意讓她搭車回來真的非常好心！您也知道，他們真的是不折不扣的好人。喔沒錯，就在下週五或下週六。她在信裡就是這麼寫的。我們才會說，她這封來信的時機真是不按牌理出牌。依往常而言，不到下週二或下週三，我們不可能會收到她寄來的信。」

「是啊，我也是這麼想。我原本擔心今天沒有機會聽到菲爾費克斯小姐的消息呢！」

---

54 當時的書信直接將信紙對摺封好寄出，而未放於信封郵寄。有時為了節省信紙及郵資，會右左交叉書寫，將信紙寫滿。奧斯汀本人就有這樣的習慣。

「您真是太好心了！要不是因為她很快就要回來一趟，我們確實不可能這麼早收到她的來信。母親真是高興極了！她這趟回來至少會待上三個月。她很肯定地這麼說，請聽我娓娓道來。您也知道，坎貝爾夫婦要去愛爾蘭一趟，他們的女兒狄克森太太說服兩老前去探望她。他們原本打算夏天再過去，可是狄克森太太非常希望盡快見到父母親——她去年十月才結婚，在那之前從未離開雙親超過一個星期，如今遠嫁異鄉，自然讓她非常不適應。因此她十萬火急地寫了封信給母親或父親——我不曉得是哪一位，不過珍在信裡應該有提到。她以狄克森先生和自己的名義，急切地懇求他們到愛爾蘭一趟。他們先在都柏林碰面，再帶兩老回到鄉間的宅邸巴里克雷格，我猜那地方一定漂亮得很。珍聽過不少人讚嘆那個地方，我是指狄克森先生。我不曉得別人是否也對她稱讚過那個地方。您也知道，狄克森先生在追求坎貝爾小姐時談起自己的宅邸，這是再自然不過的事。珍以前經常陪他們一起外出散步——坎貝爾上校和夫人不准女兒與狄克森先生單獨外出，這倒也合情合理。所以，珍當然會聽到他是怎麼向坎貝爾小姐聊起自己遠在愛爾蘭的住家。我記得她在信裡提到，狄克森先生給他們看過那地方的風景畫，都是他親筆繪製的作品。我相信他一定是個非常親切友善、討人喜歡的年輕人。聽過他的描述之後，珍始終很想去愛爾蘭親眼瞧瞧呢！」

此時艾瑪腦中靈光一閃，對珍．菲爾費克斯大起疑心。她想更加瞭解這位迷人的狄克森先生，以及珍．菲爾費克斯沒有一同前往愛爾蘭的原因，所以刻意說道：

「菲爾費克斯小姐能在此時獲准回來一趟，一定讓兩位感到十分慶幸。既然她與狄克森太太交情匪淺，她不必陪伴坎貝爾上校和夫人一同前去愛爾蘭，應該出乎妳們意料之外吧。」

「沒錯，沒錯，確實如此。我們一直很擔心她得一起去愛爾蘭，實在不希望她接下來好幾個月都與我們相隔兩地——要是發生什麼事，她就不能回來了。不過您瞧，最後一切都十分順利。狄克森太太與她先生非常希望珍陪坎貝爾上校和夫人一道回去，對此相當堅持。您接下來也會讀到珍在信裡這麼寫的，她認為狄克森夫婦倆共同邀請她前去作客，實在沒有什麼比這更令她感動的了。狄克森先生顯然對珍關懷備至，他確實魅力十足。珍和他在韋茅斯一同出席一場水上派對，當時一陣強風突如其來吹過船帆，她差點跌到海裡去，很可能因此丟了性命，幸好細心的狄克森先生及時抓住了她——我每次回想起這件事，總忍不住渾身打顫！——從此以後，我就打從心底喜歡狄克森先生！」

「不過，即使朋友渴望見菲爾費克斯小姐一面，她自己也希望親自去愛爾蘭一趟，她還是寧可將時間花在您和貝茨太太身上？」

「沒錯。這完全是她自己的選擇，坎貝爾上校和夫人認為她做得很對，他們也會建議她這麼做的。事實上，他們特別希望珍回家透透氣，因為她最近的身體狀況不是很好。」

「真令人擔心。我認為這項決定十分明智。不過狄克森太太想必非常失望。我知道狄克森太太的外表並不出色，無法與菲爾費克斯小姐相提並論。」

「噢，不是的。很感謝您這麼說，然而事實絕非如此。她倆絕對不分軒輊。坎貝爾太太確實其貌不揚，卻氣質出眾，非常和藹可親。」

「是的，自然如此。」

「珍得了重感冒，可憐的孩子！打從十一月七日生病以來——我會將信件內容念給您聽——這麼長一段時間都沒有痊癒。感冒怎麼會這麼久都好不了呢？她之前對此隻字未提，不希望我們擔心。珍這孩子就是這麼貼心！不過她實在病得太重，所以好心的坎貝爾夫婦認為她最好回家一趟，鄉下熟悉的空氣或許對她有幫助。他們相信她若在海布里待上三、四個月，身體一定能完全康復——既然她生了病，那麼比起去愛爾蘭，她自然還是回家更為妥當，畢竟只有我們才能給她最好的照料。」

「在我聽來，這絕對是最好的安排。」

「所以她下週五或下週六就會回來這裡，坎貝爾夫婦則會於下下週一離開城裡，出發前往霍利希德[55]，珍在信裡就是這麼說的。這真是太突然了！親愛的伍德豪斯小姐，您能想像我是多麼措手不及！真希望她不是為了養病而回來——她這次想必又瘦了不少，氣色看起來一定很差。關於這件事，我得告訴您，我碰上一件多麼不幸的事。您也知道，在把珍的來信念給母親聽之前，我自己會先讀過一遍，確認裡頭沒有讓她心情不好的消息。珍希望我報喜不報憂，因此我總會順著她的意思。今天早上我一如往常先謹慎地讀信；可是當我讀到她生病的消息時，不禁驚恐地嚷道：『天啊！可憐的珍生病了！』母親當時早已有所警覺，這句話飄進她的耳裡，頓時讓她感到十分難過。不過當我往下讀以後，我發現狀況並未如一開始所想的那麼糟糕。因此我對母親輕描淡寫，她也沒有太過放在心上。可是我實在沒想到自己竟如此毫無警覺！倘若珍沒有很快康復，我們就得請來派瑞先生。我們不會考慮費用的問題；派瑞先生非常大方，又很喜歡珍，我敢肯定他即使過來一趟，也不願收取一毛錢。可是您也知道，我們不能這麼做。他得撫養一家妻小，看診時間不應該毫無報酬。珍究竟在信裡寫了什麼，您現在應該有些頭緒了吧！我們可以一起讀讀這封信，我相信透過她親筆寫下的內容，一定比我代為發言更加詳細。」

「我們恐怕得告辭了。」艾瑪瞥了海莉葉一眼，站起身來。「父親正在等我們。我當初進門時，原本不打算打擾超過五分鐘的時間。我只是認為不該過門不入，想向貝茨太太問候一聲罷了。兩位真是太熱情了！但是我們現在非走不可，祝您和貝茨太太有美好的一天。」

貝茨小姐說什麼也無法留她多坐一會兒。艾瑪走回街上，不禁感到十分慶幸。雖然她被迫待了很久，事實上已經聽完珍．菲爾費克斯那封信的來龍去脈，但是至少她不必親自讀完那封信。

---

55 霍利希德（Holyhead）：位於英國威爾斯（Wales）安格爾西島（Anglesey）的港鎮，前往愛爾蘭的旅客主要由此搭船出發。

20

珍．菲爾費克斯是貝茨太太的小女兒的獨生女，從小就失去了父母。

珍．貝茨小姐當時風風光光地嫁給了隸屬英國步兵的菲爾費克斯中尉，眾人津津樂道，曾是一段幸福美好的婚姻；然而，如今所有人唯一記得的是，中尉不幸於某次海外行動中殉職，遺留下因此憂鬱成疾的妻子與年幼的女兒。

珍出生於海布里，母親在她三歲時去世，從此由外婆與阿姨撫養長大，備受疼愛，三人看似一輩子都會如此相依為命。她所獲得的教育十分有限，即使她天性討人喜歡，反應靈敏、心地善良，卻沒有顯赫的家世背景將她培育成名門閨秀。

然而，父親的一名友人出於憐憫，改變了珍的命運。坎貝爾上校十分欣賞菲爾費克斯中尉，認為他是一名優秀的軍官及值得嘉許的後進，更感激的是，坎貝爾上校曾在軍營中發高燒，多虧菲爾費克斯中尉悉心照料，將他從鬼門關前救了回來。儘管坎貝爾上校返回英國時，可憐的菲爾費克斯中尉早已過世多年，他卻依然感念這份舊情。他一回到英國立刻打聽到小女孩的下落，對她關懷備至。坎貝爾上校已婚，膝下僅有一名獨生女，年紀與珍相仿；珍成了坎貝爾一家的常客，經常長時間留宿在坎貝爾夫婦家，深得所有人喜愛。珍將滿九歲時，坎貝爾上校見女兒與她形影不離，亦想善盡朋友的責任，決定全權接管珍的教育。貝茨太太點頭答應後，珍從此成為坎貝爾上校家的一員，與他們同住一個屋簷下，偶爾才會回家探望外婆。

坎貝爾上校計畫將珍栽培成作育英才的教師。珍從父親那兒只繼承了寥寥數百英鎊，不可能自食其力。坎貝爾上校的收入和年俸雖然頗豐，實際擁有的財產卻稱不上富裕，又得悉數留給女兒；若想幫助珍經濟獨立亦是心有餘而力不足。不過他希望讓珍接受良好的教育，擁有足以謀生的一技之長。

這就是珍．菲爾費克斯的成長背景。她很幸運獲得貴人幫助，由於坎貝爾夫婦好心伸出援手，讓她得以接受優秀的教育。身邊的人個個性格正直、知識淵博，耳濡目染之下，珍無論品格或學識都獲得十分良好的調教，出落得循規蹈矩、知書達禮。坎貝爾上校住在倫敦，聘請的教師皆是一時之選，再怎麼才疏學淺，也能將潛力發揮得淋漓盡致。珍不負坎貝爾上校的期望，氣質與才華同等出色；不過十八、九歲的年紀就能勝任照顧孩子的工作，能力足以擔任學校教師。但是，坎貝爾一家說什麼也不願讓她離家工作，不僅坎貝爾夫婦依依不捨，女兒更是無法忍受別離之苦。於是珍離家自立的日子就這麼拖延下去；他們輕易地說服自己她的年紀尚輕。珍彷彿成了坎貝爾家的另一個女兒，繼續開心地和這優雅的一家人生活在一起，既能享受家庭的溫暖，又像個無憂無慮的座上賓。只是，珍也十分理智，每當想起未來，她總會清楚地提醒自己，如此幸福快樂的日子很快就會結束了。

坎貝爾一家對她疼愛有加，坎貝爾小姐與她尤其親暱，全家更是對珍的才貌雙全引以為榮。摯友既不嫉妒她令人相形失色的美貌，父母也不介意她的優異智力勝過自家女兒；他們對她的關心不曾稍減，直到好運忽然降臨坎貝爾小姐：命運向來與眾人對婚姻的期許反其道而行，條件中等的人反而比優秀的人更容易獲得青睞；儘管坎貝爾小姐的外表不比珍出色，卻在初次結識家境富裕、年輕有為的狄克森先生時就相互鍾情。門當戶對的佳偶高高興興地結了婚，過著幸福快樂的生活，珍．菲爾費克斯則得繼續努力為自己的生計打算。

婚禮是不久之前的事。由於事發突然，使她那位沒這麼幸運的朋友來不及決定自己的出路，雖然她也已經到了能為自己作主的年紀。珍老早就認定二十一歲是自立的年紀。她的性格彷彿修女般堅毅，打定主意要在滿二十一歲之際當上教師，踏上奉獻之途，從此斷絕一切享樂，不再與他人來往，摒棄內心的平靜與希望，一輩子致力於清苦的修行。

坎貝爾上校與夫人無從反對珍的決心，雖然在情感上仍依依不捨。只要他們還有一口氣在，就永遠是珍的避風港，她無須委屈自己。他們自然希望將珍一輩子留在身邊，不過這無疑是自私的表現；如果她遲早要走上這條路，不如盡早開始。或許夫婦倆開始認為，既然珍必須捨棄舒適安逸的生活，克制挽留的意圖可能對她更好。儘管如此，他們出於情感，依然樂於把握每個合理的藉口，讓珍不要這麼快離開身邊。自從女兒結婚後，珍的健康狀況就不是很好，在沒有完全康復之前，他們一定得禁止她就職不可；畢竟，即使在身心最為健全的狀態下，要全然捨棄舒適的生活依然大為不易，更遑論珍仍然身體孱弱，精神不濟。

至於珍不願陪同坎貝爾夫婦前往愛爾蘭一事，她在寫給貝茨小姐的信裡所言皆為事實，只是或許並未吐露一切實情。坎貝爾夫婦離開的期間，珍選擇回到海布里，這幾個月或許會是她人生中最後一次能與親密家人共度的自由時光。至於坎貝爾一家三口，無論他們各自有多麼不捨，依然一致支持珍的決定，認為為了健康著想，最好的方式就是回家住上幾個月，呼吸家鄉的空氣。珍確實要回來了。海布里長久以來始終引頸企盼法蘭克．邱吉爾先生歸來，這份落空無數次的期待之情，如今改由珍．菲爾費克斯彌補，畢竟她也是睽違了足足兩年才回家。

艾瑪可就沒那麼開心了——接下來三個月她都得對不喜歡的人以禮相待！這與她的心意背道而馳，只是基於禮儀罷了。她自己也說不上來為什麼討厭珍．菲爾費克斯。奈特利先生曾經提過，這是因為她看到珍年紀輕輕就能表現出相當得體的教養，正是她心裡渴望的典範。儘管艾瑪當下便嚴正反駁這項指控，但是當她重新檢視自己時，卻又無法釋懷。「我永遠都不可能和她成為朋友。原因我說不上來，可是她看起來總是那麼冷淡拘謹；無論高興與否臉上都不露痕跡。更何況她的阿姨總是喋喋不休，簡直要把每個人都逼瘋了！大家一直認為我們應該會很親密——只因為我們年紀相仿，大家就認為我們一定會喜歡對方。」這就是艾瑪的理由，她實在想不出更好的原因了。

艾瑪的嫌惡一點也不公平——每項指責都被她自己的想像力過度渲染，因此無論事隔多久再見到珍．菲爾費克斯，她的心裡都有些過意不去。如今睽違足足兩年後，艾瑪特地前去探望珍。艾瑪過去兩年始終將珍貶得一文不值，當下卻深深震懾於她的美貌與禮儀。珍．菲爾費克斯非常優雅，無與倫比地優雅，而優雅正是艾瑪向來最為重視的特質。珍的身高恰到好處：幾乎所有人都會認為她身材高眺，卻又不至於帶給旁人壓迫感；她的身材玲瓏有致，略顯的病容讓原本胖瘦適中的體型看起來較為削瘦。艾瑪不由自主地細細觀察。珍的外貌也遠比記憶中出色，雖然不是典型的精緻五官，卻仍美得令人驚豔。她有一雙深灰色的眼睛、亮麗的深色睫毛與雙眉，在在讓人稱羨。艾瑪過去曾挑剔她的肌膚缺乏血色，如今卻顯得光滑無瑕、吹彈可破，無須增添一抹紅潤。珍是優雅美女的典型；即使就艾瑪的標準看來，也不得不滿心讚嘆：她那由內而外散發的優雅氣質，全海布里再也找不到第二人了；別說是平庸村婦，就算是名門閨秀裡也沒有。

艾瑪初次登門拜訪，與珍．菲爾費克斯相對而坐，心裡同時感到兩種滿足：她很高興見到珍，也終於還給她遲來的公道，決定不再討厭她了。艾瑪思索著珍的成長過程、處境和美貌，當她想到如此優雅動人的女孩，接下來卻要一輩子投入清苦的教職，生活將失去許多樂趣，心中不禁備感同情，敬意也油然而生。尤其從種種跡象看來，艾瑪認為，珍很可能情不自禁地喜歡上狄克森先生，那麼她毅然選擇自我犧牲，也就令艾瑪更為憐憫、肅然起敬了。艾瑪起初曾懷疑，珍試圖勾引狄克森先生背叛妻子，也曾憑空想像其他惡形惡狀；但是她現在欣然將一切拋諸腦後。即使珍確實愛上狄克森先生，也只是一場毫無結果的單戀，默默地藏在心底。珍很可能一面聽著狄克森先生與貝茨小姐愉快地談天，一面無可自拔地陷入苦戀。或許正是出於這單純良善的動機，她才決定不願一同前往愛爾蘭，並打算盡快當上教師，徹底與狄克森先生和他的妻子斷絕來往。

艾瑪離開之際，心中滿懷對珍的憐憫。她一面走路回家，一面環顧四周，感嘆海布里找不到足以匹配得上珍的年輕人，讓她無從為珍安排一段好姻緣。

艾瑪感到樂在其中，不過這樣的情緒並未持續太久。她還沒當眾宣布要與珍・菲爾費克斯建立好交情，或者彌補她過往的偏見與錯誤，只是對奈特利先生說道：「她真的好漂亮！漂亮還不足以形容她的美貌呢！」一天晚上，珍偕外婆與阿姨前往哈特菲爾德用餐，一切又一如既往。貝茨小姐比平常更加擾人，除了對珍的讚美，現在又加上對珍健康的擔憂。所有人都得聽她絮絮叨叨形容珍的胃口變得奇差，早上吃不了幾口麵包和奶油，晚餐也只吃得下一小片羊肉；接著又興高采烈地展示起珍為阿姨與外婆親手編織的新帽子和針線包。這晚珍再次冒犯到大小姐。大家想聽音樂，於是艾瑪在眾人慫恿下彈奏鋼琴；演奏後珍感謝讚賞她的表演，但在艾瑪聽來卻是惺惺作態的恭維，那崇高的口吻不過是在展示自己的琴藝更高一籌。更糟的是，珍的態度顯得十分疏離、謹慎，艾瑪根本無從得知她的真實想法！在禮貌的外殼底下，她似乎決心不沾惹上任何麻煩。她如此小心翼翼、有所保留，反而勾起了艾瑪的疑心。

其中最不對勁的是，珍尤其對韋茅斯和狄克森夫婦的話題有所保留。她似乎打定主意避談她對狄克森先生的個性、與他之間的友情，或是這段婚姻是否門當戶對的真正想法。她只是籠統地讚美與肯定，並未特別提起任何細節。然而她的意圖沒有成功。艾瑪看穿了珍隱藏在謹慎外衣之下的詭計，心裡浮現出原先的臆測：珍除了愛慕狄克森先生，或許還隱瞞了更多實情。很有可能狄克森先生原本喜歡珍，卻為了一萬兩千英鎊財產移情別戀坎貝爾小姐。

即使談起其他話題，珍依然語帶保留。她曾與法蘭克・邱吉爾先生同時待在韋茅斯；據說他們有些交情。然而，艾瑪始終無法從珍口中得知有關邱吉爾先生的真實消息。

「他長得一表人才嗎？」

「我想，所有人都覺得這年輕人長得很好看。」

「他的個性親切嗎？」

「大家都這麼認為。」

「他是否思想明理，學識淵博？」

「我們只會在海邊或是倫敦的普通聚會碰頭，我很難對這點有所瞭解。和邱吉爾先生熟識已久的人，才會更明白他的風度。我相信每個人都認為他和藹可親。」

艾瑪難以接受珍的回答。

21

艾瑪說什麼也無法諒解珍。不過，奈特利先生對艾瑪的憤怒和怨懟渾然不覺，晚宴時他也在場，只見到她倆互動熱絡、相談甚歡的樣子，隔天早上登門拜訪哈特菲爾德與伍德豪斯先生商談公事時，還對這件事稱許了一番。奈特利先生在伍德豪斯先生面前說得頗含蓄，不像平常那樣單刀直入，不過在艾瑪聽來再明白也不過。他之前認定艾瑪對珍抱持偏見，很高興她現在的態度有些改善。

「昨晚可真愉快。」奈特利先生與伍德豪斯先生談完正事，收起文件，開口說道：「讓人特別高興。妳和菲爾費克斯小姐的演出令我們如癡如醉。整晚舒適地坐著聆聽兩位年輕女孩的演奏，時而聊天、時而欣賞音樂，我實在想不出有什麼比這更享受的事了，先生。我相信菲爾費克斯小姐昨晚也過得十分愉快。艾瑪，妳做得很好，我很高興妳願意多給她一些時間盡情彈奏。她的外婆家沒有鋼琴，她想必十分樂在其中。」

艾瑪露出微笑，說道：「真高興獲得你的肯定。不過，希望我平日對哈特菲爾德的客人並未有任何招待不周的地方。」

她的父親立即開口：「沒這回事，親愛的。我敢肯定，妳不曾怠慢客人。再也找不到像妳一樣如此無微不至、彬彬有禮的主人了。真要說的話，妳實在太過周到啦！像是昨晚的馬芬蛋糕——我覺得所有人吃過一輪就夠了。」

「沒錯。」奈特利先生幾乎與伍德豪斯先生同時說道：「妳很少對客人有所怠慢，態度溫和有禮，也能理解所有人的需求。因此，我想妳明白我的意思。」

艾瑪露出「我確實清楚得很」的慧黠眼神，嘴上卻只是回道：「菲爾費克斯小姐太拘謹了。」

「我老是告訴妳她確實有點放不開。不過妳遲早能夠克服這個問題，她之所以沉默寡言，只是害羞使然。謹言慎行總是值得嘉許。」

「你覺得她生性害羞，我可看不出來。」

「親愛的艾瑪，」奈特利先生起身換到艾瑪身旁的座位，「我可不希望妳覺得昨晚過得不開心。」

「噢！沒這回事。我努力不懈地發問，從她口中得到的收穫卻寥寥無幾，我覺得挺有趣的。」

「真令我失望。」他只回了這一句。

伍德豪斯先生以一貫冷靜的語氣說道：「我希望昨晚每個人都玩得十分盡興。我就過得很開心。我一度覺得爐火燒得太旺，不過將椅子稍微往後移，只移了那麼一點距離，就不再為此感到困擾了。貝茨小姐一如往常相當健談，心情十分快活，只是她說話的速度稍嫌太快；儘管如此，她還是非常討人喜歡。貝茨太太雖然個性截然不同，一樣令我備感親切。老朋友就是深得我心。珍．菲爾費克斯小姐是個漂亮的小女孩，確實是如花似玉、舉止優雅的淑女。她昨晚想必也過得十分愉快，奈特利先生，艾瑪一直陪著她呢！」

「確實如此，先生。艾瑪想必也同樣高興，因為菲爾費克斯小姐始終陪在她身邊。」

艾瑪見奈特利先生一臉焦慮，希望當下至少能稍微安撫他的心情，便以相當誠摯的態度開口：

「她如此優雅動人，所有人的目光都捨不得離開她。我整晚目不轉睛地欣賞她，也打從心底對她充滿憐惜。」

奈特利先生看起來似乎很高興，一時說不出話來。他還來不及開口，伍德豪斯先生想起貝茨母女，又接著說：

「她們的生活如此辛苦，真的非常令人同情！實在太可憐了！我常想著要送些小禮物或是較特別的東西——但這點微不足道的心意讓人有些裹足不前。我們剛宰了一頭豬，艾瑪想要送她們一塊里肌肉或腿肉，分量不多，可是肉質相當鮮美——哈特菲爾德的豬肉向來與眾不同——親愛的艾瑪，希望她們能像我們家一樣，好好地將豬肉煎成肉排，沒有留下任何一絲油脂，也不會拿去烤，畢竟沒有人的腸胃受得了烤豬肉。我想我們最好送一塊腿肉過去。親愛的，妳覺得呢？」

「親愛的爸爸，我知道您會這麼打算，所以將整條後腿肉都送過去了。您也知道，腿肉可以加鹽醃漬，吃起來非常美味；至於里肌肉，她們能立即以喜歡的方式料理上桌。」

「沒錯，親愛的，妳做得對極了。我之前沒這麼打算，可是這麼做再好不過。她們醃漬腿肉時可別摻太多鹽。假如鹽量拿捏得宜，並像我們的廚子瑟蕾一樣，將豬肉徹底煮熟，搭配水煮蕪菁、一點胡蘿蔔或歐洲防風草[56]，並適量享用，我認為對健康無礙。」

奈特利先生接著說：「艾瑪，我有一件消息要告訴妳。妳向來喜歡新鮮事——我在路上聽到一件我覺得妳會感興趣的事。」

「消息！噢！沒錯，我最喜歡新鮮事了。什麼事？你為什麼要露出那樣的笑容？你從哪聽來的？蘭德斯？」

「不對，不是從蘭德斯聽來的。我已經好一陣子沒到那附近了。」說到一半，門就猛然打開，貝茨小姐與菲爾費克斯小姐接連走了進來。既想表達滿心感謝、也有大消息要宣布的貝茨小姐，一進來馬上連珠砲地開口，奈特利先生很快就意識到自己錯失良機，再也沒有接話的餘地了。

「噢！親愛的先生，您今天早上過得如何呢？親愛的伍德豪斯小姐——我迫不及待要趕來道謝。多麼美味的豬肉呀！您真是太親切了！您聽說這個消息了嗎？艾爾頓先生要結婚了。」

已經將艾爾頓先生拋諸腦後好一陣子的艾瑪，震驚之情都顯露在她愕然的表情、紅暈的臉龐以及講話的音調上了。

奈特利先生說：「這就是我要告訴妳的消息，我相信一定會引起妳的興趣。」他露出瞭然於心的笑容，暗示對她們兩人之間的關係早已略知一二。

「可是**您**是從哪裡聽來的？」貝茨小姐高聲嚷道，「奈特利先生，您究竟從哪裡得知這件消息的？我五分鐘前才剛收到寇爾太太的通知——不對，或許不到五分鐘，至少不可能超過十分鐘——就立刻戴好帽子、披上短外套趕來這裡，等不及要告訴你們這件事。我只是先去向派蒂交代一聲豬肉的事。珍當時就站在走廊上——珍，妳說是嗎？母親正擔心找不到夠大的鍋子來醃豬肉，我說要下樓看看，珍就開口了：『要不要讓我下樓找呢？我想您可能有點感冒，派蒂又在廚房忙著刷洗。』我說：『喔，親愛的！』就在這時，我收到了那封信。他要娶一位霍金斯小姐——我只知道這樣。巴斯的霍金斯小姐。不過，奈特利先生，您怎麼可能得知這件消息呢？寇爾先生一告訴他太太這件事，她就立刻寫信給我了，說艾爾頓先生要和霍金斯小姐結婚。」

「我一個半小時前去找寇爾先生談正事。我一進門他正好讀完艾爾頓的信，直接將那封信遞給了我。」

「喔！那可真——我敢說沒有什麼比這消息更有趣的了。親愛的先生，您實在太大方了。我的母親要我轉達最為誠摯的關心和感謝，說您真是讓她承受不起。」

伍德豪斯先生回答：「我們認為哈特菲爾德的豬肉真的比其他地方的好吃多了，我和艾瑪覺得十分榮幸——」

「噢！親愛的先生，一如我母親所言，我們的朋友真是對我們太親切了。若說有人家境不

56 歐洲防風草（Parsnip）：又稱芹菜蘿蔔或歐洲蘿蔔，外型類似白蘿蔔，擁有特殊香氣。

甚寬裕，卻還是應有盡有，那就非我們莫屬了。就如聖經所言：『我們如此幸運，備受上帝恩寵。』話說，奈特利先生，既然您親自讀過那封信——」

「那封信不長，只是為了告知這件消息。不過他的語氣自然相當愉快，顯得興高采烈。」奈特利先生用狡猾的眼神瞥了艾瑪一眼。「他確實非常幸運——我忘了準確的字眼，實在沒有心思記牢。如您所言，他確實要與霍金斯小姐結婚。以他的作風看來，我想他已經全部安排妥當了。」

艾瑪總算能開口時，勉強說道：「艾爾頓先生要結婚了！所有人都會為這樁喜事獻上滿滿的祝福。」

伍德豪斯先生說：「他這麼年輕就結婚了。他最好別這麼急著成家。我認為他先前也過得挺好的。我們都很喜歡他來哈特菲爾德作客。」

貝茨小姐愉快地說：「伍德豪斯小姐，我們又要多一位新鄰居了！我的母親非常高興！她說，她實在不忍心看那幢老舊的牧師公館缺個女主人。這確實是天大的好消息。珍，妳還沒見過艾爾頓先生呢！難怪妳這麼迫不及待想見他一面。」

從珍內斂的個性看來，她並沒有那麼迫不及待。

「是啊，我從未見過艾爾頓先生。」珍接著回答，「他——他長得高不高？」

艾瑪高聲說道：「誰來回答這個問題好呢？我的父親想必會說『很高』，奈特利先生覺得『不高』，貝茨小姐和我則認為他的身高剛剛好。菲爾費克斯小姐，假如妳在這裡多待一陣子，就會明白艾爾頓先生是海布里的完美標杆，無論外表或個性都無可挑剔。」

「伍德豪斯小姐，您說得沒錯，她很快就會明白的。他確實是相當優秀的年輕人。不過親愛的珍，如果妳還記得的話，我昨天才告訴過妳他的個子和派瑞先生差不多高。相信這位霍金斯小姐也是出色的好女孩。艾爾頓先生非常關照我的母親，總要她坐在教堂最前排的長椅上，好聽得清楚些。畢竟她的聽力有點差，雖然還不至於太糟，不過說話速度一快，她就聽不清楚了。聽珍提起，坎貝爾上校的聽力也不太好。他認為泡澡有助於改善聽力，而且得泡熱水澡。可是珍說效果無法持續太久。坎貝爾上校真是我們的貴人。狄克森先生也是個魅力十足的年輕人，確實是值得他驕傲的女婿。好人能夠結成佳偶真的是一樁美事，而好人總是會湊成一對。現在艾爾頓先生和霍金斯小姐也要結婚了；另外像是寇爾夫婦、派瑞夫婦，也是親切的好人——我可沒見過比派瑞夫婦更加恩愛的夫妻呢！我說啊，先生，」貝茨小姐轉向伍德豪斯先生，「我想不出還有什麼地方像海布里一樣溫暖。我總說我們何其有幸，擁有這麼多親切的好鄰居。親愛的先生，要說我母親最喜歡什麼，絕對非豬肉莫屬了——她可喜歡烤里肌啦！」

艾瑪說：「至於霍金斯小姐是什麼身家背景、兩人相識多久，我們似乎毫無頭緒。我猜他們認識的時間並不長。他也不過離開四週而已。」

眾人對此都一無所知。沉思了半晌後，艾瑪開口說：

「菲爾費克斯小姐，妳可真安靜。不過我希望妳對這消息還有些興趣。妳這陣子親眼見了不少人、親耳聽聞不少消息，坎貝爾小姐老是將這些人掛在嘴上，相信妳應該不會對艾爾頓先生和霍金斯小姐陌生才是。」

珍回答：「要是我見過艾爾頓先生，我相信自己一定會關注這件事——不過那也得是我見過他。尤其坎貝爾小姐已經結婚好幾個月，當時的印象早就變得有些模糊了。」

貝茨小姐說：「沒錯，伍德豪斯小姐，正如妳所說，他也不過離開四個星期而已。到昨天正好滿四週。至於霍金斯小姐——我過去還常幻想艾爾頓先生會娶附近的哪個年輕女孩呢，想不到——當寇爾太太偷偷告訴我結婚的消息，我還立刻說：『不，艾爾頓先生是條件這麼優異的年輕人——』總之，我並不是個消息靈通的包打聽，我其實是個後知後覺的人。話說回來，如果艾爾頓先生已經下定決心，也沒有人會質疑他的選擇——伍德豪斯小姐就這麼讓我一直說下去，真是好心。她知道我絕不會得罪其他人。史密斯小姐過得好嗎？她現在好像康復得差不多了。您最近可有約翰．奈特利太太的消息？噢！那群可愛的孩子。珍，妳知道嗎？我老覺得狄克森先生神似約翰．奈特利先生。我是指身形外表——個子高大，神韻很像，平時也不多話。」

「錯得離譜，親愛的阿姨，他們完全沒有相似的地方。」

「那可就怪了！不過還沒見到本人之前，看法自然不精準。人們總是先入為主地萌生某個想法，心裡就一直這麼認定了。妳的意思是，嚴格地說狄克森先生長得並不俊俏囉？」

「俊俏！噢！沒這回事——完全沾不上邊，可說是其貌不揚。我明明告訴過您，他的外表並不出色。」

「親愛的，妳說過坎貝爾小姐不准別人批評他的外表，而妳自己——」

「噢！在我看來，我的想法完全不值得參考。我總是認為自己關心的人長得很好看。我會說他的外表不出色，只是用一般人的標準。」

「好吧，親愛的珍，我想我們該告辭了。天氣看起來不太好，外婆會擔心我們的。親愛的伍德豪斯小姐，您真是太客氣了，但是我們不得不離開了。這真是一件天大的好消息。我應該順路去拜訪一下寇爾太太，只是不能超過三分鐘。珍，妳最好直接回家去——我可不希望妳淋成落湯雞！——我們都覺得她回來海布里後氣色好多了。謝謝招待，我們真是感激不盡。我也許不該去拜訪戈達德太太，她似乎只對水煮豬肉情有獨鍾；不過我相信等我們家的烤豬腿好了之後，一定會讓她改變心意。祝您順心，親愛的先生。喔，奈特利先生也來了。真是太好了！要是珍走累了，相信您一定願意好心扶她一把。真為艾爾頓先生和霍金斯小姐高興呀！祝您們有美好的一天。」

艾瑪一面聽父親感慨年輕人不但趕著結婚，對象還是個陌生人，一面思考自己對這件事的看法。這對她而言是樂觀其成、再好不過的消息，這表示艾爾頓先生沒有難過太久。可是她也替海莉葉難過，海莉葉一定會很傷心。艾瑪只希望自己是第一個告訴海莉葉這件消息的人，以免她冷不防從旁人口中得知此事。艾瑪現在似乎應該去拜訪一趟，但是萬一在她趕去的路上，貝茨小姐就已經抵達了呢？眼看很快就會下起雨來，貝茨小姐想必會在戈達德太太家多待一段時間，海莉葉也會在毫無心理準備的情況下，從她口中得知此事。

雨勢不小，幸好很快就停了。不到五分鐘，海莉葉竟帶著一臉激動懊惱的表情，匆匆忙忙地走了進來，彷彿有滿肚子的話想說。海莉葉一見到艾瑪，立刻失聲叫道：「噢，伍德豪斯小姐！您知道發生什麼事了嗎？」這足以證明消息早已傳得沸沸揚揚。如今海莉葉備受打擊，艾瑪唯一能給予的安慰就是傾聽。海莉葉不假思索，急切地接著說道：「我半小時前剛從戈達德太太家離開。雖然擔心很快就要下雨了，或許會淋得狼狽不堪，可是我想最好先來哈特菲爾德一趟。我以最快的速度趕來，路上經過女裁縫師的工作室──我向她訂製了一套禮服，就順道進去關心一下進度──我很快就離開，沒想到出來時已經下起雨來了。我頓時感到無所適從，只好迅速跑到福特的店裡躲雨。」福特的店裡專售羊毛、亞麻布料與縫紉用具，店鋪規模和商品種類堪稱當地之最。

「我進了店裡，怎麼也沒想到過了整整十分鐘後，他們突然也走進店裡來──這真是太奇怪了！不過他們向來都是在福特的店裡購物──您知道是誰嗎？我竟然遇見了伊莉莎白．馬汀和她的弟弟！親愛的伍德豪斯小姐！我當下簡直快要昏倒了，嚇得手足無措。我就坐在門邊，伊莉莎白立刻看見了我，但是他正忙著收傘，沒有發現我。我敢說她一定看見我了，可是她立刻把頭轉開裝作沒看到。他們往店裡另一端走去，我就這麼繼續坐在門邊。喔，天哪！我覺得自己好狼狽！我的臉色一定變得和禮服一樣慘白。外頭還下著雨，當下實在無處可躲。但我多希望自己當時不在那裡！噢，親愛的伍德豪斯小姐！最後，我猜他轉過身時看見我了，因為他們沒有繼續選購商品，而是開始竊竊私語。我相信他倆一定是在談論我，不禁猜想，他想必勸姊姊來找我說話——伍德豪斯小姐，您認為他會這麼做嗎？——因為她真的朝我走了過來，就這麼站在我面前，問我過得好不好；倘若我願意的話，她似乎也打算和我握手。

「她對待我的方式不再像以前一樣了，我感覺到她的態度有所轉變。但是她似乎試著對我釋出善意，於是我們握了手，站著聊了一會兒。我不記得自己說了什麼——我渾身抖個不停！我記得她說，很難過我們現在不再碰面了，在我聽來真是親切得難以承受！天啊！伍德豪斯小姐，我覺得自己好悲慘！當時天空開始放晴，我頓時打定主意，說什麼也要趕快離開，沒想到——他竟然也朝我走過來了！他走得很慢，彷彿也不曉得該如何是好。他走到我面前，對我說話，我也開口回答。我站在那兒，不知道為什麼莫名感到恐懼。最後我鼓起勇氣開口，雨既然已經停了，我也該離開了。我就這麼轉身離去，才走不到三碼的距離，他追了上來，只是想告訴我，假如我打算來哈特菲爾德一趟，最好從寇爾先生的馬廄那裡繞路；因為方才那場雨，最近的路徑已經積了不少水。噢，天啊！我簡直快難過死了！我向他百般道謝，我至少得做到這種程度。之後他就回到伊莉莎白身邊，我則從馬廄那裡繞路過來——我想應該是這樣，我實在不記得自己當時身在何方，什麼都記不得了。喔，伍德豪斯小姐，我寧可付出任何代價，希望不要碰上這種事！但是您知道嗎，見到他待我依然如此親切，我的心裡還是很高興。還有伊莉莎白！噢！伍德豪斯小姐，您快說些話，讓我心裡好過一點吧！」

艾瑪非常希望能好好安慰她，當下卻愛莫能助，只好先停下來冷靜思考。她的心裡也沒有好過到哪裡去。這名年輕人和姊姊的態度似乎都是發自真心，不禁讓她感到十分同情。從海莉葉的描述聽來，即使姊弟倆感到很難過，卻依然真心誠意地對待她。不過，既然艾瑪過去就認為他倆是心地善良的好人，事到如今，這又有什麼差別呢？若是因此有所動搖，未免太過愚昧了。他自然很遺憾失去海莉葉，他們想必都很失望。他不僅替自己的野心感到慚愧，也因為自己的愛而蒙羞。他們或許都希望結識海莉葉能使一家飛黃騰達。除此之外，海莉葉方才那番描述還能有什麼價值？她這麼容易就感到滿足，毫無洞見——即使對姊弟倆連聲稱讚，又有什麼意義？

艾瑪將這些想法藏在心底，盡力安撫海莉葉，認為這不過是微不足道的鬧劇，不用耿耿於懷。

艾瑪說：「妳或許當下會很沮喪。不過妳表現得非常好，一切也都結束了。初次見面的尷尬永遠不可能再發生第二次，因此妳不必放在心上。」

海莉葉說：「確實如此。我不會再想了。」儘管如此，她還是一直掛在嘴上，話題始終繞著這件事打轉。艾瑪為了將馬汀姊弟逐出海莉葉的腦海，原本打算小心翼翼地告訴她艾爾頓先生結婚的消息，最後不得不一股腦說了出來。可憐的海莉葉，一時不知道自己該高興還是生氣，該難為情或是好笑——艾爾頓先生在她心目中，竟然占據如此重要地位！

艾爾頓先生種種的好逐漸重新浮現她腦海。僅僅在一天前，甚至一小時前心情仍雲淡風輕的海莉葉，對這件消息的關切迅速增加；在和艾瑪的談話結束前，心思早已飄到那位幸運的霍金斯小姐上，對她充滿百感交集的好奇心：既納悶又感慨，既痛苦又快樂；也暫時將馬汀姊弟的心思擱到一旁。

艾瑪倒是非常慶幸海莉葉與馬汀姊弟碰了面。這次的插曲有助於和緩婚訊的衝擊，對她不會帶來任何壞處。從海莉葉現在的生活看來，除非刻意安排，馬汀一家跟她很難有機會碰面；一直以來他們始終缺少勇氣、也拉不下臉找她；自從她拒絕弟弟之後，兩個姊姊就再也不曾拜訪戈達德太太家。說不定接下來一年他們都不會再見上一面，更遑論說上半句話。

22

人性總是容易對處境特殊感到特別好奇，例如年紀輕輕便結婚或是英年早逝，就是令人津津樂道的話題。

自從霍金斯小姐的名字初次流傳於海布里，還不到短短一星期，眾人就想方設法，將她的外表及個性打聽得一清二楚，知道她長得漂亮優雅，且才華洋溢，非常和藹可親。以至於艾爾頓先生得意洋洋地回到海布里宣布喜訊，並到處讚揚自己的未婚妻時，除了透露她的教名，或是她擅長演奏的作曲家之外，也沒有太多新資訊好說。

艾爾頓先生回來後又回復成快樂的男人。他當初因求婚遭拒，萬念俱灰地離家遠行——在備受暗示鼓勵、勇往直前後，卻從滿懷希望的雲端跌落失望的谷底，不但沒有贏得夢中情人的芳心，還被貶低配對給一個錯誤的對象。他抱著滿腔羞憤離去，卻帶著婚約歸來，而且新人的條件勝過舊人，完全印證了「塞翁失馬，焉知非福」的真理。艾爾頓先生抱著雀躍的心情返家，感到志得意滿，生活過得忙碌而充實，既不再將伍德豪斯小姐放在心上，更對史密斯小姐不屑一顧。

迷人的奧古斯塔・霍金斯不僅才貌兼備，還坐擁將近一萬英鎊[57]的可觀財富，這門親事既有面子又有裡子，可說是個美好結局。艾爾頓先生不僅沒有自暴自棄，還娶到身價上萬的妻子，且是以迅雷不及掩耳的速度擄獲芳心——初次認識就留下好感。艾爾頓先生生動地向寇爾太太描述起相遇的過程：他們進展神速，從意外的邂逅，到葛林先生的晚宴與布朗太太的聚會——他們微笑羞赧、意亂情迷——女孩很輕易地就被他打動，芳心暗許；簡而言之，用一句最容易理解的話來說，她早已準備好接受他，男方的追求恰好滿足了女方的虛榮與謹慎。

艾爾頓先生既獲得大筆財富，又抱得美人歸，可說是麵包與愛情兼得，也難怪他滿面春風。不過幾個星期以前，他還得小心翼翼地對鎮上的年輕女孩獻殷勤；如今在她們面前，他開口閉口都是自己的喜訊，期待收到眾人的祝賀，對任何嘲弄都能坦然以對，臉上始終掛著熱忱而自信的笑容。

婚禮近在眼前，由於雙方父母都已過世，除了籌備必要的前置作業，就沒什麼需要等待的了。艾爾頓先生再次啟程前往巴斯，從寇爾太太確信的眼神看來，他下次現身海布里時，應該能像大家所盼望的，帶著新娘回來。

在他短暫停留的這段期間，艾瑪很少有機會見到他，不過足以讓她明白兩人的友誼不再，艾瑪可以感受到他的餘怒未消，態度散發著憤怒與做作。艾瑪甚至開始懷疑，實際上自己根本沒對他抱持過好感。一見到艾爾頓先生，艾瑪總是不由自主感到厭惡；要不是基於良心的考

---

57 一萬英鎊相當於今值兩億八千八百萬新台幣。

量，將此視為磨練心智的教訓，她一定會因為再也不見到他而感激涕零。她希望他過得幸福，但他卻帶給她痛苦；如果他能搬得遠遠的，將會皆大歡喜。

不過，繼續同住在海布里的痛苦，想必能在他結婚後沖淡不少。許多無意義的心結將迎刃而解，尷尬氣氛也能大為和緩。**艾爾頓太太**將會是改變的絕佳藉口；過去的恩怨或許能一筆勾銷，兩家可望從頭建立交情。

對於霍金斯小姐，艾瑪倒是不怎麼放在心上。不用說，她的條件對艾爾頓先生而言可說是夠好了，她的姿色在海布里也許上得了檯面，不過若是站在海莉葉身旁，還是要相形失色。對於她的家世，艾瑪同樣相當坦然；即使艾爾頓先生如此自吹自擂，甚至對海莉葉不屑一顧，他也沒證明什麼。真相似乎顯而易見：她的**個性**如何肯定還有待觀察，不過要查清楚她的**身分**並不難；除了一萬英鎊的身價，一點也看不出她有勝過海莉葉的地方。她既非出身望族，也沒有高貴的血統，更沒有顯赫的人脈。霍金斯小姐是布里斯托[58]商人的女兒，上有一名姊姊；當然了，雖然說是商人，不過生意手腕似乎不怎麼突出，想必在商場上的名聲同樣也平庸無奇。

她每年冬天會在巴斯待上一段時間，不過老家仍位於布里斯托的市中心。儘管雙親多年前皆已過世，尚有一位從事法律工作的叔父與她相依為命。不過這名叔父能誇耀的，恐怕也只有「在法律界工作」這件事了；艾瑪猜測他在某間事務所打打雜，因為太笨拙而無法升遷。家中背景最顯赫的親人要數她姊姊了，她**風風光光**地嫁給一名**非常富有**的仕紳，住家鄰近布里斯托，甚至擁有兩輛馬車！這就是尊貴的霍金斯小姐的所有身世。

艾瑪該如何將自己的感受對海莉葉和盤托出呢？她曾成功說服海莉葉墜入情網，但是——唉！要讓海莉葉從愛情中清醒過來，可就沒這麼容易了。那個魅力十足的身影幾乎全盤占據了海莉葉的心房。終有一天或許他會被別人取代，這點毋庸置疑，即使是羅伯特．馬汀也有機會與他抗衡；但艾瑪最擔心的是，海莉葉永遠無法真正痊癒。海莉葉一旦陷入熱戀，就會一頭栽進去，從一而終。可憐的女孩！如今她再次見到艾爾頓先生，情況更是雪上加霜。不管她走到哪裡，總會撞見艾爾頓先生。艾瑪只見過他一次，海莉葉卻這麼**湊巧**，每天都會見上他兩、三回，**正好**與他擦肩而過、**正好**聽到他的聲音、**正好**見到他的背影；總是有許多**剛好**的機會，讓他無從自海莉葉的腦海中消失。海莉葉始終對此又驚又喜，滿腦子胡思亂想未曾停歇。

海莉葉甚至不乏艾爾頓先生的消息，畢竟除了待在哈特菲爾德的時間，她身邊的人同樣認定艾爾頓先生完美無缺，茶餘飯後的話題淨圍繞著他打轉——無論是婚事的當前進度、未來進展，甚至詳細的收入、聘請幾名僕人、挑選什麼樣的家具——這些大大小小、鉅細靡遺的消息及臆測，在在讓她的耳根子片刻不得安寧。她的關心隨著眾人對他的盛讚持續滋長，她的懊惱則絲毫未減；尤其是不斷聽到旁人對霍金斯小姐的欣羨、自己又不停地瞧見他深陷情網的模樣，更是令她心煩意亂——不論是他經過門前走路的神態、他戴帽子的方式，怎麼看都是一副熱戀的樣子！

58 布里斯托（Bristol）：英格蘭西南部的重要商業港口，地位曾經僅次於倫敦。

倘若此刻還能苦中作樂，假如不是因為好友如此心痛、令她深感自責，那麼艾瑪覺得海莉葉現在這副搖擺不定的模樣，其實還滿有趣的。有時艾爾頓先生占優勢，有時是馬汀姊弟；有時甚至一方會大獲全勝、剋住另一方。先是艾爾頓先生的婚訊轉移了見到馬汀姊弟後的心神不寧；幾天後伊莉莎白・馬汀到戈達德太太家的登門拜訪，則沖淡不少得知婚訊的難過心情。海莉葉當時正好不在家，不過伊莉莎白特地留下了一封短箋，寫得文情並茂，打動人心；雖然字裡行間夾雜了些許責備，不過流露出的是更多親切善意。在艾爾頓先生現身前，這封信完全占據了海莉葉的心；她絞盡腦汁思考該如何回覆，希望自己除了鼓起勇氣認錯，還能多做點什麼。不過一見到艾爾頓先生，這些心思立刻被拋到九霄雲外。他待在海布里的期間，馬汀姊弟被忘得一乾二淨；艾爾頓先生再次啟程前往巴斯的當天早上，艾瑪為了讓傷心的海莉葉轉移注意力，建議她回訪伊莉莎白・馬汀一趟。

該如何看待此次拜訪、怎麼做才安全恰當，令艾瑪苦思良久。受邀拜訪時若是徹底忽視馬汀的母親和姊姊，會顯得不知感恩，絕不能這麼做；但是若因此與馬汀一家恢復往來，卻也是同樣危險的結果！

艾瑪考慮許久後，覺得讓海莉葉拜訪馬汀家仍是目前最好的作法；不過前提是得讓他們明白這純粹是基於禮貌的回訪。艾瑪打算和海莉葉一起搭車過去，讓海莉葉在艾比米爾農莊下車後，自己再往前多繞些路，接著很快地回頭接她，免得讓他們有機會暗施伎倆或是舊事重提，藉此向他們劃清界線，確保往後能保持距離。

艾瑪想不出更好的方法，儘管她心中對此也不甚贊同，隱約認為此舉顯得不知感恩，遮遮掩掩——但是她非這麼做不可；否則海莉葉往後會變成什麼樣子？

23

海莉葉無心多想拜訪一事。艾瑪到戈達德太太家接她的半小時前，海莉葉湊巧撞見有人忙著將一只大皮箱運上載貨馬車，準備送到驛站去，上頭正是寫著「巴斯，白鹿旅店，菲利浦・艾爾頓牧師收」。頓時她腦海中除了那口皮箱和收件人，其他一片空白。

無論如何，海莉葉還是乖乖地出門了。她們一同搭車前往，海莉葉在寬敞整潔的碎石子路下了車，這條路通往馬汀家的前門，兩旁滿是蘋果樹的攀架。去年秋天來此時，眼前的一切還令海莉葉滿懷雀躍，如今又讓她的心再起漣漪。艾瑪離開之前，見到海莉葉半是感傷、半是興致盎然地環顧四周，不禁打定主意，不能讓海莉葉停留超過計畫好的十五分鐘[59]。接著艾瑪獨自搭車離開，前去拜訪一名以前在家裡工作過的僕人，他結婚後便定居於丹威爾。

過了十五分鐘，艾瑪準時回到那扇白色大門前。史密斯小姐聽到通報，連忙走了出來，馬汀並未跟在她身旁。她獨自走上石子路，馬汀家的一名小姐走到門口向她道別，態度似乎相當客氣。

海莉葉的心裡五味雜陳，說起話來一時結結巴巴，語意不清。不過艾瑪終究從她口中拼湊出完整的資訊，明白這次碰面帶給她不少痛苦。海莉葉只見到馬汀太太與她的兩名女兒，她們的態度即使稱不上冷淡，也顯得疑心重重。原本的談話大都顯得平淡無奇，直到最後，馬汀太太突然表示，她認為史密斯小姐又長高了不少，她們才開始聊起較為有趣的話題，態度也變得更加熱絡。去年九月，海莉葉才與兩位馬汀小姐在這個房間裡量過身高，窗戶旁的牆上還看得見以鉛筆寫下的記號和留言，替她們量身高的人正是**他**。她們似乎都對那一天的情景記憶猶新，還清楚記得當時一群人開開心心地玩在一起。她們感受到同樣的心境、同樣的遺憾，似乎依然對彼此瞭若指掌。正當她們彷彿又能和好如初之際（艾瑪猜想，海莉葉想必是當中最為真誠快樂的那一個），馬車卻出現了，一切就此畫下句點。

這次會面匆匆拜訪，匆匆結束，讓人覺得果斷無情。也不過半年前，海莉葉才與她們共度相當快樂的六個星期，如今再次見面，居然只花了十四分鐘草草打發！艾瑪不難想像，馬汀一家理當會有多氣憤難平；而海莉葉又會有多難受。這真是太糟糕了。如果馬汀擁有更好的家世，她原本可以對他們更大方，或者多妥協一些。她們都是值得珍惜的好人，只要階級再**稍微**高一點就夠了。可是事與願違，她還能怎麼做呢？不能！她絕對不能反悔。他們必須斷絕往來，儘管這段過程勢必痛苦萬分——艾瑪現在心裡就非常不好受，希望立即尋求一絲慰藉，決定在回家的途中繞道拜訪蘭德斯一趟。她已經對艾爾頓先生和馬汀的事感到厭煩透頂，非常需要到蘭德斯喘口氣。

59 一般上門拜訪，停留的時間至少為十五分鐘。艾瑪只讓海莉葉待上十五分鐘，雖然符合禮貌，卻稱不上友善。

這雖然是個好主意，不過當她倆抵達蘭德斯門口時，僕人卻回報「主人與夫人都不在家」，夫婦倆已經出門好一段時間，他認為他們是前往哈特菲爾德。

「實在太不巧了！」馬車掉頭回家時，艾瑪高聲說，「我們現在一定會和他們擦肩而過，真是讓人生氣！我還不曾像現在這麼失望過。」她往後靠向椅背，一會盡情抱怨，一會又勸自己看開一些——對不常生氣抱怨的人來說，這樣的反應再正常也不過了。此時馬車停了下來，她抬頭一看，發現韋斯頓夫婦就站在車旁等著和她說話。她一見到夫婦倆立即感到興高采烈，說起話來更是樂不可支。韋斯頓先生連忙對艾瑪說：

「妳們過得如何？一切還好嗎？我們剛才和妳的父親聊了一會兒，真高興見到他一切安好。法蘭克明天就要回來了——我今早收到他寄來的信，明天晚餐前他就會回到這裡。他今天還在牛津，這趟回來會待上整整兩個星期。我就知道一定能成行。他要是在聖誕節回來就只能住個三天，我真慶幸他沒在聖誕節回家。現在天氣正好，每天都很晴朗，一滴雨也不會下，真是再舒適不過了。我們一定能好好享受他回家的日子，一切正如我們所願。」

任誰聽到這樣的好消息、看到韋斯頓先生如此高興，都會感染他滿心的喜悅。他身旁的妻子雖然話說得較少、反應也較為沉穩，但興奮之情同樣溢於言表，更印證了可靠性。連韋斯頓太太都肯定法蘭克會回家，艾瑪因此更深信不疑，打從心底與他們一同分享這份喜悅。這真是讓身心俱疲的她精神為之一振。眼前即將迎接令人快樂的新鮮事，過去的煩擾頓時拋到九霄雲外。艾瑪的思緒飛快地轉了一下，由衷希望以後再也不要聽到艾爾頓先生的名字。

韋斯頓先生將安斯康姆的狀況娓娓道來，一五一十地解釋他的兒子得以回家兩星期的原委，連他回家的路線和方式也鉅細靡遺。艾瑪專心地聽著，臉上滿是笑容，不停向他道賀。

「我很快就會帶他來哈特菲爾德拜訪。」他最後說。

艾瑪注意到當他說這句話時，韋斯頓太太輕輕碰了一下他的手臂。

她說：「我們該走了，韋斯頓先生。別耽誤孩子們的時間。」

「喔，沒錯，我準備好了。」韋斯頓先生又轉向艾瑪說：「不過妳可別期望他是非常優秀的年輕人。畢竟妳所知道的都是從我這聽來的；我先聲明他真的沒什麼過人之處。」但是他說這句話時目光熠熠，顯然心口不一。

艾瑪一臉單純的疑惑表情，對這番話不予置評。

「親愛的艾瑪，明天下午四點左右，妳可別忘了在心裡祝福我！」韋斯頓太太離開前特別央求她，語氣有些焦慮。

「四點！照理說來他下午三點以前就會到家了。」韋斯頓先生很快糾正她。這場愉快的會面就此結束。艾瑪變得精神亢奮，眼前的一切彷彿煥然一新：詹姆士和他的馬匹看起來不再像以前那麼慵懶遲鈍；她望向一旁的樹籬，心想很快就要長出綠葉了；她再看向海莉葉，她的表情似乎開心許多，甚至露出微笑。

「法蘭克．邱吉爾先生既然在牛津，也會經過巴斯嗎？」海莉葉並未多想便脫口問道。60

艾瑪一時也搞不清兩地的方位，高昂的情緒也還沒平靜下來。不過正好有心情好好琢磨這個問題。

隔天，令人期待的日子終於到來。艾瑪忠實地遵從韋斯頓太太的囑咐，從早上十點到中午，每到整點都不忘在四點祝福她。

「我最親愛、最會操心的朋友，」艾瑪從房裡走下樓，一面心想：妳總是為身邊每個人操煩，卻老是忘了關心自己。我可以想像妳現在一定坐立難安，不停到他的房裡查看，確保一切都已打點妥當。她穿過大廳時時鐘正好敲響了十二下。「現在是中午十二點，我不會忘記四小時後要在心裡為妳打氣。到了明天此時，或許再晚一點，我相信妳們一家人都會來這裡一趟。很快就會帶他過來拜訪。」

艾瑪一打開客廳的門，見到兩位男士正與父親聊天——竟是韋斯頓先生和他的兒子。他們幾分鐘前才抵達，艾瑪進門時，韋斯頓先生正要解釋法蘭克提早一天回家的原因，她的父親正在彬彬有禮地表達歡迎與祝賀之意。艾瑪正好趕上這個既驚喜又快樂的介紹場合。

艾瑪耳聞法蘭克·邱吉爾的名字已久，對他甚感興趣，如今終於近在眼前——雙方被引薦時，她覺得那些對他的讚賞並沒有過譽。他確實是**非常**俊俏的年輕人，身材高大，氣質出眾，談吐相當溫文有禮，一切都完美得無可挑剔。他的神情和父親一樣充滿朝氣，活力充沛，看起來反應靈敏，思考理智。艾瑪很快就覺得自己會喜歡上這個年輕人；他極具教養，態度從容，和她談話時彷彿有備而來，她不禁認為他是專程來認識自己，而且兩人想必很快就能交上朋友。

他在前一晚便抵達蘭德斯。艾瑪很欣賞他希望盡早抵達的決心，他勢必得調整行程，更早啟程、更晚歇息、加快速度，才能提早半天回家。

「我昨天就告訴過妳，」韋斯頓先生愉快地高聲說，「我早就說他會比預期時間還早抵達。我記得自己以前也是這樣。我們都是那種沒辦法忍受旅程拖泥帶水，總是忍不住超前原先計畫的人；能趕在親友焦急等待之前提早抵達，那滿滿的喜悅，絕對值得你多付出一點努力。」

這名年輕人說：「我真開心，海布里真是個迷人的地方，雖然我也還沒拜訪過太多人家；不過為了回家，我自然願意竭盡所能。」

聽到他說出「家」這個字，他的父親非常欣慰地看著兒子。當下艾瑪就覺得他非常懂得討人歡心，接下來的互動更加印證她的看法。他非常滿意蘭德斯，儘管空間不大，屋裡擺設卻最具巧思，坐落的環境也相當優雅；他讚賞前來海布里的路上所看到的一切，他很喜歡海布里，對哈特菲爾德的欣賞更是有過之而無不及。他聲稱自己向來對鄉村景致深感興趣，尤其對自己的家鄉更是充滿強烈的好奇心，說什麼也要走訪一趟。還說這是他頭一次感受到如此親切的溫情，艾瑪不禁覺得會不會太誇張了；不過就算這是一句謊言，也是讓人高興的謊言，掌握得恰如其分。他的態度看起來相當自然，並無渲染之意；從他的表情和語氣看來，他似乎真的打從心底感到雀躍。

60 海布里位在牛津東方，巴斯位在牛津西方，從牛津返回海里布根本不可能經過巴斯。

他們一如其他初次認識的人相互寒暄。他不停問道：

「妳會騎馬嗎？喜歡騎馬嗎？還是喜歡散步？這一帶是否住著許多戶人家？海布里經常舉辦社交活動嗎？這附近有許多非常漂亮的房子。你們平常舉辦舞會嗎？大家都喜歡音樂嗎？」

在一一獲得滿意的答覆，且兩人變得較為熟識後，法蘭克趁著兩名父親交談時，開始聊起繼母來，對她連聲讚美；不僅相當熱情地給予肯定，也由衷感激她讓父親過得十分快樂，並如此親切地招待他。這更讓人確信他真的很會討人歡心——而且可以肯定他正試著在討好她。他對韋斯頓太太的稱許都是艾瑪所熟悉的，並沒有太多新意，畢竟他對韋斯頓太太的瞭解原本就不多，不過也足夠讓他胸有成竹地說出得體話了。「父親再婚是最為明智的選擇，」他說，「所有人都對此高興不已。他有幸娶得泰勒小姐這麼好的太太，一輩子都會對伍德豪斯一家不勝感激。」

他竭盡所能為泰勒小姐的優點向艾瑪道謝，又不至於讓人以為他忽略了泰勒小姐才是塑造伍德豪斯小姐性格的人，而非伍德豪斯小姐培育出如此優秀的泰勒小姐。最後，他彷彿想強調自己對韋斯頓太太的想法相當完整，於是話題又回到她的外表，開始連番稱讚起她年輕貌美。

「我早就猜想她會是個親切優雅的人，」他說，「但是我得坦承，我原本以為她已屆中年，外表堪稱保養得宜。我從沒想過韋斯頓太太竟是如此年輕貌美的女性。」

「在我看來，世界上沒有人比韋斯頓太太更加完美的人了。」艾瑪說，「假如你猜她的年紀是**十八歲**，我聽了會很開心。不過如果你真的這麼說，**她**肯定要和你爭論一番。可別讓她知道你將她形容成年輕漂亮的女人。」

他答道：「我希望能更了解她。不對，事實上，（他必恭必敬地鞠了個躬）和韋斯頓太太談話時，我一定知道該怎麼恰如其分地稱讚她，不會過於誇大不實。」

艾瑪猜想他是否也和自己一樣，對於他們的相識有更多的期待？這想法已盤據了她的腦海，那他呢？他的稱讚究竟意味著默認，或只是出於試探？她必須再多加觀察，才能更加瞭解他的行事作風；目前她只能說兩人相處愉快。

艾瑪非常清楚韋斯頓先生此時正在想些什麼。她不時見到他一臉高興地將視線投向兩人，即使他決定不再注視他們，艾瑪也知道他仍不時在側耳傾聽。

艾瑪的父親完全沒有浮現類似想法，他缺乏洞察力，從不抱持疑心，對他而言是一大福氣。他從來不曾在贊同一件婚事前就事先察覺——雖然說他也從來沒贊同過任何一件婚事——幸運的是他也不用因此煩惱；似乎每次都要到了宣布婚訊時，他才意會到原來某兩個人情投意合。父親對這種事如此遲鈍，讓艾瑪感到萬分慶幸。就像現在，他心中就沒有任何不愉快的揣測，不曾懷疑過眼前的客人另有所圖[61]。在聽聞法蘭克・邱吉爾描述旅途中外宿兩夜的不便與辛苦後，古道熱腸的伍德豪斯先生連忙殷勤詢問，焦慮地期盼他並未因此染上風寒；不過得再多觀察一晚，伍德豪斯先生才能真正放下心來。

---

61 另有所圖：指覬覦他的女兒。

韋斯頓先生見來訪多時，準備起身離開。「我得告辭了。要去皇冠旅店談乾草[62]的生意，還得我太太跑腿到福特商店幫買一堆東西呢！不過各位還是可以慢慢聊。」

他那家教良好的兒子並未領會父親的弦外之音，隨即跟著起身說：「爸爸，既然您還有事要忙，我原本打算過幾天再去拜訪一位老友，不如就趁這機會去一趟吧！（轉向艾瑪）我有幸認識一位妳的芳鄰，她就住在海布里這一帶，姓氏是菲爾費克斯。我應該很快就能找到這位小姐的家，雖然菲爾費克斯似乎不是她的家族姓氏——我想是巴恩斯或貝茨。妳認識這戶人家嗎？」

她的父親高聲說：「當然認識。貝茨太太——我們才剛經過她家，從窗戶邊看見貝茨小姐呢！沒錯，沒錯，你與菲爾費克斯小姐認識。我記得你倆在韋茅斯認識，她確實是個漂亮的女孩。你無論如何都要去拜訪她一趟。」

這名年輕人說：「我不一定非要今早過去拜訪。我可以改天再去；不過，我們在韋茅斯確實有幾面之緣——」

「噢！今天去，就今天去吧！別拖拖拉拉的，正事可耽擱不得。再說，我要好好提醒你，法蘭克。在**這裡**，你盡量別忘記多關心她。你是在她與坎貝爾一家同行時相識的，那時她與一般人平起平坐；不過在這裡她是跟可憐的老祖母住在一起，生活清苦。你如果沒有早點拜訪，那就太怠慢了。」

他似乎十分認同這番話。

「她提過認識你的事。」艾瑪說，「是個非常優雅的年輕女孩。」

他雖然表示贊同，卻僅僅回了一句「沒錯」，令艾瑪不禁懷疑他是不是真心認同。不過要是珍．菲爾費克斯還稱不上出色的女孩，時尚城市對優雅的定義想必相當獨到。

「如果你之前還沒對她留下深刻印象，」艾瑪說，「我相信你今天拜訪後就會大為改觀。好好看她一眼、聽她說話，你會發現她是多麼優秀的女孩——不對，你恐怕沒機會聽到她開口，她有個喋喋不休的阿姨。」

「先生，你認識珍．菲爾費克斯小姐吧？」伍德豪斯先生總是直到最後才發言，「容我向你保證，她確實是非常討人喜歡的年輕女孩。她這趟回家是為了探望外婆和阿姨，她們都是相當值得敬重的好人，我們已經認識一輩子了。我相信她們一定很高興見到你，我會派一位僕人與你隨行帶路。」

「親愛的先生，不勞您麻煩了，父親可以為我帶路。」

「可是你的父親不會走那麼遠，他只要到皇冠旅店而已，就在這條街的另一端；況且那裡的房子那麼多，你有很可能會摸不著頭緒呢，加上那條路非常泥濘不堪，除非你走人行道。我的馬伕可以教你怎麼走捷徑。」

法蘭克．邱吉爾先生依然婉謝了他的好意，表情看起來相當嚴肅，他的父親出聲附和：

---

62 乾草（hay）：主要用作動物飼料。

「親愛的老友，用不著如此費心。法蘭克看到水窪一定懂得避開；至於貝茨太太家，從皇冠旅店走沒幾步就到了。」

伍德豪斯先生同意讓父子倆自行前往，韋斯頓先生禮貌地點點頭，法蘭克則優雅地鞠了個躬，兩人就此告辭。艾瑪一直沉浸在初次會面的喜悅中，並開始想像他們一家人團聚在蘭德斯的樣子，一定會是非常愉快的全家福情景。

24

翌日早晨，法蘭克．邱吉爾先生再次登門拜訪，而且是與韋斯頓太太一同前來。他似乎非常喜歡她，也對海布里興致盎然。他先前一直在家陪著韋斯頓太太，到了她平日外出散步的時間，母子倆討論起路線，邱吉爾先生立刻堅持到海布里來。「無論往哪兒走風景都十分宜人，不過由我決定的話，我的選擇從不改變。海布里的空氣如此清新、氣氛愉悅，是個讓人心曠神怡的好地方，總是深深吸引著我。」對韋斯頓太太而言，海布里等同於哈特菲爾德的代名詞，而且她相信對法蘭克也具有相同的意義。兩人隨即步行前來海布里。

艾瑪壓根兒沒想到他們會來。不過半分鐘前韋斯頓先生也才登門拜訪，就只為了聽人稱讚兒子一表人才，對他們的計畫一無所知。見到兩人手勾著手一起走來她家，令艾瑪感到又驚又喜。她迫不及待想再次見到邱吉爾先生，尤其希望見到他與韋斯頓太太一道出現。艾瑪對邱吉爾先生的看法取決於他對待韋斯頓太太的態度；要是他有所怠慢，他的形象勢必一落千丈，無法彌補。然而看著他們相處和樂融融，令艾瑪感到十分欣慰。他並沒有用甜言蜜語的讚美、誇大其辭的恭維敷衍了事；他的一舉一動皆彬彬有禮、恰如其分——他希望與韋斯頓太太像朋友般相處，感情融洽，這樣的想法讓人欣慰不已。他們整個早上[63]都會待在這裡，艾瑪也有足夠的時間仔細觀察、謹慎判斷。他們三人一同外出散步一、兩個鐘頭，先是繞了哈特菲爾德一圈，接著漫步於海布里。眼前一切皆令他讚嘆不已，對哈特菲爾德讚不絕口，聽在伍德豪斯先生的耳裡想必格外滿意。他們決定繼續往前走，邱吉爾先生表示，他希望認識村裡的每一個人；他對許多事情都連聲讚美，感到興致盎然，遠遠超出艾瑪的預期。

法蘭克大感興趣的事情流露出他十分討人喜歡的一面。他懇求看看父親以前住過很長一段時間的老家，那棟房子曾經屬於祖父所有。他想起小時候照顧過他的老婦人依然健在，遂走遍整條街道尋找她棲身的小屋。雖然探訪街頭巷尾時他並沒有特別誇讚；不過大體上他表現出了對海里布的喜愛，這對他身邊的同伴來說就是最好的稱讚。

艾瑪仔細觀察後，認為法蘭克的感受都是發自內心；先前猜想是他本人不想回來顯然有失公允。他的態度毫不做作，也不曾表達過違心之論。奈特利先生對他的評論實在有失公道。

他們第一次停留是在皇冠旅店。小小的一間，卻是村裡主要的旅店。店裡養了幾匹驛馬，主要是供當地居民送信件代步，而非用於長途送貨；令人意外的是，她們的同伴竟然對這裡大感興趣；經過門口時，她們順口聊起幾年前增建的大房間原是作為宴會廳，當時很流行跳舞，街坊不時會在此舉辦大型舞會。然而這段輝煌的歲月早已逝去，如今這房間成了惠斯特牌俱樂部，當地鄉紳經常在此聚會。

這件事隨即引起法蘭克的濃厚興趣。這個原本是宴會廳的空間勾起他的好奇心，經過時特意停下腳步，站在兩扇做工細緻的窗前，透過敞開的窗戶觀察內部空間，感慨這裡再也不能作為舉辦舞會的場地。他認為這個大房間十分完美，對她倆提起的缺點毫不認同。不，這場地又大又寬敞，裝潢也很氣派，絕對能輕鬆容納許多人。今年冬天，他們應該至少每隔兩週就在此舉辦一次舞會。為什麼伍德豪斯小姐沒有恢復這房間過往的美好歲月呢？她在海布里是這麼有影響力去做任何事情！有人提到村裡缺少身分合宜的家庭參加舞會，也很難吸引外地居民前來共襄盛舉，但是他對這樣的答覆並不滿意。

法蘭克認為剛才看到不少漂亮的房舍，絕對能夠湊齊足夠的人數；即使向他詳細說明這些家庭的身家背景後，他依然不認為這種混合不同階層的舞會有什麼不便之處；所有人隔天一早就回到各自的生活圈，何難之有？他激動反駁的模樣就像是一個非常想跳舞的年輕人；艾瑪很驚喜地看到韋斯頓家的性格大勝了邱吉爾家。他活力充沛，個性開朗，又愛好交際，和父親簡直是同個模子刻出來的，完全沒有一絲與安斯康姆相同的自負與保守。真要說起來，他也許少了點尊嚴！他無視階級的差異，頻頻與粗俗的人交往。不過他並不認為這是自貶身價，只是跟一群人高高興興地玩在一起！

最後，她們總算成功勸法蘭克離開皇冠旅店門口，繼續往下走。眼看他們即將走到貝茨家，艾瑪想起他昨天打算前去拜訪一趟，便開口問他是否已成行。

法蘭克答道：「噢，對呀。我正要提這件事呢！這次拜訪相當成功，三位女士都在家，真

---

63 當時的「早上」（morning）意指早餐至晚餐的期間，最晚可以到傍晚七點鐘。

的要感謝妳的提示。要是我沒有事先得知這位阿姨如此健談，我恐怕完全招架不住。這真是一次不可思議的拜訪。原以為十分鐘就足夠，就符合禮數了，我還告訴父親肯定會比他早到家。沒想到她話匣子一開就關不了，沒有停歇。最後因為父親——遍尋不到我——也來拜訪，我才驚訝地發現已經待了足足四十五分鐘！這位可愛的女士，簡直沒有給我任何脫身的機會。」

「你覺得菲爾費克斯小姐看起來如何？」

「憔悴，非常憔悴。很少見到年輕女孩這麼虛弱憔悴的。不過韋斯頓太太，我不該這麼說，對吧？女士絕對不能表現出病懨懨的模樣。而且說真的，菲爾費克斯小姐原本膚色就較為蒼白，難怪看起來總是身體虛弱。她的臉龐幾乎毫無血色。」

艾瑪對此並不認同，熱烈地辯護說菲爾費克斯小姐絕非毫無血色。「她的臉色雖然稱不上紅潤，卻不會讓自己看起來一臉病容。她的肌膚柔軟細緻，臉上因而添了一分獨特的優雅氣質。」法蘭克禮貌地聽著，坦承確實聽過不少人這麼說，不過他依然認為一旦缺乏健康的氣色，其他優點也無以彌補。即使五官不甚出色，健康的膚色也能讓外表增添光彩；假如擁有亮麗的外貌，這樣的成效更是——幸運的是他不用描述效果是什麼。

艾瑪說：「好吧！各人品味不同，沒什麼好爭辯的。至少你還滿欣賞她的，只是認為她氣色不佳。」

法蘭克搖了搖頭，笑著說：「一想起菲爾費克斯小姐，我就忘不了她的蒼白臉色。」

「你們在韋茅斯經常碰面嗎？常常聚在一起嗎？」

此時，他們正巧走近福特的布料店，法蘭克連忙大喊道：「哈！這裡想必就是所有人每天光顧的店，父親這麼告訴我的。他說一星期就有六天要來海布里一趟，而且每次都得光臨福特的店。如果方便的話，我們一起進店裡吧！我也想融入這裡，當個道地的海布里居民。我得在店裡買些東西，才有資格成為海布里的一員。他們一定有賣手套。」

「噢！有的，不只手套，他們什麼都賣。你這麼熱愛自己的家鄉，讓我非常欣賞。你在海布里一定會大受歡迎。因為你是韋斯頓先生的兒子，在你回來之前，大家就老是將你掛在嘴上。不過，在福特的店裡花點錢，大家會更加欣賞你。」

他們走進店裡。櫃台上放著款式時髦的海狸皮男帽和約克鞣皮手套[64]，整整齊齊地包裹好。法蘭克說：「不好意思，能不能再說一遍，伍德豪斯小姐？妳剛對我說話時，我正好因為愛鄉之情分了神。請妳再重複一遍吧！我敢肯定即使獲得眾人的喜愛，也彌補不了錯過跟朋友聊天的遺憾。」

「我剛才只是問，你在韋茅斯時，是不是跟菲爾費克斯小姐還有他們一行人交情還不錯？」

「既然現在聽明白妳的問題，我得說由我回答並不適當。交情的深淺程度通常取決於女士的意願。菲爾費斯小姐想必已經表達了她的想法，我自然不能逾越她所畫下的界線。」

「老天！你的回答簡直和她一樣小心翼翼。不過，真要說起她的看法，讓人猜想的空間可

---

64 約克鞣皮手套（York Tan）：淺棕色的皮手套，以產自約克市而得名。

大著呢！她惜字如金，總是不願意對其他人透露隻字片語。因此你大可放心以自己的角度判斷你倆的交情。」

「我真能說出自己的想法嗎？那我就據實以告吧！這對我而言最自在不過。我在韋茅斯經常與她碰面。我在倫敦見過坎貝爾一家的次數不多，在韋茅斯的交流就頻繁得多。坎貝爾上校非常令人敬重，坎貝爾太太則相當親切友善。我很喜歡他們一家。」

「這麼說來，你想必很清楚菲爾費克斯小姐的處境？你知道她接下來的打算嗎？」

「是的（有些遲疑）——我知道。」

「艾瑪，妳這話題有些敏感。」韋斯頓太太笑著說，「別忘了我還在這裡。妳問起菲爾費克斯小姐的處境，法蘭克．邱吉爾先生實在不知該如何回答是好。我還是走遠一點吧！」

艾瑪說：「我確實忘了**她**[65]的存在。她可是我的朋友，還是感情最好的摯友。」

他似乎對這份情誼感同身受。

法蘭克．邱吉爾買好手套後，一行人離開了店裡。他問說：「妳是否聽過菲爾費克斯小姐彈琴？」

艾瑪回道：「聽過。你難道忘了她和海布里的淵源有多深嗎？自從我倆開始學琴後，我每年都要聽她彈琴呢！她的鋼琴造詣非常好。」

「妳真的這麼認為嗎？我正需要有資格評論的人提出意見。我覺得她彈得很好，顯得品味出眾，不過我對鋼琴一竅不通。我非常喜歡音樂，但一點樂理基礎也沒有，無法判斷他人的演出水準。我經常聽人稱讚她的琴藝，也記得有人對我證實過此事。有位極具音樂造詣的男士和心儀的女孩訂了婚，也即將步入婚姻。他說，倘若能欣賞菲爾費克斯小姐彈琴，他就不會請求未婚妻坐在鋼琴前；聽過了菲爾費克斯小姐的表演，就不會想聽別人彈奏了。我想，這位男士既然具備音樂素養，他的評語自然足以證實此事。」

艾瑪感到十分有趣，說道：「的確足夠！狄克森先生極具音樂素養，對吧？你在半小時內告訴我的事，已經遠遠超過菲爾費克斯小姐在半年內願意透露的了。」

「沒錯，我指的正是狄克森先生和坎貝爾小姐。我認為他說的話可信度極高。」

「他的說法確實沒錯。正因為如此，老實說，假如**我**是坎貝爾小姐，恐怕無法欣然接受他的評語。我可無法原諒男人專注於音樂更勝於愛情——只懂得用耳朵聆賞，卻忽視該珍惜的人；對美妙的音樂感受敏銳，卻對我的想法渾然不覺。坎貝爾小姐怎能忍受這種事？」

「妳也知道，菲爾費克斯小姐是她的好朋友。」

「這一點都安慰不了人！」艾瑪笑了起來，「這種情況我寧可對方是陌生人而不是好朋友！假如是素不相識的陌生人，這種情況不會一再發生；如果親近的好友各方面都比自己優秀，那真是情何以堪！可憐的狄克森太太！好吧，我真慶幸她搬到愛爾蘭去了。」

「妳說得沒錯。這對坎貝爾小姐而言並不是件好事，可她似乎對此渾然不覺。」

---

65 此處是用她（her）而不是妳（you），顯示艾瑪回話的的對象應是法蘭克。

「我不曉得這對她而言是福是禍。不過，無論她是因為個性天真或是愚昧無知，才會對友情如此敏銳，感受卻如此遲鈍；我相信一定還是有人感受得到——菲爾費克斯小姐**她**想必早已察覺，如此差別待遇甚為不妥，可能帶來危險。」

「關於這點，我不——」

「噢！我並不打算知道你或其他人認為菲爾費克斯小姐做何感想。我想除了她本人以外，所有人都無從得知她的想法。不過要是她繼續應狄克森先生的要求彈琴給他聽，其他人或許會開始猜測她的想法。」

「他們三人似乎都對彼此瞭若指掌——」法蘭克相當急促地說道，稍微冷靜之後，才接著說：「然而，我自然無從得知他們的實際狀況——不曉得他們私下的相處方式。我只能說至少他們表面上看起來十分融洽。但是妳從小就認識菲爾費克斯小姐，想必更為了解她的個性，也比我更加清楚她在緊要關頭會有何反應。」

「我們確實從小就認識，也一起長大成人，很自然的人們會認為我們感情很好——以為她每次回來探望朋友時我們一定會見面。但其實從來就沒有。我不知道為什麼會變成這樣；也許多少是我的錯吧，她的阿姨和外婆成天將她掛在嘴上，簡直將她捧上天，令我對她以及她們一家感到厭惡。更重要的是，她的冷淡個性——對如此沉默寡言的人實在很難抱持好感。」

法蘭克說：「這樣的個性確實令人反感。保持緘默自然有其好處，可是並不討人喜歡；說得越少越安全，卻顯得毫無魅力。大家都不喜歡沉默寡言的人。」

「除非她多開口說話，或許才能更加討人喜歡。要是找不到可以聊得盡興的朋友，我寧可沒人陪伴也不要自討苦吃，硬是和惜字如金的人當朋友。我和菲爾費克斯小姐不可能有太深的交情。我沒有理由說她壞話，完全沒有——除了她的言行舉止實在過於拘謹保守，說什麼也不肯透露一丁點對他人的看法，總讓人不免懷疑她是否想隱瞞什麼。」

法蘭克對此深表認同。他們花了這麼長的時間一同散步，想法又如此契合，艾瑪認為和法蘭克已經變得十分熟稔，簡直不敢相信這僅僅是他們第二次碰面。他和艾瑪的想像有些不同：他並非自負得不可一世，也不是嬌生慣養的富家子弟，因此遠遠超乎她的預期。他的想法似乎中規中矩，比較偏向性情中人。法蘭克對教堂大感興趣，也想去看看艾爾頓先生的宅邸，卻不像她們一樣挑三揀四，這點令艾瑪相當驚訝。

「不，我並不認為這棟房子很糟，住在牧師公館裡不需要獲得同情。假如他能和深愛的女人在此長相廝守，擁有這樣的房子有什麼好值得憐憫的呢？屋裡的空間寬敞，足以過上舒適愜意的生活。如果還有人想奢求更多，可就是個笨蛋了。」

韋斯頓太太笑了起來，說法蘭克簡直搞不清楚自己在講什麼。他自己住慣了寬敞的大房子，早已對其中的種種好處與偌大空間習以為常，未曾多加細想，因此他根本不可能理解住在小房子的困苦。不過艾瑪暗自心想，法蘭克確實清楚自己在說什麼，這番話透露出令人滿意的訊息：他基於某些情有可原的理由，渴望早日定下來、結婚成家。他或許尚未意識到，家裡騰不出管家房或是夠大的食物儲藏室，會有多不不便；但是，他無疑清楚自己待在安斯康姆並不快樂，一旦墜入情網，他寧可捨棄大半財富也要盡早成家。

25

艾瑪原本對法蘭克．邱吉爾大有好感，可是隔天聽到他只為了剪髮就特地上倫敦一趟，好感不禁打了折扣。他似乎在吃早餐時心血來潮，隨即叫來一輛輕便馬車[66]出發前往倫敦，預計晚餐前就會回來；除了剪髮，他似乎沒有其他特別重要的事需要處理。為了如此微不足道的原因，一天來回奔波共三十二英里的路程，對他自是無傷大雅；但此舉流露出玩世不恭的意味，亦顯得毫無意義，令艾瑪無法認同。她昨天還認定法蘭克是個計畫周詳、省吃儉用、心地無私善良的人，這番舉動卻幾乎違背她的所有印象：今天的他愛慕虛榮、揮霍無度，性格反覆無常又焦躁不安，無論行動是好是壞，仍一意孤行。他既不留意父親與韋斯頓太太的心情，也不在乎他的舉止帶給旁人何種觀感；這是他應盡的義務，應當負起全責。法蘭克的父親認為兒子不過是個花花公子[67]，甚至認為是一樁好事；然而韋斯頓太太顯然不喜歡他這番行徑，總是盡快迴避這個話題，僅僅表示「年輕人就是喜歡突發奇想」。

66 輕便馬車（chaise）：二到四輪的輕便馬車，以休閒用途居多，較少用來旅行。
67 花花公子（coxcomb）：指太過重視外表的男子；而非當代人較熟悉的花心大少（playboy）。

除了這個小小的缺點，艾瑪發現法蘭克這趟回來，可說深得韋斯頓太太的好感。韋斯頓太太總是不吝於稱讚他的陪伴多麼體貼又討人喜歡；她將一切看在眼裡，也打從心底欣賞法蘭克的性格。法蘭克似乎是個相當開朗的人，永遠笑臉迎人、充滿活力；他的言行無可挑剔，幾乎沒有失誤。法蘭克談起舅舅的語氣滿是關切，經常將他掛在嘴上；他說，倘若舅舅凡事都能自己作主的話，肯定是世界上最好的人。雖然他與舅媽沒有如此親近，卻仍對她的親切滿懷感激，談起她時總是尊敬有加。他的一切舉止都令人滿意，除了他一時興起去剪髮這點小遺憾，沒有什麼能動搖他在艾瑪心目中的好印象。法蘭克就算還沒愛上她，也非常接近了；唯有自己與他保持距離，才有可能避免接下來的進展（畢竟她仍打定主意一輩子不結婚）。簡而言之，他們身邊的親友也有意湊合她與法蘭克。

韋斯頓先生又讓艾瑪對此想法添了幾分肯定。他告訴艾瑪法蘭克相當仰慕她，認為她美麗動人。既然聽了這麼多有關法蘭克的好話，艾瑪認為自己不該對他過於嚴厲。一如韋斯頓太太所言，「年輕人就是喜歡突發奇想」。

法蘭克在薩里郡所認識的新朋友中，其中一人對他並不是那麼寬厚。無論在丹威爾或海布里一帶，人們大都待他十分寬容。這名俊俏的年輕人臉上永遠掛著笑容，彬彬有禮地鞠躬致意，即使稍有放肆，也能獲得無條件的包容。不過依然有個人對此不為所動，儘管法蘭克謙卑有禮、笑容滿面，他也始終無動於衷——此人正是奈特利先生。奈特利先生在哈特菲爾德聽聞一切，當下默不作聲；不過，艾瑪很快就聽到他一面拿著報紙，一面自言自語地說道：「哼！

我認為他就只是個舉止輕浮的愚蠢傢伙。」艾瑪不禁感到有些惱怒，不過她隨即意識到，奈特利先生這番話純粹為了發洩情緒，並非有意挑釁，因此她決定不放在心上。

雖然韋斯頓夫婦這天早上登門拜訪時，帶來了一件不得人心的消息，他們造訪的時機卻是恰到好處。夫婦倆待在哈特菲爾德時，正好發生了一件事，艾瑪不禁想尋求其他人的建議；幸運的是，她想諮詢的對象正是韋斯頓夫婦。

事情是這樣的：寇爾夫婦幾年前搬來海布里，夫婦倆親切開明，作風誠懇，非常好相處。然而，由於他們是以做生意起家，出身並不高尚，自然稱不上有什麼素養。他們初來乍到，只住在負擔得起的房子裡，行事低調，身邊來往的人並不多，生活亦不鋪張。不過過去一、兩年間，由於夫婦倆在城裡的生意獲利頗豐，他們收入遽增，累積了不少財富。身價提高後，他們的眼界變得更加開闊，不僅想搬到更寬敞的房子，也想結交更多朋友。他們增建宅邸、聘請更多傭人，花費節節升高；不知不覺中他們的財富與生活開銷水漲船高，僅次於住在哈特菲爾德的伍德豪斯一家。

寇爾夫婦喜歡呼朋引伴，又蓋了全新的餐廳，期待所有人都能盡興地與他們共進晚餐。夫婦倆已經辦過幾場聚會，座上賓大都是單身人士。艾瑪認為，他們理應不敢貿然邀請當地最具聲望的家族，包括丹威爾莊園的奈特利先生、哈特菲爾德的伍德豪斯家族，以及蘭德斯的韋斯頓夫婦。即使他們當真捎來邀請函，她說什麼也不會赴約。眾所皆知，伍德豪斯先生向來十分周到，總會讓艾瑪的拒絕之意大打折扣，令她扼腕不已。寇爾夫婦為人厚道，深受敬重；然而他們應當明白，地位更加高尚的家族是否要前去拜訪，可由不得夫婦倆決定。艾瑪十分擔心，恐怕只有她親自出面，才能讓寇爾夫婦學會這個道理；她可不敢指望奈特利先生或韋斯頓先生為自己代勞。

早在好幾個星期前，艾瑪就已預先決定該如何應付這道難題。沒想到寇爾夫婦真的寄出邀請函時，卻大出艾瑪的意料。丹威爾莊園和蘭德斯的主人皆獲邀出席，然而艾瑪與父親竟未收到請柬。韋斯頓太太的看法是：「我想他們很清楚你們不喜歡在外用餐，所以不想給你們造成困擾。」可是艾瑪並不滿意這樣的答案，認為自己應該保有拒絕的權利。之後，她腦海一再浮現眾人齊聚一堂的畫面，一想到座上客都是與自己關係最為親近的人，她不禁納悶為何自己打定主意不願受邀出席。海莉葉和貝茨母女當天亦會出席晚宴，她們前一天在海布里四周散步時談及此事。法蘭克．邱吉爾則因為艾瑪無法出席備感惋惜，他猜想晚宴或許會以舞會作結。光想到自己可能錯過舞會，不禁讓艾瑪更加心煩意亂。就只有她獨自保住了面子，即使她將不在受邀名單一事視為恭維，卻似乎無法帶來什麼安慰。

韋斯頓夫婦前來哈特菲爾德之際，艾瑪正好收到了寇爾夫婦的邀請函，見到他們自然欣喜不過。雖然她一讀完邀請函，心想非婉拒不可，但是她隨即決定聽聽韋斯頓夫婦的意見。夫婦倆力勸她一同出席，最後她也點頭答應了。

艾瑪考量了一切，認為自己並非全然沒有出席的意願。寇爾夫婦的邀請函相當禮貌，字句之間流露出誠懇的關懷，對伍德豪斯先生百般問候。「我們本該早些時間提出邀請，但我們正等著一組屏風從倫敦送來，好為伍德豪斯先生打造舒適的空間，免受風吹之苦，也才能讓伍德豪斯先生更有意願光臨寒舍。」整體而言，這番理由順利改變了艾瑪的心意。他們三人立刻簡短討論起，接受邀請的同時，該如何將伍德豪斯先生在家裡安頓得舒舒服服的：既然貝茨太太也要出席，那麼就找戈達德太太與伍德豪斯先生作伴。他們會告知伍德豪斯先生，艾瑪幾天後要外出用餐，整個晚上都不在家，並說服他答應此事。艾瑪認為，父親不可能願意出席這場晚宴，畢竟時間實在太晚，出席人數又太多。伍德豪斯先生果然很快就拒絕。

伍德豪斯先生說：「我不喜歡參加晚宴。我從來沒喜歡過，艾瑪也和我一樣。晚歸對健康不好。寇爾夫婦做此決定真令人遺憾。我想，他們應該在夏天時找一天與我們一起喝下午茶，我們也可以一同外出散步。這麼做再合適不過，因為下午的時段非常理想，回家時不必忍受晚上的濕氣；所有人最好都不要太常接觸夏夜的露水。但是既然他們如此渴望和親愛的艾瑪共進晚餐，你們夫婦倆和奈特利先生也會在場照顧她，我自然不好再拒絕下去，只要天氣看起來頗為理想，既不濕冷，也不會颳起強風。」他轉向韋斯頓太太，溫柔地看著她，「噢！泰勒小姐，倘若妳沒有嫁人，就能在家裡陪我了！」

「這個嘛，先生，」韋斯頓先生高聲說，「既然我從您身邊帶走泰勒小姐，我就有責任找人遞補她的位置。如果您需要的話，我可以馬上去找戈達德太太。」

不過要趕在當下將一切打點妥當，反而讓伍德豪斯先生更加心煩意亂。艾瑪和韋斯頓太太深知該如何安撫他的情緒。她們要韋斯頓先生閉上嘴巴，不慌不忙地著手安排一切。

她倆的從容讓伍德豪斯先生很快平靜下來，恢復成往常的語氣，說道：「我很高興能見到戈達德太太，希望她一切安好。艾瑪最好寫封短箋邀請她過來作客。不過，當前最重要的是，得先回信給寇爾太太。親愛的，妳得用最禮貌的語氣代我婉拒。妳可以說我身體不適，哪兒都去不了，因此不得不謝絕他們的熱情邀請。妳自然得先寫下我對他們的**讚美之意**。不過妳向來什麼事都打點得很好，不需要我告訴妳該怎麼做。我們要記得提醒詹姆士，星期二那天得備好馬車。由他駕車送妳過去，我就沒什麼好擔心的了。自從新的車道建好以後，我們一次也沒去過吧！不過我相信詹姆士還是會將妳安安全全地送達寇爾家。妳到達後，務必記得告訴他回家的時間，最好說得早一些。妳可不希望待得太晚才回家。喝完晚茶，妳想必也筋疲力盡了。」

「可是爸爸，您也不會希望我在精神奕奕的時候就急著離開吧？」

「噢！當然不會，親愛的。但是妳想必很快就累了。太多人七嘴八舌地講話，一定吵得妳受不了。」

韋斯頓先生大聲嚷道：「可是，親愛的先生，要是艾瑪提早離席，不就等於晚宴結束了嗎？」

伍德豪斯先生說：「即使如此也無傷大雅吧！晚宴結束得越早越好。」

「那您可就沒顧慮到寇爾夫婦的感受了。艾瑪喝完晚茶就直接離開，或許會顯得非常失禮。夫婦倆個性良善，很少堅持己見；然而倘若有人急著離席，看在他們眼裡恐怕也頗不是滋味。伍德豪斯小姐這番舉動，或許比在場的其他人更容易引起議論。先生，您想必也不願意讓寇爾夫婦失望，或感到惱怒吧？他們是如此友善親切的好人，這十年來也始終是您的好鄰居呀！」

「沒錯，我當然不可能這麼想。韋斯頓先生，非常感謝你好心提醒了我。要是真給他們帶來麻煩，我一定深感歉疚。我很清楚他們都是非常值得敬重的好人。派瑞告訴我，寇爾先生向來滴酒不沾。你或許看不出來，不過寇爾先生患了肝病，而且相當嚴重。我絕對無意增添他們的痛苦。親愛的艾瑪，我們得想到這一點。我想，與其冒著對寇爾夫婦失禮的風險，妳或許可以再待得晚一點。就先不管妳是否太過勞累了。妳也知道，身邊有這麼多朋友，妳一定會平安無事的。」

「噢，沒錯，爸爸。我一點都不替自己擔心；既然有韋斯頓太太作伴，我自然也不介意和她待得一樣晚。我只是考量到您，擔心您會熬夜等我回家。我相信有戈達德太太陪伴，您一定能過得很愜意。您也知道她很喜歡玩皮克牌[68]。不過要是她回家去了，我怕您又會繼續等我，沒有按照平常的作息時間睡覺。一想到這裡我就完全放心不下。您一定要答應我，不會熬夜等我回家。」

伍德豪斯先生依言允諾，艾瑪也答應父親，回家時一定會將全身包得暖暖的，不讓自己著涼；她餓了就要吃東西，女傭也得等她回家；廚娘瑟蕾與管家必須將一切打點妥當，讓家裡一如往常舒適。

---

68 皮克牌（Piquet）：十五世紀時起源於法國，為兩人對玩的紙牌遊戲。

26

法蘭克・邱吉爾再次回到家裡。即使他真趕不及在晚餐之前到家，這件事也不可能傳到哈特菲爾德；韋斯頓太太非常希望他能在伍德豪斯先生眼裡留下好印象，因此對他的任何缺失都守口如瓶。

法蘭克剪了一頭新髮型回來，文質彬彬地自嘲了一番，卻似乎不認為到倫敦剪髮有什麼不妥：他既不願意讓過長的劉海遮住臉龐輪廓，也沒有理由省著錢不花，讓自己開心不起來。他一如往常顯得作風坦蕩，活力十足。艾瑪見他回來，試著說服自己：

「雖然不曉得事實是否如此，不過要是明智的人以理直氣壯的態度做了一樁蠢事，那件事看起來似乎就一點也不愚蠢了。無論由誰來做，壞事都見不得人；然而蠢事倒能另當別論，觀感確實會因人而異。奈特利先生，他可**不是**什麼舉止輕浮的愚蠢年輕人；他要是真的愚昧無知，態度就會截然不同了。他要不是像個花花公子賣弄風騷，大肆炫耀；就是發現自己愛慕虛榮，羞愧得想鑽到地洞去。沒錯，我相當肯定他既不輕佻，也不愚蠢。」

艾瑪滿心期待星期二又能與法蘭克見面，相處時間還是目前為止最久的一次。屆時就能好好觀察他的整體舉止，判斷他對自己是否別有用意，又應該在什麼時候開始與他保持距離。她也猜想，初次見到他倆在一起的人，會如何地議論紛紛。

儘管晚宴是在寇爾先生的宅邸舉行，艾瑪仍打定主意要玩得盡興。她依然忘不了，即使還沒與艾爾頓先生撕破臉之前，她最無法忍受的缺點，就是他老愛與寇爾先生共進晚餐。

父親的事倒是打點得非常妥當，讓艾瑪相當放心。貝茨太太和戈達德太太都前來與伍德豪斯先生作伴，艾瑪離家前他們剛用過晚餐，正一同坐下聊天，艾瑪十分愉快地向他們道別。父親高興地稱讚艾瑪的禮服，她連忙為兩位女士端來一大塊蛋糕，紅酒也斟了滿滿一杯；用餐時，伍德豪斯先生百般關照她倆的健康狀況，想必讓她們不得不多方節制。艾瑪為她們準備了豐盛的晚餐，十分希望她們剛才有機會盡情享用。

艾瑪跟隨另一輛馬車抵達寇爾先生的宅邸，高興地發現車主是奈特利先生。奈特利先生沒有自己的馬匹，手邊的錢不多，不過他身體健朗，活力充沛，總是自由自在地到處跑。他向來以步行為主，鮮少搭馬車外出，在艾瑪看來實在有失丹威爾莊園主人的面子。奈特利先生停下來扶艾瑪下車，她趁機表示出衷的讚許。

艾瑪說：「你確實該搭馬車出席，看起來才像個名符其實的紳士。真高興見到你。」

奈特利先生向她道謝，說道：「我們竟然同時抵達，多幸運啊！要是我們在客廳才碰面，妳或許就會認為我比平常更具紳士風範了。妳可能無法從我的外表和舉止判斷出我究竟是怎麼來的。」

「我一定判斷得出來，我敢肯定。人們若以有失身分的方式出席，總會不免流露出尷尬神色，或是顯得手忙腳亂。我敢說你一定認定自己隱藏得天衣無縫，不過那只是虛張聲勢罷了；你刻意裝作若無其事，反而欲蓋彌彰。每當在這些場合遇見你，我總能有所察覺。**現在**，你並未努力掩飾；既不擔心感到丟臉，也沒有刻意抬頭挺胸。**此時此刻**，我很高興能與你一同走進屋裡。」

「妳這女孩，總是滿口胡言亂語！」奈特利先生答道，卻沒有流露出一絲慍怒。

一如見到奈特利先生令艾瑪高興無比，她見到其他人也同樣欣喜不已。所有人都對她必恭必敬，真誠歡迎她，讓她十分高興，一切盡如所願。韋斯頓一家抵達時，韋斯頓夫婦看著她的眼神滿是關愛，對她的打扮連聲讚美；法蘭克看起來興高采烈，迫不及待走向她，顯然對她情有獨鍾。晚宴入座時，艾瑪發現法蘭克就坐在身邊，深信他一定事先有所交代。

前來赴宴的賓客眾多：村裡有個行事正派的家族與寇爾夫婦頗為熟識，全家人浩浩蕩蕩地出席；海布里的律師寇克斯先生也與家族裡的男性成員一同出席。地位較低的女性賓客直到傍晚才抵達，包括貝茨小姐、菲爾費克斯小姐和史密斯小姐。儘管如此，共進晚餐的人數實在過多，很難一齊暢聊同一個話題。當其他人聊起政治和艾爾頓先生時，艾瑪立刻高興地將注意力轉向身邊的迷人紳士。不過，珍．菲爾費克斯的名字突然傳進耳裡，頓時勾起艾瑪的好奇心。寇爾太太似乎正聊著有關於珍的趣事，艾瑪豎起耳朵，認為值得一聽究竟，腦海中的想像隨即飛快轉了起來。

寇爾太太說，她去拜訪貝茨小姐，一進門就看到一架鋼琴，讓她驚訝不已。那架鋼琴外觀相當別致——並非特大尺寸的平台鋼琴，而是大型的方形鋼琴[69]。她大感詫異，隨即問起那架鋼琴從何而來，並連聲道賀；貝茨小姐連忙解釋，鋼琴是前一天從布羅德伍德[70]的店裡送來的，當時她和珍都十分訝異，完全沒想到家裡會突然收到一架鋼琴。據貝茨小姐所言，珍一開始完全摸不著頭緒，怎樣也想不透誰會訂購這架鋼琴；但是她們現在都相當肯定，只有一個可能的答案——當然是坎貝爾上校送來的。

寇爾太太接著說：「我們自然想不到其他人選。我還很訝異她們一開始沒想到這明擺著的答案呢！可是珍最近似乎剛收到坎貝爾夫婦的來信，信裡對這架鋼琴隻字未提。沒有人比珍更了解夫婦倆的行事作風，不過我想他們之所以保持沉默，並非不願意送她這份禮物，或許只是為了給她驚喜。」

眾人紛紛附和寇爾太太的想法，對此發表意見的人都相信，這架鋼琴一定是來自坎貝爾上校，也非常高興他送了這麼好的禮物。寇爾太太又繼續往下說，艾瑪一面聽著，一面暗自釐清來龍去脈。

「沒什麼比這更令我高興的了！珍・菲爾費克斯彈得一手好琴，家裡卻沒有一架鋼琴讓她盡情發揮，總是讓我惋惜不已。尤其一想到許多家庭還將高級的樂器棄而不用，就更覺丟臉，

---

69 方形鋼琴（square pianoforte）是當時家庭最常見的鋼琴種類，價格比體積龐大的平台鋼琴低廉許多。

70 布羅德伍德（Broadwood）：知名英國鋼琴製造商，於一七二八年開業，迄今仍聞名遐邇。

像是被賞了一巴掌！就在昨天我才和寇爾先生說，看著我們客廳裡那架全新的高級平台鋼琴[71]，真是讓我羞愧不已；我自己完全看不懂樂譜，幾個女兒才剛開始學琴，或許對它連碰都不碰呢！可憐的珍．菲爾費克斯，擁有如此美妙的音樂造詣，手邊卻一無所有，甚至連一架老式翼琴[72]也沒得彈。我昨天才剛對寇爾先生說過這番話，他也點頭稱是。他對音樂特別有興趣，因此樂於採購樂器，希望我們的幾位好鄰居能不時光臨一下，比我們更加善於發揮這些樂器的價值。這正是為什麼家裡要添購這架鋼琴——否則我們可就羞於見人啦！我們由衷希望伍德豪斯小姐願意賞光，今晚為我們演奏幾曲。」

伍德豪斯小姐欣然同意。她發現寇爾太太的話似乎不值得繼續往下聽，便又轉向法蘭克．邱吉爾。

艾瑪問：「你為什麼笑得這麼開懷？」

「沒什麼。妳又為何而笑呢？」

「我！我想是因為坎貝爾上校如此有錢又慷慨，才忍不住笑了。這份禮物真是太棒了。」

「確實。」

「我很好奇為什麼他沒有早一點送？」

「或許是因為菲爾費克斯小姐以前不曾在這裡待這麼久。」

「或者他不讓珍彈奏自己家裡的鋼琴——如今那架遠在倫敦的鋼琴，想必早已束之高閣，沒有其他人打開過吧！」

「那架鋼琴非常龐大，或許他認為貝茨太太家裡的空間容納不下。」

「你當然可以挑話講——不過從你的表情可以證明，你對這件事的**想法**和我並無二致。」

「我不知道。我自認觀察力並不如妳所想的那麼敏銳。我只是跟著妳笑；就算認為事有蹊蹺，也是因為妳先起疑。不過，當下我看不出來這件事有什麼好質疑的。除了坎貝爾上校，還有誰是更好的人選？」

「你不覺得可能是狄克森太太嗎？」

「狄克森太太！確實很有可能。我沒想過或許是狄克森太太送的。她想必和她父親一樣清楚，鋼琴是一份多麼討人喜歡的禮物。真要說起來，如此送禮方式讓人吊足胃口、百般驚喜，比起年長男性，年輕女性似乎更有可能籌劃出這一切。我敢肯定就是狄克森太太。我說過了，妳心中的疑點總會引導我的想法。」

「若真如此，你應該擴大懷疑的範圍，將狄克森**先生**也納入候選名單。」

「狄克森先生！非常好。沒錯，我立刻意會過來，這是狄克森先生和夫人合送的禮物。妳也知道，我們之前還討論過，他確實非常欣賞菲爾費克斯小姐的琴藝。」

「沒錯，你當時說的話證實了我之前萌生的有趣想法。我並非有意影射狄克森先生或菲爾

---

71 平台鋼琴（grand piano）體積龐大、價格高昂，足以顯示寇爾夫婦財力雄厚。

72 翼琴（Spinet）：最古老的鍵盤樂器，體積小巧，價格也較為低廉，十八世紀時在英國蔚為流行。

費克斯小姐之間的良性互動，不過我實在忍不住猜想起兩種情況：狄克森先生很可能在向坎貝爾小姐求婚之後，卻不幸愛上了**菲爾費克斯小姐**；不然就是他意識到，菲爾費克斯小姐對自己有些動心。儘管我猜想了二十種可能性，或許最後沒有一件是真的，但是她之所以選擇回來海布里，而不是跟著坎貝爾夫婦去愛爾蘭一趟，想必有個特定原因。她在這裡必須低調行事，過著清苦的生活，在愛爾蘭卻能盡情玩樂。她宣稱是為了回老家呼吸新鮮空氣，我認為只不過是藉口罷了。這在夏天或許還說得過去，可是時值一到三月，新鮮空氣能有什麼益處？對體弱多病的人，溫暖的爐火和馬車才更有幫助——我敢肯定對菲爾費克斯小姐而言更是如此。雖然你宣稱會全盤接納我質疑的觀點，不過我不是要你這麼做，只是向你坦承讓我心生疑竇的情況。」

「說真的，他們的狀況確實很可能如妳所言。狄克森先生非常欣賞菲爾費克斯小姐的琴藝，遠勝於他的太太。這點我相當肯定。」

「更何況他還是菲爾費克斯小姐的救命恩人。你聽說過這件事嗎？她在一場水上派對發生意外，差點從船上掉下去，是狄克森先生抓住了她。」

「確實。我當時就在那裡——我也參加了那場派對。」

「真的嗎？你也在現場？好吧！你之前當然不會透露隻字片語，畢竟你似乎完全沒察覺到這件事。要是我當時也在那裡，我相信一定能發現某些不對勁的地方。」

「如果是妳在現場，自然會大有斬獲。然而我的想法單純，只看得到明擺在眼前的事實。

當時菲爾費克斯小姐幾乎要從船上跌下海，狄克森先生及時抓住了她。一切都是轉瞬發生的事。儘管當時所有人震驚不已，過了好一段時間仍驚魂未定——我記得過了整整半小時，我們才總算鎮定下來——但是在那樣的緊急狀況下，反應激動自然情有可原。不過我可不是說，妳肯定會一無所獲。」

此時，他們的對話不得不中斷。料理上桌的速度異常緩慢，所有人尷尬地等著漫長的空檔，兩人只好和其他賓客一樣，表現出中規中矩的端莊模樣。不過當餐桌再次擺滿菜餚，眾人又開始放鬆心情享用晚餐時，艾瑪隨即開口說道：

「送來鋼琴一事在我看來至關重要。我想多得知一些資訊，這件事讓我獲得不少線索。依此推測，我們想必很快就會聽聞，這份禮物確實來自狄克森夫婦了。」

「假如狄克森夫婦堅決否認，我們就還是認定坎貝爾夫婦才是送禮的人。」

「不對，我敢肯定不是坎貝爾夫婦送的。菲爾費克斯小姐也很清楚這一點，否則她們一開始就會猜想是來自夫婦倆的禮物了。要是她一開始心裡就有底，不可能如此驚訝。或許你還無法相信我的話，不過我自己倒是相當確信，狄克森先生一定扮演著關鍵角色。」

「要是妳認為我不相信妳說的話，那可真是傷透了我的心。我的判斷完全取決於妳的論點。起初我以為妳認定坎貝爾上校送來那架鋼琴，便認為那不過是出於父母對孩子的疼愛，自然天經地義。不過妳接著提到了狄克森太太，我立刻轉念，認為這份禮物更可能傳達出女性之間的深厚情誼。如今，除了示愛之外，我實在找不出更適合解釋那架鋼琴的理由了。」

這番討論似乎可以告一段落。他看起來對此深信不疑，彷彿認定真有其事。艾瑪不再接腔，轉而聊起其他話題。賓客陸續用完餐，甜點接著端上桌，孩子們也走了進來，眾人的話題開始圍著孩子打轉，彼此讚賞。即使偶有睿智的發言，或是令人哭笑不得的蠢話，不過大部分對話都與日常無異──眾人一再重複平淡乏味的話題，老調重彈，或是開開沉悶的玩笑，實在沒有什麼比這更糟的事了。

一群女客走進客廳沒多久，幾個並非隸屬上流階級的女士也出現了。艾瑪看著她那位可人的朋友走進來。即使艾瑪無法讚嘆海莉葉高貴優雅，卻還是能欣賞她正值花樣年華的甜美外表、天真無邪的舉止；艾瑪亦由衷感激，那活潑開朗、不輕易被情緒牽制的個性，讓海莉葉即使遭逢失望的打擊，也能泰然自若地盡興玩樂。海莉葉靜靜地坐在那裡──有誰想得到她最近暗自掉了多少眼淚？她為了赴宴將自己打扮得漂漂亮亮；看著其他女客同樣裝扮得光鮮亮麗，個個眉開眼笑、看起來格外動人，她默不作聲，盡情享受著當下的愉快時光。珍．菲爾費克斯的外貌和舉止自然略勝一籌；不過艾瑪猜想，珍或許寧可和海莉葉互換當下的感受，不惜代價也想一嘗失戀之苦（海莉葉確實愛上了艾爾頓先生，可惜無法開花結果）──而不是像現在一樣如履薄冰，意識到好友的丈夫正深愛著自己。

由於賓客雲集，艾瑪也沒必要刻意接近珍。她不想問起鋼琴一事；她已得知太多線索，無法故作感興趣，因此刻意與珍保持距離。然而其他人總是立即聊起這個話題，對珍百般道賀；艾瑪看見珍臉上浮現一陣紅暈，每當她說出「敬愛的老友坎貝爾上校」，就會因為心懷歉疚而滿臉通紅。

好心的韋斯頓太太特別喜歡音樂，對這件消息極感興趣，話題始終緊繞著鋼琴一事打轉，令艾瑪不禁莞爾。她抓著珍不停打探那架鋼琴，從音色、琴鍵觸感到踏板無一不問，絲毫沒有察覺珍巴不得迴避這個話題，艾瑪卻從珍的表情看得一清二楚。

過沒多久，幾位紳士也走進客廳來，法蘭克．邱吉爾是第一個。他邁開大步逕自走來，顯得最為英姿煥發；他走向貝茨小姐和她的外甥女簡單問候了幾句，接著便直接走到伍德豪斯小姐坐著的另一端；在艾瑪身邊空出座位之前，他始終不肯坐下。艾瑪不難猜測在場的人正想些什麼；所有人想必都察覺到法蘭克．邱吉爾對她情有獨鍾。艾瑪介紹史密斯小姐與邱吉爾先生相互認識，隨後也聽到兩人對彼此的看法。法蘭克說：「我從未見過長得這麼漂亮的女孩，她看起來十分天真，很討人喜歡。」海莉葉則說：「我對他的讚美或許言過其實，不過，我覺得他長得有點像艾爾頓先生。」艾瑪忍著沒動怒，只是一語不發地轉過頭去。

艾瑪與法蘭克．邱吉爾一見到菲爾費克斯小姐，立刻交換心照不宣的微笑，不過為了謹慎起見，他倆並未談論起她來。法蘭克告訴艾瑪，他向來習慣盡快離開飯桌；他不喜歡久坐，總是一逮到機會就搶先離席。他與父親、奈特利先生、寇克斯先生和寇爾先生同座，他們的話題始終不離這一帶地方的大小事；然而法蘭克發現自己其實聽得津津有味，他們都是極具教養、明理的紳士。他對海布里的一切讚不絕口，認為這裡的居民都相當討人喜歡。艾瑪不禁心想她過去似乎太小看這個地方了。她向法蘭克問起約克郡的親戚、安斯康姆坐落的範圍等等，因而得知他們平日活動的區域幾乎不離安斯康姆。他們來往的上流家庭都住得很遠，即使安排好拜訪的日子，也可能因為邱吉爾太太的身體狀況或精神狀態不佳而無法成行。他們從不登門拜訪素昧平生的人，儘管法蘭克**偶爾**有約在身，往往要費盡一番唇舌，才有機會出門一趟，或是讓朋友留宿一晚。

艾瑪明白這年輕人非常不喜歡長時間待在家裡，安斯康姆留不住他，海布里卻可能正合他的心意。他在安斯康姆的地位顯然舉足輕重，他並未刻意吹噓此事，卻依然不自覺透露出即使他的舅舅無法說服妻子，他也能動搖舅媽的心意。艾瑪笑著追問，法蘭克只好承認，他相信只要多花些時間，無論任何事（有一、兩件事除外），自己終究能說服舅媽。他接著提起例外的狀況：他始終非常渴望出一趟遠門，迫不及待想外出旅行，邱吉爾太太卻說什麼也不肯答應。這已經是足足一年前的事了，不過他說，現在他已經不再抱持相同的奢望。

法蘭克沒有解釋另一項邱吉爾太太不允許的情況，艾瑪猜測或許正是回家探望父親一事。

過了一會兒，法蘭克又說道：「我發現了一件事讓我感到非常沮喪。到了明天，我就已經回家整整一星期了——代表這段假期只剩一半。我從不曉得時間可以過得這麼快。明天我就回來一個禮拜了！想到這裡我實在高興不起來。我才剛認識韋斯頓太太和其他人呢！我真討厭自己意識到這件事。」

「或許你現在會開始懊惱，明明待在這裡的日子所剩無幾，你還浪費了一整天去剪髮。」

法蘭克笑著說：「這倒不會。我並不後悔去剪髮。我要是覺得自己的外表見不了人，說什麼也不會和朋友碰面。」

此時，其他男士也紛紛走進客廳，艾瑪不得不將注意力從法蘭克身上轉開，專心聽寇爾先生說話。寇爾先生離開後，艾瑪又轉過頭來，發現法蘭克．邱吉爾的目光越過客廳，直直落在另一端的菲爾費克斯小姐身上。

艾瑪問：「怎麼了？」

法蘭克吃了一驚，他回答：「謝謝妳讓我回過神來。我剛才似乎太失禮了。不過，菲爾費克斯小姐的髮型看起來實在太奇怪了——非常怪異，讓我忍不住直盯著她看。我從沒見過這麼古怪的髮型！看看那頭鬈髮！這想必是她的個人風格。沒有人頂著和她一樣的髮型！我得去問問她那是不是愛爾蘭的傳統髮式。我該開口嗎？沒錯，我非去問問不可——妳能看看她如何反應，會不會害羞得滿臉通紅。」

法蘭克隨即走了過去，艾瑪很快就看到他站在菲爾費克斯小姐面前問話。不過，由於法蘭克正好擋在她和菲爾費克斯小姐中間，艾瑪完全無法看出珍的反應為何。

法蘭克還來不及回到原本的座位，就給韋斯頓太太占去了。

韋斯頓太太說：「這晚宴辦得可真盛大。好處就是妳幾乎可以和每個人搭上話，無所不談。親愛的艾瑪，我一直迫不及待想和妳談談。我和妳一樣剛才觀察到不少事，心裡也浮現許多想法，等不及要告訴妳。妳知道貝茨小姐和她的外甥女是怎麼來這裡的嗎？」

「怎麼了？她們受邀前來參加晚宴，不是嗎？」

「噢！沒錯——但是她們是搭什麼車？怎麼過來的呢？」

「我想她們是走路來的吧！她們還能用什麼方式過來？」

「確實如此。不過我方才突然想到，最近入夜十分寒冷，要是珍．菲爾費克斯又得在深夜頂著寒風走路回家實在太可憐了。於是我看了她一眼，雖然我未曾見過她氣色這麼好，可是發現她似乎覺得很熱，不禁感到心頭一凜，因為這麼一來，她就更容易著涼了。可憐的孩子！我於心不忍，因此韋斯頓先生一走進客廳，我隨即向他提起安排馬車的事。他理所當然立刻順著我的心意。我一取得他的同意，立即走去告訴貝茨小姐，在我們離開之前，她們可以先搭乘我們的馬車回家，心想她一定會感到很高興。

「這位好心的女士自然馬上表達出她的感激之情，連聲道謝：『我真是太幸運了！有勞您的費心。不過奈特利先生已經將他的馬車借給我們，等會兒還會再載我們回家。』我不禁大吃一驚。我很替她們高興，卻也大感詫異——奈特利先生竟對她們如此親切，如此體貼入微！很少有男士會細心注意到這種事。總之，既然知道他平日的作風，我想他是特地為了她們才叫來馬車的。他平常應該不會為了自己出門而安排兩匹馬，肯定是為了幫助她們才這麼做。」

「很有可能。」艾瑪說：「看來就是這樣了。就我所知，除了奈特利先生之外，沒有人像他一樣，如此慷慨好心地幫助他人。他並非特別古道熱腸，卻懂得為別人著想。考量到珍．菲爾費克斯健康欠佳，他這番舉動顯得體貼入微。說到低調行善，我想沒有人做得比奈特利先生更好。我知道他今天有馬匹代步，因為我們同時抵達，我還笑了他幾句。不過他卻沒有針對此事透露隻字片語。」

韋斯頓太太笑著說：「看來，在這件事上，妳認為他只是表現慷慨，想法遠比我單純。貝茨小姐說這番話時，我不禁浮現一絲疑心，在腦海中揮之不去，越想越覺得有此可能。簡而言之，我認為奈特利先生與珍・菲爾費克斯互相鍾情。看吧，老是和妳待在一起就是這種結果！妳的看法如何？」

艾瑪驚呼：「奈特利先生與珍・菲爾費克斯！親愛的韋斯頓太太，妳怎麼會有這種念頭？奈特利先生！他可不能結婚！難道妳希望小亨利無法繼承丹威爾莊園[73]嗎？噢！不，不會的，亨利一定得繼承丹威爾莊園。我絕不同意奈特利先生結婚，也很清楚他根本沒這種打算。妳竟然會想出這種事，實在讓我太驚訝了。」

「親愛的艾瑪，我已經解釋過為什麼我會這麼想。我自然不想為他人作嫁，更不想傷害親愛的小亨利；可是眼前的狀況讓我不禁有此疑慮。要是奈特利先生確實有意結婚，妳總不能要他為了亨利放棄一切吧！他還只是個六歲的孩子，什麼都不懂呢！」

「沒錯，我絕不允許。我怎麼可能忍受亨利被取代！奈特利先生竟然會結婚！不可能，我從來沒有這種念頭，現在也無法接受。更何況有這麼多女人，他卻看上珍・菲爾費克斯，同樣

73 奈特利先生身為長子，卻膝下無子。在此情況下，丹威爾莊園的第一順位繼承人，即是胞弟約翰・奈特利先生的長子亨利。

令人難以置信！」

「喔，他始終對珍．菲爾費克斯青睞有加，妳也清楚不過。」

「但是妳竟然如此草率就將他們湊在一起！」

「我可不是在談論這件事情是否恰當，只是認為有此可能。」

「我看不出半點可能，除非妳能提出更有力的證據。如我方才所說，他可能純粹出於好心和仁慈而出借馬車。妳很清楚，即使珍．菲爾費克斯不在場，他也始終對貝茨母女關懷備至，總是樂於向她們伸出援手。親愛的韋斯頓太太，別再亂點鴛鴦譜了。妳一點都不擅長這件事！竟然讓珍．菲爾費克斯當上丹威爾莊園的女主人！噢！不對，不可能，根本完全不對盤。為了他著想，我絕對不會讓他如此瘋狂。」

「如果妳同意的話，我只能說此舉有欠思慮，卻稱不上瘋狂。他倆的身家有落差，或許年齡也有點差距；但是，除此之外，我看不出任何不妥之處。」

「可是，奈特利先生壓根兒不想結婚。我敢說他沒有半點結婚的打算。可別將這個念頭灌輸到他的腦袋裡。他為什麼非得結婚不可？他一個人過得逍遙自在，光是他的農場、羊群、藏書和教區的大小事就有得忙了，還對弟弟的小孩疼愛有加。他根本不需要靠結婚來填滿生活的空檔，或是讓心裡感到踏實。」

「親愛的艾瑪，倘若他始終抱持這樣的想法，情況理當如此。不過要是他真的深愛珍．菲爾費克斯——」

「胡說！他根本一點都不在意珍．菲爾費克斯。從他的表現看來，我敢說他並非愛著她。他或許願意為她或她的家人付出關心，但是——」

「這個嘛，」韋斯頓太太笑著說，「或許他能為她們付出的最大心力，就是給珍一個安穩富足的家庭。」

「就算這對珍大有好處，我敢肯定對奈特利先生卻是有百害而無一利。這樁婚事門不當戶不對，對他而言完全拿不上檯面。他怎能容忍和貝茨小姐結為姻親，任由她隨時在丹威爾莊園出沒，並因為他大發慈悲娶了珍，成天將感謝掛在嘴上？『您簡直太好心了，讓人感激不盡！可是話說回來，您始終待鄰居如此親切有加啊！』話說不到一半，她的思緒又會飄走，轉而叨念起她母親的舊襯裙：『那條裙子確實非常舊了，卻還能穿上好一陣子——不得不說，我們的襯裙真的非常耐穿，令人感到萬分慶幸。』」

「艾瑪，這真是太丟人了！別這麼模仿她。妳想方設法要推翻我的想法，但是老實說，我認為奈特利先生不會這麼容易就對貝茨小姐感到不耐煩。他向來不會輕易發脾氣。她大可繼續滔滔不絕說下去，假如奈特利先生真有話想說，只要提高音量開口，蓋過她的聲音就夠了。關鍵不在於這樁婚事對奈特利先生是否妥當，而是他究竟有無意願。在我看來，他確實有此意願。妳想必也和我一樣，經常聽到他對珍．菲爾費克斯連聲讚美！他非常關心珍，對她的健康滿是牽掛；一想到她的未來沒有什麼前景，就煩惱不已！每當他提起這些話題，總是激動莫名呢！他也相當欣賞珍的琴藝和歌聲！我就曾親耳聽他說過，即使花上一輩子聽珍彈琴，他也心甘情願。噢！我差點忘了，我不禁猜想過——不是有人送了珍一架鋼琴嗎？雖然大家都認定是來自坎貝爾夫婦的禮物，可是，說不定正是奈特利先生送的？我越想越有可能，就算他不是為了示愛，也非常有可能贈送這份大禮。」

「若真如此，那還是無法證明他深愛著珍。可是，我認為這一點也不像他的作風。奈特利先生向來行事磊落，從不玩搞神祕那一招。」

「我聽他老是感嘆著珍沒有一架好鋼琴呢！倘若他毫不在意，不可能這麼頻繁掛在嘴上。」

「非常好。假如他確實打算送珍一架鋼琴，就會直截了當地告訴她。」

「他或許得懂得瞻前顧後，親愛的艾瑪。有一件事能清楚證明他就是送禮的人：寇爾太太在餐桌上提起這件事時，我敢說他顯得特別安靜呢！」

「韋斯頓太太，雖然妳老是責備我亂點鴛鴦譜，不過一旦妳心血來潮突發奇想，也同樣管不住自己的想像力了。我實在看不出他倆之間有任何情愫，相信奈特利先生與贈琴一事無關——我更完全不相信奈特利先生有半點想娶珍．菲爾費克斯的意思。」

她們就這麼繼續爭論了好一陣子，最後艾瑪總算改變了朋友的看法，因為韋斯頓太太向來是最先讓步的那一個。客廳一陣忙亂，僕人收走了茶具，並將鋼琴安置妥當。此時，寇爾先生走來詢問伍德豪斯小姐，是否有榮幸邀請她演奏幾曲。方才艾瑪與韋斯頓太太熱切地爭辯不休時，只見法蘭克．邱吉爾始終坐在菲爾費克斯小姐的身邊；如今他也附和起寇爾先生，力勸艾瑪上台表演。眼看當下應該恭敬不如從命，艾瑪也就從善如流，彬彬有禮地順應眾人之意。

艾瑪深諳自己的琴藝程度，懂得拿捏分寸，避免自曝其短。她具備足夠的音樂素養，知道彈奏哪些曲子足以迎合眾人的品味，又能完美掌控自己的音色。此時忽然有人開口為艾瑪合唱，令她吃了一驚——法蘭克．邱吉爾唱起了第二聲部，音量不大，音階卻相當精準。演唱結束後，法蘭克向艾瑪致歉，兩人不免俗地相互恭維起來：艾瑪稱讚他有一副好歌喉，具備深厚的音樂造詣；他自然謙虛地否認，表示自己既對音樂一竅不通，又不諳歌唱。兩人又合唱了一曲，接著艾瑪就將位置讓給菲爾費克斯小姐。她向來不曾否認無論歌聲或琴藝，珍的程度都凌駕於自己之上。

艾瑪心裡五味雜陳，她避開圍在鋼琴邊的聽眾，挑了較遠的座位聆聽。法蘭克與珍顯然曾在韋茅斯合唱過一、兩次。不過，艾瑪一見到奈特利先生和其他人一樣顯得特別專注，頓時分了心，開始飛快思索起韋斯頓太太的臆測，思緒偶爾才會回到兩人的美妙歌聲上。她依然堅決反對奈特利先生結婚，認為這件事不會帶來任何益處。約翰．奈特利先生勢必大失所望，伊莎貝拉也不遑多讓，更會對孩子造成真正的傷害；對這一家人來說是最為苦惱的打擊，損失慘重。此外，不僅艾瑪的父親會失去日常一大慰藉，對艾瑪本人而言，光是想到珍．菲爾費克斯成為丹威爾莊園的女主人，就令她難以接受。所有人都要容忍這位奈特利太太！[74]這可不行——奈特利先生絕不能結婚！小亨利說什麼都得繼承丹威爾莊園。

---

74 依當時的社會常規，不分年齡差距，未婚女性向來必須禮讓已婚女性。

此時，奈特利先生轉過頭來看了一眼，便走來坐在艾瑪身邊。他們先是聊起表演，他確實對珍百般稱讚；然而若非韋斯頓太太有言在先，艾瑪壓根兒不會注意到這一點。她為了試探奈特利先生，於是稱讚起他出借馬車接送貝茨小姐與外甥女的親切舉措。他的回答十分簡潔，似乎不打算多說。不過，艾瑪認定奈特利先生自認這只是不足掛齒的小事。

艾瑪說：「在這樣的場合，我卻不敢出借**我們的**馬車，實在令我耿耿於懷。我並非毫無此意，可是你也很清楚，我的父親絕不願讓詹姆士接送其他人。」

奈特利先生回答：「沒錯，確實如此。我知道妳也很希望略盡綿薄之力。」他看起來對此深信不疑，露出欣慰的微笑。艾瑪連忙踏出下一步。

「坎貝爾夫婦送了那架鋼琴當作禮物，」艾瑪說，「真是太好心了。」

「是啊！」奈特利先生回答，並未流露出一絲侷促不安的模樣。「可是假如他們能先告訴她一聲，那就再好不過了。給人驚喜這件事真是愚蠢至極。非但無法讓人更感欣喜，反而會造成許多不便。我以為坎貝爾上校是思緒更縝密的人。」

艾瑪頓時肯定奈特利先生絕非贈送鋼琴的人。不過他是否真的對珍情有獨鍾，特別偏愛她，艾瑪一時仍說不清。珍即將唱完第二首曲子，聲音聽起來也有些沙啞了。

演唱結束後，奈特利先生脫口說出心裡的想法：「這就夠了。你們今晚唱得夠多了。現在安安靜靜地歇息吧！」

然而，眾人隨即鼓吹珍多唱一首。奈特利先生聽見法蘭克．邱吉爾說：「再一首就夠了。

我們可不能讓菲爾費克斯小姐累壞，所以再唱一首就好。我想，多唱一首對妳而言並非難事。這首曲子的第一段很輕鬆，只是第二段需要多費些力氣。」

奈特利先生頓時勃然大怒。

他生氣地說：「那傢伙滿腦子只想著炫耀自己的歌聲。這可不行。」此時貝茨小姐恰巧走近，他立即開口：「貝茨小姐，您瘋了嗎？難道真要讓您的外甥女就這麼唱啞了嗓子？快去阻止吧！他們一點都不懂得體諒她。」

貝茨小姐確實非常擔心珍，還來不及向奈特利先生道謝，就連忙上前阻止她往下唱。今晚的表演就此落幕，因為伍德豪斯小姐和菲爾費克斯小姐是全場唯二具備音樂造詣的年輕女孩。然而過不到五分鐘，不知道是誰提議跳舞，立刻引起寇爾夫婦熱烈贊同，迅速吩咐僕人騰出足夠的空間來。擅長鄉村舞曲的韋斯頓太太坐到鋼琴前，開始彈奏一曲精彩的華爾滋。法蘭克．邱吉爾對艾瑪百般殷勤，熱情地牽著她的手，引領她走上舞池。

等待其他年輕人尋找舞伴的空檔，儘管法蘭克不時稱讚艾瑪的歌聲與音樂品味，她依然抓緊時間張望，注意奈特利先生的動靜。這對奈特利先生而言是一場考驗，因為他通常不會下場跳舞；要是他果真邀請珍．菲爾費克斯當他的舞伴，那可就是警訊了。他一時還沒有任何行動。沒錯，他只是一味與寇爾太太交談——看起來一臉漫不經心。有人邀請珍當他的舞伴，奈特利先生卻還是繼續和寇爾太太說話。

艾瑪總算不再為亨利的未來擔憂了，他一定能順利繼承丹威爾莊園。於是她神采奕奕地領舞，打從心底跳得十分盡興。全場只湊得出五對舞伴，不過由於舞會辦得突然，人少倒也大有好處。艾瑪發現自己挑了個好舞伴，他倆在舞池裡顯得特別耀眼，引來眾人注目。

可惜的是他們只來得及跳兩支舞。由於夜色已深，貝茨小姐一心掛念母親，急著要回家。因此她們幾經懇求，獲准告辭回家。她們一臉歉疚地向寇爾太太道謝，隨即搭上馬車離開。

「這樣也好，」法蘭克．邱吉爾陪著艾瑪走向馬車，一面說，「否則我就得邀請菲爾費克斯小姐當我的舞伴。然而，與妳跳過舞之後，她的舞步想必會顯得缺乏生氣，差強人意。」

27

艾瑪並不後悔自己紆尊降貴到寇爾夫婦家裡作客。她過得相當愉快，翌日回想起來依然津津有味。平常她為了維持尊嚴，甚少與眾人交流，也失去許多樂趣；如今在這場晚宴上大受歡迎，也令她獲得豐厚的補償。她想必讓寇爾夫婦感到樂不可支，夫婦倆都是值得敬重的人，也確實值得討他們歡心！她為自己建立了如此盛名，勢必還能傳上好一陣子呢！

世上罕有純粹完美的快樂，即使回憶往往會美化現實，全然美好的記憶亦不常見。有兩件事令艾瑪耿耿於懷：她對珍．菲爾費克斯的感情起疑，並透露給法蘭克．邱吉爾，她擔心此舉似乎踰越了女人之間應有的道義。這麼做絕不正確，然而由於念頭過於強烈，讓她忍不住脫口而出；法蘭克又將她的看法照單全收，無疑對她的洞察力給予莫大肯定，令她一時忘了應該管管自己的嘴巴。

另一個令艾瑪懊惱的情況，依然與珍．菲爾費克斯有關，這點毋庸置疑。她非常氣惱自己無論琴藝或歌聲都遜珍一籌，打從心底懊悔小時候不夠認真——一想到這裡，艾瑪隨即坐到鋼琴前，非常努力地練習了足足一個半小時。

此時海莉葉登門拜訪，打斷艾瑪練琴的時間。倘若海莉葉的讚美能令艾瑪心花怒放，或許她很快就會釋懷了。

「噢！要是我的琴藝能像您和菲爾費克斯小姐一樣優秀，該有多好！」

「別把我們兩個相提並論，海莉葉。與她相比，我簡直只有微不足道的雕蟲小技。」

「噢！親愛的，我認為您的琴藝更勝一籌，絕對與她不相上下。我敢肯定我更想聽您彈琴呢！昨晚大家都讚不絕口，說您鋼琴彈得真好。」

「內行人想必能察覺到箇中差異。海莉葉，事實上我的琴藝確實足以受到讚賞；可是珍·菲爾費克斯的技巧還是遠勝過我。」

「這個嘛，我始終認定您的琴藝與她不分軒輊；即使真的有差異，恐怕也沒人察覺得到。寇爾先生說您擁有深厚的音樂造詣；法蘭克·邱吉爾先生也對此連番稱讚，認為品味比技巧更重要。」

「哎呀！不過，海莉葉，珍·菲爾費克斯可是兩者兼備呢！」

「您確定嗎？我知道她具備實力，可是我不曉得她擁有品味。沒有人提過這件事。我實在很討厭她以義大利文演唱，根本一個字也聽不懂。更何況您也知道，就算她真的琴藝高超，那也是她應該具備的條件，畢竟她要當家庭教師呢！昨晚寇克斯姊妹就在談論，不曉得她能不能進到好人家。您覺得寇克斯姊妹看起來如何？」

「和平常沒什麼兩樣——非常粗俗無禮。」

「她們告訴我一些事。」海莉葉吞吞吐吐地說，「雖然不是什麼大不了的消息。」

艾瑪不得不開口詢問她們說了些什麼，生怕與艾爾頓先生有所關聯。

「她們說上星期六和艾爾頓先生吃過飯。」

「喔！」

「艾爾頓先生來找她們的父親談一些正事，老先生就留他下來吃晚餐。」

「喔！」

「她們說了不少關於艾爾頓先生的事，尤其是安妮·寇克斯。我不曉得她是什麼意思，不過她問我有沒有考慮明年夏天再去那裡一趟。」

「她只不過出於好奇，想打探消息，就和平常沒什麼兩樣。」

「她說那天吃飯時，艾爾頓先生表現得體，非常討人喜歡。用餐時他就坐在安妮身邊。奈許小姐認為，寇克斯姊妹倆都很想嫁給艾爾頓先生。」

「很有可能。畢竟在我看來，她倆無疑是海布里最庸俗的女孩。」

海莉葉要到福特的店裡買東西，艾瑪心想還是親自陪她去一趟為宜。海莉葉很有可能再次撞見馬汀姊弟，以她現在的狀況而言，顯然不是太好。

眼前任何東西都能輕易抓住海莉葉的日光，她的心意也總是搖擺不定，購物往往要耗上很長一段時間。她依然在琳琅滿目的棉布間舉棋不定，艾瑪決定到門口透透氣。即使身處海布里最為繁忙的地段，也沒有什麼精彩可期：派瑞先生匆匆忙忙地走過，威廉·寇克斯先生正從門口走進辦公室；寇爾先生的拉車馬匹剛從外頭回來，一名負責送信的男孩則騎著一頭固執的騾子四處閒晃——這就是艾瑪預期能在路上看到最有生氣的畫面。她接著看到肉販端著盤子走過；一名衣著整潔的老婦人在店裡買了滿滿一籃子東西，正準備回家；兩隻野狗爭相搶奪一根髒兮兮的骨頭；還有一群無所事事的孩子站在麵包店的櫥窗前，雙眼直盯著店裡的薑餅。艾瑪頓時不再感到百般無聊，將一切景象津津有味地看在眼裡，就這麼動也不動地站在門前。艾瑪的心情如此輕鬆愉快，即使眼前的景色索然無味，也沒有什麼想法占據著心思，她同樣能感到自得其樂。

艾瑪的視線轉向通往蘭德斯的道路，景色變得寬闊許多。此時，眼前出現兩個逐漸走近的人影，正是韋斯頓太太與她的繼子。他們正往海布里的方向走去，自然是要上哈特菲爾德一趟；不過他們先停在貝茨太太的家門口。與福特的店相比，貝茨家距離蘭德斯稍微近一點。他倆尚未敲門，就看見了艾瑪，隨即穿過大街朝她走來。由於昨天的晚宴過得十分愉快，三人當下巧遇也顯得格外高興。韋斯頓太太告訴艾瑪她正打算到貝茨家，聽聽那架新鋼琴的音色。

韋斯頓太太說：「因為法蘭克斬釘截鐵地跟我說，我昨晚曾向貝茨小姐承諾，今天早上會到她家拜訪，還親口敲定了時間，我自己倒是一點印象也沒有。不過既然他這麼講，我現在就要過去一趟。」

法蘭克．邱吉爾說：「韋斯頓太太待在貝茨家時，要是妳們正打算回家，希望我能和妳們一起回到哈特菲爾德等她。」

韋斯頓太太不禁感到大失所望。

「我以為你打算和我一道過去。她們要是見到你一定高興得很。」

「我去了只會礙手礙腳吧！不過或許我在這裡同樣礙事——伍德豪斯小姐似乎不需要我的陪伴。舅媽買東西時總會把我趕到一邊去，說我簡直快把她煩死了。看起來伍德豪斯小姐也很可能說出一模一樣的話。我該怎麼辦才好？」

艾瑪說：「我沒有打算在店裡買東西。我只是在等朋友。她應該很快就買好了，接著我們就會回家。不過你最好和韋斯頓太太一道過去，聽聽那架新鋼琴的音色。」

「好吧！妳都這麼建議了。不過，（他露出微笑）要是坎貝爾上校指派了一個粗心大意的朋友，送來一架音色平庸的鋼琴，我該說什麼才好？我什麼忙也幫不上，她自己就能應付得很好。再怎麼不堪的事實，只要從她口中說出來，都會讓人聽得眉開眼笑。但是，我向來最不擅長言不由衷的客套話了。」

艾瑪答道：「你這番話我一個字也不信。我相信到了緊要關頭，你一定能口是心非，睜眼說瞎話。不過，那不可能只是一架音色不佳的鋼琴。事實上，假如我昨晚確實理解了菲爾費克斯小姐的想法，那絕對是一架品質絕佳的鋼琴。」

韋斯頓太太說：「如果你不是非常排斥的話，就和我一塊去吧！我們不會待太久，很快就去哈特菲爾德，只比她們晚一些時間。我真的很希望你與我同行。她們會多麼高興啊！我相信你一定有意拜訪。」

法蘭克無法再多說什麼。既然隨後還能去哈特菲爾德一趟，他將此視為犒賞，與韋斯頓太太一同走回貝茨太太家。艾瑪看著他倆進門後，回到海莉葉駐足已久的櫃台前，並竭盡所能說服她假如想買素色棉布，就沒必要再看印花布料；而她看上的藍色飾帶再怎麼漂亮，還是和黃色花布格格不入。最後海莉葉總算挑定棉布，卻連寄送包裹的地址也猶豫了好一番工夫才決定。

福特太太問道：「小姐，要我送到戈達德太太家去嗎？」

「是的——不對——沒錯，請寄到戈達德太太家去。不過我那件禮服的衣樣還留在哈特菲爾德。喔不對，如果方便的話，麻煩全部送到哈特菲爾德；可是戈達德太太或許想看一眼布料。我應該再找一天把衣樣帶回家。不過我想要直接拿到飾帶，所以最好送去哈特菲爾德——至少把飾帶寄過去。福特太太，能不能麻煩您分成兩個包裹？」

「海莉葉，妳不該麻煩福特太太分成兩個包裹。」

「那就算了。」

「一點也不麻煩，小姐。」福特太太熱心地說。

「噢！可是，我其實寧可一次寄到同一個地方。這樣看來，如果可以的話，請全部送到戈達德太太家。我不知道——不對，伍德豪斯小姐，我也願意送到哈特菲爾德去，晚上再自己帶回家。您的建議是什麼呢？」

「我建議妳別再繼續反覆不定。福特太太，麻煩全部送到哈特菲爾德。」

海莉葉高興地說：「沒錯，這麼做最好了。我其實不怎麼希望寄到戈達德太太家去。」

此時有人邊說話邊朝店裡走來——更準確地說是兩位女士，不過只有其中一名女士在說話。她們在門口與韋斯頓太太和貝茨小姐碰個正著。

貝茨小姐說：「親愛的伍德豪斯小姐，我特地過來，想邀請兩位到家裡小坐片刻，聽聽您和史密斯小姐對那架新鋼琴的看法。史密斯小姐，您過得好嗎？真是太好了，謝謝您。我還請韋斯頓太太與我一道過來，才能確定您願意答應我。」

「我希望貝茨太太和菲爾費克斯小姐——」

「她們過得非常好，真是太感謝您了。我的母親相當有精神，珍昨晚也沒有著涼。伍德豪斯先生還好嗎？真高興聽到他一切安好。韋斯頓太太提到您在店裡，於是我說：『噢！那我得趕快跑過街去了。伍德豪斯小姐一定不會介意我這麼跑過去，邀請她來家裡坐坐。母親想必會非常高興見到她。這麼多好朋友在這裡多令人開心，她可不能拒絕。』法蘭克．邱吉爾先生說：『是呀，您快去吧！伍德豪斯小姐對鋼琴的看法值得一聽。』

「我說：『可是，得要您們其中一人陪我去，我才更能肯定她願意過來。』他說：『喔，再等我半分鐘，我快好了。』伍德豪斯小姐您可知道，他真是全世界最熱心的好人，願意幫忙拴緊我母親眼鏡框上的螺絲。那顆螺絲今天早上鬆脫了。他多麼好心啊！我母親頓時沒眼鏡可用，一直戴不上那一副。順道一提，每個人都應該配兩副眼鏡，確實該這麼做，珍也說過一樣的話。我原本打算盡快將眼鏡送到約翰．桑德斯那裡去，可是整個早上老是有事情把我給耽擱了，一件又一件。先是派蒂走了過來，說她覺得廚房煙囪需要清一清。

「我說：『喔！派蒂，不要淨告訴我壞消息。夫人的眼鏡鬆脫了，那顆螺絲在這裡。』此時家裡來了些烤蘋果，是沃利斯太太派男僕送來的。沃利斯夫婦真的非常好心，總是對我們照顧有加。聽有些人說，沃利斯太太有時態度會變得十分無禮，口出惡言，可是她從來不曾這樣對待我們，反而將我們關照得無微不至。不過我們現在實在承受不起她老送東西過來。您知道我們平常吃多少麵包嗎？家裡只有三人，雖然現在又多了珍，但她根本沒吃什麼東西。您要是見到她的早餐分量，肯定會大吃一驚。我不敢讓母親知道她的食量多麼小，經常顧左右而言他，將這個話題草草帶過。但是珍到中午就餓了。她向來最喜歡吃烤蘋果，我也知道那對健康十分有益。我有天在街上遇見派瑞先生，剛好有機會問他。我先前就深信不疑，因為伍德豪斯先生經常推薦吃烤蘋果。我知道那是伍德豪斯先生唯一認定、對身體有益的水果烹調方式。不過我們很常吃蘋果餡餅，派蒂可擅長了呢！好吧，韋斯頓太太，我希望您已經成功說服兩位女孩了。」

艾瑪表示「非常樂意去問候貝茨太太」。她們最後走出店裡，貝茨小姐離開前說道：

「福特太太，您過得好嗎？請您見諒，我前一陣子都沒來店裡。聽說您從城裡進了一批非常漂亮的全新飾帶。珍昨天非常興奮地告訴我這件事。謝謝您，手套非常好用，只是手腕那裡有點太鬆了，不過珍還是繼續戴著。」

「我剛才說到哪了？」她們一走上街，她隨即開口問道。

艾瑪實在不知道方才貝茨小姐那段雜亂無章的話，哪一段才是重點。

「我實在想不起來剛才說了什麼。噢！我母親的眼鏡。法蘭克．邱吉爾先生真是太好心了！他說：『喔！我想我有辦法重新固定螺絲，我最喜歡這一類工作了！』您也知道，這讓他看起來非常──我得說，我之前聽過很多關於他的消息，對他滿懷期待，他確實遠比許多人優秀──我真的打從心底恭喜您，韋斯頓太太。他似乎是所有父母最夢寐以求的好孩子──『噢！』他說：『我可以拴緊螺絲。我最喜歡這一類工作了！』我一輩子都忘不了他說這話時彬彬有禮的模樣。

「我從櫥櫃裡拿出烤蘋果，希望他願意賞光吃一些。『噢！』他直截了當地說道：『沒有什麼水果比得上這些蘋果的一半美味，我這輩子還沒見過自家烤出這麼漂亮的蘋果。』您也知道，這真是──從他的態度看來，我敢肯定這都是肺腑之言。那確實是上好的蘋果，沃利斯太太烤得非常漂亮。我們通常只烤兩次，伍德豪斯先生則要我們烤上三次。不過，我相信好心的伍德豪斯小姐不會為此多說什麼。這些上等的蘋果非常適合烘烤，這點毫無疑問。全是摘自丹威爾莊園的蘋果，是奈特利先生慷慨贈與的禮物。他每年都會寄給我們一袋蘋果。其他地方找不到像他那兒一樣好的蘋果樹，記得他的園子裡有兩棵蘋果樹。聽我母親說，早在她年輕時那座果園就享有盛名了。不過那天我實在驚訝得不得了──有天早上奈特利先生忽然上門來，當時珍正在吃蘋果，我們也聊到她多喜歡吃蘋果，奈特利先生便問起我們家裡還剩多少蘋果。他說：『我想妳們一定快吃完了，我會再送一些過來。家裡實在太多蘋果了，我根本吃不完。威廉．拉金斯[75]今年要我保留的數量遠比往年還多。在它們壞掉之前，我可得趕快送一些給妳們。』我連忙請他別再送蘋果來。老實說我們確實所剩無幾，我可沒辦法說家裡的蘋果還多得很。事實上我們只剩下六顆蘋果，而且全都要留給珍。但是我也不希望他再多送我們；他對我們已經非常大方了，我實在不能繼續接受他的慷慨餽贈。珍也說了一樣的話。他離開後，珍幾乎和我吵了起來——不對，我不能說是爭吵，我們這輩子還沒吵過架呢！不過我告訴奈特利先生家裡剩沒多少蘋果，珍對此感到很不滿，她認為我應該說家裡還有很多蘋果。我說：『喔，親愛的，我只是照實說出來而已。』沒想到，當天晚上威廉．拉金斯就送來了一大籃相同品種的蘋果，少說也有一蒲式耳[76]！用不著多說，我簡直感激得不得了，連忙下樓向威廉．拉金斯道謝。我和威廉．拉金斯認識多年，總是非常高興見到他。然而，派蒂後來告訴我，威廉說那是他主人家裡**僅剩**的蘋果——奈特利先生將家裡相同品種的蘋果全給了我們，如今沒有任何蘋果可拿來烘烤或燉煮。威廉自己似乎並未放在心上，他很高興主人今年賣了不少蘋果；您也知道，他最關心的莫過於奈特利先生的利潤。不過他說家裡的蘋果全送了過來，可就讓霍奇斯太太[77]不高興了。今年春天無法替主人烤蘋果餡餅，讓她很是難受。威廉雖然將這件事告訴派蒂，卻仍要她別放在心上，也別向我們提起；霍奇斯太太偶爾**就是**會這麼暴躁，只要蘋果的銷量很好，剩下的蘋果給了誰並不重要。派蒂還是告訴了我，我簡直驚訝得不得了！我自然不會讓奈特利先生知道此事！他想必會——我也不想對珍提起，不幸的是，在我意識到以前，我早已不小心脫口而出。」

派蒂打開門時，貝茨小姐正好說完；她的客人陸續走進門，並未多加寒暄，只聽她繼續好心地對所有人叮嚀再三。

「請小心點，韋斯頓太太，轉角有個階梯。當心，伍德豪斯小姐，我家的樓梯有些昏暗——任誰都不想要這種又暗又窄的樓梯。史密斯小姐，請注意腳步。伍德豪斯小姐，我可真擔心，您一定是踢到腳了。史密斯小姐，請注意轉角的台階。」

75 威廉．拉金斯：丹威爾莊園的管家。
76 蒲式耳（Bushel）：英制的容量及重量單位，主要用於量度農產品，一蒲式耳約等於三十六公斤。
77 霍奇斯太太：丹威爾莊園的廚娘。

28

她們走進小客廳，氣氛顯得十分寧靜。貝茨太太沒有眼鏡可戴，無法像平日一樣閱讀或忙針線活，正坐在爐火旁打盹；法蘭克．邱吉爾坐在她身旁的桌邊，相當專注地修理她的眼鏡；珍．菲爾費克斯背對兩人站著，也正專注於她的鋼琴上。

儘管法蘭克．邱吉爾仍忙著手上的工作，再次見到艾瑪，還是露出最欣喜不過的表情。

法蘭克壓低聲音說道：「真是令我高興。妳至少比我預想的還早到了十分鐘。如妳所見，我正努力想幫點忙。你覺得我能修得好嗎？」

韋斯頓太太說：「什麼！你還沒修完嗎？以這速度而言，你恐怕無法靠當銀匠維生了。」

「我剛才沒辦法專心。」法蘭克回答，「我忙著幫菲爾費克斯小姐，試著讓她的鋼琴站穩一些。方才鋼琴站得不夠穩定，我想地板似乎有些不平。妳們瞧，我們在其中一隻琴腳下墊了紙片。妳們願意來真是太好了。我還擔心妳們趕回家了呢！」

法蘭克要艾瑪在自己身邊坐下，為她挑選出烤得最好的蘋果，並希望她一起幫忙修理鏡框，或是給些建議。珍．菲爾費克斯這才重新回到鋼琴前坐下。方才珍顯得坐立難安，艾瑪見她有些心煩意亂，不免生疑。這架鋼琴才送來沒多久，珍還無法在彈奏時熟練地掩飾自己的情緒，必須重新整頓好心情才能演奏。雖然不知這種感受從何而來，艾瑪仍不禁對珍有些同情，並下定決心，不再把先前的想法透露給身旁的人。

最後，珍總算開始彈琴。儘管起初彈奏的音階有些微弱，不過她依然逐漸展現出鋼琴的美妙音色。韋斯頓太太方才就已欣賞過她的演奏，如今再次陶醉不已。艾瑪附和她的看法，連聲讚美。所有人經過審慎的評斷，一致認定這架鋼琴的品質無與倫比。

「不管坎貝爾上校交代哪位朋友辦事，」法蘭克．邱吉爾笑著對艾瑪說，「他挑鋼琴的眼光顯然不錯。我在韋茅斯就聽過不少人稱讚坎貝爾上校的品味，這架鋼琴展現的高音如此柔和，我相信他與**所有人**想必會對此讚不絕口。菲爾費克斯小姐，我敢說，坎貝爾上校要不是對朋友鉅細靡遺地耳提面命，就是親自給布羅德伍德寫了信。妳也這麼認為嗎？」

珍並未抬起頭來。她根本沒聽到這番話，因為韋斯頓太太也同時對她開口說話。

艾瑪悄聲說：「你這樣太不公道了。我只是隨便臆測。別拿這件事煩她。」

法蘭克笑著搖了搖頭，看起來似乎對此深信不疑，也不打算放過珍。他隨即再次開口：「菲爾費克斯小姐，如果妳那群遠在愛爾蘭的朋友也在現場，會聽得多高興呀！我敢說他們一定很想念妳，心裡始終惦記著鋼琴何時送達。妳認為坎貝爾上校知道鋼琴已經送到了嗎？妳想他是否特別指定急件運送？或者他並未特別指明送達日期，端看店家方便？」

法蘭克停了下來。珍無可避免聽到這一席話，也不得不開口回答。

她故作冷靜地說道：「在收到坎貝爾上校的來信之前，我無法下任何定論。一切還只是猜測罷了。」

「猜測——是啊！猜想的結果可能歪打正著，也可能大錯特錯。真希望我猜得出自己多快就能重新固定好螺絲。伍德豪斯小姐，妳看，要是在認真工作時開口說話，就淨是胡言亂語了。我想，真正的工匠向來不發一語，專心工作。不過像我們這種仕紳階級，一有機會說話就非開口不可——菲爾費克斯小姐提到了猜想嘛！好啦！大功告成。夫人（轉向貝茨太太），真高興我有此榮幸修好您的眼鏡，可以戴上了。」

貝茨母女非常熱切地對他連聲道謝，法蘭克為了擺脫貝茨小姐，走向仍坐在鋼琴前的菲爾費克斯小姐，請她多彈幾首曲子。

他說：「如果妳願意的話，請妳演奏我們昨晚跳的華爾滋舞曲，我想再次回味。妳昨晚並不像我一樣樂在其中，自始至終都顯得疲憊不堪。我想，妳應該很高興我們當時不必再繼續跳下去。但是假如有機會的話，我一定不惜任何代價，只為爭取多跳半小時。」

珍開始彈奏起那首曲子。

「能夠再次回味曾讓我陶醉不已的曲子，多麼幸福啊！如果我沒記錯的話，我們在韋茅斯也曾跳過這首曲子呢！」

珍抬起頭來，盯著他看了一會兒，頓時滿臉通紅，改為演奏另一首曲子。法蘭克從鋼琴旁的一張椅子拿起幾本樂譜，接著轉向艾瑪說道：

「我之前沒聽過這首曲子呢！妳聽過克萊默[78]嗎？——還有全新的愛爾蘭樂譜。不難想像從何而來，想必都是和鋼琴一起送來的。坎貝爾上校真是設想周到，不是嗎？他很清楚，菲爾費克斯小姐在家裡沒有樂譜可看。我特別欣賞這份體貼，展現出他最為真誠的心意。精心安排所有細節，無一不缺。唯有真正發自內心的關愛，才能做到如此程度。」

艾瑪希望法蘭克稍微收斂一些，卻又忍不住感到莞爾。艾瑪瞥了珍．菲爾費克斯一眼，發現她嘴角仍掛著笑意；珍羞得滿臉通紅，正因暗自竊喜而忍不住露出微笑。艾瑪頓時不再備覺有趣，也不再對珍感到一絲內疚。這位討人喜歡、正直良善、完美無缺的珍．菲爾費克斯，顯然正為不可告人的祕密而欣喜不已呢！

法蘭克將所有琴譜拿到艾瑪面前，兩人一同看了起來。艾瑪趁機悄聲說道：

「你說得太直白了。她想必很清楚你的言下之意。」

「我可希望她明白了！我情願她知道得一清二楚。有話直說，我一點也不感到丟臉。」

「可是說真的，我倒是覺得有些丟臉，恨不得自己從未提起這種想法。」

「我很高興妳有這個想法，還親口告訴了我。她一切不自然的舉動，現在看在我眼裡都顯得再清楚不過了。讓她自己感到丟臉吧！要是她做了不對的事，自己想必感覺得到。」

「我想，她確實顯得有些難為情。」

78 克萊默（Johann Baptist Cramer, 1771-1858）：原籍德國，知名英國鋼琴家、作曲家，其譜寫的曲子是當時頗為通行的鋼琴教材。

「這我看不太出來。她現在彈起了《羅賓．亞岱爾》[79]——正是**他**最喜歡的曲子。」

過沒多久，貝茨小姐經過窗前，發現奈特利先生正騎著馬過來。

「那絕對是奈特利先生！如果有機會的話，我可得好好謝謝他。我不會把窗戶打開，怕您們著涼。不過我會到我母親的房裡去。我敢說，假如他知道誰在這裡，肯定會進屋裡來的。真高興能讓您們所有人碰在一塊！我們這小小的屋子簡直蓬蓽生輝呀！」

貝茨小姐邊說邊走進隔壁房間將窗子打開，大聲呼喚奈特利先生。兩人交談的每一個字都相當清晰地傳進眾人耳裡，彷彿他倆就在屋裡對話一般。

「您過得如何？過得好嗎？我很好，謝謝您。真的非常感謝您昨晚借馬車給我們。我們準時回到家，母親正等著我們呢！請您進屋裡來吧！請您務必進來。這裡有您的朋友呢！」

貝茨小姐一說完，奈特利先生似乎打定主意讓所有人聽清楚他的回話，以相當堅定威嚴的語氣說道：

「貝茨小姐，您的外甥女還好嗎？我想問候您們一家人，不過特別擔心您的外甥女。菲爾費克斯小姐過得如何？希望她昨晚沒著涼。她今天還好嗎？請告訴我菲爾費克斯小姐今天的身體狀況。」

貝茨小姐不得不將其他話題擱置一旁，直截了當地回覆他。其他人聽得津津有味，韋斯頓太太以意味深長的眼神看著艾瑪，不過艾瑪依然堅決否認她的臆測，對她搖了搖頭。

貝茨小姐又繼續說：「您真是太好心了！非常感謝您借馬車給我們。」

奈特利先生連忙打斷她：「我正要去金斯頓一趟。需要幫您買點什麼嗎？」
「噢！老天，您要去金斯頓？前幾天寇爾太太才提起，她想從金斯頓買某樣東西。」
「寇爾太太有僕人可以幫她跑腿。需要幫**您**買點什麼嗎？」
「不用，謝謝。不過您快進屋裡來吧！您一定想不到有誰在這裡：伍德豪斯小姐和史密斯小姐！她們可真好心，特地來聽那架新鋼琴的音色。您把馬匹寄放在皇冠旅店，快進來吧！」
「好吧！」奈特利先生謹慎地說，「或許可以待個五分鐘。」
「韋斯頓太太和法蘭克．邱吉爾先生也在這裡呢！這麼多朋友齊聚一堂，真是令人開心！」
「那就不了，現在不方便，謝謝您的好意。我連兩分鐘也無法逗留，得盡快趕去金斯頓。」
「噢！快進屋裡來吧！他們一定非常高興見到您。」
「不了，不用，您的屋裡已經很多人了。我改天再來拜訪，好好聽聽那架鋼琴的音色。」
「哎呀，真是太遺憾了！噢！奈特利先生，昨晚一群人玩得多盡興啊！真的非常開心。您見過那樣的舞蹈嗎？伍德豪斯小姐和法蘭克．邱吉爾先生跳得真是賞心悅目！您說是不是？我可沒見過還有誰跳得和他們一樣出色。」
「噢！確實非常賞心悅目。我自然得這麼說，我想伍德豪斯小姐和法蘭克．邱吉爾先生正在一旁聽著每一個字呢！不過，（他故意提高音量）我不懂您怎麼沒提起菲爾費克斯小姐？我

---

79 Robin Adair，十八世紀時相當流行的傳統愛爾蘭（一說為蘇格蘭）民謠，描述男女相戀結婚的心情。

認為她跳得非常出色。韋斯頓太太彈奏的鄉村舞曲同樣不遑多讓，在全英國數一數二。假如您那群朋友懂得心懷感激，他們現在也應該禮尚往來，高聲稱讚起我們兩個才對。可惜我不能在此多待，聽不到這番讚美了。」

「噢！奈特利先生，再等一會兒吧！我還有事要說——太令人震驚了！珍和我對那些蘋果感到十分驚訝！」

「這又是怎麼一回事？」

「您竟然將家裡僅剩的蘋果全部送給了我們！您說家裡還有很多，如今卻一顆也不剩。我們簡直太震驚了！霍奇斯太太或許會大發雷霆。威廉．拉金斯將一切告訴了我們。您實在不需要這麼做，真的不該這麼做。噢！他就這麼走了！他總是禁不起其他人一再道謝。我以為他剛剛一定會留下來的，我總不能不提——哎呀！（她走回客廳）我可失敗啦！奈特利先生沒辦法逗留，得趕去金斯頓。他問我有沒有什麼想買——」

珍說：「是的，我們知道，他很好心地詢問您有沒有想買的東西。我們全都聽見了。」

「噢！沒錯，親愛的，我知道你們都聽見了，因為門沒關上，窗戶也開著，奈特利先生的嗓門又大。你們肯定每個字都聽得清清楚楚。『需要幫您從金斯頓買點什麼嗎？』他說。所以我才提到——喔！伍德豪斯小姐，您現在非走不可嗎？您才剛進門哪！您們真是太客氣了！」

艾瑪發現時候不早，該回家了。她已經在這裡待得太久。她看了時鐘一眼，發現早上的時間所剩無幾。韋斯頓太太和兒子同樣起身告辭，母子倆陪伴兩位女孩一同走到哈特菲爾德門口，隨即返回蘭德斯去了。

29

即使生活中完全沒有舞會，日子也照樣過得下去。例子不勝枚舉；許多年輕人連續好幾個月不曾參加任何形式的舞會，卻完全無損於他們的身心狀況。然而事情一旦起了頭——儘管只是淺嘗即止，假如他們體會到跳舞的箇中樂趣，那麼除非是鐵石心腸，否則很少有人不渴望繼續享受的。

法蘭克．邱吉爾自從在海布里跳過一次舞，就始終念念不忘，渴望擁有第二次機會。一天晚上，伍德豪斯先生拗不過要求，與艾瑪一同到蘭德斯用餐。兩個年輕人把握最後半小時，開啟了這個話題。法蘭克率先提出想法，態度相當熱情積極。艾瑪深知舉辦舞會的難處，對於場地空間與布置感到諸多疑慮；不過，她確實也十分渴望讓人們再次明白，法蘭克．邱吉爾先生和伍德豪斯小姐跳起舞來多麼賞心悅目——舞蹈是她唯一不必在珍．菲爾費克斯面前自嘆弗如的專長；她甚至只是單純期待起跳舞，並非愛慕虛榮的想法蠢蠢欲動。因此艾瑪依然陪著法蘭克，以步伐的長度計算客廳面積是否足以作為舞池，也一併計算其他門廳的空間。儘管韋斯頓先生表示這兩個房間的空間完全相同，兩人依然暗自希望，另一個門廳擁有稍大一點的空間。

法蘭克起初提議，凡事應該有始有終，既然舞會是在寇爾先生家起的頭，第二場舞會也應該比照辦理——邀請相同的賓客和樂團，與熟識的朋友同樂。韋斯頓先生興致盎然地加入討論；無論他們想跳多久，韋斯頓太太都相當樂意伴奏。他們接著高高興興地討論起明確的賓客名單，將不可或缺的空間平均分配給每對舞伴。

「妳、史密斯小姐和菲爾費克斯小姐三人，再加上寇克斯姊妹，就有五名。」法蘭克不停重複說，「我們會邀請吉爾伯兄弟、寇克斯家的兒子、我的父親，再加上我自己，還有奈特利先生。沒錯，這樣的人數就足以玩得盡興了。妳、史密斯小姐和菲爾費克斯小姐三人，再加上寇克斯姊妹，就有五名。倘若只有五對舞伴，空間確實綽綽有餘。」

艾瑪隨即提出異議：「這裡的空間容得下五對舞伴？我可不這麼認為。」她接著又說：「更何況，若只有區區五對舞伴，根本不值得辦一場舞會。認真想起來，五對舞伴簡直太少了。只邀請五對舞伴行不通，只有現在討論的當下說得過去。」

有人說吉爾伯**小姐**這幾天會待在哥哥家裡，勢必要與其他人一同受邀；又有人說，假如那天晚上有人邀請吉爾伯**太太**跳舞，她一定會欣然接受。他們還提到寇克斯家的小兒子。最後韋斯頓先生提到，有一家人非邀請不可，並想起認識多年的老友，同樣不能漏了他的名字。於是，五對舞伴增加成至少十對。眾人開始絞盡腦汁地想，該如何找到足夠的空間容納所有人。

兩個房間的門彼此相對。「他們或許可以在走廊上跳舞，穿梭於兩個房間？」這似乎是最適合的安排，卻又有些差強人意，眾人不禁希望想出更妥當的計畫。艾瑪說，這樣顯得有些彆扭；韋斯頓太太則擔心沒地方吃晚餐；伍德豪斯先生考量起健康因素，自然大力反對。事實上，他非常不高興，說什麼也不讓步。

伍德豪斯先生說：「噢，不行！這實在太不智了，我可不能讓艾瑪吃這種苦頭！她的身體並不強壯，很可能染上嚴重的感冒。還有可憐的小海莉葉，你們所有人也一樣。韋斯頓太太，妳一定會累壞的，可別讓他們繼續談論這麼瘋狂的主意。快阻止他們說下去。這年輕人（將音量壓低）向來不懂得深思熟慮。千萬別告訴他的父親。不過，這年輕人實在是不成體統。他整個晚上不停將門打開，也不隨手關上，完全不懂得體貼別人。他壓根兒沒想到冷風會吹進來。我不是要破壞妳對他的印象，但是他確實有失禮節！」

韋斯頓太太對這番譴責十分難過。她知道此事非同小可，連忙竭盡所能打圓場。如今房子裡的每扇門都緊緊關上，他們也放棄了穿梭於走廊跳舞的計畫，重新討論起一開始只在客廳裡舉辦舞會的想法。法蘭克．邱吉爾一心想成功舉辦舞會，不過十五分鐘前，他還認定空間不足以容納五對舞伴，如今卻想方設法說服眾人，即使有十對舞伴這樣的空間也綽綽有餘。

法蘭克說：「我們將舞會規模想得太盛大了，不必浪費這麼多空間。這裡要容納十對舞伴，肯定綽綽有餘。」

艾瑪提出顧慮：「別忘了還有許多賓客——會將這裡擠得水泄不通。跳舞時沒有空間轉身，還有什麼比這更悲慘的事？」

法蘭克嚴肅地答道：「妳說得沒錯。真是太糟糕了。」儘管如此，他依然繼續打量空間，最後說：「我覺得這裡的空間確實足以容納十對舞伴。」

艾瑪說：「不行，不可能。你真是不可理喻。每個人摩肩接踵地站在一起，簡直是場噩夢！在擁擠的空間裡跳舞根本毫無樂趣可言——而且還是像沙丁魚罐頭般的小房間！」

法蘭克回答：「這我無可否認。我完全認同妳的想法。像沙丁魚罐頭般的小房間——伍德豪斯小姐，妳總是三言兩語就能描繪出一幅生動的畫面。真是細膩，太貼切了！儘管如此，既然我們已經談了這麼多，我自然不能輕言放棄。我的父親一定會大失所望，我也一樣——我不知道，不過我真的認為要容納十對舞伴，這裡的空間絕對綽綽有餘。」

艾瑪認為法蘭克熱情到有點冥頑不靈了；他寧可和艾瑪針鋒相對，也不願失去與她共舞的樂趣。不過艾瑪欣然接受他的恭維，其他一切皆可原諒。假設艾瑪原本有意與他結婚，那麼她最好暫時停下來深思熟慮，試著瞭解他的喜好、摸清他的脾氣；然而如果艾瑪只打算與他當朋友，那麼他已經夠討人喜歡的了。

翌日，尚未到中午時分，法蘭克便已到哈特菲爾德登門拜訪。他進到客廳時，臉上掛著十分燦爛的笑容，說明他決定繼續討論舉辦舞會的計畫。他隨即提起此事的最新進展。

法蘭克幾乎立刻脫口而出：「喔，伍德豪斯小姐，希望我父親家裡的小房間沒有澆熄妳對舉辦舞會的熱情。我想提議一個新方案——這是我父親的主意，就等著妳點頭答應。我是否有此榮幸能與妳共同引領開場的兩支舞？而我們策劃的這場小型舞會，將不會在蘭德斯舉行，而是選在皇冠旅店。」

「皇冠旅店！」

「沒錯。假如妳和伍德豪斯先生不反對——我也相信妳不會有任何異議——那麼，我父親希望邀請所有朋友到皇冠旅店參加舞會。他可是信誓旦旦地保證，所有人都能享有更寬敞的空間，他們受到的熱情款待也絕對不亞於蘭德斯。這可是他本人的想法。倘若妳欣然接受，韋斯頓太太亦不會提出任何反對。我們都認為這是個好主意。噢！妳說得一點都沒錯！蘭德斯的那兩個房間，無論哪一個都容納不下十對舞伴！真是太可怕了！我明白，自始至終妳都是對的，可是我實在太渴望舉辦舞會，因此說什麼也不肯讓步。這個替代方案是不是很妥當？妳會同意吧？——希望妳能點頭答應？」

「就我看來，如果韋斯頓先生和他的夫人都認為這計畫可行，那麼應該沒有任何人會提出異議。我認為這是個很棒的想法；我也覺得真是令人再高興不過——這似乎是唯一的改善方法。爸爸，您不覺得這個替代方案相當優秀嗎？」

在伍德豪斯先生還摸不著頭緒時，艾瑪不得不一再重複說明。由於這是前所未有的嶄新想法，艾瑪必須進一步詳加解釋，才能說服父親接受。

「不，我認為這主意一點也不好——差勁透了，比之前的計畫更糟糕。旅館裡的房間向來相當潮溼，對健康非常不好；既不通風又不適合久住。要是他們非舉辦舞會不可，那就最好辦在蘭德斯。我這輩子還不曾踏進皇冠旅店的房間，真不知道管理者到底在想什麼。噢！這可不成——真是太糟糕的計畫了。和其他地方相比，你們在皇冠旅店肯定更容易染上重感冒！」

法蘭克・邱吉爾說：「先生，請容我說句話。這個替代方案的好處之一，就是大家幾乎不可能染上重感冒！在皇冠旅店著涼的機率，甚至比在蘭德斯還低得多！派瑞先生或許有理由提出異議，其他人卻會一致認同。」

伍德豪斯先生相當激動地說：「先生，如果你認為派瑞先生是這種個性，那你可就大錯特錯了。一旦我們之中有任何人生病，派瑞先生都同樣憂心忡忡。不過我實在不明白，為何你認定皇冠旅店比你父親家更加安全？」

「先生，因為皇冠旅店的房間寬敞得多。如此一來我們就不需要打開窗戶——整個晚上都用不著開窗。開窗向來是可怕的壞習慣，暖呼呼的身子一旦受到冷風侵襲——這您最清楚不過，先生——正是引起感冒的問題所在。」

「開窗！可是，邱吉爾先生，即使在蘭德斯，也沒有人想過要打開窗戶。不會有人如此粗心大意！我從未聽說過這種事。在窗戶敞開的房間裡跳舞！我敢肯定無論是你父親或是韋斯頓太太——也就是可憐的泰勒小姐——都不會允許這種事發生。」

「是啊！先生。可是，某個設想不周的年輕人有時會站到窗簾後方，偷偷開了窗，其他人卻渾然不覺。我自己就很常注意到這種事。」

「先生，你是說真的嗎？老天！我可真想不到！不過我既然過著與世隔絕的生活，自然會聽到許多讓我震驚不已的事情。當然，這麼一來情況就不一樣了。或許我們是該好好討論——但是得經過深思熟慮，不能草率決定。假如好心的韋斯頓先生和他的夫人願意找個上午大駕光臨，我們可以認真討論此事該如何解決。」

「可是，先生，很遺憾，我的時間所剩無幾——」

艾瑪連忙打岔：「噢！我們的時間多得是，可以好好討論每個細節。我們一點也不趕時間。爸爸，假如舞會真能在皇冠旅店舉辦，寄放馬匹可就方便啦！離馬廄近得很呢！」

「沒錯，親愛的。這真是太好了。即使詹姆士不曾抱怨，要是可以的話，我們當然得顧好自己的馬匹。假如我也能確定房間通風良好——可是我們信得過史托克斯太太嗎？真令人懷疑。我根本不認識她，甚至連見都沒見過呢！」

「先生，這點我能向您打包票，因為全權負責的人是韋斯頓太太。韋斯頓太太會直接發號施令。」

「爸爸，您瞧！現在您可以放心了吧！我們親愛的韋斯頓太太會親自負責，她可是細心得很呢！您還記得派瑞先生怎麼說起我小時候長麻疹的事情嗎？『要是由**泰勒小姐**負責照顧艾瑪小姐，您根本用不著擔心，先生。』您到現在也還老是將這件事掛在嘴上，對她讚不絕口！」

「是啊！確實如此。派瑞先生是這麼說的。我一輩子都不會忘記。可憐的小艾瑪！當時麻疹害妳吃了不少苦；要不是派瑞悉心照料，妳的狀況可就不樂觀了。他一天上門四次，足足維持了一整週。他一開始說這種麻疹沒什麼好擔心的，讓我們十分放心。但是麻疹這種病真是可怕。要是可憐的伊莎貝拉哪天有孩子得了麻疹，她一定得請派瑞幫忙。」

法蘭克．邱吉爾說：「我父親和韋斯頓太太現在就在皇冠旅店。他們正在檢查屋裡的設施空間。我讓他們待在那兒，自己先過來哈特菲爾德，等不及想聽聽妳的意見，希望妳也能親自過去一趟，針對場地提出建議。他們兩個都是這麼說的。如果我有幸陪伴妳過去，他們一定會非常高興。沒有妳的幫忙，他們什麼事也辦不成。」

艾瑪非常樂意參與討論，伍德豪斯先生則打算趁她離開時好好思索此事，因此兩名年輕人立即出發前往皇冠旅店。韋斯頓夫婦非常高興見到艾瑪，也很開心她對此計畫表示認同。夫婦倆欣喜不已，各自忙碌起來，心裡的想法卻有所差異；韋斯頓太太的心裡仍浮現一絲不安，韋斯頓先生則認為一切完美無缺。

韋斯頓太太說：「艾瑪，這裡的壁紙比我預期的還要糟。妳看！好幾個地方簡直髒得不得了。牆上的飾板也都泛黃了，看起來非常寒酸，我從未見過這麼糟糕的屋況。」

「親愛的，妳實在太鑽牛角尖了。」她的丈夫說，「為什麼要放大這些小地方呢？在燭光下根本什麼也看不清，看起來就像蘭德斯一樣整潔。我們平日晚上參加俱樂部聚會時，不是什麼也沒發現嗎？」

此時，兩名女士或許正互相使眼色，心裡想著：男人就是永遠搞不清什麼東西是髒的。兩位男士則可能各自心想：女人就是喜歡在意這種芝麻蒜皮的小事。

然而，此刻又浮現了另一個疑慮，即使連兩位男士也無法對此視而不見：該在哪裡用餐？當初建造宴會廳時並未考量到餐廳的空間，旁邊只多了間小小的打牌室[80]。現在該怎麼辦呢？

80 宴會廳通常會設立打牌室，以供不擅長或不打算跳舞的賓客使用。

如今，打牌室依然只能用來打牌；即使他們四人決定暫時取消打牌活動，這裡依然沒有足夠的空間讓眾多賓客舒舒服服地用餐。另一個更寬敞的房間或許能容納更多人，但是它遠在屋子的另一端，必須先穿過一條長廊才能抵達，十分麻煩。這可行不通。韋斯頓太太擔心年輕人穿過走廊時會著涼，艾瑪和兩位男士更不希望在擠得水泄不通的狹小空間裡用餐。

韋斯頓太太提議不要供應正規晚餐，只需在小小的打牌室裡提供三明治[81]等輕食，其他人立刻駁斥這個差勁的主意。明明是私人舞會，卻沒有讓賓客坐在餐桌前享用的正式晚餐，無疑剝奪了賓客的權益，成了一場不光彩的騙局。韋斯頓太太絕不能再說出這種話。她只好採取另一個權宜之計，環顧這小得可憐的房間，說道：

「我不認為這個房間**真的**很小。你們也知道，我們不會邀請非常多人。」

此時韋斯頓先生正沿著走廊輕快地邁著大步，一面高聲說道：

「親愛的，妳把走廊說得那麼長，其實距離也沒多遠嘛！而且樓梯這裡一點冷風也沒有。」

韋斯頓太太說道：「我希望有人知道我們的客人最喜歡什麼安排。我們的目標是讓賓客盡歡。真希望有人告訴我們該怎麼做。」

法蘭克高聲說道：「是啊！說得沒錯。確實如此。您需要左鄰右舍的意見。我一點都不覺得奇怪。只是得知道該找誰當作代表——例如寇爾夫婦，他們住得不遠。我該去他們家裡一趟嗎？或是貝茨小姐？她又住得更近了。除了貝茨小姐之外，我想不出還有誰比她更清楚其他人的喜好。我想，我們需要更多人一起討論。我是否該邀請貝茨小姐加入我們？」

「這個嘛——如果你願意的話。」韋斯頓太太有些遲疑地說，「只要你真的肯定她對我們有所幫助。」

「就我們的目的看來，貝茨小姐肯定什麼忙也幫不上。」艾瑪說：「她會興高采烈地百般道謝，卻什麼也無法告訴你，甚至聽不進你的問題。詢問貝茨小姐的意見根本毫無意義。」

「但是，她真的很有趣，非常有趣！我很喜歡聽貝茨小姐聊天。妳也知道，我不需要把整家人都找來。」

此時，韋斯頓先生又回到他們身邊，聽到法蘭克的提議，隨即熱烈附和：「沒錯，去吧，法蘭克。去找貝茨小姐過來，我們立刻將這件事談定。我敢說她一定很喜歡這個計畫，也想不到還有誰比她更適合解決我們的難題。去找貝茨小姐過來吧！我們有些陷入僵局了。她絕對能告訴我們該如何開心起來。不過，將兩位都找來吧！邀她們一起過來。」

「兩位！父親，年長的女士也要……？」[82]

「年長的女士！不是，我當然是指年輕的女士。法蘭克，要是你邀請了阿姨，卻漏掉了外甥女，那可就太遲鈍了。」

81 三明治起源於十八世紀，正是為了方便於牌局果腹而發明的點心。

82 由於貝茨家的阿姨與外甥女皆可稱呼為貝茨小姐（Miss Bates），法蘭克想邀請的貝茨小姐，也許和在場其他三人認知的有出入。

「噢！請原諒我，父親。我沒有馬上意會過來。如果您希望的話，我自然會將兩位都邀請過來。」法蘭克隨即匆匆跑開。

過了好一會兒，法蘭克終於回來，個頭嬌小、衣著整齊的貝茨小姐邁著輕快的步伐跟在他身旁，她那位氣質優雅的外甥女也陪伴在側。韋斯頓太太扮演起個性溫柔的賢淑妻子，方才又再次檢視走廊的狀況，發現一切並未如她預期那麼糟糕——缺點微不足道，她總算不必再繼續苦惱。其餘的其他事項，預計會十分順利。他們想好如何親自打點桌椅、照明、音樂、茶點和晚餐，剩下的旁枝末節，韋斯頓太太隨時能和史托克斯太太商定；打算邀請的賓客確定都能出席，法蘭克也已經寫信到安斯康姆，希望比原本預定停留的兩週再多待幾天，這項請求勢必能獲得允許。接下來就是開開心心舉辦舞會。

貝茨小姐一抵達就十分贊同舉辦舞會。她雖然不是稱職的諮詢對象，不過仍以支持者的身份（這角色確實安全得多）受到真誠歡迎。她人一到就發表了一段叨叨絮絮、分分秒秒都不中斷的贊同，讓大家再開心也不過了。接下來的半小時，他們不停穿梭於各個房間，不時提出建議、交換意見，並且快樂地想像著即將成真的舞會。法蘭克非要艾瑪保證，會與他一同負責當晚開場的兩支舞，這場討論才終於告一段落。臨走前，艾瑪還聽到韋斯頓先生對妻子悄聲說道：「親愛的，他開口向她邀舞了。這才對嘛！我就知道他會這麼做！」

30

對艾瑪而言，這場舞會要做到盡善盡美，只差臨門一腳——日子必須訂在法蘭克．邱吉爾預定待在薩里郡的期間。儘管韋斯頓先生信誓旦旦地保證再三，艾瑪仍然不認為邱吉爾夫婦會同意讓外甥比預定的兩週多待上一天。如此一來，舞會根本來不及舉辦。前置作業需要花不少時間，得到第三週才能將一切打點妥當。因此就艾瑪看來，他們有好幾天必須在不確定的狀態下繼續策劃，安排進度，並且懷抱希望——她認為，一切很可能終是徒勞無功。

然而，即使邱吉爾夫婦並未明確表達，態度倒也相當慷慨。法蘭克要求多待幾天自然讓他們不大高興，卻並未反對。一切都能放下心來，似乎顯得一帆風順。不過即使對一件事情放下牽掛，通常也會為了其他原因焦慮起來。艾瑪如今確定舞會能順利舉行，卻開始煩惱奈特利先生對此漠不關心。這或許是因為他自己不喜歡跳舞，也可能是因為他打從一開始就未受邀參與討論，因此他似乎打定主意對這場舞會不聞不問，不僅完全不感好奇，也認定自己不會樂在其中。即使艾瑪主動提起，他仍只是冷冷答道：

「非常好。假如韋斯頓夫婦認為幾小時的喧鬧值得讓他們惹上這麼多麻煩，我自然不會多說什麼。不過他們可不能幫我決定喜歡的娛樂活動。噢！沒錯，我是得出席，我沒辦法拒絕，也會盡量保持清醒。但是我得承認，我確實寧可待在家裡檢視威廉．拉金斯整理的本週帳目。欣賞舞蹈的樂趣！對我來說根本毫無魅力可言。我從不看人跳舞，也不曉得誰喜歡看人跳舞。我相信舞跳得好也是一種美德，本身就是價值所在。站在一旁觀舞的人，腦袋裡的想法通常大相逕庭。」

艾瑪認為這番話是針對她而來，令她怒不可遏。不過，儘管奈特利先生再怎麼冷漠或氣憤，都不是為了表現出他對珍．菲爾費克斯的欣賞之意。他並非受到**珍**的影響才譴責這場舞會；因為**她**光是想到舞會舉辦在即，就顯得興奮莫名。她對舞會感到雀躍不已，直率地脫口說出：

「噢！伍德豪斯小姐，我希望舞會能順利地如期舉行。要是辦不成，會讓人多麼失望啊！我承認我真的十分期待，非常樂在其中。」

因此，奈特利先生對珍．菲爾費克斯並無興趣，而是寧願與威廉．拉金斯待在家裡。果然如此！艾瑪更加肯定韋斯頓太太的臆測錯得離譜。奈特利先生對珍確實親切有加，關懷備至——卻沒有包含任何愛意。

哎呀！艾瑪很快就連和奈特利先生拌嘴的閒暇也沒了。所有人才高高興興了兩天，一切就突然徹底翻盤。邱吉爾先生寄來一封信，要求外甥立刻趕回去。邱吉爾太太的健康狀況很不好——情況相當不樂觀，法蘭克非伴隨在側不可。邱吉爾太太兩天前寫信給外甥時，身體就已經飽受煎熬（她的丈夫是這麼說的），只是她向來不願帶給別人痛苦，不曾為自己著想，因此不願提及此事；但是她現在病重至此，自然顧不得煩惱，必須請法蘭克立即啟程回安斯康姆，別再耽擱下去。

韋斯頓太太隨即寄了一封短箋給艾瑪，向她轉達這封信的內容。看來，法蘭克是無可避免得離開了。雖然他心裡感到憎惡，並不認定舅媽的情況危急，卻還是得在幾小時內趕回去。法蘭克很清楚舅媽的狀況，她總是依照自己的需求，以生病當作最好的藉口。

韋斯頓太太補充寫道：「吃過早餐後，他只來得及去海布里一趟，和真正對他有所關心的幾個朋友道別。因此，他應該很快就會抵達哈特菲爾德了。」

這封傳達壞消息的短箋送來時，艾瑪正好快吃完早餐，她一念完這封信，頓時食不下嚥，只是不斷唉聲嘆氣。不僅舞會化成泡影，法蘭克也即將離開——他的心裡又是做何感想？這簡直太過分了！明明會是個十分盡興的夜晚，大家都會很開心，她和法蘭克更會是最為快樂的人！「我早就說過，最後會變成這樣吧！」反而成了艾瑪唯一的慰藉。

她父親的感受卻截然不同。伍德豪斯先生一心惦記著邱吉爾太太的病情，想了解她正接受何種治療；至於舞會一事，雖然他很難過親愛的艾瑪大失所望，不過，他們自然還是待在家裡比較安全。

艾瑪等了好一陣子，法蘭克才終於登門拜訪；不過如果這完全反映出他的急躁，他進門時的悲傷神情與垂頭喪氣的模樣，也足以彌補一切。匆匆的別離讓他百感交集，甚至無法開口。他的沮喪之情顯而易見。他就這麼坐了好幾分鐘，完全沉浸在自己的思緒裡；當好不容易回過神來，也只是淡淡地說：

「在所有糟糕的狀況裡，離別是最討厭的一件事。」

艾瑪說：「不過你還會再回來呀！你並非只回來蘭德斯這麼一次。」

「噢！（他搖了搖頭）我不確定自己什麼時候能再回來！我一定會想盡辦法嘗試！我全心全意所盼望的目標，就是再回來一趟！但願明年春天舅舅和舅媽會進城去——他們去年春天並沒有這麼做。我很擔心以後這會變成常態。」

「我們勢必得放棄可憐的舞會了。」

「唉！舞會！我們當時為什麼要耽擱呢？為什麼不馬上抓緊時間舉辦舞會？如此大費周章地準備，反而毀了多少享樂的機會！籌備簡直愚蠢至極！妳早就告訴我們會發生這種事了。喔！伍德豪斯小姐，為什麼妳的想法永遠都是對的呢？」

「老實說，我很遺憾這次也被我說中了。與其預測準確，我寧可玩得盡興。」

「下次我回來，還是可以繼續舉行我們的舞會。家父非常看重這件事。可別忘了妳的承諾。」

艾瑪露出親切的表情。

法蘭克繼續說：「這兩個星期過得多麼快樂啊！每天都顯得彌足珍貴，而且一天比一天愉快！在這裡的每個日子，都讓我更加認定自己和其他地方格格不入。能夠繼續住在海布里的人真是幸福！」

艾瑪笑著說：「既然你現在給予我們如此大方的肯定，我不免要大膽問一聲，你剛來的時候是否有些疑慮？我們是不是遠超乎你的預期？我想，答案是肯定的吧！我敢說你當時一定不認為會對我們抱持好感。如果你之前就很喜歡海布里，想必不會拖這麼久才回來。」

法蘭克有些不好意思地大笑起來，雖然他否認這番想法，艾瑪依然深信他確實這麼想過。

「你非得今早離開不可嗎？」

「是的。待會兒我父親也會過來一趟，我們一同返家後，我就必須立刻出發了。我想，他可能隨時都會出現。」

「連多花五分鐘跟菲爾費克斯小姐和貝茨小姐打聲招呼都來不及嗎？真可惜！貝茨小姐向來心智堅定，爭論不休，或許能讓你堅強起來。」

「是啊！我已經去過那裡一趟了。方才經過門口，我認為進去一趟比較恰當。這麼做是對的。我只進屋等了三分鐘，因為貝茨小姐外出不在家，我實在沒辦法再等到她回來。旁人或許會看她笑話，理所當然地嘲笑她，可是她卻很難讓人輕視。或許我應該再去看看她——」

法蘭克有些遲疑，站起身來走向窗邊。

「簡而言之，」他說，「或許，伍德豪斯小姐——我想或許妳難免有所疑慮——」

法蘭克看著艾瑪，彷彿想讀懂她的心思。艾瑪不曉得該說什麼才好。他似乎打算談起非常嚴肅的話題，正是艾瑪最不想見到的情況。因此她強迫自己開口，希望能讓法蘭克就此打住。她平靜地說道：

「你說得沒錯。你自然應該上門拜訪一趟——」

他默不作聲。艾瑪知道法蘭克正注視著自己，或許正回想著她方才那番話，試著理解她的意向。她聽見法蘭克嘆了一口氣。這反應再自然不過，他顯然感受到了，因而嘆了一口氣。他不能指望艾瑪會鼓勵他說下去。氣氛變得有些尷尬，過了一會兒，他再次坐下，以更加堅決的語氣說道：

「我覺得或許我接下來的時間都應該待在哈特菲爾德。我最關切的莫過於哈特菲爾德——」

法蘭克再次打住，站起身來，似乎顯得十分彆扭。他對艾瑪用情至深，遠超出艾瑪的預期；倘若他的父親沒有及時出現，誰又知道接下來會如何結束呢？伍德豪斯先生緊跟在韋斯頓先生後頭走了進來，法蘭克不得不克制住，頓時冷靜許多。

然而，過了幾分鐘，眼前的考驗總算畫下句點。韋斯頓先生總是相當留意事情完成的時機，從不耽擱非做不可的苦差事，以免節外生枝。他開口說道：「該走了。」法蘭克似乎很想嘆氣，也確實嘆了一口氣，不得不依言起身告辭。

「我會關注你們所有人的消息。」法蘭克說：「這是我最大的安慰。我想知道你們生活中的每件大小事。我請韋斯頓太太與我通信，她非常好心地答應了我。噢！想關心不在身旁的人時，能有一位女士為我捎來消息，多令人欣慰！她一定會告訴我所有消息。相信透過她的信，能夠讓我彷彿置身在美好的海布里。」

法蘭克．邱吉爾非常親切地與所有人握手，誠摯地向他們道別，大門就此在他身後關上。

韋斯頓太太捎來的信箋很短，然而他倆的碰面時間更短；如今，法蘭克離去了，讓艾瑪不勝唏噓，她不難想像，在這小小的朋友圈裡，少了法蘭克是何等損失，不禁開始擔心自己會難過得無法承受。

這會是個令人心碎的改變。自從法蘭克來到這裡，他們幾乎每天都會碰面。多虧他回到蘭德斯，過去兩星期以來製造了許多生氣，氣氛變得格外活躍。艾瑪每天早上都期待見到法蘭克，深知他關心著自己，總是如此充滿朝氣、彬彬有禮！這兩個星期過得相當快樂，如今又要回到哈特菲爾德的日常生活，令人感到多麼寂寞！從種種跡象看來，法蘭克**幾乎**等於已經向艾瑪告白了。暫且不論他的愛有多強烈、多堅定，此時此刻，艾瑪可以肯定法蘭克確實深深愛慕著她，明顯對她情有獨鍾。再加上其他種種跡象，她不禁認為自己對法蘭克**一定**也有點動心了，無論先前多麼堅決地抗拒。

艾瑪心想：我一定喜歡上他了。我現在感到無精打采、筋疲力盡、愚蠢不堪，無法靜靜坐下專心做自己的事，覺得這房子裡的每件事都如此索然無味！我一定是戀愛了。倘若我不是戀愛了，那我現在肯定是世界上最奇怪的人——至少會持續幾個禮拜。好吧！發生在某人身上的壞事，對另一個人可能是好事。一定有許多人陪著我難過，就算不是為了法蘭克．邱吉爾，也會為舞會感到十分惋惜；不過奈特利先生應該會樂得很。他要是喜歡的話，那天晚上可以好好地陪他親愛的威廉．拉金斯啦！

然而奈特利先生並未表現出沾沾自喜、幸災樂禍的模樣。他自然不會表示遺憾，一旦他說出這種話，臉上的愉快神情就會立刻露了餡。不過他確實相當堅決地說，他很遺憾大家都失望了，還非常親切地補了一句：

「尤其是妳，艾瑪，妳平常少有機會跳舞，實在太可惜了。妳可真不走運！」

過了好幾天，艾瑪才見到珍．菲爾費克斯，也才有機會判斷，她是否發自內心對這悲慘的轉變感到難過。沒想到兩人碰面時，珍卻顯得神色自若，令艾瑪十分厭惡。不過，由於珍飽受頭痛折磨，好一陣子身體不適；貝茨小姐宣稱她的病情十分嚴重，即使舞會真的如期舉行，她恐怕也無法參加。倘若珍是因為身體微恙，才反常地對此漠不關心，似乎也情有可原了。

31

艾瑪依然深信自己墜入情網，只是說不準投入的程度。起初，她認定自己陷入熱戀，隨後卻又自認只有一點心動。她非常喜歡聽到身邊的人提起法蘭克．邱吉爾，甚至因此更高興見到韋斯頓夫婦。她經常想起法蘭克，迫不及待想收到他的來信，希望得知他的近況和心情；她想知道他的舅媽是否已經好多了，今年春天他又有多少機會能再次回到蘭德斯。

可是，另一方面，艾瑪並不認為自己變得悶悶不樂；自從那天早上過後，她也和往昔一樣，對日常工作充滿幹勁。她的生活依然充實愉快；即使法蘭克如此討人喜歡，在她眼裡也並非完美無缺。更何況，儘管艾瑪確實經常想念起法蘭克，平常作畫或埋首針線活時，心裡總會勾勒出無數愉快的畫面，想像他倆接下來該如何進展，或是如何畫下句點；她能編出許多有趣的對話，甚至憑空杜撰措辭優雅的書信往返。然而，無論想像的內容如何天馬行空，結果始終一成不變，往往以她拒絕法蘭克的心意作結；他倆之間的濃情蜜意，最後總是昇華成友情。

他們分手前的一切淨是溫柔情意，顯得分外迷人；儘管如此，他們終究得分道揚鑣。每當艾瑪意識到這點，就彷彿當頭棒喝，提醒自己不能用情太深。雖然她以往打定主意一輩子不婚，絕不會離開父親身邊；然而，一旦她陷入熱戀，想必會令她陷入天人交戰，甚至看不清自己的感受。

艾瑪告訴自己：「我不打算用**犧牲**這個字眼來形容。我能提出各種巧妙的答案，以細膩的方式加以拒絕，肯定不會讓對方聯想到犧牲這種事。我確實認為，要讓自己幸福，不見得需要他來成就。這樣的快樂就夠了，我絕不希望說服自己挖掘出更多心底的感受。我已經淺嘗墜入情網的滋味，要是再投入更多感情，想必會十分遺憾。」

整體而言，艾瑪一想到他的感受，同樣覺得相當欣慰。

「**他**顯然愛得很深，這點毋庸置疑——從種種跡象看來，他確實已經陷入熱戀了！等他再次回來，倘若他的愛意仍未稍減，我勢必得拒他於門外，別再讓他繼續深陷。我已經下定決心，不可能接受他的愛意。我想，他也不認為我有意鼓勵他繼續追求下去。不可能的，假如他有此想法，打算將他的感受對我和盤托出，就不可能表現得那麼楚楚可憐。要是他認定自己有勝算，當初離別時，他的神情和所說的話肯定會截然不同。然而，儘管如此，我還是必須武裝自己的心。前提在於，他屆時的心意依然和現在一模一樣；可是，我認為他會變。我想，他並不是那種男人——他不是那種對愛情堅定如一、忠貞不渝的人。他情感奔放，但我相信他對感情也十分善變。總之，每思及此，我都十分慶幸自己並未將幸福全然寄託在他身上。再過一段時間，我的感覺就會好多了——屆時，一切將能順利落幕。大家都說，每個人一輩子只會談一次戀愛，我一定很輕易就能走出情關。」

法蘭克寄了一封信給韋斯頓太太，艾瑪十分仔細地閱讀起來。她一面讀著信，一面感到歡欣不已，湧上滿滿的愛慕之意，也不禁驚訝於心裡的激動，發現自己竟輕忽了感性的力量。這封信寫得相當長，措辭優美。他特別描述踏上歸途的情景，抒發滿心的感受；字裡行間滿是深情與感激，表達出再真誠不過的敬意，並以精確的文字，興致盎然地描繪各種引人注目的大小事。他並未以華麗辭藻堆砌讓人心生疑竇的歉疚或關切，而是對韋斯頓太太寫下真摯的感受。他在海布里首次體會到美好的人際往來，因此從海布里回到安斯康姆後，他相當深刻地感受到兩地之間的差異，也明白自己有多少內心話想抒發，只是礙於禮貌而有所節制。

信中自然少不了艾瑪的名字。**伍德豪斯小姐**不止提及一次，也必定伴隨令人欣喜的描述，要不是讚美起她的品味，就是回憶起她所說過的話。艾瑪最後一次在信裡讀到自己的名字時，法蘭克並未以百般殷勤的誇大文字加以渲染，艾瑪卻真切感受到自己對他的影響力，對她而言不啻最為窩心的盛讚。寫得洋洋灑灑的信紙一角，密密麻麻地擠進了這幾行字：「如您所知，我星期二那天實在抽不出時間，見見伍德豪斯小姐那位可人的朋友。請您務必代我致上歉意，並向她道別。」艾瑪十分肯定，這正是為了她著想的舉動。法蘭克之所以記得海莉葉，全因為她是艾瑪的朋友。一如預期，法蘭克回到安斯康姆的處境既未變得更糟，卻也沒有好轉的跡象。邱吉爾太太日漸康復，他卻依然不敢提起再次回蘭德斯的確切日子，甚至連想都不敢想。

這封信寫得如此情深意切，打動人心；然而，當艾瑪將信紙摺好交還給韋斯頓太太時，卻發現她的感情並未繼續掀起波瀾。即使寫信的法蘭克不在身旁，艾瑪依然能過得很好；因此，就算艾瑪沒有陪伴在法蘭克左右，他也得學著適應。艾瑪的決心未曾動搖。她更加篤定要回絕法蘭克的心意，甚至開始為他往後的慰藉與幸福著想。法蘭克不僅想起了海莉葉，還以「可人的朋友」形容她，不禁讓艾瑪猜想起，海莉葉或許能跟隨自己的腳步，獲得法蘭克的青睞。這可能嗎？不對，海莉葉的理解力無疑遠遜於法蘭克；然而，她的美貌確實曾讓法蘭克驚為天人，也對她天真無邪的個性印象深刻，身家背景和人脈亦對海莉葉大為有利。對海莉葉而言，這確實是一樁極具優勢、令人欣喜不過的好事。

「我不能繼續鑽牛角尖。」艾瑪心想：「我不要再想了。我很清楚，一旦陷入這種臆測，會帶來什麼樣的危險。但是，更不尋常的事總會發生。假如我們再也不像現在這樣重視彼此，那表示我們確實建立起真摯無私的友情，這是我打從現在就滿心樂見的結果。」

能為海莉葉提早備妥安慰的良藥固然不錯，然而，別對這件事心心念念，或許才是明智之舉，因為壞運氣總是隨時蠢蠢欲動。艾爾頓先生訂婚一事在海布里傳得沸沸揚揚之際，法蘭克·邱吉爾正好回來，頓時成為眾人的焦點，完全比下了訂婚的消息；如今他離開了，眾人的注意力再次轉回艾爾頓先生身上，一發不可收拾。

艾爾頓先生的婚期已經敲定。過沒多久，他就會帶著新娘再次返家。原本大家對安斯康姆的第一封來信議論紛紛，很快就改口談起了「艾爾頓先生與他的新娘」，將法蘭克·邱吉爾拋諸腦後。艾瑪日益厭煩這個話題。過去整整三星期完全聽不見艾爾頓先生的名字，令艾瑪樂不思蜀，也由衷希望海莉葉的心智已經堅強許多；至少當時正期盼著韋斯頓先生舉辦的舞會，自然能對其他事情視而不見。然而，如今海莉葉顯然無法再鎮定自若，對真正逼近的婚事淡然處之，包括嶄新的馬車、教堂鐘聲和婚禮的一切大小事。

可憐的海莉葉有如驚弓之鳥，心煩意亂，艾瑪必須想方設法勸之以理，全心全意地安撫、關照她。艾瑪自認替海莉葉做得再多也不為過，她自然願意為海莉葉絞盡腦汁提供意見，並以最大的耐心給予包容。但是，任憑艾瑪費盡唇舌，依然無法發揮效果；即使海莉葉嘴上稱是，兩人的想法卻始終無法達成共識，不禁令艾瑪心裡深感負擔。海莉葉總是溫順地聽著，一面說道：「沒錯，一切正如伍德豪斯小姐所言，根本不值得花費心思在他們身上──我再也不多想了。」然而，她掛在嘴上的話題依然毫無變化；接下來的半小時，她仍然一如往常，為艾爾頓夫婦的婚事感到坐立難安。最後，艾瑪決定改變策略應付海莉葉。

「海莉葉，妳放任自己一心想著艾爾頓先生的婚事，並為此這麼不快樂，無疑是對**我**最嚴厲的懲罰。妳不願意讓我彌補自己犯下的過錯。我很清楚，這一切都是我造成的；我向妳保證，我始終沒有忘記這件事。我蒙蔽了自己的雙眼，也因此矇騙了妳，多麼悲慘──這成了一輩子都不堪回首的痛苦記憶。我這輩子都將無法忘懷。」

海莉葉頓時感到語塞，只能急切地驚呼了幾聲。艾瑪繼續說道：

「海莉葉，我不是要妳為了我而振作起來；我並非為了自己著想，才希望妳別再惦記艾爾頓先生，或是將他掛在嘴上。這都是為了妳自己好，我非常希望妳能盡快從中解脫，這遠比讓我自己好過一點更為重要。妳若能建立起自我節制的習慣，思考自己的職責所在，懂得瞻前顧後，盡力避免讓旁人心生疑竇、說長道短，對妳的健康和形象都將大有益處，也才能讓自己重獲平靜。出於這些考量，我才會如此苦口婆心地勸妳。這些事非常重要，我很難過妳還沒辦法意識到重要性，也因此無法身體力行。讓我從痛苦中解脫，只不過是次要考量；我希望妳將自己從更痛苦的深淵裡解救出來。或許有時候，我才能感受到海莉葉並未忘記自己的本分——甚至不忘對我多所體諒。」

如此動之以情的成效相當顯著。海莉葉非常敬愛伍德豪斯小姐，想到自己這番舉動等同不知感激，也沒有替艾瑪設身處地著想，不禁令她難過了好一陣子。等到海莉葉心裡強烈的悲傷稍微平復後，她依然還能清楚思考何謂對錯，並且堅強地把持住自己。

「您是我這輩子最要好的朋友，我對您始終充滿感謝！沒有人比得上您在我心目中的地位，我最在乎的人只有您！噢！伍德豪斯小姐，我這陣子的表現多麼忘恩負義啊！」

聽到海莉葉這番真情告白，加上她的真摯神情與態度，艾瑪頓時明白，自己從不曾像現在一樣如此深愛海莉葉，也未曾如此重視她對自己的情誼。

「沒有任何事物的魅力比得上溫柔的心意。」艾瑪隨後心想：「這樣的感情無與倫比。發自內心的熱情與溫柔，還有那深情坦率的態度，遠比精明的腦袋更讓人為之心動，深切著迷。這點毋庸置疑。父親正是因為擁有一顆溫柔的心，才會如此受人愛戴；這也是伊莎貝拉大受歡迎的原因。我沒有這麼柔和的心意，但是我懂得欣賞和尊重其價值。海莉葉的迷人魅力遠勝於我，也能因此獲得滿溢的幸福。親愛的海莉葉！再怎麼聰明伶俐、極具遠見與判斷力的女性朋友，也無法取代妳的地位！噢！想想冷若冰霜的珍・菲爾費克斯，海莉葉簡直比她優秀一百倍——明理的男人若想娶妻，自當選擇海莉葉這種不可多得的好太太！我現在說不上是誰，不過懂得放棄艾瑪、轉而選擇海莉葉的男人，才是最幸福的！」

32

人們是在教堂初次見到艾爾頓太太的身影。儘管禱告儀式因而中斷，坐在長椅上的新娘仍無法滿足眾人的好奇心；他們等著要親自上門拜訪，才能真正判斷她是否真的擁有傾城美貌，或者只是稍具姿色，甚或根本其貌不揚。

與其說是出於好奇，不如說是出於自尊或禮貌，讓艾瑪下定決心，自己絕不能成為最後一個到牧師公館登門拜訪的人。她也打定主意要海莉葉同行，讓最不堪的情況盡早做個了斷。

不過三個月前，艾瑪才耍了小手段，在自己的靴子上動手腳，只為了藉機拜訪牧師公館；如今再次踏進這棟屋子，走進相同的客廳，所有回憶不禁歷歷在目。腦海頓時浮現無數想法，令艾瑪感到心煩意亂；她回想起艾爾頓先生的讚美、字謎，以及自己犯下的愚蠢錯誤。可憐的海莉葉肯定也想起不堪回首的記憶，卻表現得可圈可點，只是臉色顯得十分蒼白，始終默不作聲。她倆自然待了一會兒就匆匆離去，氣氛十分尷尬，所有人都顯得漫不經心，實在無法久坐。艾瑪因此沒有時間好好打量女主人，不想對她妄下評斷，只留下「衣著優雅，非常討人喜歡」的膚淺印象。

艾瑪對牧師太太其實沒有什麼好感。她還不急著挑出對方的缺點，不過她認定牧師太太毫無氣質可言——隨興，但並不優雅。艾瑪幾乎能明確判定，就一個素昧平生、新婚燕爾的年輕女子而言，她實在太過隨興了。她的外表頗具姿色，長相稱得上漂亮，然而無論五官、氣質、聲音或舉止，都找不出一絲優雅的影子。艾瑪認為時間一久，至少會證實這一點。

至於艾爾頓先生，他似乎並未表現出該有的風度——不對，她不能故作聰明，倉促地對他的態度妄下評論。新婚夫婦隨時都得接待上門恭賀的客人，著實是令人頗彆扭的禮儀。身為一家之主，他自然得全力表現出最體面的模樣，才能應付。女主人的情況稍好一些，她還能藉由華美服飾裝扮自己，也能故作靦腆掩飾尷尬；然而，男主人就得完全依靠自己的判斷力臨機應變。可憐的艾爾頓先生方才與三個女人共處一室：一個是剛與他完婚的女人，一個是他過往想娶的女人，還有一個是旁人預期他會娶的女人，艾瑪深深體會到當下的他多麼不走運。即使他無法表現出精明的模樣，態度格外矯揉造作，也顯得十分不自在，艾瑪都認為情有可原。

「喔，伍德豪斯小姐，」離開牧師公館後，海莉葉苦等不到艾瑪開口，只好率先說話，「我說，伍德豪斯小姐（輕嘆了一口氣），您覺得她怎麼樣？她很迷人嗎？」

艾瑪遲疑了一下才回答：

「噢！是啊——非常——非常討人喜歡的年輕女孩。」

「我覺得她長得很漂亮，真的很美。」

「她確實打扮得很好看，那件禮服非常典雅。」

「他因此而陷入熱戀，我一點也不覺得驚訝了。」

「噢！確實，沒什麼好驚訝的。她家財萬貫，又剛好和他碰上了。」

「我敢說，」海莉葉又嘆了一口氣，「我敢說，她一定非常愛他。」

「或許吧！但是，男人原本就不見得會和最深愛自己的女人結婚。霍金斯小姐也許渴望擁有自己的家庭，覺得艾爾頓先生可能是最好的選擇。」

海莉葉真誠地說：「是啊！她確實很可能這麼想，沒有人是更好的選擇。好吧，我打從心底祝他們幸福。伍德豪斯小姐，我想我現在真的不在意遇見他們了。他還是像往常一樣優秀，不過既然已經結婚了，您也知道，這可是天壤之別。伍德豪斯小姐，說真的，您不必再擔心了。我還是會對他心懷仰慕，但是不會再自怨自艾。知道他沒有自暴自棄，真的讓我十分欣慰！她看起來確實是非常迷人的年輕女士，與他相當匹配。真是幸福的人！他稱呼她『奧古斯塔』呢！多好聽呀！」

這對新婚夫婦登門回訪時，艾瑪下定決心要睜大眼睛好好打量一切。海莉葉正巧不在哈特菲爾德，父親則忙著與艾爾頓先生聊天，艾瑪有十五分鐘與這位女士單獨談話，能沉著專注地觀察她。經過十五分鐘的相處，艾瑪確信艾爾頓太太是個愛慕虛榮的女人，自視甚高，認定自己的地位舉足輕重。艾爾頓太太總是故作姿態，想表現出高人一等的優越感；然而她的教育素養並不深厚，舉止顯得唐突無禮，不知分寸。她所有觀念皆來自同樣一群人，生活圈始終侷限於相同的地方；她即使稱不上愚蠢，也顯得相當無知，她所處的社交圈肯定對艾爾頓先生毫無益處。

海莉葉才是更適合艾爾頓先生的妻子人選。即使她自己並不聰明，出身亦不高貴，卻能幫助艾爾頓先生結交出身高貴的聰明人士。然而，從霍金斯小姐自負的性格不難推斷，她似乎已經是所處圈子裡最為優秀的人了。她有個富裕的姊夫住在布里斯托附近，是他們家族最為自豪的姻親；而他最值得誇耀之處，也不過就是他的宅邸和馬車。

她倆一道坐下，最先聊起的話題便是楓葉林[83]。「姊夫薩柯林先生的宅邸啊……」艾爾頓太太接著開始比較起哈特菲爾德與楓葉林。哈特菲爾德占地不廣，不過整潔雅致，屋裡陳設新穎，蓋得十分穩固。艾爾頓太太似乎對寬敞的房間、大門和眼前一切印象特別深刻。「這裡確實和楓葉林有異曲同工之妙！相似得令人驚訝！客廳的外型和空間，簡直和楓葉林的起居室一模一樣！那是我姊姊最喜歡的房間。」她轉頭詢問艾爾頓先生：「你不覺得很不可思議嗎？我差點以為自己置身楓葉林了呢！」

「還有那座階梯。妳知道嗎，我一進門就發現樓梯十分相似，坐落的位置竟然一模一樣。我實在忍不住大聲驚嘆起來！伍德豪斯小姐，說真的，這裡讓我回想起自己最偏愛的楓葉林，真是太令人開心了！我在那裡住了好幾個月，過得非常快樂！（有些感慨地輕嘆了一口氣）確實是相當迷人的地方，每個見過的人都對它的美讚嘆不已。不過對我而言，那裡就和自己的家一樣溫暖。伍德豪斯小姐，要是妳像我一樣離鄉背井，就可以體會到，能碰上與老家相似的地

---

83 楓葉林（Maple Grove）：從名稱可推測為鄉間別墅。

方是多麼令人欣喜的一件事！我總是說這就是結了婚的壞處之一。」

艾瑪盡可能不予置評，不過艾爾頓太太並不以為意，畢竟她本來就打算自顧自說下去。「簡直和楓葉林像得出奇！我告訴妳，在我看來，不只是房子，連庭園也十分相似。楓葉林和這裡一樣栽種許多月桂樹，連位置都幾乎一模一樣，同樣散布於整個草坪。我瞥到一棵茂密的大樹，周圍擱著長椅，腦海也立刻浮現似曾相識的畫面！我的姊夫和姊姊一定會非常喜歡這裡。坐擁偌大庭園的人，總是很高興見到相同風格的園景。」

艾瑪相當懷疑這番慷慨激昂的言論並非事實。她很清楚坐擁大庭園的人，根本不怎麼在乎其他人的園景長什麼模樣。不過她認為不值得花費心力駁斥這錯得離譜的謬論，因此只是淡淡地回答：

「等妳更加熟悉鄉間的景致，或許會認為自己對哈特菲爾德過譽了呢！薩里郡處處皆是美不勝收的風景。」

「噢！是啊，我也注意到了這點。這裡稱得上是英格蘭的後花園。薩里郡確實是英格蘭的後花園[84]。」

「沒錯。但是我們可不敢獨享這份殊榮。我相信許多郡也被稱為英格蘭的後花園，就和薩里郡一樣。」

「不，我不這麼認為。」艾爾頓太太志得意滿地笑著回答，「除了薩里郡以外，我不曾聽過其他郡也有這個封號。」

艾瑪不再接腔。

艾爾頓太太接著說：「我姊夫和姊姊承諾今年春天會來看我們，最晚夏天就會過來一趟。屆時我們就能四處走走看看了。有他們相伴，我想我們可有得逛啦！他們自然會搭那輛豪華四輪馬車[85]過來，四個座位正合適。所以啦，不需要用到**我們的**馬車，就能舒舒服服地欣賞各異其趣的美景。我想，在那種季節，他們應該不可能搭雙輪馬車過來。事實上，等日子再近一些，我會直接建議他們搭乘四輪馬車，這樣才符合所有人的心意。伍德豪斯小姐，妳也知道，人們一旦來到如詩如畫的鄉村，總免不了想飽覽美景。薩柯林先生可喜歡遊覽風景啦！去年夏天，我們連去了兩趟皇家韋斯頓[86]，當時他們剛買下那輛四輪馬車，我們一路上玩得可開心呢！伍德豪斯小姐，我想，每年夏天，這裡也經常聚集許多人潮吧？」

「不，在這裡不會。要到距離較遠的地方，才有妳所謂那種吸引大批人潮的風景名勝。我想，我們生性較為閒靜，總是偏好舒舒服服地待在家裡，而不是在外頭四處尋歡作樂。」

「哎呀！確實沒有什麼比待在家裡更愜意的了。沒有人比我更安於家庭生活。我住在楓葉

84 以「英格蘭的後花園」（Garden of England）著稱的，其實是肯特郡（Kent）。

85 四輪馬車（Barouche）：能容納四名乘客的四輪敞篷馬車，在當時屬於稀有、昂貴的車款。

86 皇家韋斯頓（King's-Weston）：鄰近布里斯托市中心，由知名英國建築師 Sir John Vanbrugh 所設計的豪華宅邸。

林時，大家都知道我喜歡待在家裡。有好幾次，每當瑟琳娜要去布里斯托，她總會說：『我實在沒辦法讓這女孩離開屋子。雖然我非常討厭搭四輪馬車時沒有人與我作伴，可是看樣子我還是得一個人出發了。我想，奧古斯塔的意志如此堅定，說什麼也不肯越過莊園籬笆一步呢！』她這番話說了好多次啦！但是，我並非喜歡離群索居的人。相反地，要是有人完全與外界斷絕往來，我會覺得非常糟糕！人們最好還是要與外界適度保持往來，既不要過度投入，也不該完全封閉。不過我非常能體諒妳的狀況，伍德豪斯小姐，（看向伍德豪斯先生）令尊的健康狀況想必不允許妳經常外出。他為什麼不試著到巴斯一趟呢？他真該嘗試一下。我非常推薦巴斯。我保證那裡對伍德豪斯先生大有益處。」

「我父親先前不止去過一次巴斯，可是對他毫無幫助。而派瑞先生——我相信妳一定也聽過他的名字——他同樣認為，現在去巴斯對健康沒有任何益處。」

「噢！真是太可惜了。伍德豪斯小姐，我向妳保證，只要水質良好，溫泉絕對能帶來無可挑剔的療效。我待在巴斯的時候見過的例子可多著呢！那裡真是令人愉快的地方，絕不可能對伍德豪斯先生毫無益處，我知道他有時會感到情緒低落。既然是向妳推薦，我應該不需要費太多工夫就能說服妳。巴斯對年輕人的好處眾所皆知。妳向來不常與外界接觸，那是值得妳好好探索的迷人地方，我可以立刻介紹當地最棒的人給妳認識。我捎一封短箋過去，妳就能找到我的幾個朋友，尤其是帕特里奇太太，我到巴斯時總會到她家裡借住。她一定非常樂意照顧妳，也會欣然陪伴妳出席各種公共場合。」

在不至於失禮的情況下，艾瑪終於忍無可忍。她竟然需要承蒙艾爾頓太太引薦——在她某個朋友的陪伴下出席公眾場合，那名朋友或許還是個庸俗無禮、花枝招展的寡婦，靠著寄宿生活勉強餬口！簡直沒有將哈特菲爾德的伍德豪斯小姐放在眼裡，將她的尊嚴往腳底踩！

然而，艾瑪依然克制自己，並未出言指責，只是冷冷地向艾爾頓太太道謝：「但是我們不可能前往巴斯。我依然認為，無論對父親或我而言，巴斯恐怕都不會帶來多少益處。」她生怕自己接下來會勃然大怒，隨即轉移話題：

「艾爾頓太太，無須多問，我也耳聞妳對音樂涉獵頗深。在這些場合，即使本人尚未抵達，名聲卻早已經傳得沸沸揚揚了呢！海布里的居民議論已久，深知妳的琴藝非常高超。」

「噢！真的沒這回事。我必須嚴正反駁這種想法。琴藝高超！我向妳保證，還差得遠呢！不曉得妳從哪兒聽來的，簡直和事實差了十萬八千里！我確實相當熱愛音樂，對音樂充滿熱情，我的朋友也說我頗具音樂造詣。但是跟其他事情相比，我得老實坦承，我的琴藝根本拿不上檯面。伍德豪斯小姐，我知道妳的鋼琴彈得非常好。每當我結交到擁有音樂素養的朋友時，心裡總是感到無比欣慰，雀躍不已。我的生活簡直離不開音樂，音樂對我而言不可或缺。無論在楓葉林或巴斯，我已習慣了有喜愛音樂的同好作伴；如今對我來說，不啻最為嚴重的損失。我將心裡的感受和盤托出，當時E先生[87]向我提起未來的新居，擔心娛樂消遣可能差強人意，房子也不比從前——他知道我已經過慣原本的生活，自然有所疑慮。既然他這麼提起，我當然也誠實告訴他自己願意捨棄的一切——聚餐、舞會、表演。我一點也不擔心生活裡少了這些。

我已經幸運地擁有許多自娛能力，這些外在娛樂對我而言並非不可或缺；少了這一切，我依然可以過得很好。對一無所有的人來說，情況並非如此；然而，我擁有豐沛的資源，足以過上經濟獨立的生活。雖然我以往住慣大房子，不過，適應狹窄的房間並非難事。我在楓葉林確實過慣了奢華的生活，可是我再三向他保證，不一定要擁有兩輛馬車或寬敞的宅邸才能過得幸福。我說：『只是，我的生活還是不能少了音樂的薰陶。我可以不需要其他東西；但是一旦少了音樂，我的生活就會變得平淡乏味。』」

艾瑪笑著說：「我猜，艾爾頓先生想必毫不遲疑地向妳保證，海布里確實非常重視音樂。既然他是為妳著想，即使他的說法有些言過其實，希望妳也能體諒他。」

「說真的，沒這回事，我打從心底相信他。我非常高興自己能加入這個圈子，希望我們能經常一起舉辦溫馨的音樂會。伍德豪斯小姐，我想我倆應該一起成立音樂俱樂部，每週定期在妳家或我家舉行聚會。妳不覺得這是個好主意嗎？假如我們竭盡全力，一定能順利呼朋引伴，共襄盛舉。這對我來說是個很好的誘因，讓我有動力繼續練琴。妳也知道，整體而言，女人一旦結了婚，總會面臨令人難過的遭遇——為了婚姻而放棄音樂。」

「可是妳如此熱愛音樂，肯定沒有這種危機。」

「我自然希望如此。可是我看著身邊的人，不禁滿心憂慮。瑟琳娜完全放棄了音樂，即使她以往彈得非常好，卻再也沒碰過鋼琴。傑弗里斯太太，也就是克萊拉．帕特里奇，同樣如此；還有米爾曼姊妹，她們現在分別是柏德太太與詹姆士．庫柏太太。類似的例子不勝枚舉。

說真的，這實在令我害怕。我以前非常氣瑟琳娜，可是我現在逐漸明白，女人婚後有太多事情要忙了。今天早上，我大概就花了整整半個鐘頭和管家忙進忙出。」

艾瑪說：「但是，諸如此類的事，很快就會步上常軌——」

艾爾頓太太笑著說：「這個嘛，我們就等著瞧吧！」

艾瑪見她打定主意不談自己的音樂造詣，便不再多說什麼。兩人沉默了一會兒，艾爾頓太太話鋒一轉，說道：

「我們去了一趟蘭德斯，夫婦倆都在家。他們非常和藹可親，我很喜歡他們。韋斯頓先生真的十分優秀，我敢說第一眼就喜歡上他了。她似乎也是很棒的人，頗有為人母親的典範，心地十分善良，讓人立刻留下深刻的好印象。聽說她以前是妳的家庭教師？」

艾瑪震驚得頓時說不出話來。艾爾頓太太不等她給予承認，很快接著說道：

「既然知道她的過往，發現她如此優雅大方，著實令我驚訝極了！但是她的氣質確實相當出眾。」

艾瑪說：「韋斯頓太太的氣質向來格外優雅。她待人總是彬彬有禮，個性純真，舉止落落大方，確實是所有年輕女性值得借鏡的典範。」

---

87 艾爾頓太太面對初識不久的艾瑪，就將艾爾頓先生（Mr. Elton）簡稱為E先生（Mr. E.），是粗俗無禮的表現。

「妳要不要猜猜我們在蘭德斯的時候，碰巧遇見誰上門拜訪？」艾瑪完全摸不著頭緒。從她的語氣聽來，顯然是遇見了老友——艾瑪又怎麼猜得到呢？艾爾頓太太接著說：「奈特利[88]！正是奈特利本人！多幸運呀！他前幾天到牧師公館拜訪，我們正好不在家，所以我之前始終沒機會見到他。當然啦，他既然與艾爾頓先生交情匪淺，我自然對他深感好奇。他老是將『我的朋友奈特利』掛在嘴上，我早就迫不及待想認識他了。我得替我**親愛的丈夫**說句公道話，奈特利確實是值得往來的朋友。他真是名符其實的紳士！我非常喜歡他。說真的，他確實極具紳士風範。」

令人慶幸的是，時間不早了，夫婦倆隨即告辭離去，艾瑪總算能鬆一口氣。

艾瑪隨即高聲嚷道：「這女人真是讓人難以忍受！簡直比我想像的還要差勁。太惹人厭啦！奈特利！實在令人難以置信。奈特利！這輩子還沒見過他一面，竟然就稱呼他為奈特利！這才發現他是個名符其實的紳士！真是傲慢自大、粗俗無禮的女人！還有她那**親愛的丈夫**E先生、她的消遣、那副矯揉造作的冒失姿態，以及毫無氣質可言的華麗服飾，全都庸俗不堪！她現在才發現奈特利先生極具紳士風範！不曉得他會不會禮尚往來，發現她原來是極富教養的淑女？簡直讓人難以置信！竟然還提議和我共同籌備音樂俱樂部，幻想我們會成為知心好友！還有韋斯頓太太，撫養我長大的女士如此氣質出眾，居然讓她驚訝不已！真是糟糕透頂。我從來沒見過像她一樣差勁的女人，遠比我預期的還要可怕。將海莉葉與她相提並論，根本是羞辱海莉葉。噢！要是法蘭克．邱吉爾在這裡，會怎麼評論她呢？他想必會感到又好氣又好笑吧！

噢！我又馬上想起他來了。我總是第一個想到他！我該怎麼拉自己一把？法蘭克．邱吉爾始終在我的腦海裡揮之不去！」

艾瑪的思緒就這麼在腦海裡飛快地轉個不停。艾爾頓夫婦離去後，伍德豪斯先生忙著收拾善後，如今總算得空和女兒談話。艾瑪這才勉強平靜下來，專心聽父親說話。

伍德豪斯先生慎重地說：「親愛的，有鑑於我們與她素未謀面，她看起來是個年輕漂亮的女孩，我敢說妳們方才一定聊得十分愉快。她講話的速度太快，快到有點刺耳。不過，我想是我太挑剔了。我不喜歡聽陌生人講話，除了妳和可憐的泰勒小姐，沒有人像妳們一樣好好說話。不過她似乎是個熱情友善、舉止端莊的年輕女孩，自然會成為他稱職的賢內助。只是，我很希望他不要這麼快就步入婚姻。我遲遲沒有正式上門向他和艾爾頓太太道賀，我盡可能找了個好藉口，說希望能在夏天找個時間登門誌喜。不過我之前應該去一趟的。讓新婚女士久等，無疑是怠慢。噢！看看我這把老骨頭，多麼不中用！話說回來，我實在不喜歡牧師公館旁邊那條巷子。」

「爸爸，我相信他們一定會接受您的道歉。艾爾頓先生對您的狀況瞭若指掌。」

「確實如此。不過，那位年輕女士，也就是他的新婚妻子，有機會的話，我早該親自向她致意。我實在太不周到了。」

---

88 對於初識不久的人，未加上「先生」等尊稱，直接指名道姓，也是失禮的事。

「可是，親愛的爸爸，您向來不支持結婚，又何必急著向新娘道賀呢？您根本不贊成婚姻這條路。您要是如此堅持，無疑是鼓勵人們踏入婚姻。」

「沒錯，親愛的，我從不鼓勵任何人結婚。不過，我向來堅持，對女性該有的禮節不可少——尤其這位女士新婚燕爾，更是不容無禮。我應該向她正式道賀。親愛的，妳也知道，無論身處什麼樣的圈子，新娘的地位總是最優先。」

「這個嘛，爸爸，倘若您這麼做不是在鼓勵人們結婚，我實在想不出還有什麼其他含義。我以為，您不會認同可憐的年輕女孩被虛榮心沖昏頭，傻呼呼地踏入婚姻。」

「親愛的，妳真不瞭解我。我只是單純想表現出禮節與良好的教養，和鼓勵結婚根本八竿子打不著。」

艾瑪不再吭聲。她的父親頓時緊張起來，無法理解女兒在想什麼。艾瑪再次回想起艾爾頓太太那番令人反感的話語，即使過了非常長一段時間，那些話始終縈繞在她的心頭，久久揮之不去。

33

根據隨後的發現，艾瑪依然無須收回自己對艾爾頓太太的負面印象。她的觀察幾乎正確無誤。無論是她倆第二次談話的情形，或是往後在任何地方碰面，艾爾頓太太仍然故我：自視甚高、專橫無禮、庸俗愚昧，毫無教養可言。她或許還有點姿色和才華，判斷力卻嚴重不足，竟然自認地位舉足輕重，能為鄰區注入活力，改善眾人的生活。她甚至認為，霍金斯小姐占據重要社交地位的意圖，在成為艾爾頓太太後只是有增無減。

艾爾頓先生的想法自然與妻子別無二致。他看起來不僅十分快樂，甚至對妻子相當引以為傲。他將這樣的太太娶回海布里，似乎令他沾沾自喜，認定連伍德豪斯小姐都望塵莫及。尤其艾爾頓太太新結識的大多數朋友，要不是原本就習慣讚賞別人，就是根本缺乏識人的眼力；向來引領意見的貝茨小姐有副好心腸，認定艾爾頓太太就如本人自稱的那樣聰明伶俐、討人喜歡，因此眾人一致輕易接納了艾爾頓太太。一如艾爾頓太太的預期，左鄰右舍都對她讚不絕口；就連伍德豪斯小姐也未曾出言反駁，而是堅持她最初的印象，大方讚美艾爾頓太太「非常討人喜歡，衣著也相當優雅」。

艾爾頓太太在某方面的表現卻比一開始還糟：她對艾瑪的友好感情徹底轉變。她原本想主動與艾瑪親近，卻碰了一鼻子灰，或許因而激怒了她；她不再表現出熱絡的模樣，而是逐漸變得冷淡疏離。雖然這樣的結果正合艾瑪心意，但是艾爾頓太太不懷好意的態度，卻無可避免讓艾瑪日益反感。艾爾頓夫婦對待海莉葉的態度同樣令人生厭，總是對她不屑一顧，絲毫不放在心上。艾瑪原本希望這能幫助海莉葉盡快解脫；然而，引發如此行為的情緒總是令她們兩人感到非常沉重。可憐的海莉葉對艾爾頓先生一往情深，夫婦倆自然老是拿她當作話柄。至於也參與在這故事中的艾瑪，艾爾頓先生極有可能賦予她最不堪的形象，並讓自己扮演最最需要撫慰的可憐角色。艾瑪理所當然成了夫婦倆一同厭惡的對象。當他們無話可說時，便開始拿伍德豪斯小姐說長道短。他們不敢公開表現出對艾瑪的敵意，便轉而將海莉葉當作出氣筒，以輕蔑的態度宣洩對艾瑪的不滿。

艾爾頓太太打從一開始就非常欣賞珍．菲爾費克斯，她並非因為與艾瑪鬧不和才想拉攏珍。艾爾頓太太不光是想表達對珍自然合宜的讚賞，且是在沒有招攬、懇求或特權的壓迫下，渴望助珍一臂之力，與她成為密友。早在艾瑪完全失去艾爾頓太太的信心之前，大約在第三次碰面時，艾瑪就已經聽過艾爾頓太太百般殷勤地聊起珍來。

「珍．菲爾費克斯確實相當迷人，伍德豪斯小姐。我對珍．菲爾費克斯的讚賞簡直要語無倫次了。她真是個甜美可人的女孩。如此溫柔高雅，還才華洋溢！我得說，她的才華簡直出類拔萃。我大可告訴妳，她的琴藝真的相當出色！我的音樂造詣深厚，絕對有資格這麼評論。噢！她是這麼的迷人！或許妳會嘲笑我過於激動，可是說真的，我整天都只談著珍．菲爾費克斯。她的身世又是如此多舛，惹人憐愛！伍德豪斯小姐，我們一定要盡己所能，努力為她做點什麼不可。我們得拉她一把。她擁有如此出色的天賦，可不能一輩子就此埋沒。我相信妳一定聽過那位詩人的優美詩句：百花爭豔，可惜無人欣賞；花香馥郁，徒然飄散荒蕪[89]。我們可不能讓如此命運降臨在可人的珍．菲爾費克斯身上。」

「我認為她並不會面臨如此危機。」艾瑪平靜地答道，「倘若妳更深入瞭解菲爾費克斯小姐，知道她與坎貝爾上校及其夫人同住；我實在不懂，為何妳會認定她的才華無人知曉。」

「噢！不過，親愛的伍德豪斯小姐，如今她深居簡出，行事低調，根本無人聞問。無論她與坎貝爾一家同住時享盡多少好處，顯然都已畫下句點了！我相信她也有所體悟，這點我十分肯定。她個性溫順，嫻靜寡言，旁人都能輕易看出她需要鼓舞。正因如此，我對她更覺憐愛。我並不諱言這一點讓我抱持更多好感，我向來非常欣賞羞怯的性格——這樣的人向來可遇不可求。不過要是對方的際遇楚楚可憐，這種性格可就顯得更討人喜歡了。噢！珍．菲爾費克斯的個性真的非常討喜，我對她特別關切，簡直難以形容。」

「看來妳的感觸可不少。可是我看不出妳和菲爾費克斯小姐本人或是她的親友有格外特別的交情。任何與她更熟識的人，都可以關照她，而不是——」

---

89 出自英國詩人Thomas Gray的詩作《墓園輓歌》（Elegy Written in a Country Churchyard）。不過原詩第二句為And waste its sweetness on the desert air，艾爾頓太太將sweetness（甜美）記成fragrance（花香）。

「親愛的伍德豪斯小姐，唯有勇於付諸行動的人，才能帶來巨大的改變。我們不用感到擔憂。要是我們先行樹立榜樣，許多人自然會追尋我們的腳步，儘管並非所有人都擁有和我們一樣的條件。我們可以提供馬車接送她回家；我們的生活品質，不會因為多了珍．菲爾費克斯而增添任何負擔。要是管家萊特端出的晚餐不夠豐盛，不足以讓我款待珍．菲爾費克斯多吃一些，我一定會大感不悅。我從來沒想過這種事。考量到我過去的習慣，應該不太可能發生這種狀況。我在打點家務時碰上的難題或許和別人相反，通常是做得太多，或者對開銷過於不在意。我可能不該把楓葉林的作風作為榜樣，畢竟我們的收入比不上姊夫薩柯林先生。總之，我打定主意要好好關照珍．菲爾費克斯。我會經常邀請她到家裡作客，盡量帶她四處走動，舉辦音樂會讓她一展長才，並且隨時為她留意合適的工作。我向來交遊廣闊，肯定很快能為她找到適合的機會。我姊夫和姊姊來看我們時，我自然會特別介紹珍與他們認識。我相信他倆一定會非常喜歡珍，一旦珍與他們稍微熟識，她的憂慮將會一掃而空，因為夫婦倆都相當善解人意。他們待在我家的期間，我一定會經常找珍來坐坐；我們偶爾出去兜風時，即使那輛四輪馬車只有四人座，肯定還是能給她騰出空間來。」

艾瑪心想：「可憐的珍．菲爾費克斯！妳根本不該受到這種待遇。或許妳和狄克森先生確實犯了錯，但是如此懲罰已經遠超出妳的罪過！接受艾爾頓太太的盛情款待和庇蔭！她開口閉口都是『珍．菲爾費克斯』。老天！我猜她還不至於大膽到直呼我艾瑪．伍德豪斯！可是說真的，這口無遮攔的女人似乎根本管不住自己那張嘴！」

幸好艾瑪再也無須忍受這樣的雜耍了——總是在聽她自吹自擂，或是肉麻兮兮地喊著「親愛的伍德豪斯小姐」。過沒多久，艾爾頓太太對艾瑪的態度就一百八十度大轉變，耳根子終於清靜多了。她不必被迫扮演艾爾頓太太的摯友，也不必在艾爾頓太太的監督下，成為對珍・菲爾費克斯無所不包的監護人；她只需和所有人一樣，從他人口中聽聞艾爾頓太太做何感想、有何計畫，又已經完成了哪些大事。

艾瑪將一切看在眼裡，頗為興味盎然——貝茨小姐耿直單純、一派熱情，艾爾頓太太對珍關照有加，令她不勝感激。艾爾頓太太成了貝茨小姐眼中的貴人之一，認為她實在非常友善、和藹又討人喜歡；完全符合艾爾頓太太一心想塑造的形象——既高貴又不擺架子。艾瑪唯一感到驚訝的是，珍・菲爾費克斯竟然將艾爾頓太太的關注照單全收，對一切似乎相當容忍。她聽說珍和艾爾頓夫婦一同外出，一同坐下聊天，甚至整天都與他們待在一起！真是太令人震驚了！艾瑪實在難以相信，菲爾費克斯小姐竟然願意放下自己的品味和尊嚴，忍受牧師夫婦的陪伴，與他們成為朋友。

艾瑪心想：「她真是令人猜不透，完全讓人摸不著頭緒！她之前選擇留在這裡好幾個月，始終如此低調行事！如今又選擇承受這種屈辱，容忍艾爾頓太太的關照和乏善可陳的談話，而非回到原本出身高貴的家人身邊。坎貝爾一家才是真正深愛著她、為她慷慨付出的人啊！」

珍回到海布里已經整整三個月，坎貝爾夫婦也在愛爾蘭住了三個月。不過坎貝爾夫婦已經承諾女兒至少會繼續住到仲夏[90]，不久前才寄信來邀請珍前去同住。聽貝茨小姐說（一切消息皆出自於她），狄克森太太的信寫得特別懇切。若是珍點頭答應，會立刻派僕人來接她，有旅伴相互照應；她不必忍受舟車勞頓，旅途十分順遂。儘管如此，她卻婉拒了這番好意！

「她肯定有什麼難言之隱，遠比表面更加複雜，才會回絕這番邀請。」艾瑪如此斷定，「她想必正暗自懺悔著，若不是坎貝爾一家給她的打擊，就是她在懲罰自己。在她心底某處，似乎隱藏著莫大恐懼，如此戒慎不安，也下了極大的決心。她**不願**見到狄克森夫婦。肯定和某人脫不了關係。但是她何必非得與艾爾頓夫婦攪和在一起呢？這又是另一個謎團了。」

艾瑪一面思索著，一面將心中的困惑告訴少數幾個清楚她對艾爾頓太太看法的人。韋斯頓太太決定試著為珍找個解釋。

「親愛的艾瑪，我們不能斷定她待在牧師公館是否真的樂在其中——不過這總比一直在家裡足不出戶來得好。她的阿姨是個好人，但作為一個長時間的同伴，想必十分厭煩。在我們譴責菲爾費克斯小姐選擇朋友的品味之前，必須先想想她逃離了什麼。」

奈特利先生激動地說：「韋斯頓太太，妳說得沒錯。菲爾費克斯小姐和我們所有人一樣，很清楚該如何客觀評斷艾爾頓太太。她若有辦法決定自己的交友圈，肯定不會選擇她。但是（對艾瑪露出責備的笑容），艾爾頓太太對她關照有加，其他人則未曾如此關注她。」

艾瑪感覺到韋斯頓太太迅速瞥了她一眼；奈特利先生竟然發了脾氣，令她當下震驚不已。她滿臉通紅，開口說道：

「我以為菲爾費克斯小姐會嫌棄艾爾頓太太對她的關照，而非對此高興不已。換作是我，說什麼都不可能接受艾爾頓太太的邀請。」

韋斯頓太太說：「我可以猜想，或許是因為貝茨小姐亟欲接受艾爾頓太太對她的一番好意，因此菲爾費克斯小姐不得不從善如流。可憐的貝茨小姐很可能催促外甥女盡快表現出熱絡的樣子，即使明智的菲爾費克斯小姐自有定見，不過希望生活出現些許改變，倒也是情有可原。」

兩人都焦急地等著奈特利先生再次開口。他沉默了幾分鐘，總算說道：

「還有一件事也必須列入考量——艾爾頓太太與菲爾費克斯小姐直接對話的態度，與她提到菲爾費克斯小姐的時候可能截然不同。我們都很清楚『他』、『她』和『你』這類代名詞之間的差異，對我們而言再直白不過。我們與他人互動時，一旦發生某種超乎一般禮節的情況，總能感受到其影響——伏筆通常早在之前就已悄悄埋下；即使我們一小時前對某人感到不滿，與本人碰面時也不能流露出蛛絲馬跡。我們的感受會有所轉變。除此之外，一般說來，我們大可推測，艾爾頓太太認為菲爾費克斯小姐無論心智或舉止皆優於自己，因而對她敬畏有加；與菲爾費克斯小姐面對面相處時，艾爾頓太太會一如自己所宣稱的那樣，各方面皆對她展現出尊重。艾爾頓太太以往很可能從未遇過像菲爾費克斯小姐這樣的女孩；即使艾爾頓太太再怎麼愛慕虛榮，也不得不承認，哪怕自己的理智不輸菲爾費克斯小姐，她的所作所為仍然相形見

---

90 仲夏（Midsummer）：六月二十四日。

絀。」

艾瑪說：「我知道你非常欣賞珍・菲爾費克斯。」她想起了小亨利，心裡頓時既擔憂又敏感，一時竟不知還能說什麼好。

奈特利先生回答：「沒錯。或許所有人都很清楚，我有多欣賞她。」

「即使如此——」艾瑪有些猶豫地開口，眼裡閃爍著調皮的光芒，很快又打住。不過，壞消息最好還是一次聽完，因此她連忙接著說道：「即使如此，可能連你自己也沒意識到心裡究竟欣賞她到什麼程度。或許將來某一天，你會對自己滿心的仰慕感到驚訝。」

奈特利先生腿上穿著厚厚的皮套，他正努力想扣緊下排的鈕扣。或許是因為要扣住鈕扣十分費勁，也可能出於其他原因，此時他滿臉通紅，一面答道：

「噢！妳是這麼想的嗎？可惜的是，妳已經慢了一步。早在六星期前，寇爾先生就如此暗示過我了。」

他就此住口。艾瑪感覺到韋斯頓太太輕踩了一下自己的腳，當下不知該做何感想。過了一會，奈特利先生又繼續說道：

「但是我向妳保證，那種事情絕不會發生。我能肯定，即使我向菲爾費克斯小姐求婚，她也不會接受我；我更加肯定自己根本不可能向她求婚。」

艾瑪高興地回踩了一下韋斯頓太太，欣喜不已，忍不住高聲說道：

「奈特利先生，你不會徒勞無功的。我很肯定。」

奈特利先生似乎根本沒聽見艾瑪的話。他一臉若有所思的表情，看起來似乎不太高興。他隨後說道：

「所以妳一直認定我應該娶珍．菲爾費克斯？」

「不。老實說我從未這麼想過。你總是責備我亂點鴛鴦譜，我可不敢擅自為你撮合。我方才說的話沒有任何意義。當然啦，人們總是會隨口提起這一類想法，不過沒有當真的意思。噢！確實沒有，說真的，我壓根兒不希望你娶珍．菲爾費克斯，或是任何叫作珍的女人。一旦你結了婚，就再也不能像現在一樣，自由自在地來家裡陪我們聊天了。」

奈特利先生再次陷入沉思。他思索良久，最後說道：「沒錯，艾瑪，我不認為自己對她的仰慕，會多到讓自己感到驚訝萬分。我從來不曾對她抱有那種想法，我向妳保證。」

過了一會兒，他又說：「珍．菲爾費克斯確實是相當迷人的年輕女孩。然而，即便是珍．菲爾費克斯，也並非完美無缺。她有個很大的缺點——她的個性不夠開朗。男人都想要活潑大方的妻子。」

珍．菲爾費克斯竟然也有缺點，這番話不禁令艾瑪喜不自勝。

艾瑪說：「看來你很快就讓寇爾先生閉上嘴巴了吧？」

「沒錯，花不了多少時間。他不動聲色地意有所指，我說完全是場誤會，他向我道了歉，沒再繼續說下去。寇爾可不想表現得比左鄰右舍還精明。」

「親愛的艾爾頓太太正好完全相反——她巴不得自己是全世界最精明的人！不曉得她提起

寇爾夫婦是什麼樣子，會怎麼稱呼他們？她有跟他們熟識到能這麼隨便地稱呼嗎？她竟然直接喊你奈特利！她又會怎麼稱呼寇爾先生？所以我一點也不意外，珍·菲爾費克斯竟能接受她的殷勤，願意與這種人為伍。韋斯頓太太，妳的論點對我而言最有說服力。我寧可相信菲爾費克斯小姐是為了逃離貝茨小姐，而不是因為她能讓艾爾頓太太感到真心佩服。我才不相信艾爾頓太太會認為自己的觀念和言行遜於任何人；她如此缺乏教養，也不可能懂得自我節制。我可以想像，艾爾頓太太還是會以百般恭維的花言巧語和大獻殷勤作為手段，繼續哄騙她那位嬌客，也會繼續鉅細靡遺地交代她高貴的意圖：每當他們開開心心地搭著四輪馬車出門兜風時，永遠不忘為她保留專屬的位子！」

奈特利先生說：「珍·菲爾費克斯自有她的感受。我不認為她是個感覺遲鈍的人。我相信她擁有敏銳的感受力，也具備絕佳的性格，待人相當寬容、有耐心，並懂得自我克制。她只是個性不夠坦率。她含蓄矜持，我想或許她過去還沒有像現在那麼拘謹寡言。我向來欣賞坦率活潑的個性。沒錯，在寇爾暗指我對她有意思之前，我根本從未想過這件事。我與珍·菲爾費克斯碰面談話時，總是滿懷仰慕，也相處得十分愉快。但除此之外，我別無他想。」

「哎呀，韋斯頓太太，」奈特利先生離去後，艾瑪洋洋得意地說道，「妳現在還會認為奈特利先生有意和珍·菲爾費克斯結婚嗎？」

「親愛的艾瑪，他這麼努力不讓自己愛上珍·菲爾費克斯，要是他最後真的成功制止自己，我並不會太驚訝。別再為難我啦！」

34

海布里這一帶的居民若登門拜訪過艾爾頓先生，都會關心他的婚姻狀況。他和新婚妻子每天參加大大小小的宴會，邀請函如雪花般飛來，艾爾頓太太很快就發現他們行程滿檔，根本沒有一天空閒，對此喜上眉梢。

艾爾頓太太說：「我看得可清楚了。我明白和你結婚後，接下來會過上什麼樣的生活。說真的，我們簡直忙得分身乏術。我們似乎大受歡迎。假如這就是鄉間生活的樣貌，那根本沒什麼好令人擔心的了。我可以告訴你，從星期一到星期六，我們每天都有滿滿的飯局！即使換成其他女人，平常不像我有這麼多消遣娛樂，也不至於感到手足無措了。」

任何飯局艾爾頓太太都來者不拒。她在巴斯生活時，對於晚宴早已司空見慣；住在楓葉林時，她也對晚餐菜色培養起獨到的品味。令艾爾頓太太有點訝異的是，在海布里並非所有人家裡都有兩間客廳；宴會上常見的蛋糕不夠美味，人們也不會在牌局上供應冰淇淋[91]。貝茨太

91 十八世紀末，英國都市開始流行冰淇淋，不過儲存冰品需要額外設立專用冰窖，因此在鄉間，只有富人負擔得起這種新式甜點。

太、派瑞太太和戈達德太太的常識匱乏得驚人，不過**艾爾頓太太**很快就能教會她們該如何將一切打點妥當。到了春天，她一定會舉辦一場非常高尚的晚宴作為回禮。屆時每張牌桌都會各自點上蠟燭，使用全新未拆封的紙牌；還會有遠比其他家庭為數更多的僕役伺候賓客，每到適當時機，就端著點心在會場穿梭，提供有條不紊的服務。

與此同時，艾瑪若不邀請艾爾頓夫婦到哈特菲爾德用餐，也的確說不過去。他們的禮數絕不能遜於其他人，否則只會招來令人厭惡的閒言閒語，認為她餘怒未消。她勢必得安排一場飯局。艾瑪花了十分鐘與父親討論，伍德豪斯先生並未感到不妥，只是一如往常要求不要坐在餐桌尾端的主位，也照例拿不定主意該找誰遞補他的位置。

賓客名單倒是不需要傷什麼腦筋。除了艾爾頓夫婦，韋斯頓夫婦和奈特利先生自然也是座上客，慣例向來如此；無可避免的是，艾瑪亦得邀請可憐的海莉葉，才能湊足八個人用餐。不過這項邀請本來就沒那麼心甘情願；也幸好海莉葉懇請艾瑪不要讓她出席晚宴，令艾瑪如釋重負。「我由衷希望不要與**他**共進晚餐。我實在沒辦法看著他和那迷人幸福的妻子在一起，還能泰然自若。倘若伍德豪斯小姐不會不悅，我寧願待在家裡。」

這回覆正中下懷，一如艾瑪所預期。她很高興好友能如此堅強，能夠單獨在家不用人陪伴顯示她的心志茁壯。如今，艾瑪總算能邀請她真正屬意的第八名客人——珍・菲爾費克斯。自從上回與韋斯頓太太和奈特利先生談過之後，艾瑪對她就比以往更感歉疚。奈特利先生那番話在她心裡縈繞不去，他說珍・菲爾費克斯之所以接納艾爾頓太太的關照，是因為其他人沒有同樣關心她。

艾瑪心想：「確實沒錯。至少就我而言，對她確實漠不關心，想來真是慚愧。我們年齡相仿，又從小就相互認識，我確實應該對她釋出更多善意。如今她是不可能會喜歡我了。我已經冷落她太長一段時間。不過，從現在起我會比以前更關心她。」

所有人都欣然接受邀請。他們正好有空，也因而高興不已。然而這頓晚餐的籌備並未就此了結。此時不巧出現了一個突發狀況：約翰・奈特利家兩個年紀最大的孩子將在春天前來拜訪外公和阿姨，預計住上幾個星期；如今他們的父親提議要一同前來，並在哈特菲爾德多待一天——這天正好是舉行晚宴的日子。約翰・奈特利先生的行程繁忙，無法延期，伍德豪斯父女卻因為這名不速之客而大傷腦筋。伍德豪斯先生認為八人同桌吃飯已是他的極限，人數再多就會令他神經緊繃，如今卻足足有九個人；艾瑪則是擔心，原本不過是回來哈特菲爾德兩天，卻得成為晚宴的第九位客人，恐怕會讓姊夫不大高興。

艾瑪雖然心裡也不好過，卻盡力安撫父親。雖然約翰・奈特利先生勢必要成為第九名客人，但是他向來不多話，飯桌上即使多了他，也不會因此變得更加嘈雜。事實上，對艾瑪而言，這樣的變動令她十分難過；如此一來，坐在她面前的人就會是表情嚴肅又不愛說話的約翰・奈特利先生，而不是他的哥哥了。

與艾瑪相比，這場晚宴最後反而更符合伍德豪斯先生的心意。約翰・奈特利先生如期抵達，當天韋斯頓先生卻臨時要趕去城裡；雖然來得及在晚上回來，卻勢必會錯過晚餐。伍德豪斯先生終於鬆了一口氣。艾瑪見父親放下心來，又看到兩個小男孩蹦蹦跳跳，姊夫聽到飯局一事也顯得氣定神閒，原有的苦惱不禁一掃而空。

晚宴的日子到來，賓客準時齊聚一堂，約翰·奈特利先生似乎一開始就努力表現親切，融入社交。眾人等待開飯時，他並沒有拉著哥哥到窗邊談話，而是與菲爾費克斯小姐攀談。艾爾頓太太佩戴蕾絲和珍珠，將自己打扮得十分優雅，不過約翰·奈特利先生只是安安靜靜地看著，打算回家再跟伊莎貝拉轉述她的模樣。倒是他與菲爾費克斯小姐相識已久，她又是個沉靜的女孩，因此還是可以與她說說話。兩人在早餐前就見過面，當時他正好與兒子散步回來，天空正要下起雨來。稍早偶遇一事很自然的成為寒暄話題，約翰·奈特利先生說：

「菲爾費克斯小姐，希望今天早上妳沒有冒險走太遠的路，否則肯定會淋成落湯雞。**我們**差點來不及趕回家。希望妳有直接掉頭回家。」

珍說：「我只去了一趟郵局，在雨勢還沒變大前就到家了。這是我每天的例行公事，回到這裡後我總是自己去拿信，可以省下麻煩，也有機會出門透透氣。而且早餐前先散散步，對身體挺好的。」

「若是在雨中散步，可就沒這麼好了。」

「是啊！不過我出門時還沒開始下雨。」

約翰·奈特利先生露出微笑，說道：

「也就是說，妳刻意選擇要走這一趟路。因為當我有幸遇見妳時，妳距離家門口也不過六碼[92]；亨利和約翰才走沒幾步，雨就越下越大了。人在某個年紀確實會將上郵局視為重要的大事。但是等妳活到我這把歲數，就會開始認為，實在沒有必要為了收信而特地淋雨。」

珍的臉上泛起一陣紅暈，接著答道：

「你的摯愛都陪在身邊，我無法想像自己擁有和你一樣的福氣。因此，我不認為自己年齡漸增後，就會對收信這件事變得漠不關心。」

「漠不關心！噢！不是的——我從不認為妳會成為漠不關心的人。收信和冷漠完全沾不上邊，信件通常都是披著糖衣的毒藥。」

「你說的是那種談生意的信件；我的書信則是用來聯絡感情。」

「我常覺得聯絡感情的信件反而更糟糕呢！」他冷冷地答道，「生意才能錢賺，交朋友可就很難生財了。」

「哎呀！你不是認真的吧。我非常了解約翰．奈特利先生——我很清楚，他和所有人一樣明白友情的可貴。我知道信件在你心裡的分量不像我這麼看重。不過，我們的想法之所以如此不同，並非因為你足足年長我十歲；這和年紀無關，而是因為所處的環境不同。你深愛的每個人總是陪在你身旁，而我卻可能再也見不到對方；因此，除非我不再懷抱著熱情，否則郵局對我永遠都有強大的吸引力，即使是比今天更糟糕的天氣，依然不會阻擋我前去收信。」

---

92 六碼（yard）約五．四公尺。

約翰．奈特利先生說：「我跟妳提到，年復一年，時間總會帶來改變，單純是指處境通常會隨著時間轉變。我只想到一種狀況，並認為其他情形皆然。隨著時光流逝，對於不在日常生活裡的人事物，妳的熱情都會逐漸消逝——但我認為妳不會。身為妳的老友，菲爾費克斯小姐，我由衷希望過了十年後，妳也會像我一樣，身邊有許多值得妳付出關愛的人。」

這番話說得真摯動聽，絲毫不會引起任何不悅。珍愉快地道了聲謝謝，似乎打算一笑置之；然而她隨即臉泛紅暈，嘴唇打顫，眼眶甚至湧上淚水，可見她所感受到的情緒，不光只是讓她露出微笑。依照慣例，伍德豪斯先生在這種場合，往往忙著讓賓客圍坐在一起，並且特別針對所有女士連聲稱讚。此時他總算注意到最後一名女客菲爾費克斯小姐，隨即以溫文儒雅的語氣說道：

「菲爾費克斯小姐，聽聞妳今早淋了雨，真是令我憂心不已。年輕女孩都該好好照顧自己的身體。她們有如嬌貴的花朵，應該百般呵護自己的健康與氣色。親愛的，妳有將淋濕的長襪換掉嗎？」

「有的，先生，我換掉了。非常感謝您如此親切地關心我。」

「親愛的菲爾費克斯小姐，年輕女孩自然應當受到百般關照。希望妳那好心的外婆和阿姨一切安好。她們是我多年的老友，真希望我的身體狀況能允許我更常與她們來往。妳今天願意大駕光臨，我們深感榮幸。我和女兒都相當感激，也非常高興今天能在哈特菲爾德見到妳。」

這位心地善良、彬彬有禮的老先生坐了下來，認為自己已經善盡職責。他親切地歡迎每位優雅的女士，讓她們感到十分自在。

此時，艾爾頓太太聽到珍在雨中趕路一事，頓時滔滔不絕地告誡起她來。

「親愛的珍，我沒聽錯吧？妳竟然淋雨走去郵局！妳可千萬別再這樣了。妳這傻女孩，怎麼能做這種事？真怪我當時沒能在場好好照顧妳。」

珍十分有耐心，再三向她保證自己並未感冒。

「噢！別對**我**說這種話。妳真是個令人無法放心的傻女孩，根本不知道要怎麼照顧自己。就只是去趟郵局！韋斯頓太太，妳聽過這種事嗎？我們真該板起臉來好好管教一下孩子。」

「我確實該給些忠告。」韋斯頓太太的語氣既親切又飽含說服力，「菲爾費克斯小姐，妳可千萬別再冒這種險了。妳容易染上嚴重的感冒，確實應該格外小心，尤其現在這種時節更該當心。我總是認為，每到春天就要特別留意健康。多等一、兩個小時也好，甚至等上半天再去收信也無妨，總比冒著咳嗽復發的風險來得好。妳現在認同我說的話嗎？沒錯，我相信妳是個明理懂事的孩子。看樣子妳下回不會再這麼做了。」

艾爾頓太太急切地附和：「噢！她**絕不**會再做出一樣的事來。我們不會再給她這種機會的。」她鄭重其事地點點頭，「說實在的，非做好一些安排不可。我得和E先生談談。有個僕人——我忘了他的名字——每天早上負責為我們收信，他可以順道幫妳拿信，再送去妳家。這樣一來，所有麻煩都迎刃而解了。更何況，親愛的珍，既然是出於我們的好意，妳大可放心接受。」

珍說道：「您真的非常好心。但是我不想失去晨間散步的機會。醫生建議我要盡量出門走動，我非出門散步不可，郵局正是一個好去處。說真的，我之前很少碰到一早就下雨的情況。」

「親愛的珍，別再多說了。這件事就這麼敲定啦（她做作地笑了起來）！我想，我不必徵求掌控大權的一家之主同意，就能自行作主。韋斯頓太太，妳也很清楚，我們在外說話總得特別謹慎。不過，親愛的珍，可不是我自誇，我的影響力也是不容小覷的。倘若沒碰到什麼難以克服的問題，就當作這件事已經解決了吧！」

珍誠懇地說：「很抱歉。我說什麼都無法認同這樣的安排，實在不需要讓您的僕人徒增麻煩。假如不是由我負責收信，自然恭敬不如從命；一如我平常不在家時，都是由我外婆的女傭負責跑腿。」

「噢！親愛的，但是派蒂要忙的事可多著呢！我們的僕人也隨時聽候妳們的差遣。」

珍看起來說什麼都不肯讓步。不過她並未回答，而是轉向約翰．奈特利先生，開口說道：「郵局建立起多麼完善的制度呀！總能如此迅速確實地收發信件！仔細想想其中牽涉的繁瑣事務，一切竟能執行得如此完善，真是令人無比驚嘆！」

「郵局確實管理得有條有理。」

「他們鮮少漏信或發生失誤！全國始終有數以千計的信件來來往往，卻很少有哪封信寄錯地方；我想，遺失信件的機率甚至只有百萬分之一呢！再想到會碰上多少形形色色的筆跡，有些人的潦草字跡還得好好辨認，不禁更讓人感到不可思議！」

「郵局職員已經習以為常了，自然熟能生巧。他們一開始想必得具備眼明手快的基本條件，多加練習後更能漸入佳境。如果妳還想知道更詳細的原因，」約翰．奈特利先生露出微笑，接著說道：「那是因為他們有薪水可領。有錢能使鬼推磨。公眾支付他們薪水，自然要獲得優秀的服務。」

他們又繼續討論起各種字跡的差異，談起平日的觀察結果。

約翰．奈特利先生說：「我曾聽說，同一家族的人筆跡通常十分類似；畢竟是由同樣的老師教授，倒也無可厚非。不過出於同樣的原因，我認為筆跡相像的主要是女性；因為年紀很小的男孩很少能坐得住、乖乖受教，總是隨意模仿字跡。我覺得伊莎貝拉和艾瑪的字跡就非常相似，我總是分不清姊妹倆的筆跡。」

約翰的哥哥吞吞吐吐地說：「沒錯，她倆的筆跡確實很像。我明白你的意思——不過艾瑪的字寫得比較強勁有力。」

伍德豪斯先生說：「伊莎貝拉和艾瑪都寫得一手好字。她們向來如此。可憐的韋斯頓太太的字也寫得很好看——」他看著韋斯頓太太，半是嘆氣，半是微笑。

「我從未見過任何男士的筆跡——」艾瑪開口說話，同樣看著韋斯頓太太。不過她注意到韋斯頓太太正在和某人談話，頓時停了下來，並藉機開始思索：「我現在該提起他嗎？我有資格在所有人面前提起他的名字嗎？我是否應該用一些迂迴的字眼？妳那位住在約克郡的家人——從約克郡和妳通信的家人——如果我的狀況不好，我想這麼做還不錯。不對，我可以光明正大地提起他的名字，心裡也不會感到一絲難過。我確實已經漸入佳境了。就這麼說吧！」

韋斯頓太太說完話，艾瑪又再次開口：「法蘭克．邱吉爾先生是我見過字寫得最好看的男士。」

奈特利先生說：「我倒不怎麼欣賞。他的字寫得太小了，一點氣勢都沒有，簡直像女人的筆跡。」

艾瑪與韋斯頓太太都不認同這番評論，立刻為他駁斥：「才沒有這回事，他的字根本不會缺乏氣勢。他的字確實不大，卻寫得清楚分明，強而有力。韋斯頓太太手上有沒有他的信呢？」韋斯頓太太給了否定的答案。他最近剛寫信來，韋斯頓太太已經回信給他，因此把那封信收起來了。

艾瑪說：「要是我們到另一個房間去，只要有我的寫字檯，我一定能找出範本來。我有一封他寫的短箋。韋斯頓太太，妳還記得妳有一天請他代筆嗎？」

「他總是喜歡這麼說。」

「喔，無論如何，我手上有那封短箋。晚餐後我可以拿給奈特利先生看，讓他心服口服。」

奈特利先生挖苦地說道：「噢！像法蘭克．邱吉爾先生如此殷勤的年輕人，寫信給像伍德豪斯小姐這樣的漂亮女孩，他自然會竭盡所能寫出一手好字。」

晚餐已經準備就緒。艾爾頓太太不等主人招呼，就已經站起身來。伍德豪斯先生還來不及引領她走進餐廳，她便說道：

「我非得第一個走嗎？總是讓我打頭陣，真是不好意思。」

珍處心積慮要親自收信的舉動，自然沒有逃過艾瑪的注意。她聽到所有對話，一切情況也都看在眼裡。艾瑪不禁感到好奇，今早她冒雨收信，是否真的收到了想要的那封信？她猜想，珍**肯定**已經收到信了。若不是引頸企盼、非常親密的人所寄來的信，她不可能如此堅決要盡快拿到，看起來也並非無功而返。她認為珍看起來比往常更高興——容光煥發，而且神采奕奕。

艾瑪大可丟出一、兩個問題，打聽從愛爾蘭寄信得花上多少時間和郵資，可是話到嘴邊又吞了回去。她打定主意絕不說出任何會讓珍．菲爾費克斯傷心的話。她們跟著其他女士走出客廳，兩人手挽著手，看起來十分融洽，也讓彼此顯得更加優雅動人。

35

晚餐後女士們回到客廳，艾瑪發現她們無可避免地分成了兩個圈子：艾爾頓太太依然不懂得衡量情況，舉止也依舊不知分寸，只將全副心力放在珍．菲爾費克斯身上，完全不把艾瑪看在眼裡；艾瑪與韋斯頓太太不得不同時說話，同時沉默。艾爾頓太太讓他們束手無策。即使珍讓她稍微安靜片刻，她總是很快又開口說話；儘管兩人全程幾乎都是低聲交談，大都是艾爾頓太太喋喋不休，不過艾瑪仍然聽得到她們主要在聊什麼。她們似乎好一陣子都在談郵局、感冒、收信和交朋友這一類的事；她們接著聊起另一個話題，同樣令珍不怎麼高興：艾爾頓太太問她最近有沒有打聽到適合的工作機會，並聊起自己對這件事的打算。

艾爾頓太太說：「現在已經四月了！我真是替妳焦急。六月可是一轉眼就到了。」

「但是我並沒有特別鎖定六月或其他月份——就只是等著夏天的到來。」

「妳真的什麼消息都沒打聽到？」

「我根本連問都沒問。我還不打算這麼早開口。」

「噢！親愛的，再早都不為過。妳還沒意識到，想要找到完全中意的工作，簡直難如登天。」

珍搖搖頭，說：「還沒意識到！親愛的艾爾頓太太，還有誰會跟我一樣這麼想？」

「可是妳的世面還沒我看得多呢！妳不知道有多少人排隊等著想進上流家庭工作！我在楓葉林那一帶見多了。薩柯林先生的表妹布拉格太太就是例子，上門應徵的人簡直絡繹不絕。每個人都巴不得進她家裡工作，因為她已經躋身上流社會啦！書房裡竟然點得起蜂蠟製的蠟燭[93]！妳可以想像這個機會多麼炙手可熱！全英國這麼多戶人家，我確實最希望妳進布拉格太太家裡工作。」

珍說：「到了仲夏，坎貝爾上校和他的夫人就會回到倫敦。我得回去陪他們一陣子，他們一定想見到我。之後我可能就比較有時間為自己打算了。不過我現在還不想麻煩您，希望您不要開口問起這件事。」

「麻煩！是啊，我知道妳在顧慮什麼。妳總是害怕給我添麻煩。但是，親愛的珍，我向妳保證，我對妳的關心絕對不亞於坎貝爾夫婦。我這一、兩天會寫信給帕特里奇太太，強烈要求她嚴加留意適合的工作機會。」

「謝謝您。不過我寧願您不要向她提起這件事。現在還有一段時間，我不想這麼早就給任何人添麻煩。」

「可是，親愛的孩子，時間已經所剩不多了。現在是四月，很快就會到六月，甚至轉眼就到了七月，我們得趕在那之前敲定這件大事。妳如此涉世未深，真令人莞爾！即使家人為妳四處

93 蜂蠟製的蠟燭顯示出雄厚的財力。當時一般的蠟燭由動物油脂製成，價格較為低廉。

打聽，讓妳中意的工作也不是一時說找就找得到。沒錯，正是如此，我們得馬上開始打聽。」

「很抱歉，夫人，這實在非我所願。我自己還不急著打聽，也不希望家人為我安排任何工作機會。一旦我下定決心要找工作，我相信一定很快就有著落。倫敦的辦公室多得是，只要開口打聽，肯定會有機會——找工作靠的不是勞力，而是智力。」

「噢！親愛的，勞力！妳真是嚇壞我了。如果妳是指奴隸買賣，我向妳保證，薩柯林先生向來支持廢除奴隸制度。」

珍答道：「我不是這個意思，我不是在指奴隸買賣。我心裡想的是家庭教師的交易。對這兩種交易的仲介商而言，其罪過肯定落差懸殊；然而站在受害者的角度，兩者處境都十分堪憐。我是說職業介紹所隨處可見，只要上門應徵，想必很快就會有一份還過得去的工作。」

艾爾頓太太再次嚷道：「還過得去的工作！是啊，那或許適合妳這種謙虛的想法。我知道妳這孩子向來非常謙遜。不過妳的家人可不會樂見妳接受平凡的低下工作，就只是待在既翻不了身、也無法過著優雅生活的家庭裡。」

「您真的非常好心。但是我一點都不在乎這種事。我並不打算與富有人家為伍，我的人生只會越來越清苦；若再處處與他人比較，只會讓我飽受折磨。我只想找個正正當當的家庭，對我而言便已足夠。」

「我知道，我明白妳的意思。妳什麼苦都能吃。但是我還是想為妳挑剔一點，相信好心的坎貝爾夫婦也會認同我的想法。妳如此才華洋溢，絕對有資格躋身上流階級。光是妳那優秀的音樂造詣，就足以讓妳自行開價，指定自己喜歡的房間，並且努力融入妳所選擇的家庭。也就是說——我不知道，假如妳也會彈豎琴[94]，肯定無往不利；不過，妳的歌喉和琴藝同樣出色。沒錯，即使妳不會彈豎琴，我相信還是能隨心所欲開出自己的條件。妳一定得找到開心舒適、體面的工作，坎貝爾夫婦和我才能安心。」

珍答道：「妳歸納了開心、體面、舒適這幾個工作條件，它們當然都很重要。不過我依然認真地希望現在別急著為我做任何打算。我由衷感激您，艾爾頓太太，我非常感謝任何為我著想的人。可是，我誠摯希望在夏天以前不要為我下任何決定。接下來兩、三個月，我還是會待在自己該去的地方，做好應盡的本分。」

「我得告訴妳，我同樣非常認真。」艾爾頓太太興高采烈地回答，「我下定決心要隨時留意，也會動員朋友為妳打聽，絕對不能錯過任何千載難逢的好機會。」

她就這麼滔滔不絕地說下去，任何事都無法打斷她，直到伍德豪斯先生走進客廳來。愛慕虛榮的艾爾頓太太立刻將注意力轉向他，艾瑪聽見她半壓低聲音，對珍說道：

「我說啊，我那親愛的老先生可來啦！他率先在其他男士之前現身[95]！他真是可愛極了，我對他喜歡得不得了！他那套古怪老派的禮儀令人讚賞，比現代禮節更合我胃口，現代人那一

94 會彈奏豎琴的人較為少見，因此比會鋼琴才藝的師資更珍貴。

95 當時的社交禮儀為晚餐結束後，男性繼續留在餐廳飲酒暢談，女性則移至客廳，約一小時後，男性再移至客廳與女性交誼。因此艾爾頓太太才會認為，伍德豪斯先生願意拋下男性同伴，率先前來客廳是紳士之舉。

套簡直令我生厭。好心的老伍德豪斯先生可不一樣，真希望妳聽到他在晚餐時對我說的那番稱讚。噢！我敢說，我那**親愛的丈夫**肯定大吃飛醋了呢！我想他真的非常喜歡我，還特別注意我的禮服。妳喜歡嗎？這是瑟琳娜為我挑的。我覺得相當漂亮，不過我擔心緄邊的裝飾太誇張了。我可不喜歡花俏的緄邊，這種禮服簡直是個悲劇。我**現在**出門得佩戴首飾，非戴不可。妳也知道，剛結婚總得有新嫁娘的樣子，只是我天生喜歡簡單大方的風格；乾淨俐落的首飾，才能與華麗的禮服相得益彰。不過我相信很少人像我一樣；似乎少有人明白，穿著打扮要簡簡單單才好看——她們總是珠光寶氣，與禮服爭奇鬥豔。我一時心血來潮，選用白色和銀色的綢緞繡了緄邊。妳覺得好看嗎？」

此時，韋斯頓先生走進客廳，所有人總算到齊了。他遲了不少時間才吃晚餐，一用完餐隨即走來哈特菲爾德。眾人認定他不會這麼早趕到，不禁感到吃驚，卻也十分高興見到他。伍德豪斯先生一見到韋斯頓先生，頓時十分欣喜；不過要是提早在晚餐時見到他，伍德豪斯先生可就高興不起來了[96]。約翰．奈特利先生則是驚訝得說不出話來。韋斯頓先生在倫敦忙了一整天，原本晚上應該要靜靜待在家裡休息，卻願意馬上再出門，走上半英里路到別人家裡，只為了要和眾人同樂到深夜，和所有人寒暄、忍受嘈雜的氣氛，藉此結束忙碌的一天。這樣的狀況看在約翰．奈特利先生眼裡，簡直難以置信。

韋斯頓先生從早上八點就開始馬不停蹄，說了一整天的話，現在應該早已筋疲力盡，只想稍微靜一靜；他成天忙著和形形色色的人打交道，此刻不也應該想要獨處的時間嗎？這樣奔波了一整天，他卻寧願捨棄舒舒服服坐在爐火邊休息的機會，在春寒料峭、又濕又冷的四月夜晚，再次出門與眾人聚首！他只要稍微使個眼色，就能接妻子一同回家，這樣倒還有出門的理由；可是他似乎不打算中斷聚會，只想和眾人繼續聊下去。約翰・奈特利先生錯愕不已地看著他，接著聳聳肩說：「我不相信**他**竟然會這麼做。」

即使約翰・奈特利先生對韋斯頓先生的舉動有微詞，韋斯頓先生自然一無所知，一如往常顯得十分快活，笑臉迎人；由於他一整天都在外奔波，所有人理所當然將注意力轉向他，對他的話洗耳恭聽。他的妻子鉅細靡遺地問起晚餐，確認她對僕人耳提面命的內容無所遺漏，這才放下心來。韋斯頓先生開始談起他在外頭聽到的消息，接著聊起了家務事。他雖然主要是對著韋斯頓太太說話，不過他相當肯定，在場所有人想必都很感興趣。韋斯頓先生將法蘭克寫給妻子的信交給她，他在回家的路上收到這封信，已經自行拆閱過了。

韋斯頓先生說：「快看吧！妳一定會很高興的。他只寫了幾行，花不了多少時間。讓艾瑪一起瞧瞧。」

兩位女士一塊讀起信來。韋斯頓先生滿臉笑容地坐下，不停和她們說話。他雖然稍微壓低了聲音，所有人還是聽得一清二楚。

「妳們瞧，他要回來了。這真是個好消息，妳們說呢？我是不是總告訴妳們，他肯定很快

---

96 因為餐桌就會有九個人。

就會回來？安妮，親愛的，我是不是一直這麼告訴妳，妳卻始終不肯相信？妳瞧，下週會進城去——最晚下週就會去了。她有事情要辦時，性子總是特別急。他們很可能明天或星期六就會到倫敦去。說到她的身體，當然沒什麼大礙。不過法蘭克能再次與我們在一起，真是太好了。城裡離這裡近得很。他們到了倫敦就會住上好一陣子，他則有一半時間待在這裡。一切正如我所願！瞧，真是天大的好消息，對吧？妳們還沒讀完嗎？艾瑪看完了嗎？快放下，把信放下來吧！我們得再找個時間好好商量，不過可不是現在。我先以平靜的態度向大家提起這件事。」

韋斯頓太太特別高興，笑得合不攏嘴，說起話來興高采烈。她現在快樂得不得了，很清楚自己有多開心，更知道自己確實該為此欣喜。她道賀時毫不掩飾自己的滿心喜悅，情緒高昂。但是艾瑪可就無法如此口齒伶俐了。她還在忙著衡量自己的感受，試著釐清心裡有多焦慮，她知道當下自己相當措手不及。

不過韋斯頓先生正在興頭上，對這一切渾然未覺；他滔滔不絕地說個不停，完全無暇聽其他人開口。他非常滿意艾瑪的恭賀，隨即轉身忙著和其他朋友分享這個喜訊，儘管在場的所有人早就聽到部分談話內容了。

韋斯頓先生理所當然地認為所有人都會開心不已，否則就不會覺得伍德豪斯先生或奈特利先生兩人特別高興。除了韋斯頓太太和艾瑪，他第一個分享喜訊的對象就是他們兩人；接下來則是菲爾費克斯小姐，不過她正專心和約翰．奈特利先生聊天，實在不好打斷他們。韋斯頓先生發現艾爾頓太太正好獨自坐在一旁，連忙率先向她提起這個好消息。

36

「我希望很快就有機會向妳介紹我兒子。」韋斯頓先生說。

艾爾頓太太聽到這樣的開場白，認為韋斯頓先生正準備讚美她，立即露出最為優雅的笑容。

韋斯頓先生接著說道：「我想妳應該聽過法蘭克．邱吉爾這個名字，想必也知道他是我的兒子，儘管他沒有繼承我的姓氏。」

「噢！是的，我很高興能認識他。我相信艾爾頓先生很快就會去拜訪他，我們自然也非常歡迎他到牧師公館來。」

「妳真是太好心了。我相信法蘭克一定會非常高興。他最晚下星期就會進城去，他今天寫信告訴我們這件事。今早我在路上收到信，一眼見到我兒子的筆跡便打開來看——雖然信不是寫給我，而是韋斯頓太太。他主要是和韋斯頓太太通信。我很少有機會收到來信。」

「所以你直接拆開寄給她的信！噢！韋斯頓先生，（她虛假地笑了起來）我實在不贊同這種行為。這可真是差勁的先例！拜託千萬別讓鄰居有樣學樣。說真的，假如我也可能碰上這種事，我們女人婚後可該當心了！噢！韋斯頓先生，真不敢相信你會這麼做！」

「是啊，我們男人就是可悲的傢伙。妳自己可得多加留意，艾爾頓太太。我們從信裡得知——這封信很短，他寫得很匆忙，只是想通知我們一聲——我們從信裡得知，他們為了邱吉爾太太著想，打算進城一趟。整個冬天她始終身體微恙，對她而言安斯康姆實在太冷了。因此他們打算立刻往南避冬。」

「真的嗎？我猜是從約克郡出發吧？安斯康姆位於約克郡嗎？」

「沒錯，距離倫敦大約一百九十英里。路途可遠著呢！」

「是呀！確實相當遙遠。比楓葉林到倫敦的距離多了足足六十五英里。不過韋斯頓先生，對有錢人而言，路途遙遠哪算什麼問題呢？要是你知道我姊夫薩柯林先生有時趕起路來就像飛似的，想必會讓你大吃一驚。你可能難以置信，不過他和布拉格先生每週會搭乘四匹馬的馬車往返倫敦兩次。」

韋斯頓先生說道：「從安斯康姆到倫敦的距離如此遙遠，確實有個麻煩。**我們都知道**，邱吉爾太太已經整整一週無法離開她的床鋪。法蘭克的上一封信提到，她抱怨自己的身體實在太過虛弱，要是沒有法蘭克與他的舅舅同時攙扶，她根本連站都站不穩！您也知道，這說明她有多孱弱。不過現在她一心急著進城去，打定主意只在路上過夜兩天。法蘭克的信裡是這麼寫的。這倒是，嬌弱女士的體質向來與眾不同，艾爾頓太太。妳想必認同我的觀點。」

「不，老實說，我一點都不認同。我永遠站在女性這一邊，向來如此。我能告訴你，我堅決反對這樣的論點。我向來為女性發聲。我向你保證，要是你知道瑟琳娜在旅館過夜時有何感受，你就不會驚訝邱吉爾太太為何如此竭盡所能，避之唯恐不及。瑟琳娜說，睡在旅店簡直是場噩夢。我知道她確實有點吹毛求疵。她在外過夜時總會自備床單，確實是很棒的防護措施。邱吉爾太太也會這麼做嗎？」

「妳可以想像，其他心思縝密的女士會做的事，邱吉爾太太一件也少不了。在這方面，邱吉爾太太絕對不會輸給任何女士──」

艾爾頓太太急著打斷他：

「噢！韋斯頓先生，你可別誤會。瑟琳娜才不是什麼心思縝密的女士，我可以向你保證。你千萬不要誤會。」

「是嗎？那她就不能與邱吉爾太太相提並論了。邱吉爾太太是所有人見過心思最為細膩的女士。」

艾爾頓太太不禁開始懊悔，方才不該如此激動地急著否認。她的目的當然不是要對方相信她的姊姊心思**毫不**細膩，或許剛才那番裝腔作勢不夠有力。她正想著該如何收回那句話才好，韋斯頓先生又接著說：

「或許妳也猜得到，在我看來，邱吉爾太太向來不怎麼通情達理──妳可別向其他人透露這件事──她非常喜歡法蘭克，所以我不會說她的壞話；更何況她現在身體狀況也不好。以她自己的說法，她確實老是**健康欠佳**。艾爾頓太太，我可不會四處宣揚這件事，但是我實在不太相信邱吉爾太太真的生了病。」

「韋斯頓先生，她要是真的身體不好，為什麼不去一趟巴斯呢？要不是巴斯，就是去克里夫頓[97]。」

「她的理由是安斯康姆太寒冷。不過我猜想真正的原因是，她已經厭倦了安斯康姆。她在那裡定居已久，以前不曾待過這麼長時間，因此希望生活有些改變。那個地方十分僻靜；雖然風景優美，可是相當偏僻。」

「是呀！肯定和楓葉林很像。從路上看去，沒有什麼地方比楓葉林更偏僻的了。四周淨是無邊無際的樹林！彷彿與外界徹底隔絕，完全封閉在自己的世界裡。邱吉爾太太或許不像瑟琳娜如此健康、充滿活力，才能在這麼與世隔絕的地方如魚得水；又或者她缺乏個人消遣，因此始終無法適應鄉間生活。我總說，女人再怎麼自得其樂都不為過——我由衷慶幸自己擁有不少自娛能力，即使離群索居也能過得很好。」

「法蘭克二月時曾回來一趟，待了兩個星期。」

「我似乎聽說過這件事。他下次回來時，會發現海布里這個大家庭多了**一分子**，假如我能如此自稱的話。不過他也很可能完全不知道多了這麼一個人。」

艾爾頓太太試著博取讚美的企圖實在太明顯，通情達理的韋斯頓先生隨即高聲喊道：

「親愛的夫人！這種事也只有妳自己想像得到了！怎麼可能不知道妳呢？我敢說，韋斯頓太太最近寫的信裡，艾爾頓太太想必占了最多篇幅！」

韋斯頓先生既然已經交差了事，於是又將話題轉回兒子身上。

他接著說道：「法蘭克離開後，我們都無法確定何時還能見到他，因此這個消息才會令大家欣喜不已。簡直出乎意料之外。我是說，我總是認定他很快就會再回來，相信最後會傳來好消息——可是沒有半個人相信我。法蘭克和韋斯頓太太都沮喪得很。『他該如何設法回家呢？他的舅舅和舅媽怎麼可能再放他回來？』諸如此類的想法。我總覺得，一切終究會如我們所願。妳瞧，如今可成真啦！艾爾頓太太，我從自己的生活中體悟到，即使一時過得不怎麼稱心如意，隨後也一定會雨過天青。」

「確實如此，韋斯頓先生，你說得對極了。我以前也曾對追求我的某位紳士說過這種話。當時情況不怎麼順利，沒有一如他預期地迅速進展，他頓時變得垂頭喪氣，一面直嚷著，照這速度看來，即使到了五月，我們都還沒能穿上結婚禮服呢！噢！我可是費了好大一番工夫，才讓他拋開這些憂鬱的想法，以更樂觀的態度看待眼前情況！馬車——都是馬車的關係，害我們大失所望。我還記得有天早上，他就這麼一臉絕望的表情來到我面前。」

艾爾頓太太輕咳幾聲，打斷了自己的話，韋斯頓先生連忙趁機繼續說道：

「妳剛才提到了五月。有人要求邱吉爾太太，或者是她自己提出的要求，必須在五月時前往比安斯康姆更溫暖的地方，也就是倫敦。因此我們可以期待，法蘭克整個春天都能經常來探望我們。人們確實也最喜歡挑選這個時節四處走訪；白天幾乎是一年最長的時候，天氣溫和宜人，適合出門走走，卻又不會太熱。他之前回來時我們也努力把握好天氣；可是當時雨老是下

97 克里夫頓（Clifton）：位於布里斯托以西的富饒小鎮。十九世紀初與巴斯同樣以溫泉享有盛名。

個不停，十分掃興。二月向來就是這樣，我們拿天氣沒轍，大半事情都做不了。接下來才正是時候。這次想必能徹底玩個盡興。艾爾頓太太，我們還無法確定他什麼時候回來，老是期待著他可能今天或明天就到家，隨時都可能出現在家門口；我忍不住心想，這種引頸企盼的心情所帶給我們的快樂，是否不亞於他真正到家的那一刻呢？我想答案是肯定的。心情往往是最能帶來活力和愉快的關鍵。我希望妳會喜歡我兒子，不過妳可別把他想像得過於出色。大家都認為他是個優秀的年輕人，可是稱不上絕頂聰明。韋斯頓太太非常偏愛他，妳也知道這讓我樂得很。她認為天底下沒有人比得上他。」

「我向你保證，韋斯頓先生，我肯定會對他留下很好的印象。我聽過好多人對法蘭克·邱吉爾先生讚不絕口。我得說句公道話，我向來能客觀評論他人，絕對不會受到他人意見影響。先告訴你一聲，我見到你的兒子時，自然會對他有所判斷。我可不是那種百般奉承的人。」

韋斯頓先生看起來若有所思。

他開口說道：「我希望我方才對邱吉爾太太的想法並未太過嚴厲。倘若她確實病了，我很抱歉自己說了有失公允的話。不過，基於她性格上的某些特質，我很難如自己所希望的那樣，在提起她時百般包容。艾爾頓太太，妳想必很清楚我與這家人的關係，也知道他們如何對待我；我只告訴妳，這全都要怪她。她正是始作俑者。要不是因為她，法蘭克的母親也不會受盡委屈。邱吉爾先生是高傲，可是與他的太太相比簡直小巫見大巫。他維持尊嚴的態度溫和儒雅，頗有仕紳風範，對旁人無傷大雅，只是讓他看起來有些無助，無精打采；然而他的太太可就相當傲慢無禮！更令人難堪的是，她並非出身高貴，亦非擁有良好血統。他倆結婚時，她還沒沒無聞，只是一介仕紳的女兒；但是自從她嫁入邱吉爾家，就立即將邱吉爾家鬧得天翻地覆，奪走掌控大權。我能清楚告訴妳，她的骨子裡不過就是個一夕致富的傲慢女人！」

「真想不到有這種事！這確實令人義憤填膺！我向來很害怕一夕暴富的人。住在楓葉林時，我徹底厭惡起這種人；因為附近就有那麼一戶人家，對我姊夫和姊姊總是擺出自視甚高的姿態，令他們不勝其擾！你對邱吉爾太太的描述，讓我直接聯想起那一家人來。那家人姓塔普曼，才剛搬到當地沒多久，淨與身分低下的親戚攪和，卻自認不可一世，奢望能和在當地定居已久的古老家族有所來往。他們在西廳頂多住了一年半，沒有人知道他們的財產是怎麼來的。他們來自伯明罕[98]。如你所知，韋斯頓先生，那地方實在不怎麼繁盛。在伯明罕很難有發跡的機會；我總說光發音聽起來就有些淒涼。不過，我們對塔普曼一家的瞭解僅止於此，儘管看在所有人眼裡，他們一家簡直疑點重重呢！從他們的態度，他們顯然自認地位與我姊夫平起平坐，薩柯林先生又正好是住得最近的鄰居。這簡直差勁透頂。薩柯林先生落腳楓葉林已經長達十一年，從他父親手裡繼承而來——我想，至少從他父親那一代就定居在當地了。我幾乎能確信，老薩柯林先生在過世前就買下了那座莊園。」

此時，僕人正好送晚茶進來，打斷了他們的對話。韋斯頓先生早已把想說的話說完，連忙

98 伯明罕（Birmingham）：英格蘭中部的城市。

趁這機會溜開。

眾人喝過茶後，韋斯頓夫婦、艾爾頓先生便與伍德豪斯先生一同圍坐，打起牌來。其餘五人可自由安排活動，不過艾瑪認為一切看來並不怎麼順利：奈特利先生對談話似乎有些意興闌珊；艾爾頓太太雖然想說話，其他人卻好像不打算搭理她；而艾瑪此時感到心煩意亂，同樣寧可保持沉默。

約翰·奈特利先生竟然比哥哥更為健談。他隔天一大早就要離開，過沒多久開口說道：

「艾瑪，我對兩個兒子的事沒什麼好講的，不過妳姊姊寫了封信給妳，把每件事情交代得清清楚楚。我想說的話遠比她簡潔，或許也不像她一樣這麼操心。我只想建議妳別把他們給寵壞了，也別讓他們吃藥。」

艾瑪說：「我希望自己兩件事情都能辦到。我自然會想辦法讓他們過得開開心心，這對伊莎貝拉而言就夠了。既然要過得快樂，自然不能把他們寵上天，或讓他們生了病。」

「如果妳實在受不了他們的折騰，就把他們送回家。」

「這倒是很有可能。你也這麼覺得嗎？」

「我擔心他們會吵到妳父親。假如妳外出拜訪的行程和最近一樣頻繁，我也擔心他們會造成妳的負擔。」

「頻繁！」

「沒錯。妳想必也注意到了，妳的生活方式在這半年來大有轉變。」

「轉變！說真的，我根本不這麼覺得。」

「妳確實比過去更常忙著與其他人來往，我每次都看在眼裡。我也不過湊巧來了這麼一天，妳就剛好辦了一場飯局！以前哪有發生過這種事，或是類似的情況？搬來這一帶的人越來越多，妳也更常與他們來往。前一陣子妳寫給伊莎貝拉的每封信都有許多新鮮事：在寇爾先生家用餐，或是打算在皇冠旅店舉辦舞會。蘭德斯那兒有了改變，光是蘭德斯的轉變，就對妳的生活造成深刻影響。」

他的哥哥迅速說道：「沒錯。關鍵正是蘭德斯。」

「非常好。我想蘭德斯對妳的影響力，往後恐怕只會有增無減。因此我才擔心亨利和約翰可能有時會帶給妳困擾。要是他們真的成了妳的負擔，就麻煩妳將他們送回家。」

奈特利先生高聲說道：「不對。不需要用這種方式處理。將他們送來丹威爾莊園吧！我一定隨時有空。」

艾瑪大聲嚷道：「說真的，你們簡直要讓我笑出來了！我倒是想知道，在我這繁忙的行程裡，你們有多少次未曾參與其中？我怎麼可能會忙到沒有空照顧兩個孩子呢？我到底有多少了不起的飯局？我只不過到寇爾夫婦家吃過一次飯；雖然提議要舉行舞會，可是根本還沒辦成。我明白你的意思，（向約翰．奈特利先生點了點頭）你很幸運，在這裡一次碰著了許多朋友，欣喜自不在言下。可是你明明非常清楚（轉向奈特利先生），我根本很少離開哈特菲爾德兩小時以上；我實在無法理解你怎麼會認為我將忙得不可開交呢？說到我那兩個親愛的外甥，我得說，即使艾瑪阿姨沒有時間照顧他們，他們也不會因此想去找奈特利伯父；要是艾瑪阿姨只有一小時不在家，那麼奈特利伯父就會有五小時不在家——即使他待在家裡，要不是自顧自地看書，就是忙著檢查他的帳戶。」

奈特利先生似乎正努力不讓自己笑出來。他確實很快就笑不出來了，因為艾爾頓太太此時正好開口找他攀談。

37

法蘭克．邱吉爾的消息總會讓艾瑪心慌意亂；不過她只需暗自回想片刻，就足以明白自己為何會有此反應。艾瑪隨即意識到，她並非為了自己才焦慮或尷尬，而是為了他。她自己的感情早已無足輕重，不值得多花心思。然而毫無疑問的是，在他倆之間他始終是用情更深的那一方；倘若這次回來，他的愛意仍與離開前同樣熾熱，那可就令人苦惱萬分了。要是分隔兩個月仍無法澆熄他心中的愛慕，艾瑪眼前的狀況就會顯得相當棘手——她必須更加謹慎為法蘭克、也為自己多方考慮。艾瑪不打算讓自己的心裡再掀波瀾，也責無旁貸，不能繼續鼓勵法蘭克投入感情。

艾瑪希望能阻止法蘭克明確地向自己告白。否則他們如今的深厚交情就會畫下句點，多麼令人痛苦！可是她卻情不自禁地認為，事情遲早要做出了斷。看來今年春天勢必會發生一件重要的大事，擾亂她目前平靜無波的心。

雖然法蘭克．邱吉爾再次返家的時間晚於韋斯頓先生的估算，但是過沒多久艾瑪就有機會研判他的感受。安斯康姆一家人並未依照預期，隨即動身前往倫敦，不過法蘭克進城後很快就趕回海布里。他策馬回來只能待上短短兩個鐘頭，抽不出更多時間。他回到蘭德斯沒多久，隨即直奔哈特菲爾德。艾瑪透過敏銳的觀察力，迅速判斷他是否仍懷有情意，才能知道自己該如何反應。兩人十分熱情地相互寒暄，法蘭克無疑非常高興見到她。不過，艾瑪很快就察覺到法蘭克對她的關切似乎不若以往，不再像之前那般溫柔多情。艾瑪十分仔細地觀察他。法蘭克顯然不像過去那般深愛她了。兩人許久未見，或許他亦注意到艾瑪的淡漠態度，自然讓他的心意急速冷卻，這也正是艾瑪所樂見的結果。

法蘭克顯得興高采烈，一如往常興奮地說說笑笑；一想起上次回家的情況，似乎讓他相當高興，一再舊事重提。儘管如此，他仍透露出一絲不安。艾瑪並非因為他看起來泰然自若，才察覺出他的冷淡；他的心裡並不平靜，顯然有些心煩意亂、坐立難安。他看起來依然活力十足，卻似乎連自己也騙不過去。真正讓艾瑪得出結論的關鍵，是因為他只待了十五分鐘，便匆匆趕往海布里的其他地方。「我趕來的一路上已經見過不少老友，卻沒能停下腳步和他們說上話。倘若我沒有上門拜訪一趟，他們或許會因此大失所望。雖然我非常希望能在哈特菲爾德多待一些時間，可是我必須先告辭了。」

艾瑪相當確定他的愛意已銷磨大半，但是看他心煩意亂，又如此急著離開，似乎也無法令艾瑪感到好過。她忍不住心想，法蘭克或許是擔心再次燃起愛苗，因此慎重地決定，不能花太長時間與她相處。

整整十天期間，法蘭克．邱吉爾就只回來了這麼一次。他一直希望盡快再回來一趟，卻始終事與願違，因為舅媽無法忍受外甥離開身邊。他寄到蘭德斯的信裡是這麼說的。假如他所言不假，確實是費了一番工夫才有機會過來，那麼由此可知，邱吉爾太太即使搬到倫敦，病情也依然不見起色。她確實病得很重，法蘭克在寄到蘭德斯的信裡如此斬釘截鐵地表示。雖然邱吉爾太太也有可能捏造事實，但是法蘭克回想起來，她的身體狀況確實比半年前還差。他認為這並非不治之症，透過悉心照料和藥物治療，依然能幫助她痊癒，她至少還能活上好幾年。不過他實在不能因為父親的疑心，就宣稱她的病情只是憑空想像，或說她的身體一如往常健朗。

倫敦顯然也不是適合邱吉爾太太的好去處。她很快就受不了倫敦的嘈雜，敏感的神經不斷承受刺激，令她苦不堪言。過了十天，法蘭克寄了一封信到蘭德斯，表示計畫有變：他們要立即動身前往里奇蒙[99]。有人建議邱吉爾太太到當地找一位醫術精湛的醫生治療，因此她非常急著前往該地。他們已經在合適的地點租好一棟附家具的房子，認為如此改變能帶來益處。

艾瑪聽說，法蘭克在信裡提及這項安排時語氣相當興奮；他認為接下來兩個月，他的眾多摯友頓時近在咫尺，因為他們從五月到六月都會住在那棟房子裡。法蘭克信誓旦旦地寫道，他接下來想必能如願以償，經常回來探望大家。

艾瑪很清楚韋斯頓先生如何解讀法蘭克的雀躍心情，他認為法蘭克之所以如此高興，全是為了艾瑪。她希望事實並非如此。接下來的兩個月想必能真相大白。

韋斯頓先生的欣喜之情不言自明。這正是他最期盼的結果，對此高興不已。如今法蘭克真

99 里奇蒙（Richmond）：位於薩里郡，是倫敦郊區較為富裕的地帶，擁有許多開闊的綠茵草地。

的搬到附近這一帶來了。區區九英里的路程對年輕人來說算什麼呢？騎馬一個鐘頭就到了。他想必隨時都能過來一趟。法蘭克住在里奇蒙與倫敦兩地的差異，對韋斯頓先生而言宛如天壤之別：法蘭克住在里奇蒙，父子倆就隨時都能碰面；他若住在倫敦，要見到面可就難了。倫敦距離此地十六英里——準確來說是十八英里，從曼徹斯特街100算起正好是十八英里。這是非同小可的阻礙。即使他真能抽空過來，光是往返就要耗去他大半天。住在倫敦對他們而言並非什麼好消息，和繼續待在安斯康姆沒有兩樣。不過里奇蒙就近得多，法蘭克也更能方便回家了。距離自然是越短越好！

法蘭克搬家隨即促成了另一件好事——在皇冠旅店舉辦舞會——眾人並未忘記此事，不過先前光是要訂下明確的日子，都讓人擔心可能會白忙一場。然而，如今這場舞會是辦定了，所有籌備工作又開始進行。邱吉爾一家搬到里奇蒙沒多久，法蘭克隨即寄了一封短箋過來，說自從搬家以後，舅媽的健康情況大為好轉，他以後隨時能到海布里待上一整天，要他們盡快敲定舉行舞會的日子。

韋斯頓先生的舞會即將成真了。再過幾天，海布里的年輕人就能盡情狂歡了。

伍德豪斯先生總算決定讓步。美麗的季節讓他的陰鬱一掃而空。就各方面而言，五月都遠比二月更加美好。貝茨太太當晚會到哈特菲爾德來陪伴伍德豪斯先生，詹姆士也已經接獲通知。伍德豪斯先生由衷希望，當親愛的艾瑪不在家時，可愛的小亨利和小約翰也能安然無事。

38

舞會籌備得十分順利，再也沒有任何阻礙。日子一天天接近，舞會終於到來。在焦急盼望了一個早上後，法蘭克．邱吉爾總算篤定能在晚餐前抵達蘭德斯，一切準備就緒。法蘭克和艾瑪沒有再單獨碰面，而是直接在皇冠旅店見到彼此。不過在眾人眼前抱著平常心碰面，對他倆而言似乎比較理想。韋斯頓先生力勸艾瑪早點到，希望他們抵達會場後就能見到艾瑪，以便趁其他客人出現以前，聽聽艾瑪對會場的看法，也確認一切皆已安排妥當，打點得相當舒適。艾瑪拗不過他這番盛情，因此免不了要在等待其他賓客的空檔，和法蘭克靜靜地待在一起了。她先接了海莉葉，兩人準時抵達皇冠旅店，蘭德斯一家人正好早她們一步。

法蘭克．邱吉爾似乎正在檢查細節，雖然沒有說什麼話，不過從眼神可看出他相當期待今晚能玩得盡興。他們一同四處檢查會場，確認一切皆已準備就緒。過沒幾分鐘，他們就聽到另一輛馬車駛近的聲音。艾瑪起初十分震驚，差點脫口喊出：「怎會來得這麼早！」不過她很快就發現來的是韋斯頓先生的另一群老友，和她一樣受託前來協助確認最後的細節。過沒多久，

100 曼徹斯特街（Manchester Street）：位於倫敦豪宅區馬里波恩（Marylebone）的繁華街道。

又有另一輛馬車載來不少表親，同樣是應韋斯頓先生熱烈請求，早點過來檢查會場。如此看來，為了監督籌備作業，幾乎一半參加舞會的賓客都已經齊聚一堂了。

艾瑪注意到自己並不是韋斯頓先生唯一的諮詢對象，並認為他擁有這麼多摯友和紅粉知己，若是成為最受青睞的對象，免不了要招來嫉妒。她欣賞他心胸寬敞；但是倘若他的豪邁性格能稍微收斂一點，就能更受敬重。仁慈但不過於濫情，才是男人應有的風範。她知道有位男士就是最好的例子。

一行人四處走動觀看，讚美聲不絕於耳。他們接下來無事可做，便圍坐在爐火前，各自天南地北地聊了起來。雖然已到了**五月**，晚上坐在壁爐前依然非常愜意。

艾瑪發現，韋斯頓先生之所以無法找來更多人私下徵詢意見，錯並不在於他。他們確實曾前往貝茨太太家，提議讓貝茨小姐和菲爾費克斯小姐順道搭車；然而艾爾頓夫婦早已說好要去接她們了。

法蘭克就站在艾瑪身邊，卻不時走到一旁去，整個人看起來侷促不安，似乎感到心煩意亂。他左顧右盼，時而走近門口，時而側耳傾聽馬車的動靜。他若不是因為等不及舞會開場，就是害怕一直待在艾瑪身旁。

法蘭克提起了艾爾頓太太。他說：「我想她一定很快就到了。我等不及要見見艾爾頓太太的廬山真面目，我已經聽說不少關於她的消息。我想她應該很快就會到了。」

他們聽到一輛馬車駛近。法蘭克隨即跳了起來，卻又馬上折返，說道：「我竟然忘了我根本還不認識她。我與艾爾頓先生或艾爾頓太太都未曾謀面，實在沒有理由搶先上前攀談。」

艾爾頓夫婦走了進來，所有人立即露出笑容，禮貌地相互寒暄。

「可是貝茨小姐和菲爾費克斯小姐在哪裡？」韋斯頓先生東張西望，一面說道，「我們以為你們會接她們一起過來。」

他們立即化解這個誤會，表示馬車現在就要去接她們。艾瑪迫不及待想知道法蘭克對艾爾頓太太的第一印象，聽他如何評斷她那故作優雅的裝扮與笑容。他們相互認識後，法蘭克特別仔細打量起艾爾頓太太來，很快就對她有所想法。

馬車過沒幾分鐘便折返而來。有人談起外頭正在下雨。法蘭克對父親說：「爸爸，我去看看雨傘是否已備妥。可不能對貝茨小姐怠慢。」他一說完，隨即轉身離開。韋斯頓先生正想跟過去，艾爾頓太太卻攔住了他，聊起她對法蘭克的看法。由於她急著開口，即使法蘭克的步伐並不慢，她所說的話還是傳到他耳裡。

「確實是非常優秀的年輕人，韋斯頓先生。我說過會對自己的公道想法直言不諱，如今我很高興能告訴你，我確實非常喜歡他。你大可相信我，我從不說客套話。我認為這年輕人確實相當一表人才，也非常欣賞他的言行舉止——他稱得上名符其實的紳士，並未流露出年輕人不可一世的氣息。你也知道，我向來討厭驕傲的小夥子，簡直避之唯恐不及。楓葉林絕對無法容許這種人。薩柯林先生和我都沒有耐心應付他們，有時甚至得口出惡言！瑟琳娜生性太溫和了，倒是比較能包容他們。」

聽到艾爾頓太太提起兒子，韋斯頓先生當下自然全神貫注；不過，她的話題一轉到楓葉林時，他立刻想起要去招呼方才抵達的女客，連忙堆起滿臉笑容趕了過去。

艾爾頓太太轉向韋斯頓太太：「我敢說，一定是我們的馬車把貝茨小姐和珍接來了。我們的馬伕和馬匹可真有效率！我相信沒有人的馬車跑得比我們還快。能派我們的馬車接送朋友，多讓人高興啊！我明白你們也相當好心，願意出借馬車，但是實在用不著你們操心。妳也知道，我向來對**她們**照顧有加。」

兩位紳士陪同貝茨小姐與菲爾費克斯小姐走進屋裡，艾爾頓太太似乎認為，比起韋斯頓太太，她更有義務要上前迎接她們。對艾瑪這種留心觀察的人而言，自然很快注意到她接下來的舉動；不過貝茨小姐隨即連珠炮似的打開話匣子，頓時蓋過了艾爾頓太太和其他人所說的話。即使她被領到壁爐前坐下，也還是絮絮叨叨了好幾分鐘才停下來。門一打開，貝茨小姐的話就傳了進來：

「真是太感謝您們了！外頭根本沒下雨。沒什麼大不了的。我一點都不在意，我的鞋底可厚著呢！珍信誓旦旦地說——哎呀！（她走進門來）哎呀！真是太棒啦！實在太漂亮了！真是打點得非常周到，什麼都不缺。簡直令人難以想像。這裡多麼明亮啊！珍，珍，快看！妳看到了嗎？噢！韋斯頓先生，您想必拿到阿拉丁神燈[101]了吧！好心的史托克斯太太都要認不出她自己原本的房間啦！我剛進門時看到她，她就站在入口。『噢！史托克斯太太——』我才剛開口，就沒時間往下說了。」現在她碰上了韋斯頓太太。

「非常好，謝謝您，夫人。我希望您一切安好。非常高興聽到您這麼說。我一直很擔心您的頭痛會發作呢！常看您忙進忙出的，很清楚您有多少麻煩事要處理。真高興聽您這麼說。噢！親愛的艾爾頓太太，真是太感激您派馬車來接我們啦！馬車準時抵達，我和珍都準備就緒了，沒讓馬兒多等一刻。真是最舒適的馬車！喔！我們也得向您道謝，韋斯頓太太。艾爾頓太太非常好心地給珍捎來一封短箋，否則我們就要麻煩韋斯頓太太接送了。不過，短短一天，竟然就有兩家人願意借馬車給我們！實在沒見過這麼親切的鄰居。我對母親說：『說真的，母親——』謝謝，家母過得非常好。她到伍德豪斯先生家裡去了。我要母親披上圍巾，因為晚上通常氣溫較低。那條新拿到的長圍巾，是狄克森太太結婚時送的禮物[102]。她竟然會想到家母，真是太親切了！她特地從韋茅斯買來，是狄克森先生親手挑選的。珍說當時還有另外三款，他們猶豫了一陣子才決定。坎貝爾上校比較偏愛橄欖綠。親愛的珍，妳確定沒有打濕鞋子嗎？雖然只下了點毛毛雨，不過我還是很擔心。法蘭克．邱吉爾先生真的非常——外頭還擺了一張踏墊，我絕對忘不了他如此細心周到的一面。噢！法蘭克．邱吉爾先生，我得告訴您，自從您上次修好我母親的眼鏡以後，鏡框始終好端端的，螺絲再也沒有鬆脫過。我的母親老是誇獎您非

101 阿拉丁神燈（Aladdin's lamp）出自阿拉伯寓言故事集《一千零一夜》（*One Thousand and One Nights*），於一七〇四年被編譯為法文，隨即風靡歐洲。

102 坎貝爾夫婦為慶賀女兒出嫁，致贈給貝茨太太的禮物。

常熱心助人。珍，妳說是吧？我們是不是常常提到法蘭克．邱吉爾先生？哎呀！這不是伍德豪斯小姐嗎？親愛的伍德豪斯小姐，您過得好嗎？我過得很好，非常感謝您。這場聚會簡直像童話般夢幻！將房間如此徹底地改頭換面！我知道不能再稱讚下去了——（得意地看了艾瑪一眼）再說就太失禮了。不過說真的，伍德豪斯小姐，您看起來真是——您喜歡珍的髮型嗎？您的判斷向來最準確了。這是她自己一手打點的髮型。她梳得多漂亮啊！我相信就連倫敦的美髮師也沒有這種巧手。噢！是休斯醫生和休斯太太。我得向休斯醫生和他的夫人打聲招呼。您好嗎？兩位過得好嗎？我過得非常好，謝謝。真是令人愉快呀！可不是嗎？理查德先生上哪兒去了？噢！他在那裡。別吵他，他還是忙著和年輕女孩說話就好。理查德先生，您好嗎？我前幾天見到您騎馬經過城裡。我說，竟然是奧特威太太！還有好心的奧特威先生、奧特威小姐與凱洛琳小姐。好多朋友齊聚一堂哪！還有喬治先生和亞瑟先生！您過得好嗎？您們過得如何？我過得很不錯，真是非常謝謝您們。我是不是又聽到一輛馬車駛近啦？會是誰呢？非常有可能是高貴的寇爾夫婦。說真的，能和這麼一大群朋友同樂，真是太令人開心了！爐火多麼舒服，我全身烤得暖烘烘的！我不需要咖啡，謝謝。我從來不喝咖啡。順道一提，請給我一小杯茶，先生。慢慢來——噢！茶端來了。一切真是太完美啦！」

法蘭克．邱吉爾先生回到艾瑪身邊。貝茨小姐一安靜下來，艾瑪發現自己正好聽得見艾爾頓太太與菲爾費克斯小姐的談話，兩人就站在她身後不遠的地方。法蘭克看起來若有所思，艾瑪無法肯定他是否也在聽著她們兩人的對話。艾爾頓太太十分熱烈地讚美珍，對其禮服和打扮稱許連連，珍也以得體的態度默默接受。接著，艾爾頓太太顯然也想獲得對方恭維，問道：「妳覺得我的禮服看起來怎麼樣？妳喜歡縐邊的裝飾嗎？萊特將我的髮型打點得如何？」她接連問了好幾個問題，珍十分有耐心，彬彬有禮地一一回答。艾爾頓太太又說：

「我向來對衣著漫不經心。不過在這種場合，所有人的目光都聚集在我身上，又得讓韋斯頓夫婦有面子——我敢說，他們肯定是為了歡迎我才特地舉辦這場舞會。我自然不希望自己的打扮遜於任何人。我看這裡除了我以外，幾乎沒有人佩戴珍珠。看來法蘭克．邱吉爾負責領舞。我們的舞步是否合拍倒能拭目以待。法蘭克．邱吉爾確實是個非常優秀的年輕人，我很欣賞他。」

此時，法蘭克又開始神采奕奕地說起話來。艾瑪不禁猜想，他想必聽見了艾爾頓太太對他的稱讚，不願再繼續聽下去。她們的交談聲就這麼蓋了過去，直到談話出現空檔，艾爾頓太太的聲音又傳進了耳裡。艾爾頓先生加入她倆的談話，他的妻子高聲嚷道：

「噢！你可終於發現我們啦？方才都沒見到我們自個兒在聊天嗎？我才在跟珍說，你應該急著想找到我們呢。」

「珍！」法蘭克．邱吉爾重複說道，看起來一臉驚訝又不悅。「喊得也太親暱了。但是我想菲爾費克斯小姐並不排斥。」

艾瑪悄聲問道：「你喜歡艾爾頓太太嗎？」

「一點也不喜歡。」

「你還真是不知感激。」

「不知感激！妳這是什麼意思？」他原本皺著眉頭，如今轉為露出笑容。「不對，別告訴我。我可不想知道妳這話的含義。我的父親呢？我們什麼時候要開始跳舞？」

艾瑪簡直猜不透法蘭克。他似乎處於某種奇怪的好心情。他離開前去尋找父親，不過很快就走了回來，韋斯頓夫婦同時跟在他身邊。他方才見到父母時，夫婦倆正覺得有點苦惱，非得告訴艾瑪不可。韋斯頓太太剛才忽然想到，應該邀請艾爾頓太太負責開舞[103]，艾爾頓太太想必也如此期待著；這麼一來，頓時打亂他們原本希望讓艾瑪開舞的安排。艾瑪坦然接受了這個壞消息。

韋斯頓先生說：「還有誰適合當她的舞伴？她肯定認為法蘭克應該邀請她跳舞。」

法蘭克立刻轉向艾瑪，確認她仍記得之前的承諾，隨即向父親表明，自己已經有舞伴了。他的父親一臉讚許地看著兒子。此時韋斯頓太太忽然想到，不如讓韋斯頓先生與艾爾頓太太共舞，其他人也熱烈附和，事情就這麼迅速敲定：由韋斯頓先生和艾爾頓太太領舞，法蘭克．邱吉爾先生與伍德豪斯小姐則跟隨在後。儘管艾瑪始終認定這場舞會是特地為自己所舉辦，卻不得不站在艾爾頓太太身後。這幾乎足以讓她考慮結婚這件事了。

此時此刻，艾爾頓太太無疑占盡優勢，虛榮心完全獲得滿足。雖然她原本希望與法蘭克．邱吉爾一同開舞，不過即使換了舞伴，她也不能錯失這個大好機會。韋斯頓先生的舞或許跳得比兒子還好。儘管有這段不甚愉快的小插曲，艾瑪依然笑得十分開懷，興高采烈地看著賓客魚貫加入長長的跳舞行列，滿心期待接下來能相當盡興地度過好幾個小時。最令她心神不寧的是，奈特利先生依然不肯下場跳舞。他站在一群旁觀者中間。他不應該在那裡，他應該一起跳舞，而不是與那群丈夫、父親、喜歡打惠斯特牌的男士為伍；他們只有在等待牌桌安排好的空檔，才會裝出對觀舞樂在其中的模樣——奈特利先生看起來多麼年輕啊！在那群男士的襯托之下，竟遠比比任何時候更加耀眼！與其他身材臃腫、垂著肩膀、上了年紀的男人相比，奈特利先生顯得如此高大結實、英挺不凡。艾瑪認為他想必吸引了在場所有人的目光；除了她身旁的男伴之外，其他男士皆相形失色。奈特利先生稍微往前移動了幾步，就足以證明，倘若他願意不嫌麻煩跳舞，肯定能展現他的紳士風範和與生俱來的優雅身段。只要他倆有機會對視，艾瑪總會強迫奈特利先生微笑以對；不過他大多數時間都繃著一張臉，表情嚴肅。艾瑪由衷希望他能對舞池多一些興趣，也能對法蘭克．邱吉爾多抱持一些好感。奈特利先生的視線似乎經常落在艾瑪身上。她自然不敢奢望這表示奈特利先生肯定她的舞蹈；但是假如他膽敢提出任何批評，她也無所畏懼。她與舞伴之間並未擦出任何調情的曖昧火花，看起來更像是一同嬉笑、相處自在的朋友，而非一對戀人。法蘭克．邱吉爾對艾瑪的情意已逝，這已是明擺在眼前的事實了。

舞會進展得十分順利。韋斯頓太太緊張兮兮地瞻前顧後，絲毫不曾放鬆留意各種細節，努力顯然沒有白費。每個人看起來都十分興高采烈。眾人向來等舞會結束後，才會盛讚活動辦得

103 艾爾頓太太身為新嫁娘，名義上是這場舞會的主客，也因此享有開舞的權利。

多麼成功；不過如今才揭開序幕沒多久，讚嘆聲便已此起彼落。這場舞會作為值得留念的重要活動之一，各方面都與其他聚會別無二致，卻有一件事讓艾瑪耿耿於懷。晚餐上桌前的最後兩支舞，海莉葉身邊竟沒有舞伴——她是唯一坐在場邊的年輕女孩。其他人都已紛紛湊對，艾瑪不禁納悶全場還有哪位男士落單呢？不過艾瑪的疑慮很快就獲得解答，因為她接著看到艾爾頓先生正四處漫步。如果躲得掉的話，他自然不可能邀請海莉葉當他的舞伴，艾瑪早就預期得到了；她甚至猜想，艾爾頓先生隨時都可能找機會溜到打牌室去。

然而艾爾頓先生並不打算逃避。他走近其他圍坐在一起的賓客，與其中幾個人交談，在他們面前走來走去，似乎想讓人明白他身旁沒有舞伴，而他也堅持不願跳舞。他並未迴避，直接走過史密斯小姐面前，和離她不遠的賓客談笑風生。艾瑪將一切看在眼裡。此時還沒輪到艾瑪跳舞，她正從隊伍末端逐漸往前移動，還有些空檔得以環顧四周；她只需稍微偏過頭，就能仔細觀察一切。艾爾頓先生近在咫尺，他正與韋斯頓太太談話，艾瑪每個字都能聽得清清楚楚。她接著注意到，艾爾頓太太就排在自己前方，不僅同樣側耳聽著兩人說話，甚至直接向丈夫使眼色。親切溫柔的韋斯頓太太從椅子站起身來，走到他身旁說道：「艾爾頓先生，您不一起跳舞嗎？」他連忙答道：「韋斯頓太太，如果您願意與我共舞，我自然早已恭候多時。」

「我！噢！這可不行。我並不擅長跳舞。我來幫您物色更適合的舞伴。」

艾爾頓先生說：「倘若吉爾伯太太有意跳舞，我自然也樂於擔任她的舞伴。雖然我自認是個老氣的已婚男士，已經好一陣子沒跳舞；但是，若有像吉爾伯太太這樣的老友在場，我還是非常樂意與她一起走進舞池。」

「吉爾伯太太並不打算跳舞。不過，有位年輕女孩身旁正缺舞伴，我非常樂意欣賞她的舞姿——那就是史密斯小姐。」

「史密斯小姐！噢！我並未注意到。您真是太好心了，假如我不是老氣的已婚男士，自然恭敬不如從命。不過我的舞藝已經大不如前，韋斯頓太太，還請您見諒。我自然樂於隨時聽候您差遣——可是我已經不跳舞了。」

韋斯頓太太不再作聲。艾瑪可以猜想當她走回座位時，心裡想必既驚訝又沮喪。這就是艾爾頓先生！那個討人喜歡、熱心助人、溫文儒雅的艾爾頓先生。她稍微環顧四周，發現他走近不遠處的奈特利先生加入談話。艾爾頓先生與妻子的臉上都掛著十分愉快的笑容。艾瑪再也看不下去了。她感到心裡怒火中燒，擔心自己的臉會氣得發燙。

過了一會兒，眼前情景頓時令艾瑪高興起來——奈特利先生竟帶著海莉葉加入跳舞的行列！她簡直不曾像現在這樣驚喜過！她不僅為海莉葉高興，也為自己感到欣喜不已；她滿心感激，迫不及待想當面向奈特利先生道謝。雖然他倆相隔得太遠，不過當艾瑪再次迎向奈特利先生的視線時，她的表情早已不言而喻。

一如艾瑪預期，奈特利先生的舞藝果然十分精湛。要不是方才經歷如此殘酷難堪的待遇，海莉葉幾乎稱得上全場最幸運的人；從她快樂的表情，可看出她沉浸在極度的歡樂以及殊榮之中。她並未感到垂頭喪氣，跳得比平常更加賣力，往舞池中央翩翩起舞，始終笑得合不攏嘴。

艾爾頓先生躲到打牌室去了，（艾瑪深信他）顯得十分愚蠢。她認為艾爾頓先生並不像妻子那般鐵石心腸，儘管夫婦倆確實越來越相像。她用舞伴聽得到的音量，喃喃說出自己的部分感受：

「奈特利向可憐的史密斯小姐伸出援手！我得說他可真是非常好心。」

僕人宣布開飯，眾人魚貫走進餐廳。貝茨小姐又連珠炮似的發表感言了，直到她在餐桌前坐定，拿起湯匙之前，都不曾停下來喘口氣。

「珍，珍，親愛的珍，妳在哪裡？妳的披肩在這裡。韋斯頓太太要妳圍上披肩，她說她擔心經過走廊時會有些冷風——雖然一切都已經打點妥當，他們封住一扇門，也鋪了許多墊子。親愛的珍，妳非披上不可。邱吉爾先生，噢！您真是太好心了！您幫她圍得多好呀！真是謝謝您！方才舞跳得可真出色！沒錯，親愛的，我之前說過了，我剛才回家協助外婆上床休息，然後立刻趕回來，沒有任何人察覺。就如我告訴妳的，我一個字都沒向別人提起。外婆狀況很好，她今晚和伍德豪斯先生過得很愉快，不但聊得很盡興，還下了幾盤雙陸棋。他們在樓下喝茶，她享用完餅乾和烤蘋果，又喝了紅酒，這才回家休息。她運氣很不錯，贏了好幾盤棋。她不停問起妳來，想知道妳玩得開不開心，哪些人是妳的舞伴。『喔！』我說：『我可不能先幫珍回答。她剛才正和喬治．奧特威先生跳舞。她明天會很樂意親口告訴妳所有細節：她一開始的舞伴是艾爾頓先生，我不知道下一個邀請她的人是誰，或許是威廉．寇克斯先生。』親愛的先生，您真是太好心了。有沒有其他人需要您的幫助？我自己倒是無所謂。先生，您真的非常親切。就這樣吧，一手牽著珍，一手牽著我！停，停，我們往後退一點。艾爾頓太太要過去。親愛的艾爾頓太太，她看起來真是優雅大方！多漂亮的蕾絲禮服！現在我們都跟在她後頭吧！她真是今晚最出色的女王！哎呀，我們到走廊了。有兩個台階，珍，小心有兩個台階。噢！不對，只有一階而已。好吧，我以為有兩階。這可真奇怪！我剛才以為有兩個台階，沒想到卻只有一階而已。實在沒見過有哪條走廊比這裡更加舒適漂亮。四周都點滿了蠟燭。珍，我剛才正聊到外婆。她說有件事令她有點失望。妳也知道，烤蘋果和餅乾都相當可口；但是最早端上桌的是非常精緻的燉羊肉佐蘆筍，可惜好心的伍德豪斯先生認為蘆筍沒有煮熟，又吩咐僕人端回去了。妳也知道外婆最喜歡吃燉羊肉佐蘆筍，因此她相當失望。不過我們說好不會對任何人提起這件事，以免傳進親愛的伍德豪斯小姐耳裡，否則她想必又會對此耿耿於懷了！哎呀，真是太嘆為觀止啦！實在令我驚訝不已！真讓人意想不到！如此精緻豐盛的菜餚！我已經很久沒見到這麼精美的晚餐，自從——哎呀，我們該坐哪裡好？我們該坐哪裡好？哪兒都行，別讓珍吹到冷風就好。我坐哪裡都無妨。噢！您建議坐這一側嗎？邱吉爾先生，我敢說這位子看起來不錯，似乎還太好了呢！不過自然還是得依照您的心意。您在屋裡指揮一切，您的看法肯定沒錯。親愛的珍，我們轉述給外婆聽時，恐怕連一半料理都記不住呢！還有濃湯！老天！我不該這麼早開動，不過這香味實在令人食指大動，我忍不住要大快朵頤啦！」

直到晚餐結束，艾瑪才有機會與奈特利先生說話。他們一同回到宴會廳時，艾瑪以眼神示意奈特利先生走來，當面向他道謝。他激動地譴責起艾爾頓先生的行徑，認為他無禮至極，簡直不可原諒；他也同樣數落起艾爾頓太太。

奈特利先生說：「他們不只想傷害海莉葉。艾瑪，他們為何與妳為敵？」

他面帶微笑，眼神似乎能看透她的心思。見艾瑪默不作聲，他又接著說道：「我覺得無論他做了什麼，她都不該對妳發怒。妳自然不會將心裡的臆測說出口；不過，艾瑪妳就承認吧！妳以前希望他能娶海莉葉為妻。」

艾瑪回答：「沒錯。因此他們無法原諒我。」

奈特利先生搖了搖頭，卻一面露出寵溺的笑容，僅僅說道：

「我不會責備妳。我讓妳自己反省。」

「你怎能相信我會好好反省？我的虛榮心難道能指出自己的錯誤嗎？」

「不是妳的虛榮心，而是妳的良心。如果虛榮心引妳誤入歧途，相信妳的良心會提醒妳。」

「我承認自己對艾爾頓先生確實完全看走了眼。你看出他卑劣的一面，我卻對此渾然未覺，還一心認定他深愛海莉葉。我就這麼鑄下了一連串匪夷所思的錯誤！」

「既然妳幡然醒悟，我就替妳說句公道話：妳為他挑選的對象，確實比他自己的選擇好得多。海莉葉．史密斯具備上流階級的部分特質，艾爾頓太太卻一無所有。海莉葉是個毫不做作、心思單純、一派天真的女孩；任何有品味的理智男人絕對都會偏愛她，而非艾爾頓太太。我發現海莉葉遠比我想像的還健談。」

艾瑪的心裡滿是感激。韋斯頓先生急著招呼大家繼續跳舞，打斷了他倆的對話。

「來吧！伍德豪斯小姐、奧特威小姐、菲爾費克斯小姐，妳們在做什麼呀？艾瑪，快來吧！給妳的同伴們樹立榜樣。大家竟如此懶散！每個人都昏昏欲睡！」

艾瑪說：「我準備好了。只等著別人來邀舞。」

「妳要和誰跳舞？」奈特利先生問道。

她猶豫了一下，接著回答：「和你，假如你邀請我的話。」

他問道：「妳願意嗎？」一面伸出手來。

「我當然願意。你已經證明自己能跳舞，我們又稱不上是兄妹[104]，沒有什麼不妥的。」

「兄妹！確實完全不是。」

104 儘管艾瑪的姊姊伊莎貝拉嫁給奈特利的弟弟約翰・奈特利，兩人共舞並未不符禮節。

39

艾瑪十分高興有機會向奈特利先生簡單解釋一切。這是當晚舞會最令她開心的回憶之一，隔天她在草坪上散步時依然回味無窮。他們對艾爾頓夫婦有了很好的理解，對夫婦倆的想法亦相當一致，艾瑪為此特別欣慰。最令艾瑪心滿意足的莫過於，奈特利先生總算讓步，願意開口稱許海莉葉。艾爾頓夫婦的無禮舉動，一度差點毀了艾瑪當晚的心情，最後卻逆轉成令人愉快的結果。艾瑪同樣樂見另一個美好結果：海莉葉總該從一廂情願的迷戀中清醒過來了。昨晚離開會場時，從海莉葉談起這件事情的態度看來，艾瑪不禁抱持強烈的希望；她的眼睛似乎終於變得雪亮，再也不認為艾爾頓先生如她過去所深信的那樣完美迷人。這場迷戀終於畫下句點，艾瑪總算不必擔心，海莉葉會再次陷入讓自己遍體鱗傷的愛情。艾瑪很清楚，艾爾頓夫婦依然滿懷敵意，接下來肯定會繼續對她們視而不見。海莉葉終於恢復理智，法蘭克．邱吉爾對她的愛意沖淡許多，奈特利先生也與她言歸於好，接下來的夏天該會過得多麼快樂呢！

這天早上艾瑪不會見到法蘭克．邱吉爾。他已經告訴過艾瑪，他得在中午前趕回家，無法抽空順道過來一趟哈特菲爾德。她對此並不介意。

艾瑪仔細釐清一切，整頓好思緒，如今神采奕奕地回到家，準備好好照顧兩個可愛的小外甥和父親。沒想到當她打開鐵柵門時，眼前卻出現她怎麼也沒預期會湊在一塊的兩個人——法蘭克·邱吉爾，以及倚在他身旁的海莉葉。確實是海莉葉本人！她頓時明白肯定發生了什麼不尋常的大事。海莉葉看起來一臉蒼白，表情驚恐，法蘭克正試圖安撫她。鐵柵門與前門距離不過短短二十碼，他們三人很快就在門廳碰個正著，海莉葉隨即倒在椅子上昏了過去。

年輕女孩就這麼暈過去，除了趕緊幫她恢復力氣，艾瑪自然要問個明白，法蘭克也得解釋清楚。眼前的狀況確實有趣，但不該讓人懸念太久。過沒幾分鐘，艾瑪便立刻瞭解來龍去脈。

史密斯小姐和畢克頓小姐一同外出，途經里奇蒙路。畢克頓小姐同樣寄宿在戈達德太太家，也出席了前晚的舞會。這條路平常熙來攘往，十分安全，沒想到兩人卻遇到騷擾。那條路在距離海布里約半英里處有個轉角，接下來的路段兩旁種滿枝葉扶疏的榆樹，大片密不透光的樹蔭延伸開來，變得格外僻靜。當她們往前走了幾步，赫然發現不遠處有一群吉普賽人聚集在路旁的寬闊草皮上。一名負責把風的孩子走上前乞討，畢克頓小姐嚇得失聲尖叫，一面喊著要海莉葉跟在她身後；她迅速爬上陡峭的河岸，撥開上頭稀疏的灌木叢，竭盡所能從最短的捷徑奔回海布里。然而可憐的海莉葉跟不上她。前晚的舞會令海莉葉筋疲力盡，雙腿宛如千斤重，她雖然試著爬上河堤，卻很快就滑了下來，再也沒有力氣嘗試第二次。在如此狀態下，儘管海莉葉驚恐不已，卻也只能束手無策地留在原地。

假如兩個年輕女孩能表現得更勇敢些，這群流浪者還不一定會上前騷擾；她們怯弱的反應激起了攻擊。海莉葉隨即被六個孩子團團包圍，帶頭的是一名粗壯女人和身材高大的男孩，每個人都高聲喧嚷，眼神不懷好意，儘管無人口出穢語；海莉葉越想越害怕，連忙承諾給錢，取出錢包發給每人一先令[105]，並懇求他們別再繼續索討，也不要傷害她。接著她才有力氣移動腳步，以非常緩慢的速度走開──然而，看她如此恐懼，錢包的吸引力更是不容小覷，這群凶神惡煞的吉普賽人很快又跟了上來，將她團團圍住，逼她交出更多錢來。

此時，法蘭克．邱吉爾正好路過，發現了海莉葉。她嚇得渾身打顫，虛弱無力；一旁的吉普賽人則大聲喧嘩，粗魯無禮。萬分慶幸的是，他離開海布里的時間稍遲，得以在關鍵時刻替海莉葉解危。他這天早上心情十分愉快，決定下馬步行一段路，在距離海布里約一、兩英里的另一條路上再騎馬。而他前晚又剛好向貝茨小姐借了把剪刀忘記歸還，他還去了貝茨小姐家一趟，在屋裡坐了幾分鐘。因此，他離開海布里的時間遠比預期要晚；又因為他是步行，能夠不知不覺就悄悄接近他們。先前帶頭驚嚇海莉葉的女人和男孩隨即遭到報應，法蘭克嚇得他們驚惶失措。海莉葉立刻緊緊抓住他，幾乎說不出話來，只能趁自己徹底崩潰之前，用最後一絲力氣走回哈特菲爾德。回到哈特菲爾德是法蘭克的主意，他實在想不到其他地方可去。

這就是事情的來龍去脈。除了法蘭克的說明之外，海莉葉一清醒過來，終於有力氣開口時，也隨即一五一十地解釋了經過。法蘭克無法繼續待到海莉葉好轉後才離開，這一連串耽擱下來，他現在非走不可。艾瑪派人向戈達德太太報平安，告知她海莉葉平安無事，並通知奈特利先生這一帶出現了吉普賽人[106]。艾瑪為海莉葉和自己真誠地向法蘭克連聲道謝，他隨即起身告辭。

優秀的年輕人與甜美可人的少女，以如此膽戰心驚的方式相遇，再怎麼鐵石心腸、不解風情的人，都會為這段歷險感觸良多。至少艾瑪心裡是這麼想的。即便是語言學家、語法專家，甚至是實事求是的數學家，倘若他們和艾瑪一樣，親眼目睹兩人一同進門的模樣，親耳聽聞方才千鈞一髮的經歷，怎麼可能不會起心動念，認為他倆肯定對彼此產生獨一無二的情愫？像她這種想像力天馬行空的人，腦海中又怎麼可能不會因此爆發源源不絕的臆測，清晰勾勒出未來的發展？更何況，她早已在心裡殷殷企盼起來了呢！

這真是太不可思議了！在艾瑪的記憶中，這一帶的年輕女孩從未經歷如此遭遇；她們不曾面對心懷不軌的惡棍，不曾深陷如此千鈞一髮的危急時刻。如今偏偏就讓海莉葉在如此時機碰上，還偏偏讓法蘭克湊巧路過解救了她！簡直匪夷所思！尤其艾瑪很清楚，兩人此刻都正從情傷中痊癒，如此巧合更令她詫異不已：法蘭克顯然已沖淡不少原本對艾瑪懷有的愛意，海莉葉也正慢慢走出對艾爾頓先生的迷戀。冥冥之中彷彿有許多巧合，想全力撮合這對才子佳人。如此大事，顯然會強烈催化兩人對彼此的好感。

海莉葉尚未完全清醒的期間，艾瑪和法蘭克談了短短幾分鐘，他提到嚇壞的海莉葉楚楚可憐，緊緊抓著他的手不放，語氣飽含溫情與憐愛；他解釋完海莉葉的情況，轉而怒不可遏地數

---

105 一英鎊等同二十先令，當時的一先令相當於今值新台幣一百四十四元。

106 奈特利先生負責當地事務，有權依法處置吉普賽人。

落起既可惡又愚蠢的畢克頓小姐。不過這一切都將順其自然，沒有任何人會從旁加油添醋、推波助瀾。艾瑪既不會擾亂任何發展，也不會對當事人暗示些許弦外之音。她什麼都不會做，畢竟過往已經干預太多了。這只是無傷大雅的計畫，沒有行動的消極盤算，就只是個單純的希望罷了。除了在心底期望之外，她絕不會付諸任何行動。

艾瑪首先打定主意的是，絕不能讓父親知曉此事，以免他又憂心忡忡，為此提心吊膽。不過她很快就發現紙包不住火。過不到半小時，這件事早已在海布里傳得沸沸揚揚。年輕人和僕役向來最愛嚼舌根，如此事件正合他們的心意，早已熱烈討論起這樁駭人聽聞的消息。人們對吉普賽人議論紛紛，就這麼將昨晚的舞會忘得一乾二淨。可憐的伍德豪斯先生坐下時渾身顫抖；艾瑪十分清楚，要是她們沒有向父親再三保證，絕不會再走到灌木叢之外的地方，他說什麼都不可能真正放心。

接下來一整天，（由於左鄰右舍都很清楚，伍德豪斯先生喜歡別人關心自己）許多人紛紛捎來關心，問候伍德豪斯先生、伍德豪斯小姐和史密斯小姐，讓他心裡感到安慰不少。他也很高興能回覆所有人，她倆都嚇壞了——這似乎和現實有些落差，因為艾瑪其實一切安好，海莉葉的情況也並無大礙。不過艾瑪無從出面澄清這些回答。伍德豪斯先生向來對健康緊張兮兮，身為他女兒，艾瑪倒是鮮少嘗到生病的滋味，不免有些諷刺；假如伍德豪斯先生不為女兒捏造症狀，就很難向其他人提起艾瑪了。

吉普賽人尚未等到制裁行動，早已逃之夭夭。海布里的年輕女孩還沒來得及感到害怕，似乎又能再次安心地外出散步。因此眾人很快就將這件事情淡忘，唯獨艾瑪和兩個外甥仍認為茲事體大：艾瑪對此事件的想像依然歷歷在目；亨利和約翰則天天吵著要聽她說海莉葉與吉普賽人之間的故事，一旦情節與原始版本稍有出入，他倆還會堅決地糾正她的錯誤呢！

40

這個驚險事件落幕後幾天，一天早上，海莉葉前來拜訪艾瑪，手裡拿著一個小包裹。她坐定後，遲疑了半晌，接著才開口：

「伍德豪斯小姐，如果您有空，我有話要告訴您——我想向您坦承一件事，接下來就能做個了斷。」

艾瑪感到十分吃驚，連忙催促她往下說。海莉葉顯得相當嚴肅，艾瑪非常清楚，此事肯定非同小可。

海莉葉接著說道：「我有義務告訴您這件事，我自己也希望對您和盤托出。由於我在**某方面**的想法已大有轉變，您要是得知此事，想必會欣慰不已。我不想多說廢話——對於自己做過的蠢事，我真的覺得太丟臉了，我相信您一定能體諒我。」

艾瑪說：「沒錯。我希望能明白。」

海莉葉激動地高聲說道：「這麼久以來，我怎能始終如此自作多情！簡直像瘋了似的！我現在根本一點都不覺得他有任何過人之處。我不在意自己是否會和他見上面；若真要選擇的話，我寧可自己再也見不到他，也願意為了躲開他而逃得遠遠的。可是我一點都不嫉妒他的妻子。我對她既無仰慕之意，也無嫉妒之心。如我之前所言，她確實十分迷人，卻也僅止於此。我覺得她脾氣暴躁，非常惹人討厭。我說什麼也忘不了她那一晚的表情！然而我向您保證，伍德豪斯小姐，我並不希望她過得不好。讓他們幸福快樂地過一輩子吧！我完全不會因此而痛苦不堪。為了讓您相信我所言不假，我決定要毀掉——我很早以前就該這麼做了——我要毀掉自己很清楚不該保有的東西（她一面說，一面羞得滿臉通紅）。總之，我現在下定決心了，而且特別希望當著您的面毀掉，您才會明白我現在變得多理智。您能猜到這包裹裡裝著什麼嗎？」她露出意味深長的表情。

「完全猜不到。他曾經送過妳東西嗎？」

「不是——我不能稱之為禮物。不過我確實將它們視如珍寶。」

她將包裹轉向艾瑪，只見上頭寫著**最珍貴的寶物**，頓時勾起艾瑪強烈的好奇心。海莉葉將包裹打開，艾瑪立刻迫不及待地湊上前去。銀色包裝紙底下是一只坦布里奇木盒[107]，海莉葉將盒子打開，裡頭鋪著最柔軟的棉花，除此之外，艾瑪只看到一小片包紮繃帶。

海莉葉說：「現在您總該想起來了。」

「沒有，我一點頭緒也沒有。」

---

107 坦布里奇木盒（Tunbridge Ware）：當時蔚為流行的精緻手工木盒，盒面繪有精緻圖案。以生產於坦布里奇韋爾斯（Tunbridge Wells）而得名。

「老天！我真沒想到您竟然會忘記！我們當時就是在這裡拿出包紮繃帶，那是我們最後幾次和他碰面時發生的事！我上次喉嚨痛的前幾天，當時約翰・奈特利先生和他的夫人還沒過來。我記得是傍晚時分。您還記不記得，他不小心被您新買的小刀割傷手指，您建議他用繃帶包紮傷口？當時您手邊沒有包紮繃帶，不過知道我身上有帶，希望我借他使用。於是我拿出自己的包紮繃帶剪了一片給他。不過我剪得太大片，他又再剪小一些，並把多餘的一小片繃帶拿在手上把玩了一陣子才還給我。愚蠢無知的我，忍不住想將這一小片繃帶珍藏起來；我將它收好不再使用，不時將它拿出來看一眼，心裡就會感到十分滿足。」

「親愛的海莉葉！」艾瑪以手摀住臉，猛地站起身來，一面驚聲嚷道，「妳簡直讓我羞愧得無地自容！我記得嗎？當然！我現在全想起來了。我一切都記得清清楚楚，唯獨不知道妳竟然將這一小片繃帶珍藏起來！我對此一無所知，直到現在才恍然大悟。不過我確實記得他割傷了手指，也記得我要他用繃帶包紮，還說我手邊正好沒有繃帶！噢！我的錯！這都是我的錯！事實上，當時我的口袋裡可有一堆呢！這只是我耍的愚蠢伎倆！我這輩子都要為自己的錯誤感到愧疚難當了！現在，（她再次坐下）繼續說吧！還有什麼事？」

「您當時手邊真有包紮繃帶？我完全沒有起疑，您表現得非常自然。」

「所以妳真的為了他而保存這片繃帶？」艾瑪總算從羞愧難當之中恢復過來，開始對此事感到又驚訝又好笑。她暗自心想：老天！我簡直無法想像自己將法蘭克・邱吉爾不要的包紮繃帶放在棉花裡收藏起來！我永遠辦不到這種事！

「這裡，」海莉葉又低頭看起盒子，繼續說道，「這裡還有更寶貴的東西——我是說，它以前對我而言更加珍貴，因為這確實是他擁有過的東西，包紮繃帶就不是了。」

艾瑪迫不及待想看看她更珍藏的寶物。那是一截非常老舊的鉛筆頭，已經看不到墨芯了。

海莉葉說：「這的確是他的東西。您還記得，有天早上——不對，您肯定不記得了。有天早上，我忘了那天星期幾，或許是那天晚上之前的星期二或星期三，他想在隨身攜帶的記事本裡寫備忘錄，和雲杉啤酒[108]有關的事情。奈特利先生當時正聊著如何釀造雲杉啤酒，他想抄下筆記，一拿出鉛筆，卻發現筆芯很短，一下子就寫完了；他這樣寫不成筆記，所以您借了另一枝鉛筆給他。這截鉛筆頭就這麼被遺忘在桌上，毫無用處。不過我一直看著這截鉛筆頭，最後鼓足勇氣拿了起來，從此它就與我形影不離了。」

艾瑪大叫：「我記得這件事！記得可清楚了！當時聊到了雲杉啤酒。噢！沒錯，奈特利先生和我都說很喜歡喝雲杉啤酒，艾爾頓先生似乎也打定主意，試著喜歡上它的滋味。我記得非常清楚。等等，當時奈特利先生就站在那裡，對吧？我記得他就站在那兒。」

「噢！這我就不知道了，我不記得了。真奇怪，可是我想不起來。我記得艾爾頓先生坐在這裡，和我現在的位置差不多。」

「嗯，繼續說吧！」

108 雲杉啤酒（Spruce beer）：將雲杉枝葉浸泡後加入糖、楓糖或蜂蜜，發酵釀製而成。

「喔，我說完了。我沒有其他東西能拿給您看，也沒有什麼好說的了。只有一件事除外：我現在要把這兩件東西丟進爐火裡，希望能當著您的面這麼做。」

「可憐的海莉葉！妳珍藏這些東西，真的讓妳樂在其中嗎？」

「沒錯，瞧我多麼單純無知！不過我現在真的為此感到非常丟臉，希望我燒掉它們後，也能同樣輕易地忘掉一切。如您所知，在他結婚後，我還繼續保留這些紀念品，簡直是大錯特錯。我很清楚這一點——卻始終沒辦法下定決心拋棄它們。」

「不過海莉葉，有必要連包紮繃帶也燒掉嗎？燒了一截老舊的鉛筆頭倒是無可厚非，但是，繃帶還派得上用場啊！」

海莉葉回答：「我比較想燒了它。我現在看到就覺得厭惡至極。我必須把一切徹底拋棄。再見了，一切都結束了，感謝上帝！我再也不會想起艾爾頓先生。」

艾瑪心想：「接下來，什麼時候才會輪到邱吉爾先生？」

她隨後思忖了一陣子，認定海莉葉與邱吉爾先生的緣分早已可見端倪，雖然人們都說沒有命中注定這種事，不過她還是忍不住希望，吉普賽人最後真能改寫海莉葉的命運。事件落幕後約兩個星期，跡象就這麼突如其來地浮現，清晰可見；當時艾瑪心裡並未想著這件事，因此她聽到的消息也就更顯可貴。有次閒聊時艾瑪只不過順口提起：「我說啊，海莉葉，不管妳什麼時候結婚，我都會好好給妳建議。」接著她就忘了這件事，沒想到海莉葉沉默了一分鐘後，以非常鄭重其事的語氣說道：「我這輩子不打算結婚。」

艾瑪抬頭看著海莉葉，發現她的表情相當認真。艾瑪在心裡天人交戰了半晌，思索自己究竟該充耳不聞，或是嚴肅以對，然後才答道：

「一輩子不結婚！妳之前可沒這麼想過。」

「不過現在我的心意已決，不會改變。」

艾瑪又猶豫了一下，說：「我希望，這不是因為……我希望這應該不是因為艾爾頓先生的緣故吧？」

「艾爾頓先生！」海莉葉生氣地大聲說道：「噢！當然不是！」艾瑪接下來只能隱約聽到「──比艾爾頓先生優秀得多！」這幾個字。

艾瑪又花了更多時間思忖。她應該繼續追問嗎？她應該讓這個話題到此為止，不要再疑心了嗎？海莉葉可能會以為她漠不關心或惱羞成怒。或者假如她完全默不作聲，反而會讓海莉葉滔滔不絕地說下去。想到她們過往總是坦誠以對，經常直率地談起希望與機會，艾瑪認為最好讓海莉葉暢所欲言，一口氣吐露她想說的事情。直來直往總是最為明智的做法。艾瑪之前已下定決心，一旦面臨這樣的狀況自己該探究到什麼程度。她能迅速做出明智的決斷，對她們兩個都比較好。艾瑪作出了決定，於是說道：

「海莉葉，我不是有意要質疑妳。妳打定主意，或者說妳希望一輩子都不要結婚，或許是因為妳現在心儀的對象，身分地位遠比妳高高在上，可能沒有將妳放在眼裡。是這樣嗎？」

「噢！伍德豪斯小姐，相信我，我從來沒有那樣想過──我還不至於那麼瘋狂。不過，我很高興能夠遠遠地仰慕他，並以感激、讚嘆、敬重的心情，認定他是世界上最為優秀的人。對我而言，已經是最適合不過的做法了。」

「我一點都不覺得驚訝，海莉葉。他為妳解危的義舉，確實值得妳為他傾心。」

「解危的義舉！噢！我真是感激得難以用言語形容。每當我想起一切，憶起當時的感受：我看著他迎面走來——如此高貴——而我正處不幸處境。如此驚人的轉變！瞬間的轉變！彷彿從悲慘不已的地獄回到了幸福無比的天堂。」

「這確實再自然不過，也值得稱許。沒錯，妳對他如此心懷感激，確實值得稱許。不過要獲得他的青睞，或許妳必須依賴運氣。我希望妳不要一頭栽進去，海莉葉。我不會出手拉妳一把。妳得好好摸索自己的心。或許妳應該努力釐清自己的感受；除非妳確信他真的鍾情於妳，否則不要輕易陷得太深。仔細觀察他，讓他的言行舉止牽動妳的感受。我現在給妳這些忠告，是因為我再也不會提起第二次。我已經決定不會再出面干涉任何事。從今以後，我對此一無所知。我們不要提起任何名字。我們之前鑄下大錯，現在應該更謹慎以對。毫無疑問，他的身分地位確實在妳之上；若要認真走下去勢必出現許多反對的聲浪，困難重重。然而，海莉葉，值得高興的是，還是有很多身分懸殊的有情人終成眷屬。只是妳務必好好照顧自己。我不希望妳過於樂觀。不過無論結果為何，妳一定要記住，妳能懂得欣賞**他**，表示妳識人的眼光不凡，我始終對此深表嘉許。」

海莉葉不發一語，溫順地親吻艾瑪的手，滿心感激。艾瑪十分肯定，這段感情對海莉葉而言並非壞事。海莉葉識人的眼光會逐漸提升，讓她的心靈有所成長，日臻優雅。如此一來，她勢必不會再受到輕視與羞辱。

41

兩人就這麼心照不宣、滿懷希望，默許這份情愫日漸滋長；不知不覺，哈特菲爾德迎來了六月的序幕。對海布里的居民而言，即使到了六月，生活仍未出現什麼明顯的變化。艾爾頓夫婦還是興高采烈地期待薩柯林夫婦來訪，一面計畫著要搭乘四輪馬車到哪裡兜風；珍・菲爾費克斯則依然住在外婆家；坎貝爾夫婦離開愛爾蘭的時間再次往後延，他們原本打算仲夏時離開，最後卻敲定八月才回英格蘭。倘若珍能成功回絕艾爾頓太太的熱心幫忙，不願倉促接受不符自己心意的好工作，她應該至少會再待上兩個月。

奈特利先生基於某些只有他知道的理由，打從一開始就非常不喜歡法蘭克・邱吉爾，如今對他的厭惡更是有增無減。奈特利先生開始懷疑法蘭克親近艾瑪是別有居心。法蘭克確實有意追求艾瑪，許多蛛絲馬跡再清楚不過了：他對艾瑪關心備至，他的父親總是意有所指，而他的繼母也始終小心翼翼地保持緘默；一家三口的言行舉止相當一致，無論有意或無意間透露出的訊息，在在指出明確不過的相同事實。然而，儘管法蘭克三天兩頭去找艾瑪，艾瑪則有意將他與海莉葉湊成一對，奈特利先生卻不禁懷疑：他和珍・菲爾費克斯之間的關係並不單純。

奈特利先生仍有些摸不著頭緒，不過他發現兩人對彼此似乎相當熟識。至少他認定，法蘭克對珍確實懷有情愫，因為他一度親眼目睹；儘管他很希望不要像艾瑪一樣胡亂猜想，卻很難抹去心裡的疑竇。奈特利先生初次起疑時，艾瑪並不在場；當時他與蘭德斯一家、珍一同在艾爾頓夫婦家裡用餐。奈特利先生注意到，身為伍德豪斯小姐的愛慕者，法蘭克竟不止一次頻頻看向菲爾費克斯小姐，似乎顯得有些不妥。之後奈特利先生與他倆在一起時，總會忍不住想起那天看到的畫面，也不禁揣測起來。除非一如詩人古柏[109]描述黃昏時所見到的爐火那樣：眼前所見，只是我心所想[110]。奈特利先生心裡的疑慮只會日趨強烈，相信法蘭克．邱吉爾與珍暗中往來，甚至交情匪淺。

這天他用過晚餐，一如往常走到哈特菲爾德消磨晚上時光。艾瑪和海莉葉正打算外出散步，他便與兩人同行。他們在回程的路上遇見不少熟面孔，顯然所有人都和他們想法一樣，認為應該早點外出散步，否則眼看就要下雨了。三人一連碰到韋斯頓夫婦和他們的兒子，以及貝茨小姐與她的外甥女，大夥兒就這麼湊在一起。走近哈特菲爾德的大門時，艾瑪知道父親見到這麼多客人一定非常高興，便力邀大家進屋和父親喝杯茶。蘭德斯一家隨即欣然同意；貝茨小姐又滔滔不絕地打開話匣子，不過眾人並未聽進幾個字。她發現難以婉拒伍德豪斯小姐的盛情

---

109 威廉．古柏（William Cowper, 1731-1800）：英國浪漫主義詩人，擅長描寫日常生活與鄉村場景，是珍．奧斯汀最喜愛的英國詩人。

110 Myself creating what I saw，出自古柏的詩〈冬夜〉（The Winter Evening）。

邀約，同樣點頭答應。

一行人轉身走進草坪時，派瑞先生正好騎馬經過，男士們便順道聊起了他的馬匹。法蘭克．邱吉爾開口詢問韋斯頓太太：「話說，派瑞先生最後打算買什麼樣的馬車[111]？」

韋斯頓太太一臉驚訝，說道：「我不知道他有此打算。」

「這可是您告訴我的。三個月前您在信裡提過這件事。」

「我！怎麼可能！」

「您確實提過，我記得很清楚。您在信裡提到，他很快就要添購一輛馬車。派瑞太太將這件事告訴了某人，還非常高興。她費了不少工夫說服派瑞先生添購馬車，因為在天氣不佳的狀況下外出總是讓他吃足苦頭。您現在總該想起來了吧？」

「說真的，我對此一無所知，現在才初次得知這個消息。」

「從未聽說過這件事！真的嗎？老天，這是怎麼回事？難不成是我做了白日夢？但是我確實記得很清楚——史密斯小姐，妳看起來似乎累壞了。妳應該早點回家休息。」

韋斯頓先生高聲問道：「這到底是怎麼一回事？派瑞要買馬車？法蘭克，派瑞打算添購一輛馬車？我很高興他總算買得起了。你是從他本人口中聽說的嗎？」

他的兒子笑著說：「不是，父親。我似乎莫名其妙就知道了這件事。真是太奇怪了！我一直認定，韋斯頓太太好幾個星期前寫信到安斯康姆時提起過這件事，還描述了不少細節。可是她既然相當堅持自己以前從未聽過這件事，那這自然是一場夢了。我老是日有所思，夜有所夢。我離開海布里後，心裡淨是惦記著這裡的所有人；我夢完特別親近的老朋友，就開始夢起派瑞夫婦了。」

法蘭克的父親說道：「這確實非常奇怪。你竟然會莫名其妙夢到這件事，派瑞夫婦明明不是你在安斯康姆會特別惦記的人。派瑞竟然打算添購馬車！而且是因為太太替他的身體著想，因此說服他買的。我始終相信這件事遲早會發生，只是沒想到這麼快成真。誰知道胡思亂想也能如此歪打正著呢？聽在其他人耳裡該有多荒謬啊！法蘭克，看來你即使人不在海布里，一顆心卻還是留在這裡呢！艾瑪，妳平常應該也做了不少夢吧？」

艾瑪聽不到他說的話。她趕著在客人進門前先通知父親一聲，因此並未聽到韋斯頓先生這番弦外之音。

「哎呀，說真的，」貝茨小姐過去兩分鐘始終想引起大家的注意，卻徒勞無功。此時，她大聲嚷道：「說到我對這件事的看法，毫無疑問地，法蘭克．邱吉爾先生可能——我不是指他沒有夢到這件事，我有時候也老是做一些奇奇怪怪的夢——不過要說我對這件事的看法，我得說這從去年春天就有跡可尋。派瑞太太親口對我母親提過，寇爾夫婦也對此知之甚詳。但是這件事始終是個秘密，沒有對其他人透露過，也只有提起三天左右而已。派瑞太太非常希

111 這表示派瑞先生累積了一定的財富。當時約莫年收入一千英鎊（今值兩百八十八萬新台幣）才有能力負擔起馬車。

望先生盡快添購馬車，一天早上興高采烈地來找我的母親，認為自己總算說服了派瑞先生。珍，妳還記得我們到家時，外婆是怎麼告訴我們的嗎？我忘記當時去了哪裡——很可能是蘭德斯。沒錯，我想就是蘭德斯。派瑞太太非常喜歡我母親——當然啦，我還不知道有誰不喜歡她呢！——派瑞太太偷偷將這件祕密告訴我母親，她自然沒有反對我母親向我們透露這件事；但是除了我們以外，不可能再傳到其他人耳裡。從那天起，我不曾對任何人提起這件事。不過我無法否認，自己可能曾經不小心意有所指；畢竟我也很清楚，有時在我有所意識之前，就已經忍不住脫口而出了。你們也知道我向來非常健談，總是滔滔不絕說個不停，有時會不小心說溜了嘴。我和珍不一樣，真希望我能像她一樣謹慎。我敢說她絕對不會透露半點口風。她到哪兒去啦？噢！就在後面。我非常清楚記得派瑞太太來家裡的場景。這個夢還真是不可思議！」

一行人走進了大廳。奈特利先生的目光越過貝茨小姐落在珍的身上。他似乎見到法蘭克．邱吉爾壓抑住困惑的表情，努力對此一笑置之，忍不住也轉頭看向珍。不過，她確實落在後頭，正忙著調整肩上的披巾。韋斯頓先生走了進去，另外兩位男士等在門口讓珍先過。奈特利先生猜想法蘭克．邱吉爾想抓住珍的視線，正非常專注地看著珍，卻沒能如願；珍就這麼從他倆中間走進門廳，對他們兩人並未瞧上一眼。

他們沒有時間對此提出更多意見或解釋。這就只是一場夢。奈特利先生不得不和其他人一同圍坐在艾瑪買來的圓形餐桌前。艾瑪特地買了這張圓桌給父親，說服他別再使用原本的小型摺疊桌。整整四十年來，他每天有兩餐都在這張桌上吃；可是桌面太小，碗盤總是擺得滿滿的。他們愉快地端過茶來，似乎每個人都不急著離開。

「伍德豪斯小姐，」法蘭克．邱吉爾一坐定，隨即仔細查看後方的桌子，說道：「妳的外甥將他們那一盒字母卡[112]拿走了嗎？以前就放在那裡。那盒字母到哪裡去了？今晚感覺有些索然無味，我們不該過得像冬天一樣沉悶，而要像夏天一樣歡樂嬉鬧。記得某天早上，那些字母卡讓我們玩得可高興了。我想再拼字謎給妳猜。」

艾瑪欣然接受這個提議，便取來盒子，桌上隨即撒滿了字母。不過，似乎沒有其他人像他倆一樣對出題如此熟練。兩人很快拼出各式字謎，其他人也跟著絞盡腦汁。這種安安靜靜的遊戲特別符合伍德豪斯先生的心意，喧嘩的活動老是讓他心煩意亂。韋斯頓先生有時總愛提議吵吵鬧鬧的活動，此時正憂喜參半地感慨起「可憐的小子們」即將回家去，或是不時拿起手邊的字母卡，高興地稱讚艾瑪寫得一手好字。

法蘭克．邱吉爾在菲爾費克斯小姐面前放了幾張字母卡。她稍微瞥了四周一眼，開始擺弄起來。法蘭克就坐在艾瑪旁邊，珍則坐在他倆對面。奈特利先生的位置正好能將他們三人看在眼裡，也打定主意要留心觀察一切，並盡量表現得不動聲色。珍拼出了正確的單字，露出一絲微笑，隨即將字母卡擱到一邊去。她若有心將這些字母混進其他卡片裡，不想讓其他人見到這個單字，那麼她應該多看桌面一眼，而非將視線落到桌子另一端，因為她根本沒有將這幾個字

112 以手寫或印刷製成的大寫字母卡，用於拼字遊戲，藉此訓練孩童的拼寫能力。

母成功混進其他卡片裡。海莉葉總是迫不及待想解開新的字謎，她沒看到其他單字，便直接拿起那幾張字母卡重新拼湊起來。她坐在奈特利先生旁邊，便請他幫忙拼字。

拼出來的單字是blunder（失誤）。海莉葉歡欣鼓舞地念了出來，珍的臉龐立刻泛起紅暈，似乎意有所指。奈特利先生隨即聯想起剛才提到的夢境，然而其中究竟有何關聯，依然令他感到納悶不已。這手法多麼巧妙，他向來最欣賞珍深思熟慮的一面，如今卻也完全蒙蔽了雙眼！他擔心法蘭克必定別有居心，如此言不由衷，口是心非。這些字母不過是他用來算計的籌碼，是他心懷城府的伎倆。法蘭克．邱吉爾選擇用孩子的遊戲，掩飾自己別有心機的陰謀。

奈特利先生繼續觀察，心裡湧上更強烈的厭惡。他提高警覺，滿心不信任，同樣留意起兩個蒙在鼓裡的女孩。他發現法蘭克．邱吉爾拼出一則較短的字謎給艾瑪，眼神還閃爍著狡猾的光芒，裝出一本正經的模樣。艾瑪隨即拼出正確的單字，顯得樂不可支，卻似乎認為自己應該表達譴責之意，因為她開口說的是：「胡說！真是丟人！」奈特利先生看到法蘭克．邱吉爾瞥了珍一眼，接著說道：「我應該把這道字謎交給她——我該這麼做嗎？」他聽到艾瑪激動地笑了起來，連忙反駁：「不行，這可不成，你絕不能交給她，我是說真的。」

然而，法蘭克還是這麼做了。這位百般殷勤的年輕人似乎被愛沖昏了頭，不願乖乖聽從任何指示，直接將那五張字母卡交給了菲爾費克斯小姐，不慌不忙地勸她拼寫出來。奈特利先生迫不及待想知道那是什麼字，抓緊任何機會將目光轉向桌上，隨即看出那個單字是Dixon（狄克森）。珍．菲爾費克斯似乎和他一樣瞭然於心，立刻領悟出這五個字母的言下之意。她顯然大感不悅，抬起頭時，發現奈特利先生正看著自己，臉色頓時變得更加通紅，僅僅說道：「我不曉得姓氏也在遊戲範圍內。」她忿忿地將字母卡推到一邊去，似乎打定主意再也不願拼寫出任何湊到眼前的單字。她不再看著法蘭克，將頭轉向阿姨。

即使珍一聲不吭，她的阿姨仍高聲嚷道：「是啊，妳說得沒錯，親愛的。我正要這麼說呢！我們確實該告辭了。時間不早了，外婆還在等我們。親愛的先生，真是太感謝您了。我們該向您道聲晚安啦！」

一如貝茨小姐的預期，珍同樣歸心似箭。她立即站起身來，急著想離開桌邊，不過其他人也陸續移動，讓她一時還動彈不得。奈特利先生注意到，法蘭克又急著將幾張字母卡湊到珍眼前，她卻連看也不看就撥到一旁去，開始找起自己的披巾，法蘭克．邱吉爾也跟著找了起來。外頭天色已暗，屋裡顯得一片混亂，奈特利先生並不清楚他們是怎麼離開的。

其他人離開後，奈特利先生依然留在哈特菲爾德，一心回想著方才觀察到的情景。這些想法完全占據了他的心思，此時終於點了蠟燭，讓他得以看清楚屋裡，立刻急著想找艾瑪談談。沒錯，奈特利先生身為她的朋友，又對她分外關切，他必須對艾瑪有所暗示，非得點出一些問題不可。他可不能袖手旁觀，眼睜睜地看著艾瑪深陷危機。他對此責無旁貸。

奈特利先生說：「告訴我，艾瑪，有件事讓我百思不得其解，妳來為我解答吧！方才那道字謎，為什麼引發妳和菲爾費克斯小姐如此激烈的反應？我看到了那個單字，覺得非常好奇，為什麼妳對此感到十分有趣，菲爾費克斯小姐卻顯得如此沮喪？」

艾瑪感到手足無措。她實在無法向奈特利先生解釋真正的原因，即使她心裡的臆測依然存在，卻不好意思將其和盤托出。[113]

艾瑪明顯露出侷促不安的神色，高聲說道：「噢！那沒什麼大不了的，只是我們之間開的小玩笑。」

奈特利先生一臉嚴肅地回答：「這個玩笑似乎只屬於妳和邱吉爾先生。」

他期望艾瑪繼續回答，她卻默不作聲。她寧可將心思轉移到其他地方，也不願再次開口。奈特利先生在那兒坐了一會兒，滿心疑竇，腦海中浮現許多不祥的念頭——即使出手干預，恐怕也是徒勞無功。艾瑪看起來不知所措，兩人顯得交情匪淺，似乎證明她懷有特別的情感。儘管如此他還是要說出口。他必須對艾瑪有所交代，即使艾瑪可能不樂見他親手干涉，他依然不願意犧牲艾瑪的幸福；他願意面對所有結果，也不希望自己放任事端發展下去。

最後，奈特利先生非常懇切地說道：「親愛的艾瑪，妳認為自己真的非常瞭解邱吉爾先生和菲爾費克斯小姐之間的交情嗎？」

「法蘭克．邱吉爾先生和菲爾費克斯小姐之間的交情！噢！當然了，我再清楚不過。你為什麼會這麼問呢？」

「妳難道不曾想過，法蘭克．邱吉爾先生或許心儀菲爾費克斯小姐，反之亦然？」

艾瑪連忙斬釘截鐵地大聲說道：「沒有，我從未這麼想過！從來沒有，我壓根兒不曾浮現這種念頭。你又怎麼會有如此荒謬的想法？」

算被旁人察覺。」

「我最近經常觀察到他倆之間互相傾心的跡象。某種意味深長的眼神，我認為他們並不打

「噢！你真的把我逗樂了。我真高興得知，原來你也會讓自己發揮如此天馬行空的想像力——可惜你錯了。很抱歉你的想像力粉墨登場，卻是這種結果，不過這確實大錯特錯。我能向你保證他們之間沒有任何情愫；你之所以會產生這種錯覺，只是因為某些特殊情況造成的。每個人的感受大相逕庭，不可能精準解釋。說起來或許只是毫無意義的胡言亂語，不過我可以清楚地告訴你，他倆之間不可能像其他人一樣，對彼此產生任何感情，怦然心動。也就是說，我**推測**菲爾費克斯小姐不可能對法蘭克有好感，我也能清楚為他答覆，他並未傾心於菲爾費克斯小姐。我大可告訴你，邱吉爾先生對她根本毫無感情。」

艾瑪那副胸有成竹的模樣令奈特利先生十分詫異，其心滿意足的表情則令他無言以對。艾瑪看起來興高采烈，仍想繼續談論這個話題，希望奈特利先生一五一十地說明他有所起疑之處，清楚描述他所看到的眼神；在任何地方觀察到的所有場景，都能讓她聽得津津有味。但是奈特利先生並不像艾瑪如此歡欣鼓舞。他發現自己無法說服艾瑪，心裡格外煩亂，無心再說下去。伍德豪斯先生幾乎一整年都習慣在晚上點燃爐火，儘管屋子裡溫暖得很，奈特利先生卻隨即匆匆告辭，獨自走回寒冷孤寂的丹威爾莊園。

---

113 艾瑪曾向法蘭克透露，懷疑珍暗戀狄克森先生。因此法蘭克出了這麼一個題目，令艾瑪又好氣又好笑；珍身為當事人更是感到困窘。

42

長久以來，艾爾頓夫婦始終滿懷希望地認定薩柯林夫婦很快就會來訪，成天將此掛在嘴上；如今，海布里的居民則改為忍受夫婦倆唉聲嘆氣，抱怨薩柯林夫婦最快得等到秋天才會過來一趟。目前看來，眾人茶餘飯後的話題依然了無新意：這一陣子，除了談論薩柯林夫婦究竟何時才會來訪，他們每天聊的不外乎是邱吉爾太太的健康狀況，似乎每天都會更新不同的消息；而韋斯頓太太則是傳出懷孕的喜訊，左鄰右舍不禁引頸企盼，等孩子出生後，想必會帶給她莫大的快樂。

艾爾頓太太感到大失所望。她滿心期待，等著四處誇耀，最期盼的日子卻一再拖延；她還得等上好一陣子才能帶著薩柯林夫婦到處串門子和兜風，所有計畫好的聚會依然只是紙上談兵。起初艾爾頓太太確實是這麼想的，不過她思索了一陣子，忽然意識到一切不見得都得繼續耽擱下去。即使薩柯林夫婦尚未來訪，為什麼他們就不能先去巴克斯山[114]走走呢？他們可以等秋天時再帶薩柯林夫婦造訪一趟。眾人長久以來始終計畫著要去一趟巴克斯山，如今因而萌生了另一個念頭。艾瑪不曾去過巴克斯山；所有人都說從山上望去的景致美不勝收，她也想親眼瞧瞧，因此她與韋斯頓先生約好挑一天早晨搭車上山。他們只打算再多找兩、三個人同行，想必是場毫不裝模作樣、閒靜優雅的聚會；與艾爾頓夫婦和薩柯林夫婦浩浩蕩蕩上山、大聲喧嘩、吃喝玩樂的行程相比，勢必顯得更有品味。

他們就這麼達成共識。艾瑪聽到韋斯頓先生提起，由於艾爾頓太太的姊姊與姊夫遲遲未來訪，決定邀他們一同出遊，不禁感到有些詫異，心裡也浮現一絲不悅。由於艾爾頓太太非常樂意接受邀約，倘若艾瑪不反對，這件事就這麼說定了。既然艾瑪反對的理由不過是因為她厭惡艾爾頓太太，這點韋斯頓先生早已清楚不過，再提出來也沒有意義；出言反對等於是讓韋斯頓先生難堪，韋斯頓太太也會感到難過。因此，即使這是令艾瑪避之唯恐不及的聚會，她卻不得不點頭答應。參加這場聚會，說不定還會讓她被誤認為加入了艾爾頓太太的圈子，簡直令她臉上無光！儘管艾瑪按捺不悅，表現出欣然接受的模樣，但是心裡其實對韋斯頓先生的爛好人性格感到非常不快。

韋斯頓先生非常欣慰地說道：「真高興妳認同我的決定。我就知道妳會答應。倘若人數不夠多，玩起來可就一點也沒意思了。玩伴向來不嫌多，人多才熱鬧嘛！畢竟她的個性這麼好，總不能拋下她不管。」

艾瑪並未出言反對，心裡卻連一個字也不認同。

現在正值六月中旬，天氣宜人，艾爾頓太太迫不及待想選定出遊的日子，並和韋斯頓先生

---

114 巴克斯山（Box Hill），鄰近薩里郡的風景名勝。

商定要準備鴿肉派和冷羔羊肉，然而，此時一匹拉車的馬卻忽然瘸了腿，讓這趟出遊再添變數。馬匹痊癒的速度或許需時數週，也可能僅花幾天就能復原；不過，在牠康復之前，一切都不能貿然提前準備，於是進度再次停滯不前。任憑艾爾頓太太再有能耐，也對此無可奈何。

艾爾頓太太高聲嚷道：「奈特利，這實在太令人氣結了，不是嗎？多麼適合出遊的好天氣啊！我實在受夠了行程一再耽擱，希望一再落空，簡直討厭至極！我們該怎麼辦？再這麼拖下去今年都要過完了，我們還一事無成。我告訴你，去年六月以前，我們早就高高興興地從楓葉林到皇家韋斯頓去玩一趟了呢！」

奈特利先生回答：「妳最好到丹威爾莊園走走。這麼一來就不需要馬車了。來我家坐坐吧！妳可以嘗嘗自家種的草莓，就快成熟了。」

即使奈特利先生只是順口說說，如今卻也不得不硬著頭皮兌現諾言，因為艾爾頓太太立即欣喜若狂地接受了他的提議：「噢！我一定非常喜歡！」她說得手舞足蹈。丹威爾莊園向來以草莓園聞名，似乎是這項提議的最大誘因；不過其實也用不著什麼誘因，即使有名的是甘藍菜，也足以讓艾爾頓太太歡欣鼓舞，畢竟她就只是想出門走走而已。她再三向奈特利先生保證一定會前去拜訪，幾乎讓他有些招架不住。她非常高興和奈特利先生建立起如此深厚的交情，自認這是對她獨一無二的恭維。

艾爾頓太太說：「你大可放心，我一定登門拜訪。你挑個日子，我就會依約前往。你應該不介意我帶珍．菲爾費克斯一塊過去吧？」

奈特利先生說：「我現在無法決定日期。我還得多問問幾個人，希望他們也能一道過來。」

「噢！這些事交給我來做吧！只要說一聲，我就會全權負責。你也知道，我可是大權在握的女主人[115]呢！這是我的場子，自然會到處呼朋引伴。」

奈特利先生說：「請妳帶艾爾頓一塊過來。不過其他人就不麻煩妳費心了。」

「噢！你現在看起來狡猾得很。不過你想想，你根本不需要擔心把這權力交給**我**。我可不是打算物色結婚對象的年輕女孩，我已經結婚了，你大可放心託付給我。這是我的場子，一切交給我來做吧！我會負責邀請你的客人。」

奈特利先生冷靜地說道：「不必了。只有一位結了婚的女人，我很樂意讓她決定邀請到丹威爾莊園的賓客名單。她是——」

「我想是韋斯頓太太吧！」艾爾頓太太打斷他，一臉惱怒。

「不——是未來的奈特利太太。在我尋覓到她之前，我會自己負責安排一切。」

「噢！你真是個怪人！」艾爾頓太太發現沒有人優於自己，感到十分滿意，高聲喊道：「你真是太好笑了，隨你怎麼說吧！真的太好笑了。總之，我會帶珍與我同行——珍和她的阿

---

115 Lady Patroness，艾爾頓太太意指當時知名的奧爾馬克社交俱樂部（Almack's），會員的大小事皆由一群女士組成的委員會決定。

姨。其他人就交給你決定。就算要與哈特菲爾德那家人見面，我也沒有任何異議，你無須顧慮。我知道你和他們交情很好。」

「倘若能由我決定的話，我確實會邀請他們。我回家的路上也會順道拜訪貝茨小姐。」

「你大可不必這麼做，我每天都會見到珍——不過要是你喜歡，就隨便你吧！我預計早上過去，奈特利，一切簡單行事。我會戴一頂大帽子，再挑一只小籃子掛在手上。瞧，或許就是這只綁著粉紅色蝴蝶結的籃子。一切再也簡單不過。珍也會帶另一只籃子過去。這不是什麼正式聚會，就只是一場隨興玩樂的派對。我們會在你的花園裡閒逛，自己摘草莓，坐在樹下乘涼。無論你還想額外準備什麼，都得放在戶外，例如在樹蔭下擺張長桌之類的。一切盡量從簡，越自然隨興越好。你也是這麼想的吧？」

「倒不盡然。我所謂的簡單行事，就是在餐廳裡擺張長桌。客人們崇尚的自然簡單，就是在裝潢舒適的屋裡好好吃頓飯，還有僕人伺候著。你們要是在花園裡吃膩了草莓，就會想進屋裡嘗嘗冷盤了。」

「好吧，你喜歡就好。不過不需要什麼誇張的排場。順道一提，你需要我或我的管家提出任何想法嗎？請你說實話，奈特利。要是你希望我和霍奇斯太太談談，或是檢查任何——」

「完全不需要，謝謝妳。」

「喔——不過，要是你碰到任何困難，我的管家可精明得很。」

「我大可告訴妳，我的管家自認絕頂聰明，對其他人的幫忙不屑一顧。」

「真希望我們有一頭驢子。我們可以讓驢子拉車過來，珍、貝茨小姐和我——我**親愛的丈夫**走路過來就好。我得和他商量買頭驢子的事。既然在鄉間生活，就有必要買一頭驢子。雖然我有不少消遣娛樂，卻也沒必要整天待在家裡足不出戶，更不需要走上這麼長一段路——夏天老是塵土飛揚，到了冬天又滿是泥濘。」

「妳在丹威爾和海布里都不會碰上這兩種情況。丹威爾的路從來不會塵土飛揚，現在路面十分乾爽。不過要是妳喜歡，就讓驢子拉車過來吧！妳可以向寇爾太太借驢子。希望一切都能盡量符合妳的心意。」

「我相信你一定辦得到。我確實得為你說句公道話，我的好朋友。在你那直言不諱的豪爽態度之下，我知道有顆非常溫暖的心。我會告訴E先生，你的確風趣得不得了。沒錯，相信我，奈特利，我非常清楚你規劃這趟出遊時多麼為我著想。你總是想方設法逗我開心。」

奈特利先生之所以不願在樹蔭下擺放長桌，還有另一個原因。他希望能說服伍德豪斯先生和艾瑪參加聚會；他很清楚要是父女倆得坐在戶外用餐，肯定會讓伍德豪斯先生非常不高興。伍德豪斯先生特地一早搭車出門，在丹威爾莊園待上一、兩個小時，接著卻要如此活受罪，他絕對說什麼也不會答應。

伍德豪斯先生非常放心地接受了這項邀請。即使他總是輕易相信別人，也無須懷疑這趟出遊有任何需要擔憂的地方。他欣然同意，表示自己已經足足兩年沒去過丹威爾莊園了。「找個天氣舒適的早上，我、艾瑪與海莉葉開開心心地出門去。我可以和韋斯頓太太一同坐著聊天，女孩們就在花園裡散步。既然是中午時分，外頭想必不會過於潮濕。我非常想再看看那棟老房子，也非常高興能見到艾爾頓夫婦和其他鄰居。我們三人能在氣候宜人的早晨一起去趟丹威爾莊園，實在沒什麼好反對的。真高興你如此親切提出這項邀請，正合我的心意。不在外頭用餐是明智之舉，我實在不喜歡在戶外吃飯。」

幸運的是，其他人也異口同聲地給了奈特利先生一樣的答覆。所有人都高高興興地接受了邀請，彷彿和艾爾頓太太一樣，自認受到奈特利先生特別的眷顧。艾瑪和海莉葉對此感到滿心期待，雀躍不已。奈特利先生連問都沒問，韋斯頓先生就一口承諾，若情況允許，必定會帶法蘭克同行，藉此表達滿心認同與感激之情。奈特利先生雖然認為多此一舉，卻不得不表示很高興能見到法蘭克。韋斯頓先生隨即動筆寫信，力勸兒子回家參與這趟出遊。

與此同時，跛腳的馬匹十分迅速地康復，因此艾爾頓太太又再次興高采烈地談論起前往巴克斯山的計畫。最後他們敲定了到丹威爾莊園的日子，隔天再前往巴克斯山，都是正適合出遊的好天氣。

鄰近仲夏時分，在一個陽光和煦的晴朗早晨，伍德豪斯先生舒舒服服地安坐在馬車裡，一扇車窗敞開著，前去參加這場**戶外**[116]聚會。奈特利先生安排了丹威爾莊園裡最為舒適的房間，整個早上都特地為伍德豪斯先生點著爐火。伍德豪斯先生愉快愜意地待在房裡，高高興興地讚許奈特利先生精心打點的一切，招呼每個進屋裡的人坐下，並提醒他們不要離壁爐太近。韋斯頓太太似乎刻意走路過來，看起來筋疲力盡，因此始終坐在伍德豪斯先生身旁；當其他人紛紛到戶外去時，她便耐心地傾聽伍德豪斯先生說話，安撫他的心情。

艾瑪已經很長一段時間沒有到丹威爾莊園來，一安頓好父親，便迫不及待離開他身邊，到處走走看看。她格外仔細地觀察四周，急切地想喚醒過往的記憶，修正錯誤的印象。她與家人都對這幢宅邸和庭院懷有深厚情感，自然想要更加精準地掌握一切細節。

無論現任莊園主人或未來的繼承者，艾瑪都與他們維持相當親近的關係，不禁令她感到既驕傲又滿足。她一路觀賞建築的驚人空間和風格，以及恰如其分、獨具特色的地理位置；此處地勢較低，擁有完善的屏障。偌大的庭園一路延伸至草原，還有一條涓涓細流蜿蜒其中。長久以來，丹威爾莊園的景觀並未經過刻意改造，視野一望無際。四處栽滿成排的茂密樹林，小徑交錯其中，既沒有為了好看而多加修剪，亦不顯鋪張。宅邸的空間遠比哈特菲爾德寬敞，外觀也大異其趣；其占地遼闊，面積並不規則，坐擁許多舒適的房間，其中一、兩間格外華麗。這裡的樣貌一如往常熟悉，未曾改變。艾瑪對丹威爾莊園的敬意逐漸高漲，定居此處的家族擁有名符其實的仕紳風範，血統純正，教養也無可挑剔。約翰．奈特利的脾氣有些缺陷，不過伊莎貝拉與他的婚姻門當戶對，並未辜負奈特利家族與丹威爾莊園的名聲。這些想法令艾瑪感到十分愉快，一面走著，一面沉浸在這份喜悅之中，直到她不得不加入眾人一起摘草莓的行列。法蘭克．邱吉爾隨時會從里奇蒙趕來，除了他之外，所有人都已齊聚在此。

---

116 原文以義大利文al-fresco取代英文open-air，該用語自十八世紀中之後廣為流傳。

艾爾頓太太顯得興高采烈，裝備一應俱全，頭戴一頂大帽子，手上掛著籃子，早已擺好架式，隨時聚集眾人發號施令。如今她一心惦記著草莓，開口閉口談的也只有草莓：「全英格蘭最好的水果，所有人都愛不釋手，對健康也大有益處。這裡是最好的草莓園，也是最上等的品種。你們可以盡情摘取，這是最盡興的享受方式了。一日之計在於晨，精神正飽滿，一切如此美好。麝香草莓絕對是最好的品種，無與倫比，其他品種很難入口。麝香草莓相當稀有，我喜歡智利出產的品種，白木品種的滋味最為可口。草莓在倫敦的價格不菲，布里斯托附近的產量倒是不少。楓葉林也種了一些草莓，不過該怎麼種植，園丁的意見眾說紛紜。沒有什麼普遍規則，園丁總是不願意透露自己的方法。草莓可真美味，就是太過營養，吃不了多少。草莓僅次於櫻桃，但是紅醋栗的滋味更加清爽——只不過，在這麼大的太陽底下彎腰摘草莓，簡直快累死了。我再也受不了啦！我得去樹蔭底下坐著休息。」

艾爾頓太太就這麼滔滔不絕地說了整整半小時，期間只有韋斯頓太太打岔過一次；她一心牽掛著兒子，特地前來詢問法蘭克是否已抵達，感到有些不安。她擔心法蘭克的馬匹出了問題。

眾人在樹蔭底下坐定，艾瑪不得不聽起艾爾頓太太與珍．菲爾費克斯的談話。艾爾頓太太提起家庭教師的工作，有個令她喜上眉梢的好機會，她早上收到了一則通知，為此感到歡欣鼓舞。聘請家庭教師的女主人並非薩柯林太太或布萊姬太太，然而優秀的條件僅次於她們，比起其他人毫不遜色，雇主是布萊姬太太的表妹，也是薩柯林太太的朋友，與住在楓葉林的一家頗為熟識。她是一位活潑迷人、身分高貴的女士，艾爾頓太太隨即熱切地希望，珍能一口答應這個再好不過的工作機會。

艾爾頓太太的態度相當激動，一副志得意滿的模樣，說什麼也不肯聽到否定的答案。儘管菲爾費克斯小姐一再堅決表示，她現在並不打算馬上工作，再次提起先前已據理力爭過的原因，艾爾頓太太卻壓根兒聽不進去，依然堅持要代為表示同意，趕在隔天將回信寄出。艾瑪簡直難以置信，珍竟然可以忍受這一切。珍看起來確實一臉苦惱，聽起來語氣尖銳——最後，她一反往常地提議起身走走：「我們要不要散散步呢？或許奈特利先生願意帶我們參觀他的花園呢！我想要欣賞整座花園。」她似乎再也忍受不了艾爾頓太太如此固執己見。

天氣十分炎熱，眾人三兩成群，在花園裡四處閒逛，漫不經心地跟著同伴走到一條寬敞的小徑上。路旁種滿萊姆樹，形成涼爽的樹蔭，一路延伸至花園外，與河岸之間的距離不相上下，似乎就是這一大片美麗庭園的盡頭。道路的盡頭空無一物，只見一座低矮的石牆，一旁矗立著許多高大的柱子，看起來像是一座宅邸的門口，然而此處不曾興建過任何房舍。儘管終點的景色差強人意，這趟花園漫步依然十分愉快，兩旁的景致同樣美不勝收。丹威爾莊園坐落的山坡沿著草原地勢趨緩，再過半英里便是一大片寬闊壯麗的河岸，滿是枝葉扶疏的樹林。河岸底端即是艾比米爾農莊，坐擁優越的地理位置與天然屏障，前有綠茵草坪，周圍則環繞著美麗的河流。

眼前的景致優美，讓人感到心曠神怡。英格蘭的蓊鬱林木、英格蘭的道地文化、英格蘭的愜意生活，在燦爛的陽光下顯得格外耀眼，嗅不到一絲沉悶的氣息。

艾瑪與韋斯頓先生看著眾人紛紛聚集，她卻隨即注意到奈特利先生和海莉葉脫離其他人，悄悄地走到前頭去。奈特利先生與海莉葉！這兩人私下湊在一塊，看起來如此格格不入，卻令艾瑪感到十分欣慰。奈特利先生曾經不屑與海莉葉為伍，對她的態度傲慢無禮，如今他倆看起來似乎聊得十分盡興。過去艾瑪也曾擔心海莉葉回到艾比米爾農莊時會觸景傷情，此刻卻不再感到憂心忡忡。如今，艾瑪可以安心地欣賞眼前一片欣欣向榮的美景，牧草豐美、家禽成群，拱門上花團錦簇，還有縷縷輕煙裊裊升起。她走到石牆邊，加入奈特利先生和海莉葉的行列，發現他倆談得相當起勁，幾乎無暇注意四周的風景。奈特利先生正忙著向海莉葉介紹各種農作模式，艾瑪注意到他的笑容，彷彿正說著：「我對這些事情很感興趣。我有權利談起這類話題，可不是為了羅伯特．馬汀。」艾瑪確實不再對他抱有疑心。事過境遷，羅伯特．馬汀或許早已不再惦記著海莉葉。他們沿著小徑轉了幾個彎，樹蔭底下相當涼爽；艾瑪不禁認為，這是今天當中最令人愉快的時刻。

他們接著往宅邸走去。一行人紛紛進屋用餐，大家陸續坐定，一陣忙亂，然而法蘭克．邱吉爾依然不見蹤影。韋斯頓太太引頸企盼，卻連個影子也看不到。法蘭克的父親一派氣定神閒，反而笑起她太過緊張；不過，韋斯頓太太仍然擔心，法蘭克那匹黑馬無法將他順利送達此地。法蘭克信誓旦旦地表示一定會來，遠比往常更加斬釘截鐵。「舅媽的身體已經好轉許多，我一定來得成。」然而眾人提醒韋斯頓太太，依據過往的經驗，邱吉爾太太的身體狀況總是反覆無常，說變就變，很可能隨時讓外甥抽不了身。韋斯頓太太最後只好說服自己相信，邱吉爾太太或許又出現某些突發狀況，讓法蘭克來不成了。一行人思索著此事時，艾瑪看了海莉葉一眼；她的表現相當正常，並未透露出任何情緒起伏。

眾人享用完冷餐，又往戶外移動。方才尚未欣賞莊園裡的古老魚塘，他們打算繼續參觀此處的景色；或許還能走到遠處那一片苜蓿草，那塊土地明天就要收割了。如此一來，眾人也可以享受在炎炎夏日逐漸變得涼爽的樂趣。伍德豪斯先生在花園裡地勢最高的地方稍微走走逛逛，遠遠避開河岸的水氣，也不再感到提心吊膽。艾瑪決定陪在父親身邊，韋斯頓太太此時心情低落，似乎正需要和丈夫到處走走，欣賞眼前樣貌豐富的景色。

奈特利先生竭盡所能要逗伍德豪斯先生開心。他特地為老友從房間裡取來各式版畫、金屬徽章、瑪瑙、珊瑚、貝殼和代代相傳的珍藏品，讓伍德豪斯先生愉快地消磨一整個早上。奈特利先生的一番苦心並未白費，伍德豪斯先生相當樂在其中。韋斯頓太太將所有珍藏品一一展示給伍德豪斯先生，如今他也想逐一介紹給艾瑪欣賞。幸好伍德豪斯先生沒有其他孩子氣的舉動，只是他缺乏品味，完全看不出這些收藏品的珍貴之處，解說起來慢條斯理。不過他還來不及介紹第二輪，艾瑪已走進大廳，隨處欣賞門口和一樓的擺設。過沒多久，珍．菲爾費克斯便匆匆從花園跑進屋裡來，一臉避之唯恐不及的模樣。她沒預料到會遇上伍德豪斯小姐，不禁有些吃驚；不過，伍德豪斯小姐正是她當下需要尋求幫助的對象。

她說：「妳能不能好心幫個忙？假如有人問起我來，麻煩說我已經回家去了。我現在正準備離開。阿姨沒有注意到時間已晚，我們在外頭待得太久。我知道家裡肯定需要我們幫忙，打算直接離開。我沒有對任何人提起這件事，否則只會引來麻煩，掃了大家的興致。有些人待在魚塘那裡，其他人則在萊姆樹下散步；在他們進屋來之前，應該不會發現我離開了。要是他們真問起我來，妳能否好心幫我轉告回家一事？」

「如果妳希望的話，我當然願意幫忙。不過妳應該不是獨自走回海布里吧？」

「我確實打算如此。這有什麼關係呢？我走路的速度很快，二十分鐘就能到家了。」

「可是距離實在太遠了，根本不可能獨自走回家。讓我父親的僕人送妳回家吧！我這就去派馬車過來，五分鐘就到了。」

「謝謝，非常感謝妳——但是不要緊，我寧願走路回家。我怎麼可能害怕獨自走路回家呢？或許我很快就要學著保護別人了！」

她的語氣十分焦慮。艾瑪非常親切地答道：「妳現在沒必要冒這麼大的危險。我非派馬車送妳回家不可。天氣這麼熱，對身體也不好。妳已經夠累的了。」

她回答：「沒錯。我確實感到疲憊，卻不是一般的勞累——走路能讓我打起精神來。伍德豪斯小姐，我們都很清楚，有時疲累的並非身體，而是內心。我承認現在我的心感到筋疲力盡。妳對我最為親切的舉動，就是讓我順著自己的心意走回家，並在他人問起時，告知我已離開一事。」

艾瑪無法再出言反對。她對一切瞭然於心，對珍感同身受，隨即敦促珍趕緊離開，一如摯友般目送她安全離開。珍臨走前的眼神充滿感激，一面說道：「噢！伍德豪斯小姐，真高興我們有時能好好獨處！」這番肺腑之言，聽起來像是發自她那疲憊不堪的心，彷彿她早已忍受身邊的人許久，即使其中有些是最深愛她的人。

「生長在這樣的家庭裡確實如此！身邊還有這樣的阿姨！我確實非常同情妳。妳對他們的感受越深刻，流露出內心的恐懼，我就越應該喜歡妳。」艾瑪一面心想，一面走回大廳。

珍離開不到十五分鐘，他們才剛欣賞完幾幅威尼斯聖馬可宮殿的畫作，法蘭克・邱吉爾便進屋裡來了。艾瑪將他忘得一乾二淨，完全沒有想起他來，不過依然非常高興見到他。韋斯頓太太總算能放下心來了。他之所以遲到，錯不在那匹黑馬，**始作俑者**依然是邱吉爾太太。她的病情忽然惡化，因而讓法蘭克耽擱了一些時間；症狀發作了好幾個小時，他一度想放棄過來一趟的念頭，直到最後才下定決心。早知道這趟趕路會令他熱得滿頭大汗，而即使全速趕來，也無法提早抵達，那他真該打消前來的念頭。天氣相當炎熱，他從來不曾吃過這麼大的苦頭，甚至一度希望自己能待在家裡。他向來最怕大熱天，他可以忍受寒冷的天氣，卻難以忍耐高溫。他坐了下來，盡可能遠離伍德豪斯先生所剩無幾的爐火，看起來相當狼狽。

艾瑪說：「要是你坐著不動，過不了多久就會感覺涼快不少。」

「等我好不容易感到涼快的時候，我也得趕回去了。要是無法參加這場聚會，我一定會十分沮喪；可是一來參加，竟成了這副德性！我想你們很快就要離開了，所有人全數散去。我在路上遇到了一個人——在這種天氣走路簡直瘋了！荒謬至極！」

艾瑪一面聽著，一面觀察，隨即意識到，此時描述法蘭克．邱吉爾最好的形容詞或許是「暴跳如雷」。有些人總是在大熱天時變得暴躁不已，此時法蘭克正是這種狀況。她知道解決這類情況的最佳對策便是吃吃喝喝，因此建議他享用一些點心；餐廳裡供應各式各樣的美食，她很好心地指出門口的方向。

「不了，我什麼都不想吃。現在沒有胃口，只會讓我覺得更熱。」然而，過了兩分鐘，他隨即改變主意，喃喃地說著什麼雲杉啤酒，一面走了出去。

艾瑪將注意力轉回父親身上，暗自心想：「真慶幸我沒有愛上他。因為天氣炎熱就大發脾氣的男人，我絕對不可能看上眼。海莉葉的個性溫柔可人，對此想必不會介意。」

法蘭克離開了好一陣子，愜意地享用了一頓美味佳餚，回來時的狀況已經好多了。他的心情平靜許多，態度也一如往常十分親切，拉了一張椅子坐到他們身旁，參與父女倆的談話，並因為遲到一事禮貌地表示歉意。他的精神狀態稱不上好，卻似乎努力打起精神開起玩笑來，倒也討人喜歡。他們一起欣賞瑞士的風景畫。

法蘭克說：「一等舅媽康復，我就要出國去了。我要是不能親眼欣賞這些地方的美景，一輩子都會懊悔不已。我會不時寄些素描畫給你們看，或是寫些遊記，也可能是幾首詩。我會努力做點什麼，好好表現自己。」

「你自然可以好好表現自己——但是你絕對畫不出瑞士的風景畫。你不可能有機會去瑞士一趟，你的舅舅和舅媽不會讓你離開英格蘭的。」

「我或許會邀他們一塊去。那裡天氣溫和，對她的健康大有益處。我有超過五成的把握我們可以一起出國，我能向你們保證。我今早的預感非常強烈，覺得自己很快就能離開英格蘭了。我實在厭倦了一事無成的生活，想要有所改變。我是認真的，伍德豪斯小姐，無論妳那雙洞悉一切的眼睛看穿了什麼——我已經厭煩了英格蘭，要是可以的話，我甚至願意明天就出發。」

「你只是厭倦了衣食無虞、縱情享樂的生活。你就不能製造一點麻煩作為藉口，繼續安心地待在這裡嗎？」

「我討厭衣食無虞、縱情享樂的生活！我不覺得自己是個富裕、放縱的人。我想要的一切處處受阻，我根本不認為自己是個幸運兒。」

「不過至少你不像方才抵達時那麼悲慘。再去吃點東西，喝個飲料吧！你會好過不少。多吃一片冷肉，裝一杯馬德拉白葡萄酒兌點水，你就會和我們所有人一樣開開心心的了。」

「不，我不打算離開。我要坐在這裡，你們就是我最大的慰藉。」

「我們明天要去巴克斯山，你也一塊來吧！雖然不是到瑞士，不過對生活千篇一律的年輕人來說，已經是個不錯的去處了。你要不要待在這裡，明天與我們同行？」

「不了，當然不行。我得趁著涼爽的傍晚趕回家。」

「不過，你明天可以趁著早上還有涼意時趕過來。」

「不——這不值得我大費周章趕來。我即使來了，也只會感到怒氣沖沖。」

「那就待在里奇蒙吧！」

「可是那樣只會讓我更不高興。我可受不了你們齊聚一堂時，唯獨我排除在外。」

「這就是你得自己想辦法解決的難題了。你得控制好自己的脾氣。我不會再勸下去了。」

此時其他人紛紛回到屋裡，很快聚集在一起。有些人非常高興見到法蘭克．邱吉爾，有些人見到他仍顯得泰然自若；不過一提到菲爾費克斯小姐離開一事，大多數人都感到十分惋惜。如今也到了該回家的時刻，一行人針對翌日的行程迅速達成共識後，便紛紛離去。法蘭克．邱吉爾十分不情願自己成了局外人，因此他最後對艾瑪說道：

「好吧！假如妳希望我留下來與大家同樂，我就恭敬不如從命了。」

見法蘭克點頭答應，艾瑪不禁露出微笑。除非從里奇蒙特別捎來一封信催他回家，否則到隔天晚上以前，他是不打算回去了。

43

翌日天氣和煦，正是適合到巴克斯山出遊的好日子。所有人的交通安排皆準時打點妥當，一行人興高采烈地出發。韋斯頓先生負責主導一切，順利從哈特菲爾德和牧師公館接送客人，並未耽擱任何時間。艾瑪和海莉葉結伴而行，貝茨小姐偕同外甥女與艾爾頓夫婦同車，其他男士則騎馬同行；韋斯頓太太留在家裡與伍德豪斯先生作伴。一切打點完善，他們可以開開心心出遊。路途有七英里，眾人一路上都懷著雀躍不已的期待心情，初抵的那一刻亦連聲驚嘆。然而接下來的一整天，卻不如一開始那麼順遂。

歷經舟車勞頓，眾人顯得無精打采，分散四處，很難齊聚在一起。一行人各自結伴而行：艾爾頓夫婦走在一塊；奈特利先生負責照顧貝茨小姐和珍；艾瑪和海莉葉則與法蘭克．邱吉爾同行。韋斯頓先生試著要讓大家和樂融融地聚在一塊，卻徒勞無功。一行人起初只是不經意各自走散，最後卻很難再次聚頭。艾爾頓夫婦並非不願意集體行動，態度也盡量表現得和藹可親。然而，大夥兒在山上一起逛了兩小時後，其中一些人似乎有意個別行動。他們如此打定主意，即使美景佳餚當前，韋斯頓先生再怎麼逗大家開心，都無法挽回局面。

起初艾瑪感到百無聊賴。她從未見過法蘭克．邱吉爾如此沉默寡言，舉止顯得愚蠢至極——他的話題十分無趣，對景色只是走馬看花，並非真心欣賞；他的讚美言不由衷，回覆艾瑪的話時甚至牛頭不對馬嘴。既然連他都顯得如此沉悶乏味，更不用提海莉葉變得多麼無趣，兩人都令艾瑪難以忍受。

一行人坐下後，情況似乎有所好轉。艾瑪覺得心情好多了，因為法蘭克．邱吉爾再次變得健談起來，神色也很愉快，第一個滔滔不絕的說話對象就是艾瑪，並且對她格外關注。法蘭克似乎一心想逗她高興，想方設法討她歡心。艾瑪很開心這趟旅程再次充滿生氣，並不介意法蘭克刻意討好她，同樣變得歡欣鼓舞，態度分外友善，鼓勵他繼續大獻殷勤；在他倆初次相遇、之後更加熟識的期間，艾瑪也始終對他百般殷勤的舉動釋出善意。儘管艾瑪自認眼前的情況無傷大雅，然而此刻在眾人眼裡看起來，兩人無疑是名符其實的打情罵俏。

「法蘭克．邱吉爾先生和伍德豪斯小姐簡直在談情說愛呢！」他們信誓旦旦地這麼想著，其中一位女士甚至在隔天寫了一封信寄到楓葉林，還有另外一封信寄到了愛爾蘭，信裡也斬釘截鐵地如此描述著。艾瑪並非真正感到樂不可支，她的反應純粹是因為這趟出遊不如預期中好玩。她之所以開懷大笑，只是因為她感到大失所望；儘管她很喜歡法蘭克對自己關懷備至，然而無論他是出自友情、愛慕之意，或只是因為一時好玩才對她百般殷勤，艾瑪依然保持相當清醒的理智，法蘭克並未因此重獲她的芳心。在艾瑪眼裡法蘭克仍不過是普通朋友。

法蘭克說：「真是太感謝妳了。謝謝妳說服我今天一塊過來！若不是妳，我就沒有這個機會與大家同樂。我原本打定主意要趕回家去的。」

「是啊！你當時情緒非常低落。我不懂你為什麼要發脾氣，你只是錯過了最上等的草莓。就朋友而言，我對你確實非常寬宏大量。不過你倒也懂得放低身段，百般懇求給你機會一道過來。」

「我不是發脾氣，只是累壞了。大熱天簡直讓我吃不消。」

「今天的天氣更熱呢！」

「我的心裡倒不這麼覺得。今天我感覺非常愜意。」

「因為有人要求你這麼做，你的心裡才會覺得舒坦。」

「如果妳是指妳要求我這麼做，那確實如此。」

「或許我有意讓你這麼說，不過我指的是自我要求。無論如何，你昨天有些失控，不像平常一樣懂得自我節制。幸好你今天又恢復以往的模樣。既然我不可能永遠待在你身邊，你最好能懂得自我管理脾氣，而不是依賴我的幫忙。」

「這是一樣的道理。如果缺乏動機，我便無法自我要求。無論妳是否真正說出口，妳總能為我下達指示。更何況，妳會待在我身邊的。妳總是陪在我身旁。」

「只有從昨天下午三點開始。顯然我這永恆的影響力沒能更早發揮作用，否則你之前就不會這麼暴跳如雷了。」

「昨天下午三點！這只是妳說的。我想，我們早在二月就認識了。」

「你再這麼熱情地說下去，我就無話可說了。不過，（她壓低音量）現在只有我們兩個滔滔不絕地說著話，我們實在不需要再閒扯這些毫無意義的東西，只為了逗另外七個默不作聲的人開心。」

法蘭克精神奕奕，一臉志得意滿地答道：「沒有一句話讓我感到丟臉。我確實是在二月初次見到妳。如果山上的所有人都聽得見，就讓他們聽得一清二楚吧！讓我的聲音遠遠傳到兩旁的米克漢姆和多爾金[117]去。我就是在今年二月第一次認識妳。」接著他悄聲說道：「我們的同伴可真無趣。我們該怎麼炒熱氣氛？再怎麼胡言亂語都不為過。他們**真該**開口聊天。各位女士和先生，伍德豪斯小姐——她無論身在何方，總是負責發號施令——要我問問大家，她想知道你們現在心裡正想些什麼。」

有些人笑出聲來，高興地給予答覆。貝茨小姐喋喋不休地嚷了起來，艾爾頓太太則對於伍德豪斯小姐負責發號施令一事感到頗有微詞。奈特利先生的答案最為明確。

「伍德豪斯小姐確定，她真的想知道我們在想什麼嗎？」

「噢！不，當然不是。」艾瑪努力表現出漫不經心的樣子放聲大笑，「我絕對沒這麼想。我現在根本不想承受任何打擊。拜託說點什麼，可是絕不要告訴我心裡的看法。我不是指所有人。或許我並不擔心聽聽其中一、兩位（她瞥了韋斯頓先生和海莉葉一眼）的意見。」

艾爾頓太太義正詞嚴地高聲說道：「我自認沒有資格過問這種事情。不過，既然身為這些女孩的**監護人**——我未曾建立起這樣的圈子——和大家一同出遊，既有這些年輕女孩，還有結了婚的太太們——」

她主要對著丈夫喃喃說出這些話，艾爾頓先生也囁嚅著回答：

「沒錯，親愛的，確實如此。千真萬確──之前很少聽過這種事，不過，有些女士就是口無遮攔。當個玩笑聽聽就好。大家都很清楚妳的界線所在。」

法蘭克悄聲對艾瑪說道：「這可不成，他們也太公然羞辱別人了，我得給他們一點顏色瞧瞧。各位女士和先生，伍德豪斯小姐要我告訴大家，她決定不要求你們說出當下心裡的想法，只希望每人各自分享有趣的事情。除了我以外──她很高興地表示，我已經提供了不少笑料──這裡有七個人，她只要求各位分享一則優秀的短文或詩篇，原創或引用他人作品皆可；不夠精彩的就要分享兩則；要不就是三件愚蠢至極的事。無論說了什麼，她都會努力捧腹大笑。」

貝茨小姐大聲嚷道：「噢！非常好！那我就不必感到這麼不自在啦！『三件愚蠢至極的事』，這正合我的心意。大家都知道，我一打開話匣子，就能隨便說出三件蠢事，可不是嗎？（她興高采烈地環顧四周，等著眾人表示同意）你們不這麼認為嗎？」

艾瑪再也按捺不住：「噢！夫人，這或許有些困難。請您見諒，不過我得限制您的數量──說三件蠢事的機會只有一次。」

艾瑪表面客氣的態度讓貝茨小姐一時會意不過來。但是當她恍然大悟時，雖然沒有發怒，

117 米克漢姆（Mickleham）位於巴克斯山西北方，多爾金（Dorking）則位於西南方。

臉色卻有些漲紅，顯然心裡感到受傷。

「噢！好吧，沒錯。我明白她的意思，（轉向奈特利先生）我會試著管管自己的嘴巴。我想必是非常惹人討厭，才會逼得她對老朋友說出這種話。」

韋斯頓先生高聲說道：「我喜歡這個主意。不錯，真不錯。我會盡力一試。讓我出道謎題吧！大家覺得猜謎如何？」

「恐怕很低俗，先生，一點也不精彩。」他的兒子答道，「不過，我們自然得寬宏大量，尤其您又是率先發言的人。」

艾瑪說：「不，沒這回事。沒有人認為猜謎是件低俗的事。韋斯頓先生的謎語肯定加倍精彩，可以同時幫自己和身邊的人完成任務。先生，快說吧！讓我聽聽您的謎語。」

韋斯頓先生說：「我自己也擔心這道謎語不夠巧妙，太過直白。不過，我這就問問你們：哪兩個字母可以表達完美之意？」

「兩個字母！表達完美之意！我根本毫無頭緒。」

「噢！你們絕對猜不到的。至於妳（對艾瑪說），我敢說妳也永遠摸不著頭緒。讓我公布答案吧！是M和A。發音近似Em-ma。你們明白了嗎？」

眾人頓時恍然大悟，樂得笑了起來。這則字謎和機智完全沾不上邊，不過艾瑪忍不住大笑，相當樂在其中；法蘭克和海莉葉也是相同的反應。其餘的人似乎並未感同身受，有些人看起來仍一知半解，奈特利先生則一臉嚴肅地說道：

「這正是我們想聽到的聰明事，韋斯頓先生的表現恰如其分。不過，他想必讓其他人嚇壞了。完美的境界很難這麼快就推敲出來。」

艾爾頓太太說：「請你們多多包涵，我得跳過這一輪遊戲。我實在無法——我不喜歡這一類活動。我曾經收過一首以我的名字創作的離合詩[118]，可是我並不滿意那首作品。我知道那首詩是誰寫的，某個惹人厭的小夥子！你們一定知道我說的是誰（朝丈夫的方向點點頭）。這種活動非常適合聖誕節，大家圍坐在爐火前朗誦；不過在我看來，在夏日時光到鄉間欣賞景致時，咬文嚼字可就顯得格格不入啦！還請伍德豪斯小姐見諒。我不像其他人，肚子裡沒有這麼多墨水，也不打算裝出足智多謀的模樣。我自己倒稱得上機靈，不過希望我有權利判斷何時該開口，何時又能保持沉默。邱吉爾先生，如果你願意的話，請直接跳過我們吧！放過E先生、奈特利、珍和我。我們沒什麼機智的作品可以分享——我們四人都說不出口。」

她的丈夫有些嗤之以鼻地說道：「沒錯，沒錯，拜託饒了我吧！我可沒有什麼笑料足以逗伍德豪斯小姐開心，或是取悅其他年輕女孩。年紀一大把的已婚男人，實在沒什麼值得稱道之處。奧古斯塔，我們要不要去散散步？」

「樂意之至。花這麼長時間待在同一個地方，實在令人厭煩。來吧！珍，挽著我的手。」不過珍婉拒了她的邀請，於是艾爾頓夫婦便結伴離去了。「真是幸福的一對夫妻！」他們

---

118 離合詩（Acrostic）：各行詩句的首字母可串聯成另外的單詞，通常是贈詩對象的姓名。

一走遠，法蘭克・邱吉爾隨即說道：「他倆多麼匹配呀！簡直幸運得不得了——只不過在公眾場合見過一面，就這麼結了婚！我猜他們在巴斯也不過認識了幾個星期。真是幸運得令人難以置信！因為在巴斯或其他觀光景點，根本無法看清對方的性格，不可能真正瞭解對方。你只能觀察女士待在家裡的情況，瞭解她們在日常生活中的真實樣貌，才有機會得出客觀的判斷。少了這樣的機會，你只能靠著臆測和機運——而且通常都不怎麼走運。有多少男人僅憑著數面之緣就結婚，因而懊悔終生！」

菲爾費克斯小姐除了對艾爾頓夫婦說話之外，先前鮮少開口，如今卻說道：「毫無疑問，這種事情確實會發生。」她咳了幾聲，談話就此打住。法蘭克・邱吉爾轉過頭來，仔細聽珍說話。

法蘭克嚴肅地說道：「妳可終於開口了。」

珍恢復了聲音，接著往下說：「我只是想說，雖然無論男女，有時候難免會碰上這種不幸的事，可是我認為機率並不高。或許陷入熱戀時過於倉促草率，不過，之後通常有時間逐漸復原，穩固感情。希望你們瞭解，我的意思是，只有意志不夠堅決、優柔寡斷的個性——這種人的幸福通常掌握在命運手上——才有可能不幸認識不適合的對象，並承受一輩子的折磨。」

法蘭克並未接腔，只是注視著珍，溫順地點頭致意。過了不久，他以愉快的語氣說道：「這個嘛，我對自己的判斷力沒什麼把握，無論我什麼時候結婚，都希望有人替我決定對象。妳願意嗎？（轉頭看向艾瑪）妳願意為我挑選妻子嗎？我相信，只要是妳物色的對象，任何人都會令我感到滿意。瞧，妳就替我家挑了個女主人。（笑著看向他的父親）妳也幫我找個結婚對象吧！我還不急著結婚。妳可以精挑細選，好好教育她。」

「那麼，她的身上就會有我的影子了。」

「只要妳辦得到，用盡一切方法吧！」

「非常好。我願意接受這個任務。你一定會娶到非常迷人的太太。」

「她的個性必須非常活潑，還要有雙淡褐色的眼睛[119]。其他條件我都能接受。我會先出國兩年，等我回來時，就會來妳這裡迎接我的未婚妻。妳可得好好記住。」

艾瑪自然不可能忘了這件事。這項任務簡直令她求之不得。海莉葉不正是他所描述的對象嗎？雖然她沒有一雙淡褐色的眼睛，不過，兩年時間足以將她調教成法蘭克所希望的模樣。或許此時此刻，他心裡所想的人就是海莉葉呢！誰知道呢？他既然提到了調教，或許正是暗指海莉葉。

珍對阿姨說：「阿姨，我們現在能去找艾爾頓太太嗎？」

「親愛的，如果妳想的話，當然可以。我已經準備好了。我剛才就打算和她一起離開，不過現在出發也沒關係，我們很快就能追上她。她就在那裡——不對，那是別人，是愛爾蘭那一車的其中一位太太，和她長得不是那麼像。好吧，我說——」

她們就這麼結伴離去；過了半分鐘，奈特利先生也起身離開，只剩下韋斯頓先生、他的兒

119 艾瑪的眼睛即為淡褐色。

子、艾瑪和海莉葉留在原地。此時，法蘭克似乎顯得太激動，變得越來越不討人喜歡。最後就連艾瑪也對他的恭維和嬉鬧感到厭煩，寧可和其他人靜靜地一塊散步，或者獨自坐在一旁，平心靜氣地欣賞眼前美景。此時，艾瑪見到僕人四處尋找主人，通知馬車抵達的時刻，令她感到喜不自勝；即使眾人紛紛集合、準備離開時的場景一片混亂，甚至艾爾頓夫人急著想搶先搭她的車離去，她也欣然耐著性子等候。今天似乎稱不上玩得盡興，安安靜靜地搭車回家，說不定還是一天下來最開心的一刻呢！像這樣跟不喜歡的同伴出遊，她希望再也不要參加第二次。

等待馬車的時候，艾瑪注意到奈特利先生就站在身旁。他左顧右盼，彷彿在確認附近沒有其他人，這才說道：

「艾瑪，一如往常，我必須再提醒妳。或許妳並不樂意我動用這項讓妳忍耐已久的特權，不過我還是得開口。我不能眼睜睜看著妳犯錯卻什麼也沒有提醒妳。妳怎能對貝茨小姐如此無情？面對像她這種個性、年紀和身分的人，妳怎麼能對她如此傲慢無禮？艾瑪，我怎麼想，都不覺得應該發生這種事。」

艾瑪回想起當時的情況，不禁羞愧得滿臉通紅，卻還是試著一笑置之。

「我怎麼嚥得下想說的話？大家總會忍不住脫口而出。情況沒這麼糟。我敢說她根本沒有理解我的意思。」

「我敢保證她明白妳的意思。她完全清楚妳的感受，她之後又提起這件事。我真希望，妳能聽到她當時是怎麼說的——她態度真誠，一點也不和妳計較。真希望妳能聽到她如何稱讚妳個性寬容，還對她無微不至；即使她的個性如此讓人厭煩，妳和令尊依然願意關心她。」

艾瑪高聲說：「噢！我知道，再也找不到比她更好的人了。然而你必須承認，不幸的是，她既有良善的一面，也有荒謬可笑的個性。」

奈特利先生說：「她確實兩者兼具。這點我無法否認。倘若她有錢有勢，我甚至能允許她時而盡情流露荒謬可笑的那一面；如果她是家財萬貫的女人，我會認為她荒誕不經的個性無傷大雅，也不會為了妳的無禮之舉和妳爭論。假如妳倆身分相當——可是艾瑪，想想這個假設與現實的差距多麼遙遠。她身無分文，沒能繼續享受原本擁有的好日子；要是她年紀大了，還得忍受更加辛苦的生活。她的處境絕對值得妳憐憫。妳這麼做真的非常過分！她打從妳出生就看著妳長大，妳還曾因為得到她的關心而歡欣鼓舞；如今卻如此傲慢魯莽地嘲笑她，當眾貶低她——甚至是當著她外甥女的面。而這群人之中，大多數人——肯定有部分人——對她的看法，完全取決於妳對待她的態度。妳肯定一點也不好過，艾瑪——對我而言更是如此。但是我責無旁貸，只要我辦得到，一定會告訴妳事實；我會給妳非常可靠的建議，證明我是妳真正的朋友。即使妳現在可能不以為然，我還是深信有朝一日，妳會發現我的忠告十分公道。」

他倆邊說邊走近馬車，馬車已準備好隨時出發。艾瑪還來不及開口，奈特利先生便扶她坐進車裡。奈特利先生誤會了艾瑪的感受；她之所以將臉別開，默不作聲，是因為她對自己的表現氣惱，既深感慚愧，也憂心忡忡。她無法開口，一坐進車裡，便倒在椅子上努力讓心情平復下來。接著，她忍不住責備起自己方才沒有開口道別，也沒有承認自己的錯誤，只是一臉不高興地離開。她連忙看向窗外，奮力開口揮手道別，希望展現出截然不同的態度，可惜為時已晚。他早已轉身離開，馬車也逐漸駛遠。

艾瑪繼續往回看，仍是徒勞無功。馬車的速度似乎快得驚人，過沒多久他們已經走了一半的山路，將一切遠遠拋在腦後。艾瑪心中的氣惱難以用言語表達，甚至遠遠超出她所能隱藏的程度。她這輩子還不曾感到如此悔恨交加、傷心欲絕，心裡的打擊簡直重得難以承受。奈特利先生的責備令她無以反駁，她早就在心裡過意不去了。她怎能對貝茨小姐如此殘酷無情！她怎能在珍惜的人面前讓自己變得如此難堪？奈特利先生離開前，並未一如往常親切地表達感謝與認同之意，可見他的心裡多麼煎熬？

時間一分一秒過去，艾瑪的心情依舊難以平復。她越是回想，心裡的感受就越是五味雜陳。她還不曾如此沮喪過。她很慶幸現在無須開口說話。身旁只坐著海莉葉，看起來也無精打采、疲累不堪，十分渴求清淨。回家的一路上，艾瑪幾乎自始至終都淚流滿面，甚至沒多想此刻的自己多麼反常。

44

整個晚上，巴克斯山上所發生的不愉快回憶，都在艾瑪的腦海裡揮之不去。她不知道其他人會怎麼看待這趟出遊。他們待在各自的家裡，想法也因人而異，或許回想起來會覺得十分有趣；不過在她看來，早上的大好時光等同於白白浪費，她幾乎不曾樂在其中，過去也從來沒有哪件事如此不堪回首。她陪父親下了一整晚的雙陸棋，反而玩得不亦樂乎，由衷為此感到高興；能讓父親過得愜意，似乎是她一整天最感幸福的時刻。一想到父親對自己如此溺愛、全心信任，艾瑪不禁認為，自己的行徑絕對不能招來任何嚴厲譴責。

身為女兒，艾瑪希望自己堪稱孝順，處處留心，不至於有人對她說：「妳怎麼能對父親如此無情？我一有機會，一定要對妳據實以告。」貝茨小姐的狀況絕不能再發生——絕對不能！要是艾瑪今後的關心可以彌補過往的錯誤，她打從心底希望能獲得原諒。她深受良心譴責，知道自己經常如此粗心大意，一味沉浸於自己的想法；即使她並未化為行動，不過心裡確實抱有輕蔑無禮的念頭。然而，她往後再也不會犯下相同的錯誤。艾瑪滿心懺悔，決定隔天一早就要去拜訪貝茨小姐；這只是開端，從今以後，她都會以平等的親切態度善待貝茨小姐。

翌日一大早，艾瑪隨即打定主意出門，沒有任何事能阻擋她的決心。她猜想路上很可能會遇見奈特利先生；或者待在貝茨小姐家時，他也可能出其不意上門拜訪。艾瑪對此毫無異議。登門道歉並不令她感到丟臉，她是真心誠意懺悔自己的失誤。她經過丹威爾莊園時看了一眼，不過並未見到奈特利先生的身影。

「女主人都在家。」艾瑪過往聽見僕人如此通報時，心裡未曾感到欣喜；即使穿越走廊、走上樓梯時，她亦不曾像現在一樣，滿心盼望是一場愉快的會面。她以前總是將拜訪視為履行義務，離開後也免不了要嘲弄一番。

艾瑪的出現引起一陣騷動，傳來此起彼落的腳步聲與說話聲。她聽見貝茨小姐的聲音，似乎急著交代做好某件事情；女傭一臉驚恐，手足無措，先是要艾瑪稍等一下，卻又太快就將她引進屋裡。貝茨小姐和珍似乎已經躲到隔壁房間去了。艾瑪稍微瞥到珍一眼，她看起來一臉病容；在門關上之前，艾瑪聽見貝茨小姐說：「哎呀親愛的，我**說**妳得在床上好好躺著。我敢肯定妳一定病得不輕。」

可憐的老貝茨太太，一如往常謙遜有禮，彷彿對當下的情況還摸不著頭緒。

老貝茨太太說：「珍的狀況恐怕不太好。不過我也不太清楚。她們**告訴**我她的身體好得很。我的女兒很快就會過來了，伍德豪斯小姐，請妳找張椅子坐下歇息吧！真希望海蒂沒離開。我實在不能——小姐，找個地方坐下來吧？挑個妳喜歡的位子。她一定很快就進屋裡來了。」

艾瑪確實非常希望貝茨小姐很快就會出現，一度擔心起貝茨小姐會刻意躲開她。不過貝茨小姐很快就進屋裡來了，「真高興見到您，謝謝您過來一趟。」但是艾瑪很清楚，貝茨小姐並不如以往那般，興高采烈地說個不停；無論眼神或態度，都顯得有些不自在。艾瑪非常友善地問候起菲爾費克斯小姐，希望能喚回貝茨小姐熟悉的感受。這招似乎立即見效。

「噢！伍德豪斯小姐，您真是好心！我想您一定是聽了消息，特地過來向我們道賀。這對我來說自然不是什麼值得高興的事——（她眨了幾下眼睛，不讓眼淚掉下來）不過，和她一起生活了這麼久，如今要和她分開，真令人依依不捨——她現在頭痛得厲害，因為她整個早上忙著寫信——她的信寫得可長了，寫給坎貝爾上校和狄克森太太。我說：『親愛的，妳會害自己眼睛瞎掉的。』她從頭到尾，始終邊寫邊掉淚。這也難怪了。這是一件好消息，她確實得天獨厚，非常幸運——其他年輕女孩第一次找工作時，不可能碰到這麼好的機會。我們如此幸運，受寵若驚，可別以為我們不知感激，伍德豪斯小姐。（她又再次眨了幾下眼睛）但是，我那可憐的好孩子！您要是見到她頭痛得多厲害，也會感到心疼的。看到她承受病痛，實在很難認定她備受眷顧。她現在情緒低落得不得了。任誰看見她這副模樣，都不會認為她很高興找到一份好工作。您一定願意體諒她無法過來打招呼，她現在無法——她回到房裡去了。我要她躺在床上休息。我說：『親愛的，妳得在床上好好躺著。』可是她不肯，在房裡到處走來走去。不過既然她已經寫完信，她說自己很快就會好起來。沒能見您一面，一定讓她感到非常可惜，伍德豪斯小姐。但是您這麼好心，想必願意諒解她。剛才一直讓您等在門外，真的非常不好意思。方才實在有些混亂，不曉得為什麼，我們根本沒聽見敲門聲，直到您上樓來才注意到有訪客。我說：『一定是寇爾太太，只有她會這麼早過來。』她說：『這個嘛，要是寇爾太太遲早得來，現在過來一趟也好。』沒想到派蒂進來，說是您到了。我說：『噢！是伍德豪斯小姐。我相信妳一定很高興見到她。』『我誰也不見。』她一面說，接著站起身來離開房間。因此我們只好讓您在門外等一會兒。招待如此不周，真的非常不好意思。我說：『妳如果非離開不可，親愛的，那就去吧！我會說，妳上床歇息了。』」

艾瑪由衷擔心起珍來。她現在對珍充滿好感，如今珍的心裡飽受折磨，她過往對珍的負面臆測隨之煙消雲散，一心同情起珍來。艾瑪回想起過往對珍的想法有失公道，態度亦不友善，因此不得不承認，即使比起自己，珍寧可見到寇爾太太或其他交情較好的朋友，這倒也無可厚非。她的語氣充滿真誠的關懷與擔憂，由衷希望貝茨小姐所言屬實，菲爾費克斯小姐會好好接受這份工作，並能從中獲益良多。

「你們所有人想必都不好過。我能體諒，這件事應該再延遲些時間，直到坎貝爾上校回來。」

貝茨小姐答道：「您真是太好心了！不過，您向來如此親切。」

艾瑪實在承受不起「向來」這個溢美之詞，為免貝茨小姐沒完沒了地百般道謝，她直截了當地問道：

「能否請教，菲爾費克斯小姐要到哪裡當家庭教師？」

「到史默里奇太太家去。她是一位優雅的女士，氣質出眾，有三個可愛的女兒，非常討人喜歡。如果把薩柯林太太和布萊姬太太除外的話，實在找不到比這更愜意的工作了。不過史默里奇太太與她們兩位交情都很好，也稱得上住在同一區。她家距離楓葉林只有短短四英里。珍屆時和楓葉林僅有四英里之遙呢！」

「我想這應該是艾爾頓太太幫菲爾費克斯小姐介紹的機會吧？」

「沒錯，好心的艾爾頓太太。她幫起忙來簡直不遺餘力，確實是最為真摯的朋友。她說什麼也不肯讓珍婉拒。珍第一次聽到這個消息時——也就是前天早上，我們拜訪丹威爾莊園的時候——當下一口回絕，打定主意將這個工作拒於門外，原因您也已經提過了。如您所言，她吃了秤砣鐵了心，要等坎貝爾上校回來再決定，說什麼也不願接受任何工作機會。因此她一再向艾爾頓太太重複這番話，我還認定她絕對不可能改變主意呢！

「不過好心的艾爾頓太太判斷力十分敏銳，眼光總是看得比我長遠。沒有人能像她一樣如此親切地挺身而出，不願接受珍的答覆；珍請她回信婉拒，她說什麼也**不肯**動筆。她決定等待——於是事情就這麼談定，昨晚珍說好要接受這份工作。我真是大吃一驚！我從沒想過會是這種結果！珍將艾爾頓太太拉到一旁直截了當地說，她思考過到薩柯林太太家工作的好處後[120]，決定接受這個機會。在整件事塵埃落定之前，我對此根本一無所知。」

「妳們整晚都和艾爾頓太太在一起？」

「是啊，我們三人都是，艾爾頓太太要我們過去。我們和奈特利先生一起在山上散步時，這件事就這麼說定了。她說：『你們所有人晚上非過來不可，我要你們全員到齊。』」

「奈特利先生當時也在場，是嗎？」

「沒有，奈特利先生並不在場。他一開始就拒絕了。雖然我以為既然艾爾頓太太堅持他不能缺席，他就一定會過來，可是他終究沒出現。不過我母親、珍和我三人都到了，那天晚上過得十分愉快。您也知道，伍德豪斯小姐，這麼好心的朋友向來非常討人喜歡，儘管經過上午的出遊，每個人看起來都筋疲力盡。我想似乎不是所有人都非常樂在其中。不過我還是認為這趟出遊非常愉快，也很高興這群朋友如此好心，願意邀請我同行。」

「雖然您當時沒有注意到，不過那天菲爾費克斯小姐想必老早就下定決心了。」

「我想也是。」

「不管到職日何時到來，對她和所有朋友而言想必都不好受。不過我希望這份工作能盡量讓她好過一點——我是指那戶人家的個性和態度。」

「謝謝您，親愛的伍德豪斯小姐。沒錯，這對她而言再高興不過了。在艾爾頓太太認識的人裡面，除了薩柯林家和布萊姬家以外，再也沒有其他家庭的育嬰室比那裡更加寬敞優雅了。史默里奇太太真的非常討人喜歡！生活風格幾乎與楓葉林不分軒輊。除了薩柯林家與布萊姬家以外，也沒有其他家庭的孩子比史默里奇家的女兒更乖巧可愛。他們一家一定會對珍無微不至，和藹可親！她會過得很快樂，展開美好的新生活。她的薪水一樣令人滿意[121]！我實在不能擅自向您透露金額，伍德豪斯小姐。然而，即使您對豐厚財富習以為常，像珍這樣的年輕女孩能領到如此優渥的報酬，恐怕也會讓您難以置信。」

艾瑪高聲說道：「哎呀！夫人，倘若其他家的孩子都和我小時候沒什麼兩樣，我想她的薪資比起其他家庭教師，肯定足足高了五倍吧！」

「您的想法真是高尚！」

「菲爾費克斯小姐打算什麼時候離開？」

「很快，再不久就要離開了，再短短兩週，真是讓人難過。史默里奇太太急著要她過去。真不知道我可憐的母親該怎麼承受這個打擊。我試著要她別再惦記這件事，對她說：『別這樣，母親，我們別再想下去了。』」

「身邊的人一定都很難過她要離開了。要是坎貝爾上校和他的夫人得知，她在他們回來前就得離家工作，一定很傷心吧？」

「沒錯。珍說，他們一定會很傷心。可是在這樣的情況下，她實在不好拒絕。珍第一次將她對艾爾頓太太說過的話告訴我，隨後艾爾頓太太就來向我道賀，簡直讓我震驚不已！喝晚茶之前——不對，不可能是晚茶之前，我們當時正準備開始打牌——不過應該是喝茶之前沒錯，我記得當時正在想——噢！我想起來了，就是這樣。我們茶還沒喝，艾爾頓先生就被叫出房間，因為老約翰．艾比迪的兒子想和他談談。可憐的老約翰，由衷希望他一切安好。他是我父親二十七年前雇用的老員工，如今臥病在床，飽受關節炎折磨。我今天得去探望他一趟，倘若

120 貝茨小姐可能將薩柯林太太與史默里奇太太混為一談。

121 一般家庭教師的薪水並不優渥，年薪僅約二十至三十英鎊。

珍願意出門，我相信她也會同行。可憐的老約翰，他兒子想與艾爾頓先生談談教會接濟窮人的事宜。他非常努力工作，在皇冠旅店擔任馬伕，掌管馬廄和所有大小事；可是談到撫養父親，他還是需要一些援助。艾爾頓先生回來後將約翰兒子的事轉告我們，也提到蘭德斯派了一輛馬車，要送法蘭克．邱吉爾先生回里奇蒙去。這些都是喝茶前發生的事情，用過晚茶後，珍才與艾爾頓太太談定工作。」

這些未曾聽聞的消息令艾瑪大感意外。然而，貝茨小姐不等艾瑪表達訝異之情，認定她不可能不知道法蘭克．邱吉爾先生離開一事，便急著滔滔不絕地往下說。

艾爾頓先生從馬伕那裡聽來的消息，主要是馬伕本人和蘭德斯的僕人所得知的情況：一行人剛從巴克斯山返回不久，里奇蒙那裡便派人送來一封短箋，出乎眾人意料之外。邱吉爾先生捎來寥寥數語給外甥，表示邱吉爾太太的身體狀況差強人意，希望他最晚隔天一大早就要返家。不過法蘭克．邱吉爾先生打定主意要立刻趕回去，一刻也不願耽擱。他的馬似乎染上風寒，他們立刻派湯姆到皇冠旅店借來馬車，馬伕正好站在門口，見到那孩子迅速駕著馬車經過，行駛的速度十分穩健。

艾瑪對這些消息既不感驚訝，也毫無興趣；她之所以特別注意到這件事，只是因為她一心惦記的狀況與此有關。艾瑪十分震驚，邱吉爾太太與珍．菲爾費克斯受到的關注宛如天壤之別；前者簡直集三千寵愛於一身，後者卻無人聞問。她靜靜坐著沉思，心想女人之間的命運竟能如此大相逕庭，對眼前一切視而不見，直到貝茨小姐的話再此引起她的注意。

「喔，我知道您在想什麼，就是那架鋼琴，對吧！該如何處理它？沒錯。親愛的珍方才提到這件事。她說：『非送走不可。我就要離開了，鋼琴留在這裡也毫無用處。不過還是留著那架鋼琴吧！把它放在倉庫裡，等坎貝爾上校回來，我會和他談這件事。他會幫我解決所有難題。』直到今天我還是認定，她仍不曉得，那究竟是坎貝爾上校還是他女兒送來的禮物。」

艾瑪不得不再次回想起那架鋼琴，想到自己過往許多有失公允的臆測，不禁令她心情低落，很快認定自己該告辭了。她竭盡所能，一再表達祝福她們的心意，隨即起身離開。

45

艾瑪走回家的路上依然沉浸於自己的思緒，未曾中斷；然而，一走進門廳，眼前的人立即引起她的注意。奈特利先生和海莉葉在她外出時來訪，正與她父親聊天。奈特利先生隨即站起身，態度顯得比平常嚴肅，開口說：

「我原本就打算沒有見到妳前不會離開，可是我趕時間，必須立刻告辭了。我要去倫敦一趟，在約翰和伊莎貝拉那裡待個幾天。除了妳對他們的『愛』之外，還有什麼需要我轉達的東西，或要我轉告的話嗎？」

「沒有。不過這是突然決定的行程嗎？」

「沒錯——只是，我其實已經想了一陣子。」

艾瑪十分肯定奈特利先生依然尚未原諒她，看起來與平日判若兩人。不過她想，時日一久，他倆一定還是能言歸於好。奈特利先生就這麼站著，看起來似乎打算告辭，卻未移動半步。艾瑪的父親開口問道：

「我說親愛的，妳有順利抵達嗎？我的老朋友和她的女兒是否安好？我相信她們見到妳一定非常高興。奈特利先生，如我方才所說，親愛的艾瑪去拜訪了貝茨太太和貝茨小姐一趟。她對她們母女倆向來如此關心！」

這番言過其實的讚美令艾瑪滿臉通紅。她笑著搖了搖頭，一切盡在不言中，雙眼直盯著奈特利先生。他彷彿頓時對艾瑪產生不錯的印象，也能從她的眼神裡領悟出事實；原本對艾瑪的好感失而復返，並對她的心情感同身受。他注視艾瑪的眼神充滿關切，她為此感激不已。過了一會，奈特利先生的一個小動作，似乎流露出超越友誼的情感，令艾瑪更加高興——他牽起了艾瑪的手。艾瑪不記得自己是否先伸出手來，或許她確實主動先伸出了手；無論如何，他拉起艾瑪的手輕握了一下，接著彷彿要湊到唇邊——但是，不知道他又轉變了什麼念頭，忽然將艾瑪的手放了開來。

艾瑪無法理解奈特利先生為什麼猶豫不決，為何在最後關頭改變了心意。她想，倘若他不停下動作，應該是比較恰當的選擇。然而，奈特利先生方才確實打算親吻她的手，這點毋庸置疑。他之所以停下來，可能是因為他平常並不會對女性如此殷勤。不過無論原因為何，艾瑪認為這就是奈特利先生原本的模樣。他的作風向來簡潔了當，又令人格外敬重。艾瑪回想起奈特利先生這番舉動，不禁欣喜不已——他明顯釋出了極大的善意。奈特利先生隨即告辭離開，很快就不見人影。他向來行動果決，從不優柔寡斷或拖泥帶水；然而，這次道別似乎比平常顯得更加倉促。

艾瑪並不後悔去見了貝茨小姐一面，卻希望自己方才早十分鐘離開——若能與奈特利先生聊聊珍．菲爾費克斯的工作，一定格外有趣。她也不介意奈特利先生前往布朗史威克廣場，她知道約翰．奈特利先生一家會非常歡迎他；不過要是他離開的時機更為恰當，並且更早告知眾人這件事，那就更好了。無論如何，他們方才道別時已經和好如初。他那意有所指的表情，以及最後戛然而止的舉動，艾瑪悉數看在眼裡——奈特利先生是為了向她證明，他已經完全恢復對艾瑪的好感。艾瑪發現，奈特利先生早已在家裡坐了半小時[122]，她沒有早點回家，真是太可惜了！

伍德豪斯先生非常難過奈特利先生要前往倫敦，走得這麼突然，又是騎馬趕路，想必是一番折騰。為了轉移父親的注意力，艾瑪聊起珍．菲爾費克斯的消息，效果也一如預期良好。伍德豪斯先生隨即抽離悲傷的情緒，表達了關切，卻又不至於感到心煩意亂。他始終認定珍．菲爾費克斯遲早要當家庭教師，因此可以愉快地聊起這件事；不過，奈特利先生前往倫敦一事，可就是突如其來的打擊了。

「親愛的，聽她找到這麼好的工作，真是令人高興。好心的艾爾頓太太確實非常親切，我相信她的朋友也一樣討人喜歡。希望那個地方不常下雨，這樣對她的健康也大有益處。這是首要目標，就像可憐的泰勒小姐待在我們家裡時一樣。妳也知道，親愛的，她接下來會成為那位女士相當重要的幫手，一如泰勒小姐在我們心目中的地位。我希望她在這方面會表現得更好，可別像泰勒小姐一樣，在那個家庭裡待了很長一段時間後，又貿然離開結婚去了。」

然而隔天從里奇蒙捎來的消息，卻將一切打入谷底。一封信快馬加鞭地送到蘭德斯，宣告邱吉爾太太的死訊！雖然邱吉爾太太的外甥早已不由分說就為了她趕回家，然而，在法蘭克回家後不到三十六小時，她便嚥下了最後一口氣。有別於以往的症狀突如其來發作，邱吉爾太太只掙扎了一會兒，就這麼撒手人寰。赫赫有名的邱吉爾太太，如今已不在人世了。

面對如此噩耗，所有人自然都能感同身受，心裡感到沉重悲傷；他們為離世的人哀悼，也關心她留下的家人。過了一段時間，他們問起邱吉爾太太會在何處安息。作家戈德史密斯[123]說過，當可愛的女人變得愚昧，那麼她只有死亡一途可選；當她變得討人厭，死亡能洗刷汙名。大家不喜歡邱吉爾太太至少也有二十五年了，如今終於得到眾人的諒解。這次終於還她一個公道：沒人相信她真的病入膏肓，大家總是認為她過度妄想，出於自私而捏造理由、大肆抱怨，如今證實她並未說謊。

「可憐的邱吉爾太太！如此飽受折磨。她所承受的苦難遠超出我們的想像，長年病痛纏身對脾氣自然是一大考驗。即使她犯下不少錯誤，這仍是令人難過的噩耗，簡直是晴天霹靂！少了她在身邊，邱吉爾先生該如何是好？他現在想必傷心欲絕，無法承受這樣的打擊。」韋斯頓先生此時也一面搖頭，一面臉色凝重地說：「噢！可憐的女士！有誰想得到這種事呢？」他似乎打定主意，希望自己的哀悼之意表達得恰如其分。他的妻子坐在一旁嘆氣，穿著黑色喪服，以真摯的心意感嘆如此噩耗。夫婦倆最先想到的是，這件事會對法蘭克帶來什麼影響。艾瑪同

122 一般拜訪時間通常只停留十五分鐘。

123 參考註24。

樣浮現這樣的念頭。她滿懷敬意與憐憫地回想起邱吉爾太太的個性，她的丈夫該是多麼備受打擊；不過，當艾瑪想到這件事會對法蘭克帶來的影響，這或許對他而言是件好消息，讓他從此得以重獲自由，心裡不禁舒坦了一些。她當下看出，未來將有許多正面改變——法蘭克與海莉葉．史密斯的戀情不會受到任何阻撓了。邱吉爾先生將脫離妻子的影響，不用再顧慮任何人；他的個性和善，也願意聽取他人的建議，法蘭克總能說服他改變主意。如今艾瑪唯一的心願，便是他能盡快愛上海莉葉。即使艾瑪樂見其成，卻還無法肯定法蘭克確實已傾心於海莉葉。

在此非常時刻，海莉葉的表現可圈可點，非常懂得節制。無論她心裡懷抱多大的希望，也並未讓自己的心意流露出一絲半毫。艾瑪見到海莉葉明顯變得堅強，任何臆測也不足以動搖她的心智，不禁欣慰有加。因此，她們談論邱吉爾太太逝世的消息時，兩人的態度都相當寬容。

法蘭克寄了幾封短箋到蘭德斯，眾人正關心他們的情形和往後打算，信件及時給了答覆。邱吉爾先生的狀況比預期中還好；他們在約克郡辦完喪禮後，會先到溫莎[124]拜訪一位多年老友，因為過去十年來，邱吉爾先生始終心繫著這位友人。目前的情況下艾瑪無法為海莉葉做些什麼，只能對她的未來給予祝福。

艾瑪當下亟須關心的人是珍．菲爾費克斯。相較於充滿希望的海莉葉，珍的前景卻十分黯淡。眼看珍離家工作的日子迫在眉睫，海布里的人都急著關心她，對艾瑪而言更是當務之急。艾瑪對自己過往漠不關心的態度感到懊惱不已，她這幾個月來始終對珍不聞不問，如今珍卻成了她一心掛念、滿懷憐憫的對象。艾瑪希望自己能助珍一臂之力，證明自己重視珍的友誼，並確實傳達心裡的尊重與關切之情。她決定邀請珍找一天到哈特菲爾德作客。

艾瑪很快寫了一封短箋過去，卻收到婉拒的口信。「菲爾費克斯小姐健康欠佳，無法提筆寫信。」當天早上，派瑞先生到哈特菲爾德登門拜訪，帶來珍的消息。雖然未經過珍的同意，貝茨小姐還是請他上門看診，讓珍頗為不快。珍飽受頭痛折磨，甚至發起高燒，派瑞先生不禁擔心，珍恐怕無法如期到史默里奇太太家工作。她的健康狀況目前十分不佳，食欲不振；雖然當下尚無危急的病情，沒有像家人擔心的那樣、出現肺部感染的症狀，派瑞先生依然憂心忡忡。派瑞先生認為，珍承受的壓力遠超出身體所能負荷；儘管本人不願承認，但她自己也明白這件事。她的精神狀態似乎早已潰堤。在派瑞先生看來，珍現在居住的環境並不適合調養神經失調的症狀，她總是待在房間裡，派瑞先生希望她能換個地方透透氣。她那好心的阿姨雖然是派瑞先生的多年老友，他還是不得不承認，貝茨小姐並非看護神經衰弱的病人的最佳人選。貝茨小姐的悉心照料自然毋庸置疑，事實上，她甚至無微不至得過了頭。派瑞先生擔心，在這樣的關照之下，對菲爾費克斯小姐的壞處恐怕多於好處。

艾瑪十分專注地聽著，心急如焚，對珍的牽掛有增無減，不禁絞盡腦汁，希望找出更合適的解決之道，即使短短一、兩小時也好，暫時帶她離開貝茨小姐身邊，換個地方透透氣，或是理智地和她談上一、兩個鐘頭，可能也會對她有所助益。翌日早晨，艾瑪又再次捎了一封信過

---

124 溫莎（Windsor）：位於英格蘭東南部的伯克郡（Berkshire）。

去，以最為誠摯動人的語氣表示，只要珍指定時間，她隨時能乘著馬車接送珍出門；她提到派瑞先生的想法，認定外出透透氣對病人大有幫助。她只收到一句簡短的回覆：

「菲爾費克斯小姐對您的好意不勝感激。但是此時實在不適合外出。」

艾瑪認為，她這番盛情應該值得更適切的回應；然而，她現在不可能透過書信爭論此事，因為珍以顫抖的手所寫下的歪扭字跡，顯示出她的身體狀況相當糟糕，或許艾瑪最好將這番回絕視為珍需要幫助的證明。因此儘管艾瑪收到這樣的答覆，她依然驅車前往貝茨太太家，希望能成功勸珍一起出門透透氣。可惜事與願違。貝茨小姐走到馬車旁向艾瑪一再道謝，也認同外出呼吸新鮮空氣或許對珍大有幫助。貝茨小姐竭盡所能轉達艾瑪的口信，卻依然徒勞無功。

貝茨小姐再次回到屋內，卻無功而返。珍相當執拗，說什麼也不聽勸，提議外出一事似乎令她的情緒更加低落。艾瑪不禁希望方才能親自出面勸珍，還來不及開口，貝茨小姐便表明她已經答應外甥女，絕不會讓伍德豪斯小姐進屋去。「說真的，可憐的珍實在沒有體力見客——任何人都一樣。艾爾頓太太自然是不好拒絕，寇爾太太的態度堅決，派瑞太太則是費了一番唇舌——不過除了她們以外，珍誰也不肯見。」

艾瑪不想與艾爾頓太太、寇爾太太和派瑞太太相提並論，她們向來如此我行我素；她也自認沒有權力勉強珍，因此最後決定讓步，只向貝茨小姐探詢珍的飲食狀況，希望自己能幫上一點忙。提到這件事讓可憐的貝茨小姐心情低落，立刻滔滔不絕地說了起來：珍幾乎什麼都不肯吃；派瑞先生建議了不少營養的補品，可是她們設法（沒有人像她們這麼幸運，擁有這麼多好鄰居）端到珍面前的食物都不合她胃口。

艾瑪一回到家立刻叫來管家，一同查看儲藏室裡的食品。她迅速挑好一些上等的竹芋[125]送給貝茨小姐，並附上一封語氣最為誠摯友善的短箋。不到半小時，竹芋又被退了回來，貝茨小姐向艾瑪百般道謝，但是「親愛的珍說什麼都要退回給您，她不能收下這份禮物。除此之外，她還堅持自己不缺任何東西」。

隨後艾瑪聽說，有人當天下午見到珍．菲爾費克斯在距離海布里稍遠的草地上散步；那天早上艾瑪才搭車過去一趟，苦口婆心想勸珍外出透透氣，她卻斬釘截鐵地拒絕。艾瑪將一切連結在一起，頓時恍然大悟——珍打定主意不接受**她**的任何好意。她頓時感到心如刀割，難過不已。然而看到珍現在心煩意亂，行動反覆不定，刻意對她差別待遇，艾瑪即使感到悲傷，卻也認為珍的處境更加堪憐。珍認定艾瑪不懂得感同身受，也沒有將她視為值得來往的朋友，同樣令她痛苦不已。但是艾瑪知道自己是一片好意，她安慰自己說，要是奈特利先生私下知道她試著幫助珍．菲爾費克斯的一切舉動、能夠理解她的心意，面對眼前的情況，他一定找不出任何可以非難艾瑪的地方。

125 竹芋（Arrowroot）：其塊莖澱粉易於消化，在十八、十九世紀時，人們普遍認為竹芋是適合養病的食品。

46

邱吉爾太太過世後約莫十天，這天早上，艾瑪被喚下樓迎接來訪的韋斯頓先生，他「連五分鐘都待不了，只想與艾瑪單獨談話」。韋斯頓先生與艾瑪在大廳碰面，才剛以正常語調問候她，就立刻壓低聲音說話，避免讓她的父親聽到。

「妳今天早上可以抽空來一趟蘭德斯嗎？如果妳有空的話務必過來一趟。韋斯頓太太想見妳，非見妳一面不可。」

「她身體不舒服嗎？」

「不，不是，沒這回事，只是有點心煩意亂。她原本想搭車過來找妳，但是她必須與妳**單獨**碰面，妳也知道。（朝她父親的方向點點頭）嗯哼！妳能過來嗎？」

「當然可以。如果你希望的話，現在就能出發。你都這麼說了，我自然不可能拒絕。不過，發生了什麼事？她真的沒有生病嗎？」

「相信我，妳就別再問下去了。妳到時候就會知道一切。這件事簡直匪夷所思！不過千萬別張揚，安安靜靜地離開！」

即使聰慧如艾瑪，當下也完全猜不透他的言下之意。從韋斯頓先生的眼神看來，似乎發生了某件重要的大事。不過既然韋斯頓太太的身體安然無恙，艾瑪便試著讓自己平靜下來。她向父親報備要出門散步，隨即與韋斯頓先生離開屋裡，快步走向蘭德斯。

他們走出柵門一段距離後，艾瑪便說道：「現在，韋斯頓先生，快告訴我到底發生了什麼事情。」

韋斯頓先生正色答道：「不，不行。別問我。我答應過太太，一切都交由她說明。比起我來，她會向妳解釋得更加清楚。艾瑪，耐心點，妳很快就能得知一切了。」

艾瑪驚恐地高聲嚷道：「現在就告訴我。老天！韋斯頓先生，立刻告訴我到底發生了什麼事。我知道布朗史威克廣場出了事，我要你現在馬上告訴我來龍去脈。」

「不行。妳真的誤會了。」

「韋斯頓先生，別想三言兩語就打發我。我有這麼多家人住在那裡，是誰出了事？我現在真的非常擔心，就別想再瞞著我了吧！」

「相信我說的話，艾瑪。」

「你說的話！為什麼你不敢以名譽說出口？你為什麼不願以名譽擔保，這和他們一點關係也沒有？老天！要是與他們無關，你為什麼不敢向我和盤托出？」

韋斯頓先生非常嚴肅地說：「我以名譽擔保，和他們一家無關。這件事和奈特利一家完全沾不上邊。」

艾瑪頓時放下心來，繼續往前走。

韋斯頓先生接著說道：「我錯了，我不該告訴妳很快就能得知一切，不該用這種說法。事實上，這件事與妳無關——我的意思是，我們希望只是和我切身相關。嗯哼，親愛的艾瑪，簡而言之，妳沒有什麼好擔心的。我不會說這件事令人高興，卻也並非最糟糕的情況。我們要是加緊腳步，很快就能抵達蘭德斯了。」艾瑪明白自己非耐心等待不可，現在無須費勁。因此她不再追問下去，僅在心裡繼續思索，很快認定與財務有關——最近里奇蒙發生的噩耗，很可能讓他們的財產問題雪上加霜。她的思緒轉得飛快；邱吉爾家似乎有六個孩子，或許可憐的法蘭克因此失去了繼承權！這雖然並非艾瑪樂見的情況，卻也不會讓她深感苦惱，只是又添了幾分好奇。

他們繼續往前走，艾瑪問道：「那位騎馬而來的紳士是誰？」她純粹為了幫助韋斯頓先生繼續守口如瓶，才盡量找話說。

「我不清楚，似乎是奧特威家的人，不是法蘭克。我敢說不是法蘭克，妳見不到他的。如今他正在趕往溫莎的半路上。」

「他之前有和你待在一塊嗎？」

「噢！有的，妳不知道嗎？這樣啊，好吧！別放在心上。」

韋斯頓先生沉默了一會兒，又以更肯定的語氣，一本正經地說道：

「沒錯，法蘭克今早來過一趟，只是想知道我們過得好不好。」

兩人繼續趕路，很快就抵達蘭德斯。他倆走進屋裡時，韋斯頓先生說道：「親愛的，我把她帶來了，希望妳很快就會覺得好過些。就讓妳們兩個好好聊聊吧！事不宜遲。如果妳們需要我的話，我就在附近。」他離開房間前，艾瑪聽見他壓低聲音，接著說道：「我盡力絕口不提，她還完全不知情。」

韋斯頓太太看起來一臉愁容，似乎顯得心煩意亂，頓時令艾瑪深感不安。韋斯頓先生一離開房間，艾瑪隨即迫不及待開口：

「親愛的朋友，妳還好嗎？看來似乎發生了非常不如意的事，快將一切告訴我吧！我這一路走來，心裡簡直納悶得不得了。我們都很討厭被蒙在鼓裡，妳就別再繼續守口如瓶了。無論妳在煩惱什麼，說出來肯定對妳大有好處。」

韋斯頓太太用顫抖的語氣說道：「妳真的一點頭緒都沒有嗎？親愛的艾瑪，難道妳猜不出，接下來會聽到什麼消息？」

「我確實有猜想過和法蘭克．邱吉爾先生脫不了關係。」

「妳說得沒錯，確實和他有關，我這就告訴妳。」她繼續埋首做起針線活，似乎打定主意不抬頭看著艾瑪。「他今早來過一趟，告知一件非比尋常的事，我實在難以用言語形容我們有多麼震驚。他特地來找他父親談話——坦承自己有意中人。」

她停下來喘口氣。艾瑪首先想到了自己，接著又聯想到海莉葉。

韋斯頓太太繼續說道：「其實不單只是意中人。是訂婚，千真萬確。艾瑪，妳又做何感想呢？有誰知道，法蘭克．邱吉爾與菲爾費克斯小姐竟有婚約在身——而且兩人老早以前就已經訂婚了！」

艾瑪震驚地站起身來，驚恐不已地高喊：

「珍．菲爾費克斯！老天！妳在開玩笑吧？妳是認真的嗎？」

「妳確實會如此驚訝。」韋斯頓太太依然迴避艾瑪的目光，希望她有時間平復情緒，接著急切地往下說：「妳當然會感到震驚了。但是事實就是如此。他們早在去年十月就在韋茅斯正式訂婚，並對身邊所有人守口如瓶。除了他倆之外，所有人都被蒙在鼓裡——就算是坎貝爾一家和雙方家人，也對這樁婚事毫不知情。這簡直是晴天霹靂的消息！即使我知道木已成舟，卻依然感到難以置信。實在令人無法接受。我一直以為自己十分瞭解他。」

艾瑪幾乎沒聽進韋斯頓太太所說的話，一心只想著兩件事：一是她之前與菲爾費克斯小姐聊起法蘭克的對話內容，二是可憐的海莉葉。有好一陣子，艾瑪只能不斷驚呼，一再向韋斯頓太太確認這件消息所言屬實。

艾瑪試著讓自己平靜下來，最後總算說道：「好吧！我大概還得花上整整半天努力思索，才有辦法真正釐清頭緒。這是怎麼回事呀！整個冬天以來，法蘭克早已與她訂了婚——就在他倆回到海布里之前？」

「他們去年十月就訂婚了——私訂終身。艾瑪，我真的非常難過。他的父親同樣大受打擊。我們實在無法原諒他的部分行徑。」

艾瑪沉思了半晌，回答：「我不會假裝自己不知道妳在想什麼。希望我這麼說能安慰到妳：我知道妳很擔心，因此向妳保證，雖然法蘭克在訂婚之後對我殷勤有加，可是我並未將那放在心上。」

韋斯頓太太抬起頭來，一時似乎無法相信這番話，不過艾瑪的表情和語氣同樣堅定。

艾瑪接著說：「我現在完全不覺可惜，或許能讓妳比較容易接受這番保證。我還能告訴妳，我們認識沒多久，我確實曾經對他頗有好感，非常可能真正愛上他——不對，我當時確實已經愛上他。我最後竟能收回自己的心，想想真是不可思議。然而，幸運的是，我的確已經放下對他的感情。過去這段期間，少說也有三個月，我再也沒將他放在心上。韋斯頓太太，妳大可相信我，事實就是如此。」

韋斯頓太太喜極而泣，不停親吻著艾瑪。她最後總算能開口說話時，隨即告訴艾瑪，這番告白遠比任何事情更能撫慰她的心情。

她說：「韋斯頓先生想必和我一樣如釋重負。這點都要怪我們。我倆一心希望你們情投意合，因而深信事實就是如此。想想我們聽到這件消息時，對妳感到多麼歉疚啊！」

「我成功收回了自己的情感，也確實應該這麼做；這對你們和我而言都很值得慶幸。儘管如此，這並不代表他能推卸責任，韋斯頓太太。我得說，我認為法蘭克犯了非同小可的錯誤。他明明已有婚約在身，怎能如此若無其事地面對我們？他心裡早已另有所屬，又怎能想方設法討其他年輕女孩歡心、刻意對她殷勤有加？他難道不知道自己可能鑄下大錯嗎？他怎能肯定我不會真正愛上他？說真的，他的所作所為簡直大錯特錯，錯得離譜。」

「親愛的艾瑪，從他所說的話聽來，我寧可相信——」

「她又怎能忍受這種行徑！她將一切看在眼裡，怎能如此沉得住氣！她眼睜睜地看著他一再當著自己的面，對其他女人大獻殷勤，卻沒有任何怨懟。她竟能沉著到這種程度，我實在無法理解或尊重她的做法。」

「艾瑪，他倆可能對彼此有些誤會，法蘭克是這麼說的。他今天沒有時間多加解釋，在這裡只待了短短十五分鐘，又顯得心煩意亂，無法好好把握時間說明清楚。不過，他確實提到他們之間有所誤會。眼前這場危機或許源自於這些誤會；而引來誤解的始作俑者，很可能就是他的行徑不夠得體。」

「不夠得體！噢！韋斯頓太太，妳這番譴責未免過於輕描淡寫。這番行徑絕對遠比『不夠得體』還嚴重得多！我雖然說不準糟糕到什麼程度，但是，法蘭克在我心目中的形象早已跌落谷底。他這樣算什麼男子漢大丈夫！他既沒有展現出正直的尊嚴，也沒有執著於信任與原則，或是唾棄詭詐騙局和卑劣手段，絲毫沒有男人真正該有的樣子！」

「不，親愛的艾瑪，我現在得為法蘭克說句話。雖然他在這件事情上確實有不對，但是我和他相處了這麼長一段時間，對他瞭若指掌；我知道他還有非常、非常多值得稱許的優點，而且——」

艾瑪並未留意聆聽韋斯頓太太說的話，大聲喊道：「老天！還有史默里奇太太！珍現在正要去當家庭教師呢！他在這個時機點揭發自己的惡劣行徑，究竟有何用意？難道要讓她工作時感到痛苦不堪嗎？讓她一想到這件事情就心碎？」

「法蘭克對此一無所知，艾瑪。這件事我能替他說句公道話。珍私下接受這份工作，並未告訴法蘭克，至少沒有讓他清楚自己的決定。法蘭克說他到昨天還對珍的計畫毫不知情。我不曉得他最後如何得知，也許收到某封信或是口信——他才知道珍有何打算。既然她下了如此重大的決定，法蘭克遂打定主意要立刻將一切和盤托出。他一五一十地告訴了舅舅，知道舅舅會原諒他。他們辛辛苦苦將婚約隱瞞了這麼久，如今總算真相大白。」

艾瑪這才比較認真聽進她說的話。韋斯頓太太繼續說：「我很快就會收到法蘭克的信。他離開前告訴我，很快就會寫信給我。從他的語氣聽來，他還會告訴我許多當下來不及解釋的細節。因此，我們就耐心等待吧！或許能讓我們減輕不少對他的苛責。我們現在對許多事情還摸不著頭緒，屆時真相大白，一切或許情有可原。我們不要如此嚴厲，急著譴責他的所作所為。我們就耐心等等吧！我非常愛他。既然還有某些關鍵讓我感到寬慰不少，我自然誠心盼望一切都有轉圜的餘地，由衷希望他不會辜負我的期待。他們長久以來必須將這麼重要的祕密守得滴水不漏，想必都吃了不少苦頭。」

艾瑪面無表情地答道：「**他**所受的苦似乎並未給他帶來多少傷害。說到這個，邱吉爾先生又做何感想？」

「他給了法蘭克求之不得的回應——他幾乎毫不猶豫就答應了這門婚事。想想這一個禮拜以來經歷的波折，給邱吉爾一家帶來多大影響呀！倘若可憐的邱吉爾太太還健在，這樁婚事想必沒有任何希望可言。但是如今她對這個家庭的影響力蕩然無存，法蘭克能輕易說服她的丈夫做出截然不同的決策。人一旦離世，就無法繼續為所欲為，這是多麼值得慶幸的好消息！他不費吹灰之力，就讓舅舅點頭答應。」

艾瑪心想：「唉！他原本也能為了海莉葉這麼做的。」

「這門婚事昨晚塵埃落定，法蘭克今天一大早就趕了過來。我想他可能先去了海布里一趟，在貝茨家待了一些時間，接著才趕往這兒來。不過，他一心急著要趕回舅父那裡，他現在遠比以往更依賴舅舅，因此，就如我方才所說，他只和我們談了短短十五分鐘。法蘭克很苦惱，心煩意亂，彷彿完全變了個人似的，我以前從未見過他這副模樣。除此之外，他沒想到珍現在竟然病得這麼重，頓時震驚極了，現在心裡肯定亂糟糟得很。」

「妳真的認定，這樁婚事保密得滴水不漏嗎？坎貝爾夫婦和狄克森夫婦確實對訂婚一事毫不知情？」

艾瑪提起狄克森的名字時，臉色不禁微微一紅。

「沒錯，他們一無所知。法蘭克斬釘截鐵地說，除了他倆之外，沒有任何人知道這件事。」

艾瑪說：「好吧！我想，我們可能會逐漸諒解這件事，我也由衷祝福他倆過得幸福。不過，我還是認定這一切令人厭惡。法蘭克的所作所為，不就只是一連串虛偽欺瞞、刺探與背叛嗎？在我們面前表現得坦率單純，卻在背後暗自聯手評斷我們！從去年冬天至今年春天，我們就這麼被徹底玩弄於股掌之間，還以為所有人同樣相互信任，渾然不覺在我們之中，始終有兩人在互通聲息；他們原本不應同時知道其他人的感受和評論，卻能因此悉數得知，並暗自比較評斷。要是他們聽到身邊的人對彼此頗有微詞，他們也該自行承擔這樣的後果！」

韋斯頓太太答道：「那方面倒不令我擔心，我確信自己不曾在他倆面前提起對方，他們自然也不可能聽到我對各自的看法。」

「那妳可幸運了。只有我聽過妳唯一一次失誤，妳當時猜想某位朋友愛上了那位小姐。」

「沒錯。不過，我對菲爾費克斯小姐始終抱持很好的印象，不可能因為失誤而說她壞話。至於談論法蘭克的是非，我就更不可能做出這種事了。」

此時，韋斯頓先生的身影從窗邊不遠處出現，顯然正看著她們。他的妻子使了個眼色示意他進屋來。趁他走來前，韋斯頓太太接著對艾瑪說：「現在，親愛的艾瑪，麻煩妳盡量說些話安撫他，讓他坦然接受小兩口的婚事。我們可以形容得盡善盡美，盡可能為她美言幾句。這並非無可挑剔，不過，要是邱吉爾先生不這麼想，我們又何苦堅持？這對他而言同樣是相當有利的條件，我指的是，法蘭克愛上的女孩性格沉穩、判斷敏銳，我向來非常欣賞她這一點。儘管嚴格說來，這樣的行徑明顯逾矩，我往後依然樂於稱許她的優點。即使她犯了錯，考量她的處境，實在無法多說什麼。」

艾瑪激動地嚷道：「能說的可多了！倘若女人一心只為自己著想，依然能獲得寬恕，這就是珍・菲爾費克斯的處境。我們幾乎能說，『世人和其法則不會與他們為伍』[126]。」

韋斯頓先生一進門，艾瑪立刻堆起滿臉笑容，高聲喊道：

「你可真是把我耍得團團轉哪！我想你是故意要吊足我的胃口，讓我一展猜測的長才。不過你實在把我給嚇壞了。我以為你失去至少一半財產呢！幸好我現在不需要安慰你，反而要好好恭喜你一番！韋斯頓先生，我誠心向你道賀，全英格蘭最為才貌兼備的年輕女孩，即將成為你的媳婦啦！」

韋斯頓先生與太太交換了一、兩個眼神，確信艾瑪這番話並非言不由衷，頓時感到欣喜不已。他隨即恢復往常的快活模樣，語調也變得輕快，滿懷感激地握住艾瑪的手。從韋斯頓先生談起這件事的態度看來，如今只要再多些時間予以肯定，他就能認定這門婚約並非壞事。韋斯頓太太和艾瑪只建議他該如何將小兩口的魯莽之舉輕描淡寫，沖淡眾人的反對之意。三人徹底將此事討論了一番，韋斯頓先生與艾瑪走回哈特菲爾德的路上再次提及此事時，心裡已經感到舒坦不少，幾乎快要認定，這門婚約或許是法蘭克做過最值得稱許的事。

47

「海莉葉，可憐的海莉葉！」艾瑪喃喃地說道，語氣飽含揮之不去的痛苦，真切地感受到十分悲慘的心情。法蘭克．邱吉爾對她的許多行徑，就各方面而言都十分惡劣——然而比起她自己的所作所為，似乎只稱得上小巫見大巫，也因此讓她對法蘭克更加憤怒。由於法蘭克的緣故，艾瑪再次害海莉葉陷入進退維谷的窘境，令她對法蘭克的無禮舉動憤慨不已。可憐的海莉葉！艾瑪的誤解和恭維竟再次愚弄了她。奈特利先生之前就已預言過：「艾瑪，妳從來不是海莉葉．史密斯真正的朋友。」艾瑪多害怕自己淨給海莉葉幫了倒忙。

比起上回艾爾頓先生的事件，這次艾瑪確實稱不上唯一的始作俑者；並非因為艾瑪有所暗示，才讓海莉葉對法蘭克產生興趣，進而怦然心動。在海莉葉主動坦承對法蘭克．邱吉爾抱有好感之前，艾瑪未曾從旁推波助瀾。然而，艾瑪原本可以阻止海莉葉繼續陷入情網，卻還是鼓勵她勇往直前，這點令艾瑪歉疚不已。艾瑪若能使海莉葉克制自己的感情，她也不至於繼續深陷其中。艾瑪深知自己擁有足夠的影響力，如今更是懊悔當時並未出手干預。艾瑪不禁覺得，

126 改寫自《羅密歐與茱麗葉》（*Romeo and Juliet*）的台詞。

自己總是憑著毫不牢靠的理由，輕易讓朋友的幸福陷入危機。僅憑常理推斷，應足以促使艾瑪告誡海莉葉，別再一心思念著法蘭克，因為他真心愛上海莉葉的機率微乎其微。艾瑪接著心想：可是，光憑著常理，我所能做的恐怕也十分有限。

艾瑪對自己感到怒不可遏。要是她還不能生法蘭克．邱吉爾的氣，那可就太糟糕了。至於珍．菲爾費克斯，艾瑪倒是很慶幸自己無須多花心思掛念。海莉葉已經夠令她憂心不已了，她不需要再為珍耿耿於懷。珍碰上許多麻煩事，健康每況愈下，自然肇因於同一人，卻很快就能迎刃而解。她無人聞問的悲慘歲月已告終結，很快就能嫁進富裕的家庭，過著衣食無虞的幸福生活。艾瑪總算能理解為何珍總是對她的關心視若無睹。訂婚一事真相大白，也讓許多蛛絲馬跡清晰可見。珍當然會嫉妒她——珍將艾瑪視為情敵，自然將她想幫忙的心意或關懷全數拒於門外。要珍坐上哈特菲爾德的馬車，簡直像要了她的命；從哈特菲爾德送來的山芋，也成了避之唯恐不及的毒藥。

艾瑪對一切瞭然於心。她盡量不讓憤怒和委屈蒙蔽理智，承認珍．菲爾費克斯在這段期間備受冷落，自然也不會感到幸福快樂。然而，可憐的海莉葉多麼需要她全心全意的照顧！艾瑪實在沒有心力花在其他人身上。艾瑪十分擔心希望二度落空的打擊，恐怕會比第一次來得殘酷。考量到法蘭克擁有如此優越的條件，確實更容易令人大失所望；更何況，海莉葉由於對他抱持好感，心智也明顯轉變，更懂得自我克制，所受到的衝擊自然更加嚴重。儘管如此，艾瑪還是得盡快將這痛苦的真相告訴海莉葉。韋斯頓先生離開前，特別叮嚀她不能透露此事：「這件消息目前必須守口如瓶。邱吉爾先生特地交代，以對他最近失去的妻子表示尊重。所有人都同意，這是應有的禮貌。」艾瑪答應他會保密，不過海莉葉必須成為例外。這是艾瑪目前最重要的責任。

即使艾瑪心煩意亂，想到韋斯頓太太才剛小心翼翼地告知自己如此晴天霹靂的消息，同樣的苦差事又要落在她和海莉葉身上，真是荒謬得令她啞然失笑；當時韋斯頓太太心急如焚地將此事告知她，如今她也焦急著想讓另一人得知一切。艾瑪聽到海莉葉的腳步和說話聲，頓時心跳加速，忍不住想，方才韋斯頓太太聽見她走近蘭德斯時，想必也經歷了一樣的心情吧！那麼，海莉葉聽見這個消息的反應，是否又會和她一模一樣呢？遺憾的是，恐怕完全不可能。

海莉葉匆匆忙忙地走進房間，高聲說道：「哎呀，伍德豪斯小姐！這消息可真是奇怪得很，您說是吧？」

「什麼消息？」艾瑪答道，無法從海莉葉的眼神或語調中讀出弦外之音。

「與珍．菲爾費克斯有關的消息。您聽說過這種怪事嗎？噢！您不必親口告訴我，韋斯頓先生已經全和我說了。我剛才和他見過面。他說這是個天大的祕密，因此誰都不能透露，只能告訴您。不過，他說您已經知道這件事了。」

「韋斯頓先生告訴妳什麼事？」艾瑪問道，依然感到一頭霧水。

「噢！他全告訴我了。他說珍．菲爾費克斯要和法蘭克．邱吉爾先生結婚，而且他們早已私訂終身好一段時間了。多麼奇怪呀！」

這確實非常匪夷所思。海莉葉的反應實在太奇怪了，讓艾瑪完全摸不著頭緒。海莉葉彷彿已經徹底變了個人，即使得知真相，看起來卻毫無痛苦失望，對這個消息似乎也沒有特別關心。艾瑪看著她，一時竟說不出話來。

「您曾看出他心裡愛著她嗎？」海莉葉高聲說道：「如果是您，或許早已察覺到了。您（臉上泛起紅暈）總是能看穿每個人的心思。不過，其他人就——」

艾瑪說道：「說真的，我簡直要開始懷疑自己，根本沒有能力看穿別人的心思。海莉葉，妳這問題是認真的嗎？即使我沒有明顯從旁推動，也暗自鼓勵妳跟著自己的感覺走，我怎麼可能同時認定他心裡已經愛上其他女人？我不曾察覺任何蛛絲馬跡，直到消息爆發前，我根本沒想過法蘭克．邱吉爾先生對珍．菲爾費克斯抱有好感。妳一定知道，倘若我有所覺察，絕對會出言提醒妳。」

海莉葉喊道，滿臉通紅，感到十分震驚：「我！您為什麼要提醒我？您也知道，我並未將法蘭克．邱吉爾先生放在心上。」

艾瑪笑著答道：「真高興妳能如此斬釘截鐵地提起這件事。可是妳總不能否認，有一段時間——而且就在不久前，出於某些原因，我認為妳確實對法蘭克．邱吉爾先生動了心？」

「對他動心！沒這回事，從來沒有！親愛的伍德豪斯小姐，您怎能如此誤會我的想法呢？」她沮喪地轉過身去。

艾瑪沉默了半晌，高聲說道：「海莉葉！妳這是什麼意思？老天！妳到底是什麼意思？我誤會了妳！那麼事實又是什麼？」

艾瑪再也說不出話來。她無法開口，只好坐下來，驚恐不安地等著海莉葉回答。

海莉葉站在不遠的地方，別著頭，當下並未馬上接話。當她好不容易開口時，語氣聽起來就像艾瑪一樣痛苦不堪。

海莉葉說：「我實在沒想到您會誤解我！我知道，我們說好不能再提起他的名字——但是，一想到他的條件遠比其他人優秀，我從沒想過還有其他人可以對號入座。您竟然以為是法蘭克．邱吉爾先生！若是在那個人身旁，我不曉得還有誰會注意到他！法蘭克．邱吉爾先生在他身旁，簡直相形見絀，我真希望自己在您眼裡的品味還不至於這麼糟糕。您竟然如此錯誤解讀，真是太讓我驚訝了！若不是我一心相信您認同我的想法，並鼓勵我追求自己的感情，我起初甚至認定，連在心裡惦記著他，都還堪稱奢望呢！一開始要是您沒有告訴我，還有很多美好的前例，身分更為懸殊的有情人依然終成眷屬（每個字都是您親口說的），我肯定認為希望渺茫，不敢放任自己陷入這份感情——可是，倘若連與他如此熟識的**您**——」

艾瑪總算恢復鎮定，高聲嚷道：「海莉葉！讓我們直接說清楚彼此的想法，別再節外生枝，引起更多誤會。妳指的是——奈特利先生？」

「沒錯。我的心裡從未想過其他人——因此，我以為您知道我指的是誰。我們談論他的時候，答案已經清晰可見了。」

艾瑪努力保持冷靜，答道：「倒不盡然。妳所說的話，似乎都能讓我聯想到截然不同的人。我幾乎肯定妳**提過**法蘭克・邱吉爾先生的名字。我確信，我們提到他將妳從吉普賽人手中解救出來的義舉。」

「噢！伍德豪斯小姐，您怎麼能忘了呢！」

「親愛的海莉葉，我非常清楚記得我當時說過的話。我說，我並不驚訝妳對他產生好感，想想他對妳伸出援手的舉動，這樣的反應理所當然。妳對此表示認同，非常激動地回想起這番舉動所帶給妳的感受，還提到妳當時親眼看著他走來替妳解危，讓妳的情緒十分澎湃。我的印象非常深刻，記憶猶新。」

海莉葉高聲嚷道：「噢！老天，我現在明白您的意思了。可是我當時想的是截然不同的情況。不是吉普賽人——所以我指的對象並非法蘭克・邱吉爾先生。不是他！（她提高音調）我回想起的是更為寶貴的一刻，當時艾爾頓先生拒絕當我的舞伴，在場又沒有其他人選，奈特利先生便在此時出面邀我共舞。他這番舉動真的非常體貼，展現出他的高尚人格，如此熱心仁慈、慷慨大方。他向我伸出援手的舉動，讓我從此認定他遠比其他人更加優秀卓越。」

艾瑪大喊：「老天！這真的是最為不幸、最為可悲的錯誤！接下來該如何是好？」

「假如您當時真正瞭解我的意思，就不會鼓勵我放手去做，是嗎？可是至少情況不會比對象是另一個人還糟。現在，我**確實**有可能——」

海莉葉沉默了半晌，艾瑪依然說不出話來。

海莉葉接著說道：「伍德豪斯小姐，如果您認為，無論對我或其他人而言，追求奈特利先生與法蘭克．邱吉爾先生的難度宛若天壤之別，我也不覺得驚訝。您一定認為比起法蘭克．邱吉爾先生，奈特利先生對我簡直高不可攀。可是，伍德豪斯小姐，我希望──說不定聽起來很奇怪，不過您親口告訴過我，確實有**更好**的前例在先；即使拿法蘭克．邱吉爾先生與我相比，身分比我倆**更加**懸殊的人也能在一起。因此，我相信這類事情之前就已成真過──倘若我真的幸運得無以復加，假如奈特利先生真的──要是**他**確實不介意我倆之間的差距，親愛的伍德豪斯小姐，我希望您不會反對這段感情，或者試圖加以阻撓。但是您這麼好心，我相信您一定不會這麼做的。」

海莉葉站在窗前。艾瑪轉過頭來，震驚地看著她，倉促說道：

「妳認為奈特利先生會接受妳的感情？」

「沒錯。」海莉葉審慎地答道，語氣沒有一絲畏懼。「我確實這麼想。」

艾瑪立刻撇開目光，靜靜地陷入沉思，就這麼動也不動地坐上好幾分鐘。這短短幾分鐘，就足以讓她釐清自己的心意。她的心意一旦有所動搖，就會無可自拔地迅速深陷其中。艾瑪捫心自問，最後不得不點頭坦承：為什麼海莉葉愛上奈特利先生，竟比海莉葉愛上法蘭克．邱吉爾先生的感覺更差勁？為什麼聽見海莉葉期待奈特利先生回應自己的心意時，竟讓艾瑪的感受如此糟糕？這念頭以迅雷不及掩耳的速度閃過艾瑪的腦海：奈特利先生不能娶任何女人為妻，除了她自己！

在這幾分鐘內，艾瑪不僅釐清了心意，也將自己的一切作為看得清清楚楚。她頓時明白自己犯了多大的錯誤。她對海莉葉的舉動多麼不智！她完全不懂得深思熟慮，言行舉止不夠細膩理性，對周遭的一切渾然不覺！她表現得多麼盲目瘋狂啊！她感受到莫大的衝擊，宛如晴天霹靂，已準備為自己冠上種種罵名。然而，儘管有這些缺失，艾瑪還是得保有自己的尊嚴——她必須考量到當下的面子，對海莉葉也不能有失公道（艾瑪無須憐憫眼前這位自認獲得奈特利先生青睞的女孩，可是潑她冷水，讓她變得悶悶不樂，對她同樣不公平）。因此，艾瑪仍決定耐著性子坐下，盡量保持平心靜氣，甚至得展現出更加親切的態度。

艾瑪為了自己著想，應該問清楚海莉葉心裡究竟抱著多大的希望。艾瑪長久以來始終主動對海莉葉保持關愛，海莉葉並未犯下任何錯誤，讓她必須從此對海莉葉不聞不問；她從未給予海莉葉正確的建議，如今也不應該對海莉葉置之不理。艾瑪回想起過往的一切，情緒也平靜下來，便再次轉向海莉葉，以更加熱絡的語氣重新開口。最初引起這個話題的開場白，是有關珍·菲爾費克斯的震驚消息；如今她倆已不再談論這件事，一心只想著奈特利先生與自己。

海莉葉方才站在一旁，滿腦子做著快樂的美夢，十分高興艾瑪讓她回過神來。伍德豪斯小姐是如此明智可靠的朋友，她很期待獲得艾瑪的鼓舞，興高采烈地等著艾瑪發問；儘管她高興得語氣有些顫抖，依然迫不及待想分享自己滿心的希望。艾瑪同樣以打顫的語氣開口詢問，並聽著海莉葉回答，雖然看起來比海莉葉鎮定許多，其實顫抖的程度並不亞於她。艾瑪的語調依然平穩，內心卻是一團混亂；她總算釐清自己的心意，卻也突如其來感受到威脅，頓時變得手足無措、毫無頭緒，深陷心煩意亂的泥淖。

艾瑪一面聽著，一面暗自痛苦，表面上卻能按捺性子聽海莉葉將一切娓娓道來。她自然不能期待海莉葉敘述起來井井有條，每句話都說得清清楚楚。不過，撇開海莉葉的薄弱論點和冗言贅語不談，這番告白讓艾瑪的心情頓時跌落谷底；尤其當她回想起，奈特利先生對海莉葉的想法確實大為改觀，更是備受打擊。

那兩支舞成了關鍵的轉捩點，海莉葉深切感受到奈特利先生的轉變。艾瑪很清楚，奈特利先生確實是在那場舞會上，注意到海莉葉的表現超乎預期。自那晚以後，至少從受到伍德豪斯小姐鼓勵的那刻開始，海莉葉便察覺到，奈特利先生遠比過往更常找她攀談，對她的態度也變得相當溫柔體貼！最近這一陣子，海莉葉的感受日益強烈。每當大夥一同外出時，奈特利先生經常與她並肩而行，也聊得十分盡興！奈特利先生似乎希望與她建立起更深厚的感情。

艾瑪明白這確實大有可能。她和海莉葉一樣，時常觀察到奈特利先生與過往截然不同的變化。海莉葉一再提起奈特利先生對她的肯定與讚賞；艾瑪知道奈特利先生對海莉葉的看法，這些評論確實相去不遠。他欣賞海莉葉毫無心機、單純率真，總是大方表達自己的真實感受。艾瑪深知，奈特利先生從海莉葉身上看到許多優點，也總是不吝稱許。海莉葉將這些細節記得清清楚楚：她總是接收到奈特利先生特別關愛的眼神和言語；注意到他特別從其他座位換到自己身旁；奈特利先生時常有意無意讚美海莉葉，表現出對她的偏愛。艾瑪對這些蛛絲馬跡一無所知，因為她不曾起過一絲疑心。

海莉葉足足花上半小時說明情況；許多證據都是明擺在眼前，艾瑪卻渾然未覺，直到現在。不過，海莉葉提到最近發生的兩件事，對她而言是最有力的鐵證，且艾瑪同樣也看在眼裡。首先，上回眾人造訪丹威爾莊園時，海莉葉與奈特利先生在艾瑪抵達之前，便已在萊姆樹下散步了好一段時間；奈特利先生使出渾身解數（海莉葉是這麼認為的），要讓海莉葉的注意力集中在自己身上。他以前從來不曾以這種態度說話，真的十分不尋常！（海莉葉回想起來，忍不住滿臉通紅）他似乎差點脫口問道，海莉葉是否已經有心上人。不過當她（伍德豪斯小姐）出現時，奈特利先生隨即改變了話題，開始聊起農藝。第二個情況是，奈特利先生即將前往倫敦的那天早上，在艾瑪從貝茨家回到哈特菲爾德之前，雖然他進屋時聲稱自己只能待個五分鐘，卻與海莉葉聊了將近半小時[127]。他倆聊到一半時，奈特利先生告訴海莉葉，即使他非去倫敦一趟不可，他其實百般不願離開家裡。這遠比他透露給艾瑪的訊息還多（艾瑪是這麼覺得的）。這件事證明，奈特利先生願意對海莉葉傾吐更多真心話，頓時令艾瑪心如刀割。

針對第一個情況，艾瑪回想片刻，決定大膽問道：「妳認為他有意打聽妳的感情狀況，有沒有可能指的是馬汀先生？他或許是為了馬汀先生著想，才想問妳這件事？」不過海莉葉隨即斬釘截鐵地否認這個可能性。

「馬汀先生！絕不可能！這與馬汀先生完全沾不上邊。我希望自己現在看得更加清楚，不會再把馬汀先生放在心上，也不想讓人這麼懷疑我。」

海莉葉將這些證據一五一十地和盤托出，隨即滿懷希望地問起親愛的伍德豪斯小姐，自己能否對這段感情抱持樂觀的想法。

海莉葉說：「我一開始完全不敢有這種奢望，但您改變了我的想法。您要我留心觀察他的舉動、從他的言行舉止決定接下來的做法。所以我乖乖照做了。我現在開始認定，或許自己真的配得上他。如果他確實傾心於我，再也沒有比這更美好的事情了。」

這番話讓艾瑪心裡排山倒海地湧上強烈的痛苦，她不得不竭盡所能克制自己，才能勉為其難地開口回道：

「海莉葉，我只能直言不諱，奈特利先生若非真的動了心，絕不可能刻意對任何女人表現出言過其實的熱情。」

海莉葉似乎早已等著從艾瑪口中聽到如此令人滿意的答覆，幸好此時傳來父親的腳步聲，讓艾瑪免於看到海莉葉歡欣鼓舞的模樣，否則當下絕對令她痛苦萬分。伍德豪斯先生正穿過門廳走來。海莉葉正激動，實在不能與他碰個正著。「我現在無法冷靜下來，伍德豪斯先生一定會察覺出不對勁——我最好馬上離開。」於是，海莉葉就這麼帶著大受鼓舞的心情，從另一扇門走了出去。她一離開屋裡，艾瑪隨即在心裡驚呼：「噢，老天！我從未見過她這副模樣！」

接下來一整天，直到晚上，艾瑪的思緒依然轉個不停。過去幾個鐘頭以來，接連而至的謎團令她大感困惑，前所未聞的消息在在令她詫異不已；每驚訝一次，就更讓她感到羞辱難耐。艾瑪該如何釐清一切呢？她過去始終蒙蔽自己的心，不停自欺欺人，她該如何揭開自己的謊

127 超過一般禮貌停留的十五分鐘。

言？她鑄下這麼多錯誤，頭腦一片渾沌，連內心也變得如此盲目！艾瑪時而動也不動地坐著，時而在房裡或灌木林間來回踱步；不管身在何處、變換何種姿勢，她都能感受到自己的有氣無力。艾瑪被他人折磨得苦不堪言，然而，最令她痛苦的罪魁禍首卻是自己；她深覺自己的處境悲慘至極，今天卻可能只是萬惡深淵的開端。

艾瑪當下的首務之急，便是努力釐清自己的心，必須徹底明白自己的心意。她陪在父親身邊，稍有得空就抓緊時間反覆思索；心思不自覺放空時，腦中也淨是思考著這件事。

如今，艾瑪的每分思緒都在告訴自己，她真的非常重視奈特利先生。她從多久以前就已經如此在乎奈特利先生了呢？曾幾何時，奈特利先生對她已有如此重大的影響力？她過去曾短暫迷戀過法蘭克·邱吉爾，奈特利先生又是從什麼時候開始，悄悄填補了她心裡的那個位置？她回想起過往，相互比較起這兩個人——艾瑪認真衡量起他們倆；打從她認識法蘭克以來，似乎就經常拿這兩人相互較勁。由於她經常不自覺地比較起兩人，她忽然閃過這個念頭——噢！她非常幸運地意識到，自己早已清楚兩相比較的結果。艾瑪發現，自己始終認定奈特利先生的條件遠遠優於法蘭克，也向來最為看重奈特利先生對自己的關切。如今她總算明白，她想方設法說服自己、表現得言不由衷，始終深陷自欺欺人的迷霧，徹底忽視自己真正的心意——簡而言之，她根本從未將法蘭克·邱吉爾放在心上！

艾瑪首次認真回想過往，最後得出這樣的結論；她初次捫心自問，總算明白自己的心意正是如此，沒有花多少時間便釐清了一切。艾瑪頓時悲憤交加，所有情緒都令她羞愧難耐，唯獨一件事情令她問心無愧——她確實深愛著奈特利先生。除此之外，其他心思都令她嫌惡。

由於那惹人厭的虛榮，讓艾瑪自以為深諳所有人的感受；而那無可寬恕的傲慢性格，更令她自作主張干預所有人的生活。事實證明她根本徹底誤解了一切——她並非到頭來什麼也沒做成，因為她一再釀下大錯。艾瑪給海莉葉和自己招致不幸，更令她害怕的是，她擔心連奈特利先生也無法幸免於難。倘若這樁門不當戶不對的婚事確實成真，那麼艾瑪正是種下禍端的始作俑者；因為她深信，假如奈特利先生真對海莉葉產生情愫，肯定是因為他察覺到海莉葉的心意——即使事實並非如此，一切依然得歸咎於她自己的愚蠢；若不是艾瑪牽線，奈特利先生根本不可能認識海莉葉。

奈特利先生與海莉葉．史密斯！兩人身分如此懸殊，任誰都會感到驚訝不已。相較之下，法蘭克．邱吉爾和珍．菲爾費克斯這一對頓時顯得平淡無奇，乏善可陳；他們沒有任何亮點，顯得門當戶對，也因此引不起任何話題。反觀奈特利先生與海莉葉．史密斯！海莉葉從此飛上枝頭成了鳳凰，奈特利先生卻是自貶身價！艾瑪驚恐不已地想著，奈特利先生在眾人眼裡的形象將從此一蹶不振；她能清楚想像他人對此嗤之以鼻、冷嘲熱諷，這樁婚事成了茶餘飯後的笑柄；他的弟弟因而苦不堪言，對兄長冷眼相向；奈特利先生更宛如跌入萬丈深淵。事情會演變成這樣嗎？不，不可能。然而，這也絕非說什麼都不可能發生的局面。條件優異的上流仕紳愛上出身低微的女孩，難道是前所未聞的事情嗎？他既然無暇尋覓另一半，接納對自己投懷送抱的女孩，稱得上什麼不尋常的大事嗎？在這個世界上，有這麼多不公平的事，人們反覆無常、陰晴不定，難道不也令人習以為常嗎？人們的命運向來受到機運或當下的環境（環境的影響次於機運）所左右，豈非早已見怪不怪了嗎？

噢！假如她沒有一路提攜海莉葉就好了！倘若她讓海莉葉安分地守著原有的位置，聽從奈特利先生的建議適可而止，該有多好！要是她沒有愚蠢得無以復加，阻止海莉葉嫁給那個無可挑剔的年輕人；他能讓海莉葉過得幸福快樂，並在她原有的社會階級裡備受尊重，那麼一切就會安然無事，不會發生這一連串可怕的磨難。

海莉葉怎能奢望奈特利先生對她有所青睞！她怎能在真正確認奈特利先生的心意之前，就膽敢肯定如此位高權重的男人愛上了自己！然而，海莉葉已經不再像以往那麼謙卑，懂得心懷顧慮、瞻前顧後了。她似乎再也意識不到，自己無論條件或出身都遠遜於對方。她當時還能明白自己配不上艾爾頓先生，如今卻自認與奈特利先生還堪匹配。唉！這不也是艾瑪一手造成的嗎？除了她自己，還有誰灌輸海莉葉這種觀念，要她懂得為自己的下半輩子著想？是誰教導海莉葉，若有機會就要努力往上爬，絕對有資格躋身上流階級？倘若海莉葉不再是謙虛的單純女孩，反而變得如此愛慕虛榮，那也是艾瑪造成的。

48

如今面臨即將失去的危機，艾瑪才真正意識到，她多麼高興自己始終是奈特利先生最關心的對象，總是接收到無微不至的關愛。她對此心滿意足，卻也視為理所當然，並未懂得多加珍惜。直到現在，她在奈特利先生心目中的地位岌岌可危，她才恍然大悟奈特利先生的關心多麼重要。長久以來，艾瑪認定自己始終是奈特利先生最看重的人。奈特利先生至今孤家寡人，身邊幾乎沒有女性家人，能與艾瑪相提並論的對象只有弟媳伊莎貝拉；艾瑪也很清楚他十分關愛和尊重伊莎貝拉。

多年來艾瑪始終樂於占據奈特利先生心目中最重要的位置，卻沒有付出同等的回報。她向來不懂得珍惜，對奈特利先生的意見充耳不聞，甚或任性地與他意見相左，對他的許多優點視而不見。倘若奈特利先生不願認同她那錯誤傲慢的想法，艾瑪甚至不惜與他爭執到底。儘管如此，奈特利先生將艾瑪視為親密的家人，早已習慣對她呵護備至，心地又是如此崇高，因此他依然深愛著艾瑪，從小守護在她身旁，竭盡所能教導她，由衷希望她走向正途，從未對其他人同樣付出這麼多心力。即使艾瑪犯下不少錯誤，她在奈特利先生心目中的地位依然未曾動搖；或許她能肯定自己在奈特利先生眼裡格外重要？然而，儘管回首過往，讓艾瑪心裡浮現許多希望，她卻不敢一廂情願地沉溺其中。

海莉葉．史密斯或許能認定奈特利先生對自己情有獨鍾、青睞有加，艾瑪卻不能抱持同樣的想法。她不能自作多情，認定奈特利先生傾心於自己。奈特利先生最近確實對艾瑪毫不偏袒。他見到艾瑪對待貝茨小姐的無禮態度，感到多麼震驚！他當時義正詞嚴，以何其強烈的語氣指責艾瑪！雖然他還不至於強硬得失禮，卻也表現出相當堅決的公正態度，將是非對錯看得清清楚楚，絲毫不受私交影響。艾瑪實在不敢抱持任何明確的希望，期盼他尚未明朗的心意傾注於自己身上。儘管如此，艾瑪仍懷有一絲期望（這個希望忽大忽小，搖擺不定），希望海莉葉只是一時自欺欺人，過度解讀奈特利先生對她的關心。

為了奈特利先生著想，艾瑪必須抱持這樣的期望——她不奢求自己的感情開花結果，只希望奈特利先生終身不娶。若能肯定奈特利先生一輩子不結婚，就夠讓她心滿意足了。就讓奈特利先生永遠維持她與父親眼裡的樣子，在旁人心目中的形象也不要出現絲毫改變吧！只要丹威爾莊園與哈特菲爾德之間繼續保持如此深厚的情誼和互動，她就能一輩子都過得心安理得。事實上，艾瑪根本沒有結婚的打算。婚姻不比她對父親的虧欠與情感來得重要，任何理由都無法拆散他們父女倆。即使向艾瑪開口求婚的人是奈特利先生，她也不可能點頭答應。

艾瑪熱切祈求海莉葉的期望落空。若是有機會再看見他倆在一起，她希望自己至少能判斷他們情投意合的機率有多高。她接下來會格外密切觀察兩人的互動。不過，想到以往認定眼見為憑的事實，最後仍成了誤會一場；艾瑪不禁擔心，即使留心觀察，她也可能再次踢到鐵板。

她每天引頸企盼奈特利先生早日返家，屆時就能親眼見證一切——只要她集中注意力，一定能觀察得十分透徹。

於此同時，艾瑪打定主意不再與海莉葉見面。碰面對她倆沒有半點好處，此事多說無益。在一切尚未水落石出之前，她都不打算相信奈特利先生愛上海莉葉，卻又沒有資格潑海莉葉冷水。她們若繼續討論此事，只是徒增煩惱罷了。因此，艾瑪寫了一封信給海莉葉，語氣委婉而堅決，要求她暫時不要來訪哈特菲爾德。艾瑪明確表示，她認為應該避免繼續討論**這個**話題。除非是在有他人作陪的情況下，否則她希望最好暫時不要單獨見面；如此一來，她倆過一陣子碰面時，才能假裝早已忘記昨天那番談話。海莉葉欣然同意，並對此滿懷感激。

過去二十四小時以來，這件事無時無刻盤據在艾瑪心頭，直到一位訪客上門，才讓艾瑪稍微分了神。韋斯頓太太剛去拜訪未來的媳婦，回家路上順道繞來哈特菲爾德。她認為有義務告知艾瑪來龍去脈，自己也為此欣喜不已，便將方才碰面的情況一五一十地告訴艾瑪。

韋斯頓先生陪同太太抵達貝茨太太家，彬彬有禮地待在客廳裡寒暄。比起花上十五分鐘坐在貝茨太太家的客廳，在彆扭的氣氛中閒聊，韋斯頓太太請菲爾費克斯小姐陪她外出透透氣，反而更能暢所欲言，如今也能與艾瑪高高興興地談起更多細節。

艾瑪心裡有些納悶，在聽韋斯頓太太講述時更感好奇。韋斯頓太太出門前內心經過一番掙扎。她起初認為不適合現在登門拜訪，打算先寫封信給菲爾費克斯小姐；等過一陣子她再正式前去拜訪，讓邱吉爾先生有時間接受婚訊公諸於世的事實。畢竟，若是現在過去貝茨家一趟，勢必得將婚約一事和盤托出。但是韋斯頓先生卻不這麼想。他迫不及待想告知菲爾費克斯小姐和她的家人，自己已經同意這門婚事，並認為此舉不會引來任何猜疑。倘若真有疑慮傳出，那也情有可原。韋斯頓先生這麼說道：「這種事向來如此。」

艾瑪露出微笑，認為韋斯頓先生這番話相當合情合理。無論如何他們還是登門拜訪了。不過菲爾費克斯小姐顯然苦惱不已，看起來手足無措；她幾乎說不出話來，從她的神色和舉止看來，他們知道婚約一事，似乎令她痛苦不堪。貝茨太太外表平靜，也由衷感到欣慰；貝茨小姐更是高興得手舞足蹈，甚至欣喜得語無倫次。此情此景看在韋斯頓太太眼裡十分開心，不禁為之動容。貝茨母女一心表達真誠的欣喜，無暇顧及百感交集的心情；母女倆全心為珍和所有人著想，並未多花心思在自己身上，任何親切之舉都令她們銘感於心。菲爾費克斯小姐近來身體微恙，正好給了韋斯頓太太很好的理由約她出門透透氣。起初珍有所猶豫，百般婉拒，最後仍拗不過這番好意，同意與韋斯頓太太一同搭車兜風。一路上韋斯頓太太態度溫和，讓珍逐漸卸下心防，總算願意開口談起這件至關重要的大事。

珍自知方才見面時默不作聲有失禮節，先是為此致歉，接著誠懇表達自己對韋斯頓夫婦的感激。當她吐露完這番真情告白後，兩人開始暢談起婚約的現況與未來發展。韋斯頓太太認為這段談話想必讓珍如釋重負，盡情釋放壓抑許久的感情，她對訂婚一事的看法也讓韋斯頓太太欣慰不已。

韋斯頓太太繼續說道：「他們這麼多個月以來極力隱瞞婚事，珍吃了不少苦頭，還真是個有毅力的孩子。她親口告訴我：『我不會說，自從訂婚以來我從未度過開心的時光；但是我敢肯定這段期間，我未曾片刻獲得心靈上的平靜。』她用顫抖的語氣說出這番話，艾瑪，這對我而言就是毋庸置疑的證據。」

艾瑪說道：「可憐的女孩！所以她認為自己犯了錯，不該私訂終身？」

「犯錯！我相信沒有人會怪罪她，只有她如此自責。珍說：『如此結果，對我而言不啻永無止境的懲罰，我也理應承受。可是儘管我受盡懲罰，仍無法磨滅自己犯錯的事實。痛苦無法彌補，我永遠都會受到責難。我的所作所為違背了自己的準則。雖然這件事很幸運地出現了轉圜，如今還能承蒙兩位的好意，我依然逃不過良知的譴責。夫人，』她接著說道：『請不要歸咎於我所受到的教育，認為將我撫養長大的家人灌輸錯誤觀念，或是對我照顧不周。這一切全是我咎由自取。儘管從現在的情況看來，我還能找出藉口自圓其說；但是，我依然不敢向坎貝爾上校坦承訂婚一事。』」

艾瑪再次說道：「可憐的女孩！我想，她想必非常愛法蘭克，不僅僅是出於一時的眷戀，才願意私訂終身。她用情至深，不惜放下了理智。」

「沒錯。我相信她絕對深深愛著法蘭克。」

艾瑪嘆了一口氣，答道：「我擔心，我過往想必常常惹她不高興。」

「親愛的，妳絕對是無心之過。不過法蘭克提到之前兩人有所誤會，當時她確實很可能這麼想。珍說私訂婚約對她造成的負面影響之一，就是讓她變得**不可理喻**。她意識到自己犯了錯，自覺十分不安，無可避免開始吹毛求疵，容易惱怒，想必也令法蘭克難以忍受。珍說：『我應該要對他寬容，卻無法包容他的脾氣和個性。他開朗活潑，喜歡尋樂，若是換成其他情況，對我而言想必極具魅力，一如當初認識他的感受。』珍接著提起了妳，談到在她生病期間，妳給了她捎去了不少關心。她臉色一紅，解釋她對此的諸多聯想，央求我一有機會就要向妳致謝——妳一心替她著想、為她付出這麼多心力，她對妳感激不盡。她很清楚自己不曾以合理的態度回應妳的好意。」

艾瑪嚴肅地表示：「儘管她生性謹慎，依然有許多顧慮，不過我相信，她現在還是開心得多了。要不是我知道她現在心情好轉，我絕對難以承受這份感謝。噢！韋斯頓太太，看看我過往在菲爾費克斯小姐身上造成了多少是非！（她稍微克制自己的情緒，試著表現出開朗的模樣）我們得忘了這一切。感謝妳這麼好心，為我帶來這麼多好消息。看起來她的情況大有好轉，我相信她現在過得非常好，也希望她往後過上幸福快樂的日子。法蘭克可真幸運，我認為珍集結了所有美德於一身呢！」

韋斯頓太太自然不可能對這番結論毫無異議。她認定法蘭克各方面都完美無缺，更何況她深愛自己的兒子，自然竭盡所能為他辯白。她的言談理智，語氣滿是深情，卻無法成功抓住艾瑪的注意力。艾瑪的思緒很快就飄至布朗史威克廣場或丹威爾莊園，壓根兒忘了仔細聆聽。最後韋斯頓太太說：「我們都急著收到那封信，雖然現在還沒寄來，不過我相信很快就會送達。」艾瑪在回答前不得不先思索半晌；她還想不起來她們究竟急著收到哪封信，只得先隨口敷衍。

「親愛的艾瑪，妳還好嗎？」韋斯頓太太離開前，開口問道。

「噢！我好得很。妳也知道，我向來過得很好。妳一收到信，別忘了馬上通知我。」這番與韋斯頓太太的談話，讓艾瑪心裡浮現更多不愉快的回憶；她對菲爾費克斯小姐的敬意與憐憫逐漸高漲，也意識到自己過往對待珍的態度多麼有失公道。艾瑪十分懊惱沒有嘗試與珍培養更親密的交情，察覺到這或多或少起因於自己對珍的嫉妒，不禁感到一陣羞愧。倘若艾瑪聽從奈特利先生的建議，善盡本分，對珍關懷備至，試著與她更加熟識，並建立起好交情，該有多好。要是艾瑪努力與珍成為朋友，而非選擇海莉葉．史密斯，那麼她肯定無須面對如今擺在眼前的痛苦深淵。珍的出身、才能、教育程度在在與艾瑪不分軒輊，是不可多得的好同伴；至於另一個女孩——她算什麼呢？

即使她倆無法成為交情匪淺的摯友，艾瑪也無從得知菲爾費克斯小姐私訂終身的祕密（這確實不無可能）；假如艾瑪仍對珍抱有基本程度的瞭解，也不至於浮現如此差勁的臆測，懷疑珍與狄克森先生暗通款曲。她甚至沒有將這愚蠢的猜忌藏在心底，反而輕易透露出來，簡直不可原諒。艾瑪非常擔心，要是輕率的法蘭克．邱吉爾不小心說溜了嘴，心思細膩的珍會因此備受打擊。珍自從來到海布里後便禍不單行，艾瑪自認是讓珍招致不幸的主因；珍想必一輩子都會對她抱有敵意。過往他們三人一同相處的時光，艾瑪早已在無數場合對珍．菲爾費克斯落井下石；或許到巴克斯山出遊的那天，更成了不堪回首的痛苦記憶。

今夜顯得格外漫長，哈特菲爾德籠罩著鬱鬱寡歡的氛圍，惡劣的天氣又讓人更加陰沉。窗外下起寒冷的暴雨，原本只有樹林與灌木叢展現出七月的氣息，如今卻在狂風肆虐下一片狼藉。即使白天的時刻隨著季節拉長，也只是給了更多時間看清這番滿目瘡痍的慘況。

這場狂風暴雨讓伍德豪斯先生心神不寧，唯有艾瑪不眠不休隨侍在側，才能令他稍感慰藉。平時艾瑪照顧起父親遊刃有餘，今晚卻倍覺吃力。她不禁想起父女倆首次孤零零相伴的那一夜，正是韋斯頓太太的大喜之日；但是，當晚剛喝過茶，奈特利先生隨即走進屋裡來，鬱鬱寡歡的氛圍頓時煙消雲散！唉！奈特利先生經常像這樣突如其來登門拜訪，足見他對哈特菲爾德的喜愛之深，這份深情卻可能很快就要畫下句點了。她當時勾勒即將到來的冬天會剝奪一切歡聚時光，顯然是大錯特錯；朋友不曾遺忘他們，歡笑時刻並未稍減。然而，如今令她恐懼不已的不祥預感，可就沒有同樣幸運的巧合了。她目前能預見的危機，顯然無法輕易全數解除，甚至可能看不到一絲光明。倘若這些可能發生的狀況悉數成真，哈特菲爾德肯定會受到遺忘；只剩艾瑪憑藉著僅存的快樂，努力讓父親開心起來。

蘭德斯未來將迎接新成員，其重要性想必遠高於艾瑪，勢必占據韋斯頓太太所有的心力與時間。父女倆終將失去韋斯頓太太的陪伴，她的丈夫也一樣。法蘭克·邱吉爾再也不會回來此地，菲爾費克斯小姐自然不再繼續住在海布里；兩人結婚後要不是住在安斯康姆，就是定居於附近。快樂的時光將一去不復返；既然少了這些人的陪伴，丹威爾莊園的主人當然亦不例外。如此一來，還有什麼明理的朋友能愉快地陪伴他們呢？

奈特利先生再也不會每晚都到這兒來消磨時光！他不再三不五時進屋裡來，彷彿樂於將哈特菲爾德視為真正的家！這一切該如何承受？假如他為了海莉葉的緣故與她們停止聯繫；假如他發現自己只需要海莉葉的陪伴，那該如何是好？倘若他真的選擇海莉葉，將她視為最重要的朋友和妻子，全心全意地珍惜她，艾瑪該如何掙脫這場永無止境的夢魘？更悲慘的是，她一輩子都無法擺脫自責的陰影，懊惱一切都是自食惡果！

思慮至此，艾瑪再也忍不住驚跳起身，時而長吁短嘆，甚至在房裡四處踱步。她唯一能感到慰藉的是，至少她決定要改進自己的言行舉止。艾瑪暗自希望，無論接下來的每年冬天將過得多麼消沉、無精打采，她也能學習變得更為理智，對自己更加瞭解，不至於在冬日離開之際後悔莫及。

49

翌日早晨，風雨依然肆虐，哈特菲爾德似乎繼續籠罩於孤單陰鬱的氣氛裡。不過到了下午，天氣總算好轉；風勢逐漸減弱，雲層散去，陽光露臉。夏天終於回來了。天氣一放晴，艾瑪便迫不及待想盡快出門；暴風雨過後的特有景象與氣味，是大自然帶來的感官饗宴，既顯得寧靜，同時又熱鬧非凡、令人驚嘆，總是深深吸引著艾瑪。她渴望感受風雨過後逐漸展現出的靜謐氛圍。吃過晚餐沒多久，派瑞先生上門拜訪，得空陪伴父親坐上一小時，艾瑪隨即匆匆趕去灌木叢透透氣。她精神一振，思緒稍有解脫，樂得到處打轉，竟冷不防見到奈特利先生正穿過花園門口，朝她走來。他才剛從倫敦返家，第一件事便是到這裡來。

艾瑪上一秒才想著奈特利先生，認定他還待在十六英里外的倫敦。她沒有多少時間沉澱思緒，必須盡快鎮定下來，保持冷靜。不到半分鐘，奈特利先生便走到她面前，兩人各自平靜地開口寒暄：「過得好嗎？」她一一問起住在倫敦的其他家人，他回覆一家都過得很好。

「你什麼時候離開倫敦的？」

「今天早上。」

「想必一路上都淋雨了吧？」

「是啊！」

艾瑪注意到，奈特利先生有意與她一同散散步。「我剛才探頭看了一下餐廳，屋裡似乎不需要我，因此我寧可出來透透氣。」艾瑪認為奈特利先生看起來無精打采，說起話來也有氣無力。她原本就感到憂心忡忡，立刻猜想，奈特利先生很可能將結婚計畫告訴了弟弟，獲得的回應卻令他痛苦萬分。

他倆並肩走著。奈特利先生一路上沉默不語。艾瑪覺得，奈特利先生似乎不時看著自己，好像總想看清她的臉。恐懼再次油然而生。他或許想對艾瑪坦承，自己愛上了海莉葉，期待艾瑪鼓勵他談起這件事。她既不情願，也無法主動提起這個話題，必須由奈特利先生自行開口。話雖如此，她實在難以忍受此刻尷尬的沉默，這一點都不像奈特利先生的作風。艾瑪思考了一下，總算打定主意，便試著堆起笑容，開口說道：

「既然你現在回來了，有些消息要告訴你，想必會讓你大吃一驚。」

「是嗎？」奈特利先生靜靜地說道，抬頭看著她。「什麼消息？」

「噢！天大的好消息——有人要結婚了。」

奈特利先生停了半晌，似乎想確認艾瑪是否打算繼續往下說，這才答道：

「如果妳指的是菲爾費克斯小姐與法蘭克．邱吉爾的婚事，我已經聽說了。」

「這怎麼可能？」艾瑪大喊，猛地轉向他，臉頰發燙。她正打算開口詢問，忽然想到，或許奈特利先生回來的路上，已經先去過戈達德太太家一趟了。

「今天早上，我收到韋斯頓先生寄來一封短箋討論教區事務。他在信末簡單地提及此事。」

艾瑪頓時感到如釋重負，得以較為平靜地說道：

「或許比起我們，**你**對這個消息並不意外，畢竟你早有疑心。我還記得你提醒過我。真希望我當時有聽進你的話，可是——（她逐漸降低音量，重重地嘆了一口氣）我似乎老是遮蔽了自己的雙眼。」

奈特利先生沉默了半晌，艾瑪認定他對此漠不關心。此時，奈特利先生冷不防拉過她的手按在自己的心口上，以充滿感情的語調低聲說：

「時間，親愛的艾瑪，時間能撫平一切傷口。妳天生心思細膩，總是為了父親克制自己，我知道妳不會放任自己的心思。」奈特利先生再次將艾瑪的手按上心頭，語氣變得有些無力，斷斷續續地說道：「真正的朋友確實會感到義憤填膺——簡直是可惡至極的無賴！」他提高音量，最後以更堅決的語氣說道：「他很快就要離開了。他們過不久會定居於約克郡。我真是替**她**感到遺憾。她這一生值得更好的待遇。」

艾瑪對他的言下之意瞭然於心。奈特利先生這番溫柔體貼的舉動令她高興得飄飄然，好一會兒才有辦法開口回答：

「你真是好心，不過你誤會了，我必須糾正你才行。我不需要你的同情。我沒有看清眼前的情況，犯下連自己都羞愧的錯誤；我因為自己的愚蠢說錯不少話、做錯不少事，心裡浮現許多惹人討厭的臆測。可是除此之外，沒能早點得知這個祕密，我並沒有什麼好懊惱的。」

奈特利先生急切地望著她，高聲說道：「艾瑪！這是真的嗎？」他很快克制自己，「不，不對，我對妳再瞭解不過——請原諒我。很高興妳說了這麼多。他的確不該是讓妳遺憾萬分的對象！我希望過不了多久，妳無須靠著理智也能如此坦承。真慶幸妳的感情並未受到波及——我承認我實在無法釐清妳的態度，不敢肯定妳的真實感受究竟為何。我只能察覺妳對他有些好感——我認為他實在配不上這份青睞。他簡直讓男人蒙羞，如今卻能娶得如此年輕可人的美嬌娘？珍呀，珍，妳實在太可憐了。」

「奈特利先生，」艾瑪試著以輕快的語氣開口，卻著實感到困惑。「我現在陷入很複雜的處境。我不能讓你持續犯錯。我知道，我過去的行徑自然會讓你產生這種印象。女人大都羞於承認對某個男人抱有好感，我現在抱有同樣的羞愧心情，卻是要向你坦承，我從來沒有喜歡過現在提到的這個男人。從來沒有。」

奈特利先生靜靜聽著。艾瑪希望他能說幾句話，他卻仍一聲不吭。艾瑪猜想或許她得再多說一些，奈特利先生才願意大發慈悲開口，卻又很難放低身段等著他發表高見。儘管如此，她還是繼續說道：

「對於自己的行徑，我實在沒有什麼可說的了。他對我特別關照，我為此暈頭轉向，任由自己樂在其中。老掉牙的故事了，不足為奇，過去許多女孩也遭遇過。不過我的狀況並沒有特別值得被原諒。他擁有許多優秀的條件，顯得更具魅力；他是韋斯頓先生的兒子，常來這裡，和他相處的時光總是十分愉快——簡單說來，（嘆了一口氣）我就別再拐彎抹角了，總而言之——我的虛榮心逐漸高漲，放任他對我格外關照。但不久之後，有好一陣子我再也不認為他的舉動別有用意。我認為他只是出於習慣，要些花招玩弄我，並非對我真的抱有好感。他確實欺騙了我，卻沒有真正傷害到我。我從未對他動過真情，如今也能真正理解他的所作所為。他沒有打算勾引我，這只是障眼法，掩飾他與另一個女孩的真實關係。他想要混淆身邊所有的人；我相信，最容易蒙蔽雙眼的人正是我——只是我**並未**上當。我的運氣不錯，說不上什麼原因，就是成功躲開他了。」

艾瑪希望奈特利先生此時能開口回應，至少出聲表示她的行為情有可原。但是，他依然沉默不語，艾瑪勉強看得出他沉浸在自己的思緒裡。最後，奈特利先生總算恢復成平時的語調，說道：

「我對法蘭克．邱吉爾向來沒有好感。不過我相信自己還是低估了他。我和他交情不深，即使我沒有小看他，他還是可以過得很好。他能抱得如此佳人歸，對他而言是大好機會。我沒有理由見不得他好——為了珍著想，她的幸福與法蘭克的性格舉止息息相關，我自然希望他一切安好。」

艾瑪說：「他們一定能過上幸福快樂的日子。我相信他倆打從心底深愛著彼此。」

奈特利先生充滿活力地回答：「他確實非常幸運！年紀輕輕，也不過二十三歲。男人在這種年紀結婚，通常娶不到理想的好妻子，他卻在二十三歲娶到這麼好的太太！他接下來還有多少年幸福的生活呀！有這麼優秀的女人深愛著他。珍．菲爾費克斯向來無私，想必會全心全意愛著他。所有條件都對他非常有利——他倆門當戶對。我的意思是，他們同處一樣的生活圈，習慣和舉止大同小異。他們處處相似，就只有一點不平等：只有他才能彌補珍所缺乏的一切。毫無疑問，由於珍心地單純，依然能帶給他幸福。

「男人總是希望為女人建立比原生家庭更好的新家。法蘭克有能力給珍一個更好的家庭，這無疑是**她**最懇切的心願，也能帶給她最大的快樂。法蘭克．邱吉爾確實深受幸運之神眷顧，所有事情的發展最終都對他有利。他在海邊邂逅一名年輕女子，與她相戀；即使對她不聞不問，女孩依然不離不棄——即使他與家人找遍全世界，也找不到比這女孩更為優秀的妻子。他的舅媽是唯一阻礙，卻這麼撒手人寰，他只需將一切和盤托出，家人還是一心為他的幸福著想。他如此惡劣地利用身邊的人，所有人還是欣然原諒他。確實沒有人比他更幸運的了！」

「聽起來你似乎很嫉妒他。」

「我確實很嫉妒他，艾瑪。就某方面而言，我對他羨慕得很。」

艾瑪無法繼續接話。海莉葉的名字彷彿呼之欲出，她頓時想盡量轉移話題。她盤算著要提起截然不同的事情——談談布朗史威克廣場的孩子。艾瑪深深吸了一口氣，正打算開口，奈特利先生卻冷不防說道：

「妳顯然不打算問我，我究竟嫉妒他什麼。我看得出來妳不想打破砂鍋問到底。妳很聰明——可是**我**不打算變得一樣精明。艾瑪，即使妳不問，我還是要告訴妳答案，雖然我可能下一秒就會為此感到後悔。」

艾瑪急忙大喊：「噢！既然如此，那就別說了，別告訴我。花點時間想想，別勉強。」

「謝謝妳。」奈特利先生說，語氣充滿苦惱，接著就默不作聲。

艾瑪不忍心見他如此痛苦。奈特利先生想對她坦承這件事，或許是想尋求她的建議，無論要付出什麼代價，她都應該認真傾聽。她可以幫助奈特利先生下定決心，或是給予安慰；她可以連聲讚美海莉葉，或是提醒他獨立自主的好處。奈特利先生想必最討厭自己裹足不前，艾瑪能藉此推他一把。他們正巧走到了屋前。

奈特利先生說：「妳要進屋裡去了吧！」

「不，」艾瑪見他說起話來依然十分沮喪，頓時下定決心。「我想再多走一會兒。派瑞先生還沒有離開。」他倆走了幾步，艾瑪接著說道：「奈特利先生，我方才很不客氣地阻止你說下去，恐怕讓你痛苦了。如果你視我為朋友，希望對我坦承，或是想針對思索已久的煩惱尋求建議——身為你的朋友，請你直說無妨。不管你想說什麼，我都會洗耳恭聽，並且直截了當地說出我的想法。」

「身為我的朋友！」奈特利先生重複說道。「艾瑪，那正是我恐懼的字眼——不對，我不敢奢望——等等，沒錯，我為什麼要猶豫不決呢？我已經隱瞞了太久。艾瑪，我接受妳的建議。雖然有些不尋常，不過我接受妳的說法，將自己視為妳的朋友。那麼，請妳告訴我，我是否擁有贏得芳心的機會？」

他一臉誠摯地站在那兒，等著艾瑪回答，眼神裡流露出的熾烈情感，令艾瑪震懾不已。

奈特利先生說：「我最親愛的艾瑪，不管我們這一小時談到什麼，妳永遠都是我最重視的人。我最心愛的艾瑪——快告訴我吧！即使妳的答案是『不』，也儘管開口。」她實在說不出口。他精神高亢，大聲嚷道：「妳還是一聲不吭。什麼也不肯說！我現在不再追問了。」

艾瑪當下幾乎快被激動不已的心情淹沒。此時此刻，她最深刻的感觸，或許是擔心眼前只是一場美夢，下一秒就得醒來了。

「我已無法言語，艾瑪。」奈特利先生隨即接著說道，語氣真摯堅定，既不失溫柔，又直入心坎。「假如我沒這麼愛妳，或許還能侃侃而談。然而妳很清楚我有多愛妳。我對妳說的每一句話都是肺腑之言。我責罵過妳、對妳諄諄教誨；妳不同於其他女孩，將這一切照單全收。艾瑪，既然妳過去能聽進這些逆耳忠言，如今也努力接受這番告白吧！我的態度可能讓妳察覺不到蛛絲馬跡。老天，我向來是冷漠的情人。可是妳對我瞭若指掌。沒錯，妳清楚我的感受——倘若可以的話，妳也願意回應我的心意。此時此刻，我只希望能聽到妳說出的隻字片語。」

奈特利先生說話的當下，艾瑪心裡百感交集；她的思緒轉得飛快，卻沒有漏聽任何一個字，也因此能掌握真相，對一切恍然大悟。艾瑪總算明白，海莉葉的希望毫無根據，完全誤解了奈特利先生的心意，一如艾瑪自己也對一切徹底誤會——奈特利先生根本未曾將海莉葉放在心上，而是全心全意地愛著艾瑪。當她談起海莉葉的感受時，其實說的正是自己的想法；艾瑪心裡的苦惱、猜忌、不情願或沮喪，全是自己給予的否定。

艾瑪不僅有時間釐清一切脈絡，並因此感到心花怒放，同時也十分慶幸自己尚未吐露海莉葉的祕密，現在更無須插手介入，也不應該介入。這是艾瑪如今唯一能為可憐的朋友所做的事。她還沒有偉大到願意犧牲自己的幸福，勸告奈特利先生海莉葉才是更為匹配的對象，將對自己的感情轉移到她身上；艾瑪也不可能毫無私心地立下崇高的決心，斷然拒絕奈特利先生，只因為他不能同時娶兩個人，就與海莉葉共進退。

艾瑪想起海莉葉，心裡悔恨交加，痛苦不已；然而她並未因此失去理智，硬要表現得慷慨大方，或是杜絕合理或可能的作法。她害得朋友愛上不該愛的人，將會長久為此自責；然而，無論透過理性思考，或是依據感受判斷，她的想法從未如此強烈，依然不看好海莉葉與奈特利先生的結合，這樁門不當戶不對的婚事只會令他臉上無光。她該怎麼做其實很清楚了，只是並不容易。奈特利先生如此苦苦央求，她自然得開口。該說什麼呢？就說自己該給的答案吧！

女人向來如此。艾瑪的話足以讓奈特利先生不至於感到絕望——只是他還得主動表達更多心意。奈特利先生**確實**一度感到絕望；見艾瑪如此謹慎地沉默不語，那段時間彷彿粉碎了所有希望——她當時根本連聽都不願意聽。轉變卻也來得又快又急：艾瑪提議繼續走下去，甚至主動提起方才自行終結的話題，似乎有點不尋常！她顯得反覆不定，但是奈特利先生欣然包容一切，並不打算要求她多加解釋。

人們向來鮮少將完整的事實和盤托出，或多或少都會經過一點修飾，或是攙雜一絲誤解；不過在現在這個情況下，即使言行舉止引起誤會，感受卻是騙不了人的，也就不至於造成過大的落差。奈特利先生不會將艾瑪解讀成過度寬宏大量的人，或是輕易認定她會欣然接受自己的心意。

事實上，奈特利先生非常清楚自己深具影響力。他跟著艾瑪走進灌木叢時，並未想過要向她求婚。他只是急著想知道，艾瑪得知法蘭克・邱吉爾的婚訊後能否承受打擊，絲毫沒有任何為自己考量的想法；假如艾瑪願意接受他的安慰，他一定想方設法安撫艾瑪的心情。隨後完全是出於當下感受的反應，一聽到艾瑪所言，他立刻興起了這樣的打算。

奈特利先生非常高興得知，艾瑪完全沒有將法蘭克・邱吉爾放在心上；她既然完全不曾動心，奈特利先生的心裡立刻燃起希望，相信自己遲早能擄獲她的芳心。不過，他當下還不敢抱持這麼大的希望；他只是一時沖昏了頭，迫不及待想知道，艾瑪是否同意他展開追求。不過隨著艾瑪逐漸吐露心情，奈特利先生內心的希望也越來越高漲，更加陶醉其中。他原本認為艾瑪之後才可能慢慢對自己動心，卻赫然發現，佳人早已情歸於他！短短半小時，奈特利先生就從憂傷的深淵直達幸福的雲端，高興得無以名狀！她的心情轉變亦不遑多讓。在這半小時內，兩人都確信了彼此深愛著對方，過去無知、嫉妒、猜疑的心情，頓時煙消雲散。打從法蘭克・邱吉爾一回來，甚至早在眾人對他引頸企盼時，奈特利先生就對他嫉妒不已。奈特利先生幾乎在同一時間內愛上艾瑪，並對法蘭克・邱吉爾產生嫉妒，兩種情緒相互羈絆，不斷增長。奈特利先生正是因為對法蘭克・邱吉爾吃味，才決定離開鄉間。自巴克斯山出遊以後，他便決定暫時遠走高飛，實在不願繼續眼睜睜看著兩人情投意合，互訴衷情。為了讓自己不聞不問，奈特利先生打算離開，可惜挑錯了去處。弟弟家充滿幸福歡樂，女主人尤其迷人可愛。伊莎貝拉和艾瑪幾乎是同一個模子刻出來的——只是伊莎貝拉有一些明顯的缺點，也將艾瑪襯托得更加完美；要是他在倫敦待得更久，感受還會更加強烈。奈特利先生就這麼努力地待了下來，日復一日——直到他今早收到那封短箋，得知珍．菲爾費克斯的消息。奈特利先生本該對此感到欣喜若狂，卻高興不起來。他始終認定法蘭克．邱吉爾配不上艾瑪，頓時憂心忡忡，急著知道艾瑪的情況，再也待不下去。奈特利先生冒著滂沱大雨趕回家，一吃過晚餐便連忙走來，亟欲知道最為甜美可人、即使犯了錯也始終完美無缺的艾瑪，得知婚事後的反應。

奈特利先生發現艾瑪看起來心煩意亂、情緒低落。法蘭克．邱吉爾簡直是個混帳！然而，他親耳聽見艾瑪堅決表示，從未對法蘭克動心，法蘭克．邱吉爾頓時不再顯得十惡不赦。他倆一起走回屋裡，方才的談話已經證實，艾瑪的芳心完全屬於他。倘若奈特利先生接下來還有機會想起法蘭克．邱吉爾，或許會認為他是個迷人的小夥子呢！

50

艾瑪出門前和返家時的心情，簡直是天壤之別！她原本只希望能稍微緩解一絲痛苦——如今卻相當激動，樂不可支。即使艾瑪平復高漲的興奮之情，她相信往後的喜悅還會更加強烈。

他們一起坐下來喝茶。同樣的三人圍坐在同一張桌前，多麼熟悉的場景！艾瑪也經常像這樣盯著草坪上那同一叢灌木，欣賞同一幅夕陽西下的美景！然而她卻不曾抱持像此刻一樣的心情，從來沒有。她費上好一番工夫，才能稍微恢復平時的模樣，當個稱職的女主人，或是噓寒問暖的體貼女兒。

可憐的伍德豪斯先生絲毫沒有警覺，眼前這位接受熱情招待的客人正密謀推翻他[128]，還非常擔心他騎馬回家的路上受了風寒。伍德豪斯先生如果能看清楚他的心臟，恐怕就不會關心他的肺臟了。不過伍德豪斯先生對近在眼前的厄運一無所知，也沒有察覺奈特利先生的行為舉止有何異狀。他滔滔不絕地轉述起派瑞先生帶來的消息，講得興高采烈，完全沒有預期眼前兩人會告訴他什麼大事。

奈特利先生陪在他們身邊時，艾瑪依然感到渾身發燙；等他離開後，她才總算稍微鎮定下來。今晚的這番談話令她徹夜難眠，並在輾轉反側中找出一、兩個至關重要的問題詳加思索，滿心的雀躍也因此蒙上陰影：關鍵在於父親與海莉葉。兩人的反應成了一大重擔，毫不留情地壓在艾瑪身上；如何盡力確保兩人都能感到滿意，正是問題所在。

艾瑪很快就得面臨父親這一關。她還不清楚奈特利先生會如何開口，不過她很快就確認自己的心意，打定主意一輩子都不離開父親身邊。一浮現這個念頭，艾瑪不禁泫然欲泣，開始感到自責。只要父親還健在，她就只能維持訂婚的關係；不過她又安慰自己，假如婚後還是能住在家裡，或許能讓父親感到好過許多。至於該怎麼做才是對海莉葉最好的選擇，似乎又更棘手了。她該如何讓海莉葉避免不必要的痛苦，如何給予補償，才能盡量不讓海莉葉懷恨自己？

這些問題令艾瑪茫然無措、沮喪不已，一波又一波的痛苦責難與悲傷懊悔不斷襲來。最後，艾瑪只能打定主意繼續與海莉葉避而不見，再透過信件傳達非告知她不可的一切，勸她現在最好暫時離開海布里一段時間——艾瑪再次浮現另一個計畫，最後幾乎肯定，讓海莉葉受邀至布朗史威克廣場作客，似乎不失為可行的好方法。

伊莎貝拉向來很喜歡海莉葉，在倫敦住上幾個星期，想必也能讓海莉葉玩得十分盡興。艾瑪認為海莉葉天性適合嘗試新鮮事，形形色色的人事物：包括街道、店鋪和家裡那群孩子，都能令她大開眼界，樂在其中。無論如何，這樣的安排想必能展示艾瑪好心關照她的一面，一切安排顯得恰如其分。現在的別離，也能暫緩將來三人同時碰面的尷尬時刻。

艾瑪一大早就起床寫信給海莉葉，心情沉重，甚至近乎悲傷。因此，奈特利先生前來哈特菲爾德吃早餐，顯得正是時候。飯後，艾瑪偷閒與奈特利先生到相同的地方散步了半小時，這才多少喚回前一晚的快樂感受。

奈特利先生前腳才剛離開，艾瑪還沒有閒暇掛念起其他人，蘭德斯就捎來一封厚厚的信。她很清楚內容為何，並不急著拆閱這封信。如今艾瑪對法蘭克・邱吉爾完全能淡然處之，她不需要任何解釋，只希望自己得以靜靜地沉澱思緒。無論信中告知的事情是什麼，她都確信自己無能為力。然而，還是得硬著頭皮面對。她打開包裹，裡頭果然是法蘭克・邱吉爾寄給韋斯頓太太的信，還附著一封韋斯頓太太寫給她的短箋：

親愛的艾瑪，很高興能將這封信轉寄給妳。我知道妳一定會以公正的態度細讀這封信，也相信妳讀完後會感到欣喜不已。我想，我們以後再也不必為寫來這封信的人爭執不下了。我這番前言可不能寫得長篇大論，耽誤妳讀信的時間。我們都過得很好。我最近老是有些忐忑不安，這封信讓我的煩惱全數煙消雲散。妳上週二的臉色看起來很不對勁，但是，那天早上的天氣確實稱不上宜人。即使妳向來對天氣漠不關心，我想每個人都感受到東北風的威力了。暴風雨從週二下午持續至昨天早上，我一直惦記著妳那親愛的父親，昨晚聽派瑞先生說他並無大礙，才令我放心不少。

永遠愛妳的　安妮・韋斯頓

128 這位單身多年的好友不但變節想婚，而且覬覦的還是他的寶貝女兒。

致韋斯頓太太

溫莎，七月

親愛的夫人，倘若我昨天的解釋清楚易懂，您想必正等著這封信。不過，無論您企盼與否，相信您都會以熱誠寬容的態度細讀這封信。您向來如此親切，我相信自己過往的部分行徑，確實需要您親切地包容。然而，某人更有資格對我發怒，卻選擇原諒我。我一面寫信，也逐漸能鼓起勇氣。得天獨厚的人往往很難保持謙卑。我已經兩度成功乞求原諒，因此很可能自負地認定也能獲得您的諒解；甚至期望著，假如您身邊的親友曾受到冒犯，依然願意寬恕我。請您們務必理解我初抵蘭德斯時的處境，體諒我心裡藏有祕密，不惜任何代價守口如瓶。這的確是事實。我是否有權隱瞞自己的境況，這又是另一個問題，我在此暫不討論。我試圖將此視為一項權利，我指的是一名女孩，她住在海布里一幢紅磚砌成的房子裡，隱身在窗扉之後。我不敢公開她的身分。我在安斯康姆的狀況眾所皆知，無須多做解釋。我們離開韋茅斯前，我有幸結識一名再優秀不過的女孩，獲其芳心，讓她願意與我私訂終身。倘若她當時拒絕我，我一定會難過得發瘋。

您想必正要問我，為何希望這麼做？你在期待什麼？我期待任何事，每一件事——我期待時間、機會、環境，期盼長久等待終能換來美好結果。無論我們是否堅持不懈，或是筋疲力盡；無論健康與否，我們都能長相廝守。我當下認為，未來可能擁有美好的藍圖；她承諾相互信任、願意與我通信，對我而言就是最初掌握到的幸福。親愛的夫人，倘若您希望我對此多加解釋，我將之解讀為，我有幸身為您丈夫的兒子，遺傳到他滿懷希望的樂觀性格，這份餽贈遠比繼承房子或土地更來得價值連城。

我就在這樣的情況下初次來到蘭德斯。我這才意識到自己犯了錯，因為我應該更早就回家一趟。您若稍加回想，便會明白，我一直等到菲爾費克斯小姐回到海布里後才返家。我對您有所怠慢，相信您很快就能原諒我；然而，我必須努力博取父親的憐憫，不時提醒他，我這麼久沒有回家一趟，也等於始終沒有機會見您一面。我與您共度非常愉快的兩個星期，希望除了隱瞞婚事之外，我的行徑再無需要指摘之處。至此，我即將切入正題，說明自己至關重大的唯一失誤；我對其深感焦慮，必須格外審慎地詳加解釋。

基於我的真誠敬意與深厚友情，容我提起伍德豪斯小姐。父親或許認定，我提起伍德豪斯小姐時，理應感到羞愧不已。他昨天表達了自己的看法，其中幾項指責，我自知罪有應得。我相信我對伍德豪斯小姐的作為確實有所踰矩。隱瞞婚事對我而言至關重要，為了順利保守這項祕密，我擅自利用了我們迅速建立起的好交情。我不能否認我佯裝自己對伍德豪斯小姐情有獨鍾；可是您一定願意相信我的這番解釋：倘若我沒有萬全把握，認定她會對此無動於衷，我絕對不敢為了私利而為所欲為。

伍德豪斯小姐如此討人喜歡、活潑開朗，我認為像她這樣的年輕女人，勢必不會輕易墜入情網，因此認定她絕對不會對我動心；我對此深信不疑，也打從心底這麼祈求著。她面對我特別殷勤的互動，以輕鬆友善、嬉笑打鬧的方式回應，對我而言正合適不過。我們似乎非常瞭解對方。從我們各自的情況看來，我對她格外關照，也理所當然，她同樣抱持如此想法。在那兩星期以後，伍德豪斯小姐是否開始真正明瞭我的用意，我不得而知——當時我登門與她道別，我記得自己曾一度想向她坦承一切，認為她心裡一定也有所懷疑。無論如何，我始終認定，她之後或多或少，想必已經看穿我的心思。

她或許無法推測來龍去脈，不過以她的敏銳，想必早已略知一二。我對此深有把握。您肯定能發現，婚事保密至今，無論何時公諸於世，她都不至於感到萬分驚訝。我經常能找到蛛絲馬跡，證明她早已有所覺察。我記得在舞會上她就對我說過，我必須感謝艾爾頓太太對菲爾費克斯小姐的諸多關照。您與父親可能認定我對伍德豪斯小姐的行徑甚為不妥，希望這番告解能讓兩位大幅改觀。您們認為我對艾瑪．伍德豪斯犯下滔天大錯，我理應承擔如此罪名。然而，請您們寬恕我的罪過；如果可以的話，也請為我努力取得艾瑪．伍德豪斯的諒解與祝福。我待她彷彿自己的親妹妹，並由衷希望她像我一樣，找到彼此相愛的人，過著幸福快樂的日子。

在那兩星期的時間裡，倘若我有任何古怪的言行舉止，您如今想必皆已恍然大悟。我始終心繫海布里，當務之急便是盡可能親自多跑幾趟，並竭力避免引來任何猜疑。若您仍記得不對勁的地方，請您填補上合理的解釋吧！至於那架引起議論的鋼琴，我只能說，菲爾費克斯小姐確實對此毫不知情；倘若她有機會阻止我，肯定不會讓我將那架鋼琴送到家裡去。親愛的夫人，自我倆訂婚以來，她的心思始終十分細膩，非我三言兩語就可清楚解釋。我誠摯希望您很快便能親自瞭解她的性格。我實在無法給予恰如其分的描述。

菲爾費克斯小姐必須親自證明她的優點——並非依靠言語，因為我從未見過有人像她如此謙虛，總是刻意對自己的美德輕描淡寫。這封信顯然會比我預想來得長，我開始提筆寫信時，正好收到她的來信。她說自己的身體狀況一切安好，可是由於她從不抱怨病痛，我不敢輕易相信這番說辭。希望您親自告訴我，她的氣色看起來如何。我知道您很快就會過去拜訪一趟，她正害怕您親自上門。或許您已經去過一趟了。請您馬上回信給我，我迫不及待想知道一切細節。您想必還記得我在蘭德斯停留的時間多麼短暫，當時又處於多麼茫然、失去理智的狀態。我的情況至今仍未好轉；無論原因是喜是憂，我的精神狀況依然顯得十分錯亂。

當我一想到，自己能遇到如此優秀、極具耐心的好女孩，對我百般包容與關愛，舅舅也對我這麼慷慨，我便快樂得幾乎快要發狂；但是當我想起自己為她帶來無數痛苦時刻，根本沒有資格獲得原諒，我又憤怒得幾乎失去理智。我多希望能再見她一面！然而，我現在還不能開口要求。舅舅對我如此寬宏大量，我實在不能得寸進尺。看來這封信得寫得更長了，我還有許多事情應該向您和盤托出。我昨天還無法詳述細節；可是我突如其來坦承婚事，如此不合時宜，自然需要詳加解釋。您或許猜得到，若不是上月二十六日舅媽過世，讓我對這門婚事的前景豁然開朗，我也不會突然提早告知這件消息；她比我更具智慧與教養，一定懂得為我顧慮周全。然而，我別無選擇。

我不該如此倉促行事；她比我更具智慧與教養，一定懂得為我顧慮周全。然而，我別無選擇。她匆忙決定要接受那個女人打點的工作——走筆至此，親愛的夫人，請容我暫時擱筆，以便讓自己冷靜下來。我剛在鄉間隨處走走，希望現在已經恢復理智，足以好好寫完這封信。事實上，這對我而言，是最不堪回首的打擊。我替自己的所作所為感到無地自容。在此我願意坦承，我對待伍德豪斯小姐的態度，讓菲爾費克斯小姐大感不悅，確實應該受到譴責。她對我的行徑十分不認同，就已構成充分的理由。我認為此舉是為了隱瞞婚事，她卻認定這不足以成為藉口。

她對此大感不悅，我卻覺得是無理取鬧，覺得她不該凡事都過度小心、如履薄冰，甚至認定她冷漠無情。儘管如此，事實證明她永遠是對的。倘若我遵循她的判斷，聽其建議收斂自己過於外放的性格，我就不必承受這輩子最大的痛楚。我們大吵了一架。您還記得到訪丹威爾莊園的那天早上嗎？正是在那裡，許多微不足道的不滿，竟累積成一觸即發的危機。我抵達得晚，遇見她自己走路回家，正想要陪她一起回去，她卻一口回絕。她說什麼也不肯讓我陪她回去，我認為她十分不講理。

然而，如今回想起來，我卻能清楚理解，這不過是她理所當然的一貫作風，總能將凡事考慮周到。我為了向身邊的人隱瞞婚事，不惜扮演惹人厭的角色，刻意對另一個女人百般殷勤；如今她又怎麼可能同意讓我陪她走回家，導致過往的一切謹慎前功盡棄？倘若我們真的一起從丹威爾莊園走回海布里，想必會讓旁人起疑。但是我當時完全失去理智，頓時怒不可遏。我懷疑她對我用情不深，隔天到巴克斯山出遊時更是變本加厲。我的行徑如此可恥無禮，刻意對她視若無睹，並故意對伍德豪斯小姐大獻殷勤。任何理智的女人都不可能容忍這番舉動，自然徹底激怒了她，清清楚楚地向我表達滿腔憤慨之意。

親愛的夫人，簡而言之，發生這場爭執完全歸咎於我，她根本沒有任何過錯。我明明可以與眾人同樂，待到翌日早上再回家，卻堅持當晚就趕回里奇蒙，純粹是為了繼續發洩對她的怒氣。我並非愚蠢到不懂得及時和解，可是我當時自認心裡受了傷，她的冷淡深深傷害了我，因此我一走了之，打定主意要等她主動低頭。我經常暗自慶幸，您當天並未一同前往巴克斯山。倘若您親眼目睹我當時的行徑，我在您心目中的印象想必一落千丈，再也沒有挽回的餘地。

這件事造成的後果，便是讓她立即下定決心：她一發現我真的離開了蘭德斯，隨即一口答應了多管閒事的艾爾頓太太，接受她推薦的工作機會。順道一提，艾爾頓太太對待她的態度，簡直讓我怒火中燒，滿心憎恨。她向來對我百般包容，我實在不該與她爭論不休；否則她想必也很清楚，那女人如此干預我們，我平常一定會據理力爭。「珍！」您想必注意到，我從未放任自己直呼她的名字，即使在您面前也一樣。

請您想想，艾爾頓夫婦如此魯莽無禮，成天將這個名字掛在嘴上，厚顏無恥地自以為高人一等，令我多麼難以承受！請您多給我一些時間吧！我很快就要寫完這封信了。她接下這份工作，打定主意要與我一刀兩斷，隔天便寫信給我，要我們以後別再見面。她認為這段婚約只是讓彼此後悔莫及的折磨，決定放棄這門婚事。在可憐的舅媽逝世當天早上，我正好收到這封信，不到一個小時就寫好回信。然而我當時心思一團紊亂，許多重擔接踵而來，同時壓在我身上；因此，儘管當天其他信件都順利寄了出去，我卻將那封回信鎖在寫字桌的抽屜裡。我雖然只寫了寥寥數語，卻深信這封短箋能徹底安撫她的情緒，所以並未對此感到不安。

當我發現並未很快接到她的下一封信時，不禁感到大失所望。但是我為她找了藉口，自己手邊又有太多事要忙——我該繼續往下說嗎？我的想法實在太過樂觀，絲毫沒有意識到自己是在強詞奪理。我們舉家搬至溫莎，過了兩天，我收到她寄來的包裹，她竟然退回所有我寫給她的信！她在包裹裡附上一封短箋，表示自己十分驚訝，我收到她的上一封信以後，竟然杳無音訊。她既然不可能誤解我在此時保持沉默的含義，我們雙方想必都希望後續的各項事宜盡快落幕，因此她以安全的方式寄還我的所有信件，假如我無法及時在一週內將她的信件寄回海布里，我可以隨後轉寄至以下地址。史默里奇先生家的住址映入眼簾，就離布里斯托不遠。

我很清楚這個名字、知道這個地方，對一切瞭若指掌，頓時明白她下了什麼決定。我相當瞭解她言出必行的個性，她現在的行徑與我所清楚的作風完全吻合。她始終刻意隱瞞我，在上一封信裡也未曾對我吐露隻字片語，在在呈現出她格外細膩的心思。她絕對不可能虛張聲勢地威脅我。您可以想像，這對我而言不啻晴天霹靂。我暴跳如雷地指責郵局寄丟我的信，之後才真正意識到是自己鑄下大錯。我該怎麼辦？只有一個方法——我必須向舅舅坦承一切。

倘若沒有獲得舅舅的首肯，我想必沒有希望向她親口解釋了。我一五一十地娓娓道來。情勢對我大為有利，喪妻之慟讓舅舅的自負個性溫和許多，甚至遠比我預期更快點頭讓步。可憐的舅舅！他最後重重嘆了一口氣，希望我能和他一樣擁有快樂的婚姻生活。不過，我相信我的婚姻會與他大相逕庭。我在如此危急關頭向他吐露一切，是否讓您對我大為憐憫，擔心我想必吃了不少苦？請不要同情我。直到我回到海布里，親眼見到自己將她折磨得多麼憔悴，看到她那毫無血色的病容，才真的需要您的憐憫！

我回到海布里時，知道她們早餐吃得晚，她很可能正獨自在家。一如我的預期，她確實獨自在家；更令我高興的是，我這趟回來是為了挽回她的心，最後我果真沒有辜負自己的期望。她對我滿心怨懟全都合情合理，我必須竭盡全力說服她。無論如何，我終究辦到了。我們重歸於好，感情遠比過往更加緊密，彼此之間再也不會發生任何不快。親愛的夫人，這封信就快寫完了，但是我還不能停筆。您向來待我如此親切，千言萬語也無法表達我對您的感激；我更是對您滿心感謝，知道您未來將會無微不至地關照她。如果您認為我遠比應得的還幸福，那麼您真是想對了。伍德豪斯小姐說我是得天獨厚的幸運兒，希望她說得沒錯。就這方面，我想自己確實非常幸運，竟能抱得如此佳人歸。

對您滿懷感激的兒子 F·C·韋斯頓·邱吉爾

51

這封信令艾瑪百感交集。即使她之前百般不情願讀信，但是她很慶幸，一如韋斯頓太太所言，這封信確實還給法蘭克一個公道。艾瑪一見到自己的名字，就急著往下看；每一行與自己相關的描述都令她深感興趣，甚至幾乎句句都讓她欣然認同。即使這份沉醉戛然而止，這封信的主題依然深深打入艾瑪的心坎，因為她自然而然回想起對執筆者的關懷；而信中對愛情的描繪，也必然讓此時的她感到怦然心動。她一口氣將整封信讀完，未曾稍停。儘管艾瑪仍認為法蘭克犯了錯，不過似乎遠比她預期的來得輕微——法蘭克同樣飽受折磨，充滿愧疚；他確實滿心感謝韋斯頓太太，也深深愛著菲爾費克斯小姐。既然艾瑪此刻也沉浸於幸福之中，事情就沒有想像中嚴重了。倘若法蘭克此時走進屋裡，她想必能發自內心真誠地與他握手寒暄。

這封信深獲艾瑪好評，奈特利先生進屋裡時，艾瑪也希望他讀完這封信。她相信韋斯頓太太期望眾人清楚來龍去脈；尤其像奈特利先生對法蘭克的行徑大為不滿，肯定能因此改觀。

奈特利先生說：「我當然樂意一讀這封信，可是內容看起來不少。我把這封信帶回家，今晚再好好細讀。」

這可行不通。韋斯頓先生今晚會過來，艾瑪就得把這封信交還給他。

奈特利先生回答：「我寧可與妳聊天。不過，既然這攸關公道，我還是得好好讀完這封信。」

奈特利先生開始讀起信來，卻很快就開口說道：「艾瑪，倘若幾個月以前我就有機會一讀這位紳士寫給母親的信件內容，現在也不會對他如此冷漠。」

他又繼續往下讀了一點，接著露出微笑，說道：「嗯哼，這開頭的寒暄可真極盡讚美之能事。不過這是他的作風，我不能以自己的風格作為標準。我們不該過於嚴厲。」

他隨即接著說道：「這是我的習慣。我通常會一面讀信，一面發表看法。如此一來，我才會實際感受到妳就在我身邊。這不會占用多少時間，不過要是妳不喜歡——」

「沒關係。你儘管說吧！」

奈特利先生顯得更加高興，繼續往下讀。

奈特利先生說：「提到誘惑妳這件事，他似乎有些輕描淡寫。他知道自己犯了錯，就常理而言完全站不住腳。真是太糟糕了，他根本不該訂下這段婚約。『遺傳父親的個性』——這麼說可就對不起他父親了。韋斯頓先生為人正直，擁有榮譽感，與他那樂觀的天性相得益彰。韋斯頓先生竭盡努力，如今才能換來如此愜意的生活——沒錯，他確實是在菲爾費克斯小姐之後才回來的。」

艾瑪說：「我還記得當時你信誓旦旦地說，假如他願意的話，他大可更早就回來一趟。你就這麼瀟灑地一語帶過，不過你這番話果真沒錯。」

「我這番評論或多或少有些偏見，艾瑪。不過我想，要不是這件事與妳有關，我可能還是無法信任他。」

奈特利先生一讀到提及伍德豪斯小姐的內容，忍不住大聲朗讀起來。他念著一切與艾瑪有關的描述，時而面帶微笑，時而看一眼艾瑪，時而搖搖頭；他偶爾冒出一、兩句認同或反對的意見，或是依照信中主題表露愛意。不過，最後他認真地回想了半晌，一臉嚴肅地說道：

「雖然沒有我想像中來得糟糕，不過也夠差勁的了。他簡直是鋌而走險。要不是受惠於這樁噩耗，他根本難以洗刷罪名。他根本不清楚妳如何評斷他的所作所為。他總是順著自己的心意，完全看不清事實；除了為自己著想之外，幾乎無所顧慮。他還妄想妳對他的祕密有所疑心。這倒是再合理不過！他自己一肚子陰謀，自然以小人之心度君子之腹。一下子故作神祕，一下子花招不斷，簡直無法以常理釐清頭緒！好艾瑪，這一切難道不是為了彰顯，我們總是對彼此相互坦承、據實以告，是多麼美好的一件事嗎？」

艾瑪欣然贊同。然而一想到海莉葉的感受，她忍不住滿臉通紅。這正是她無法據實以告的祕密。

她說：「你趕快往下讀吧！」

奈特利先生繼續讀信，卻又很快停了下來，說道：「那架鋼琴！噢！這確實是年輕人非常不懂事的行為。他還太年輕了，不明白這番舉動所造成的不便，很可能不亞於其伴隨而來的喜悅。真是非常幼稚的計畫！我實在無法理解，他明知珍寧可不要這種驚喜，為何還是選擇以這種方式示愛?他明明很清楚，倘若珍有機會阻止他，一定不會讓他送這架鋼琴到家裡去。」

他一說完，又繼續往下讀，好一陣子不再中斷。讀到法蘭克・邱吉爾坦承自己的行徑厚顏無恥，奈特利先生再次發表評論。

他這麼說道：「這我再認同不過了。你的行徑確實非常丟人。這真是你有史以來最正確的一句話。」他隨即讀到兩人爭執不下的原因，法蘭克一意孤行，堅持要與珍・菲爾費克斯的正確做法大唱反調。奈特利先生發表的意見更長：「真是太糟糕了。他為了自己著想，反而害得珍陷入痛苦不堪的深淵；他的當務之急，明明是要避免讓珍承受不必要的折磨。從信裡看來，珍需要應付的難關，顯然比他來得多。假如她有許多顧慮，即使看似不合情理，他也應該予以尊重，更何況她的考量都是對的。我們倒是能找出珍犯下的唯一錯誤：別忘了，就是因為她答應與法蘭克・邱吉爾訂婚，才必須忍受這麼多懲罰。」

艾瑪知道，奈特利先生即將讀到前往巴克斯山出遊的片段，不禁感到坐立難安。她自己的行為也是有失分寸！她感到慚愧不已，甚至有點擔心起奈特利先生看待自己的眼神。然而奈特利先生只是專注地讀信，並未發表任何想法。他雖然迅速瞥了艾瑪一眼，卻隨即收回目光；他擔心讓艾瑪感到痛苦，似乎打算完全忘了在巴克斯山上發生的事。

「說到我們的好友艾爾頓夫婦，似乎很少有人如此指責他們的熱心。」奈特利先生接著說，「他的感受倒也情有可原。什麼！珍原本打算與他分手！她認為這段婚約只是讓彼此後悔莫及的折磨，決定放棄這門婚事。這清楚顯示她對其所作所為的看法！這個嘛，他想必是最不尋常——」

「不對，夠了，繼續往下讀。你會明白他吃了多少苦。」

「但願如此。」奈特利先生冷冷地說道，又繼續讀信。「史默里奇！這是什麼意思？這又是怎麼一回事？」

「她原本答應要擔任史默里奇太太的家庭教師，幫忙教導她的孩子——她是艾爾頓太太的摯友，住在楓葉林附近。順道一提，真不知艾爾頓太太該如何承受這個打擊。」

「親愛的艾瑪，既然妳要我讀信，那就什麼都別說——連艾爾頓太太也別提起。只剩一頁，我很快就看完了。這傢伙的信寫得可真長！」

「我真希望你讀信時，對他的想法能再友善一些。」

「好吧，我現在是有些體會他的感受。他發現珍生了病，似乎真的受了不少折磨。確實，我相信他的確深愛著她。『感情遠比過往更加緊密』。我希望他接下來也能牢牢記住，言歸於好多麼難能可貴。他的感激可真是慷慨，如此千謝萬謝。『遠比應得的還幸福』。哎呀，他可真瞭解自己。『伍德豪斯小姐說我是得天獨厚的幸運兒』。伍德豪斯小姐確實說過這句話，對吧？還有個不錯的結尾——整封信讀完了。真是個得天獨厚的幸運兒！妳確實這麼稱呼他，是嗎？」

「你似乎不像我一樣，讀完信後備感欣慰。不過至少我希望，你對他的看法還是有所改觀。希望這封信能讓你對他抱有一些好感。」

「沒錯，確實如此。他因為思慮不周，不懂得瞻前顧後，因而犯了不少錯；我的確認為，他所獲得的幸福遠超出他所應得的。不過毫無疑問的是，他確實深愛著菲爾費克斯小姐；我們也期望他倆很快就能長相廝守。我相信他的性格會大有改善，從她身上學會自己所缺乏的穩重與細膩心思。現在，讓我和妳談談別的事吧！我現在一心惦記著另一個人，因此不想繼續談論法蘭克．邱吉爾。艾瑪，自從早上與妳分別後，有件事始終占據著我的心思。」

奈特利先生開始提起這個話題。即使面對心愛的女人，他說起話來依然一如往常字正腔圓，態度淡然，極具紳士風範——他不知道該如何開口向艾瑪求婚，又不會影響到她父親的幸福。艾瑪不等他說完，心裡早已準備好答案。「只要親愛的父親還健在，我就不可能改變。我一輩子都不能離開他的身邊。」然而，奈特利先生只能認同這答案的一部分。奈特利先生和艾瑪一樣心知肚明，不可能要求她離開父親身邊；但是倘若連其他改變也不受允許，他可就無法接受了。他已經認真地反覆思索許久。他起初想說服伍德豪斯先生與艾瑪一同搬去丹威爾莊園；他試著說服自己這個方式可行，然而憑他對伍德豪斯先生的瞭解，他實在無法繼續自欺欺人。如今奈特利先生不得不承認，說服父女倆一同搬家，不僅會破壞伍德豪斯先生的愜意生活，甚至可能危及他的生命，這就萬萬不可了！竟然要伍德豪斯先生搬離哈特菲爾德！不行，他絕不能嘗試這個方法。不過，打消這個念頭後，他腦中隨即浮現另一個辦法，或許親愛的艾瑪找不出需要反對的地方：改由奈特利先生搬進哈特菲爾德。倘若她父親的幸福——亦即他的生命，取決於艾瑪必須繼續住在哈特菲爾德，那麼這顯然是奈特利先生唯一的選擇。

艾瑪也早已思考過與父親一起搬去丹威爾莊園的可能性。她和奈特利先生一樣，思考過這項做法，並同樣加以否決。然而，她倒是不曾想過改由奈特利先生搬進哈特菲爾德。艾瑪很清楚這麼做的背後，代表奈特利先生對她多麼深情。奈特利先生一旦搬出丹威爾莊園，就會失去獨立自主的生活；在沒有自己房子的情況下，要與她的父親朝夕共處，想必會變得非常、非常難以忍受。她答應奈特利先生會好好考慮，也建議他自己多加思忖。不過奈特利先生早已下定決心，思考再久，也不會改變他的意願或想法。他向艾瑪保證，這是他冷靜地深思熟慮後所得出的結論。他躲開威廉．拉金斯，獨自邊走邊沉思了一整個早上。

艾瑪大喊：「噢！還有一道難關你忘了考慮到。我相信威廉．拉金斯絕不喜歡這個主意。你在問我之前，應該先徵得他的同意。」

不過她仍答應奈特利先生會好好考慮；而說這話的當下，她幾乎認定這是個非常理想的計畫。

艾瑪思考許多事情時，開始得將丹威爾莊園列入考量。外甥亨利是未來的繼承人，艾瑪之前還為他憂心不已，如今仍沒有任何打算要剝奪他的繼承權，確實難能可貴。想到自己可能會改變這可憐的小男孩的人生，她卻只是露出俏皮的微笑。她恍然意識到，自己為何如此強烈厭惡奈特利先生與珍．菲爾費克斯或其他女人結婚，她當時顯然是以身為妹妹和阿姨的角度惦記著家人呢！

奈特利先生向自己開口求婚，並打算婚後繼續住在哈特菲爾德——艾瑪越想越喜不自勝。

對奈特利先生造成的壞處似乎逐漸變得模糊，對她的好處卻更加清晰可見，對他倆有利的優點遠遠壓過任何缺失。在艾瑪眼前，竟有如此願意與她同甘共苦的人生伴侶！在這令人憂鬱的時刻，奈特利先生是如此勇於承擔責任的另一半，為自己考慮得多麼無微不至！

要不是想到海莉葉，此時艾瑪簡直快樂得要飄上天去了。然而，她過得越幸福，似乎就越讓朋友深陷痛苦的處境；海莉葉從此甚至很難再到哈特菲爾德來了。艾瑪依然能與親愛的家人過著幸福快樂的生活，可是為了海莉葉著想，她最好與哈特菲爾德保持距離。無論從哪方面看來，海莉葉都是徹頭徹尾的失敗者。艾瑪並不認為失去海莉葉的陪伴，會讓她的快樂打折扣；在這樣的圈子裡，海莉葉的存在只會成為重擔。不過，對這可憐的女孩而言，即使無比殘酷，她卻似乎逃不過如此無情的懲罰。

隨著時間流逝，海莉葉自然會逐漸淡忘奈特利先生，由他人取而代之。不過這恐怕不是短時間內就能達成的事。不同於艾爾頓先生，奈特利先生無法幫助她盡快走出失戀之苦。奈特利先生向來如此親切體貼，真心誠意地關懷每個人，海莉葉現在對他的仰慕之情，很難因此減少一分半毫。更何況，希望海莉葉在一年之內愛上**第四個**男人，未免太為難她了。

52

艾瑪發現海莉葉同樣對見面避之唯恐不及，不禁令她大大鬆了一口氣。光是透過書信往返，就已經讓她倆感到十分痛苦。要是兩人不得不碰面，該是多麼難堪的場面啊！

一如艾瑪預期，海莉葉並無任何責備，或是對她明顯惡言相向。然而艾瑪依然暗自猜想，海莉葉正滿懷怨氣，瀕臨忍耐的極限，也因此更加希望兩人繼續避而不見。這或許只是艾瑪多慮；不過，面對如此打擊，除非是完美的聖人，否則任誰都會心懷怨懟吧！

艾瑪不費吹灰之力，就說服伊莎貝拉邀請海莉葉前去作客。艾瑪十分幸運，當下正好有現成的理由：海莉葉近來鬧牙疼，好一陣子都想著去看牙醫。約翰．奈特利太太非常樂意助海莉葉一臂之力，她向來對任何疑難雜症關心備至；即使她對牙醫的好感不及對溫菲爾德先生的信任，卻依然樂於親自照料海莉葉。艾瑪與姊姊談妥後，隨即向海莉葉提議此事，她也二話不說欣然接受。海莉葉即將啟程，預計在倫敦待上至少兩週，伍德豪斯先生會派馬車送她過去。一切安排妥當，海莉葉也順利抵達，就這麼在布朗史威克廣場住了下來。

如今，艾瑪總算能真正安心地享受與奈特利先生共處的時光。她能打從心底高高興興地與他談天，不再因歉疚與罪惡感而惴惴不安。過往，艾瑪總不時想起身邊的朋友將受到多麼殘酷的打擊；她害海莉葉迷失了方向，近在咫尺的海莉葉因而承受著何等失落的噩夢。每思及此，就令艾瑪痛徹心扉，苦不堪言。

海莉葉近在戈達德太太家或遠在倫敦，以艾瑪目前的心情看來，宛若天壤之別。每當她想起遠在倫敦的海莉葉，總是認定，當地的新鮮事和充實生活，想必能讓海莉葉盡快忘卻過往的傷心事，一切重新步上正軌。

艾瑪好不容易在心裡稍微放下海莉葉，不希望其他煩惱接踵而來，占據海莉葉原本的位置。眼前還有非談不可的要事，也只有**她**才能勝任——她得向父親坦承自己的戀情。但是艾瑪還不打算在當下提起此事。她決定暫緩宣布婚訊，等到韋斯頓太太順利生下孩子再說。在此非常時期，她不想讓深愛的家人生活再掀波瀾；不到最後一刻，她絕不能貿然提及此事。至少接下來的兩個星期，她得先保持輕鬆平靜的心情，之後還有更令人激動的喜悅等著她呢！

艾瑪隨即打定主意，在這心情難得放鬆的期間，要花半小時前去探訪菲爾費克斯小姐；這對她而言責無旁貸，更令她樂在其中。她確實該去拜訪一趟，也非常想見珍一面。她倆現在的處境並無兩樣，也讓艾瑪更想對珍釋出善意。艾瑪自然會對此**暗自**感到欣慰不已；不過，既然兩人未來的際遇相似，對於珍可能提到的煩惱，艾瑪或許更容易幫得上忙。

艾瑪就這麼出發了。從巴克斯山回來的隔天早上，她也曾乘車過來拜訪一趟，卻無功而返。當時可憐的珍情緒十分低落，艾瑪雖然心疼不已，卻還對她最感痛苦的煩惱一無所知。艾瑪深怕自己仍是不受歡迎的不速之客，即使確定她們都在家，依然選擇站在走廊上等待，讓僕人先行通報名字。她聽到派蒂說出自己的名字，卻沒像上次一樣，隨即聽到貝茨小姐匆匆起身，屋裡顯得一陣忙亂。這次她並未聽見任何動靜，只聽到有人立即回答：「請她進來。」過沒多久，珍便親自到樓梯口迎接，甚至走得十分急切，彷彿深怕怠慢了艾瑪。艾瑪不曾看過珍的氣色這麼好，一臉神采奕奕，顯得格外動人；她看起來神采飛揚，興高采烈，展現出不同於以往的表情和儀態。她一面走來，一面主動伸出手，以充滿感情的語調低聲說道：

「妳真是太好心了！伍德豪斯小姐，我真不知該如何表達——希望妳明白我的意思。我實在難以用言語表達心裡的感受。」

艾瑪心裡滿是感激，正想熱情地開口時，冷不防聽見客廳裡傳來艾爾頓太太的聲音，頓時話到嘴邊又吞了回去，改以十分誠摯的態度與珍握手，藉此傳達滿滿的真誠關懷與道賀之意。

貝茨太太與艾爾頓太太一起坐在客廳裡。貝茨小姐正好外出，難怪屋裡方才顯得十分安靜。艾瑪真希望艾爾頓太太不在場，不過她決定要以同樣的耐心對待每個人。艾爾頓太太以不同於以往的熱情態度招呼她，艾瑪不禁希望，即使不對盤的兩人在此相遇，也不會給旁人帶來任何傷害。

艾瑪很快就認定自己看透了艾爾頓太太的心思，明白她為何與自己一樣興奮：艾爾頓太太方才得知菲爾費克斯小姐私訂終身的消息，沾沾自喜地以為其他人都還蒙在鼓裡。艾瑪很快就從艾爾頓太太的表情讀出端倪：艾瑪對貝茨太太連聲道賀，佯裝認真聽著老太太的答覆；只見艾爾頓太太一臉藏有祕密的誇耀表情，急著將一封信摺起來，顯然剛才正忙著將那封信讀給菲爾費克斯小姐聽。她把那封信收進身邊一只紫金色交錯的手提包，接著煞有其事地不停點著頭，說道：

「我們改天再讀完那封信吧！妳也知道，我們可不缺見面的機會。事實上，妳已經聽完重點了。我只想告訴妳，史默里奇太太接受我們的道歉，對此並不生氣。妳看得出來她信裡的語氣多麼愉快。噢！她是多可愛的人兒呀！妳要是到了那裡，肯定非常喜歡她。不過這件事我們就不多說了。我們得謹慎一些，隨時留意自己的行為是否得宜。噓！妳記得那幾句詩是怎麼寫的，我一時想不起來：

佳人一出現，一切淨變得無關緊要[129]。

我說呀，親愛的，在我們這個狀況裡，這位佳人自然是──噓！妳夠聰明，想必聽得懂。我實在有些太興奮了，對吧？不過，我只是希望妳別擔心史默里奇太太。妳瞧，由我出面，可不就把她安撫得服服貼貼了嗎？」

艾瑪才剛轉頭看著貝茨太太打毛線，艾爾頓太太緊接著半壓低聲音，悄聲說：「我可沒說出半個名字。噢！不會的，謹慎為上策。我這人向來小心得很。」

艾瑪對此瞭然於心。這齣戲碼總是在許多場合一再上演。她們和樂融融地聊了天氣和韋斯

---

129 源自寓言〈野兔與朋友〉（The Hare and Many Friends），描述野兔自以為在農場結交了許多朋友，遇到獵人追捕時卻求助無門，傳達慎選朋友的寓意。艾爾頓太太以此比喻法蘭克與珍的戀情，顯然隱喻失當。

頓太太，艾爾頓太太卻突然天外飛來一筆：

「伍德豪斯小姐，妳也覺得，我們這位甜美可人的小女孩大為好轉了嗎？妳不認為她之所以能康復，都要歸功於派瑞的悉心照料嗎？（她用意味深長的眼神瞥了珍一眼）說真的，派瑞花沒多少時間就治好了她！噢！要是妳和我一樣，看過她當時狀況最糟的模樣，肯定心疼得很！」貝茨太太對艾瑪說了些話，艾爾頓太太又繼續悄聲說道：「派瑞給予的幫助實在沒話說。某位待在溫莎的年輕醫生也會佩服得啞口無言。噢！沒錯，一切都是派瑞的功勞。」

過了一會兒，艾爾頓太太又開口：「自從上回到巴克斯山出遊以後，我幾乎沒什麼機會見到妳，伍德豪斯小姐。那次出遊真是好玩極了。不過我覺得還是少了點什麼。事情看起來不太——我的意思是，有些人的心情似乎不太好。至少我是這麼覺得；但是我也可能會錯意了。儘管如此，我想大家應該還算滿意，願意再一起出遊一趟。倘若現在的好天氣能持續下去，我們再號召同一群人馬二訪巴克斯山，妳說怎麼樣？我們邀集相同的同伴，所有人一定要全數到齊，妳知道的，一個也不能少。」

話一說完，貝茨小姐正好進門，艾瑪忍不住分了心。方才艾爾頓太太的自問自答令艾瑪十分納悶；她猜想艾爾頓太太或許不曉得該說什麼，反而將一切一股腦說了出來。

「謝謝您，伍德豪斯小姐，您真是太好心了。這實在不可能——沒錯，我完全能理解，為了最親愛的珍著想——我沒有別的意思。她確實好轉許多。伍德豪斯先生還好嗎？真令人高興。我可就幫不上他了。您瞧，我們幾個聚在這裡多開心。沒錯，真是個迷人的年輕人！我的意思是，他確實非常友善。我指的是好心的派瑞先生！如此無微不至地對珍百般照顧！」她接著一個勁地感謝艾爾頓太太特地過來一趟，態度似乎比平常更加熱絡；艾瑪猜想艾爾頓太太原本可能對珍有些不高興，只是大發慈悲地原諒了她。艾爾頓太太悄聲說了幾句話，讓人猜不透是什麼內容，接著提高音量，說道：

「沒錯，我的好朋友，我特地過來一趟。我在這裡叨擾太久，換成在別人家裡，恐怕得好好道歉了。不過老實說，我正在等我丈夫過來。他答應也要過來一趟，親自向妳們致意。」

「什麼！我們竟有此榮幸迎接艾爾頓先生親自來訪？簡直令人受寵若驚！我知道男士們向來不喜歡在早上拜訪客人，艾爾頓先生平時又忙得分身乏術。」

「確實如此，貝茨小姐。他簡直從早忙到晚，一刻也不得閒。上門來找他的人絡繹不絕，理由五花八門。地方官、監察官、教會委員啦，成天追著他請教意見；要是少了他，他們似乎什麼都做不成。我對他說：『說真的，E先生，幸好忙得團團轉的人是你。即使我的訪客只及你的一半，我的畫筆和鋼琴也要長灰塵了。』現在已經夠糟糕了，我確實老早就疏於作畫和練琴啦！我這兩星期以來，根本連碰也沒碰過琴鍵。無論如何，我向妳們保證，他一定會過來一趟，他可是特地等到妳們都在家的時候。」艾爾頓太太接著舉起手擋在臉側，避免讓艾瑪聽到，「妳也知道，他特地趕來道賀。噢！沒錯，這可少不了。」

貝茨小姐環顧四周，看起來歡欣鼓舞！

「他答應我一與奈特利談好事情，就會立刻趕來。他和奈特利關起門來不曉得在商量什麼大事。E先生向來是奈特利的得力幫手。」

艾瑪不想讓大家發現她在偷笑，僅僅說道：「艾爾頓先生是走去丹威爾莊園的嗎？那他想必熱得不得了。」

「噢！不是的，他倆在皇冠旅店碰面——是例行會議。韋斯頓和寇爾也會到場，不過人們通常只提起領導者。我想，E先生和奈特利先生是主導一切的人。」

艾瑪說：「妳是不是搞錯日期了？我很肯定皇冠旅店的會議明天才舉行。奈特利先生昨天到哈特菲爾德來，提到會議是星期六。」

「噢！不是的，會議絕對是今天。」艾爾頓太太毫不客氣地回答，認定自己不可能出錯。「我可沒看過哪個教區這麼多麻煩。我們在楓葉林就從來沒聽說過這種事。」

珍說：「您們那兒的教區並不大。」

「說真的，親愛的，我並不清楚，因為我從來沒聽過他們談起這件事。」

「可是我聽您親口說過，那裡有一所學校，規模很小，由您的姊姊和布萊姬太太出資贊助。而且那是唯一一所學校，只有二十五名學生。」

「啊！聰明的孩子，妳說得沒錯。妳的腦袋可真靈光！珍，我說呀，要是我倆的個性能融合在一起，可就完美無缺啦！我的活潑搭上妳的穩重，簡直無懈可擊。我可不是有意要暗示什麼，不過或許**有些**人已經覺得**妳**挑不出缺點啦！噓！妳可什麼都別說。」

她顯然多慮了；珍並不打算對艾爾頓太太多說什麼，倒是想與伍德豪斯小姐開口聊聊，艾瑪將一切清楚地看在眼裡。珍在不失禮的情況下，很明顯想將注意力轉到艾瑪身上，卻往往只能透過眼神致意。

艾爾頓先生總算出現了。他的妻子神采奕奕，快活地向他打招呼。

「我說先生，瞧你做了什麼好事。把我送來這裡叨擾朋友，花這麼長時間才等到你來！不過你很清楚我多麼善盡職責，沒等到我的好丈夫出現，絕不輕言離開。我在這裡等了足足一個小時，替兩位年輕女孩示範何謂聽話的好太太。畢竟誰知道，有誰很快就需要一個聽話的好太太呢？」

艾爾頓先生熱得汗流浹背，筋疲力盡，似乎並未將太太的弦外之音聽進耳裡。他依然不忘禮貌地問候其他女士，接下來就開始抱怨令他吃盡苦頭的炎熱天氣。更糟的是，他走了好一段路，沒想到竟一無所獲。

他說：「我抵達丹威爾莊園時，奈特利根本不在家。真是太奇怪了！簡直莫名其妙！我今早捎了一封短箋過去，他明明回信告訴我，下午一點前都會在家。」

他的妻子大喊：「丹威爾莊園！親愛的E先生，你根本沒去過丹威爾莊園！你想必是指皇冠旅店吧？你剛從皇冠旅店結束會議回來。」

「不，不對，會議是在明天。我正是為了明天的會議，特地打算今天先與奈特利碰面。今早如此炎熱，簡直太折騰人了！我還得先穿過大片田野（說話的語氣滿是埋怨），簡直是雪上加霜。結果他根本不在家！我告訴妳，我真的很不高興。他既沒有留下一句道歉的話，也沒有任何隻字片語。管家堅稱根本不曉得我今天要過去一趟。簡直太奇怪了！沒有人知道他上哪去。有人說是哈特菲爾德，有人說是艾比米爾農莊，也有人說他到樹林去了。伍德豪斯小姐，這簡直不像我們所認識的奈特利。妳知道原因嗎？」

艾瑪暗自感到好笑，卻堅決表示這確實匪夷所思，她完全不清楚奈特利發生了什麼事。

「真是難以置信！」艾爾頓太太表現出身為妻子該有的憤慨之情，高聲嚷道：「簡直不敢相信他竟然敢對你做出這種事來！還有誰膽敢忘了你呢？親愛的E先生，他肯定有事先留言給你，我敢說他一定有。奈特利先生不可能如此反常，絕對是他的僕人忘了這回事。說真的，情況一定是這樣：我老是說，丹威爾莊園的僕人簡直遲鈍到家，接二連三地犯錯。無論如何，我絕不會讓像他家的哈利那種僕人為我們打點家務。萊特對霍奇斯太太的評價也很差。她說好要寄一份食譜給萊特，到現在都還沒送來。」

艾爾頓先生繼續說道：「我遇見威廉．拉金斯。我走近屋前時，他告訴我主人不在家，可是我不肯相信。威廉看起來心情不大好。他說不曉得他的主子最近發生了什麼事，幾乎沒有什麼機會搭上話。我可不在乎威廉的煩惱，但是**我**今天非見到奈特利不可。我汗流浹背地走了大半天，最後竟然無功而返，簡直給我造成非常嚴重的不便。」

艾瑪頓時覺得，此時她最好直接回家一趟。她怎麼想都認為，奈特利先生現在很可能在哈特菲爾德等著她。奈特利先生若不是正想方設法躲開威廉．拉金斯，就是不想受到艾爾頓先生打擾。

艾瑪起身告辭時，很高興菲爾費克斯小姐願意送她離開，甚至陪她走下樓。艾瑪連忙把握眼前的機會，開口說道：

「或許我也曾經給妳帶來相同的不便。若不是有其他人在場，我可能會主動提起這件事，問清楚妳的感受，對一切直言不諱。我過去肯定對妳有所失禮。」

「噢！」珍不禁喊了一聲，臉色一紅，頓時顯得有些遲疑，不像平時泰然自若，反而令艾瑪覺得更像她的作風。「這不礙事。我比較擔心自己連累了妳。妳對我表達的關切，已令我感激不盡。說真的，伍德豪斯小姐，（語氣逐漸恢復鎮定）我意識到自己犯了錯，表現得如此不妥，我最重視的親友卻沒有唾棄我的行徑，真的讓我十分欣慰。我還有許多話想說，可是時間不多。我非常希望能好好道歉，向妳解釋我為何失禮至此。我覺得自己有義務說明清楚。可惜的是——假如妳無法將我視為朋友——」

「噢！妳多慮了，真的想太多了。」艾瑪激動地高聲說道，並牽起她的手。「妳用不著向我道歉。妳認為需要向身邊的人道歉，但是他們個個心滿意足，高興得不得了，甚至——」

「妳真是太好心了，不過我很清楚自己對妳的所作所為。我對妳多麼冷淡，毫不真誠！我總是得在妳面前裝模作樣。那是一種欺騙的生活！我知道妳一定對我非常嫌惡。」

「請妳別再說了。該道歉的人是我。讓我們原諒彼此吧！不管我們該做什麼，都別再拖泥帶水，直接打開天窗說亮話吧！我想，妳應該從溫莎那兒聽到令人滿意的解釋了？」

「沒錯。」

「那麼，我想接下來，我們就要與妳道別了——雖然我才剛開始要好好認識妳呢！」

「噢！關於那件事，我們還沒考慮到這麼遠。在上校與坎貝爾太太回來以前，我還會待在這裡。」

艾瑪笑著回答：「或許事情還沒真正說定呢！不過恕我直言，你們是該好好思考了。」

珍同樣露出微笑，答道：

「妳說得沒錯，我們始終在考慮這件事。我能告訴妳（我相信妳會為我保密），我們已經說好，會在安斯康姆與邱吉爾先生同住。他們至少還會守喪三個月，不過等到一切結束，我想就沒有其他需要等待的理由了。」

「謝謝妳，非常謝謝妳。這就是我想確認的事。噢！希望妳明白，我多喜歡一切都能明確決定，開誠布公！再見了，下次再會。」

53

韋斯頓太太平安生下小孩，讓親友十分高興；倘若還有什麼更令艾瑪高興的事，莫過於得知韋斯頓太太添了個女兒。艾瑪始終期待著韋斯頓小姐的誕生；她自然不會承認這是因為她希望替伊莎貝拉的兒子找個好太太，而是因為她認定，韋斯頓夫婦最適合再添個貼心的女兒。等韋斯頓先生年紀漸長——或許再過十年，女兒想必能帶給他許多寬慰；家裡有個女兒陪他安坐在爐火邊，即使小女孩嬉嬉鬧鬧，古靈精怪，滿腦子異想天開，也能令他甘之如飴。至於韋斯頓太太，無疑更適合擁有自己的女兒；她如此擅長教育孩子，假如無法再次發揮一技之長，任誰都會感到無比惋惜。

艾瑪接著說：「她將我拉拔長大，已經演練過自己的教養之道。就像讓利斯夫人所著小說《艾黛雷德與西奧多》[130]裡的男爵夫人，也是藉由帶大姪女康蒂絲的經驗，教育自己的女兒艾黛雷德。我們就好好期待，韋斯頓夫人會如何以更完美的方式教育她的小艾黛雷德吧！」

130《艾黛雷德與西奧多》（*Adelaide and Theodore*）：作者讓利斯夫人（Madame de Genlis）為法國作家與教育家。

奈特利先生回答：「也就是說，比起寵愛妳的態度，韋斯頓夫人會更加寵溺自己的女兒，還深信自己一點也沒有慣壞她。這就是唯一的不同之處。」

艾瑪高聲說道：「可憐的孩子！若真如此，她以後會變成什麼樣子呀？」

「倒也沒糟到哪裡去。許多小孩都是相同的命運。她會是個討人厭的小女孩，不過等年紀再大一些，就會逐漸改正自己的缺點。我現在已經不再厭煩被寵壞的孩子，親愛的艾瑪。既然我的快樂完全寄託於妳身上，要是我對他們還如此嚴厲，豈不是太忘恩負義了嗎？」

艾瑪大笑起來，答道：「不過多虧了你的大力幫忙，我才能避免其他人寵壞自己。倘若只憑我一己之力，恐怕也改不過來。」

「是嗎？我倒是認為妳辦得到。妳天性聰穎，泰勒小姐又教導妳許多原則，妳想必能表現得無懈可擊。我不時插手對妳說教，替妳帶來的好處和壞處似乎不相上下。妳要是認為『他到底憑什麼對我說教』，絕對情有可原。我更擔心妳理所當然地認為，我對妳說教的態度十分惹人厭。我不認為自己帶給妳任何益處；將妳視為全心關照的對象，只是對我大有好處。我一想到妳就喜歡得不得了，對妳的缺點和一切照單全收。即使在妳身上找出這麼多缺點，我大概從妳十三歲開始，就對妳傾心不已了。」

艾瑪高聲說道：「你肯定讓我獲益良多。你無時無刻教導我正確的作為——對我的影響遠比自己想像還多。我敢肯定你確實帶給我不少正面影響。假如可憐的小安娜·韋斯頓真的會被寵壞，你若能像對待我一樣用心教導她，那就再好心不過了。只不過，你可別在她十三歲時就愛上她！」

「妳還小的時候，經常用淘氣的表情對我說：『奈特利先生，我要做這件事，爸爸說我可以』，或者是『泰勒小姐同意我這麼做』。妳也知道通常是我不大認同的事。在這種狀況下，要是我出面干預，往往會引起妳更加強烈的負面情緒。」

「我當時多討人喜歡呀！難怪你回憶起我說的話時，總是一臉深情。」

「『奈特利先生』。妳總是叫我『奈特利先生』，我聽習慣了，一點也不覺得這是個正式的稱呼。但是這樣的稱謂確實太客氣了。我希望妳改用其他稱呼，卻又不知道該叫什麼好。」

「我記得大約十年前，我有一次為了好玩，改叫你『喬治』。我當時是想惹你生氣，可是你卻一點也不反對，我就沒有繼續這麼稱呼你了。」

「既然如此，妳現在能不能改叫我『喬治』？」

「那怎麼行！除了『奈特利先生』，我不可能對你有其他稱呼。我甚至不能像艾爾頓太太一樣，故作高雅地簡稱你為『K先生』[131]。不過我倒是能答應你，」她露出微笑，臉色一紅，繼續說道：「我答應你，我可以試試看稱呼你的名字。我不敢保證什麼時候叫得出口，不過你或許猜得到地點：也就是N與M互許終身的地方[132]。」

---

131 K先生：K即奈特利（Knightley）的縮寫。

132 制定教會禮儀的公禱書（The Book of Common Prayer）在有關婚禮的章節中，以M和N指稱新郎與新娘。

艾瑪十分懊惱她無法向奈特利先生坦承，他曾經明智地給了一項重要建議，能讓她不至於成為目光短淺的愚蠢女人——她不該一意孤行，堅持與海莉葉・史密斯交往過密。然而這個話題過於敏感，她實在不知從何開口。他倆之間很少提起海莉葉。奈特利先生或許只是單純並未想起海莉葉；然而，艾瑪總是不太想讓這件事浮上檯面，甚至從某些蛛絲馬跡察覺到，她倆的友情正逐漸消逝。艾瑪心裡很清楚，假如她與海莉葉是為了其他原因暫時別離，彼此應該更常互通信件；而不是像現在一樣，幾乎完全倚賴伊莎貝拉的來信，才能得知海莉葉的近況。他或許早已察覺有異。艾瑪很難過自己必須對奈特利先生三緘其口，與她讓海莉葉備受打擊的痛苦相比，難受的程度幾乎不相上下。

一如預期，伊莎貝拉在信裡提到不少海莉葉的情況。她認為海莉葉初抵倫敦時，顯得無精打采；這自然情有可原，畢竟海莉葉急著想看牙醫。然而，即使治好了牙疼，她發現海莉葉的模樣竟無好轉。伊莎貝拉的觀察力並不敏銳；不過要是海莉葉陪孩子玩耍的模樣不若以往，她依然能看得出事有蹊蹺。海莉葉打算多待一段時間，自然令艾瑪心裡好過不少，樂見其成。海莉葉原本只預計待上兩週，又延長到至少一個月。約翰・奈特利夫婦打算八月回家一趟，因此勸她多待一段時間，屆時再一塊回來。

奈特利先生說：「約翰對妳的朋友隻字未提。要是妳想知道的話，他的回信在這裡。」他向弟弟提起結婚的打算，約翰・奈特利先生對此回了一封信。艾瑪迫不及待地接過信來，想盡快知道約翰・奈特利先生對這門婚事的看法；即使他在信裡對海莉葉隻字未提，也不減艾瑪讀信的興致。

奈特利先生繼續說道：「約翰不愧是我的弟弟，對我的欣喜之情感同身受。不過他也不是擅長讚美的人。雖然我很清楚，他同樣將妳當作妹妹般關愛有加，信裡卻少有讚許之意。換作其他年輕女孩，或許會以為他冷漠無情。儘管如此，我並不擔心讓妳看看他的回信。」

「他這封信寫得十分明理。」艾瑪一面讀信，一面回答，「我很欣賞他的真誠。他的意思清楚明瞭，認為這門婚事對我而言十分幸運；他依然希望我能有所成長，對得起你為我付出的感情，只不過你認定我已經值得了。假如他的說法完全不同，我還不會相信是他寫的信呢！」

「親愛的艾瑪，他沒有這種意思。他只是指——」

「對於我倆的看法，我與他的意見十分相似，」她露出鄭重其事的笑容，打斷了奈特利先生。「假如我們對這件事無須客套或有所保留，或許比他所想的還要相近。」

「艾瑪，親愛的艾瑪——」

「噢！」她更加興高采烈地大聲嚷道，「要是你認為你弟弟的想法對我並不公平，那就等我的父親知道真相後，聽聽他的想法吧！說真的，他的看法會對**你**更不公平。他會認定你是獲得幸福的那一方，拿盡一切好處，因為我才是集所有美德於一身的人。真希望他不會馬上就開始稱呼我為『可憐的艾瑪』。沒有人比他更多愁善感，將婚姻貶得如此一文不值。」

奈特利先生高聲說道：「噢！但願說服妳父親的工夫能有說服約翰一半容易，讓他相信我們彼此門當戶對，必能攜手過著幸福的生活。約翰的信裡提到一點，令我莞爾——妳注意到了嗎？他寫道，他對我的婚事並不感到意外，他早就預期會聽到這種消息。」

「假如我對你弟弟的瞭解無誤，他的意思只是，你平常就有結婚的打算。他根本沒想到結婚對象是我，看起來對此驚訝得很。」

「沒錯，確實如此——不過他竟然這麼瞭解我的感受，我覺得很有趣。他是怎麼判斷出來的？我認為自己不曾流露出這樣的心情，或是在對話中透露出訊息，讓他得以發現我有結婚的念頭。但是或許我確實露出馬腳了吧！我上次回倫敦時肯定有些異狀。我不像平時那麼常陪孩子玩樂。記得有一晚，可憐的男孩們對我說：『伯伯看起來每天都很累的樣子。』」

日子一天天過去，眼看婚事是瞞不住了，似乎該向身邊其他人和盤托出。韋斯頓太太的身體已經康復得差不多，足以接見前去探視的伍德豪斯先生。因此，艾瑪認定該是婉轉解釋婚事的時候，決定先向父親說明清楚，再到蘭德斯宣布此事。但是她到底該如何向父親開口？艾瑪打定主意，要趁奈特利先生不在的這一小時提起，以免自己緊張得搞砸一切。等到奈特利先生隨後出現，也能接著她的話繼續說服下去。

艾瑪硬著頭皮提起婚事，並且努力說得興高采烈。她絕不能以鬱鬱寡歡的語氣開口，否則伍德豪斯先生更會認定這是一樁悲慘的壞消息。她可不能讓父親將這樁婚事視為大不幸。艾瑪竭盡所能表現出高興的模樣，小心翼翼地表示，有一件不尋常的事想告訴父親，希望徵得他的同意和讚許；她相信父親一定會二話不說就贊同此事，因為這件事對所有人而言皆大歡喜——她與奈特利先生打算結婚。如此一來，哈特菲爾德將會增添一名原本就深受父親喜愛的新成員；她知道在父親心目中，奈特利先生的地位向來僅次於兩名女兒和韋斯頓太太。可憐的伍德豪斯先生！初聞此消息，對他而言不啻晴天霹靂，隨即力勸艾瑪打消這個念頭。他不只一次提醒女兒，她說過這輩子絕不結婚，並信誓旦旦地表示維持單身比較幸福；他還提起可憐的伊莎貝拉，以及可憐的泰勒小姐。可惜一切於事無補。艾瑪深情地擁抱父親，笑著說她還是想結婚。況且，父親也不該將她與伊莎貝拉和韋斯頓太太相提並論：她倆婚後確實搬離哈特菲爾德，讓人不勝唏噓；然而她不會離開哈特菲爾德，依然一輩子住在家裡。她的婚姻不會讓家裡更顯寂寥，反而增添更多熱鬧的氣氛。她相信，倘若父親得知奈特利先生也能隨侍在側，想必會令他欣喜不已。

父親不是非常喜歡奈特利先生嗎？艾瑪相信，父親絕不會否認此事。除了奈特利先生，他還曾想找過誰商量事情呢？是誰扮演他得力的左右手，總是為他寫信，欣然幫了他許多忙？是誰總是開朗地對他無微不至，與他的感情如此深厚？父親難道不喜歡奈特利先生永遠陪在身邊嗎？他當然喜歡了，確實如此。奈特利先生來訪的時間永遠不嫌多，他自然很高興從此每天都能見到奈特利先生。可是他們平時早已天天都見得到面。為什麼不能維持現狀就好呢？

伍德豪斯先生一時仍無法釋懷。但是艾瑪已經熬過最大的難關，至少她開口了；剩下的就交給時間，並繼續一再遊說父親吧！艾瑪不停地懇求父親，再三給予保證；接著輪到奈特利先生，他對艾瑪連聲讚美，聽得伍德豪斯先生欣慰不已。隨後的日子裡，兩人一找到機會就提起婚事，伍德豪斯先生也逐漸對此習以為常。伊莎貝拉同樣不遺餘力地幫助小倆口，在信裡一再大力贊成婚事；韋斯頓太太一見到他，更是欣然表示這樁婚事令人再滿意不過，一來兩人下半生都有了著落，二來兩人門當戶對，值得慶賀。伍德豪斯先生對她倆的意見幾乎同等看重，大大地動搖了心意。一如眾人所願，他對此深表認同；他所信任的每個人都斬釘截鐵地表示，這樁婚事會令他往後過得更幸福快樂。他幾乎已在心裡點頭答應，甚至不時想著，或許再過一、兩年，兩人真的結了婚，倒也不是什麼壞事。

在伍德豪斯先生面前，韋斯頓太太對這樁婚事百般支持，皆是發自內心的肺腑之言，毫不掩飾她的真心誠意。艾瑪初次向韋斯頓太太透露婚事時，簡直令她震驚不已；但是，她隨即看出這樁婚事皆大歡喜，毫不猶豫地努力遊說伍德豪斯先生。韋斯頓太太非常敬重奈特利先生，認定他值得匹配她最親愛的艾瑪；從各方面看來，這樁婚事都顯得門當戶對、完美無缺。還有最重要的一點：艾瑪似乎再也找不到比奈特利先生更為合適的另一半了，簡直是天作之合，多麼幸運呀！韋斯頓太太竟如此愚昧，從來不曾想過他倆應該在一起，多希望自己能早點意識到這件事。

同處上流階級的男人，有多少人會願意為了艾瑪放棄自己的家，選擇住進哈特菲爾德？又有誰像奈特利先生一樣瞭解伍德豪斯先生、願意包容他，也才能將一切安排得如此切合心意？當時韋斯頓太太與丈夫早已傷透腦筋，倘若讓法蘭克與艾瑪結婚，不知該如何安置可憐的伍德豪斯先生；要怎麼協調各持己見的安斯康姆與哈特菲爾德，也始終是橫阻於眼前的難題——韋斯頓先生比太太看得開，卻也不曾想出真正的解決方法，僅僅說道：「船到橋頭自然直，年輕人總會想出辦法來的。」不過誰也沒想過，最後竟有如此完美無缺的解決之道，一切顯得恰如其分，每件事情都考慮周全，無須犧牲任何一方。這門婚事能為所有人帶來最大的幸福，沒有任何合理的藉口，足以造成一絲阻礙或拖延。

韋斯頓太太將女兒抱在膝上，一面沉浸於這些思緒，頓時成了世界上最快樂的女人。若還有什麼令她更加高興的事，莫過於女兒正健健康康地茁壯成長，很快就能換更大的嬰兒帽了。

聽聞這件消息的人，莫不感到驚訝萬分。韋斯頓先生足足花了五分鐘思索，卻也足以讓思緒敏捷的他想通許多事。他深知這門婚事帶來的好處，與態度堅定的妻子一同感到雀躍不已。然而，韋斯頓先生的驚訝之情來得快去得也快，不過一個鐘頭以後，他幾乎認定，自己早就預感小兩口會結婚。

韋斯頓先生說：「我認為這件婚事得先保密。婚事向來要三緘其口，直到發現紙包不住火；一旦公開的時機成熟，務必讓我知情。我很好奇，不知道珍可曾起疑。」

翌日早晨，韋斯頓先生便前往海布里，親自揭曉答案。他對珍提起這件婚事。韋斯頓先生向來將珍視如己出，和自己的長女並無兩樣，自然非告訴她不可了。貝茨小姐正好在場，自然馬上轉告寇爾太太、派瑞太太與艾爾頓太太，其他人也隨即紛紛轉述。當事人對消息散播的速度並不感意外，早已預料到一旦在蘭德斯公布婚訊，要不了多久就能傳遍海布里；他們也十分清楚，自己當晚會成為家家戶戶茶餘飯後的話題。

大致而言，眾人皆異口同聲贊同這樁婚事。有人認為奈特利先生得天獨厚，也有人覺得艾瑪十分幸運；有人猜測父女倆會搬去丹威爾莊園，將哈特菲爾德留給約翰．奈特利一家子，也有人認定僕人之間可能會鬧不和。無論如何，所有人對這樁婚事幾乎毫無異議，只有一家例外，亦即住在牧師公館的那對夫婦。艾爾頓夫婦對此震驚不已，甚至深感不滿。與妻子相比，艾爾頓先生對這樁婚事並不怎麼在乎，只希望「這位年輕小姐的自傲總算能獲得滿足」，認定「她之前總是一心想獲得奈特利的青睞」；一聽到他倆婚後依然住在哈特菲爾德，他更是激動地大喊：「虧他願意呢！我才不這麼做！」不過，艾爾頓太太可真是失望透頂。

「可憐的奈特利！可憐的傢伙！真是太為他感到難過了！我簡直擔心得不得了。儘管奈特利有些特立獨行，優點卻多得不勝枚舉。他怎麼會就這麼上當了呢？怎麼也沒想到他會愛上艾瑪——想都沒想過。可憐的奈特利！以後再也不能開開心心地找他作伴了。過去無論何時邀他到家裡共進晚餐，他總是欣然同意，多麼快樂的時光呀！但是如今一切就要畫下句點了。可憐的傢伙！他再也不會專程為了**我**，邀請眾人前往丹威爾莊園同樂。噢！再也不會了。屆時會出現奈特利太太，為所有事狠狠潑上一大盆冷水。簡直太惹人厭了！我前幾天大肆數落他的管家，可一點也不後悔。真是太令人震驚了！竟然要住在一起！這絕對行不通的。據我所知，楓葉林附近有一戶人家也曾經嘗試在女方家同居，三個月後就不得不分道揚鑣了。」

54

日子一天天過去，再過幾天，自倫敦返家的一行人便會抵達，艾瑪心裡的警覺也日益高漲。一天早上，艾瑪正煩惱著接下來會發生許多令她苦惱的傷心事，奈特利先生正好走進來，打斷了她的思緒。兩人先是輕鬆地閒聊幾句，接著奈特利先生沉默了半晌，轉以較為嚴肅的語氣開口說道：

「我有一件事要告訴妳，艾瑪。某個消息。」

「好消息還是壞消息？」她連忙問道，抬頭看著奈特利先生。

「我不曉得這件消息是好是壞。」

「噢！那我肯定是好消息。從你的表情看得出來，你一直在試著忍住笑意。」

「我很擔心，」奈特利先生收斂起自己的表情，說道，「我非常擔心，親愛的艾瑪，妳聽完這件消息，恐怕是笑不出來。」

「真的嗎？為什麼？我還真想不出有什麼事情能讓你感到心花怒放，倍覺有趣，卻不會帶給我相同的感受。」

奈特利先生答道：「有一件事，有那麼一件事，我倆的看法不盡相同。」他停頓了一會兒，又露出笑容，直盯著艾瑪的臉。「妳還想不到嗎？想起來了嗎？就是海莉葉．史密斯。」

艾瑪一聽到這個名字，頓時滿臉通紅。她心裡的恐懼油然而生，卻不知道自己在害怕什麼。

奈特利先生高聲說道：「妳今天早上有收到她的信嗎？我相信妳一定收到了她的消息，也對此完全知情。」

「沒這回事，我什麼也不知道。快告訴我吧！」

「看來妳已經做好最壞的打算了。這確實是個壞消息：海莉葉．史密斯要嫁給羅伯特．馬汀了。」

艾瑪大吃一驚，似乎毫無任何心理準備。她急切地盯著奈特利先生，彷彿正說著：「不對，這怎麼可能！」嘴裡卻什麼話也吐不出來。

奈特利先生繼續說道：「正是如此，千真萬確。羅伯特．馬汀親口告訴我的，我不到半小時前才剛見過他。」

艾瑪依然一臉震驚地看著他。

「一如我所擔心的，妳似乎並不滿意這個消息，親愛的艾瑪。我很希望我倆的想法能一致，不過這遲早辦得到。妳也很清楚，時日一久，我們其中一人可能會出現不一樣的看法。此時此刻，我們並不需要在這個話題上多加著墨。」

艾瑪努力克制自己，答道：「你誤會了，你完全誤解我的想法。這件消息並未帶給我任何不悅，我只是難以置信罷了。這根本不可能啊！你不會是告訴我，海莉葉．史密斯接受了羅伯特・馬汀的心意，他又再次向她求婚——不對，你的意思是，他打算二度開口求婚。」

「我的意思是，他已經開口求婚了。」奈特利先生笑著回答，不過語氣十分堅決。「海莉葉・史密斯也接受了他的求婚。」

艾瑪驚聲嚷道：「老天！竟然是這樣！」她連忙將做針線活的籃子拉過來，趁機低下頭，掩飾自己溢於言表的欣喜。艾瑪接著說道：「快說吧！將來龍去脈一五一十地告訴我。這是怎麼回事？在哪裡？什麼時候發生的？我想知道一切細節。沒有什麼比這件事更令我震驚的了——但是我向你保證，我並未感到不高興。怎麼會——這怎麼可能呢？」

「這件事說來十分簡單。他三天前到城裡辦事，我請他轉送幾份原本打算寄給約翰的文件。他到約翰家裡轉交文件，約翰便邀請他當晚一同到艾斯里劇場。他們打算帶兩個年紀較大的兒子去看馬戲表演[133]，不只約翰夫婦倆，還有史密斯小姐。我的朋友羅伯特自然不好拒絕。他們順路接羅伯特過去，當晚一行人都過得十分盡興。約翰邀請他隔天到家裡一起用餐，他允諾前往，據我所知還因此找到機會與海莉葉說話。這番談話顯然大有斬獲；海莉葉欣然接受求婚，讓羅伯特頓時欣喜若狂。他昨天搭車回來，今早用過早餐立刻來找我，將一切娓娓道來。他先報告我所交代的事，接著提起自己的婚事。針對妳提問的經過、地點與時間，我能給的答

133 此段一般的中文版多翻作「去劇院看戲」，但其實由「現代馬戲團之父」菲利浦・艾斯里（Philip Astley）所創立的艾斯里劇場（Astley's amphitheater），對當時的人而言，幾乎就是馬戲團的同義詞。

案就是這樣了。妳要是見到海莉葉，她會花上更多時間告訴妳完整的細節。這就是專屬於女人聊天的樂趣了，男人談話向來簡單扼要。不過我得說，在我看來，羅伯特．馬汀此刻心裡正為了自己而滿溢興奮之情。他確實無意間透露，他們離開劇場的包廂時，約翰負責帶領妻子和小約翰，他則陪著史密斯小姐與亨利跟隨在後。他們身處如此擁擠的人潮之中，令史密斯小姐感到十分不自在。」

奈特利先生停了下來。艾瑪不敢貿然接話，她一旦開口，就會忍不住流露出高興過了頭的心情。她必須再等一些時間，否則奈特利先生肯定認為她瘋了。艾瑪沉默不語，令奈特利先生有些坐立難安；他觀察艾瑪半晌，接著說道：

「艾瑪，親愛的，妳說過這件消息並未帶給妳任何不悅；可是我擔心這件事對妳造成的痛苦，遠遠超乎妳的預期。他的條件稱不上優秀，不過妳得說服自己，他足以讓妳的朋友過得幸福。我敢肯定倘若妳與他更為熟識，對他的好感想必會與日俱增。他的思緒明智，擁有自己的原則，一定能博取妳的讚賞。以妳朋友的條件看來，她實在找不到比羅伯特更好的另一半了。假如我辦得到話，一定會想方設法提升他的社會地位；這點我能向妳保證，艾瑪。妳總是嘲笑我的管家威廉．拉金斯，可是託他的福，我才能騰出時間打點羅伯特．馬汀的事。」

奈特利先生希望艾瑪能抬起頭來，對他展露笑靨。艾瑪試著不讓自己笑得合不攏嘴，露出欣喜的神色，回答：

「你不必想方設法讓我對這門婚事感到釋懷。我認為海莉葉做得非常好，她原本可能選擇比他還差勁的對象。他倆無疑都擁有值得讓人敬重的個性。我之所以說不出話來，純粹是因為出於訝異，我實在太震驚了。你絕對無法想像，這消息對我有多措手不及，根本沒有任何心理準備。出於某些原因，我始終認定她最近打定主意將馬汀先生拒於門外，意志甚至遠比以往更為堅定。」

奈特利先生答道：「妳自然最瞭解自己的朋友，不過我得說，她是個性格溫柔、心地善良的女孩，對於曾經向自己告白過的年輕男人，不太可能如此狠心。」

艾瑪回答時，忍不住笑了起來：「說真的，我相信你對她的瞭解不亞於我。可是，奈特利先生，你真能百分之百肯定她確實打從心底接受了他的心意？我相信她遲早會發自內心地接受，不過她現在真的已經打定主意了嗎？你是否誤會了馬汀先生的意思？你倆的話題五花八門，有時談公事，有時聊牛群，或是新發明的播種機；你會不會在聊其他話題時有所混淆，一時誤解了他說的話？他最瞭若指掌的可不是海莉葉——而是那隻有名的牛[134]又長胖了多少。」

艾瑪頓時強烈感受到，奈特利先生與羅伯特．馬汀的神韻氣質多麼迥然不同。海莉葉先前的模樣十分鮮明地浮現於艾瑪眼前，耳邊彷彿清晰地響起她斬釘截鐵的話語：「不，我希望自己最好永遠不再想起羅伯特．馬汀。」因此，她十分想證明這個結論言之過早。這實在是不可

134 有名的牛：應指一頭體重逾一千公斤、名為Durham Ox的牛。十八世紀末畜牧技術日臻成熟，養出體型壯碩的牛隻蔚為風潮。

能發生的事。

奈特利先生高聲說道：「妳竟敢說出這種話？妳當真認定我是個不折不扣的傻瓜，連朋友所說的話都搞不清楚？妳憑什麼這麼認為？」

「噢！我永遠值得你以最好的態度對待我，因為我從來不會容忍差勁的待遇。因此，你必須直截了當地給我明確的答案。你當真確定自己明白馬汀先生與海莉葉現在的狀況嗎？」

奈特利先生信誓旦旦地答道：「我非常確信，他親口告訴我，海莉葉接受了他的求婚。他的語氣十分明確，沒有任何模稜兩可或心存疑慮。我想我可以向妳證明事實就是如此。他問我接下來該怎麼做。他只知道戈達德太太是唯一能提供海莉葉親友消息的人選；除了去找戈達德太太之外，我是否還知道其他更適合的做法？我回答恐怕別無他法。因此他說，今天就會想辦法去見戈達德太太一面。」

艾瑪露出十分燦爛的笑容回答：「我感到十分欣慰，打從心底祝福他們能過得快樂。」

「我們以前也曾提過這件事。和當時相比，妳現在的態度可真是一百八十度大轉變。」

「我倒希望如此──我當時簡直愚蠢得無以復加。」

「我也同樣改變了不少；我現在非常樂意對妳稱讚海莉葉的優點。為了妳，也看在羅伯特．馬汀的分上──我相信他對海莉葉的愛意始終如一──我可是費了不少工夫認識她呢！我經常找她聊天，妳一定也親眼見過。老實說，我有時還猜想，妳或許會以為我在替可憐的馬汀說情，絕對不是這麼一回事。不過就我的觀察看來，她確實是個毫無心機、討人喜歡的女孩，談吐得宜，擁有明確的原則，最大的幸福就是享受天倫之樂，安於家庭生活。我想，毫無疑問，這一切都要歸功於妳。」

「我！」艾瑪大聲嚷道，一面搖著頭。「噢！可憐的海莉葉！」

不過她克制繼續往下說的衝動，不發一語地接受這番言過其實的讚美。

過沒多久，伍德豪斯先生走了進來，打斷兩人的談話，令艾瑪十分慶幸。她打算獨自靜一靜。她情緒激動，驚訝不已，一時還難以冷靜下來。如今艾瑪感到欣喜若狂，快樂得手舞足蹈，幾乎想放聲高歌。她四處踱步，完全沉浸於自己的思緒裡，笑容滿面地回想起一切，才能逐漸恢復理智的思緒。

伍德豪斯先生特地進來告知女兒，詹姆士已經去準備馬車。父女倆現在每天都要登門拜訪蘭德斯一趟，艾瑪也樂得有個現成的理由脫身。

艾瑪的心裡洋溢著喜悅與感激，高興得幾乎要飛上天去；她興奮得難以名狀，自然情有可原。如今，她不必再為了海莉葉的下半輩子暗自憂心忡忡，簡直幸福到了極點，甚至要令她感到有些不安了呢！她還需要奢求什麼呢？現在的她已別無所求，只希望自己能更加匹配得上奈特利先生，因為他的修養與智慧向來遠遠優於自己。她感到心滿意足，只期許自己從過去的愚蠢錯誤學到教訓，未來更懂得謙虛，凡事都能深思熟慮。

艾瑪由衷感激，也徹底下定了決心。儘管如此，她還是忍不住想放聲大笑。如此結局，簡直令她忍俊不住！整整五個星期以來，她始終傷心欲絕，沒想到最後竟能迎來如此美好的結果！如此起伏劇烈的心情——如此捉摸不定的海莉葉！

如今，艾瑪總算能打從心底歡迎海莉葉回來，一切都顯得如此愉快而美好。她非常樂於認識羅伯特・馬汀。

最令艾瑪由衷感到喜悅的是，她終於不必繼續對奈特利先生三緘其口。她始終痛恨自己必須隱瞞心意、含糊其辭，如今躲躲藏藏的日子總算要畫下句點了。她也非常期待能盡快恢復自己的作風，對奈特利先生和盤托出，深知自己有義務向他據實以告。

艾瑪興高采烈地與父親一同出門，雖然不見得認真聽進父親的每一句話，卻樂於連連點頭稱是。無論聊天與否，她都默許伍德豪斯先生愉快地認定，自己必須每天前往蘭德斯一趟，否則可憐的韋斯頓太太一定會大失所望。

父女倆抵達蘭德斯，韋斯頓太太正獨自待在客廳裡。伍德豪斯先生才剛聽韋斯頓太太提起孩子，並如願聽見她連聲感謝自己來訪，就忽然清楚瞥見兩個人影逐漸走近窗邊。

韋斯頓太太說：「是法蘭克和菲爾費克斯小姐。我正打算告訴你們，法蘭克今早忽然回到家裡，讓我們又驚又喜。他會待到明天，我們也說服菲爾費克斯小姐今天來家裡作客。他們應該很快就會進屋裡來了。」

過了半分鐘，兩人便走進屋裡。艾瑪十分高興見到法蘭克，不過兩人都感到有些手足無措，顯得侷促不安；他倆彼此笑著寒暄一番，接著就不知該說什麼才好。一行人坐定後，好一陣子都鴉雀無聲。艾瑪始終期待再次見到法蘭克・邱吉爾，更樂於見到他與珍出雙入對；此時卻不禁覺得，這份喜悅似乎不如想像中來得強烈。然而，韋斯頓先生隨後加入眾人，孩子也帶出來見客，氣氛頓時熱絡起來，談話聲此起彼落。法蘭克．邱吉爾這才找到機會，鼓起勇氣挨近艾瑪，開口說道：

「伍德豪斯小姐，韋斯頓太太在信裡轉達了妳十分親切的問候，非常感謝妳原諒了我。希望過了這段日子，妳依然願意寬恕我，並未對妳當初說出口的話感到後悔。」

艾瑪十分開心地高聲嚷道：「我當然不會感到後悔。一點也沒有。我真的非常高興見到你，也迫不及待想當面向你道賀。」

法蘭克誠摯地道謝，又花了一些時間繼續表達自己的感激與喜悅。

「妳不覺得她看起來氣色很好嗎？」他一面說，一面將視線轉向珍。「是否比以前更有精神？妳瞧，我父親和韋斯頓太太多喜歡她。」

法蘭克提起坎貝爾夫婦很快就要回來，一說到狄克森的名字，他隨即雀躍不已，眼裡滿是笑意。艾瑪頓時滿臉通紅，要法蘭克別在她面前提起這個名字。

艾瑪高聲說道：「我每次一想起這件事，就羞愧得想鑽到地底下去。」

法蘭克答道：「該羞愧的人是我，理應如此。不過妳真的沒有對我們起疑過嗎？我是指最近這段時間。我很清楚，妳以前並未察覺任何異狀。」

「說真的，我完全沒察覺到這件事。」

「那似乎太好了。我有一次差點脫口而出——真希望我當時確實說出口，情況或許會更好一些。我老是犯錯，而且是**非常**離譜的錯誤，對自己毫無益處可言。假如我當初不再隱瞞下去，將一切對妳和盤托出，或許我的過錯還不至於這麼嚴重。」

艾瑪說：「這件事不值得你現在花費力氣後悔。」

法蘭克繼續說道：「我希望能說服舅舅，讓他親自來一趟蘭德斯。他想要認識珍。等到坎貝爾夫婦回來，我們會在倫敦與他們碰面，並住上一段時間，接著再帶她一起搬到北部去。不過，我現在與她相隔兩地——伍德豪斯小姐，這可真令人難受，不是嗎？自從我們和好以來，直到今天早上才又見上一面。妳不覺得我很可憐嗎？」

艾瑪十分真誠地表達同情之意。法蘭克忽然想到某件事，頓時感到振奮不已，高聲說道：「噢！順道一提，」他壓低聲音，裝出一本正經的模樣。「我希望奈特利先生一切安好？」他停了下來。艾瑪頓時滿臉通紅，笑了起來。「我知道妳看過我寫的信，相信妳也還記得，我多麼希望妳能順利找到另一半。換我對妳道賀吧！我聽到消息時，簡直高興得不得了，感到欣慰不已。說起他這個人，我總是忍不住要連聲稱讚。」

艾瑪開心極了，希望他能繼續說下去。不過，法蘭克的話題很快又回到自己和珍的身上。他接著說道：

「妳見過像她那樣的肌膚嗎？多麼光滑細緻！她的膚色稱不上白皙，大家都這麼認為。配上她那深色的睫毛和髮色，簡直無與倫比——從沒見過這麼獨特的膚色！女孩擁有這種氣色多麼好看，真是漂亮極了。」

艾瑪有些淘氣地回答：「我向來對她的膚色讚賞不已。不過，我記得我們第一次聊起她的時候，你不是挑剔她的臉色過於蒼白？你難道忘得一乾二淨了嗎？」

「噢！不是——我真是狗嘴吐不出象牙！我怎麼敢——」

法蘭克回想起這件事，樂得放聲大笑。艾瑪忍不住說道：

「我忍不住要懷疑，即使你當時不知所措，還是很高興能將所有人耍得團團轉。我敢說你一定非常樂在其中。這對你而言是一大慰藉。」

「噢！不，不對，沒這回事！妳怎能如此懷疑我？我當時簡直悲慘得無以復加！」

「既然還能苦中作樂，倒也沒有這麼悲慘。我相信你一定玩得不亦樂乎，自認將我們玩弄於股掌之間。老實告訴你，我之所以會一直抱持這樣的猜疑，或許是因為我當時也頗自得其樂。在這方面，我們確實有點相似。」

法蘭克鞠了個躬。

艾瑪以誠摯的語氣說道：「即使我們的個性大相逕庭，我們的際遇也並無二致。我們如此幸運，都找到遠比自己優秀的另一半。」

法蘭克激動地答道：「沒錯，確實如此。不對，妳的情況並非如此。妳與奈特利先生不分軒輊，然而這在我身上就再貼切不過了。她簡直完美得無可挑剔。妳瞧，無論從哪個角度來看，她是不是都如此美麗動人？聽聽她說話的語調，看著我父親的眼神也如此迷人。妳要是聽了這消息，一定也會感到很高興：（他將頭湊了過來，鄭重其事地悄聲說道）舅舅打算將舅媽的所有珠寶都送給她，會重新打造成不同的首飾。我打算為她製作一枚頭飾，搭配她的深色頭髮，不是很好看嗎？」

「確實非常漂亮。」艾瑪十分親切地回答，讓他忍不住滿懷感激地高聲說道：

「好高興能再次見到妳！看到妳的氣色這麼好，更是令人開心！我絕對不會錯過任何見面的機會。假如妳不來，我一定會去哈特菲爾德找妳。」

其他人的話題圍繞著孩子打轉。韋斯頓太太談起一場小小的虛驚：昨晚女兒的狀況看起來不太好，她原本認為自己只是多慮，卻還是擔心得不得了，差點想差人去找派瑞先生。她為此感到有些丟臉，不過韋斯頓先生卻和她一樣憂心忡忡。沒想到過了十分鐘，孩子竟又變得活蹦亂跳，看起來一點事也沒有。這個小故事令伍德豪斯先生大感興趣，他讚許韋斯頓太太想到要去找派瑞先生，只可惜沒讓派瑞先生確實過來一趟。「哪怕孩子只有那麼一點不對勁，妳也要馬上派人去找派瑞過來。妳再怎麼小心都不為過，別擔心太常打擾到派瑞。他昨晚沒過來看一眼，真是太可惜了。即使孩子現在看起來安然無恙，仔細想想，給他確認過還是更為妥當。」

這個名字立刻引起法蘭克．邱吉爾的注意。

「派瑞！」他對艾瑪說道，並試著吸引菲爾費克斯小姐的目光。「我的老友派瑞先生！他們在聊什麼？他今早有過來一趟嗎？他現在是怎麼外出的呢？他已經打點好馬車了嗎？」

艾瑪很快就回想起來，頓時明白法蘭克的意思，隨即與他一同放聲大笑。從珍的表情看來，她顯然也聽到了法蘭克所說的話，卻試圖充耳不聞。

法蘭克大聲嚷道：「當時那個夢多麼奇怪呀！我每次回想起來，就忍不住捧腹大笑。她聽見了，她聽見了，伍德豪斯小姐。我看到她偷笑，根本沒辦法皺起眉頭。妳現在可明白了，我當時就是從她的來信得知這件事。她眼睜睜看著我出錯。她雖然努力想裝作認真聽別人談話，卻根本顯得心神不寧。妳看到了嗎？」

珍不得不露出笑容，她轉身看著法蘭克時，臉上還留著笑意。她以堅決的語氣低聲說道：「真不懂你為什麼還能想起這件事來！回憶有時會**不由自主**浮現腦海，可是，你也用不著**主動**回想起來呀！」

法蘭克等不及要回以長篇大論，顯得樂不可支。不過艾瑪確實認同珍的觀點。離開蘭德斯後，艾瑪很自然在心裡比較起奈特利先生與法蘭克，不禁覺得，雖然她非常高興能見到法蘭克．邱吉爾，也非常欣慰依然能與他維持友誼；然而，此時此刻，她強烈感受到奈特利先生的個性遠遠凌駕於法蘭克。兩相比較的結果，讓艾瑪感到喜不自勝；如此歡欣鼓舞的一天，就這麼高高興興地畫下了句點。

55

倘若艾瑪依然不時惦記著海莉葉，擔心她可能一時無法真正放下對奈特利先生的感情，以毫無偏見的心態接受另一個男人，那麼，她很快就不必再陷入如此反覆的焦慮了。過沒幾天，一行人從倫敦抵達，她找到機會與海莉葉獨處了一小時，隨即高興得心滿意足——簡直令人難以置信！羅伯特．馬汀竟完完全全取代了奈特利先生，如今能為海莉葉帶來最大的快樂。

海莉葉有點沮喪，起初看起來也還有些茫然。不過當她親口承認自己過往確實思慮不周、愚蠢地自欺欺人，心裡的痛苦與困惑頓時一掃而空；她不再耽溺於過去，而是滿心雀躍地把握當下，並引頸企盼美好的未來。艾瑪對海莉葉連聲道賀，也令她心裡的恐懼當下煙消雲散。海莉葉十分樂於聊起待在艾斯里劇院的那一晚，並將隔天共進晚餐的情況娓娓道來，顯得興高采烈。然而這一切解釋了什麼？事實上，艾瑪如今才恍然瞭解，海莉葉心裡一直愛著羅伯特．馬汀，他也始終放不下對海莉葉的感情。若非如此，對艾瑪而言，這一切簡直顯得匪夷所思。

無論如何，這件事確實非常值得高興；往後幾天，艾瑪的喜悅更是與日俱增。海莉葉的身世總算水落石出。她的父親證實是一名富裕的商人，足以讓女兒過上衣食無虞的好日子，隱瞞這麼久的原因也合情合理。艾瑪過往不就信誓旦旦地認定，海莉葉出身於仕紳階級嗎？仕紳之女的身分自然清白無瑕；不過，看看艾瑪過去給奈特利先生、邱吉爾，甚至艾爾頓先生找了什麼樣的結婚對象呢？雖然高貴的地位或財富能淡化許多汙名，然而私生女的身分依然是個明顯的汙點。

海莉葉的父親對這樁婚事毫無異議，熱情歡迎這名年輕人，一切都進展得十分順利。如今，羅伯特．馬汀前來哈特菲爾德拜訪，艾瑪總算有機會認識他，也打從心底認定他十分明理，確實匹配得上她那位甜美可人的朋友。艾瑪相信，海莉葉嫁給任何好脾氣的男人都能過得幸福；但是與馬汀結婚同住，能帶給她更為安心可靠的生活，處境也會更加快樂：海莉葉將置身於深愛自己的人當中，他們都比她擁有更為明理的思緒；他們的住家隱祕安全，忙碌充實的日子也能充滿歡笑。海莉葉不會再招蜂引蝶，更不再輕易受到誘惑；她將成為值得敬重的人，過著幸福快樂的生活。艾瑪認為，海莉葉確實是最為得天獨厚的幸運兒，有這麼好的男人死心塌地愛著她。即使如今全世界最快樂的人非艾瑪莫屬，海莉葉的幸福也僅次於她。

海莉葉與馬汀訂婚後，到哈特菲爾德的時間自然大為減少，兩人卻並未因此深感遺憾。海莉葉與艾瑪將不再形影不離，友情逐漸昇華成較為平靜的關懷。這些無可避免的變化似乎正逐漸浮現，然而幸運的是，過程循序漸進，顯得相當自然。

到了九月底，艾瑪陪海莉葉上教堂，親眼看著她的手交到羅伯特．馬汀手裡，感到欣慰不已。即使回想起過去的種種，甚至艾爾頓先生本人就站在他們面前，也依然無損艾瑪溢於言表的喜悅之情。或許她當時根本沒仔細注意到艾爾頓先生呢！只是，再過不久，下一個結婚的人就輪到她了。在這三對情侶中，羅伯特・馬汀與海莉葉・史密斯最晚訂婚，卻成了最早結婚的一對。

珍・菲爾費克斯搬離海布里，回到她最鍾愛的家裡陪伴坎貝爾夫婦。法蘭克・邱吉爾與舅舅也同樣待在倫敦。小兩口靜待十一月的婚期到來。

艾瑪與奈特利先生鼓起勇氣，將婚期訂在十月。他們決定讓約翰與伊莎貝拉按照計畫帶孩子到海邊調養兩個星期，因此得趁一家子回到哈特菲爾德時舉行婚禮。約翰・奈特利夫婦與其他親友欣然同意，唯有伍德豪斯先生難以接受——該如何說服他點頭答應呢？他始終認定小兩口的婚禮遙遙無期，根本還沒做好心理準備。

初次討論起婚期時，伍德豪斯先生顯得十分沮喪，讓小倆口一度感到絕望；二度提起這個話題時，痛苦的程度似乎就沖淡了一些。伍德豪斯先生開始明白大局已定，他無法逃避女兒出嫁的日子——這樣的想法無疑是一大進展，離真正釋懷的時刻又更近一步了。儘管如此，他依然感到悶悶不樂。由於父親表現得如此傷心欲絕，艾瑪幾乎提不起勇氣來，實在不忍心見父親飽受折磨，認定自己受到冷落。奈特利兄弟再三向艾瑪保證，等到婚禮落幕，伍德豪斯先生的沮喪就會一掃而空，艾瑪的看法也幾乎與他倆一致。儘管如此，她依然感到躊躇不前，婚事因而繼續停擺。

在婚期懸而未決的期間，伍德豪斯先生的想法並未豁然開朗，緊張兮兮的個性也不曾一夕好轉；然而，某個事件給了他截然不同的刺激，婚事的進展頓時露出曙光。一天晚上，韋斯頓太太飼養的火雞忽然遭到洗劫一空；小偷顯然十分心細手巧，附近的養雞場同樣遭受池魚之殃。這起入侵住宅的竊盜案令伍德豪斯先生有如驚弓之鳥，心裡十分焦慮不安。幸好他的準女婿每天小心翼翼地保護他的安全。奈特利兄弟身強力壯、聰明可靠，讓伍德豪斯先生非常放心；有他倆在身旁守護家人，哈特菲爾德頓時顯得固若金湯。然而，約翰．奈特利先生必須在十一月的第一週前趕回倫敦。

這起事件的結果令艾瑪喜出望外，伍德豪斯先生竟主動開口，欣然同意女兒的婚事，延宕已久的婚期總算能正式敲定。羅伯特．馬汀夫婦婚後一個月，艾爾頓先生再次出面主持婚禮，牽起了奈特利先生與伍德豪斯小姐的手。

這場婚禮和全天下的婚禮別無二致，眾人並未打扮得花枝招展，極盡炫耀之能事。艾爾頓太太從丈夫口中得知一切細節，認為這場婚禮十分寒酸，與她自己的婚禮有如天壤之別：「沒有白色綢緞禮服或蕾絲面紗，簡直太淒涼了！瑟琳娜要是聽到這件事，肯定眼珠子都要掉下來啦！」然而，儘管婚禮美中不足，出席觀禮的幾位親友依然滿心喜悅，為小倆口獻上真摯的祝福；這對終成眷屬的有情人，也以最為幸福快樂的生活，達成了所有人的心願。

經典文學 46

雅藏珍・奧斯汀：逝世兩百周年紀念版

艾瑪

Emma

作者　珍・奧斯汀（Jane Austen）
譯者　陳佩筠
社長　陳蕙慧
副社長　陳瀅如
總編輯　戴偉傑
責任編輯　張立雯、黃少璋
行銷企劃　廖祿存
排版　極翔企業有限公司

出版　木馬文化事業股份有限公司
發行　遠足文化事業股份有限公司（讀書共和國出版集團）
地址　231新北市新店區民權路108之4號8樓
電話　02-2218-1417　傳真　02-8667-1891
email: service@bookrep.com.tw
郵撥帳號　19588272 木馬文化事業股份有限公司
客服專線　0800221029
法律顧問　華洋法律事務所 蘇文生 律師
印刷　成陽印刷股份有限公司
二版　2018年12月
二版5刷　2023年11月
定價　新台幣599元　特價　新台幣399元

ISBN 978-986-359-616-5

國家圖書館出版品預行編目(CIP)資料

艾瑪 / 珍・奧斯汀（Jane Austen）著；陳佩筠譯. -- 二版. -- 新北市：木馬文化出版：遠足文化發行, 2018.12
面；　公分. --（經典文學；46）
譯自：Emma
ISBN 978-986-359-616-5（平裝）

873.57　　107019585